陪读妈妈

亮眉侠 著

下

Always with you

人民东方出版传媒

东方出版社

第七章　互帮互助

李娜慢悠悠地吃着早餐。这次回上海心里那点儿堵，被早晨丁一一的两片烤面包冲散了。才离开几天，李娜感觉儿子一下子长大很多，越来越懂事，知道担当，李娜感到很欣慰。她喝了一口果汁，站起身来，翻找好几天没动过的英语培训课资料。

此次上海之行，李娜只顾着处理丁致远和秦晓燕那点儿破事儿了，公司都没去几次，崔璐约她去公司，她也没有心情去。

李娜找到英语培训课资料，在客厅复习了一会儿，看看表差不多该去上课了，她才合上书，拿起车钥匙离开家去培训机构。

上完英语培训课，李娜到超市购物，准备把家里空荡荡的冰箱放满。儿子还在长身体，得多给他买点儿新鲜的鱼、肉、蛋吃。

一会儿工夫，李娜的小推车就堆满了。她突然看到了老干妈辣酱，便走到调味品货架前停了下来。

竟然还有老干妈辣酱！李娜哑然失笑，唐人街超市的东西的确很全啊。

"是这个吗？"

她旁边一对本地夫妇站在调味品货架前研究了半天，指着手中的两瓶酱料比了又比。

"好像是，我也是听我中国同事说的，他跟我说过名字，我也记不清了，好像长这样。"那个丈夫说。

"我怎么觉得这些看起来都很像。"那个妻子说。

李娜看着犹豫不决的夫妻俩，想主动帮帮他们，也验证一下这半吊子英语最近学得怎么样。

"Hello，你们需要帮忙吗？"李娜用英语开口询问。

那个丈夫看到李娜是中国人，连忙点头。

"太好了！我们在找一种中国的酱料，但我不确定是哪一种。"

李娜看着他手里的酱料，又看了看货柜上五花八门的罐子，问："有图片吗？"

丈夫摇摇头。

李娜想了想，问："是用来做什么菜的？"

"我们想学着做你们中国的蒸鱼，我俩都特别爱吃，所以想学着在家做。"那个妻子说。

李娜从货架上拿下一瓶蒸鱼豉油。

"我不确定你们要找的是不是这个，不过在中国，如果要做清蒸鱼的话，我们一般都会用这个，你们可以试试看。"

那个丈夫接过李娜手里的瓶子，仔细看了看。

"就是这个！跟我之前在同事家看到的是一样的！"

"谢谢你啊。"那个妻子连连道谢。

李娜笑了笑，说："没事儿。"

夫妻俩心满意足地去柜台排队交款。

李娜暗自得意：看来这英语培训班的学费确实没白交，现在都能帮上外国人的忙了。

李娜又拿了一瓶料酒，放进她的购物车，轻快地离开了调味品货架，往收银台走去。

李娜一个人中午在超市门口找了个快餐店凑合吃了一顿快餐后，满载而归。回到家，她开始整理房间打扫卫生，整个下午，她都没顾上处理上海公司的工作，单单打扫卫生就耗费了她两个多小时。稍事休息后，她看看表，又到做晚饭的时间了。

丁一一放学回家，一进门就闻到了饭菜的香味，他放下书包，轻手轻脚地走进厨房，看到里面的场景后他惊呆了：家里像过节一样，摆满了各种肉类和蔬菜，李娜把鸡翅挨个摆在铺好锡纸的烤盘上，烤箱在预热。

"哇，这些都是你做的啊？"丁一一看着李娜把鸡翅放进烤箱，一脸的不可思议。

"要不然是谁，田螺姑娘啊？"

"简直是世界第八大奇迹啊，我爸要是看到了肯定得感动得痛哭流涕啊。"

李娜佯装生气地轻拍了丁一一一下，说："瞎说什么呢，赶紧洗手去，准备开饭了。"

丁一一火速冲到洗手间洗完手，立刻坐回餐桌前，准备吃美味佳肴。

李娜把菜端了出来，丁一一看着李娜端进端出，不知该怎么帮忙。

"盛饭去啊，还真打算做大少爷啊。"李娜笑嘻嘻地说。

丁一一吐了吐舌头，起身去厨房盛饭拿筷子。他盛了满满一碗米饭，狼吞虎咽地吃着，连话都来不及说了。

李娜给他夹了一块排骨，放进碗里，问："这排骨烧得怎么样？"

丁一一咽了一口米饭后，说："可以，能赶上奶奶百分之八十的水平了。"

得到儿子的赞赏很不容易，李娜说："这可是我折腾了几个小时的成果啊。"

丁一一顿了顿，说："妈妈，怎么感觉你突然就打通任督二脉了？"

李娜得意地笑了笑，说："我跟你说，我上的那可不光是英语培训班，班上陪读妈妈们个个都是十项全能，课间是各种厨艺、插画讲座，我这天天上课受大家熏陶，总得有点儿收获吧。"

丁一一有些感慨地说："有句话怎么说来着？"

"什么话？"

"出国就像去新东方，你以为你是去学英语的，其实是去学做菜的。"

李娜听完愣了一下，随即忍不住笑出来。

"这话说得倒还挺是个理。"

丁一一抹了抹嘴，放下筷子从口袋里掏出手机，对着桌上的菜拍了几张照片。

"我必须跟丁教授汇报李总的巨大进步。"

听到丁一一说丁致远，李娜脸上的笑容消失了，为了不让他发现什么，她低下头开始吃饭。

丁一一拿着手机给她看微信，丁致远连连称赞李娜的手艺，这让她有点儿始料未及。毕竟临走的时候，丁致远还在因为她单独去找秦晓燕"说清楚"和丁致远的关系，非常不高兴地和她闹别扭。

秦晓燕承认她对丁致远有些崇拜，如果说影响到了他们家的幸福，秦晓燕觉得李娜肯定误会她了。但是李娜确实坚信秦晓燕的举动远远超出了同事的关系，她觉得有必要和秦晓燕把这件事情摊开讲清楚，而丁致远却觉得没有任何必要，因为他跟秦晓燕的往来，自始至终都没往感情的方面想过。

李娜不听劝告擅自找秦晓燕摊牌，实际上是对丁致远的不尊重和极不信任。她虽然也有点儿后悔去找秦晓燕，但是不找秦晓燕问清楚，她觉得心里头总是有个疙瘩。

事已至此，李娜也不想再给丁致远解释，虽然大家暂时都有些不开心，但也许时间长了，有些事情就会过去了。

这次返回温哥华和儿子在一起，李娜的感觉和过去完全不同，有儿子陪伴在身边真好！此刻的李娜突然之间明白了胡媛媛和陈莉莉的心情，为什么儿子是她们的全部。可能陪读妈妈做得久了，母子连心，大概都会有这种感觉吧，李娜想。

李娜继续日复一日地去培训班学习，和妈妈们交流教育孩子的心得体会、交流厨艺，回家给儿子做饭，晚上看看公司的报表，打几个电话向崔璐问问情况，小日子过得也不错。

一天，李娜从外面回家，看到丁——闷闷不乐地趴在桌上，手肘下面满桌铺开了一篇论文。

"儿子，怎么了？"李娜问。

丁——声音闷闷地说："我论文被判 plagiarism 了。"

"什么意思？"

"就是说我抄袭……"丁一一沮丧地说。

李娜大吃一惊："抄袭？怎么回事儿，真的吗？"

"当然不是啊，不过估计你也不信我说的话。"

李娜愣了一下，心里想：这孩子怎么说话的，不具体跟我说什么事儿就知道我不信了？她刚想张口发飙，突然想起上次心理咨询时医生说的那番话，"不要给孩子太多压力"。

她深吸了一口气，克制住自己的脾气，说："你先跟妈说，到底怎么回事儿？"

"我也不知道啊，明明就是我自己一个字一个字写出来的，老师说我是抄袭别人的，我让罗盼和戴安娜来咱家，一起帮我想办法。"丁一一说。

李娜摸了摸丁一一的头，说："既然你说没有，妈妈肯定相信你，你们一定能找到证据的。"

丁一一抬头用惊愕的眼神看着李娜，说道："太阳打西边出来了，你竟然没骂我？"

"什么话，你又没做错事儿，我干吗要骂你？"

丁一一撇撇嘴说："上次校长办公室那事儿你可不是这么说的。"

李娜站起身，边把外套脱下挂在门口的衣架上边说："妈妈也要慢慢跟着你学习成长啊，得学会相信我自己的儿子。"

丁一一没说话，看着好不容易才建立起来的与妈妈的信任关系，觉得妈妈此时此刻浑身上下散发着母性的光辉。

李娜倒被儿子的眼神盯得有些不自在，走过来拿着茶壶，跑到了厨房。

"妈妈也帮不上你什么忙，烧壶水泡茶给你和朋友喝吧，这是我专门从上海带的，很难得的。"

"好嘞！"丁一一在外面大喊。

李娜把水壶放在灶台上，打开燃气灶，在厨房里高兴地哼起了小曲儿。

不一会儿，罗盼和戴安娜来到丁一一家，二话不说围坐在大餐桌前，在摆满了论文和电脑的桌子上低头研究着论文。

李娜把泡好的茶和切好的水果端了过来，放在他们面前。

"我看不懂，我负责给你们做好后勤服务。"李娜说。

罗盼和戴安娜连连道谢。

"这种检测软件其实很好 cheat，只要改改近义词就能很大程度地降低重复率。"戴安娜说。

"现在的关键问题是丁一一根本没有大段使用别人的文章，所以不知道从哪里改起，丁一一现在要想办法证明自己没有抄袭别人的论文。"罗盼指出问题的关键。

"判定抄袭容易，只要有一定程度重复的内容就可以证明，但反证却比较难。"戴安娜皱着眉头说。

罗盼自信地说："即使再难，我们也要想办法证明丁一一的清白！"

罗盼拿着手里的论文和电脑上被标注的版本对比，思考了一下，说："其实只要证明论文里被标注重复的部分是丁一一自己写的就可以了。"

"没错，咱们集中研究那些段落。"

说罢，三人逐字逐句地在论文上面圈出重复的词语和段落。

核对工作复杂，进展缓慢，李娜在旁边帮不上什么忙，只能端茶倒水。时间很快过去了几个小时，屋内气氛很紧张，丁一一放下论文站起身，朝后院走去，想放松一下。李娜站起身要追过去，戴安娜却拉住了她，对她摆了摆手。

"阿姨，一一这会儿心情不好，让他自己先静一静吧。"

李娜叹了口气，坐在丁一一刚刚坐的位置上，直勾勾地盯着儿子的论文。

怎么会被判定抄袭呢？李娜摇了摇头。

她忍不住问罗盼："罗盼，像这种 this is 的句式，是不是也要算到重复词汇里面呢？如果这样的话，每篇论文的重复率应该都会比较高吧？"

罗盼笑了笑，腼腆地说："这种类型句子是有过滤的，这倒不必担心。"

李娜点点头。

不过经李娜这么一说，似乎让罗盼想起了什么，他不停地翻着手中丁一一的论文，把几个李娜看不懂的语句都圈了起来。

"我怎么没想到呢！"罗盼突然兴奋地说，"阿姨，你真聪明！"

李娜愣住，一脸迷茫地看着罗盼。

"丁一一！快进来！"罗盼大喊。

话音未落，丁一一就嗖地冲进屋来。

"快来快来，我找到论文重复率高的原因了！"

丁一一急忙凑到罗盼身边。

罗盼指着论文说："你看，你论文里所有表达论点的句子，开头采用的都是典型的'套句'。"

"什么意思？"丁一一拽过罗盼手里那张画满圈的纸问道。

"呃，这么说吧，比如这儿，Views on the issue in question vary from person to person，还有这句 Judging from all evidence offered，we may reasonably draw the conclusion that..."

"这些句子有问题吗？"丁一一打断罗盼。

"这些原本都是没问题的，不过据我所知，大部分中国来的学生都爱用这种套句，大概国内老师都会这么教，所有查重软件的文库里有很多这种类似的句子。"罗盼说。

"那这算吗？"李娜赶紧问。

"严格来讲，这种总结性的表述，并不涉及具体内容和论点，不能算进重复率里。"戴安娜解释道。然后她又笑着对丁一一说："所以你根据这个和你的导师 argue，胜算很大。"

丁一一翻了翻被罗盼圈得满满的论文，刚面露喜色又突然皱了皱眉，说："没想到问题竟然出在这些句子上，在国内考雅思的时候，这些都是必备句子啊。"

罗盼认真地解释："就是因为人人必备，所以才会重复，native speaker 在写论文的时候一般不会这么表述，不过这是两码事儿，现在只要能证明你的文章没涉及抄袭就好了。"

戴安娜听到他们的对话，不赞同地摇了摇头："这种英语学习会让人误入歧途。"

罗盼看了看还在盯着论文的丁一一，安慰道："没事儿，你明天去跟 Peter 老师解释清楚。"

丁一一收起论文，看着罗盼笑了笑，点了点头。

天色已经晚了，戴安娜和罗盼帮丁一一找出了问题的根源，他们开心地离去。

丁一一心存感激地送走两人，回到他的房间里，开始对论文做系统整理。

李娜看儿子学习这么认真，没有打扰他，在客厅里开始忙她在国内的工作。这几天，崔璐电话、微信告诉她，东南亚建厂的事情，高翔果然有私心，他经常托词各种突发情况，要绕过她私自进行处理。李娜心里很担忧，但现在只能加紧收缩他的权力，其他的她暂时做不到。

渐渐地，母子两人各忙各的，到深夜李娜发现丁一一还没有睡觉，便站起身准备去催促他睡觉。她先去厨房，给丁一一热了一杯牛奶，然后敲门进去，看到丁一一在奋笔疾书。她摸了摸丁一一的头，把牛奶放下，悄然无声地退出了他的卧室。

第二天早晨，李娜给丁一一做了一顿很丰盛的早餐。她知道今天儿子有场硬仗要打，难度不亚于她谈生意。谈判或许成功，或许谈不拢，但是儿子这场仗一定要打赢。

丁一一饱餐了一顿，他拿起书包和整理好的论文资料，虽然心里还是有些紧张，但表面上故作镇静，轻声地和妈妈道再见。

整整一天，李娜的心情一直很紧张，做什么事儿都心神不定的。好不容易挨到晚上，丁一一一放学回家，李娜就急切地问："儿子，你跟老师谈的情况如何？"

丁一一看到妈妈，一下子冲上去，一把抱住她。

李娜愣了一下，有些僵硬地抱住了儿子，问道："是不是成功了？"

丁一一使劲儿点头，脸上洋溢着自信的笑容。

"好样的！不愧是我李娜的儿子，该为自己争取的必须据理力争！"李娜高兴地说。

丁一一一直搂着李娜的脖子，突然觉得有些不好意思地松开了。

"罗盼说这事儿你帮了大忙，你的一句话启发了他。"丁一一真诚地看着李娜说，"谢谢您，妈妈。"

李娜脸上笑开了花，感动的眼泪直在眼圈里打转。她回忆她到温哥华陪读半年来，她为了丁一一，漂洋过海，独自一人照顾儿子，什么都不懂不会，公司出现了危机，教授老公在上海又被小姑娘虎视眈眈，他们母子互不相让，争吵、冷战，她感觉已经心力交瘁到了极点。但是这次，她听清楚了，儿子真真切切对她说了句：谢谢妈妈！儿子的一句谢谢，李娜的情绪就像堤坝决口一样，"轰隆"一下宣泄了出来。

李娜扭过脸，吸了吸微酸的鼻子，装作没事儿一般问道："你回来这么晚，晚饭在外面吃过了？"

"真是我亲妈，我在外面跟罗盼他们吃过了，庆祝了一下我们的战果。"丁一一边换鞋边说，"我先上楼了，明天还有篇小论文要交呢。"

李娜点了点头，看着丁一一的背影满是欣慰。多年对峙的母子关系，已经彻底得到了改善，她长舒了一口气。

李娜刚从英语培训班出来，就接到了陈莉莉的电话，让李娜一起去胡媛媛家看看她。陈莉莉在胡媛媛家帮忙，非常了解胡媛媛的情况。

"行，我知道了，我也感觉媛媛姐最近情绪不太好。"

"对啊，我有好几次，早晨去帮她收拾屋子，看到房间地上扔着空酒瓶，也不知道怎么安慰她，我还挺担心她的。"陈莉莉在电话里说。

"是不是因为杨洋最近反常的状态啊？我听——说杨洋把乐队也解散了，最近也不经常和——、戴安娜还有罗盼在一起了。"李娜问。

陈莉莉在电话里叹了口气，说："我感觉也不只是因为杨洋，她也不和我说太多，我天天在她家干活，也不好多问。你如果什么时候有空可以跟她聊聊，开导开导她。"

"正好今天下午没课，我这就约她出来喝个下午茶。"李娜说。

"行，那我先不跟你说了，有什么事儿你告诉我一声。"

李娜"嗯"了一声，挂了陈莉莉的电话，马上就拨通了胡媛媛的电话。

"媛媛姐，下午出来坐坐如何？我们好久没见面了，我刚从上海回来，请你喝下午茶。"

"哦！我……我，好吧！"胡媛媛在电话里犹豫了一下才勉强答应。

胡媛媛在电话里的声音，听上去确实有些疲惫无力。她一直是个乐观开朗的女人，但是听她消沉的语气，感觉受到了前所未有的打击。难道是自己不在温哥华这段时间，他们家出了什么事儿？母子俩的表现都很反常。

李娜自己在瞎猜胡媛媛情绪发生转变的各种可能性。

下午三点钟左右，李娜先到咖啡厅，服务生给李娜端上了咖啡，她刚喝了两口，胡媛媛便推门进来，冲她招手示意。

胡媛媛戴副墨镜，李娜问："媛媛姐，你眼睛怎么了？"

胡媛媛闻言摘下了墨镜。李娜这才看到胡媛媛脸色十分不好，眼睛有些泛红，眼圈儿红肿。

"媛媛姐，你这是怎么了？怎么看上去这么憔悴？是不是身体不舒服啊？"

"没事儿，最近可能没休息好。"

"你想喝点儿什么？"李娜把手中的单子递给胡媛媛。

胡媛媛随便翻了翻，说："我还是不喝咖啡了，本来就睡眠不好，喝了咖啡就别想睡了。"

"好的，给你要杯果汁。"李娜说着用英语叫来服务生。

胡媛媛听李娜用熟练的英语跟服务生对话有些惊讶，便说道："李娜，你最近英语水平突飞猛进啊！"

李娜笑了笑："我还要感谢媛媛姐你帮我介绍这么好的英语培训班，我自己都感觉进步特别大。"

胡媛媛客气地摆了摆手，说："我以前也去上过课，老师教得不错，不过我可没你学得快，我属于笨学生。"

"对了，媛媛姐，我听——说杨洋最近情绪比较低落？"李娜转问杨洋的事儿。

"别提了，我现在总算明白你刚来那会儿天天跟丁——斗法的感受了。"胡媛媛一脸惆怅。

"杨洋以前不是挺好的吗，情商又那么高，难道他的逆反期比我们——晚开始吗？"李娜疑惑地问。

胡媛媛摇了摇头："我也不知道为什么，他突然完全不愿意和我沟通。"

"你上次推荐给我的心理咨询师的联系方式，我找找给你，杨洋不愿意和你说，说不定能跟她聊聊？"

"行，你把联系方式发给我吧，我也是没办法了，只能试试了。"

李娜在包里翻找着手机，翻来翻去没找到，突然"哎呀"了一声。

"我手机好像落车里了，你等会儿啊，我出去拿一下。"

"没事儿，你回去再发我也一样啊。"胡媛媛说。

"我这手机不在身边心里有点儿不踏实，车就停马路对面，很快就回来。"

李娜说完，起身离开了咖啡厅。

从车里拿回手机以后，李娜慢慢往回走，在街角看到了陈明，李娜想起来这里是陈明餐厅的后门，便想要上前打招呼。

"胡媛媛那边的事儿你别管……"

李娜听见这句话，皱了皱眉头。

陈明打电话为什么会提到胡媛媛？李娜有点莫名其妙，她停下脚步，站在陈明侧面继续听他打电话。

李娜站得有点儿远，听不太清楚。

"我这边的事我心里有数，我相信胡媛媛现在对我应该是真心的。以前咱们说的，不作数了，如果她真的跟她老公离婚了，我会把之前的事儿坦白告诉她，至于她能不能原谅我，那就听天由命吧。"陈明说。

李娜听到这里，有些起疑，陈明的话里显然有蹊跷，他做了什么事儿需要胡媛媛原谅？而且陈明刚才说胡媛媛和杨洋的爸爸要离婚？这事儿怎么一直都没听媛媛姐说过呢？是真的吗？

这么大的事情，确实影响媛媛姐的心情，但是也不能天天借酒消愁啊，多伤身体。李娜有些惋惜。

李娜趁陈明还在讲电话，加快步伐朝咖啡厅走去。胡媛媛一眼就看出李娜的脸色和出去之前不一样。

"怎么了？"胡媛媛问。

李娜刚要脱口而出，话到嘴边又咽了下去。这毕竟牵扯到胡媛媛的家事，她又是偷听别人讲电话，也不是很道德。

李娜犹豫了一下，只好说："啊，没什么。"

胡媛媛"哦"了一声，没再放在心上。

李娜犹豫了半天，还是旁敲侧击问道："媛媛姐，你跟那个陈明，交情很好？"

胡媛媛顿了顿说："还可以吧，毕竟这么多年了。怎么了？"

李娜有一肚子话想问，但转念一想这是人家家事，对方如果不主动开口，她也不宜过多打听，只得收住话头说："噢，我就是刚在街边碰到他了，随口一问，看他平时跟你走得挺近的。"

胡媛媛看了李娜半晌，突然开口说："不是你想的那样。"

李娜愣了一下，有些尴尬地想要解释："我不是……"

"没什么，咱们这种一个人在国外生活的陪读妈妈，发生什么事儿都不稀奇，我跟陈明，关系是很好，但也不是你想的那样。"胡媛媛并没有再往下说，李娜也不好再追问。

李娜回到家，还是不甘心，她给陈莉莉打了个电话，想再侧面了解一下陈明的情况。

"莉莉啊！我刚刚和媛媛姐分开，她没给我说什么事儿，只是最近身体不太好。对了，我顺便问问你，陈明这个人怎么样？"

陈莉莉对陈明满口赞叹："很不错啊，年纪虽然不大，但做事儿很稳重。而且凭着自己一个人能从媛媛姐的司机做到现在的餐厅老板，不容易。"

"那，他跟媛媛姐的关系怎么样？"李娜试探了一下。

陈莉莉想了想说："关系挺好的吧，毕竟认识这么多年了，媛媛姐母子俩在这儿也不容易，有时候需要男人干点儿什么体力活儿，陈明也很帮忙。"

李娜只得叹了口气，几次想开口和陈莉莉说她看到的、听到的陈明的事儿，可是她还是犹豫不决，最后决定再观察一下事态的发展，也许陈明只是说说而已。

胡媛媛家的私事，李娜过度插手还是不好，只得暂时藏在心中，静观其变。

胡媛媛和陈明的事情过去没几天，李娜自己的麻烦便接踵而至。晚上，李娜洗漱完毕正准备睡觉，手机响了，是崔璐的电话。

崔璐的声音无比慌张，用非常简短的语句说："李娜，公司在东南亚建厂的工程因为拖欠好几个月的工资，工人停工罢工；还有一件事儿，高翔突然辞职了。"

"你马上买机票回国一趟吧。"崔璐催李娜回国。

李娜不置可否，在电话里对崔璐说道："你先去查清楚东南亚那边的事儿，我来联系高翔。"

李娜听完崔璐的电话，完全没有睡意，索性起来，快步走到客厅，打开客厅的小灯，坐在沙发上给高翔打电话。

"对不起，您所拨打的电话暂时无法接通，请稍后再拨……"

一通，两通，三通……

李娜不知道回拨了多少回，电话那头总是无法接通。看来自己真的是大意了，李娜后悔不迭。

前段时间崔璐就告诉过她，有几笔账的付款没有经过崔璐签字，高翔签字后就直接安排财务打款给东南亚工厂。李娜本来是想抽时间去查清楚这笔资金的去向的，可又觉得工程进展这么顺利，各项进度汇报都一步步有条不紊的，她便放松了警惕。

现在看来，高翔确实是提前都布置好了。他利用李娜温哥华和上海两头跑的机会，先伪造出完备的书面资料，让她觉得事情一直都在顺利进行，然后再偷偷转移这笔资金。

因为建厂的周期和速度非常快，汇报的资料也都详尽到细致入微，即便是她想下手查，也无从查起，更别提这次建厂是完全承包给中介公司，让中介找的当地建筑工人。

东南亚建厂牵涉的人很多，查起来非常复杂。李娜心情烦躁，她站了起来，在客厅里走来走去。

"妈妈，你怎么了？"丁一一不知道什么时候从他房间走出来，站在门口看着李娜。

"没事儿，这么晚了你怎么还没睡？"李娜问。

"刚才睡着了，又给渴醒了。"丁一一说着去厨房倒了杯水，出来时李娜已经把电脑打开，她在电脑前，飞快地打起字来。

"妈妈，你真没事儿吧？"

"真没事儿，你赶紧上去睡吧。"李娜说。

"好吧。"丁一一上楼。

李娜敲下最后一行字后，和她的助理小李打了个电话，让他马上组织一场公司高管的视频会议。十分钟以后，李娜穿戴整齐，打开了电脑摄像头，坐在电脑面前。她透过电脑屏幕都能感受到会议室内气氛的压抑。

"小李，销售部和商务部的经理呢？高管会议怎么没见到他们，人呢？"李娜环顾了一下会议室四周，开口问道。

李助理犹豫了一下说："他俩一早都到人事部交了辞职信了，如果我没猜错的话，很可能是跟着高总一起走了。李总，您赶紧回国一趟吧，您如果再不回来，我们就真的快撑不住了。"

李娜沉默了，然后说道："我知道了，我会尽快回去。不过在我回去之前，你们听崔总的指挥。"

"现在东南亚厂子那边完全烂尾了，那个所谓的中介公司根本就是皮包公司，那里的负责人现在完全联系不上。"崔璐说。

"现在还欠了工人多少工程款？"李娜问。

"至少有五六百万。关键是公司已经把百分之九十的工程款都打出去了，本来这次建厂就是耗费巨资，现在账面上剩余的钱已经不够支付工人的工钱了。"崔璐说。

"你先算一下现在公司账面上还剩多少，启动公司的应急资金。"

"不只是资金的问题，这次公司内部动荡，高翔带着一些骨干和客户离开公司，这个消息很快就会传出去，到时候落井下石的客户恐怕不会少。"

"对啊，好多客户都被高总挖走了，听说他还私下跟齐总碰了面，那可是咱们最大的客户之一，如果齐总被他挖走，咱们就真的……"王经理也跟着分析。

李娜冷笑了一下，说："齐总是个老狐狸，不会那么轻易和高翔合作，除非给他足够的诱惑。我会尽快回去稳住客户，大家当务之急是不要乱，尽量维持正常的业务周转。"

"我刚刚去查过账，目前的情况最多能撑半个月。"崔璐说。

李娜听见这句话顿了一下，说："能撑一天是一天，总能找到绝处逢生的办法的。"

众人纷纷点了点头。

"行，大家都回去吧，等我回了上海我们再细聊。"李娜说。

"崔璐，你留一下，我有事情要和你说。"

公司管理层纷纷离开了会议室，把地方腾出来，留给崔璐和李娜。

看着屏幕里面的崔璐，李娜说："之前是我高估了财务总监，我刚大致看了一下，一笔两笔账没走你这边流程，我可以理解，但是接下来好几笔都越过了你直接付款，看来也是把我的话当耳旁风了。他今天来上班了吗？"

崔璐摇摇头道："说是一大早出去办事儿，估计这会儿应该要回来了。"

李娜"嗯"了一声，又道："你去敲打敲打他，看看他那边什么反应。"

崔璐答应。

"我买了明天晚上回上海的票，后天才能到公司，这两天要辛苦你了。"

崔璐摇了摇头，说："辛苦点儿没什么，拿着你发的工资，总得替你办事儿吧？"

李娜这才露出了笑容。她挂了崔璐的视频，埋头继续查看公司的账目，完全忘记了时间，一直工作到第二天一早。

丁一一早晨起床，看见李娜一副心事重重的样子，正坐在沙发上工作，估计已经熬了一通宵。他看妈妈很专注的样子，便蹑手蹑脚地去了厨房，准备做一顿简单的早餐。

等李娜回过神的时候，丁一一已经把牛奶热好了。李娜听到儿子的脚步声，才合上电脑，抬头看了看墙上的挂钟，急忙跑进厨房，把丁一一赶了出去，给他快速做了个三明治。公司不顺利是公司的事情，儿子还是要照顾好的。

李娜把三明治端给丁一一，对他说："儿子，上海公司出了点儿急事儿，我坐今天晚上的航班飞上海。"

丁一一非常平静地点点头，说："我早就猜到妈妈回国是因为你们公司发生了重大问题。"

李娜表情复杂，她摸了摸丁一一的头。

丁一一安慰李娜说："妈妈，你就放心回去吧，我已经是男子汉了，可以独立自主。"

丁一一一边把三明治放进纸袋里，一边说："妈妈，你赶紧去睡觉吧！别累着了！天大的事儿也要先休息好！"说完转身走出家门去上学。

儿子如此贴心让李娜的坏心情顿时变好了很多。关键时候，儿子真是她的精神支柱。李娜随便吃了两口早餐，就到卧室去补觉了。这一觉睡得昏昏沉沉，直到下午闹钟响，李娜才猛然睁开双眼。

距离去机场的时间已经很近了。李娜打仗一样做了顿饭，丁一一放学回家也顾不上吃，帮着李娜一起收拾行李。

"妈，你叫的车到了！"李娜刚刚收拾好行李，丁一一的声音就从外面传了进来。

"我马上来，你让司机稍等一下。"李娜说完就拎着行李箱从楼上走了下来。

她刚到一楼客厅，手机就响了，然后一边换鞋一边接电话："喂……什么？好好，我现在就过去。"

李娜突然不着急去机场了，她把行李往门口一放，对丁一一说："你快去把外套穿上，跟我走。"

丁一一一脸不解："我跟你去机场干吗？"

"不去机场了，去医院，杨洋出车祸了，现在在手术室，生死未卜。"李娜脸色凝重地说道。

李娜母子坐上出租车，很快就赶到了医院，夏天、陈莉莉都在。

丁一一看到胡媛媛立刻冲上前，问："媛媛阿姨，杨洋怎么了？"

胡媛媛神情恍惚地摇头。

李娜走上前去，将胡媛媛揽住，胡媛媛再也忍不住，靠在她怀里，眼泪无声地簌簌垂落。

"怎么好好的孩子，突然就出了车祸，受了这么重的伤呢？"李娜问。

夏天和陈莉莉也站在一旁，相顾无言。

丁一一看到戴安娜和罗盼也都过来了，便去找他们询问详情。

靠近手术室的长椅上，就只剩下了四位妈妈。

时间每分每秒都变得十分难熬。突然，手术室的门开了，护士从手术室走出来。

夏天上前拦住她，问道："你好，请问一下病人现在情况怎么样了？"

"胸口没有受到太大的冲击力，所以还比较容易处理，最麻烦的是肺组织挫伤，支气管道内压力急剧升高，血气胸积血量大，胸膜腔穿刺不能尽快抽净的话，主刀医生将会紧急开胸止血。"

"意思是暂时还没脱离生命危险？"夏天问。

"这种手术不到最后，谁都无法预判肺膨胀能否自主进行，也会受患者手术中的生命体征影响，所以只能等手术结束。"护士说。

"好的，谢谢啊。"夏天说。

这段对话全程用英语交流，李娜除了简单的词汇之外，医学专业词汇还是听不懂。

护士离开后，李娜问夏天："刚才护士怎么说？"

"手术还在进行，这就是好消息。"夏天说。

"没错，"陈莉莉也同意夏天的说法，然后又回过头，劝慰胡媛媛，"你先别自己吓自己。"

"对了，杨洋爸爸知道了吗？他能尽快到的话，你也有个靠山。"

胡媛媛有些犹豫，道："我还没跟他说。"

"你赶紧给他打电话让他过来啊！出了这么大事儿，他可是孩子他爸。"李娜催促胡媛媛联系杨洋爸爸。

胡媛媛拿出电话想了想，最后，选择给杨洋的爸爸发了条文字信息。

众人盯着显示"手术中"的灯，灯一直亮着，丁一一、戴安娜、罗盼在外面等得心急，就在走廊里走来走去，过了一会儿，一个个都觉得困了，然后他们靠在椅子上慢慢地睡着了。直到天色渐渐亮了，"手术中"的红灯才熄灭，手术终于结束。睡着的孩子们被拍醒，看到杨洋被推出来，大家簇拥过去。

"医生，手术结果怎么样？"胡媛媛问。

"病人保住了性命，还好穿刺及时解决了，但他右腿伤势严重，能不能恢复到和以前一样，还要看他后面的复健情况。"

"谢谢你，谢谢！"胡媛媛连连道谢。

"你们去办一下住院手续吧。"医生说。

"大家跟着去病房吧，手续我办理就行。"夏天道。

胡媛媛点头同意，和李娜等人一起，跟着小推车去往病房。从手术室出来以后，杨洋就转到ICU。ICU探望是有人数限制的，大家只能等在病房外，看护士在里面做连接仪器的工作。不一会儿护士操作完出来，对外面的人说："直系家属可以进去。"

李娜把胡媛媛扶起来，说："媛媛姐，你去吧。"

胡媛媛急忙站起来，跟着护士进病房。

"我去买点咖啡，你们要吗？"李娜看了看病房外面等待一晚上的大家，问道。

"我不要了，早上没吃东西，喝咖啡容易胃疼。"陈莉莉说。

"帮我带一杯吧，谢谢。"夏天没有跟李娜客气。

李娜拿着手机离开，边往外走边给崔璐打电话。

"喂。"电话那头的崔璐愣了一下问，"你怎么这会儿给我打电话？你现在不应该在飞机上吗？"

"这边临时出了点事儿，我暂时回不去。"李娜说。

"大姐，现在可是咱们公司的生死关头，有什么事儿比公司还重要？"崔璐急得直跳脚。

"有个朋友的孩子出车祸了，我现在在医院。公司危机既然已经发生，早一天晚一天回去都改变不了客观现状，你跟王鹏先帮我顶几天。"李娜说。

"我可不敢保证，现在公司人心惶惶的，而且那些老客户都只认你，才不管我是谁呢，你再晚点儿回来很可能到时候就真成光杆司令了。"崔璐的语气非常严肃。

李娜沉默了一下，道："那个孩子是——最好的朋友，我没办法在这时候把他一个人留在温哥华，等这边情况稍微稳定一下我马上就回去。"

"好吧好吧，反正你现在永远都是儿子第一。"

"辛苦你了。"李娜挂了电话，慢慢地走过医院走廊，四处寻找着自动咖啡售卖机，她在走廊尽头的角落里看到了一个半旧的咖啡售卖机。

一个身穿住院服的女人走到咖啡售卖机前，选好咖啡，摸了摸口袋，发现没带零钱。

李娜在一旁看到，便主动开口问："需要帮忙吗？"

那个女病人有些无奈，道："忘带零钱下来，算了，我上去取吧。"

李娜从口袋里找出零钱塞进咖啡售卖机。

"好了，你要什么，拿铁行吗？"

"啊，谢谢啊。"那女人微笑着道谢。

"没事儿，省得你再上去一次，多麻烦，"李娜拿起自己的咖啡说，"那我先上去了。"

"你是来探病的？能不能告诉我病房号，我一会儿上去把咖啡钱还给你。"那人说。

"一杯咖啡而已，没关系。"李娜说完冲她摆摆手，拿着咖啡离开。

等到李娜回来时，胡媛媛已经从病房里走了出来。

陈莉莉把一个垫子递给胡媛媛，说："护士说把这个给杨洋垫上，刚才没送进去怕打扰你们。"

"杨洋不肯见人，就算不见我，至少见见一一、戴安娜和罗盼他们仨。他现在腿被撞成那个样子，他自己也接受不了，不知道怎么面对朋友们。"

"要不我试试吧，总得有个人进去给他垫好，凭借我和一一多年的斗争经验，我知道怎么和孩子进行沟通。杨洋他如果不想跟人交流，我进去先不说话，看看他的反应再说。"

夏天也同意李娜的提议："如果不行再把护士请过来。"

"护士走都走了，别再麻烦了，给我吧。"李娜从陈莉莉手中接过垫子。

"夏天、莉莉，你们带孩子先回家吧，熬了一夜，回去补个觉，不用都耗在医院，这也不是马上就可以好的病。"胡媛媛说。

"对，你们先回吧，夏天，麻烦你把一一顺回家吧。"李娜说。

夏天点了点头说："好，有什么情况，你们随时打电话。"

"我们先回去，然后再来替你们。"陈莉莉还是有些不放心地说道。

"麻烦你们了。"胡媛媛说。

"这种时候，咱们陪读妈妈最需要互相帮助和互相鼓励，你不用和我们客气。"陈莉莉上前拥抱了她一下说。

夏天和陈莉莉带着戴安娜、罗盼和丁一一回了家。

李娜深吸一口气，推门进了病房，同时回头看了一下，胡媛媛守在门口，眼睛直勾勾地往病房里看着，一脸忧愁。

杨洋正在床上探身观察他受伤的右腿，看到李娜进来，重新躺下。"你们能别来烦我吗？"杨洋不客气地说。

李娜并不生气，她走到病床前把垫子塞到杨洋腿下面。

"别动我的腿，什么鬼东西，拿开。"杨洋一脸怒气地说。

杨洋用左腿蹭了几次才把垫子踢下病床，李娜弯腰捡起来又塞回原位。杨洋再一次把垫子艰难地踢下来，李娜又默不作声地塞了回去，几个回合下来，杨洋消停不动了。李娜搞定垫子后，离开病房。

一直站在门口的胡媛媛，看到李娜从病房里出来，急切地问道："杨洋怎么样？"

"帮他垫好了，他情绪不太好。"李娜说。

胡媛媛的声音有些沙哑："这孩子现在很恨我。"

"杨洋刚刚手术完，他情绪不稳定也是正常的。"李娜轻声劝着胡媛媛。

胡媛媛不停地怪罪着自己："都是我的错，如果不是我赌气带他来温哥华，他也不会变成今天这样。"

胡媛媛的一番话让李娜感觉到胡媛媛家里有很多难以启齿的事情，但李娜不便多问，只能安慰她："不管杨洋他现在态度怎么样，这个时候你不能倒下，一定要撑住，不然杨洋后面怎么办。"

胡媛媛点了点头，说："你说得对，为了杨洋我也得打起精神。"

"媛媛姐，我在医院帮你盯一下，你回家拿一些杨洋住院要用的物品。"李娜说。

"好，辛苦你了。"胡媛媛说。

李娜示意胡媛媛赶紧回家："你回家洗个澡，睡一觉会更好。"

胡媛媛知道李娜是关心自己，她默默地点头答应后离去。

李娜送走胡媛媛，又回到杨洋的病房。杨洋不知道何时睡着了。李娜低头一看，地上一片狼藉，到处都是杨洋扔的东西。她把扔在地上的东西捡了起来，放回桌上。她看见桌子上放着一个透明袋子，里面还有血迹，她轻声叹了口气，把手机从袋子里掏出，拿纸巾擦拭上面的血迹。

屏幕突然被碰亮。

李娜无意中瞥见手机上最后一个通话记录，上面写的：爸爸。

李娜放下袋子，悄悄地离开病房，关上房门。她轻轻地靠在病房门口的墙上，回忆之前在咖啡厅门口从陈明那边听到的信息，分析杨洋可能最近知道了父母离婚这件事儿，这样杨洋最近一系列反常的举动也算合乎逻辑。父母感情出问题，孩子必然跟着受罪，可是孩子并没有错啊。

李娜不禁感到惋惜，她突然就想起丁致远来，便马上拨通了丁致远的电话。丁致远正和父母吃着饭，看到是李娜的电话，跑到阳台接起来。

李娜在电话里沉重地说着杨洋出车祸的事儿。

丁致远惊讶不已："怎么会出这种事儿？"

"可不是嘛，太突然了，媛媛姐都快崩溃了，都是当妈的，这要是搁——身上，我真是想都不敢想。"

"——现在怎么样？"丁致远关心地问。

"——他们几个小伙伴心情都很不好，毕竟还是孩子，大家平时都是好朋友，不太能接受突然发生的变故。"李娜说。

"你多开导开导儿子，让他平时多注意安全。"

"我现在在医院替媛媛姐值班看护杨洋，——已经回家了。"

"你自己也要注意保重身体。"丁致远嘱咐道。

"我知道。"李娜应声道。

丁致远没有立刻挂电话，似乎是在等着李娜再说些别的。李娜想把她推测的杨洋出事儿的原因告诉丁致远，后来想了想，欲言又止，这才把电话挂了。

回到病房，李娜看到熟睡中的杨洋，放下心来。她突然觉得肚子有点儿饿，就准备到医院附近吃点儿东西再回来照顾杨洋。吃完饭，李娜来到病房陪杨洋，安安稳稳待到了下午，她有点儿困，刚想稍微眯一下，突然发现病房门口有位中年男子在往病房里探头探脑。

李娜上下打量了一下来人，高高的个子，略有些发福，衣着不凡，家世应该不错，不是什么奇奇怪怪的人。

"您找……"李娜用中文开口询问道。

"啊？"男人看着李娜说，"我找杨洋，他是在这间病房吗？"

李娜发现这男人和杨洋的眉眼很像。

"您是杨洋的……爸爸吧？"

"我叫杨益忠，是杨洋的爸爸。"那男人说。

李娜赶紧招呼他进病房。那男子连连道谢，小心翼翼地走到病床前。

"儿子？"来人轻轻地叫了一声杨洋。

杨洋不知道什么时候醒了，听见这句话立刻扭过头不理他。杨益忠一脸心疼地看着杨洋，伸手抚摸杨洋正在吊水的胳膊。杨洋突然情绪激动起来，右手抓起枕头就向门口扔去。

"你来干什么？看我笑话吗？你……你出去！"

李娜被杨洋过激的态度吓了一跳，她轻轻带上门，离开了病房。父子之间的问题，让他们自己解决就好。她在病房门口找了个位置，坐了下来。

"你外面那女人不是已经给你生了个小宝贝了吗？"杨洋对他爸爸大吼，声音响彻整个走廊。

李娜听到觉得有些尴尬。

"李娜，辛苦你了，你回去吧！"胡媛媛的声音传来。

李娜扭头看到胡媛媛急匆匆地从外面赶过来，她简短地说了一下刚才发生的情况。胡媛媛显然已经知道杨洋爸爸来到医院了，她顾不上和李娜客气，推门进了病房。

"无论什么时候，你都是爸爸的宝贝儿子！"杨益忠的声音从病房里面传了出来。

"吧嗒"一下，胡媛媛走进病房把门关上。

可杨洋下一句话的音量一扇门根本挡不住："我没你这样的爸！你们都给我出去！"

李娜预感到这一家人有场大战要爆发，她还是暂时先避一避，便快速地离开了病房。

李娜刚走出医院，又想这会儿离开好像不太合适，媛媛姐万一和杨洋爸爸争吵起来，杨洋怎么办？她还是应该回病房劝劝架。于是她又返回了杨洋的病房。

果然不出李娜所料，她刚从电梯间出来，便看见胡媛媛和杨益忠站在离病房门口不远的地方在争执。

"你是怎么照顾儿子的？好好的一个孩子，怎么弄成现在这个样子！"杨益忠指责道。

"你还好意思把责任全推在我头上？这么多年你尽过父亲的责任吗？如果不是你在外面乱搞，非要抛弃我们俩，儿子能出这种事儿吗？"胡媛媛反唇相讥。

"不跟你扯那些，当初是你死活要带儿子出来，还拿儿子要挟我，今天这个样子你满意了？"

胡媛媛冷笑道："这么多年是我猪油蒙了心，现在我算明白了，儿子才是我的一切，这婚你要离，随便！以后我自己带着儿子过！"

"你说的什么话，杨洋也是我儿子，他现在被你毁成这样，你觉得我可能把他扔下不管吗？"杨益忠说。

胡媛媛火气一下子又上来了："反正这么多年你也没管过他！他现在根本不需要你来做好爸爸！"

李娜看战火即将发展到不可收拾的地步，忙跑过来劝架："媛媛姐，你们俩都少争两句，这个时候还是平心静气地商量下如何安抚孩子吧，何必互相指责，你横着数三圈，他竖着数三圈，其实谁也脱不了责任，当务之急不是你们俩的是是非非，而是孩子。"

胡媛媛看到李娜，突然失去了所有力气，她靠着墙瘫倒在旁边的座椅上，失声痛哭。李娜急忙跑上前去搀扶，杨益忠看到此时此刻的情景，站在旁边不说话了。

李娜先反应过来，她说："我进去看看杨洋。"说完就推开了病房门。

可眼前的一幕让她惊呆了！曾经那个爱笑的杨洋，坐在床边，手里拿着一把水果刀，正狠狠地在手腕上划，鲜血顺着刀子流了下来。

"杨洋，你在干什么？千万不要做傻事儿！"李娜急忙冲上前抢走杨洋手中的水果刀，拿衣角按住伤口，"快叫护士来！"

胡媛媛和杨益忠听见李娜的尖叫声，一起冲进来，鲜血首先映入他们的眼中。杨益忠吓得面色苍白，飞速地跑出去找护士，胡媛媛则跌跌撞撞地走到杨洋面前，哭着拉住杨洋的手，和李娜一起将杨洋扶着躺在床上。

"儿子，你这是要干什么！你是想吓死妈妈吗？"胡媛媛抱着杨洋痛哭流涕。

杨益忠叫来护士，护士急忙帮杨洋包扎伤口，杨洋全程毫无反应，非常漠然地看着伤口，谁都不搭理。

李娜一身疲惫地从医院回到了家。从医院出来前，她劝了胡媛媛，让她把一切心思都用在儿子身上，千万不要再和杨洋他爸理论谁是谁非了，就是不知道胡媛媛听进去了多少。她进屋就躺在沙发上，可能是因为太累的缘故，没过几分钟就睡着了，直到丁一一回家她才醒了过来。

"妈妈，你从医院回来了？杨洋现在怎么样？"丁一一脱了鞋，奔到李娜面前，问道。

李娜慢慢坐起身来，揉了揉头，说："太惊险了，刚才杨洋在医院要割腕自杀，吓死我了！现在你媛媛阿姨和杨洋的爸爸寸步不离地在病房守着。"

丁一一惊讶地问："杨洋自杀？不会吧？他现在没事儿了吧？"

李娜站了起来，活动了一下肩膀，说："这会儿没事儿了，还好发现得及时。"

丁一一懊恼不已："杨洋他这到底是为什么啊？"

李娜长叹了一口气："父母的感情债，结果让孩子来还。"

"什么意思啊？"丁一一不解地问。

李娜摇头，说："没什么，你们都是杨洋的好朋友，有空儿可以去医院多陪他说说话。"

"嗯，我们商量过了，以后每天放学了就去医院陪他。"丁一一说。

"明天我再去医院看看，如果没什么大问题，我明天下午就直接回上海了。"

"妈，你这么着急回去，是不是公司出什么事儿了？"丁一一知道关心妈妈了。

"没事儿，妈妈的事儿妈妈自己能解决。我不在温哥华这段时间，你要自己照顾自己了，媛媛阿姨这次已经顾不上你了。"李娜叮嘱丁一一。

"放心吧，我已经会做西红柿鸡蛋面了，饿不着的。"丁一一说。

李娜看了看儿子，突然想抱一抱他，便把他叫了过来，轻轻地拥抱他。丁一一虽然感觉有些别扭，但是也没有挣扎。

良久，李娜才放开手，对丁一一说："赶快去写作业吧。"

丁一一点了点头，一步一回头地边看李娜边上楼。

第二天一大早，李娜简单收拾了一下行李，直接去了医院。她刚上电梯，就遇到了昨天她帮忙买咖啡的那位女士。她认出了李娜，友善地跟她打招呼。

"Hi！"

"Hello！"

"我还欠你杯咖啡呢。"

李娜笑笑说："算我请你的。"

那位女士刚想继续和李娜聊，手机响了起来。

"Sorry……"那女士接电话前对李娜抱歉地说。

李娜笑着摇摇头表示没关系。

"我已经说过了，这次咱们的研发很成功，已经有好几个品牌希望下个季度在他们新的护肤品中加入我们的研发成果……"

那位女士用流利的英语在进行电话交流，李娜虽然没有百分之百听懂她的话，但还是听明白了大致内容，初步判断她俩是同行。

"叮!"电梯门开了，李娜和她一起往外走。

"……行，这些事你先处理，等我从医院回去再说。"她看到医院禁止通讯的标志，立刻挂了电话。

"抱歉啊，该死的工作，简直任何时候都不放过我。"那位女士对李娜说。

"我特别理解，我以前也跟你一样。"李娜犹豫了一下，接着说，"我不是有意听你打电话的，刚刚电梯里……好像听到你是做护肤品的？"

"没错，我在加拿大有自己的研发实验室，专门给各个护肤品品牌做新技术的研发。"那位女士解释道。

李娜眼前一亮，问道："真的？"

"当然是真的，怎么了？"

"啊，是这样，我在中国是做彩妆和护肤品行业的，没想到咱们还算半个同行。"李娜笑着说。

"这么巧啊？"女人惊讶地说。

"对啊，我还以为我听错了呢。真是有缘啊！或许咱们可以坐下来好好聊聊，看是否有合作的机会？"李娜问。

"这样吧，我今天是过来办出院手续的，还得赶回实验室，要不咱们约个时间，我带你去我那儿参观参观，顺便让我请你喝杯咖啡。"

"没问题。"

那位女士名叫 Nancy，她翻了一下包，掏出笔和便笺纸，刷刷地写下一串号码。

"这是电话，随时跟我联系。"

李娜接过联系方式看了一眼。

"Nancy？"李娜友好地伸出手，"我是李娜。"

"李娜，我记住了，那我先走了。"

Nancy 离开后，李娜看着手里的电话号码，又看了看手表，急忙去了杨洋的病房。

胡媛媛和李娜站在病房外，透过窗户看着病床上的杨洋。

"你把离婚协议书给他，他就走了？"李娜问。

"杨洋出事儿了我才明白，是我之前太自私了，把儿子当成要挟他的筹码，我现在才发现，跟他这种人耗下去根本没有意义……算了，就这样吧。"胡媛媛一脸淡漠，似乎她刚刚说的话都事不关己。

"那你打算跟杨洋说吗？"李娜问。

"缓两天吧，他现在这个状态我真是开不了口。"胡媛媛说。

李娜长叹一声，道："那以后就真是你们母子相依为命了。"

"是啊！生活总得往下过……"

胡媛媛说罢，两人沉默了一会儿。

"对了，你不是马上要回国吗？这次真是给你们添了太多麻烦了！如果没有你们我真不知道该怎么办了……"胡媛媛说。

"媛媛姐，你这说的是哪里的话？想想我刚来加拿大那会儿，什么事儿我都离不开你，现在杨洋出了事儿，我怎么能不关心？"李娜说。

胡媛媛感激地说："杨洋基本上稳定下来了，你快回国吧，别耽误了你的大事儿。"

"没关系，我也不一定马上走，有件事儿我要再去谈谈。"

胡媛媛刚想问李娜到底什么事儿，就看到罗盼和陈莉莉提着饭盒走过来了。

"莉莉他们来了。"李娜说。

"今天杨洋怎么样?"陈莉莉问。

"还是老样子。"胡媛媛垂下了头。

李娜拿过陈莉莉手中的饭盒闻了下,说:"好香,这汤肯定对杨洋的胃口。"

"是的,我做的都是杨洋平时喜欢的。"陈莉莉说。

"你费心了,走,进去吧。"胡媛媛说着推开了病房的门。

胡媛媛把餐桌架在病床上,李娜和陈莉莉麻利地摆好饭菜和汤。杨洋面无表情地坐起来,机械地拿起勺子,夹了一口菜塞嘴里。大家都盯着他吃饭,尤其是胡媛媛。

杨洋被这么多人看着,很不自在,没好气地说:"能别这么多人看我吃饭吗?"

胡媛媛赶快顺着杨洋说:"好好好,我们出去,你得好好吃饭才能恢复得快,知道吗?"

杨洋把头扭了过去,不想搭理胡媛媛。

大家都有些尴尬,罗盼看了看大家,便道:"阿姨,妈,你们出去聊会儿吧,让我跟杨洋单独待会儿。"

"好,"胡媛媛一口答应,说完又有些不放心,"罗盼,那你一定得监督杨洋让他多吃点儿饭,他现在需要营养。"

杨洋听到胡媛媛的话,冲她吼道:"你烦不烦啊!"

罗盼见状,连忙示意三位妈妈离开。

"好吧!我不说了,我们走。"胡媛媛赶紧说。

罗盼安抚妈妈们,小声地说:"你们赶紧走吧,放心,这里有我呢!"

李娜对大家说："我跟——说一声，今天有罗盼陪杨洋，明天再让他过来，我先回家了。"

李娜匆匆离开医院，刚出医院，她就犹豫今天走还是不走。距离她登机还有些时间，也不知道 Nancy 那边到底是什么情况。要不，就趁着今天先去看看？

她马上从包里掏出了便笺纸，看了一下上面的电话，然后拨通。

"Hi，Nancy，我是李娜。你现在方便吗？我能现在去你的实验室看看吗？……好，没问题，没事，你把地址发给我，我导航过去就行……行，那一会儿见。"

李娜挂上电话，很快就收到了 Nancy 发来的地址。她看到地图上显示的地址距离市区有点儿远。

在去 Nancy 实验室的路上，李娜思考了很多：现在回上海救火，是治标不治本，如果能够和 Nancy 合作成功，那对公司的重新崛起会起决定性的作用。

Nancy 非常热情地接待了李娜，带着她参观了实验室。实验室里布置了各种精密仪器，还有很多穿着白大褂戴着口罩的研究人员，他们正在专注地工作着。

"我们刚刚研发完成一种最新的美白成分，比 SK-II 中的 Pitera 和日本常用的曲酸 Probright 有更显著的效果，关键是它还克服了现在大多数美白产品畏光的缺陷，对皮肤角质层的伤害也大大减小了。"

"这个已经投入市场了吗？"李娜问。

"还没有呢，已经和品牌达成了合作，接下来就是怎么把这个成分很好地融进他各个系列的产品中去了。"Nancy说。

"你们研发的产品一定会有很好的销路，我太明白这种核心技术对护肤品品牌的重要性了。"

"你在中国的公司有自己的研发部门吗？"Nancy问道。

"有，但规模很小，而且只能基于一些已有的成分做一些完善改进，你也知道，这种研发需要大量以及源源不断的资金，对我的公司来说，确实还做不到。"李娜诚恳地说。

Nancy领着李娜继续参观。两人边看边聊，好像一见如故，有很多共同语言。她们从工作聊到家庭，Nancy比李娜大两岁，是位单亲妈妈，她女儿现在上十年级，也正是叛逆期，Nancy工作忙没时间照顾孩子，她和女儿的关系也有些紧张。李娜听后觉得Nancy和女儿之间的关系更像早期她和儿子的状态，便和Nancy交流分享教育心得，她们都忘了时间，一直聊到中午，还在一起吃了顿午餐。

Nancy说她做的是试管婴儿，单亲妈妈的日子真的有些辛苦。李娜特别清楚她的感受，觉得她特别坚强，是个非常伟大的妈妈。午餐进行到尾声，两个人都意犹未尽，李娜趁Nancy不注意，去前台结了账。

Nancy知道后，嗔怪李娜说："本来上次就欠你一杯咖啡，今天你又请我吃一顿午饭。"

李娜说："你工作这么忙，还抽空儿接待我，我肯定要感谢你了！"

Nancy认真地对李娜说："和你相处很愉快，希望我们以后能合作！"

"肯定有机会的，咱们保持联系！"李娜信心满满地说。

回家的路上，李娜一直在考虑 Nancy 实验室研制的护肤产品添加剂。对于化妆品产业来讲，技术的革新简直是太重要了。现在正值公司危急时刻，如果有新技术的独家引进，那完全是为他们公司的产品品质提升打一剂强心针。正盘算着，她的电话响了起来。

看来电显示是崔璐，她把车停在了路边，按下接听键。

"我的大李总，你不是说好今天的飞机吗？怎么又改签了？现在公司已经没剩下几个人了，大部分的骨干和客户都被高翔挖走了，关键岗位基本上处于停滞状态，你如果再不回来我可真撑不住了。"崔璐像竹筒倒豆子，噼里啪啦说了一通。

"再给我几天时间，这次回去之前我要想办法搞定一件事儿。"李娜说。

"什么事儿啊？哎哟，这都火烧眉毛了，其他事儿你就先缓缓吧，当务之急是要把公司的事情解决了，你再去处理其他的也行啊！真是皇上不急太监急，我都急得像热锅上的蚂蚁了！"崔璐急吼吼地说。

"崔璐，真是'催路'，这么着急催我上路？"李娜为了缓和一下气氛，调侃崔璐。

然后她马上一本正经地说："这次公司能不能挺过去，就看这件事儿能不能成，不过我必须想尽办法拿下！"

崔璐愣了一下，问："啊？什么事儿啊？让你说得这么玄乎。"

"具体情况我现在来不及跟你细说，就看这两天能不能谈下来了！到时候如果确定下来，我回国再慢慢告诉你。"李娜说。

崔璐看李娜藏着掖着一副不愿多谈的样子，心生疑惑，这李娜葫芦里到底卖的什么药？机票改了又改，也不知道她究竟在搞什么鬼。

"李娜！你可千万别拿自己这么多年的心血开玩笑！"崔璐对着电话喊道。

"我是那样的人吗？没谱的事儿我从来都不会干！"李娜说。

崔璐咬了咬牙，说："行！我就再信你一次！但是你还是要抓紧回来，公司如果在我手里垮了，这罪名我可真担不起！"

"求你进公司的人是我吧？当初那么信任高翔让他管业务的也是我吧？无论最近怎么样，出了什么事儿，责任也在我，后果我自己承担，放心吧，和你没关系！"

李娜又补充说："我知道你这几天比较难熬，但是你不要有太大的压力，天塌下来有我顶着，因为我个子确实比你高。"

"都什么时候了，你还在开玩笑，我能没压力吗？"崔璐在电话里无奈地说，"算了算了，还是我先替你顶着吧，我和王经理再去客户那里沟通，能拖多久算多久！你办完事快点儿回来，要不然我真的挺不住了！"

李娜叹了口气，说："确实是辛苦你了。"

"贼船我都上了，现在我不替你扛着谁替你扛？"

李娜又安慰了崔璐几句，这才挂了电话。心想，真是对不起崔璐，她李娜把一个在家里待得好好的全职妈妈"骗"进了公司，还让她应对公司的各种危机，真是上海第一好闺蜜，等回到上海，一定要好好犒劳犒劳她。

李娜本来还想着过几天再把 Nancy 约出来好好谈谈，但是看现在的情况，越早越好。她准备连夜整理资料，第二天就约 Nancy 出来聊聊。

Nancy 和李娜约在咖啡馆见面。

李娜也不拐弯抹角，轻啜了一口咖啡，说："Nancy，我这个人喜欢直来直去，我想问你有没有兴趣和我们公司建立技术合作关系？"

Nancy 似乎早就猜出了李娜的意图："和你们公司进行技术合作？你怎么突然想和我们实验室合作？"

"我们公司目前发展进入了瓶颈期，现在急需有新的技术加入，这样才能有突破。你们如果和我们合作，就相当于帮你们打开了中国市场，现在化妆品领域最热的市场就是中国，对于你们来说能早一步介入就相当于占了先机！中国市场这么大的一块蛋糕，你们不会不感兴趣吧？"李娜说。

Nancy 想了想，说："我很看好中国的化妆品市场，但是目前你们公司的规模和市场占有率与我们的品牌不太匹配。"

"不太匹配是什么意思？"

"说实话，昨天你来实验室参观前，我就对你们公司做过一些研究，你们公司在中国本土主推的化妆品定价不高，我们实验室研发费用高昂，所采用的原料成本都很高，一般公司负担不起，所以我们一向只跟国际一线大牌合作，这样对于合作的双方都是保证！所以就算真的合作，我担心你现有的品牌定价未必能够消化如此高的研发成本。"

李娜早就有备而来，她打开笔记本电脑，向 Nancy 展示一个报表，说："你的调查那已经是至少 5 年前的市场情况了，你看这张统计表，目前中国的女性对于化妆品的选择越来越偏向于高端定位，而且你看像兰蔻、迪奥、雅诗兰黛这样的高端化妆品品牌，在中国的销售量也是节节攀升，所以这再次证明中国女性的消费能力是不容置疑的。以之前 ysl 星辰口红为例，这款限量版口红在全世界销售量第一的地区就是中国。"

Nancy 接过李娜的笔记本，认真地看着，资料确实比较详尽。

"你们和国际大牌合作，有利有弊，利我不用再说，你们丝毫不用担心销售。"

"那你认为弊端是什么呢？" Nancy 问道。

"弊吗？就是你们实验室只是一个技术提供者，难以树立自己的品牌形象，只能依附于其他品牌存在，你们和大牌合作，消费者只会看见他们的品牌，相信他们的品牌溢价，又有谁会注意到你们的技术呢？"李娜一针见血地说，她诚恳地看着 Nancy 继续劝说，"但是如果你们和我们这样的中国本土化妆品公司合作，就完全可以采用新的合作模式，我们可以联合品牌把你们带入中国市场，干掉大牌无谓的品牌溢价，让消费者用最少的钱买到最好的化妆品，消费者相信的就是你们的研发成果，这样就能给你们树立技术品牌形象啊，让你们不再依附于其他品牌存在，你们的技术自身变成一个品牌，这样对你们的长期发展不是更有利吗？"

Nancy 听着李娜慷慨激昂的劝说，陷入了沉思。良久，Nancy 才慢慢说道："你说得没错，缺少品牌的独立性一直是困扰我们研发中心的问题，我们只在行业圈内才有知名度，出了圈儿不会有消费者关注到我们。"

李娜向前探了探身体，微笑着对 Nancy 说："所以啊，跟我们合作就是一件双赢的事情！再说了，和我们合作也丝毫不影响你们和大品牌原有的合作模式，咱们合作就是互相给一个机会而已，对双方都是锦上添花的事情，对你们原有业务完全不会有任何损失，你说呢 Nancy ？"

Nancy 抱着咖啡杯，没有马上回复李娜。李娜知道她已经有点儿动心了，就耐心地等着 Nancy 考虑。

"All Right，你好像说服了我。"

李娜果然猜得没错，Nancy 愿意合作。

"因为这本身就是一件双赢的事儿，你们原来和大品牌的合作方式是传统模式，我们都应该寻求新的突破，可以尝试联合品牌推广进入中国市场，这是一种新的合作方式。"李娜进一步阐述。

"可以，我们确实一直想尝试打入中国市场，联合品牌可以作为我们初次涉足中国市场的探路石，具体的合作方式我们还需要详细沟通。"Nancy 说。

"没问题，我马上要回国一趟，我们可以随时视频或者电话会议，我回去让公司尽快出一份合作框架协议，我会积极促成这次具有创新意义的合作，如何？"

说罢，李娜向 Nancy 伸出了右手，两人的手紧紧地握在了一起。

"那我就只能说，预祝咱们合作成功！"Nancy 说。

回家的路上，李娜欣喜不已，合作基本上可以说是尘埃落定了。一切机会都是留给有准备的人的。

她看了看手表，距离飞机起飞还有四五个小时。她飞快地开车回家取行李，同时通知杰瑞帮忙送她去机场。

李娜回到家里，丁一一刚放学回到家。她一边收拾行李，一边叮嘱丁一一："我不在这段时间你自己一定要小心啊，在厨房烧水做饭，注意用完拔掉电源、关上开关，晚上睡觉把门锁好。"

"妈，我知道啦，我都听你说了八百遍了，每次你回国都要千叮咛万嘱咐，我又没得老年痴呆，我记得住。"丁一一边帮李娜搬运行李边说。

"好好好！我不唠叨了，你最近放学只要有空儿，就多去医院陪陪杨洋，他现在最需要的就是你们这些小伙伴的安慰。"

丁一一顽皮地冲着李娜伸出手，比了一个八的手势说："8 遍了……妈，你怎么也算个商场女精英，怎么现在变得比我奶奶还婆婆妈妈絮絮叨叨呢……"

"我以后就是婆婆妈妈，现在是你妈妈，未来就是婆婆加妈妈，你满意了吧？"李娜笑着说。

丁一一吐了吐舌头，说："好吧，没办法，这是更年期遇到了青春期，一点儿办法也没有。"

李娜白了丁一一一眼。

丁一一费力地帮李娜把行李扛到门口。

"是不是又通知了杰瑞叔叔来送你？"丁一一话里有话。

李娜没太理会儿子。

丁一一又说："妈妈，现在华人圈儿有卡布叫车，很方便的，和上海的滴滴打车一样，而且全是讲中文的，我建议下一次就不要再麻烦杰瑞叔叔了。"

"我已经通知杰瑞叔叔了，他送我的路上我顺便也给他说说，让他时常来照顾一下你。"李娜对丁一一说。

"得了，妈妈你还是别让杰瑞叔叔来照顾我了，我已经不是小孩子了，早就独立了，你不觉得上次你回温哥华我的进步比以前大多了吗？希望你多给我几次机会。"

李娜看了看丁一一，会心地笑了。

过了半晌，杰瑞还没有到，丁一一小心翼翼地问道："我听老爸说你公司出了点儿问题，公司的事儿要紧吗？"

"大人的事儿留给大人解决，不用你替妈妈操心，你只要能对你自己负责就行，你目前的任务就是吃好、学好，比什么都强。"

丁一一点点头。

"我跟你莉莉阿姨说好了，如果你不想吃外卖，就去找莉莉阿姨和罗盼一起吃，如果学校有什么事儿，就去找杰瑞叔叔。"

丁一一拍着胸脯说道："老妈你放心吧，我能照顾自己的，你就安心回去处理公司的事儿吧。"

"还有啊，我不在，你别真的跟放羊了一样，天天通宵打游戏，听到没？"

"知道啦，凡事靠自觉嘛。"丁一一说得有点嗫嚅。

李娜瞪他一眼，说："你要真有那个自觉性，哪还用得着我这么操心。"

"妈，有句话叫士别三日当刮目相看，你不能老拿以前的眼光来看我呀。"

"行啦行啦，我说不过你。"

丁一一突然说："我去厨房给你装点儿吃的，你带着路上吃，饿了充饥。"说完就往厨房跑去，李娜看着他的背影，若有所思：

儿子真的长大了，知道心疼妈妈了。

　　这次温哥华回上海的飞机，因为气流影响一路颠簸，从来不晕机的李娜，在飞机上被颠得一点儿胃口也没有。飞机一在浦东机场落地，她就急急忙忙地推着行李走了出来，上了来机场接机的公司司机的车，直接赶往公司。

　　李娜一直是风风火火的性子。她拖着行李推开公司大门的时候，崔璐正站在前台和助理说着什么。

　　她一抬头看到李娜，愣了半晌，才说："李总，你这神出鬼没的，也没通知一下让我去接你，还好，你总算回来了！"

　　李娜打量了一下略显冷清的办公室，脸色不太好看。放眼望过去，看看这离职的员工，基本上有一多半了。

　　王经理从财务室出来，看到李娜一脸惊喜道："李总回来了！"

　　"你通知各部门，十分钟之后到会议室开会。"李娜说。

　　"好的，我这就去。"王经理说。

　　李娜拖着行李直接往办公室走去。

　　会议室里的气氛比较低沉，来开会的高管所剩无几。

　　李娜对高翔的做法非常痛恨：高翔啊高翔，你够狠的，不过别得意太早，我李娜也不是吃素的，把我逼急了，你的日子也不会好过，走着瞧！就看谁能笑到最后。

　　"大家好，首先感谢大家的不走之恩，现在公司东南亚项目的具体情况怎么样？"李娜问道。

　　"咱们拖欠东南亚工厂工人的工资得赶快想办法补上，如果这个窟窿不堵上，之前的投入全都会打水漂，而且还会惹上官司。跨国的劳资问题，只要打起官司来，公司就肯定得赔个底朝天……"王经理说。

李娜点了点头，转头问财务张总监："现在公司账上有多少流动资金？"

"最近长期合作的一些大客户撤了不少单，很多客户是咱们拿到订单的定金就投产了，尾款现在根本收不回来！高总在的时候，动用了大量的资金投在东南亚的项目上，所以现在公司账面上已经没多少流动资金了，目前根本不够支付工人的欠发工资。"张总监汇报的情况不容乐观。

李娜沉默了一下，说道："行，我知道了。"

崔璐这个时候突然插话："还有一件事儿。"

"说。"

"公司现在的情况也不知道怎么传出去了，现在外面流言四起，说咱们公司快倒闭了，好多已签约的客户宁愿付违约金，也要和咱们终止协议。风声已经传遍了，我怕他们随时单方面毁约，到那时候咱们就真扛不住了……"

李娜坐在老板椅上，微微地转动椅子，手指在桌上不停地敲击着。看来这个高翔，又开始出招毁坏公司的名誉，毁约撤单让客户跟他走。他把消息散播出去，想要证实情况的客户会找他核实，他顺手把这些客户一捞，又赚了个盆满钵满。

"资金的事情我去想办法，你们现在最重要的就是踏踏实实把剩下的客户安抚好，做好危机公关，尽最大努力稳定公司的品牌声誉。"

众人点了点头。

"行了，先开到这儿，有什么事儿我单独找你们谈。崔璐，你到我办公室来。"李娜站了起来说道。

众人等李娜离开，也都纷纷离开了会议室。

崔璐跟着李娜进了她的办公室，一屁股坐在沙发上。李娜的助理小李进门给崔璐倒了杯水放在茶几上，李娜示意小李离开，并走过去顺手关上了门。

"资金的问题你打算怎么解决？那可不是笔小数目。"崔璐一口水也没喝，坐立不安地看着李娜，问她。

"总有办法的，目前最关键的问题是留住那些大客户，只要他们还在，公司就能挺过这一关。"李娜说。

"这两天我腿都跑断了，可是你那几个大客户压根儿不买我的账啊。"崔璐愁得眉毛都拧成了一团。

"等我把资金的事想办法解决了，我亲自去挨个拜访。"李娜说。

"有件事儿我必须提醒你。"崔璐的表情异常严肃。

"什么事儿？"

"财务部的张总监，我知道他是你一手带出来的，但人是会变的，高翔从公司转移了这么多资金，他却丝毫没有提出过异议。要么就是他洞察力太差，看不出其中的问题，要么就是他已经和高翔同流合污，不管是哪一种，这样的人都不能再用。"

李娜沉默了一下，说："我知道了，这件事儿我会处理。"

崔璐打了个哈欠，露出疲惫的神色。

"在家做全职妈妈时间长了，商场的这一套尔虞我诈早就生疏了，在公司这段日子，重新做管理，真的是耗费了我不少精力。"

"你辛苦了。"李娜真诚地站起身，走到崔璐身边，拥抱了她一下。

崔璐长长地舒了一口气："这么多年你都是这么熬过来的吗？"

李娜笑了笑："是的，但做企业不都是这样嘛！真的庆幸我身边还有你这么一个好朋友，在我危难的时候还能替我救救场。"

"这会儿知道我的好了。"崔璐有些矫情地说。

"好了好了，我的大美女。"李娜说，"算我这辈子欠你的，行吗？"

"你本来就是欠我的。"崔璐笑着说。

"这两天辛苦你了，等会儿你回家休息休息吧。"李娜说，"工资照发。"

崔璐装作不乐意地说："我就是图你那点儿工资才能生活吗！不过休息这事儿，你不说我也得跟你申请，这几天可真是把我累坏了。"

李娜的手机突然响了起来，是丁致远打来的。

"喂，我刚下课，你到了？"

"到了，在公司了。"李娜说。

"那你晚上回来吃饭吗？我一会儿去超市买点儿菜。"丁致远在电话里问。

"回去吃吧，不过可能要晚点儿才能回家。"

"行，那我在家等你。"丁致远答道。

李娜挂了电话，送走崔璐，她又坐回办公室。天渐渐地黑了下来，公司职员都下班离开了公司，只剩下李娜一个人。她翻着手机通讯录，一个一个慢慢筛选，按照重要性把第一批要谈的老客户放在了几个人身上：齐总、夏总、赵总。这几个大客户非常有实力，也有手腕，只要她把温哥华合作护肤品添加高科技技术这件事儿告诉他们，他们肯定会非常感兴趣，甚至趋之若鹜的。

一个一个来吧，这几位老板还是很看重她李娜的实力的，毕竟是她打下的十几年的基业，她李娜在行业内的能力也是有口皆碑的，高翔根本就不能和她同日而语，高翔怎么可能在市场上打败她呢？

李娜突然想起丁致远还在家等着她吃晚饭呢，于是她关上电脑，拖着行李离开了公司。

李娜刚刚打开家门，丁致远就从厨房探出头来，看着李娜说："回来了？"

"嗯，好香啊。"

"锅里正炖着鸡汤呢，得给你好好补补。"丁致远说。

李娜换上拖鞋，放下行李，往厨房走去。丁致远正在灶台前忙活，李娜走过去一言不发地从他身后默默抱住他。

丁致远侧了侧头，问："怎么了？"

李娜闷闷地说："没事儿，一落地就去处理公司的事儿了，有点累。"

"行啦！到家就先别想公司的事儿了，汤快好了，你快去洗手准备开饭啦。"

李娜点点头，松开丁致远，走到一旁的水池洗手。丁致远从锅里把菜端出来递给李娜，李娜接过去放到餐桌上。丁致远又从酒柜里拿出一瓶红酒，打开给李娜倒上，坐下来一个劲儿地给李娜夹菜。

"老婆，你多吃点儿，这次回来你都瘦了。"丁致远心疼老婆。

"瘦了不正好嘛，你不知道女人上了年纪新陈代谢慢下来，想减肥难着呢！"

"好好的减什么肥，身体健康最重要。"丁致远不希望李娜减肥。

李娜笑了笑，默默地低头吃菜，丁致远又端起李娜的汤碗准备给她把汤加满。

"今天这鸡汤炖得还不错吧？你最喜欢的炖法，拿整鸡塞满红枣枸杞等小火炖了好几个钟头呢。"丁致远殷勤地说。

李娜放下筷子，抬头看着丁致远："有件事儿，我想跟你商量。"

丁致远愣了一下，道："什么事儿这么严肃？咱家的事儿不是一向都是你拿主意吗？"

"这件事儿我必须得征求你的意见。"

丁致远看着李娜严肃的样子，点点头。

"你说吧，只要不让我去杀人放火，我都可以。"丁致远故意一本正经地说。

"公司的情况你应该也知道一些，高翔在东南亚的工厂项目建设中私吞了不少钱，导致境外的工人一直在向我们讨薪，公司目前账面上的资金已经不够补上这么大的窟窿了。"李娜停顿了一下，说，"我打算把上海的两处房子拿去银行做抵押，先把拖欠工人的工资补上。"

李娜说完看了看丁致远，丁致远神色平静，手中的汤勺也就只停顿了一下，然后继续稳稳地盛着鸡汤，说："哦，行，我知道了。"

"就这样？"这回轮到李娜愣住。

丁致远放下汤碗，夹了点菜，扒了口饭到嘴里嚼了两口，说："就这样啊，要不然呢？"

"这么大的事你就没什么意见要发表的啊？"

"这有什么好发表意见的，房子这种事儿，有得住就行。再说了，那几套房子本来也是你辛苦挣钱买的，现在公司出问题了，房子还留着干吗？又不能生小房子！"丁致远说。

李娜听到丁致远的话，眼圈红了，心里非常感动："谢谢你，老公。"

丁致远把筷子往碗上一放，看了李娜一眼，说："你说什么呢？房子本来就是用公司挣的钱买的，现在重新还回公司求发展，没什么不对的！再说了，就算公司真的无力回天，倒闭了，这不还有我嘛，我还有工资，虽然不多，但养你和儿子还是足够的！"

李娜眼里闪动着的泪花，顺着眼角流了下来，她说："老公，以前我有些做法欠妥，是我不对，我不该怀疑你，也不该不信任你，和你冷战这么久……"

丁致远拿了一张纸巾，擦了擦李娜脸上的眼泪，安慰她说："事情都过去了，还提它干吗，来，把这碗汤喝完，你真瘦了……"

丁致远端起鸡汤，放在李娜手中，李娜低头一口气把碗里的汤喝完，心里一片舒畅。夫妻俩吃完这顿温馨的晚餐后，丁致远靠在床头看书。李娜去浴室洗了个澡，抹着护手霜走出来，在床沿坐下。

丁致远看她过来了，便放下书，道："咱这两天抽空去爸妈家一趟？你上次回来都没顾上回去。"

"行，不过下周如何？我打算抓紧利用这几天的时间，挨家上门拜访一下那几个老客户，见面三分情，都合作这么多年了，我亲自上门说服，说不定事情还有挽回的余地。"李娜说。

"好，那等你先忙完这几天。"丁致远点点头。

李娜伸手有些费力地按了按肩膀。

丁致远看在眼里，干脆坐起身，拍了拍床，说："老婆，你坐上来。"

李娜盘腿坐上床，丁致远跪在她身后，帮她按摩肩膀。轻微的酸痛感带着舒展的感觉从李娜的肩膀展开。

李娜笑了笑，说："都忘了你这独门手艺了。"

"你不在我手都生了。"丁致远说。

"没事儿回去给爸妈多按按，他们保准高兴。"

"对了，高翔那边，你打算怎么处理？"丁致远话锋一转问李娜，他太了解李娜了，这会儿如果能在工作上帮到她，比给她按摩一百遍都强。

"我现在哪里顾得上他，得先把公司这些火烧眉毛的事儿解决了，再去找他秋后算账。"李娜忧心忡忡地说道。

"他侵吞公款，又在公司的产品上做手脚，肯定会留下蛛丝马迹，不是吗？"

李娜摇摇头，说："也是我这些年大意了，高翔在公司时间太久，在公司的根基太深，尤其是我去温哥华陪读之后，他在公司基本上一手遮天了，早就把那些可能留下痕迹的东西清理得干干净净了，想要抓到他的把柄恐怕没那么容易。"

"你上次回来不是让崔璐进公司帮你盯着吗？"

"是的，但她毕竟是空降兵，很多老员工也不买她的账。不过这次也多亏了她在公司，在我没回来之前撑了一段时间，要不然公司现在恐怕已经垮了。"

丁致远在李娜身后听完这句话，皱起了眉头，手上也不自觉地加重了力道，李娜大声呼痛。

丁致远回过神，问："弄疼你了？"

"没事儿，越疼越舒服。"李娜拍了拍丁致远的手说，"行了，你接着看书去吧，我回国之前谈了一家温哥华的化妆品研发中心，准备和他们合作，他们昨天给我发来好多资料，还全是英文的，我得挑灯夜战，好好研究研究。"

"全英文的？"丁致远吓了一跳。

"别担心，大不了我用翻译软件看。"李娜下床说，"我去书房好了，省得干扰你。"

"干扰什么呀，你就在这儿看吧，好不容易回来，怎么，第一天晚上就打算跟我分居啊？"丁致远说。

李娜没好气地瞪了他一眼，不过还是拿出笔记本电脑，坐在梳妆台前开始工作。

李娜锁定了她要去拜访的合作伙伴。这群化妆品行业的老总，个个都是商场老手，运筹帷幄，利益为先，朋友次之，但是具体到每个合作伙伴，李娜深知他们将她这位商场合作伙伴的分量，看得就不一样了。也是因为这一点，李娜还是不想首选和齐总合作。

齐总是个老狐狸，虽然前段时间李娜委托高翔、崔璐和他达成了一笔合作，但是因为她人在温哥华，很多事情都是高翔亲自对接的，整个流程中，她还是担心高翔在合作上会有所隐瞒。

不过李娜还是给齐总打了个电话，想摸摸齐总的想法，说起合作的时候，这个老狐狸的态度就和平时有些细微差别了。所以李娜对他的信任度还是不如夏总。

夏总是行业老大，同时也是性情中人，业内口碑很不错，李娜决定去夏总那里谈谈看。夏总欣然答应李娜去拜访他。李娜如约来到夏总办公室，夏总看到李娜，立刻从办公室的椅子上站起身，热情地跟李娜打招呼："李总，好久不见啊，请坐请坐！"

李娜放下包儿，在沙发上坐下。

夏总陪李娜一起坐了下来，问道："什么时候回来的？"

"前天刚刚到的上海。"

"李总你这刚回来就到我这儿来看望我，我这真有点儿受宠若惊啊。"夏总哈哈笑道。

"咱俩认识这么多年了，也用不着我跟你兜圈子，我这次回国就是为了处理公司危机的，相信你一定都听说了吧？关于我们和贵公司的合作，我希望夏总你能再重新考虑考虑。"李娜说。

夏总往身后偌大的老板椅上一靠，说："那我也有话直说，咱们合作这么多年，一直都很愉快，这次你公司的样品出了这么大纰漏，我也很纳闷啊。我也听到了一些风声，你这半年不在国内，把公司交给手下人打理才会出这么严重的问题。但我是个生意人，说句难听的话，既然你公司这艘船已经要沉了，我只能尽早跳船，否则万一出现更严重的后果，到时候我也没法跟我公司的董事会交代。"他的语气中听不出态度。

"这个我明白，但现在我回来了，更关键的是我还带回了一个秘密武器。"

"哦？说说看。"

"我之所以在东南亚建厂就是因为上次公司的产品在原材料上出了问题，你也知道，不仅我们公司，国内大部分护肤品品牌对东南亚的原材料和他们的提纯技术都很依赖。"

夏总点点头，说："这也是没办法的事儿，东南亚人力便宜，更重要的是东南亚是各种植物的集中地，在原材料上有天然的优势。"

李娜突然笑了笑："那是因为我们一直很难和欧洲或者北美达成稳定的合作，谁都知道他们的技术比东南亚要先进得多。"

夏总听到这番话，若有所思，他问李娜："看来，李总这次从加拿大回来，是另有收获了？"

"没错，这次回国之前我在加拿大已经和当地的一个化妆品实验室达成战略合作，今后他们会给我的公司提供最新的研发成果和技术。"李娜自信地说。

"新产品的研发和生产是需要时间的，说实话，我不知道你的公司还能不能等到。"夏总怀疑地问。

"我会在最短的时间内拿出足够好的创新产品，希望夏总看在咱们之前多年合作的分儿上能再给我一些时间。你是我们公司最大的客户之一，只要你能继续和我们合作，凭借你在行业内的影响力和号召力，其他客户就能很容易被我说服跟着你留下，这样一来我就能争取足够的时间。"

夏总沉默了一下，又接着说："其实我这个年纪的人都念旧，我也不希望和你这么多年的合作说断就断。不过有个问题，我想先问问你。"

"你说。"李娜愿闻其详。

"你这次回来还打算再回加拿大吗?"

李娜愣了一下,说:"这跟咱们的合作有关系吗?"

"当然,你公司这次之所以出这么大纰漏和危机,不就是因为你没有亲自在国内打理,才让你那个总经理高翔有可乘之机。你也做了这么多年生意了,应该明白咱们这些民营企业,不像那种超级企业,董事长可以天天喝茶打高尔夫去国外度假,只要公司有各种规章制度,高薪聘请专业的职业经理人就可以帮他们管理公司。如果我们不能亲自管理公司,这会是个极大的隐患,如果你以后还是常年不在国内,难保不会再次发生这种事儿。"

面对夏总的质疑,李娜无言以对。

"这件事儿,我现在还没办法给你一个明确的回答。"

"没事儿,你可以好好考虑一下,反正我的意思你也很明白了,我可以同意咱们继续保持合作,前提是你李娜亲自在公司坐镇。"

"我明白,多谢夏总,我会尽快给你一个答复。"李娜说。

夏总点点头。

李娜带着夏总抛出来的合作条件,回了公司。现在的情况非常难以抉择,难道真的就成了鱼和熊掌的问题了吗?儿子和公司,到底选哪个?哪个更重要?李娜不由得感到难过。公司、儿子都是她一手带大的,她一个都不想放手。

李娜来到公司,一抬头就看到了王经理。王经理看到李娜,赶紧迎上去询问情况:"李总,客户现在情况怎么样?"

李娜若有所思地径直往办公室走："夏总有所松口。"

王经理终于如释重负，道："太好了！只要咱们能留住夏总，公司就有救了。"

"我还有些事需要处理，等夏总那边有了确切的回复之后我通知你。"李娜说。

王经理点了点头，退出李娜办公室。

李娜把办公室门关上，静静地坐在办公桌前思考夏总对她说的一番话。她又突然想起刚刚决定在温哥华做陪读妈妈的时候，胡媛媛对她说的话，似乎真的——在应验。

记得她刚到温哥华时出现了各种问题：生活习惯和环境不适应、人生地不熟又不会英语；焦躁、抑郁、委屈、愤懑成了她生活的主题；分居两地的丁致远在上海被同事秦晓燕仰慕，差点儿后院起火；接着就是自己创业并努力奋斗了将近二十年的公司，因管理疏忽危机四伏，快要毁于一旦。

李娜久经沙场，这些道理她都知道，可是儿子现在是她的第一选择，所以她坚持留在温哥华，一心一意地陪读。

渐渐地，答案在李娜脑海里已经很清晰了，公司和儿子，显然是儿子更重要。

丁致远回到家，看到李娜正坐在沙发上发呆。

"怎么这么早回来了？还以为你这会儿还在公司呢。"丁致远说。

"下午去银行把抵押的手续办了，就直接回来了。"

丁致远看着李娜心不在焉的样子，问道："怎么了，今儿去拜访老客户不太顺利？"

李娜摇了摇头，说道："夏总同意继续合作了。"

"那应该高兴啊，怎么看你心神不定的样子。"丁致远关心地问道。

"条件是我必须留在国内打理公司，他担心我走了之后公司再出现类似的问题。"

听到这句话，丁致远沉默不语。

"其实夏总的担心是有道理的，就算暂时解决了这次危机，我去温哥华陪儿子，公司管理层还是没有得力的干将全面负责公司的业务，崔璐虽然能帮把手，但她毕竟不擅长全面管理，只能负责财务方面的事情。"李娜给丁致远分析公司目前的情况。

丁致远坐在李娜旁边，问她："你现在怎么想的？"

"这个公司是我一手做起来的，是近二十年的心血，很多老员工也跟了我很多年。现在是公司生死存亡的关键时刻，我没办法眼睁睁地看着它倒下。"

"你要不要考虑这次就别回温哥华了，丁一一已经很独立了，没必要你非得去陪读。"丁致远试图劝李娜。

"就在你回来之前，我整个下午都在思考这个问题。从儿子生下来到现在，一晃十多年了，他第一次走路，第一次说话，第一次去幼儿园，第一次暗恋小姑娘，我发现我竟然错过了这些他成长中最宝贵的关键点。"李娜的声音有些哽咽。

丁致远忙安慰道："你工作忙，咱们儿子能理解的。"

"我以前也一直这么认为，以为自己拼命挣钱就能给儿子最好的生活，但我现在发现很多事情是没办法用金钱替代的，他的成长也没办法再来一次。"李娜拉过丁致远的手，一字一句地说道，"这么多年——跟我一直不是很亲近，其实就是因为我这个做妈的没能给他足够的陪伴，这半年在温哥华我能明显感受到我们母子关系的变化，那种久违的亲近感终于又慢慢回来了，我不想再失去这种亲情。"

丁致远陷入沉默。

李娜轻轻地靠在丁致远怀里说："这次杨洋的事情我也很受震撼，孩子今天的悲剧，是他父母感情不和造成的。事业可以重新再来，丁——再有两年就升入大学了，我不想错过最后两年陪伴儿子的机会。"

丁致远也感慨良多，摸了摸李娜的头发，说："说实话，你也知道我一直都觉得挣钱只是为了更好的生活，如果为了挣钱牺牲了家庭亲情，那就本末倒置了。但我也不希望你这么多年的心血就这么功亏一篑，要不干脆让丁——回来吧，我从一开始也不觉得非得在国外上学才能成材。"

李娜想了一会儿说："这半年来，国内各种意料之外的事儿倒真是跟我之前预想的不一样，让——回来也不是不行。上次送他出去是我强迫他的，这次咱不能再这么做了，这需要问问孩子的意见。"

丁致远惊讶地看着李娜说："啊！老婆，你终于想明白了！太不容易了！——如果知道你现在这么尊重他的意见，肯定要说太阳从西边出来了。"

"行了啊，你别损我。"李娜嗔怪地说。

"我明天一早给他打电话探探他的口风。"丁致远说。

第二天早晨，李娜和丁致远醒来，看看差不多到了丁一一放学的时间，丁致远就给丁一一打电话。

电话那头的丁一一气喘吁吁地按了接通键。

"儿子，你现在在哪里？在学校吗？"丁致远问。

"对啊，爸你是不是替我妈查我的岗啊？你让我妈放心，我没逃课！"丁一一说。电话那头声音嘈杂，仿佛还有篮球和篮球鞋碰撞地板的声音。

"臭小子，我就这么一问，谁说你逃课了。怎么样，这几天你妈不在，感觉放羊了吧？"

"什么话，我现在自觉性好着呢。"丁一一说。

"不天天琢磨着回国了？"丁致远问。

"早不想了！我都已经适应这边的学习生活了，其实我妈说得也有道理，这边的非应试教育确实比较适合我，我跟你说，我们从国内来的留学生在数理化方面的优势，老外可是比不了的，老师天天夸我聪明智商高呢。"

"那当然，我丁致远的孩子必须高智商啊！你的意思是，你现在不想回国了？"

"不想，我还舍不得我那些小伙伴呢。而且大卫还给了我不少游戏的建议，教我怎么平衡学习和游戏的时间，以后你跟我妈不用再担心我天天打游戏不务正业了。"丁一一兴奋地说着。

"你怎么突然让我和你妈这么省心了啊？我都有点儿不敢相信。"丁致远将信将疑地笑道。

"等着吧，我会用实际行动证明的。不跟你说了，我在篮球场，

407

该我上场了。"

"行行，你快去吧。"丁致远说完便挂上了电话。

李娜全程凑在电话旁边听着。挂上电话，两人都看出了对方眼神里的讯息。

"这半年——真是长大了不少。"李娜开口说道。

"可不是。"丁致远说。

"既然孩子不愿意回来，这次说什么我也不会再违背他的心意了。"李娜说。

"那你有什么打算？"

李娜摇摇头，说："不知道，我现在也没主意了。"

丁致远看了看表说："我得去学校了，上午第一节课是我的。儿子的事也不急在这一时半会儿的，回头咱再好好想想。"丁致远说着便起身下了床。

李娜也跟着起来了，他对丁致远说："你先去洗漱，我去给你弄点早饭。"

李娜和丁致远开始各自忙活起来。

第八章　感情纠葛

上海某大学物理系，丁致远坐在办公室里备课，桌子上电话响了，系主任叫他过去。丁致远放下手中的工作，来到隔壁系主任办公室。

"主任，你找我。"丁致远问。

系主任热情地招呼他："来来，坐。"

丁致远坐下。

"系里最近有个公费选派去美国进修的名额，为期一年。我想问问你的意见，你觉得谁比较合适？"王主任说。

"这个系里定就行了，不用问我吧？"丁致远觉得很奇怪。

"我就是听听大家的意见，本来呢，是准备推荐秦晓燕去的，但她之前那事儿闹得影响确实不太好。"

"你如果问我的话，我倒觉得还真是秦晓燕最合适，年轻又肯学，英语底子也好，关键她真心喜欢物理研究。"丁致远实话实说。

"这么说，你觉得还是她最合适？"王主任问道。

"反正我个人意见是。"

"行，我知道了，系里会再考虑考虑。"

"那没别的事儿我先走了。"丁致远说。

"去吧，估计这周人选就定了。"王主任道。

丁致远觉得有点儿莫名其妙，谁去美国进修跟他一点儿关系都没有，不知王主任心里怎么想的，突然之间问他的意见。他对秦晓燕，一点儿非分之想都没有，他对主任是实话实说，秦晓燕确实专业能力很强，她应该是系里出国进修的不二人选。

丁致远和王主任的这番对话，恰巧被在系主任办公室门口的同事张老师听见了。这位张老师平日里喜欢说别人的八卦，经常对人评头论足，刚丁致远在主任面前说秦晓燕好话这件事儿，马上就在学院传开了。而丁致远却被蒙在鼓里，一无所知。

李娜还在处理公司业务，丁致远下课早，他打算去李娜公司接她回家，李娜因公司的债务危机心情非常不好，丁致远希望能在精神上多支持她。

李娜从办公楼里出来的时候，刚好看到丁致远的车停在门口。

丁致远冲她招了招手，说："老婆，上车吧！教授专车司机。"

李娜走近，问："你怎么来了？"

"接你回家啊。"丁致远说。

李娜有些纳闷："我不是说自己开车回去吗？"

"难得你老公给你做回司机，赶紧上车吧。"

李娜笑着摇摇头，然后绕到另一侧上车。

丁致远本来打算拉着李娜去逛超市，一起买些李娜爱吃的东西，没想到刚上车，李娜就告诉了他一个重磅新闻：她今天已经开始和别人谈股份交接的事情了。

"我已经决定把股份转出去了。"李娜说。

丁致远看到她眼里的无奈和失落，轻轻握了握她的手，说："老婆，不管你做什么决定，我都支持你。"

李娜叹气道："不过把公司转让之前，我必须做一件事儿。"

丁致远望着她，问道："什么事儿？"

"关于高翔。"

丁致远点了点头。

"可以走法律途径，想做什么就放手去做，我支持你。"

丁致远毫无怨言地支持李娜的任何决定，李娜心里涌起了一股暖流。

早晨起床，李娜在厨房忙着准备早餐，丁一一和丁致远视频。

"我妈什么时候回来啊？她公司的事儿是不是很严重啊？"丁一一很关心妈妈。

丁致远略微思考了一下，说："快了，等你妈这次回温哥华，以后就可以全心全意陪你了。"

丁一一有种不太好的预感，问道："全心全意，什么意思？公司不管了？"

"她已经决定把公司的股权转出去，到温哥华专心陪你。"丁致远说。

丁一一惊讶不已，问："为什么啊？我妈不一直都说公司是她的另一个儿子吗？"

"所以你更能明白你对她来说有多重要了。"

丁一一急得在家里团团转："完了完了，我突然感觉压力山大。"

"臭小子，好好说话。爸爸告诉你这个不是让你有心理压力的，是想让你好好体谅你妈的不容易，别老惹她生气。"

"我知道，我们俩现在融洽着呢。"丁一一说。

"你自己在那边别乱跑，别惹事儿啊。"丁致远嘱咐道。

"放心吧，我现在除了在学校上学，放学写完作业就抽空去陪杨洋。"

"杨洋他现在怎么样了？"丁致远问道。

"他刚刚出院，应该会慢慢好起来的，我们大家对他很有信心。"丁一一说。

"那就好。爸爸也马上放寒假了，等一放假我就过去陪你们。"

丁一一一下子兴奋了起来，站起来蹦了蹦。

"欧耶，我们一家三口又能在一块儿了！"

"行了，早点去睡觉吧，爸爸要去上课了。"

"拜拜！拜拜！"丁一一激动地挂了视频电话。

吃完早饭，丁致远开车来到了学校。今天上午的课比较重要，内容有点儿难度，他拿着讲义走进教室。两节课上完，很多学生围着他继续问问题，他耐心地把学生提出来的疑问一一解答。跟最后一个学生说再见后，他收好讲桌上的电脑，从教室里走了出来。

刚走出教室，就有人叫他，丁致远扭头一看，发现是秦晓燕。她好像已经在外面等他很久了。

"丁老师，这会儿有时间吗？我想跟您聊几句。"

丁致远有点儿尴尬。自从上次网上把他们俩的事儿传得沸沸扬扬后，丁致远就有意回避她，秦晓燕心知肚明，也不怎么主动找他。

丁致远揣测：她找我？哦，会不会是去美国进修的事儿？

他有点儿摸不着头脑。

丁致远跟着秦晓燕来到校园里的咖啡厅。

"听说您推荐我去美国进修？"秦晓燕问。

丁致远愣了一下，说："对啊，系主任问我谁比较合适，我第一个就想到你了。"

丁致远心想：这是怎么回事儿？当时系主任征求他意见时，只有他一个人在，这事儿怎么传出去的？

"为什么？"秦晓燕问。

"你年轻又肯学，英语也好。"丁致远顿了顿，说出了心里的真实想法，"而且你那前夫……我觉得你现在出去待一段时间也是好事儿。"

"我不想去。"秦晓燕的表情很严肃。

丁致远不解地问："为什么？这是个难得的机会。"

秦晓燕直直地盯着丁致远半晌不说话，看得丁致远有些不自在，过了一会儿她说："我觉得留在这儿挺好的。"

秦晓燕眼神里微微压抑的热切让丁致远非常不舒服，他避开她的眼神，说道："如果你真不想去可以跟系里说，这事儿肯定还是自愿原则，我一会儿还有事儿，先上去了。"

丁致远拿着咖啡三步并作两步走向他的办公室。这个小秦，这么好的工作机会不知道把握，放在几年前，大家为一个名额都能抢破头。他推门进办公室，办公室里竟然站了个熟得不能再熟的人：李娜。

他惊讶地问李娜："你怎么来了？"

"公司的事儿处理完了，顺便过来接你，一块儿去超市买点儿菜吧。"

"行，我把东西收拾收拾就走。"丁致远说。

同一个办公室的王助教突然之间说了一句："丁教授，你看嫂子多好啊，还特意来接你。"

丁致远有些不明所以，笑了笑，也没接腔。

收拾东西上了李娜的车，丁致远发现李娜这一路心情都不怎么好。想到李娜正在出售股份的事情，丁致远觉得也可以理解，等过了这阵儿就好了。到了超市以后，李娜一言不发地走在前面，丁致远只能在后面推着推车跟着。

"哎，你别走这么快啊，你看看这排骨怎么样？"丁致远拿起一块排骨问道。

李娜充耳不闻地继续往前走。

丁致远看李娜一直不说话，便只得跟了上去，问："你怎么了？刚一路上都不说话？公司的事儿处理得不顺利？"

李娜拿起几盒蔬菜扔进购物车里，仍旧一言不发。

"今晚全吃素啊？"丁致远愣愣地问。

"怎么，太久没吃荤腥惦记着呢？"李娜的语气似乎话中有话。

"没有啊，吃素也行，正好最近长胖了不少。"丁致远赶紧顺坡下。

李娜突然转过身，语气有些恼火地问："秦晓燕的事儿，你上次怎么答应我的？"

丁致远愣了一下，好像没听清楚一般，问道："什么？"

李娜一脸不耐烦地说："我上次走的时候再三强调不要再管她

414

的闲事儿！你倒好，之前管人家离婚，现在还管人家进修，是不是对她太上心了点儿？"

丁致远恍然大悟，感觉李娜有点儿小题大做，他说："你这哪儿跟哪儿啊？系主任问我推荐谁去进修合适，我顺便推荐而已，这多大点儿事儿啊！"

"我刚去你们办公室，大家都在议论你俩的事儿，八成在他们眼里我就是一睁眼瞎。"李娜赌气道。

真是的，也不知道哪个人嘴这么碎。

"他们就是闲着没事儿，你理他们干什么？"丁致远说。

"无风不起浪！这可不是第一次了！"李娜低声吼道。

"我就是那么顺嘴一说，而且人家也根本不想去啊。"丁致远看李娜生气了，赶紧解释。

李娜冷冷一笑，说："她是舍不得你吧？"

舍不得我？

这都什么话！

怎么能这么伤人呢！

不过……丁致远想起了秦晓燕下午找他喝咖啡时，她看他时那火辣辣的眼神。如果秦晓燕真的是为了他，那他该怎么办？

李娜怒气冲冲地转身离开，丁致远站在原地发愣，不知道该怎么向李娜解释。

丁致远和李娜一路上谁也没搭理谁，回到家，丁致远想再给李娜说点儿什么，李娜却不给他机会，她主动进厨房做了顿全素宴。

晚上睡觉前，丁致远换了睡衣走进卧室，李娜靠在床头抹着护手霜。

"我想过了，你给系主任再说说，让秦晓燕去美国吧！"李娜突然开口道。

丁致远听到李娜的这句话，觉得有点莫名其妙，便问："说我不该推荐她的是你，现在让我主动去找系主任的也是你，你到底要怎么样啊？"

李娜小声嘀咕了一句什么，丁致远没有听清。

"什么？"

"没什么，反正这么好的机会，你去劝劝她，不去多可惜。"李娜说。

"人家如果不想去，我也不能逼着人去啊。而且我推荐她完全是从客观事实出发，我不能因为你而去找系主任干涉人家的选择啊。"丁致远说。

李娜的语气突然变得酸溜溜的："现在你知道避嫌了？"

丁致远听见李娜的风凉话有点儿上火："你什么时候变得这么不讲理了？"

"我不讲理？"李娜一脸火气，腾地从床上坐了起来。

"我和秦晓燕这事儿，我给你解释了多少次了，完全是有人在捕风捉影，你怎么就是不信呢？"

"那你有没有考虑过我的感受？每次回国我总能撞上你俩这样那样的事儿，就真的这么巧？"

丁致远觉得李娜简直不可理喻，他摇了摇头说："你非得这么想，我也没办法。"

他走到床头，抱起枕头就往屋外走。

"你干吗去？"

"我去——屋里睡。"丁致远气得无话可说，只能先躲躲，还反手带上了门。

李娜在卧室冲着他大喊："丁致远，你以后永远不要回来。"说完她拿起枕头摔向门。

　

两口子吵架可以分床睡，但是谁也不能因为点儿小事儿就真的气得彼此不相往来。丁致远想，磕磕绊绊，冷战热战着，其实日子该怎么过，还得怎么过。

前几天已经约好今天晚上和李娜一起去看一一的爷爷奶奶。丁致远便主动给李娜发微信提醒，李娜没有回复他。他一下课就往父母家赶。

丁致远来到父母家，丁母看他身后没有李娜，马上追问："李娜怎么没和你一起来？"

"哦，她公司事情多，估计还没忙完吧？"丁致远敷衍丁母。

丁父有点儿不太高兴："约好的来吃饭，你妈今天亲自下厨给你们做了这么多好吃的，请李总来吃顿饭怎么就这么难呢？"

丁致远不接丁父的话，马上进厨房帮忙。

门口一阵敲门声终于解救了丁致远，来人是李娜。

李娜手上拎着大包小包的进门："爸妈！不好意思，来晚了一点儿。"

"怎么买了这么多东西，我跟你爸两个人哪儿吃得完啊。"丁母说。

"这些都是功效不同的营养品，一会儿我给你们标注一下怎吃。"李娜说。

丁致远端着菜从厨房走出来说："哦，你来啦，快洗手吃饭吧。"

"行，马上来。"李娜说。

四个人坐在餐桌上，丁致远埋头吃饭不说话，李娜也十分沉默。不和谐的气氛被丁家二老发现了。

丁母率先打破尴尬的局面，她问："小娜，这次你回来公司的事儿处理得怎么样了？"

"哦，已经解决得差不多了，我把大部分股权转给别人了，准备专心去温哥华陪——。"李娜貌似轻松地说。

"啊？公司股权转出去了？"丁父有点儿吃惊。

"转出去了好！你看你这些年，不是我说你，都快住在公司了，女人还是要以家庭为重，照顾老公孩子是第一位，你们不缺吃不缺喝的，没必要天天折腾公司的事儿。"

李娜低着头吃饭，没有接话。

丁致远看李娜有点儿不高兴，赶紧给丁母使眼色。

"好好好，以前的事儿不说了，反正现在好了，专心照顾我大孙子。"丁母高兴得不得了。

丁母说完，四个人再次陷入了沉默。

丁致远放在桌上的手机响了起来，李娜瞄了一眼，来电显示是秦晓燕。丁致远拿起手机看了看，犹豫了一下，挂断了。可还没过一分钟，电话再一次响起。

"怎么不接电话啊？"丁父觉得有点儿奇怪，问丁致远。

"接吧，万一人家有急事儿呢。"李娜表情怪异地说。

丁致远接起电话："喂，什么事儿啊？"

"丁老师，您现在在哪儿啊？"秦晓燕在电话里问。

"我在我爸妈这儿吃饭呢，有事儿吗？"丁致远说。

"我的车在路上爆胎了，外面又下雨了，我实在不知道找谁帮忙，能不能麻烦您过来帮我看看？"

丁致远听到电话里秦晓燕的求助，不自觉地就看向了李娜。李娜心里其实跟明镜一样，她知道秦晓燕肯定又要找丁致远帮忙。她冷着一副面孔，看了丁致远一眼，没说话。

"要不你打抢险公司电话，让他们派人过去看看如何？"丁致远说。

"我打过了，他们说大概得一个小时，我现在的地方离丁伯父家很近，您能不能过来帮我把备用胎换上，我不太会用千斤顶。"

丁致远犹豫了一下，说道："这样吧，你把你的位置发给我，我在你附近找个朋友过去帮你。"说完便挂上电话，给朋友发了条微信。

"谁啊？"丁父问道。

"除了秦晓燕还能有谁遇上点儿事儿就第一时间向他求助啊！"李娜脸色非常不好看。

丁致远有些尴尬，解释说："是小秦，她车胎爆了，一个姑娘，不会换胎，我已经让朋友过去了。"

丁父也觉得有点儿奇怪："咦？她车胎爆了干吗给你打电话啊？"

李娜在一旁吐酸水，说："何止啊，人家现在是私事儿公事儿全都想让丁大教授负责了。"

丁致远听见李娜的话，有点儿生气："你能不能不这么冷嘲热讽、无中生有？"

李娜摔下筷子，说："我怎么无中生有了？我也想问问，她车胎爆了跟你有什么关系，为什么第一时间给你打电话？"

"这你问我，我怎么知道！那人家都打电话求助了，我总不能不管吧。"丁致远据理力争。

李娜叹了口气，压住火气说："是，你丁大教授永远都是这么热心肠，可管闲事儿也得分对象吧？"

老两口儿见两人吵起来了，急忙劝架。

"你俩怎么回事儿啊？不就是一个电话吗？有必要这么大动干戈吗？"

丁致远气愤地对李娜说道："你不要钻牛角尖，她对我来说就是个普通同事，其他半点儿关系都没有。"

"你敢说她拿你也只当普通同事？"李娜问。

丁致远迟疑了一下，他又想起了秦晓燕在咖啡厅看自己的眼神。

李娜冷笑道："不敢承认了吧？"

"她怎么想我管不着，我只知道我做人坦荡荡，问心无愧！"丁致远说。

丁父见事态越来越严重，立刻站了起来，说："丁致远，你就不能少说几句？好不容易一家人在一起吃顿饭，还吵成这个样子，像什么话！"

李娜没有理会丁父，她控制不住自己的情绪，直直地看着丁致远，说："那你就让她去美国啊！"

"她去哪儿是她的自由，我管不了！"丁致远气呼呼地站了

420

起来。

"行，她不走，我走行了吧？我回温哥华去，我给你俩腾地方。"李娜说完就快步走向门口的衣架，准备拿衣服。

"李娜，你还讲不讲道理了！"丁致远在后面大声说道。

"我现在没法跟你讲道理！"李娜把衣服往身上一套，准备开门离开丁家。

李娜拉开门的一刹那，丁父突然一口气喘不上来，胸口一阵钝痛，缓缓地倒了下去。

"老头子，你怎么了？"丁母大喊，赶紧扑了上去扶住丁父。

李娜转过身来，看着倒在地上的丁父，一时无措，丁致远在旁边也慌了神。

"爸，爸！快叫救护车！"丁致远和李娜同时喊着丁父。

李娜慌忙之中找出手机，拨了120。

丁父被救护车送到了医院，然后推进了急救室。丁致远和李娜分别坐在丁母两边，陪着老人家。

丁母一个劲儿地埋怨道："好好的一顿饭吃着吃着，怎么就吵起来了呢？惹得老头子心脏病复发，这下你们都好看了吧？"

丁母百思不得其解，坐在椅子上边说边掉眼泪。李娜陪在她身边，给她递着纸巾。丁致远站起来在急救室门口焦急地走来走去。

"妈，喝口水吧。"李娜拿起矿泉水递给她，丁母虚弱地摇了摇头。

手术灯熄灭，医生出来，丁致远冲上去，拉住医生问道："大夫，我爸情况如何？"

"病人本来就有心脏病史，这次大概是受了刺激而导致的心脏病复发，不过刚才手术很成功，现在已经基本上没什么危险了。"医生对丁致远说。

"好的好的，谢谢你啊医生。"李娜在一旁连连感谢医生。

"以后一定得注意，心脏病人要尽量保持情绪平和，不能受刺激，过于激动兴奋和悲伤都不行。"

"我知道了。"丁致远点了点头。

"他已经送进 ICU 了，你们留一个人在观察区守夜就行。"医生说完便离开。

丁致远跑到 ICU 门口，透过玻璃窗看着病房里躺着的爸爸，愧疚、难过和自责一下子都涌了上来。

李娜搀扶着丁母慢慢走了过来，丁母看着 ICU 里的丁父，眼泪顺着眼角情不自禁地流了下来。

过了一会儿，丁致远对丁母说道："妈，我一会儿先送你回家休息。"

丁母固执地说："我不回去，我要在这儿守着你爸直到他醒过来。"

丁致远犹豫了一下，说："那好吧，我去租个行军床。"

"我今晚也守这儿吧。"李娜对丁致远说。

"你先回去吧，人多也没地儿待。"丁致远冷漠地说。

李娜想了想，说："那我先回去，明天一早我过来换你。"

丁致远没有理会她，而是向护士站走去。他以前觉得李娜无论什么时候都是比较识大体的，不是小肚鸡肠的人。最近这段时间，李娜怎么变得越来越小心眼儿了呢？他有点儿想不通，他和秦晓燕的事情，已经跟她解释了无数次，她却一直抓住不放，也不知道她到底在疑神疑鬼些什么。

今天秦晓燕的一个电话彻底让她歇斯底里地爆发了，无事生非，还闹到爸爸心脏病复发住院的地步，丁致远越想越气。与其这样，还不如趁着爸住院的机会，他和李娜暂时先分开一段时间，保持距离，双方都冷静冷静。

丁致远觉得这个权宜之计是个折中办法，让妈在医院先陪爸一会儿，他回家收拾东西再来医院陪夜。

丁致远回家进到客厅时，李娜刚刚洗完澡出来。

"你怎么也回来了？"李娜问。

"回来收拾点儿东西，估计这几天都得在医院守着。"

李娜跟着丁致远进房间，看着丁致远麻利地从衣柜里取了几件衣服，又从卫生间里拿了两只牙刷，装进一个大袋子里。丁致远一言不发地收拾好东西，然后拎起袋子准备离开，李娜叫住他。

"我开车送你去医院吧。"

"不用。"说完头也不回地就往外走。

李娜对今天因她而起的一场战争感到很内疚，她主动过去拉住丁致远，说："今天是我不好，对不起啊，我不是故意在爸妈面前吵架的，也绝对没想到爸会被气倒。"

快走到门口的丁致远突然转过身，看着李娜，表情前所未有的严肃地说："我知道你不是故意的，因为你一直都是这样，从来不会考虑别人的感受。"

李娜和丁致远结婚十几年，从来没有看到过丁致远如此生气。

她怔怔地松开丁致远，看着他拉开门离开。

整整三天，丁致远从学校下班就直接去医院陪夜，李娜白天去公司上班，下班就去医院看望丁父，晚上独自回家住，丁致远对她不冷不热。

丁致远故意和李娜保持距离，一是担心夫妻俩天天面对面矛盾再激化，另一方面，则确实是希望他们各自都能冷静一下，好好想想如何处理以后的关系。

丁致远暗暗地想：李娜，你厉害你的，我惹不起还躲不起吗？

自从丁父住进医院，李娜一直都深感愧疚，为了弥补自己的过失，她每天下班都要亲自去给丁父送餐。

这天，李娜拎着保温桶进了病房，看到丁致远正低头帮丁父调整枕头，轻扶着他，让他慢慢坐起来。

丁父刚刚从 ICU 转到普通病房，人已经完全清醒。丁母一眼就看到李娜带着饭出现在门口。

"李娜来啦。"丁母说。

丁致远抬头看了看李娜，没说话。

"我在家炖了点儿鱼汤，很清淡，给爸补补。"李娜说。

"是得喝点儿汤。"丁母点了点头。

李娜走到床边把保温桶打开，盛了一碗鱼汤出来。

丁母忙接过碗坐在床沿，道："给我吧，他现在还没拆线，不好动。"

李娜坐在旁边，看着丁母喂丁父喝汤。

"七床的家属在吗？这是病人这周的缴费单，你们把费用交一下。"一个护士探进头，把缴费单递给站在门口的丁致远。

李娜站起来，走过去从丁致远手里拿走单据，说："我去吧。"

护士带着李娜离开了病房。

丁父刚做完手术，胃口也不是很好，一碗汤，喝了小半碗就喝不下了。丁母觉得倒掉挺可惜，她尝了一口，随即露出惊讶的表情，问道："这真是李娜炖的汤吗？"

"妈，怎么了？不好喝吗？"丁致远问。

"她以前只会泡方便面的人，现在竟然能炖出这么好喝的鱼汤了。"

"可不是，李娜出国陪读这大半年变化很大，看来她一个人在温哥华照顾——也不容易。"丁父说。

"她确实挺辛苦的。"丁致远随声附和。

丁父提起精神问："儿子，你说实话，你和李娜到底怎么回事儿？她那天说的是不是真的？你跟那小秦……"

丁致远马上打断丁父："我都说了，我跟小秦半点儿关系都没有，是李娜疑神疑鬼捕风捉影。"

丁母做起了丁致远的思想工作："你要这么说李娜，我还真得替她说句话了，这女人有时候多点儿心眼儿也是正常的，你想想她是为什么？还不是为了咱们这个家？"

丁父也上来帮腔，说道："你要是真跟那小秦没关系，你就处理得干干净净的，别让人有话可说。还有，夫妻俩吵架归吵架，但怎么说你也是男人，你得大度点儿，该道歉道歉，夫妻不吵隔夜的架。"

丁致远叹了口气，说："我知道，我那天也是一时生气。她以前不是这样的性格，也不知道最近是怎么了，这么小心眼儿……"

"我看啊，李娜性格变了也是好事儿，说明她现在对你对这个家更上心了。"丁母倒是笑了起来。

丁致远有些无奈，说："妈，你这什么逻辑嘛。"

"过来人的逻辑。"丁母一脸自信，"她现在公司不做了，所有心思就会都集中在你和一一身上了，咱们走着瞧，以后你们家跟以前不一样的地方还多着呢！"

丁致远沉默下来，没说话。这前半句话说的确实是事实。李娜的公司股权已经转让得所剩无几，儿子又在温哥华，像她那种闲不住的性子，无事肯定也要生出是非，更何况前段时间他和秦晓燕的一场闹剧，李娜多心也是很正常的反应。

被爸妈这么一开导，丁致远反而觉得他自身也存在很大的问题，在李娜事业的低谷期应该多体谅体谅她。更何况，最近这些日子，李娜对爸还是挺上心的，每天都亲自下厨做好吃的拿过来，应该是知道错了。一会儿，他还是给她个台阶下算了。

等李娜交完费回来，丁致远主动问她："费用交好了？你饭吃过没有？"他的语气缓和很多。

"没吃，你也没吃吧？咱俩在医院附近吃点儿？"李娜邀请丁致远。

"好，现在就去吧！"丁致远满口答应下来。

丁父丁母看着丁致远对李娜态度的改变，松了口气。

其实李娜的强势是表面，而平日里看起来很随和的丁致远，是骨子里的倔强。

李娜雷打不动地每天到医院给丁父送吃的。丁父的身体渐渐好转，丁致远和李娜也和好如初。

丁致远来医院看望爸爸，丁母说想回家拿点儿东西，丁父让丁致远送她回家。

丁父说："李娜马上就来，你们俩放心回去拿吧！"

丁致远陪丁母拿好东西赶回医院，刚要进住院部大厅，就被低头往外跑的一个女人撞了个满怀。

"对不起啊。"丁致远赶紧道歉。

那女人一抬头，满脸泪痕，丁致远一惊，这不是秦晓燕吗？

"小秦？你怎么在这里？为什么还哭了？"

秦晓燕怔怔地看了丁致远一眼，捂着嘴跑了出去。

"哎，小秦！"

秦晓燕很快就不见人影了。

丁致远被她这么一哭，搞得一头雾水。

这都是什么情况？丁致远带着疑问，回到丁父的病房。

让丁致远感到奇怪的是，病房里只有李娜一个人。他看了看桌上的果篮，突然想到哭着跑出去的秦晓燕。肯定是秦晓燕过来探望爸爸，被李娜劈头盖脸骂了一通，否则秦晓燕怎么会哭呢？

看着李娜一脸若无其事的样子，丁致远顿时火冒三丈。

"你又跟秦晓燕说什么了？我都说了我跟她没有关系，她一小姑娘，你为什么把她给骂哭呢？"

李娜听到丁致远这一番话，一头雾水："秦晓燕？她在哪里？我跟她说什么了？"

"你就别装了，我刚在门口撞见她了，哭得稀里哗啦的，不是

427

因为你说人家还能是因为什么？"

李娜终于听明白丁致远在说什么了，她被气得突然笑了起来。

"刚刚爸说想吃水果，我马上就出去买水果了，回来以后爸不见了，护士说是去抽血了。至于什么秦晓燕，我压根连人都没见到。"李娜觉得心寒不已。

她咬牙切齿地问丁致远："她哭得稀里哗啦，你心疼了？"

丁致远听到李娜讥讽他，顿时就和她理论："你能不能讲点儿道理？别再胡搅蛮缠了，行不行？"

"我怎么不讲道理了，我怎么胡搅蛮缠了？爸住院我天天换着花样炖汤往医院送，你倒好，你上来就劈头盖脸地一顿数落，我什么时候数落秦晓燕了？我连她的人影都没见着！简直莫名其妙！"被丁致远误解，李娜觉得非常气愤。

就在两人争论得不可开交时，护士扶着丁父走了进来。

"怎么回事儿？刚刚和好怎么又吵起来了？"丁父问他们。

丁致远急忙上前从护士手中接过丁父，让他轻轻坐在床上，然后说："我刚在楼下碰到小秦了，她应该是听到消息来看你的，结果被气跑了，你评评理，我和小秦是同事，这以后让我和她怎么相处。"

李娜委屈极了，再次声明："我都说了，我一句话都没跟她说过，我就压根没见过她！"

"是我说了她几句。"丁父说。

丁致远万万没想到是丁父："爸，你这是什么意思啊？"

丁父接着说："秦晓燕确实没和李娜打过照面，刚才李娜下去买水果了，是我跟秦晓燕啰唆了几句话。"

"不是，爸，你跟小秦说什么了？"丁致远愣了愣，问道。

"说我该说的话。"丁父义正词严地说。

丁致远顿时觉得有些无奈。

"爸！"

李娜冷笑了一声，面无表情地拿起包就往外走。

丁致远也知道他刚刚严重错怪了李娜，急忙追过去。

"李娜，李娜……"

丁致远在走廊喊着李娜的名字，追上她并抓住她的胳膊。

"对不起啊，是我刚才太冲动了。"

李娜回过头，用冷漠失望的眼神望着丁致远，让丁致远感觉瘆得慌。

"在你心里，我现在已经成了蛮不讲理的泼妇了是吗？"李娜的话咄咄逼人。

"不是，老婆你听我说……"丁致远慌忙解释道。

李娜拨开他的手，挣脱他的钳制，转身离开。

丁致远站在原地，望着李娜远去的背影后悔不已。他今天真是犯浑了，也不问清楚来龙去脉就怪罪李娜，确实非常不妥。和李娜的关系好不容易才有些缓和，又出了这样的事儿，一切努力前功尽弃。

丁致远悔得肠子都青了，毕竟谁都不喜欢被强加莫须有的罪名，之前李娜错怪他和秦晓燕的关系，现在丁致远错怪李娜和秦晓燕的交谈。

为什么总会扯到秦晓燕？

难道是他们夫妻之间因为这半年多分居两地，相互缺乏信任了？

第二天，丁致远在学校停车场停好车，就看到秦晓燕在前面不远处往教学楼方向走去。

"小秦。"丁致远快步追上去。

秦晓燕停下脚步，回头看了看他，说："丁老师好。"

丁致远犹豫了一下，说："医院的事儿，我替我爸给你道个歉，老人家说话比较直，你别往心里去。"

秦晓燕低头不语。

"我爸想什么说什么，平时对我也是一样。"

"没事儿，丁老师，我能理解伯父。"秦晓燕说。

"那就好，实在不好意思啊。"

"你去美国的事儿，我觉得你还是应该再考虑考虑，这的确是个很好的机会。"丁致远转移话题。

秦晓燕突然问道："您很希望我去美国吗？"

丁致远被她这个问题问得呆住了："啊？"

秦晓燕盯着丁致远的眼睛说道："其实伯父说的没错，我确实是喜欢上你了，这点我自己都没办法否认。但我绝对没想过破坏你的家庭，至少目前还没想过。"

面对秦晓燕赤裸裸的表白，丁致远沉默下来，不知道如何应答，毕竟这是他始料未及的。

"我告诉你没有别的意思，喜欢你是我的事儿，你不用有压力。"秦晓燕反而安慰他。

丁致远有些为难地开口："小秦，你这是？"

秦晓燕似乎知道丁致远准备说什么，她马上就打断他，说："你也不需要说一些听起来是为我好的话，那些话伯父已经说过了，但感情这种事儿我也控制不了。我还有课，先上去了。"

秦晓燕说完，果断地转身离开。

这事情怎么就发展到这一步了呢！丁致远追悔莫及。他当初真的只拿秦晓燕当普通同事，甚至是当作自己的学生，可秦晓燕……什么时候竟然对他有了那方面的意思了呢！

下午，丁致远和李娜都去了医院，准备接丁父出院回家。

"儿子，你再去柜子里看看，别落东西。"丁母对丁致远说。

"我刚都看过了，柜子里没什么东西了。"李娜替丁致远回答。

丁致远恍恍惚惚的，一整天都被秦晓燕的一番话所困扰。

"出院手续办好了吗？"丁致远这才问李娜。

李娜没有搭理他。

丁母接起儿子的话："你这会儿才想起来，李娜早就把费用结清了！"

"妈，我还得去签个字，你先扶爸下去吧，你们去车上等我。"李娜对丁母说。

丁致远帮丁母扶着丁父，说："爸，咱们先下去。"

"好好，走。"

丁致远脑子里一直乱糟糟的，李娜也不和他说话。

一家四口从医院回到了丁致远父母家。

"你们俩该干吗干吗去，别天天围着我转。"没想到刚进家门，丁父就开始赶人了。

"我今天也没什么事儿，我去买点儿菜回来和妈一起做饭吧。"
李娜说。

"不用了，你爸有我照顾呢，没事儿，你俩该回学校的回
学校……"

丁母顿了顿，对李娜说："李娜啊，如果公司没什么事儿，你
尽快回温哥华吧，——他一个人在那边，我可不放心。"

"我知道，等爸好点儿了我就回去。"

"我好着呢！李娜马上要去温哥华了，你们俩也一起出去逛
逛。"丁父对丁致远说。

丁致远知道爸爸的好意，说："行，我知道了，那我们就先回去，
明天晚上再过来。"

丁致远想了很久，终于明白李娜在秦晓燕这件事情上确实有第
六感，她并非无中生有。窗户纸没被秦晓燕捅破之前，他根本全然
不知秦晓燕真的喜欢他，捅破以后，他才明白李娜和他父母的担心，
毕竟旁观者清啊！就他自己迟钝，非得等别人直说了，才恍然大悟。

在秦晓燕这件事儿上，丁致远觉得他对李娜有愧，尤其是他不
分青红皂白在医院痛斥李娜，他是彻彻底底做错了。所以在开车回
家的路上，他总是想和李娜说点儿什么，可是张了张口，却发现一
句话都说不出来。

一直到晚上睡觉前，两个人仍旧是零沟通。李娜和丁致远虽然
躺在一张床上，但空气里弥漫的是冰冷的气息。

丁致远最后主动开口说话了，他说："老婆，这几天爸住院，

辛苦你了。"

李娜没说话，转过身背对着他。

"那天的事儿，是我不好，你别生气，行吗？"

"我没生气，我是伤心。"李娜终于接他的话了。

高翔端着酒杯站在办公室大大的落地窗前，看着楼下的万家灯火，车水马龙。

吴强进来告诉高翔，说齐总那边来电话了，他说他已经和李娜解约了，就等和咱们签合同了，还说约咱们明天去那边谈谈具体的合作事宜。

高翔心想：齐天民这个老狐狸，有钱挣的事儿他怎么可能错过，我能提供给他和以前一模一样的产品，并且价格还低了两成，这个诱惑他可不会拒绝，这次算他痛快。

"看来齐总这次是被咱们拿下了。"吴强说。

高翔得意地笑了笑，仰头喝了一大口酒。

"你今晚先把合同准备好，我订明天一早的机票，我们明天一到上海，就把合同直接拿给姓齐的，这事越快敲定越好，免得夜长梦多。我之前说的那几个合作条款，一定要明确地写进去。"高翔吩咐吴强。

"好的，我这就去准备。"

第二天，高翔穿着笔挺的西装，径直走向齐总的办公室。他刚推开齐总办公室的门，就看见齐总正与警察和工商局的人握手。

"高总来得正好，我们正好谈完。"齐总对高翔说。

警察上前一步铐住高翔的手，说："你被指控涉嫌挪用公款、商业诈骗等多种经济犯罪，请你跟我们走一趟协助调查。"

高翔看着齐总："姓齐的你搞我！"

"我只是尽了一个公民应尽的义务。作为朋友我要劝劝你，在里面好好改造，出来之后也不要再做违法犯罪的事儿了，毕竟君子爱财取之有道。"

高翔冲着齐总疯喊："姓齐的，你不是人。你给我记着，我高翔不会善罢甘休的……"

高翔边喊边被警察带了出去。

齐总拿起手机拍了一张高翔被带走的照片发给了李娜。片刻后，齐总的手机响起。

"怎么样李总，我说到做到吧？我齐某人做人最讲诚信，你让我做的我都做了，咱们什么时候签合同？"齐总接起电话说道。

"到底是齐总，够利索的。明天上午 10 点，我公司，我恭候您的大驾。"李娜说。

"好嘞！明天，我一定准时！"

第二天，上海的天气阳光明媚，在陆家嘴某大厦门口，齐总从奔驰车上下来，一脸得意，他伸手整了整领带往楼里走去。

他推开李娜办公室的门，说："李总，今天我直接把财务和审计人员都带来了。"他话音刚落，便看到办公室不止李娜一个人，刘总正坐在李娜对面，两人喝着茶。

"刘总，您怎么在这儿？"

李娜站起来，诧异地问齐总："你和刘总之前认识？但是现在刘总身份有点儿变化，我重新给你介绍一下，这个是我们公司新任

434

的最大股东兼董事长刘总。"

"你什么意思？"齐总不悦。

刘总也站起身，对齐总说："我刚刚已经和李总签过合同了，我用 6000 万买断了她手中 85% 的股份，齐总，希望以后咱们能合作愉快。"

齐总死死盯着李娜："你要我？"

"还是那句话，在商言商，刘总出的价格比你高，自然是我的第一选择了。"李娜很自然地说。

齐总冷笑一声："恐怕从一开始你就没打算把股份转给我吧？"

"放心齐总，你今天这么精心准备而来，我们不会让你白跑一趟的，这儿有一份合同你看看，要是没有问题就签了吧。"

齐总拿起茶几上的合同看了看说："3000 万要收购我的公司？李娜你疯了吧？"

李娜学着齐总之前的语气道："齐大哥，你那个公司有多少窟窿你自己知道，这个价不低啦，不信我就把话放在这儿，你出了这个门打听打听，看有没有人愿意接你的烂摊子，我啊也是看在咱们合作了这么多年的情分上才让刘总给你这么高的。"

刘总在一旁随声附和："齐总，你就签了吧，这对你我都有好处，不然我就真的要考虑我之前给你们公司投的钱是不是要撤回了。"

"李娜，你不要把事情彻底做绝了。"

"我这还是跟你学的，量小非君子，无毒不丈夫。我真得谢谢你帮我收拾高翔。所以呢，看在咱们这么多年的交情上，我救你一次，你欠的所有贷款就不会只压在你身上了，但你要不签，我保证银行问你要钱要到你破产！"

刘总指了指面前的合同，齐总看都没看，咬牙切齿地说："咱们走着瞧！"然后他怒气冲冲地离开了。

李娜坐下来对刘总说道："让刘总见笑了，我估计不出一个小时，他就会想通来找您了！"

"对付非常之人需要用非常手段。说起来我得谢谢你，这下真是买一送一了。"

"那还希望您以后能好好经营。对于公司我只有最后一个要求，如果您入驻公司，请保留现在公司所有的员工，他们都跟了我很多年，而且这次公司这么困难，他们也都坚持留下来帮我，我不想因为我个人的原因害得他们失业。"李娜请求刘总。

刘总爽快地答应："没问题，我也省得再去重新招人了。看你说得好像你和这个公司完全没关系了一样，别忘了，你还有15%的股份呢，你永远是这个公司的股东。"

李娜和刘总从办公室出来了，看到李娜走了出来，所有员工都站起来看着李娜。

"大家好！我刚刚已经和刘总签了合同，把我的股份转给了刘总，从这一刻开始，刘总就是咱们公司最大的股东兼董事长，我希望大家以后能好好跟着刘总工作，把咱们联合佳丽继续做大做强，完成我没能完成的事业。原谅我没能陪公司陪你们走到最后，联合佳丽的未来就拜托各位了。"说罢李娜向员工们鞠躬。

员工们对李娜的离去恋恋不舍，纷纷劝她留下。

李娜红着眼圈继续向大家告别："天下没有不散的筵席，你们都是我一手提拔起来的，我希望你们以后能好好工作，给公司带来更大的品牌影响力。"

说罢，李娜转身想把办公室上面写有自己名字的牌子摘下来，但是被刘总拦下了。

刘总看向众人，然后说："李总，谢谢你给我这么一个有凝聚力的团队。这家公司是你一手创立的，你带着它一步一步走到今天，你的名字将永远与这家公司并存，这是不可磨灭的。而且我决定，这间办公室我也会一直给你留着，我们等着你从温哥华回来的那一天。"

李娜没有说话，但是眼睛里已经噙满了泪水，她抬头看着牌子，哽咽道："谢谢！"

秦晓燕拉着行李箱站在丁致远的办公室门口，犹豫再三终于敲门进去了。丁致远看到秦晓燕拉着箱子，以为她要出差。

还没等丁致远问，秦晓燕主动说："丁老师，我是来跟您告别的，我刚办完离职手续，准备回老家了。"

丁致远惊愕地看着秦晓燕没有说话。

"我爸妈年龄大了，我陪在他们身边也好照顾他们。县里的中学也缺老师，我回去还能帮上点儿忙。谢谢您这么长时间对我的照顾，也……对不起，这段时间给您添了这么多麻烦。"秦晓燕声音低沉地说。

丁致远这才反应过来，急忙说："别这么说，你是我的助教，我帮你是应该的。"

秦晓燕抬头看着丁致远，目光坚定，她伸出了右手说："再见，丁老师，您是我心目中永远的男神。"

丁致远一时不知该如何安抚她，他很想找到一个能够表明他此时此刻心情的词，他想挽留秦晓燕，但是看到秦晓燕毅然决然的眼神，话到嘴边，还是没能说出口。

他只能伸出手说："我送送你吧。"

在淮海路一家美容院，李娜和崔璐趴在床上，做着精油SPA。

"舒服……我也终于解脱了……"崔璐长舒了一口气。

李娜非常愧疚地说："这段时间真难为你了，让你帮我盯了这么久的公司，操了这么多的心。"

"我只是心疼你，把自己一手建立的公司交出去，心里不好受吧？"

"这已经是我目前能做的最好的选择了。陪读之后我才发现，我的问题是我真的不够强，根本没有办法做到兼顾公司和家庭。"

"所以决定了？回温哥华继续陪读？"崔璐问。

"回归家庭挺好的。你呢？"

崔璐想都没想地回答："你这个女强人都回归了，我当然就回家继续相夫教子喽。"

"你说我这样算是失败者吗？"李娜有点儿失落地问崔璐。

"实话实说，一半一半吧，事业上虽然没能走到最后，但家庭和孩子咱们至少可以不丢，这也算是一种胜利。"崔璐安慰李娜。

李娜若有所思地点了点头……

李娜买好了回温哥华的机票，走之前去了丁致远父母家。丁致远已经先一步到了，正和丁母在家包饺子了。

李娜推门进屋，丁致远看到她，说："爸一同事从青岛过来带了一箱鲅鱼，妈给剁了馅包饺子，你赶紧洗手，准备吃饭。"

丁父从厨房端出两盘饺子说："李娜、致远，你们赶紧吃，要不然都坨了。"

李娜清了清嗓子，郑重地说："我现在宣布，本人李娜，已于今天，正式退出化妆品行业。"

一家人瞬间呈定格状，丁母张着嘴，包着饺子的手捏着饺子皮，丁致远夹着饺子准备吃，丁父倒着啤酒，啤酒流出了杯子。丁母看到啤酒洒了一桌子，急忙拿抹布来擦。

丁父问道："怎么这么突然，公司的事儿解决了？"

"嗯，解决了。其实很早就有过退出的打算，但是当时业绩一直很好，市场需求也大，很纠结，今天终于迈出了这一步，走出写字楼，回家做一个全职太太。"李娜回复丁父。

丁母问："那公司怎么办？就这么没了？"

"公司被润海集团并购了，我还占15%的股份，公司员工一个不动，全部归到他们集团，每个人的工资还都上浮了。"

丁父欣慰地说："这样也挺好，你可以踏踏实实地陪——了。"

李娜吃着饺子说："这一走，恐怕一待就得到——读大学了。"

丁致远抬头看了李娜一眼，没有吭声。

在父母家吃过晚饭，丁致远和李娜两人，既没有开车也没有乘出租车。李娜挽着丁致远沿着外滩散步回家。

"好久没这么散步了，真舒服。"

李娜伏在栈道的栏杆上，看着浦东灯火琉璃的夜色。

"我印象里这条路咱们好像就没有走过。"丁致远说。

"没有吗？"李娜问。

丁致远肯定地说："没有，每天都开车路过，但咱俩从没有这样走过。"

"那我今天陪你走个够！"

"老婆，你是不是一下觉得特别轻松？"

"嗯，整个人像是被抽空了一样，终于可以不用再去想公司的事儿了，你看看对面的写字楼，这一间间亮着灯的房间里，还有多少个李娜在拼着。"

"这也是一种享受，跟你当年一样，看场电影发着短信都能做成一单生意。"丁致远回忆着。

"你竟然还记着呢！"李娜深情地看着丁致远。

晚上，丁致远躺在被窝里打着哈欠看着电视，李娜洗完澡钻进被窝。

她打着寒战对丁致远说："快抱抱我，冷死了。"

"曜，你这是洗的冷水澡吗？这么凉。"

"你嫌弃我？"

丁致远道："又开始了，还让不让人睡觉了？"

"我问你，晚上在你家吃饭的时候，你怎么一句话都不说啊？"李娜开始秋后算账。

"从小我爸就教我，食不语，寝不言，吃饭睡觉都不能聊天，唾沫横飞，不雅。"

李娜白了他一眼："你少来，不想跟我说话就直说，如果换作秦晓燕，你就不会这样了吧？"

"你就不要穷追猛打了，人家都回老家了，你还不放过人家？"

"啊？真的吗？什么时候的事儿啊？什么叫我不放过人家啊，是她觊觎我老公在先，我晓之以理动之以情地劝她而已，怎么，你舍不得？"

丁致远由衷地说："真有点儿舍不得，因为她是一个不错的助手，工作非常细致，业务又很熟练，培养一个人才，不容易。"

"我只知道经营一个家更不容易！睡觉！"李娜拿起遥控器关了电视，又关上了灯。

黑暗中，两人陷入沉默。

丁致远率先打破沉默："你这一走，真就待到——上大学吗？"

"嗯，等他考上大学，我打算重新干点儿别的，比如，再生一个。"

丁致远诧异地说："还生？你都多大了。"

"当全职妈妈，不生孩子多没劲，我这教育孩子刚有点儿心得体会，准备在老二身上彻底验证一下。啧，你离我那么远干吗，抱着！冷着呢。"李娜以命令的口气找借口和丁致远亲近。

秦晓燕还挺有自知之明，主动撤离战场。李娜暗自庆幸她的胜利，总算是弥补了一下她在事业上失落的心情。她心里想着，暗暗地微笑，紧紧地环抱着丁致远，两人互相依偎亲昵。

温哥华，医院里，杨洋的病房，医生进来看杨洋的伤口。

"伤口恢复得不错，可以出院了。"医生告诉胡媛媛。

"那他的腿呢?"胡媛媛急切地问医生。

"他的腿伤需要一段时间慢慢复健,至于最后能恢复到什么程度,现在还不好说。我可以给你推荐一个不错的复健师,他能帮你根据你儿子的具体情况制订一个完善的复健计划。"

胡媛媛点头:"好的,谢谢你医生。"

杨洋坐在轮椅上一言不发,陈莉莉帮他收拾东西。胡媛媛去帮杨洋办出院手续回来时,陈莉莉已经把杨洋的东西都收拾好了。

胡媛媛走到杨洋身后要推轮椅,被杨洋拒绝。杨洋自己把手放在轮椅的转轴上,操纵着轮椅往前走。胡媛媛和陈莉莉只好在后面悻悻地跟着离开病房。来到医院门口,杨洋坐在轮椅上,看着医院的大门,深深地吸了一口气。

胡媛媛去停车场开车了,不一会儿,她开着一辆商务车停在门口,她下车和陈莉莉一起把杨洋扶上车。两人再把轮椅抬进后备箱。

陈莉莉对胡媛媛说:"媛媛姐,你平时也不常开车,还开这种大车,行不行啊?我觉得你还是得找个司机。"

"过一阵儿吧,杨洋现在这个状态,我也不希望生活里再有生人。"

陈莉莉点点头,两人一起上了车。

到了胡媛媛家门口,陈莉莉扶着杨洋从车上下来,杨洋看到门口台阶边新增的让轮椅通过的斜坡,皱了一下眉。胡媛媛和陈莉莉把轮椅从车上搬下来,胡媛媛想扶着杨洋坐下,却被杨洋一把甩开。

杨洋挣扎着向前挪动,差点儿摔倒,幸好陈莉莉眼疾手快地扶住他,胡媛媛无奈,只能由陈莉莉架着杨洋费力地往门口的台阶走去。

杨洋进屋，发现屋内沿着墙壁加装了很多扶手，胡媛媛注意到杨洋在环顾四周，便开口给杨洋解释说："妈妈怕你在家不太方便，特意让人赶工装的这些扶手。"

杨洋面无表情地说："我不需要！"他毫不领情，坐上轮椅后，推着轮椅转身离开。

"好好好，我一会儿就叫人来拆。我让莉莉阿姨把楼下的客房整理出来了，把你的很多东西也搬过去了，你住一楼也方便点。"

杨洋不做声，依然朝着电梯走去。

"你饿不饿？想吃什么随时跟阿姨说。"陈莉莉关心地问杨洋。

杨洋不置可否。

"莉莉，你回去吧，让他休息一会儿。"胡媛媛对陈莉莉说。

陈莉莉离去后，胡媛媛叹了口气，有些疲惫地把包放下，坐在沙发上，把头埋进掌心。

突然杨益忠从里屋走出来出现在客厅，他对杨洋说："儿子，跟爸爸回去吧，你不需要什么康复训练，这里的医生不靠谱，根本就没有把你治好，你跟爸爸回去，爸爸保证找最好的大夫把你的腿治好。"

胡媛媛从沙发上站起来，根本不理杨益忠，只对杨洋说："儿子，你应该听医生的，好好进行康复训练，妈妈已经帮你咨询到最好的复健师了。"

"杨洋现在需要的不是复健师，而是医生，他需要重新做手术，才能保住这条腿。"杨益忠驳斥胡媛媛。

"杨洋，听妈妈话，妈妈现在就带你去见复健师，你先听听复健师是怎么说的，咱们先试一试。"

"胡媛媛，我不能拿儿子当试验品，这里的环境不如国内，不管是医疗还是复健都是国内好！"

杨益忠伸手想拽开胡媛媛，却被胡媛媛甩开："你放手，你要回国你自己回去，我跟儿子的事儿用不着你操心。"

"你看，你怎么又耍小孩子脾气。"

杨益忠伸手抓住了胡媛媛的胳膊，用力一捏，胡媛媛疼得松开了推着杨洋轮椅的手。

杨洋突然大吼一声："够了！都别再演戏了。"

杨洋从自己怀里拿出了离婚协议书。杨益忠和胡媛媛顿时傻眼，眼前的这份离婚协议书上，还沾着杨洋的血迹。杨洋坐在轮椅上，把离婚协议书扔在茶几上。

胡媛媛拿起离婚协议书，在杨洋面前仍强颜欢笑地说："杨洋，妈妈会一直陪在你身边的，妈妈是爱你的。"

杨洋盯着胡媛媛说："我只是你的一个筹码对吗？"

胡媛媛一愣，继而笑着说："儿子，你在说什么呢，你怎么成了妈妈的筹码了？"

杨益忠趁机说："对！你就是你妈的筹码，但是爸爸不会再让这场闹剧继续下去了。胡媛媛，你是时候收起你的面具了，儿子已经大了，还有什么可值得隐瞒的呢？"

"杨益忠，你当着儿子的面说这些，你不亏心吗？"

"当然亏心，我是没有尽到做父亲的责任，可你呢，儿子伤成这样，这都是你一手造成的。"

杨洋抓住杨益忠的话柄问："爸，那我是你的什么呢？是一个傻子还是一颗棋子？"

杨益忠急忙掩饰："什么棋子？你永远是爸爸的好儿子啊，爸爸不会放弃你的。"

杨洋冷笑一声："不会放弃我，那电话那头那个女人是谁？"

杨益忠语塞。

"爸，你怎么说不出话了？你们既然把我带到这个世界，你们既然口口声声说爱我，那你们为什么要离婚？为什么要把这个家给毁了？"杨洋质问他俩。

此时的杨益忠和胡媛媛说不出一句话。

杨洋接着说："我就是个傻子，还以为自己的父亲是因为要养这个家，所以没有办法常来温哥华看我，我以为通过我的努力可以让我们一家三口幸福地在一起！我错了！我错了！"

杨洋说着从轮椅上一头栽倒在地上。

胡媛媛吓得赶紧上前扶起杨洋："儿子……"

杨益忠也冲过去扶起倒在地上的杨洋，胡媛媛却一把将杨益忠推倒在地上。

"这是我儿子，不用你管。"

杨益忠上前抓住胡媛媛的手说："你是不是疯了！！"

杨洋大喊："你们别吵了！我再也不想看到自己的亲人互相折磨了，你们放过我吧，放过我！"

胡媛媛和杨益忠因杨洋的大吼愣在原地，杨洋则自己努力地爬向轮椅。胡媛媛仍想上前帮他，杨洋却声音嘶哑地低吼："别碰我！！"

胡媛媛和杨益忠只得眼睁睁地看着杨洋挣扎着爬回轮椅，一个人推着轮椅走回房间。

　　杨益忠死死地盯着胡媛媛问："这就是你想要的结果吗？"

　　杨益忠回房，只剩下胡媛媛一个人站在空荡荡的客厅里，无助且无力……

　　杨洋回到自己的房间，目光呆滞地躺在床上，眼泪无声地流了下来。痛苦，委屈，愤怒，一时间充斥着这个只有十九岁的少年的内心。他再也无法控制自己的情绪，哭得痛彻心扉。

　　杨益忠在洗手间给林珊打电话。

　　"老公，你什么时候回来，我马上又要做产检了，你快回来陪我好不好。"电话那头是杨益忠的情妇林珊的声音。

　　杨益忠压低声音说："珊珊，你别着急，等杨洋的腿好点儿了，我就回去。"

　　"我看你心里现在只有杨洋，你都不关心咱们的宝宝了，这也是你儿子呀。"

　　"都是我儿子，我都爱……杨洋现在这个样子，你让我怎么走？"

　　"这我不管，你要是再不回来，我不保证你还能看见你儿子。"

　　"你在威胁我？"

　　"没有，我只是在提醒你，做个好父亲。"

　　说罢林珊挂断了电话，杨益忠气恼地用冷水给自己洗脸。门外杨洋一个人摇着轮椅静静地离开。

　　丁一一、戴安娜、罗盼三人会合。

戴安娜提议:"你们说咱们要不要找个地方买点儿水果什么的给杨洋带过去?"

"不用吧?他们家什么时候缺过水果啊,我把大卫新开发的游戏带上了,一会儿陪他一起玩儿,他一定开心。"丁一一最了解杨洋。

罗盼嘀咕:"也不知道杨洋最近怎么样了,给他发微信都不回……"

"出院之后就没他的消息了,现在赶紧去他家看看就清楚了!"戴安娜招呼大家。

三人来到杨洋家,刚到院子门口,他们就听见门里面传来摔东西的声音。丁一一抬手刚要敲门,门一下子就被拉开了。复健师气冲冲地从门里走了出来,他衣服被弄得乱七八糟的还沾着污渍。紧接着胡媛媛也从门里跑了出来。

复健师气愤地说:"这实在是太不像话了!我从来没见过这样的人!"

"对不起,对不起……这孩子本来不是这样的,他也是这次受伤才变成这样的。"

复健师指着自己衣服上的污渍说:"你看看他给我弄得,这都是什么?鸡蛋、蛋糕、可乐……这样的人我真是伺候不了,你们还是另请高明吧。"

胡媛媛急忙拿出钱赔不是:"实在对不起,这是您今天的工资,还有服装清理费。"

复健师接过钱,善意地提醒:"胡女士,虽然他把我搞成这样,但是我还是得提醒你,你儿子如果再继续这样不配合康复治疗,很容易留下后遗症，严重的话可能这辈子都只能坐在轮椅上了。"

说罢复健师径直走开了，只留下胡媛媛站在院子里，她一脸心力交瘁的样子，回过头时才注意到丁一一他们。

"媛媛阿姨，杨洋他……"戴安娜小心翼翼地问。

"啊，你们来了，他在屋里呢，进去吧。"

戴安娜、丁一一和罗盼跟着胡媛媛进屋。屋内此时一片狼藉，一地的玻璃碎片，各种蛋糕水果的残渣被扔得满地都是。

"不好意思，家里有点儿乱，你们小心点儿。"胡媛媛尴尬地说。

三人跟着胡媛媛穿过客厅来到了复健室，复健室里面更是一片凌乱，各种哑铃、杠铃散落在了地上，复健器材也被弄得到处都是，墙上的镜子也裂了。杨洋一个人坐在轮椅上，不停地喘着粗气，满头大汗，像是刚被水洗了一样。

"杨洋，一一、戴安娜、罗盼他们来了。"

杨洋这才抬起头看向门口，他的双眼通红，布满血丝。大家看到杨洋的样子都愣住了。

丁一一最先开口说："杨洋，我们带了大卫新开发的游戏……"

杨洋毫不客气地说："你们都给我出去！"

"杨洋，我们是来看你的。"戴安娜说。

"出去！我不想看见你们。"杨洋说完喘气声更加粗重。

胡媛媛心疼地看着杨洋，转身对大家说："我们还是先出去吧，让他一个人待一会儿。"

胡媛媛带着三人走了出来，关上了复健室的门。

戴安娜摇摇头说："杨洋怎么会变成这样？"

胡媛媛一脸心力交瘁地说："从医院回来就这样了，每天饭也不怎么吃，话也不怎么说，只要一做康复训练就不配合地乱砸东西，刚刚那已经是被赶走的第四个复健师了，再这样下去我真的不知道该怎么办了，我很怕，很怕杨洋这一辈子都站不起来了。"

戴安娜拍了拍胡媛媛的背安抚她。

胡媛媛说着说着眼泪不自觉地流了下来："嗨，你们还都是小孩子，跟你们说这些干吗。"

突然复健室传来像是矿泉水瓶砸到门上的声音，随之传来杨洋的怒吼："你们都给我走！"

"你们还是走吧，要不然他生气又不吃饭了。"胡媛媛无奈地说。

三人看着复健室的门一脸担忧，离开前，罗盼掏出了一个猴子玩具放在复健室门口，对着门说："杨洋，我带了一个东西，给你放在门口了。"

胡媛媛送大家离开后，复健室的门缓缓打开，杨洋拿起放在地上的猴子玩具，看着上面写着的"中国猴子，我们都是齐天大圣"，身体不住地颤抖。

丁一一、戴安娜、罗盼从胡媛媛家出来后，很担心杨洋。

"杨洋怎么变成这样了？"丁一一自言自语。

戴安娜摇摇头说："之前在医院的时候，看到的他都比现在的正常。"

"可能他还是接受不了现实吧？"罗盼分析。

戴安娜说："算了，等他心情好一些，我们改天再来吧。"

丁一一回头看着杨洋房间的窗户，若有所思。

晚上，飘浮在夜空中的几朵云，在月光的衬托下清晰可见。杨洋的房间灯是关着的，月光透过窗子洒了进来，他看着眼前的中国猴子发呆。

门口传来敲门声。

"杨洋，晚饭吃点儿吧，妈妈给你把饭放到门口了，你要想吃自己来拿。"

随后胡媛媛的脚步声渐行渐远。

杨洋依旧在发呆。

突然窗户上传来什么东西砸玻璃的声音。杨洋摇着轮椅打开窗户，往下一看是丁一一。

丁一一挥着手对杨洋说："你把窗户打开让我进去。"

杨洋不想搭理丁一一，马上就想关窗户，但是小石子又随之而来，杨洋无奈地打开了窗户，不一会儿丁一一就从窗户爬了进来。

丁一一喘着粗气说："真是太费劲了！我刚敲门你妈说你睡了，我想这怎么可能，你个夜猫子，12 点之前怎么可能睡。"

"你来干什么？"杨洋漠然地说。

"看你啊，白天你那个状态，我连句话都没跟你说上。"

"现在你看到了？走吧。"

"别啊，我费了九牛二虎之力才爬上来，刚坐下你就赶我走，让我再爬下去，你也太狠心了。"

杨洋看着丁一一没有说话。

丁一一眼睛扫了一圈儿问："哎，有吃的吗？这一路我快累死了，我跟你说，自从我妈走了以后，我们家就算是断了伙食了，有一次半夜把我饿得都不行了，我翻遍了家里就找到半块不知道什么时候的面包，那一吃第二天把我拉的，你不知道。"

杨洋听丁一一绘声绘色地讲着，有点儿同情他："你要是饿了，门口有吃的自己去拿，吃完赶紧走。"

"你不早说。"

丁一一走到门口端了一份饺子进来，他一边吃一边说："莉莉阿姨手艺见长啊！饺子越来越好吃了。"

杨洋把轮椅转了个方向，背对着丁一一。

丁一一边吃边问："看看你那不耐烦的样子，哎，我能问你个问题吗？你为什么不愿意做康复治疗啊？"

"没有为什么。"杨洋不愿意多谈。

"我不信！就你？杨洋，你那么喜欢打篮球还那么要强，我不信你只是因为怕疼或者别的什么原因，难道你就甘心一辈子坐轮椅？"

杨洋沉默不语。

丁一一接着说："不说话就是默认了，肯定是有原因的，难不成你是觉得站着打篮球打进奥运会太难了，所以你想参加残奥会？那我可跟你说，残奥会的篮球打起来也不简单，他那个轮椅……"

杨洋打断丁一一的话："因为我腿好了，这个家就不在了！"

"啊？"丁一一大吃一惊。

"就是因为我腿一直治不好，我爸才会留在这里陪着我陪着我妈，如果我腿好了，他就会走，他就会去找那个小三，到时候这个家就不在了！不在了！"

丁一一显然被震惊了："你爸有外遇了？"

杨洋眼睛里噙满了泪水。

"那你这招可比抑郁症狠多了!"丁一一恍然大悟。

"要是牺牲我一条腿能换来这个家的完整,值!"杨洋说完低头看着手里的中国猴子。

"那样你可能就一辈子都站不起来了,只能坐在轮椅上。"丁一一不无担忧地说。

杨洋流着泪说:"那我也不想没有家。"

温哥华海边码头游艇会外面,胡媛媛和陈明站在栈桥边,互相依偎着。胡媛媛神色黯然地看着海港里飞舞的海鸥。

陈明关心地问:"杨洋好些了吗?"

胡媛媛摇摇头说:"他一直拒绝康复训练,谁的话也听不进去。"

"他这大概是在报复,用这种极端的方式在向你们挑战。"

"不,是报应,是杨益忠背叛家庭和婚姻的报应。杨洋现在是什么都知道了,所以他让自己伤痕累累,让我们做父母的永远背负着罪孽。这就是我的报应,我真的后悔,我那天怎么就会被怨恨蒙了心,竟然没有注意自己的儿子!!"

"你别太怪自己了,其实这些年你为这个家做的让步,承受的委屈,我都看在眼里,我相信杨洋也不是一个不懂事儿的孩子,有些话你还是要跟他说清楚,特别是你为他安排的一切!"陈明深情地安抚胡媛媛。

胡媛媛摇摇头说:"我做的那点儿事儿比起我身上的罪,根本不值一提。我现在只想杨洋能快点儿好起来,只要他接受复健,让我干什么都行。"

452

陈明有些犹豫，有些话他知道说出来自己一定会后悔，但看着胡媛媛难受的样子，他心软了："媛媛，想让孩子接受复健，也不是没有办法。"

胡媛媛看着陈明。

"我想杨洋现在最想要的就是这个家能够重新温暖起来，你和杨益忠可以像以前一样，还给他一个快乐的三口之家。他现在之所以这样，是他恐惧，怕你们等他好了还会离开他，但只要你们让他真正相信情感和家庭是可以修复的，你们会重新生活在一起，我想他应该会让自己站起来的！"陈明帮着出主意。

"不可能，杨益忠那个样子是不可能跟那个狐狸精断的。而且我也受够了，我不想再和他有什么纠葛了。"胡媛媛对杨益忠丝毫不抱任何希望。

"可是为了孩子，难道你们就不能试试吗？"

"这样对你也很不公平！"胡媛媛愧疚地说。

陈明淡淡一笑说："媛媛，我知道感情不是一定要索取的，爱，本来不就是付出嘛！我不想看到你整天以泪洗面的样子，如果可以帮到你，我会选择退出！"

胡媛媛看着眼前这个帅气英俊文雅、每次在自己最需要的时候都会出现在自己身边的男人，一句话都说不出来，只是把自己的手紧紧地埋在了他的掌心。

温哥华中学草坪上，戴安娜一个人坐在草地上吃午餐，一副愁眉不展的样子。丁一一从后面蹦了过来。

"怎么了？戴安娜，老远就看见你一副苦大仇深的样子。"

"哎，我第一次的 SAT 成绩就快出来了，之前都没好好复习，还不知道能考成什么样呢？"

"你这学霸肯定没问题。"

"但愿吧。"

丁一一顽皮地说："我回去给你烧烧香，保佑你！"

"丁一一，这是加拿大，你烧香求中国的神仙是没用的。"戴安娜讽刺他。

丁一一逗戴安娜说："外来的和尚好念经，说不定中国的神仙正在开辟海外业务呢！"

"你这都什么跟什么啊？瞎掰吧！"戴安娜不理丁一一，继续吃汉堡。

"对了，我昨天晚上去找杨洋了。"丁一一突然说道。

"他怎么样？"

"比白天的状态好多了，至少愿意说话了，跟他聊完我觉得他变成这样，问题出在媛媛阿姨和杨叔叔身上。"丁一一开始分析原因。

"为什么这么说？"

"杨洋比咱们想象得要脆弱，他其实特别怕他爸爸妈妈离婚，他不知道怎么解决他爸爸妈妈的问题，就只能保持现状，至少这样他能维持他们家目前的完整。"

"那就算这样，也不是个办法，这好好的人要是天天在家待着，没事儿也能憋出事儿来，家庭问题咱们解决不了，但至少能带杨洋到外面散散心见见阳光，再说去热闹一点的地方，人也不至于显得那么阴郁。"戴安娜想出一个好办法。

"去哪儿啊？"丁一一问。

"有了，周末教堂义卖会。"

"那是什么鬼？"丁一一疑惑地问戴安娜。

"就是教堂举办的慈善义卖活动，都是住在附近的人把自己家里不用的东西拿出来卖，卖的钱捐给教堂做慈善。每个月举办一次，正好这周日就是了。你觉得怎么样？"戴安娜问丁一一。

"还可以吧，只要人多热闹，杨洋就能好一点吧，那就这么定了吧，杨洋那边我想办法去搞定。"

陈明来到胡媛媛家，杨洋正坐在轮椅上，在前院的草地上晒着太阳。他朝着杨洋走过去，站在杨洋面前。

"是专门来看我笑话的吧，满意吗？现在你再也不用担心我会找你麻烦了。"杨洋斜眼看了一眼陈明。

"还真猜对了，别人说你现在成了瘸子，我以为是两条腿都瘸了，看来情况没我想得那么开心，你只瘸了一条腿。要是都瘸了，我会更开心。"陈明毫不客气地说。

"是吗？看来我还没有成为废物，至少还能逗人开心，哈哈……"杨洋说着突然起身扑向陈明，但是摔倒在地上。

陈明嘲笑他："你特别想打我是吗？来呀，站起来啊，打我啊，面对现实吧，你跟你们这个家一样，破败不堪，一个失败者，还想站起来跟我决斗，看来你把天方夜谭当真了。"

杨洋气急败坏地说："你等着，迟早有一天，我会把这个家重新修复好，迟早有一天我会让你跪在我面前求我宽恕你！"

陈明继续嘲讽他："鸡汤喝多了吧，小鲜肉！"

陈明蹲下身子抬起杨洋的脸说："你连自己的腿都修复不了，还想修复这个家？你们这个家无药可救了。只是可惜了你妈妈，她把一切都留给了这里，可是你们没有一个人珍惜，没有。"

　　杨洋扭过脸，又被陈明掰了过来。陈明托起杨洋的下巴说："你根本不配拥有这样的好妈妈。不过你放心，我会带她走，给她应得的幸福。而你，就留在这幢房子里，对着镜子孤芳自赏吧。"

　　杨洋恼羞成怒地冲陈明喊道："混蛋！混蛋！你不许带走我妈妈！这是我的家，你不许带走她，我求你了，别带走她！"

　　"那你就应该像个男人一样站起来去保护她，而不是像一条狗，趴在地上求我！如果你站起来，我就离开温哥华，永远不会再来打扰你们。"陈明提出条件。

　　杨洋扶着轮椅想站起来，但还是失败了。

　　"你不用急着证明，我会给你时间，但也不会太长。"陈明见杨洋中计，便继续说。

　　杨洋慢慢地扶着轮椅坐了上去，说："你说话得算话。"

　　"只要你能够做到，不过，我希望你也不要勉强，因为我刚才说了这根本就是天方夜谭。"

　　杨洋死死地盯着陈明说："迟早有一天，我会把这个家重新修复好，我不会让你得逞的！"

　　陈明哈哈大笑，说："好，我等着那一天。"说完他笑着转身，潇洒离去，但眼睛已经湿润。

　　陈明此刻的心情是复杂的，从当初给胡媛媛当司机，为博得她的好感不择手段，到后来渐渐真心喜欢胡媛媛，再到现在为了她和杨洋而不惜克制自己的感情，帮助他们一家团圆，陈明一直处于矛盾的情感漩涡。如果杨洋被他这个激将法激到能够主动做康复，那也算是他对胡媛媛当初动机不纯的弥补吧！

温哥华的冬季来临了，白天短夜晚长，下雨天居多。戴安娜抱着电脑坐在沙发上，双腿搁在前边的茶几上，不停地刷新着 SAT 成绩的页面。

夏天端着榨好的果汁从厨房出来，问："成绩还没出来呢？"

"没呢，紧张死我了。"

"你还有紧张的时候呢？"

"哎呀，你就别逗我了。"

戴安娜继续不停地刷新着，突然惊叫起来："啊啊啊，出来了出来了！"但是她看到分数后，愣了一下，然后有些气恼地把电脑扔到了沙发上。

夏天急忙跑过来问："怎么了？"

戴安娜沮丧地告诉夏天："才 1200 多。"

"这个分是太低了，我给你估算的成绩第一次怎么都在 1400。"夏天也有点意外。

"考试的时候我就觉得这次考得不好，但是，我也没想到会考这么低啊！1200 多，这个成绩申请哪个大学都不够！"戴安娜焦虑地说着。

"所以好在只是第一次考，后面还能考，你得吸取这一段时间的教训了，你最近的学习状态就不太对。"夏天说。

"好啦好啦，我知道了，Summer 你怎么也变得和丁——妈妈一样了，接下来我会做好计划集中复习的，下次肯定超过 1500！"戴安娜拍着胸脯保证道。

正在这时，戴安娜的手机响了。

"亲爱的，我成绩出来了，你的怎么样？"丹尼尔在电话里问。

"考得不太好。"戴安娜郁闷地告诉丹尼尔。

"不太好？没事儿，不着急，咱们一起分析分析看看怎么提高，我在路上了，马上到你家，带你去吃你最喜欢的冰激凌，安慰一下你受伤的心灵，好不好？"

"心情不好，我不想出去。"

丹尼尔不由分说地道："我已经快到你家啦！你不是最喜欢吃冰激凌的吗，一会儿给你点两个巧克力冰激凌，保证你吃完心情就好啦，别难过了，在家等我，马上到！"

戴安娜挂上电话。

"还是出去转转吧，透透气，这才第一次，心理压力别太大，分析一下问题出在哪儿。"

戴安娜嘟囔道："又来了……"

"你说什么？"

"没什么！我说我换身衣服出去透透气！"戴安娜回答。

温哥华市中心的某冰激凌店内，热热闹闹地坐着很多人。戴安娜抱着一大盒冰激凌大口大口地吃着，一副要化悲愤为食欲的样子。

丹尼尔安慰她："这次没考好也没事儿啊，下次我陪你再考一次。"

"你这次成绩已经足够了，干吗要再考一次。"戴安娜奇怪地问丹尼尔。

"其实也没有，我这次的成绩申请斯坦福不太够，我想再刷一次。"

戴安娜愣了一下，停下吃冰激凌的动作，问道："你打算申请斯坦福？"

丹尼尔说："对啊，或者加州理工。我一直想去西海岸，那边气候好，运动氛围也足，到时我们俩可以常常去冲浪、日光浴，想想就很棒。"

戴安娜继续吃冰激凌，没说话。

"你怎么不说话？"

"我准备考哥大。"戴安娜告诉丹尼尔。

"你要去纽约？"丹尼尔问。

"我喜欢纽约的生活节奏啊，更何况那里还有百老汇。"

"你为什么不能去加州呢？你不是最喜欢海滩了吗？我希望你重新考虑一下。"

戴安娜反而问："为什么不是你考虑跟我一起去纽约呢？那儿还有麦迪逊广场花园和洋基队呢？"

"可你是我的女朋友，你应该跟我在一起。"

戴安娜被丹尼尔的一番话气得哭笑不得："没关系，咱俩各去各的也 OK 啊。"

丹尼尔急眼了："你这话什么意思？是不是因为那个丁一一，你现在天天跟他在一起玩儿，你是不是想跟他在一起了？"丹尼尔压抑了很久的话，一下子都释放出来了。

戴安娜生气地说："丹尼尔，请你放尊重一点儿，第一，我跟丁一一只是好朋友；第二，我跟谁在一起玩儿那是我的自由，不需要你来管。"

"但我是你男朋友。"

"从现在开始，你已经不是了。"

"你、你、你什么意思？"丹尼尔已经语无伦次了。

"没什么意思，就是分手。"说罢，戴安娜摘下手上戴着的情侣戒指，扔到了桌子上。

"戴安娜，你能不能不这么无理取闹，不这么耍性子。"

"你爱怎么想就怎么想，再见！"

戴安娜转身，头也不回地离开，丹尼尔刚要追上去却被服务员拦住结账，等丹尼尔慌忙结完账，戴安娜早已不见了踪影。

戴安娜从冰激凌店出来后就直接去了李娜家，丁一一开着门专注地打着游戏。戴安娜一进屋就要把丁一一从沙发上赶到另一边，她踢了踢丁一一的腿，说："给姐腾个地儿。"

丁一一抬头看了一眼戴安娜那不开心的样子，就识趣地挪到一旁。戴安娜一屁股坐了下来。

"女神，谁欺负你了？一脸的苦大仇深。"丁一一调侃道。

"姐恢复单身了！庆祝一下！"

"真的假的？你跟丹尼尔分手了？为什么啊？"

"哪儿那么多为什么？分了就是分了。"

"姐，你太酷了！够洒脱，说分就分，干净利落！"

戴安娜白了他一眼，说："别跟我在这儿贫嘴，烦着呢。"

"好啦好啦，别烦了，要我说你早就该分了，丹尼尔看着高大威猛的，办起事来磨磨叽叽，还动不动撂个狠话，一看就是欧美大男子主义，这样的人早分早好，这事儿办得对，姐们儿，我挺你。像我姐这么酷的姑娘，随便找个也比他强，分了别伤心，我回头帮你物色一个更好的。"丁——安慰戴安娜。

戴安娜笑了："你个小屁孩，省省吧，我还用得着你帮我物色男朋友？"

"怎么样，开心了吧？你这么一骂心里舒服多了吧？"

戴安娜边笑着伸手欲打丁——边说："原来你是在主动找骂啊？你什么意思，刚刚说的都是假的？"

"真真假假，假假真真，真亦假时假亦真，假亦真时真亦假。"

"什么真真假假，你故意欺负我听不懂中文的意思，是吧？"

说着丁——就和戴安娜打闹在了一块儿。

上海，李娜正在收拾行李，两个大箱子摊在地上，她在不断地往里面放东西。

丁致远从背后抱住李娜，不舍地说："你这真是要把家搬过去了。"

"我还等着跟你胜利会师的那一天呢。"

丁致远拿出两个护身符，对李娜说："你把这个带上吧。"

"你丁大教授一个无神论者，怎么还信这个呢？"

"嗨，别提了，这是妈在龙华寺求来的，非要让我转给你，你和——一人一个，说是能保佑你们在温哥华平安。"

"妈的心意，我收下了。"

丁致远拥抱着李娜说："老婆，你每次走，我还挺舍不得你的。"

"好啦，都老夫老妻了，还这么腻歪，快帮我收拾！"

丁致远一口答应："好嘞！"

李娜马上变脸问："你怎么那么开心？嘴上说一套心里想一套吧？"

丁致远被李娜说懵了："不是你让我别腻歪的吗？天哪，女人啊！不知道哪句话真哪句话假？"说着他把箱子里的衣服盖在了自己头上。

晚上，丁一一放学回家，自己在厨房烧水泡面，水刚烧好，就响起了敲门声，他手里拿着方便面调料包，就匆忙跑去开门："杰瑞叔叔，你怎么跑来了？"

"今天正好路过，来看看你，怎么样，吃饭了吗？"

丁一一说："正做着呢，要不要一起吃点儿？"

杰瑞惊讶地问："你可以啊！都学会自己做饭了啊？做什么好吃的呢？"

"丁氏特制红烧牛肉面。"

杰瑞这才注意到丁一一手里的调料包，问："你就会做这个吃？"

"Bingo！方便面多好！好吃又省心。"

"别吃了，换个衣服，我带你出去吃。"

"不用了，杰瑞叔叔，太麻烦了。"

杰瑞故意引诱丁一一道："帝王蟹可是你的最爱，你不吃我就只能自己享受了。"

丁一一听罢掉头就往楼上跑。

杰瑞问："一一，你干吗去？"

丁一一的声音从楼上传下来："我在换衣服！吃大餐！等我！很快的……"

杰瑞看着丁一一慌忙跑上楼梯的样子笑了。

杰瑞带着丁一一来到一家温哥华中餐厅。帝王蟹刚上桌，杰瑞就把一只蟹钳夹到丁一一的盘子里，丁一一丝毫不顾形象地啃着螃蟹。

他一边吃一边说："谢谢杰瑞叔叔！想死这口儿了！自从我妈开始做菜，就不带我出来吃饭了，抠门儿！"

杰瑞看着丁一一笑着说："你妈走得那么急，而且这么久没回来，是不是国内出什么事儿了？"

"好像是她的公司出了点儿问题。"

"啊！真是这样？怎么回事儿啊？"杰瑞的预感是正确的。

"具体情况我也不知道，他们都拿我当小孩儿，也不跟我说是怎么回事儿，我是听我爸说我妈这次回去好像把公司给卖了。"丁一一肩膀耸了耸，一副无奈的样子。

杰瑞更加吃惊："公司都卖了？有这么严重？"

"我也不知道。"

杰瑞皱着眉说："肯定是遇到什么棘手的事儿了，我跟你妈也认识这么久了，公司可是她多年的心血，不到迫不得已，她不会这么放弃的。"

丁一一吸着手指，看着杰瑞担心的神情，话题一转，突然开口说："杰瑞叔叔，我能问你个问题吗？"

"说吧，想问什么？"

"你是不是喜欢我妈？"

杰瑞愣了一下，没说话。

"没事儿，你可以不回答的，我就是八卦一下。"丁一一故意装作若无其事地说。

杰瑞忍不住笑起来："没什么不能回答的，喜欢和爱是有区别的，我很欣赏你妈妈。"

丁一一撇撇嘴说："喜欢、爱、欣赏，这不是一回事儿吗？"

"你还是小朋友不懂，是有区别的。"

"好吧，虽然说吃人嘴短，但我还是要提醒你，我妈是不可能看上你的，她跟我爸的感情铁着呢！"丁一一用防范的眼神看着杰瑞。

"对，你爸跟你妈是最般配的，你放心吧，我们只是好朋友。"

杰瑞给他倒满饮料，丁一一吃得津津有味。

傍晚，戴安娜下课后戴着耳机往停车场方向走去，突然她被丹尼尔拦住了。戴安娜取下耳机，面无表情地看着他，不说话。

丹尼尔用乞求的语气对戴安娜说："再给我一次机会好不好？"

"分手就痛快点，不要连朋友都没得做！"戴安娜毫不客气地说。

丹尼尔纠正说："谁要跟你做普通朋友了？我们是男女朋友！"

戴安娜装作没听见似的径直向前走去。

丹尼尔气急败坏地拉住她问："你是不是喜欢上别人了？"

"我和谁在一起，不需要和前男友汇报吧！"

戴安娜甩开丹尼尔，重新戴上耳机往前走去。丹尼尔看着戴安娜的背影，非常气愤，把手中的书包狠狠地摔到地上。

戴安娜在学校被丹尼尔纠缠，心情很郁闷，她开车直接去了大卫工作室。推门进到大卫工作室，她发现丁一一和大卫正聚精会神地打着游戏。戴安娜坐在沙发上，唉声叹气。

丁一一边打游戏边侧过头问她："怎么了？又被丹尼尔缠上了？"

"不幸被你言中！我真没想到丹尼尔会这么死缠烂打。"

"你想不到的事儿多着呢，这就暴露他不仅自私，还磨叽，这可是男人的大忌啊！"

"是的，他这样只会更让我觉得分手的决定是正确的。"戴安娜赞同丁一一的分析。

丁一一故意加重语气说："所以啊，提早认清一个人的真面目是多么重要。"

"你个小屁孩儿装什么深沉，好像你看透了人生一样。"戴安娜并不买丁一一的账。

"你是当局者迷，我才是旁观者清。"

戴安娜嘲讽丁一一道："你就装深沉吧！"

突然之间，丁一一发出一阵欢呼声："哇！我和大卫联手，绝对是打遍天下无敌手！"

大卫听到两个孩子聊得很欢，他也听出了大致意思。他安慰戴安娜，并劝她在丹尼尔的事情上，不要采取过激的态度，大家好聚好散，也算朋友一场。

大卫说他还有点儿事儿，先出去一趟，一会儿回来。

现在游戏二缺一，丁一一想起了杨洋："唉，要是杨洋也在该多好啊！"

"是呀！少了杨洋少了很多欢笑。"戴安娜说。

"知道我以前为什么会喜欢上游戏吗？"

丁一一开始给戴安娜娓娓道来。那是因为游戏里完全是另外一个世界，它能让你忘掉现实世界里很多不开心的事。它带来的体验和感受是真实的，那么它就是真实的。就像梦境和现实一样，如果梦境足够真实，那么它和现实又有什么区别呢？只是两个不同的维度而已。

戴安娜看着丁一一一本正经的样子，很好笑地说："感觉你在装哲学家。"

丁一一当仁不让地说："那是，我是游戏哲学八级！再说了，这是切身体会好不好。打游戏是找寄托，能分散分散注意力，还能在游戏里找到成就感和自我价值。"

戴安娜突然想起来："马上就周末了，咱们带杨洋出去的事儿你跟媛媛阿姨说了吗？"

丁一一说："你就放心吧，我都搞定啦。"

义卖会马上就要到了，大家都在分头准备着。

在温哥华的胡媛媛家，杨洋爸爸杨益忠吃完了饭，擦了嘴。

陈莉莉问："杨洋爸爸，还喝碗汤吗？"

杨益忠摆摆手："谢谢，不用了。"

杨益忠起身要离开，被胡媛媛叫住了。

胡媛媛主动说："我能跟你谈谈吗？"

杨益忠犹豫了一下，又坐回餐桌边。陈莉莉端上茶后退到厨房主动回避。

"我希望你这段时间都留在温哥华，我想我们能陪着杨洋直到他的伤彻底痊愈。在这期间，我不会给你招惹半点儿麻烦，我希望你能配合我一起帮助儿子。你在国内有再大的事儿，比起儿子的事儿，都不值一提。我是认真地在跟你商量，希望……也是请求，能得到你的认可。"

杨益忠直直地看着胡媛媛没说话。

"好了，我的话说完了，你不必现在回答，可以和你的那位商量一下再回复我。"胡媛媛貌似很大度量。

"莉莉，你跟我一起去储藏室，把杨洋那些不用的杂物都收拾一下，——之前给我打电话说他们周末有一个义卖会，我们带杨洋出去透透气。"

"哎，我这就去收拾。"陈莉莉说着就准备到储藏室收拾义卖会的物品。

胡媛媛刚要离开客厅，杨益忠就开口说话了："义卖的事儿，我能跟你聊聊吗？我也想参加一下。"

胡媛媛看着杨益忠说："周日早上九点，在教堂后面的草坪上。"

一架大型客机缓缓地降落在温哥华机场。李娜大步流星地推着行李车走了出来，杰瑞带着丁一一来接机。

丁一一朝李娜挥着手："妈，妈，这里！"

杰瑞接过李娜的行李车，很客气地说："欢迎回家。"

"一一，你今天不上课吗？"李娜问。

丁一一急忙说："今天周六啊，杰瑞叔叔带我来机场做义工，我在这儿送了三个小时的水，还给中国游客当向导，可没闲着。"

"是吗？进步够快的。"李娜半信半疑。

杰瑞在旁边也夸丁一一："我见到一一这样也很意外，感觉他的确长大了不少。"

"刚来温哥华那几个月，简直就是一场噩梦，你还记得吗？多亏了你杰瑞叔叔和媛媛阿姨一直在帮忙。"李娜回忆起往事，有点儿辛酸。

"妈，你怎么又哪壶不开提哪壶？"丁一一嘟囔说。

"前事不忘，后事之师，你妈我迟早得出一本《陪读妈妈必杀技》，专门教陪读妈妈怎么走上成功之路！"李娜有感而发。

丁一一受启发地说："那我就出一本《请珍惜你的陪读妈妈》，专门告诉那些跟我一样的孩子们，别跟妈妈较劲，她们也挺不容易的。"

"哎哟，我儿子真是长大了，这话暖得我不要不要的，来，妈妈香一个。"

李娜亲了一下丁一一，丁一一表情非常复杂。杰瑞在一旁看着这母子情深的一幕，也非常欣慰。

李娜跟着杰瑞把行李装车，大家上车后，杰瑞驾车回市区。开车回家的路上，李娜想起了杨洋。

"一一，杨洋现在怎么样了？"

"伤势恢复得还行吧，就是脾气变得特别古怪，除了莉莉阿姨，谁的话也不听，尤其是他爸妈，他特别抵触。也不配合康复训练，医生说如果再不进行训练，他可能会留下后遗症。"

"这么严重？"

"不知道他们家到底发生了什么，反正他罢赛、撞车好像都跟他爸妈有关。"丁一一也不明白真正的原因。

"别人家的家事咱们也管不了。"李娜叹了口气说。

"但至少咱们得再去看看杨洋吧。"丁一一说。

"嗯，是应该去看看。"李娜应声道。

杰瑞提醒他们说："咱们先去吃个饭，李总想吃什么？"

"杰瑞，你去我们家吧，我给你们露两手。"李娜邀请杰瑞。

杰瑞兴奋地说："可以啊，李总的手艺，我还真没尝过。"

"杰瑞叔叔，那你可得想好了，李大总的手艺可是暗黑级的。"

"可别小看我，这次回上海我可是得到你爷爷奶奶的真传了。"

陈莉莉从胡媛媛家回到自己家的小屋，累得倒在沙发上。

罗盼过来递给陈莉莉一杯热水："妈，你喝水。"

陈莉莉向儿子道谢。

罗盼问陈莉莉："今天杨洋怎么样？"

"还是那样，把自己关在屋里不说话，我进去给他送饭的时候，他眼睛红红的，又哭过。你说这家里那么有钱，生活得那么好，可这孩子还这么可怜，看着让人揪心。哎哟！"陈莉莉捂着腰，疼得直咧嘴。

罗盼急忙过去搀扶住陈莉莉，问："妈，你腰怎么了？"

"今天在杨洋家储藏室收拾杂物，把腰给闪了一下。"

罗盼帮陈莉莉按摩："是这儿吗？这儿？"

"哎哟，就那儿，疼疼。"

罗盼给陈莉莉揉着腰："妈，你趴好，我给你好好按摩按摩。"

"谢谢儿子，对了，周末有个什么义卖的活动，你知道吗？"

罗盼回答说："我知道，但我不去参加。"

"你要想参加就去，你也不能老待在家里看书，应该多出去放松放松。"

罗盼为难地说："主要是我也没什么可卖的，总不能去卖脑子吧？"

"我儿子的大脑以后肯定会升值，现在咱别卖，攒着，以后赚大钱把你爸接来，让他也享享你的福。"

罗盼突然想起来一件事儿："哦，对了，校长请你明天去学校一趟，跟你说一下交换生的事儿。"

陈莉莉趴在沙发上琢磨了一会儿，然后对罗盼说："儿子，我去趟超市。"

陈莉莉来到家门口给丈夫罗松打电话："喂！"

"你怎么打电话啦，这长途得多贵啊！"罗松埋怨陈莉莉。

"这事儿不是着急吗？我跟你说啊，盼盼学校的校长要我明天过去一趟。"

罗松紧张地问："怎么？盼盼又被人打了？"

"呸呸呸，别乌鸦嘴！你儿子好着呢！是找我去谈交换生的事儿。我想啊，校长这个时候找我谈交换生的事儿，要么是想让盼盼留下来，要么就是盼盼交换生的时间快到了，提醒我们办手续！"

"儿子要回来了吗？那太好了！"罗松感觉终于熬出头了。

"好你个大馒头啊，儿子是要留在温哥华继续深造的。既然出来了，我就没想让他再回去。"

罗松叮嘱陈莉莉道："可这也不是你能决定的啊。"

"这不跟你商量呢嘛。算了算了，跟你聊也聊不出什么，我自己想辙吧。"陈莉莉不想和罗松争辩。

罗松换了话题，问："哦，那儿子在那边还好吧，你给他买书没？"

陈莉莉说："放心，书都买着呢。盼盼现在比以前开朗多了，成绩也上去了。"

"好好，那就好，那没什么事儿赶紧挂吧。"

"行，你自己一个人在家也别太累了，要我说送水那工作就别做了，我现在有工作，钱够花了。"

罗松说："行了，你甭管我了，挂了。"

陈莉莉挂了电话，看着满大街人来人往的异国他乡，眼神坚定，一定要陪读到底！

第九章　痛苦抉择

李娜到厨房不一会儿工夫，就端上来一碗奥灶面。

丁一一看到李娜端出的面条，立刻两眼发光："奥灶面？开挂了，我妈开挂了。"

丁一一拿起筷子挑起面哧溜吃了一口，立刻闭眼缩脖耸肩，他咀嚼着、回味着，仿佛品尝到爷爷奶奶做的面的味道了。

丁一一吃着面眼含热泪："我想我爷爷奶奶了，这面这汤都太好吃了，我立刻有一种回到我爷爷奶奶身边的感觉。"说着他忍不住流泪了。

杰瑞看着丁一一，一脸茫然地问："哇！吃碗面，有这么多层感情吗？到底是面好吃被妈妈感动得要哭？还是想爷爷奶奶想得要哭？好复杂的一碗面啊！"

李娜耐心地给杰瑞解释说："一点儿也不复杂，每个在国外留学的中国人都想念家的味道。舌尖上的乡情，是每个中国人独特的美食文化。"

"噢！明白了，不在于面好吃，而在于家的味道，就好像我小时候吃外婆做的云吞面。"

杰瑞用筷子挑起面条送入嘴里，模仿着丁一一的样子，说："这味道和我外婆做的一样一样的，我想我外婆了，太好吃了，呜呜呜。"

李娜笑得前仰后合，丁一一抹着眼泪，破涕为笑，他说："妈，周末你就带着这碗面去义卖吧，肯定畅销！"

"这温哥华哪儿能随便卖吃的啊！"李娜当真地说。然后她清了清嗓子，郑重其事地说："忘了告诉你们，李总的使命已经结束了，从现在开始，我就是一个专职陪读妈妈。"

丁一一半晌没反应过来："专职陪读？那你的化妆品公司呢？"

"卖了！"

杰瑞伸出大拇指："厉害！李总破釜沉舟，有魄力！"

李娜接着说："我已经和过去那个霸道总裁 say bye-bye 了，现在我要争取做一个温柔贤惠、有耐心的妈妈，一直陪伴着我的乖儿子。放心，不会对你约束太多的。"最后一句，她是冲着丁一一说的。

丁一一的表情很复杂，却被李娜一眼看穿，她对丁一一说："你要对妈妈有信心，也要对自己自信一点儿哦。"

丁一一勉强挤出一丝笑容，笑得很难看，李娜看丁一一的样子，有点儿急了，于是问道："你这是几个意思？"

"你看你看，刚说完要变得耐心、贤惠，又要急了。"

杰瑞忙打圆场："慢慢适应，你俩都要慢慢适应。放松，放松，来，能再盛一碗吗？"

陈莉莉匆匆忙忙赶到温哥华中学校长办公室，校长边把一份文件递给她边说："这是学校对于罗盼同学作出的学习评估，在他作为交换生学习期间，虽然有一些小小的瑕疵，但我们非常赏识他的学习能力和与众不同的学习方式。"说罢校长站起身就要跟陈莉莉握手。

陈莉莉犹豫地站起身说："那个，校长……"

"怎么，还有什么事儿吗？"

"啊，是这样的，首先我非常感谢校长先生对我儿子的肯定，我想问您能不能做主把他留在这儿继续读书？"陈莉莉央求校长。

"哦，这个不是我们单方面能决定的，像罗盼这样的交换生，如果想留下，要提前好几个月办理相关手续，重新申请学校和签证。"

"啊，这么麻烦啊？"

校长临别时告诉陈莉莉："陈女士，其实关于留学这方面的途径还有很多，我建议你向一些陪读家长或留学中介机构再咨询一下。"

"好的，谢谢校长先生。"

陈莉莉心事重重地从学校走出来，她想让罗盼继续在温哥华读书，但是又不知道怎么办理，她首先想到的还是胡媛媛。

第二天，陈莉莉到胡媛媛家上班，她走到正在看电视的胡媛媛身边，问道："媛媛姐，我跟你打听个事儿，我听说只要能拿到加拿大的身份，以后孩子上学就都不用花钱了，是吧？"

"对的，只要你拿了枫叶卡，孩子上学基本上是免费的。"

"哦，办枫叶卡要花好多钱吧？"

"我们那时办不太贵，现在办投资移民最少要有三十万加币才能办下来。"

"哦，三十万加币，一百五十多万元人民币。"陈莉莉换算着。

胡媛媛问："你想办移民？"

陈莉莉连忙否认："我哪儿出得起这么多钱啊！我就是担心盼盼交换生要到期了。昨天校长找我谈话，说盼盼在数学方面很有天赋很优秀，想让他留下来继续学习。只要我们愿意，他就帮我们给国内的学校发邀请函，让盼盼能继续留在温哥华。只可惜就算盼盼能留下来，我们也供不起他上学了。"

"盼盼要回国了？所以你就想办移民让孩子免费上学，你在温哥华也可以光明正大地打工，继续陪着盼盼读书是吧？"

"想是想过，但是我们拿不出这么多加币办投资移民啊。媛媛姐，我不知道你愿意不愿意……"陈莉莉支支吾吾地说。

胡媛媛知道陈莉莉想向她借钱，马上开导她："莉莉，你听我一句，你真的没有这个必要，再说了盼盼成绩这么好，在哪儿都能考上重点大学。你要是想让他考藤校，从国内申请也是一样的，这样花钱还少。"

"可是，这是多好的机会啊！"陈莉莉不死心。

"这是个好机会，但是办理投资移民对你们家来说压力太大了，当然你也可以办技术移民，可是你又有什么技术特长呢？听我的，没必要，莉莉。真的，现在签证都能一年多次往返，再说国内发展这么好，罗盼又聪明，以后肯定会有出息的，你这样反而会给孩子太大的压力。所以盼盼交换时间到期就回国，出国这段时间也长了见识，尤其是英语，回国肯定比其他同学强。"胡媛媛耐心地分析给陈莉莉。

"好吧！我也只是问一下，那我去收拾屋子了。"陈莉莉转身离去，心情复杂。

胡媛媛看着远去的陈莉莉叹了口气。

此时门铃响了，胡媛媛有些疑惑，她也没约谁来家里做客啊。不过她也来不及多想，就走到门口开了门，门外站着的人却是李娜。

李娜说："媛媛姐，我是来看杨洋的。"

胡媛媛一愣，看到是李娜，她马上面露不爽："他不在家，他也不想见任何人，你请回吧。"

胡媛媛欲关门，却被李娜伸手拦住："那我能跟你聊聊吗？"

李娜和胡媛媛来到胡媛媛家附近的街心公园。

李娜问胡媛媛："媛媛姐，我真不明白，你对我的态度怎么一百八十度大转变？我真不明白我怎么惹你了？"

"你是揣着明白装糊涂！杨益忠给你投资建厂的事儿，他自己都承认了，你也不用装了。我当时听到这个消息的确很崩溃，我跟了他二十多年，他对我许下的承诺一个都没有兑现，现在居然因为你泄露给他的一张照片，他就可以为你投资建厂，看来你是为他立了大功的，你太不够姐们儿，太忘恩负义了！"胡媛媛义愤填膺地说。

李娜更加糊涂了，她这次回上海确实在朋友饭桌上和杨益忠见过一次面，两人相互加过微信，后来杨益忠单独又约过她一次，谈过投资合作的事情。但是她泄露了什么照片给杨益忠，她一点儿都不知道。胡媛媛翻开手机给李娜看她的微信朋友圈，她指着一张照片，那照片的背景是胡媛媛和陈明在一起依偎着。

李娜看到那张照片，才恍然大悟："媛媛姐，我对天发誓，我刚知道我发的那张照片给你惹了这么大的麻烦！但那真的只是一个巧合。"

胡媛媛瞥了一眼李娜："巧合？不可能吧？无巧不成书，你要知道现实可比书里要精彩得多。"

"对不起，媛媛姐，我没太听明白。"李娜一脸迷茫地看着胡媛媛。

"不用叫我姐，我承受不起。"

李娜也有些生气地说："好，胡媛媛，我想跟你澄清一下，关于杨总给我投资建厂的事儿，我压根就没有答应，也没有接受他的投资，因为我等不及了。"

"你没有跟杨益忠合作？那你的公司？"胡媛媛将信将疑。

"我的公司已经被润海集团并购了，我现在是无官一身轻，彻底作为陪读妈妈开机重启。我想好好陪在儿子身边，陪他一起成长。媛媛姐，那张照片虽然不是我存心拍摄发到朋友圈的，但确实给你的家庭带来了伤害，我希望能得到你的谅解。"李娜诚恳地道歉。

胡媛媛叹息了一声："我现在知道了事情的真相，当然可以原谅你了，我也给你说声对不起，我误会你了，本来我还准备报复你的。"

李娜一头雾水："你报复我？我有什么事儿啊？来温哥华我每天都忙得焦头烂额。"

胡媛媛看了一眼李娜，欲言又止，岔开话题说："算了，现在说这些已经没有用了，是我自己作孽太深，杨益忠说得没错，是我没有把杨洋看好，责任全部在我。"

"媛媛姐，我听说杨洋的确是一场意外。"

胡媛媛摇摇头，说："怎么可能是意外呢？为了保护杨洋，我和杨益忠一直在博弈，唉！没想到一张照片又引发了一场我们家的战争，你是无意，可杨益忠他是故意的，他在到处抓我的把柄给他自己开脱。"

"媛媛姐！真是对不起了！"李娜再次道歉。

"是祸躲不过，杨洋成了这场家庭战争的受害者，我真的很后悔，但后悔无法修复杨洋的伤痛，对他来说最大的痛不是伤痛而是心痛，他怕看见我们家的破碎，唉！"

李娜看着眼前的胡媛媛，第一次感觉到她的脆弱和可怜。

"我现在只想让他健康、快乐，除此之外，一切都不重要了。"胡媛媛还在自我反省。

李娜替胡媛媛鸣不平："这对你太不公平了，家庭的问题凭什么让你一个人承担？"

"是我无法原谅我自己，为了名存实亡的婚姻，为了自己的虚荣，我害了我的儿子也伤了自己，我这算是一个什么妈妈啊？"胡媛媛后悔不已。

"媛媛姐，陪读妈妈不好当呀！我也觉得我自己很失败，跟丁——吵了一圈又一圈，结果把公司赔掉以后才想明白，跟孩子这样吵值得吗？自己非但没有占到多大便宜，反而每吵一次跟孩子的距离就疏远一点。我曾经觉得我已经抓不住我儿子了，他离我越来越远，直到我遇见了你，遇见了陪读妈妈互助会，——遇见了杨洋、戴安娜、罗盼，遇见了那么多的好朋友，我跟丁——的生活才逐渐有了生机。我们可能都太想证明自己是一个恪尽职守的好母亲，是一个能够将孩子培养成人的好妈妈，但是我们忽略了一个细节，所有孩子的幸福都来自一个充满欢声笑语的健康家庭，父母能够在一起，才能给孩子营造出一个快乐有趣、轻松乐观的幸福家庭。"

胡媛媛听着李娜的话，沉默着。

同一个街心公园里，杨益忠推着杨洋在公园里漫步、晒太阳。

杨益忠边推着儿子边和他说话："你那天说的话，爸爸想了很久，确实是我们大人的错误。当然，爸爸的错误在先，更应该检讨。但有一点你一定要记住，不管发生怎样的事情，爸爸妈妈都是爱你的。即使有些事情瞒着你，那也是出于我们对你的保护和爱，是不想伤害到你。"

杨洋听着爸爸的话表情更加茫然。

杨益忠把杨洋推到公园的长椅旁，坐下指着自己的心口说："当爸爸在上海听说你出车祸伤得很严重时，我的心都在颤抖，爸爸以为再也见不着你了。"说着杨益忠的眼圈就红了。

杨洋看着杨益忠一言不发。

杨益忠继续给儿子剖白内心："爸爸想来温哥华陪你，想把工作转到温哥华来，爸爸为此专门跟李娜阿姨聊过，想在温哥华办一家企业，受益人就是你。你不信可以去问李娜阿姨，爸爸所做的一切都是为了你。这可能就是我对你最大的爱吧！"

杨洋突然接话："那天我在卫生间外面听到了你和那个女人的对话。"

杨益忠一愣："儿子，你听错了！你应该相信爸爸，爸爸所做的一切都是权宜之计，爸爸是绝对不会离开你的！"说完他诚恳地看着杨洋。

杨洋把头转向别的地方说："你知道吗？陈明来找过我。"

"他来找你干什么？"

"他说他喜欢我，想认我当儿子。"

杨益忠突然生气地站起来说："无耻，他凭什么认我的儿子？"

"那你凭什么让别的女人管你叫老公？"

杨益忠一下愣住，马上辩解："儿子，你还小，你现在不懂。"

杨洋一字一句地说："我的确不懂，但是我知道我永远不会背叛这个家庭，不会嫌弃这个家，更不会离开我的父母！"

杨益忠一时无法回答这个问题，等他再想去安慰杨洋时，杨洋却冷冷地看了他一眼，自己摇着轮椅离去。杨益忠在后面追赶过去。

杨洋看见了不远处的李娜和胡媛媛，李娜同时也看到了杨洋和杨益忠，她朝杨洋走过去，问："好久没见，你好些了吗？"

"谢谢李娜阿姨，我现在很好！爸爸，麻烦你送我回家，我有点儿冷。妈，你和李娜阿姨也别在外面待太久了，回家聊吧！"

"哦，时间不早了，那我也就告辞了，我还得回家给丁一一做饭呢。"李娜看看表。

"李娜阿姨再见！"

李娜礼节性地冲杨益忠点了点头。

杨洋微笑着转过脸，立刻又恢复成面无表情状。这一切都被胡媛媛看到眼里，她掩饰着自己的痛苦走了过去。

教堂义卖会的日子越来越近了，大家都在分头准备义卖的物品。戴安娜抱着一大堆各种各样的毛绒玩具从房间出来，一股脑儿扔在沙发上。夏天看在眼里，心里很清楚，戴安娜跟丹尼尔又生气了，因为戴安娜每次扔他送的礼物都是准备分手的。

夏天故意感慨道："可惜了这堆娃娃，扔了你不后悔？你要和丹尼尔分手吗？"

"扔了干吗？我这是拿去义卖，谁喜欢谁拿走，就当我替他做慈善了。丹尼尔根本就不了解我，他总觉得是个女孩就得喜欢毛绒玩具，可是我压根不喜欢，跟他说过多少次了，他还是送了这么多，和一个不适合自己的人分手没什么好后悔的。"戴安娜说着把沙发上的毛绒玩具一个个都收拾到了箱子里。

陈莉莉在胡媛媛家抱着一个纸箱子从地下室出来，放在了客厅的地板上说："媛媛姐，地下室里的东西我都收拾好了。"

"嗯，周天拿去给杨洋做义卖。"

杨益忠走到箱子边拿起箱子里的一盒糖果，问："这糖是我去意大利那次给杨洋带的吧，好几年了吧，还留着呢？"

胡媛媛见物生情："嗯，杨洋一直舍不得吃，说是爸爸买的，还有这些你给他买的东西，他几乎都留着呢！"

杨益忠看着箱子里还有很多小玩具都保存完好，心里也一阵酸楚。胡媛媛也静静地看着箱子里的东西发呆。

李娜在客厅坐着看电视，丁一一不停地在李娜面前走来走去，嘴里絮絮叨叨地念个不停。

"义卖会去卖什么好啊？"

"哎哟，求你别在我面前来回晃荡，行吗？这家里没你能卖的！"李娜没好气地说。

"我这找了半天就找到一个旧拍立得，妈，你看你那些包啊什么的，能不能支援一个。"

李娜听到丁一一的话，更来气："要不，你把咱这屋子安四个轮子推教堂给卖了得了！就你这脑子还义卖，回头把自己卖了还得给人数钱。"

"那怎么办啊，人家都有得卖，我总不能挂一破相机吆喝吧？"

"你的那个相机拿来我看看。"

丁一一把拍立得递给李娜，感慨地说："哎，这要在上海就好了，家里那么多旧玩具都能拿出来卖。"

"远水解不了近渴，回上海这招儿没用啊！"

李娜看着拍立得对着丁一一拍了一张，问："你这个拍立得也是新买的吧？"

"来温哥华的时候买的。"

拍立得的照片慢慢洗了出来，照片里是丁一一刚刚皱着眉头的样子，李娜拿着照片对着丁一一比着看，边看边说："你看看，照得还挺好看的。"

"妈妈，我也求你别玩了，帮我支支招儿，行吗？"

"这不已经帮你想好了吗？大招，不卖相机卖相片。"

"啊？"丁一一没想到此招。

"回忆是无价的，独此一张，不能复刻，五加币的时光机！想留住你的时光只需要五加币！瞧瞧这广告词，厉害吧？"

"果然无商不奸，厉害了，我的妈！"丁一一伸出大拇指对着李娜啧啧称赞。

陈莉莉晚上从胡媛媛家回到自己家已经是深夜，她推开罗盼卧室的房门发现罗盼已经睡着了，她看了一眼熟睡的儿子又轻轻地关上门。

她来到客厅跟罗松悄声通电话："老公，你那边能凑到多少钱？"

罗松在电话那头说："能借的亲戚我都借了，他们也都不富裕，没什么钱能借给我们。"

"那可怎么办呀？眼看着儿子交换生的期限就到了。"

"老婆，要不然就让儿子回来吧，行吗？"

"回去？不行，绝对不行！不是什么交换生都能留下的，这么难得的学习机会，我们就算砸锅卖铁也不能耽误孩子呀！把我们包子铺卖了能卖多少钱？"

罗松一愣："这包子铺最多也就能卖个五十万元人民币吧？"

"你是不是算错了？我们现在需要的是三十万加币啊？"

罗松吃惊地说："我就是去卖血卖肾也换不来那么多钱呀！现在咱家的包子卖得还不错，多少能挣出点儿儿子的学费，可要是把铺子卖了，我们哪儿还有经济来源呀？这以后咱们怎么过日子呀？"

"那我们也不能让儿子没学上啊！"

罗松摁着计算器，告诉陈莉莉说："把包子铺卖了也才将将五十万，你要得这么急，铺子不一定能卖上价。"

"五十万就五十万，我再想办法，只要能拿到身份，到时候你也可以过来，在这边就算到超市当搬运工也比在国内卖包子赚得多。"陈莉莉劝罗松。

罗松沉思了一下："好吧，我们一家人能团聚也行，我尽快把铺子卖出去吧！"

罗松挂了电话，他看着墙上挂着的全家福，抹了抹眼泪，会心地笑了。

陈莉莉约李娜和陪读妈妈互助会的几位朋友来到一家咖啡厅。李娜先到，她坐下点了两杯卡布奇诺，服务员把咖啡端上来，陈莉莉若有所思地不断用勺子搅拌着咖啡。

"莉莉，你是不是有什么事儿想说？"

"我、我就是，我们家盼盼不是交换生吗？这日子就要到期了，上周校长找我谈话，他们很欣赏盼盼的数学天赋，愿意给盼盼国内的学校发邀请函，让盼盼能留在温哥华继续完成学业。"

"好事儿啊！你不是一直希望罗盼能考藤校吗？罗盼能留下来继续学习，以后申请大学比国内方便多了，罗盼留下来，——在温哥华也多个伴儿。"李娜替陈莉莉高兴。

陈莉莉深吸一口气，说："盼盼能留下来是好，可是，我没有身份没法打工，负担不起啊！"

李娜看着陈莉莉，不知道她到底想表达什么。

陈莉莉继续说："这两年家里的包子铺效益还不错，所以我就想开个分店，这样日子能好过一点，等有钱了就办移民，拿到枫叶卡，盼盼的学费就有着落了。"

李娜终于明白陈莉莉约她来的目的："所以你想借钱开分店？"

陈莉莉不好意思地点点头。

李娜给陈莉莉出主意："你可以把房子抵押给银行啊。"

"银行的利息太贵了！"

"也是，你开一家分店多少钱？"

"买设备请人加装修，差不多要五万加币。"

李娜想了想五万加币好像不算贵，就说："莉莉，这样吧，我借你两万加币，不要利息，你什么时候有钱什么时候再还我，就当入股你们家包子铺，支持你们开连锁店。"

此时，一群陪读妈妈们走了进来。

"又是投资又是入股的，有什么好项目带着我们一起啊？"陈敏华说。

"你们来了，我正琢磨给莉莉他们家包子铺开分店，我说出两万加币入她的股。"李娜解释说。

"真的？我们刚刚还在聊你家包子铺呢！莉莉你看这是你们家吧？"

陈敏华拿出手机，找出一篇"包子铺里的留守爸爸"的新闻，上面是罗松站在福旺包子铺门口的照片。

陈莉莉接过手机仔细看了看，说："这不是我老公吗？"

"你们家老罗看着挺帅啊！新闻上面写的是他为了儿子出国留学坚守卖包子。"姜云说。

李娜由衷地感慨："真不错，卖包子都能上今日头条了，必须点赞！"

陈敏华抢话说："这个我证明，我之前不是让我老公公司的人去莉莉家订包子吗？后来你知道他怎么跟我说的？他说莉莉家的包子太好吃了，上瘾。我就纳闷这包子吃两天不就腻了，可是他们天天吃也吃不腻。"

"每天包一千多个包子，就是为了支持罗盼在温哥华学习，一个交换生搞得跟个真留学生一样，你们家老罗真是好男人啊。"

大家七嘴八舌地评论着，陈莉莉听着听着脸色越来越难看。

"莉莉，你刚刚说准备开分店？"

"嗯，盼盼有可能被学校留下来了，多开几家分店以后日子能好过一点儿。"

姜云半信半疑地问："留下来？学校给你们发邀请函了？"

陈莉莉有点心虚地说："嗯，所以准备开分店扩大经营，好赚钱给他办留学。"

"好啊好啊！投资莉莉家的包子铺肯定没错的呀，我也要入一股的。"

陪读妈妈们七嘴八舌地讨论入股陈莉莉在国内的包子铺，陈莉莉非常忐忑地接受了大家的入股要求，李娜说她会帮大家记账后汇到陈莉莉的账户。谁也没想到姐妹们的这些话全都被旁边一个叫安东尼的外国人一字不落地听了进去。

安东尼尾随着陈莉莉来到了公交车站。陈莉莉正在等车，突然有个人拍了拍她的肩膀。

安东尼对陈莉莉说："Excuse me, This $50 is you off？"

陈莉莉听不懂英语，她一脸茫然地说："额……sorry, I 听不懂。"

安东尼突然用中文说："我是想问你，这五十加币是你掉的吗？我刚刚在你脚边看到的。"

陈莉莉摸了摸自己的口袋说："啊？不好意思，是我掉了的，谢谢啊！"

安东尼说："没事，是你的就好。"

陈莉莉接过钱放到口袋里继续等着公车，安东尼的脸上露出了不易察觉的笑容。

远处有个十六岁左右的华人小女孩跑了过来，后面跟着的好像是女孩子的妈妈。

　　华人小女孩冲着安东尼叫："叔叔好！"

　　安东尼："哦？是瑶瑶，这么巧？好久不见，怎么样，新学校还喜欢吗？"

　　瑶瑶："非常喜欢！"

　　瑶瑶妈妈接着瑶瑶的话说："谢谢你了，安东尼，当时为了凑投资移民的钱，都快把我们逼疯了，幸亏碰见了你帮我们办手续，要不然我们也不能这么快就留下来。"

　　"您别客气，这应该的！"安东尼说着故意朝陈莉莉看了一眼。

　　"有空来我家吃饭，我给你做粉蒸肉。"那位妈妈貌似对安东尼很热情。

　　"那真的太妙了！"

　　"回头约啊，瑶瑶，快跟叔叔说再见。"

　　"再见，安东尼叔叔。"

　　安东尼和那对母女的对话，陈莉莉一直在认真听着，字字句句都记在心上。她从口袋里掏出那五十加币递给安东尼，不好意思地说："我刚刚看了一下，这五十加币好像不是我的。"

　　"哦，是吗？那只能把它放进捐款箱了。"

　　陈莉莉试探性地问："这位先生，你是做移民留学的？"

　　安东尼非常快速地回答说："对，我们公司是专门做移民留学的。刚刚那对母女就是我的客户，现在已经在温哥华定居了。孩子申请的学校也都不错，怎么，你也想移民温哥华？"

　　陈莉莉犹豫了一下说："不是，是我一个朋友，他想来温哥华移民，托我打听打听。"

此时公交车缓缓进站。

安东尼伸出手递给陈莉莉一张名片说："那这样吧，我给你个名片，你可以带着你的朋友来我们公司咨询，到时候咱们再细聊，我叫安东尼。"

陈莉莉犹犹豫豫地从安东尼手里接过名片，上了公交车离开。她看着手里的名片，上面写着安东尼的英文名和电话，还有他公司的名称和地址。

陈莉莉回到家，看到罗盼正在房间里做功课。她拿着安东尼的名片，走到了罗盼旁边。

"盼盼，你帮妈妈在电脑上查一下这是家什么公司？"

罗盼接过名片，随即把名字输入电脑里，很快便搜出了相关信息。

"妈妈，我查出来了，是温哥华橡树移民留学中介。"

"这个公司靠谱吗？"

"还行，这是温哥华比较大的移民中介了，网上的口碑好像还挺好的。"

"哦，口碑好就好。"

罗盼有点儿警觉地问："妈妈你搜这个干吗？"

"没事儿，我就是问问，你好好做功课吧。"说罢，陈莉莉慌忙拿着名片走了出去。

义卖的日子到了，这一天，天空晴朗，万里无云。丁一一、戴安娜推着杨洋从他家里出来。

杨洋莫名其妙地问大家："你们要带我去什么地方？"

丁一一朝杨洋嘘了一声："暂时保密，一会儿到了你就知道了。"

他们把杨洋抬到戴安娜车上，往社区教堂方向开去。到了教堂前，杨洋被丁一一和戴安娜从车上扶下来坐在轮椅上，他看着眼前的教堂，丈二和尚摸不着头脑地说："你们带我来教堂干吗？我又不信这个。"

"没人让你信教，这个教堂除了给大家做礼拜之外，平时也会有很多其他的活动。"戴安娜解释说。

杨洋皱皱眉说："你们想带我去唱诗啊？我可没那心情，你们送我回去吧！"

两人都不理杨洋，只管推着他往前走，杨洋只能默默地被他俩推着走。他们推着杨洋绕过了教堂，来到了教堂后面的草坪。草坪上支着很多帐篷，人们在那里摆着一个个摊位。

戴安娜这才告诉杨洋实情："我们带你参加教堂举办的慈善义卖活动，摆摊位的都是住在附近的人，他们把自己家里不用的东西拿出来卖，卖的钱捐给教堂做慈善。"

丁一一看着来来往往的人惊叹地说："平时都没发现温哥华还有这么多人的地方！"

丁一一和戴安娜一起推着杨洋，去找他们的摊位。一路上不同摊位上琳琅满目的物品映入眼帘：有生活用品，有很多精美的工艺品，也有很多看起来不起眼的破木箱子，有些摊位摆着看起来很普通的瓶瓶罐罐，甚至还有的摆放着一双穿破了的旧鞋。

戴安娜告诉大家，义卖是为做慈善，就算这些东西再破总会有人需要的。很多流浪汉的鞋子衣服什么的都是从这儿淘换来的，把东西卖给他们，既保证了他们的尊严又做了慈善。对于在温哥华长期生活的人来说，做慈善无关大小，而是一种品质，一种习惯。

大家把杨洋推到一个摊位前，摊位上摆满了从杨洋家里拿来的物品：吉他、书、球鞋和玩具，满满地摆了一桌子。

丁一一告诉杨洋："你看，义卖的东西我们都已经给你准备好了。"

看着这些早已被他扔在家里地下室的东西，杨洋冷冷地说："这些东西你们从哪儿拿来的？"

"那个，是莉莉阿姨从你家里取来的，她不是在你家帮忙吗？当然如果有什么是你不想卖的，你可以不卖。"丁一一对杨洋说。

杨洋看着摊位上的东西没再说话。

"要不要我陪你一起在这里？"丁一一问。

戴安娜拽了拽丁一一说："杨洋，我们就不打扰你了，我和一一在旁边的摊位，你如果有什么需要随时叫我们。"

丁一一被戴安娜强行拉走，丁一一问："你确定留下他一个人能行？"

戴安娜告诉他，杨洋他不是一个人，陪着他的人多了，轮不到他们。说着两人来到他们自己的摊位。

杨洋坐在摊位前，低头看着面前的东西发呆，一动也不动。

丁一一、戴安娜开始布置他们自己的义卖摊位。戴安娜拿出一个箱子放到了桌子上，里面全是各种各样的毛绒玩具，戴安娜一件一件地把玩具拿出来摆在了桌子上。

丁一一一脸担忧地看着不远处的杨洋："杨洋他原来最喜欢热闹了，媛媛阿姨不是答应要来的吗？怎么到现在都不现身，她到底爱不爱他儿子啊？”

戴安娜指了指躲在远处的胡媛媛说："媛媛阿姨从我们到这儿，就一直在那儿看着杨洋。"

丁一一看了看不远处躲在树后面的胡媛媛，胡媛媛一直盯着杨洋，眼睛里噙满了眼泪。

"没看出来你还这么有少女心呢？"丁一一看着戴安娜摆出的那些毛绒玩具，讽刺戴安娜道。

"我才不喜欢这些，都是丹尼尔送的，他的直男想法觉得女生都应该喜欢毛绒玩具，所以就送了我一堆。现在分手了，扔了挺可惜的。我又不喜欢这些东西，拿出来卖了，就当做慈善了。"戴安娜无可奈何地耸耸肩。

"你呢？一一？你要卖什么？"

丁一一拿出拍立得在那里秀来秀去。

戴安娜问："拍立得啊？"

丁一一一边满场转，一边拿起拍立得随手拍了一张，他自说自话道："我义卖的是时间，学生老人优先。"

拍立得里面的照片打印了出来，丁一一拿着照片递给戴安娜。照片上是戴安娜甜美的笑容。

丁一一说："我妈说拍立得不值钱，但是它能保留下来的瞬间是无价的，那我把每个无价的瞬间拍卖，只卖五加币。"

丁一一朝戴安娜伸手："Give me five？"

戴安娜笑着说："我给你一巴掌！"说着，她开始攻击丁一一。

杨洋在义卖摊位前，坐在轮椅上发呆。突然一个金发男孩走到他的摊位前，金发男孩指着摊位上的一双鞋，问："哇，乔丹元年芝加哥！这双鞋怎么卖？"

　　杨洋看着眼前的男孩没说话，再看看鞋子，触景生情，回忆起他过十岁生日时的情景：爸爸买了一双鞋送给他，说是他最喜欢的生日礼物，他迫不及待地打开，看到了一双乔丹元年芝加哥鞋子，妈妈告诉他是爸爸到美国出差时专门给他买回来的，他当时激动地把爸爸妈妈搂抱在一起。

　　"喂，这鞋到底卖多少钱啊？"金发男孩的声音打断了杨洋的回忆。

　　杨洋没好气地说："对不起，这鞋我不卖。"

　　金发男孩奇怪地问："你不卖拿来干什么？"

　　杨洋不再理会他，看着桌子上的旧手机，继续陷入回忆：那是一个电闪雷鸣的夜晚，他一个人坐在家里做作业，妈妈从外面回家，浑身上下都湿透了，他问妈妈这么大雨去哪里了？妈妈说因为要奖励他考试全 A，去苹果店排了一天的队给他买了一个 iPhone6s。

　　想到这里杨洋眼睛里已经泛起泪光。他的目光又落到了摊位上的一辆法拉利经典款汽车模型：那是在他十六岁时，爸爸给他的一个大大的惊喜。那天爸爸本来说好要来温哥华，但是晚上吃蛋糕前，他都没有看到爸爸的身影，妈妈为了安慰他拿出一辆法拉利汽车模型，他还是觉得不如爸爸亲自来陪他过生日。就在他为爸爸的不到场耿耿于怀时，院子里响起了一阵汽车喇叭声。他疑惑地看向窗外，只见爸爸靠在一辆法拉利汽车旁，他惊喜地跑出去抱着爸爸。爸爸告诉他说儿子十六岁了，在温哥华可以开车了，所以送给他一个大大的生日礼物。

杨洋看着摊位上一件件令他记忆犹新的物品，泪流满面。站在不远处的胡媛媛看着心疼，而另一边摊位上也有一双眼睛关注着杨洋的一举一动。

这时，又来了一个中国男孩，他拿起法拉利汽车模型问："你好，请问这个多少钱？"

杨洋看都没看他一眼，就说："不卖！"

男孩："哦，那这个呢？"

"这些都不卖！"

"我说的是这个！"男孩又强调了一下。

杨洋这才抬头看了一眼男孩，发现男孩举着的是教堂给每个摊位派发的一次性纸杯，他惊讶地问："你要买这杯子吗？"

男孩点点头说："我总得为教堂做点什么，给你钱。"

男孩掏出五十加币拿了杯子刚要转身离去，杨洋拿着钱喊他："这钱也太多了！"

男孩回过身来告诉他，这个对于别人来说可能只是一个普通的纸杯，但是在他看来这代表着的是慈善之心，慈善之心是无价的，上帝会保佑你的。然后男孩拿着纸杯离开。

杨洋看着走入人群中男孩的背影，又开始沉思了。在杨洋旁边的丁一一走了过来，一下锁定杨洋手里的钱，惊讶地说："你可以啊！已经有五十加币的收入了，卖了什么啊？"

杨洋拿起一次性纸杯："这个。"

"你确定？"丁一一再一次问。

"他说慈善之心无价，上帝会保佑我。"

丁一一连忙拿着纸杯跑开："我也希望上帝能保佑我。"

杨洋看着丁一一追了上去，拿着纸杯找到了那个男孩，想把纸杯卖给男孩，男孩却把丁一一递给他的纸杯扔到了垃圾桶。丁一一傻眼，冲着杨洋耸了耸肩，走了回来。杨洋的目光看向丁一一身后，一直追随着男孩，突然他看到远处摊位上杨益忠在给他付钱。杨洋顿时明白了真相。

不一会儿男孩又走了过来。

杨洋主动问他："要买东西，是吗？"

男孩点头，拿起杯子又留下五十加币就要走。杨洋拦住他问他要五百加币，站在一边的丁一一惊讶地对杨洋说："杨洋，你疯了吧？一个破纸杯子要五百？"

"一个杯子就五百，你买不买吧？"杨洋眼睛紧盯着男孩。

男孩犹豫地回头看了看远处的杨益忠，杨益忠在不住地点头。

"买！"男孩拿起五十加币，又扔给杨洋五张一百元的加币。

丁一一惊讶地拿起拍立得拍下了两人一手交钱一手交货的照片。

杨洋拿起一支笔在白纸上写了几个字递给了男孩，说："你把这个给那位让你买东西的人。"

男孩愣了一下，接过纸条跑开。

丁一一拿出拍立得的照片递到杨洋面前："五百加币买一个纸杯子，这么历史性的时刻我卖你二十加币，不多吧？"

杨洋看了他一眼，故意道："奸商。"

"大哥，你帮帮我，我一天都没开张了，你总不能让我啥也卖不出去吧？"丁一一委屈地说。

杨洋掏出一百加币塞给丁一一，说："那我今天把你包了。"

丁一一对杨洋扮个鬼脸说："谢谢杨老板，我今天就归你了。"

男孩把纸杯给了杨益忠，杨益忠瞥了一眼杯子说："纸杯你拿去用了吧，我用不着。"

男孩一脸尴尬地看着杨益忠，说："他还给了我这个。"

男孩把纸条递给了杨益忠，他打开一看，上面写的是：你想做慈善，为什么不自己来？

杨益忠看着纸条笑了起来，抬头就看见杨洋正朝着他看，两人相视，杨益忠向着杨洋的摊位走了过去。看见杨益忠走向杨洋的摊位，一直躲在树后的胡媛媛见状连忙跑了过去。二人从两个方向同时赶到杨洋的摊位前。

胡媛媛站在杨益忠的身后小声问："杨益忠！你又想干什么？"

"我干什么了，是儿子让我过来帮忙的。"

"你们挡在这儿还让我怎么做生意？"杨洋对他俩说。

胡媛媛拉着杨益忠说："好的好的，我们不挡着你，我们这就走。"

杨洋急忙说："你们这是往哪儿走啊？难道就让我一个人在这儿卖东西？搭把手不行吗？"

杨益忠和胡媛媛愣住，随即掩饰不住内心的喜悦。俩人从摊前绕到摊后面，手足无措地不知道该干什么。杨洋坐在轮椅里指挥着爸爸妈妈，给义卖的东西贴上价格标签。两人按照杨洋的意思忙着贴标签，一不小心头碰在了一起，二人相视一笑，杨洋也笑了，丁一一站在一旁拿起拍立得拍下了这美好的瞬间。

夕阳西下，教堂外碧绿的草坪，在落日的照耀下闪出一片金黄色。戴安娜、丁一一推着杨洋来到牧师面前，把今天义卖的钱交给了牧师。杨益忠和胡媛媛跟在孩子们的身后。牧师接过钱，问丁一一要了拍立得，给他们拍下一组照片。此时不远处音乐声响起。

"义卖组织的派对开始了，咱们赶快过去吧！"戴安娜提醒大家。

大家推着杨洋向派对人群走去。教堂大大的绿草坪上，众人围坐成一圈，圈内是一支苏格兰乐队，有小提琴、风笛、手风琴、手鼓等乐手正在演奏着欢快的音乐。

戴安娜拿着吉他放到了杨洋的怀里说："你得弹一首曲子。"

杨洋摆手道："我就算了吧！"

丁一一笑："你就别谦虚了！"

丁一一猛地把杨洋往前一推，抱着吉他的杨洋就出现在了圈内大家视野中。丁一一、戴安娜趁机起哄大喊："Sing a song for everyone！"

杨洋回头看向小伙伴们，丁一一调皮地冲着杨洋眨了一下眼睛。

众人鼓掌，乐手们都停了下来，杨洋抱起吉他弹唱 *Better than a Hallelujah*。众人随着杨洋的歌声或相拥或十指紧扣，每个人脸上都洋溢着幸福的笑容。杨洋的歌声诠释着一种不一样的宽恕，当你开始想为自己的错误忏悔时，不要觉得为时已晚，因为这颗忏悔的心已胜过一句哈利路亚。

杨益忠和胡媛媛尤为动容，他们知道，杨洋的这首歌就是在向他们倾诉，一家三口之间的情感冰山在渐渐解冻。

苏格兰乐队渐渐跟上节奏，手鼓和其他乐器的加入让节奏越发变得活泼明快。围在周围的观众情不自禁地跟着旋律跳了起来，大家跟着音乐欢快地起舞，笑得十分开心，胡媛媛和杨益忠被戴安娜、丁一一拽进了圈内跟着大家一起跳舞。

随着节奏越来越快，胡媛媛的舞蹈才能渐渐凸显出来，其他观众渐渐散到了周围围着胡媛媛在跳，现场气氛浓烈。在夕阳的照射下，杨洋、杨益忠、胡媛媛在歌舞中笑得很开心。

义卖会结束，戴安娜和丁一一向车子走去。这时大家都感觉有点儿累，突然丹尼尔骑着摩托过来了。

丁一一推了推戴安娜说："纠缠不清的家伙又来了。"

丹尼尔停下摩托，摘下头盔下车，他拽住戴安娜的胳膊说："戴安娜，我明天有场演出，你要不要来看？"

戴安娜甩开丹尼尔的手，说："我明天晚上约人了。"

"那后天呢？我们会连演三天。"

"不好意思，明天、后天、大后天我都有安排了。"

"你在躲着我？"丹尼尔生气地说。

"丹尼尔，我上次已经跟你说得很清楚了，我们已经分手了，你能不能不要再纠缠我了！"戴安娜一字一句地说。

丹尼尔抓住戴安娜的手臂，央求道："你应该再给我一个认错的机会，我是爱你的。"

"放手，别跟狗皮膏药一样，黏黏糊糊的。"丁一一终于看不过去，过来帮戴安娜。

"闭嘴，这儿没你的事儿！"丹尼尔把气撒在丁一一身上。

戴安娜毫不客气地说："就有他的事儿！丁一一，他、他是我男朋友！"

丁一一还没搞清楚状况，愣在原地："嗯，啊？"

"我不信！这不可能。"丹尼尔根本不相信。

戴安娜掰过丁一一的头，吧唧一口亲在丁一一脸上，丁一一愣住。同时，戴安娜冲他眨了眨眼。

戴安娜转向丹尼尔说："看到了吗？这是事实！"

丹尼尔看着眼前的一幕，顿时怒火中烧："丁一一，你这个强盗！"说着就一拳挥上去，结结实实地打在丁一一脸上。

戴安娜愣在原地，一时没反应过来。

丁一一莫名其妙挨了一拳，捂着脸说："你还敢动手？！"然后他上前跟丹尼尔扭打起来，丹尼尔抄起头盔砸向丁一一，戴安娜急忙把他们拉开。

温哥华医院急诊室内，夏天从家里也赶来医院。医生正在给丁一一额头上贴一块纱布，丹尼尔躺在旁边的病床上，中间隔着帘子。医生叮嘱丁一一，这两天伤口不要沾水，说完就端着药品托盘离开了。

戴安娜关心地问丁一一："还疼吗？"

丁一一捂着头痛苦地说："疼。"

夏天问丹尼尔："丹尼尔，你们为什么要打架？"

被打成熊猫眼的丹尼尔嚷嚷着说："我是在捍卫自己的爱情。"

夏天看着戴安娜："什么意思？"

戴安娜支支吾吾地说："啊，那个，我们在排练舞台剧。"

丹尼尔大声质问："戴安娜，你为什么不实话说你跟丁一一好上了！"

夏天一下子傻眼了："戴安娜，这是真的吗？"

戴安娜向夏天解释着说，她只是跟丁一一闹着玩儿的。

丹尼尔揭发戴安娜说："什么闹着玩儿？你还亲了他。"

戴安娜不屑地瞥了一眼丹尼尔说："没错，我就亲他了，怎么了？用你管吗？"

夏天突然伸手打了戴安娜一巴掌，所有人都愣住了。戴安娜扭过头瞪着夏天，委屈、惊愕、愤怒全部袭来！丁一一在旁边看着这一幕也吓了一大跳。

夏天严厉地训斥戴安娜道："戴安娜，你怎么能够跟丁一一谈感情，他只有十六岁。"

戴安娜捂着被夏天打的半边脸，含着泪说："我就喜欢他了，怎么了？我有交友的自由啊！"

夏天反应激烈地说："你和谁交友都行，就是和丁一一绝不可以！"

戴安娜据理力争："这是我的权利，你无权干涉！"她说完就转身跑出了急诊室。

夏天刚想追上去，突然感觉一阵眩晕，她扶着墙才勉强站稳。

丁一一赶紧起身扶住夏天，问："夏天阿姨，你没事儿吧？"

夏天摆了摆手，满脸忧伤。

丁一一头上缠着纱布，被夏天送回家。李娜在厨房炒着菜，听到开门声，她问："准备洗手吃饭了，今天义卖的成果如何？我看杨洋发朋友圈了，他好像跟他父母缓和了不少。"

李娜关上火，低头小心翼翼地把菜盛在盘里端了出来说："你应该把戴安娜他们都叫到咱家来，今天我做的菜咱俩吃不了。"

"——，你头怎么了？又和谁打架了？"李娜看到丁——头上的纱布，着急地问。

"是跟丹尼尔打架了。"夏天站在客厅门口说。

夏天猛地一开腔，吓了李娜一跳。

"哎呀，夏天你什么时候进来的？吓我一跳。快快快，洗手吃饭，我今天炖了排骨莲藕汤。"李娜热情地招待道。

"我还是先跟你道个歉吧，——跟丹尼尔打架是因为戴安娜。"夏天告诉李娜。

"为了戴安娜？丁——，你学会英雄救美了？"李娜疑惑地看着丁——。

"老妈明智，一听就能明辨是非。"丁——夸奖李娜。

"那可不，丹尼尔是戴安娜男朋友，你因为戴安娜跟他动手，那一定是丹尼尔欺负戴安娜，你路见不平拔刀相助，结果不幸中招，让我看看。嗯，破了点儿皮，没事儿！行为值得表扬，方法有待改正。以后不到万不得已，千万不要出手，要学会韬光养晦。"李娜一阵表扬丁——。

丁——心里有数，一声不吭地站在旁边。

夏天表情严肃地告诉李娜："李娜，戴安娜在跟丁——交往，你知道吗？"

李娜一惊："你说什么？"

李娜看了一眼被吓住的丁——，突然变得温柔起来，一反常态地说："来，夏天，有什么事儿咱坐着说，坐着说。——，你傻愣着干吗？给夏天阿姨盛饭。"

丁一一觉得李娜今天有点儿不对劲，夏天也奇怪地看着李娜说："李娜，我再说一遍，我觉得丁一一跟戴安娜交往不合适。"

"孩子们的事儿让孩子们自己处理，这还是你教我的呢！原来我也是担心丁一一跟女生交往会影响学习，现在看来结果不但没有影响学习，反而在你们家戴安娜的帮助下，丁一一的学习成绩进步非常明显，还知道去帮助别人。上次给丁一一颁奖，你知道我那一刻的感觉吗？就跟儿子得了奥运冠军一样，这是哪儿？这是温哥华，中国之外，我这个中国妈妈给自己的儿子颁奖，那种民族自豪感，真不是我虚荣啊，那是实实在在的骄傲。你说，这么好的一对儿女，我们当妈的凭什么要干涉他们交往呢？"

李娜一番慷慨激昂的陈辞令夏天瞠目结舌。

"可……可是你原来一直不同意他们俩在一起啊？"夏天惊讶地问。

"是，我原来不是不知道怎么做妈妈吗？被你影响以后，我发现做一个被孩子喜欢和尊重的好妈妈，首先得像你一样，跟孩子成为朋友，不是谁必须听谁的，应该摆事实，讲道理，以德服人，对吧？我呀，这方面还得多向你学习，向你取经，向你靠拢。"李娜非常谦虚地说。

丁一一端上饭说："妈妈说得没错，就得向夏天阿姨多学学。"

"不是，李娜，你怎么突然……突然跟变了一个人似的，你还是李娜吗？"

李娜扬了扬眉毛说："过去那个李娜，大家就忘了吧，我现在是一个换代升级版的李娜，是一个通情达理、与人为善、开明豁达的专职陪读妈妈。来，吃饭！"

李娜边给夏天夹菜边说："多吃菜！"

夏天没有动筷子，她说："不行，这事儿我必须跟你说清楚，李娜，丁一一跟戴安娜现在关系非常危险。——才十六岁，比戴安娜小三岁，而且戴安娜从小在温哥华出生长大，她骨子里就是一个外国丫头，标准的 CBC，她跟丁一一不一样。"

"都是爹妈生的，有什么不一样？"李娜问夏天。

"你怎么就不明白呢？丁一一他……他是个男孩。我的意思是，我担心他会对戴安娜犯错误。"夏天语无伦次地说着。

李娜放下筷子，不高兴地说："这话我就不爱听了，我们家一一怎么就会犯错误呢？他知道去保护弱势群体，为了保护女孩子自己受伤，如果你认为这是犯错误，难道让丁一一眼睁睁着戴安娜被一外国小子欺负，袖手旁观？哦，一个外国小子跟戴安娜交往，你反倒不担心他犯错误，我们家丁一一把戴安娜当姐姐，你反而担心他犯错误，这是什么逻辑？他们只是在正常交往，并不是谈情说爱，就算孩子情窦初开，我们可以疏导，而不是选择用这种蛮横的方式干涉。这么纯洁美好的一段友情，怎么就被你想得那么……那么低俗呢？夏天，你到底在瞎琢磨什么呢？"

听着李娜的长篇大论，丁一一忍不住为她鼓掌："妈妈，你说得太好了！"

夏天看了一眼丁一一，又扭头对李娜说："好，我不想跟你诡辩，我只是告诉你，我不管戴安娜和丁一一是真友情还是当姐弟，我是坚决不同意他们交往的。我希望你能尊重一个母亲的意见，这关系到两个家庭的幸福，说严重点儿，这关系到两国的文化差异。

不要等孩子们铸成大错，到时候后悔莫及。"

李娜嘲笑夏天道："夏天，你今天说话怎么都不合逻辑呢？你太搞笑了吧？我儿子跟同学正常的友谊还能搞成外交事件啊？夏天，你要是不拿出一个能说服我的理由，我也明确地告诉你，丁一一跟戴安娜的交往，我不仅没有理由反对，而且是绝对赞成的。我也希望你能尊重一个陪读妈妈的意见，这只会让两个家庭更加幸福，会让两国人民的友谊更加深厚。夏天，我现在才发现你是双面人格，自相矛盾，这可能跟你对男人过于警惕有关，也跟你一直单身有关。当初你能生下戴安娜，那一定也是有一段美好过去的，对吧？我希望你能够开始一段新的感情，试着去接受恋爱，好吗？"

夏天听完李娜的话，不依不饶地说："李娜，你在玩儿火！"

"夏天，你想多了。"李娜耸耸肩说。

夏天起身走向门口，重重地关门离去。

丁一一端起碗，边吃边乐。李娜问丁一一："儿子，是不是觉得我刚才特别不一样？"

丁一一伸出大拇指说："妈妈，你太赞了！你刚才那叫一个不卑不亢，主题鲜明，外交部发言人也不过如此。妈，我感觉你跟夏天阿姨好像乾坤大挪移了一样，换了个人。我觉得，我的美好春天已经来了。"

李娜一脸得意地享受儿子对她的赞美。

戴安娜从医院出来就没有回家，她直接开车去了大卫工作室。大卫一开门，她就一下子扑到大卫怀里哭泣，并向大卫吐槽说："Summer，她……她居然打我，还当着丁一一的面！Summer，她现在简直跟换了一个人一样，这都怪你。"

"戴安娜，你在说什么？夏天打你怎么也怪到我头上来了？"

戴安娜一边抽泣一边说："本来就是，如果你早一点儿把她娶了，她就不会像现在这样蛮横无理了，难道你不觉得她这是缺少爱的表现吗？"

"嗯嗯，我觉得我一直很爱她，但是她好像不为所动。你妈妈对你的担心是可以理解的，你是她唯一的亲人，她不希望你受伤。我不知道夏天到底有过怎样的一段情感经历，但从她对你的紧张可以看出，她当初是非常爱你的父亲的。"大卫劝戴安娜。

"可我总感觉 Summer 在隐瞒着什么，这似乎跟我的身世有关。大卫，你能帮我查出我的生父是谁吗？"戴安娜请求地说。

大卫摇摇头说："这可有点难度，你让我做游戏可以，让我当007 我可不在行。"

"可是我感觉我的父亲并不是像 Summer 说的那样，我觉得我的亲生爸爸没有去世，他应该还活着，而且就在我身边。"戴安娜有自己的看法。

"你怎么会有这样的感觉？"大卫问。

"不知道，就是觉得 Summer 现在不寻常的表现跟我生父有关，你相信我的直觉吗？你能帮帮我吗？"戴安娜请求大卫帮忙。

大卫犹豫了一下说："这需要时间，而且这事儿还得从夏天那里寻找突破口。如果你的生父还活着，并且就在我们身边，我还真不太想揭开这个真相。"

戴安娜一脸迷茫地看着大卫问："你说什么？"

夏天从李娜家回到自己家，呆坐在沙发上。她看着摆在沙发旁方几上的戴安娜和丁一一、丁致远等人在露营时的合影，所有往事一下子涌到眼前：二十年前，她的大学时光，当她办好退学手续去找丁致远要双飞到大洋彼岸，做一对幸福自由的人时，丁致远突然退缩了……突然一阵开门声，把夏天拉回了现实。戴安娜被大卫送回了家。

"我先回房间了，谢谢你大卫。"戴安娜径直上楼，没有搭理夏天。

夏天看到大卫，问："你们吃晚饭了吗？"

"戴安娜在我那里吃了点儿。"

"喝点儿什么？"

大卫说："哦，太晚了，我就不打扰你们休息了。"

"陪我坐一会儿可以吗？"夏天请求道。

大卫点点头。

夏天给大卫冲调着咖啡，说："戴安娜都跟你说了？你也觉得我不对？"

大卫如实告诉夏天："是的，我觉得你不应该打她，戴安娜她很伤心。"

夏天点头："我会向她道歉的。"说着她把咖啡端给大卫，又继续问道："她很恨我，对吗？"

"不，我没感觉到她很恨你，我觉得她很担心你。"

夏天苦笑："担心？担心我的可能只有你。"

"夏天，我不明白你为什么要拒绝我？你跟我相处难道会不舒服吗？"大卫突然问夏天感情的问题。

"我非常喜欢跟你在一起，可是，这并不是爱，你懂的。"

"我不懂，爱在你眼里到底是什么？是感动在自己幻想的世界里还是一场从未醒来的梦？你告诉我，让我们一起实现它可以吗？你知道戴安娜担心你什么吗？她担心你一直在跟她撒谎，她跟我说她感觉她亲生父亲还活着。"

夏天一惊："她还说了什么？哦，我不该动手打她，这给她造成的压力太大了。"

"你也一样，夏天，让我来照顾你，我们一起给戴安娜一个完整的家，好吗？"

夏天摇摇头："让我再想想好吗？至少现在我无法答应你，我需要先得到戴安娜的谅解。二十年前，在怀她的时候我就告诉自己，她将是我的全部，我会重新给她找一个父亲，组建一个家庭，让她有一个幸福的童年。但是当她降临的那一天，护士把她递到我怀里的那一刻，她就一直紧紧地抓着我的手指。你知道吗？当时我浑身都酥了，我觉得这个世界上不会再有人能够带给我这样的感觉，我不可能再遇到一个让我能够为之不顾一切的人，我一直努力把妈妈这个角色做好，一直在努力寻找跟戴安娜之间相处的平衡点，我不希望这个天平失衡。但是今天，我这二十年的努力在我一时的冲动下全部化为乌有。大卫，我真的很害怕会失去戴安娜。"她边说边哭泣着，大卫把她搂在怀里，她哭得像个孩子。

幸福的家庭总是相似的，不幸的家庭各有各的不幸。胡媛媛家，一家三口在饭桌上正吃着饭，杨益忠拿过一张纸，当着杨洋的面，撕了个粉碎。

杨益忠说："儿子，我已经撕掉了离婚协议书。"

杨洋问："爸爸，离婚的时候会不会跟结婚的时候一样，也有一番誓言。"

胡媛媛不等杨益忠回答，说："有啊，我要跟你爸离婚，只会说一句话，就是'我解脱了'。"

"我都把离婚协议撕了，你还说这些干什么？"杨益忠生气地问。

"要不是儿子问，你以为我很想说吗？"

杨洋又问杨益忠："爸，你跟我妈结婚的时候说的话，你还记得吗？"

"记得，还不就是老生常谈的那几句话：从今以后，无论是顺境或逆境、富足或贫穷、健康或疾病，我都将爱护你、珍惜你，直到天长地久。"

"你跟我结婚的时候说的是这些话吗？"胡媛媛指责道。

"我记得清清楚楚，就跟昨天发生的一样。"杨益忠坚持说。

"你说的是你会成为我最忠诚的观众，永远为我喝彩。你说你无论刮风、下雨都会来看我的演出，你说就算我老了跳不动了，你也会抱着我，背着我，让我把你的后背当作舞台，你还说你会一辈子只爱我一个，如若食言，天打五雷轰……"

杨益忠听着胡媛媛的话，擦了一把头上的汗，尴尬地笑着说："你还都记得？"

杨洋继续发问："爸，你说的这些话有多少兑现了？"

"杨洋，爸爸跟妈妈之间是出现了一些问题，但是爸爸正在努力修正。你问爸爸兑现了多少誓言，爸爸告诉你，一个都没有。爸爸对不起你妈妈，但爸爸愿意改正错误，只是需要给我点儿时间来让你验证。"杨益忠有痛改前非的想法。

"好啊！我当初没有亲历你们的爱情故事，现在就好好地当一回见证人，看看你们是怎么修复感情的。"

"儿子，咱们不急。"

"我不急，我有的是时间陪你们。"杨洋说完自己推着轮椅离开了。

杨洋离开餐厅后，饭桌上只剩下杨益忠和胡媛媛，杨益忠傻傻地看向胡媛媛。

第二天，杨洋在家里的健身房内，用手撑着康复椅艰难地向前挪动着，头上不断地冒着汗。复健师站在杨洋的前面指挥他向前看，不要低头，杨洋支撑着站在原地，手缓缓地松开，没一会儿他又重新坐回到轮椅上，嘴里不停地喘着粗气，复健师蹲在一边不停地按摩着杨洋的腿。

杨洋告诉复健师他还能坚持得更久，复健师一边给杨洋做着肌肉放松一边安慰他：康复训练是个过程，得慢慢来，谁也不能一口吃个胖子。复健师夸杨洋现在的表现已经很不错了，只要坚持训练就能恢复得更快。杨洋喘着粗气点头答应。

康复训练结束后，复健师走出健身房，胡媛媛和杨益忠在客厅迎了上去。复健师告诉他们："杨洋很有毅力，只要能保持这个劲头，效果应该不错。关键是父母都能在他做康复训练的时候陪着他，这样对他的康复训练更有帮助。他能取得这么好的效果，在我看来是因为他有个好父母、好家庭。"

胡媛媛和杨益忠听完不自觉地看了一下对方。复健师还拿出一张杨洋康复期间的食谱，让他们按着食谱给杨洋做饭。然后他们夫妻二人心怀感激地送复健师出门。

    陈莉莉为了让罗盼能够继续留在温哥华上学，绞尽脑汁地办枫叶卡。她按照上次收到的那张名片上的地址来到一家高档写字楼的外面，抬头看着高耸入云的大楼，深吸了一口气后走了进去。到了四楼她看到了名片上所提到的温哥华橡树移民留学中介，她推门进去，那是一个很大的办公室，明亮的落地窗户，一个个小会客室沿着墙排列，办公室不停地有人拿着文件来回穿行。

    陈莉莉走到前台说："我想找安东尼。"

    此时安东尼路过前台，刚好看见陈莉莉，便热情地和她招呼："嗨！是陈女士吗？"

    "您还记得我？"陈莉莉惊讶地问。

    "当然记得，像你这么美丽的女士我怎么会忘记。"

    陈莉莉被说得脸一阵红。

    安东尼问："你是带你的朋友来咨询的吗？怎么没看到你朋友。"

    "哦，她今天有事儿来不了，就让我先来问问。"陈莉莉掩饰地说。

    "那真是太遗憾了，我还想看看这么美丽的女士的朋友，是不是也一样美丽呢！"安东尼甜言蜜语地说着。

    陈莉莉被说得越来越不好意思。

    "你有什么需要咨询的，咱们到会客室聊。"说着安东尼带着陈莉莉向里面走去，顺便叮嘱前台给陈莉莉倒茶。

陈莉莉喝着红茶开始咨询安东尼："移民的那些条款，又积分又资产证明什么的，我不太懂。我听说办投资移民要在温哥华开公司，还得雇员工开工资缴满税什么的。"

　　安东尼告诉陈莉莉："移民本身不是很复杂的事儿，只是加拿大关于这方面的条款太多了，你们不懂就很容易被绕晕，所以这事儿就需要找我们这样专业的人来办了。就和你说的你朋友的情况一样，孩子在这儿做过交换生，学习成绩还不错，只要具备一定的经济条件，学校出个邀请函还是很方便的，至于他自己的投资移民，前期的资产证明这个也好办，没有那么复杂，我们会帮他办的。你放心，这方面我们是专业的。"

　　陈莉莉似懂非懂地点了点头说："可是他的家庭条件不是特别好，一下子三十万加币可能拿不出来。"

　　安东尼说："这个就有点儿麻烦了，不过我们也能帮忙。前期资产证明的三十万加币，他只要能拿出十万加币押在我们这里，剩下的部分我们公司可以借钱给他，帮他补齐，等手续下来了，再把借款还回来就行了。"

　　陈莉莉惊讶地问："你们还可以借钱？"

　　"当然可以，你还记得上次咱们在公交车站碰到的那对母女吗？她的情况就和你朋友的很相似，她的资产证明就是我们帮她补齐的。如果办成功了我们就只收五千加币，如果没办成，我们是不收费的。"

　　"不收费！好啊好啊。"

　　安东尼继续说："你可以帮你朋友把合同带走，找个律师看一下，没有问题的话就可以走流程了。"

"好的呀！那我回去跟我朋友说一下，谢谢你啊！"陈莉莉连声道谢。

陈莉莉从安东尼的办公室出来后，心中对未来充满了希望。回到家中她拿出手机开始和罗松视频。

罗松问："你碰到的那个人靠谱吗？别是个骗子。"

"非常靠谱，我都让咱家盼盼上网搜了，这家公司在温哥华属于大中介公司，口碑好着呢！今天我还去他们办公室看了，公司规模很大，很正规。前台中英文都会说，一看就是正规大公司。我碰上他的时候，就看见他经手的人移民成功了，我觉得这事儿错不了。"

罗松还是有点儿半信半疑："好好好，说不定咱们家真是碰见贵人了，那办下来得花多少钱啊？"

"三十万加币，大约是一百五十多万人民币。"

罗松惊讶地对陈莉莉说："这……这，咱们就算是卖了房子和包子铺也不够啊！顶多能凑五十万人民币。"

"没问题，咱们只要能凑个十万加币就够了，中介所说了，他们能借给咱们二十万加币抵押，等手续下了还回去就行。"

"说得容易，这十万加币找谁要啊？没人愿意借我们。"

陈莉莉胸有成竹地告诉罗松："不要急，我已经落实了五万加币，李娜借给我两万加币，其他陪读妈妈七七八八加起来借的也有三万加币，加上我们自己的肯定够十万加币。"

罗松担忧地说："咱们借了这么多钱什么时候能还上啊？"

陈莉莉说："咬着牙也得扛过去，只要我们能办下手续拿到枫叶卡，咱们儿子以后在加拿大上学就不要学费了，而且我有了身份就能光明正大地去打工，这样就能贴补咱们家了。"

"老婆你辛苦了！"罗松心疼老婆地说。

"不辛苦，我说过的，不管付出多大代价，必须让咱儿子留在温哥华。行了，不说了，我还得找人再帮我把把关，挂了。"

罗松还想说点儿什么，陈莉莉已经挂了电话。

超市老板娘云姐在一旁问："罗哥，我这超市的无线网络你都蹭了快一年了吧？你就不能在自己的包子铺安个 WiFi 吗？每次你这一视频，我这网上支付就掉线，你和老婆聊天时间特长。"

罗松急忙道歉："实在对不住，老婆孩子在国外，经常要商量一些事情。"

云姐说："行了，知道你不容易，孩子在国外得像祖宗一样供着。这样吧，你以后也别动不动就往我这儿跑了，你包子铺装 WiFi 的钱我出了。"

罗松苦笑了一下，说："不用了，我家那包子铺准备盘出去了，网就不装了，你要有时间帮我问问谁要这个包子铺吧？"

云姐问："为什么？你那包子铺开得好好的不要了？"

罗松此时脸上又有了点儿光彩，他告诉云姐他儿子罗盼要留在温哥华了，莉莉准备办移民，这样就能在那里光明正大地打工挣钱陪儿子了。

云姐听后有点儿惊讶，但也没说什么。她望着罗松离开超市后那疲倦的背影自言自语道：先是儿子去国外，后是老婆去，现在连店都没了，这是图什么呢？

李娜在家照着镜子试着新买的衣服，丁一一和戴安娜放学后回到她家。丁一一告诉李娜，他把戴安娜带来了，有什么事儿可以直接跟她说。

戴安娜非常好奇地问李娜："阿姨，你找我？"

"来来来，这是我今天在市区购物中心新买的几件衣服，打折的，款式也蛮好的，你帮助丁一一进步，阿姨也一直没能感谢你一下，今天阿姨给你也买了一件，你试试看喜欢不？"

戴安娜看了看李娜买的衣服，觉得太过贵重，没有接受。她告诉李娜她喜欢罗伯森大街的衣服，建议李娜去那里逛逛。李娜心血来潮，立刻就要和戴安娜去逛罗伯森大街，丁一一强烈要求一起去，被她们俩坚决拒绝了，丁一一只好独自留在家中。丁一一觉得李娜好像变了一个人似的，有些看不明白。

李娜在戴安娜的带领下逛罗伯森大街，街道两旁各式纪念品店、个性独立书店和唱片店等，打扮入时的年轻人穿梭其中，还有随处可见的咖啡馆，很多年轻人手捧着咖啡走在街头谈笑风生，这让咖啡的香气弥漫了整个街道。

戴安娜递给李娜一个日本热狗，这种和风酱和美式热狗的完美组合令李娜不住地点头称赞，李娜漫步于此，感受着这座城市繁忙而自在的生活气息。在一间有点儿朋克风的服装店门口，李娜驻足，她看着橱窗内的真人模特，感觉很新鲜。戴安娜把李娜带进店里，一个打扮夸张的男造型师给李娜推荐着各种造型。李娜摆手，觉得不太合适，戴安娜挑了几件衣服把李娜拽进试衣间。试衣间镜子里，李娜的新造型出炉。虽然夸张，但不失时尚，戴安娜看着镜子里一脸严肃的李娜，觉得自己可能闯祸了，没想到李娜给了戴安娜一个满意的微笑，还拥抱她，戴安娜非常开心。

李娜和戴安娜逛累了，她们来到一间日式居酒屋，点了石烤牛舌和日式石锅拌饭。

戴安娜问李娜："阿姨，好吃吗？"

李娜连连称赞："好吃！我来温哥华这么久还是第一次来这里吃饭。"

"这地方也是 Summer 最喜欢的一家餐厅，原来我总是陪她来这儿，可是，现在她……真搞不懂她怎么会变成这样？"戴安娜低声说着。

"戴安娜，你是真的喜欢丁一一吗？"李娜突然问戴安娜。

戴安娜很坦诚地说："阿姨，我是真心喜欢他，不过不是那种喜欢，我把丁一一当弟弟看。"

"对啊，这明眼人一眼就能看出来，但你妈为什么就非不愿意你们俩交往呢？"李娜不明白夏天为什么不支持孩子们之间的正常交往。

"可能是担心我把对她的爱分给别人吧。"戴安娜分析说。

"那原来你跟你男朋友交往的时候，夏天也这样神经质吗？"

戴安娜回答："那倒没有，她其实对丹尼尔也不是很满意，但从来没有当着人家的面表现出来过。我也不知道她最近这是怎么了，特别害怕我跟丁一一在一起，好像她知道什么秘密在瞒着我一样。"

"她就是生活压力大造成的一种性格孤僻症，我上次带丁一一去看心理医生，大夫就这么说的。唉，你爸爸如果在就不一样了，家里没个男人，只靠你妈妈一个人，确实令人担心。你越长大，她就越操心，别说你在国外长大、在国外生活的，可这骨子里毕竟流着中国人的血，根深蒂固的传统它丢不了。中国妈妈们身上肩负着一个家庭的重任，那就是相夫教子，给丈夫打助攻一起教育子女。但这些事儿全被夏天一个人承担了，她能不累吗？眼看着你长大了，她这份担忧就越深，女大不中留，留来留去留成愁。"

戴安娜摇摇头说她不理解夏天为什么突然间会变成这种传统迂腐的妈妈。

李娜语重心长地分析说，这不是迂腐而是一种责任。在中国，父母一辈子都在为子女的幸福操心。即使家境不同，但父母对子女不求回报的爱，是每一个家庭都共通的。

李娜正兴致勃勃地分析着夏天，可戴安娜的眼睛突然盯着日料店的门口，她大声喊道："Summer！"这时，夏天也看见了戴安娜和李娜，便走了过来。

李娜看到夏天，热情地招呼她："真是说曹操，曹操就到。刚说你喜欢来这儿吃饭，你就到了。"

夏天不搭理李娜，直接质问戴安娜："你不用上课吗？"

戴安娜说："我已经放学了。"

"放学为什么不回自己家？跟着这种人出来浪费时间有意义吗？"

李娜急了，冲着夏天说："喂喂喂，我哪种人啊？我是坑蒙拐骗了还是欺行霸市啊？我请戴安娜出来吃饭，是为了感谢她帮助丁一一，有错吗？还这种人，我跟你一样，黄种人，而且是中国制造。"

夏天听完李娜的话，更加生气，她过去拽住戴安娜的手，让戴安娜跟她回家。

"妈妈，我们正在吃饭呢！"

"我买给你吃。"夏天拉着戴安娜起来。

李娜护住戴安娜，劝夏天说："你能不能不要在孩子面前耍小孩子脾气啊？"

夏天生气地说："不能！我不允许我女儿跟你在一起，请你离我女儿远一点儿！"

夏天万万没有想到戴安娜会甩开她的手，戴安娜说："够了！我跟丁——在一起，你让丁——离我远点儿；我们去野炊，你让丁——的爸爸离我远点儿；我现在陪着丁——的妈妈一起吃个饭，你也不允许。李娜阿姨刚刚还在劝我，让我理解你，你怎么上来就做出这种不让人理解的事儿？你到底想怎么样啊？做你的女儿怎么这么难啊！"

夏天依旧不依不饶地说："你不用跟我抱怨，我说过了，不允许你跟丁——交往就是不允许！我再说一遍，拿着你的包儿跟我走！"

戴安娜努力挣脱夏天的手，说："我不回家。"

"好，我们不回家，我带你去美国。我们惹不起别人总能躲得起吧，跟我走！"

李娜嘲讽夏天说："美国是你家后花园还是避风港啊？你觉得你这样强拉硬扯的，孩子会跟你去吗？"

夏天反唇相讥道："这是我们家的家事，不需要你来插手。"说着她坚持拽着戴安娜要走。

戴安娜问："妈妈，你这是演的哪一出啊？你跟我商量了吗？李娜阿姨，你救救我啊！"

"现在除了我，谁也救不了你，还不跟我走？！"夏天拽着戴安娜欲离开，李娜却抓住了戴安娜的另一只手。

夏天问李娜："你想干什么？这是我女儿。"

"这是我闺蜜！"

"请你不要干涉我的家庭！"

"请你不要欺负我的闺蜜！"

"李娜，这是温哥华，轮不到你做主。"

两人你一言我一语地激烈争辩着。

李娜环顾了一下四周，说："夏天，这是公共场合，请注意一下你的言行，不要让外国人看笑话。"

夏天也看了看餐厅里面的人，发现基本上都是中国人，便说："我教育我女儿，没什么见不得人的。"

李娜说："好，你要带走你女儿我没意见，但你现在不是反对丁一一，你是反对我们全家。你是不是得给我一个你反人类的解释啊？"

"要解释是吧？好，我现在就给你解释。我跟你不一样，我们不是一类。别以为你出来陪个读就跟拿了枫叶卡一样，我为这个国家服务了近二十年，而你呢？不讲诚信、唯利是图、贩卖假货，公司出了问题，转手再卖掉赚黑心钱，还跑到别的国家买房置业，拉高物价，知道人家都管你这种人叫什么吗？"夏天一口气说了很多气话。

李娜反唇相讥道："你以为拿了枫叶卡就高人一等了？也不知道你哪儿来的勇气对陪读妈妈指指点点，观于海者难为水，有多少陪读妈妈为了让孩子能接世界的地气，而放弃了自己追求的事业，哪个陪读妈妈不是为了让孩子与众不同，忍受着与丈夫的别离之苦，陪孩子一起远赴重洋，只为求学。她们与亲人远隔似天涯，为孩子倾尽全力，甚至穷极一生，却并不是单纯地追求'只要你过得比我好'，而是为了让孩子们知道，这个世界不只是课本所描述的那样。夏天，你也是一个母亲，不要针对陪读妈妈人云亦云，不要只看见陪读妈妈在这儿买房置业。要知道，每套房子背后为当地政府解决了至少三个就业岗位，没有陪读妈妈带动市场，你能在这里服务这么多年？我还告诉你一点，陪读妈妈不是移民妈妈，我们都是齐天大圣，陪着取经人一路向西来取经的，修成正果之后还得回到东土大唐学以致用，共享成果。陪读妈妈都是爱国妈妈！知道了吧！"

李娜一番慷慨激昂后，餐厅里围观的人们开始鼓掌，有人大叫：说得好！

夏天再次环顾四周，戏谑一笑："李娜，你是不是觉得你现在特别开明，特别光荣？"

"我只是希望你不要破坏跟孩子之间的天平。"李娜解释说。

夏天松开戴安娜的手，说："好，戴安娜，你自己选择。"

戴安娜对夏天说："妈妈，我其实一直想考到上海的大学去，我不想去美国，我不想考什么藤校，我想回中国去你的母校学习。"

李娜非常赞同戴安娜的想法，她说："对的！考回去，建设自己的国家！"

夏天眼含委屈的泪水，对戴安娜说："好，我当年为了你，落得众叛亲离。现在你又在重蹈我的覆辙，从现在起，我不再劝你，你好自为之。"说着她眼睛里含着的眼泪顺着眼角落下，然后转身离去。

丁致远坐在桌子前看文件，突然手机响了，他接听电话时神情非常悲伤。挂上电话后，他急忙起身穿上外套冲出办公室，却和一位怀抱教案的女老师撞了个满怀，女老师手里的教案散落一地。他帮同事把教案捡起来，说了声"对不起"后匆匆下楼。

丁致远来到医院，推开病房门，发现病床上已经空无一人，护士正在收拾病床旁边的监护仪。袁老师的女儿看了一眼站在门口气喘吁吁的丁致远，忍不住抽泣，她告诉丁致远，袁老师生病卧床不起这么多年，现在走了对他也是一种解脱。

丁致远不知所措，只站在原地呆呆地看着病床。

夏天正在收拾着东西，戴安娜坐在一边眼睛哭得红红的。戴安娜看着夏天问她准备去哪里，夏天不说话，只是默默地收拾着行李。

戴安娜继续追问："Summer，你不要这么任性好吗？我不希望我们之间变成这样，我们应该跟从前一样是朋友，不能因为一个小男生而成为敌人，这种感觉我受不了。"

"我任性了四十年了，你觉得你能改变我？你受不了，我就能受得了吗？她当着那么多人的面指责我，你当时在干什么？袖手旁观、落井下石！你是我女儿吗？我是你的妈妈，有哪个孩子会胳膊肘往外拐，向着外人来羞辱自己的亲生母亲？"

戴安娜据理力争："我们没有羞辱你，我们只是希望大家都不要针锋相对，我们就不能好好地在一起相处吗？"

夏天给戴安娜讲她年轻时的故事，当她二十岁时，她也是希望能够跟他好好相处，一起去过与世无争的日子。他们在那座城市的每一个角落都留下了足迹，他们背靠背在山顶上许下的诺言比星空还要绚丽。后来不小心有了戴安娜，他却没有选择她。这个后果是她自己选择的，她当时犹豫再三但还是只能自己承担。

夏天说她是很任性，如果不任性就没有戴安娜，如果不任性，她早就可以找个男人结婚在家里做阔太太，而不是漂洋过海到温哥华打拼近二十年。因为她要证明给那些说她任性的人看，她的任性，能给她的女儿带来幸福，能让她的女儿开开心心、无忧无虑地成长。

夏天指责戴安娜现在也说她任性，那她和他们有什么区别？

戴安娜听了夏天的一番话惊呆了，她问："你说的这个人是我爸爸吗？"

夏天说："他不配当你的爸爸，他从没给过你一天的父爱。"

戴安娜急切地追问："妈，他是不是还活着？你不是说我爸爸已经去世了吗？"

夏天突然意识到自己说错了话。

戴安娜继续问："妈妈，这到底是怎么回事儿？我爸爸到底是谁？"

"你不要再问了，你的爸爸已经死了。"夏天眼里噙满了泪水。

晚上丁致远打来了电话，夏天接听并愤怒地问："你打电话来干什么？是替李娜道歉还是也想数落我一番？"

丁致远在电话里告诉夏天，他们最敬爱的袁老师去世了。夏天站在原地愣住了，手机跌落在地上，眼泪情不自禁地夺眶而出。她从抽屉里拿出一本相册，翻看大学时代和袁老师的合影，往昔的画面一幕幕地重新映入眼帘。

她当年上大学考进了物理系，但她更感兴趣的是建筑设计，只是后来遇到了丁致远，便没有转专业。在物理系袁老师的指导下，她凭着自己的聪明，倒也取得了很优秀的成绩。当年她远走温哥华后，又重拾曾经的梦想，学习了建筑设计。没想到最后却因为生活，从事了房产经纪的工作。

　　眼睛红肿的夏天合上相册，放在抽屉里。她拉开窗帘，屋外下着小雨。她穿上外套，轻声走到戴安娜房间，在熟睡的戴安娜枕边放了一个信封，然后悄声关上门，拖着行李下楼出门。

　　丁致远挂上夏天的电话后，靠在沙发上，眼眶也红红的。过了一会儿，他站起来走到书房，从书柜里拿出一本相册，翻看着大学期间的老照片，其中一张是他和袁老师在实验室的合影，照片中袁老师指导着丁致远在设备前进行着实验。丁致远又看到一张他和夏天还有袁老师三人在"物理系"三个烫金大字的办公室的合影，照片里丁致远和夏天都洋溢着青春的气息。

　　丁致远陷入深深的回忆中，九十年代初期的大学，丁致远和夏天在和刚接受完校刊采访的袁老师聊天。袁老师夸奖夏天把半导体制冷片的反向使用从正温度 $90℃$ 提升到 $120℃$，负温度达到了零下 $180℃$，是一次飞跃性的进步。这项技术在制导、雷达、潜艇，甚至将来的载人航天方面都有着非常积极的作用。袁老师让丁致远加油，否则会被小师妹赶超。丁致远当时不好意思地挠头憨笑，夏天非常善解人意地主动称赞丁致远，说他们小组能实验成功主要还是大师哥丁致远给予了他们非常重要的技术支持，大师哥功不可没。袁老师叮嘱校刊得多写写这样的文章，校刊记者立刻答应袁老师，说他们马上出一期主题为"物理系的金童玉女比翼双飞"的刊物，师生三人听后开怀大笑，校刊记者举起相机按下快门，记录下那一美好时刻。

李娜在厨房边做早餐边喊丁一一："一一，赶紧刷牙洗脸吃饭了，别坐在马桶上玩手机，听见没？"

突然厕所里传来丁一一的尖叫声。

"你又怎么了？"李娜问。

丁一一拿着手机从厕所冲出来，裤子都没提上，他边提裤子边拿着手机给李娜看："妈，你上头条了。"

李娜接过手机，视频里是她在那家日式居酒屋和夏天发生争执的画面。丁一一告诉她，点击率比他当初那段假暴力视频还高。

"我的妈啊！你老厉害了！"丁一一啧啧称赞。

李娜也感慨地说："现在这自媒体就是厉害，什么事儿都能给你发网上。"

"这么高的点击率，视频如果是你发的，分账能分不少钱呢！"

"这还能赚钱呢？"李娜有些不相信。

"不懂了吧！这种小视频，现在火着呢！按点击率可以分钱的，所以那么多人都拿手机拍，尤其是这种突发的新闻热点，配上一个有争议的标题，赚足了眼球。不过，你这样怼夏天阿姨，是不是太狠了？"丁一一问。

"狠什么？我这是有感而发，戴安娜这样的……CBC 对吧？这全称怎么说来着？"

"Chinese-Born Canada。"丁一一解释。

"对，像戴安娜这样的华人无论出生在哪儿，他们的族群关系与文化传统，都是无法改变的，都是龙的传人，是不是？"李娜很严肃地告诉丁一一。

"你这说得也太夸张了吧？族群都出来了，那你之前不是也不想让我回国吗？"

李娜耐心给丁一一讲："这是关系到民族大义的问题，戴安娜想回国读书，无可厚非，夏天那么固执，根本就没有道理。你跟戴安娜不一样，她是认祖归宗，丁一一你是不求上进，还跟人家比。当然，现在你进步很大，我也不跟你翻旧账，妈妈只是觉得夏天阿姨对戴安娜的教育方式不太正确。结果怎么样，遭到绝地反击，这不是我说的吧，群众说的呀！"

丁一一认为李娜的做法有点儿过分，他觉得妈妈不应该干涉别人，便说："你看有人留言说你多管闲事儿。"

李娜反驳说："那都是不在现场的人在断章取义，不也有网友说我是正能量妈妈嘛。正能量妈妈，这个评价就很中肯啊！网友还是有明白人的，你看这儿还有人说让我给陪读妈妈做代言呢！"

"那是他们不了解你的黑历史。"丁一一不买账。

"你说什么叫黑历史？我当初的选择有错吗？共同成长嘛！怎么就是黑历史了，我是你妈妈，不是法西斯！哦，跟你吵吵架，生生气，就黑历史了？搞笑了不是。"

"妈，你得虚心接受群众意见，你都说要刷新自己重装系统了，怎么还是一点就炸啊？"

"我就炸了，这种不负责任的灌水就得炸，还要疯炸！如果真找我给陪读妈妈代言，我就把大家对陪读妈妈的偏见彻底扳过来，向全世界全方位地展示一个有理想、有本领、有担当的知识型、技能型、创新型的中国式陪读妈妈。"

丁一一立刻给李娜鼓掌："靠谱！那我给你好好策划一下，咱们每天就拍陪读妈妈小视频，我再给你申请一个直播账号，你做陪读妈妈直播，跟大家交流在温哥华的陪读生活，点击率肯定高，圈粉肯定快。我的天啊！到时候你就是全球第一个陪读妈妈网红，商机无限大啊。"

李娜摸了一下丁一一的头说："你好好上你的学吧！你妈不在乎网红只在乎你，再能让妈妈给你戴几次奖章，比什么都强。"

"这不矛盾，妈妈，你就当是帮我做一回社会实践吧，这是能够写进申请大学的推荐信里的。"

李娜母子俩你一言我一语地在探讨网上的视频直播。

几天后，在李娜家的厨房，丁一一举着手机拍着李娜做饭，罗盼举着提词大白板，李娜被打扮得像一个米其林大厨师。

"妈妈，你说话呀，开始了。"丁一一提示李娜。

李娜显得有些紧张："啊？这就开始了？咳、嗨！大家好，欢迎大家收看《跟着娜妈驾驾驾》美食直播。"

"阿姨，是《跟着娜妈恰恰恰》。"罗盼在旁边小声地纠正李娜的错误。

"哦，阿姨是'娜妈恰恰恰'，我是主持人李娜。"

丁一一举着手机无奈地摇头，罗盼捂着嘴憋着笑。

李娜扭脸看着他们问："我说错了吗？"

"没有没有，继续！"罗盼鼓励李娜。

"今天是我们的节目第一次与大家见面，我们的节目是专门介绍温哥华陪读妈妈们自己做的私房菜，俗话说，善烹小鲜可治大国，所谓陪读妈妈私房菜，也就是我们陪读妈妈在自家厨房里烹制而成……"

陈敏华喝着咖啡在看 iPad，突然看到了李娜在朋友圈发的直播链接，她马上点入，视频中李娜正在直播：陪读妈妈私房菜，无所谓菜系，无所谓章法，只要别家没有，只要味道独特，今天就由我向大家介绍一道丁家养生美颜汤，秘制海带筒骨汤。陈敏华看着李娜声情并茂的解说，惊讶得差点儿把口中的咖啡喷出来。

姜云在跑步机上，戴着耳机在手机客户端看李娜的直播，差点儿从跑步机上摔下来。

直播里，李娜像模像样地做着海带汤，杰瑞在一旁帮她打下手。一场直播下来，实时点击率一直在上涨，表示李娜的直播十分成功。

李娜在家和丁一一吃饭，丁一一边吃饭边看着手机，突然他乐了起来："妈，你知道今天的直播点击率有多少吗？"

李娜夹了一口菜，故意装作漫不经心地问："能有多少？也就咱们这儿的几个妈妈看，能有个二十人？"

丁一一伸出两根手指头，说："两万！"

"啊？真有这么多？"李娜自己也吃了一惊。

"绝对开门红啊！我就说吧，大家肯定喜欢，初战告捷。"

"我觉得咱们不能只自己做，还得联合其他妈妈参与进来。"

丁一一拍手说："这个主意好！"

李娜和丁一一商议，给陪读妈妈们提供一个展示风采的平台，别总让大家觉得陪读妈妈除了盯着孩子做作业、喝喝茶、美美容之外就没事儿干。陪读妈妈其实挺可怜的，在国内就这么逼着孩子学，出国了还这么逼着孩子学，孩子不得学习恐惧症才怪。他们还商议搞一个专门介绍陪读妈妈的陪读及辅导经验的直播，讨论哪种陪读方式值得推广，哪种辅导方式值得借鉴，哪种学习方式需要改正之类，又有话题，又实用，参与性肯定高。

此时李娜的手机响了起来，是陈敏华。

"喂，敏华姐，你看直播了啊？呵呵，我这就是跟丁一一随便弄着玩儿的，你觉得好吗？你也想加入啊？好啊，我刚才还跟一一说呢，应该让更多的妈妈参与进来，介绍陪读妈妈的经验，对对对，你要觉得靠谱就行，好的好的，明天我们约，到时候好好聊一下。"

李娜放下手机，告诉丁一一，董泽妈妈想参加直播。丁一一欣喜地说这绝对是陪读妈妈人心所向啊！一一的话音未落，李娜的手机又响了起来。

"喂，是丹丹妈妈呀，对对对，我约了敏华姐，你也有新想法啊？好的呀，好的呀，就得集思广益，对对对，群策群力，一起来做节目吧。"

接下来的几天，李娜召集陪读妈妈们，磋商直播节目的内容，经过大家的认真讨论，初步拟定由李娜牵头采访其他陪读妈妈，有什么奇招妙计都做成直播节目，直播节目的名字是《跟着娜妈来知新》。节目的第一期在陈敏华家，直播内容是陈敏华的超级运算小窍门，李娜做主持人。

"欢迎大家收看《跟着娜妈来知新》直播节目，我是娜妈李娜！今天我们来到陪读妈妈陈敏华家，她今天将为我们介绍一种超级运算小窍门。来，陈妈妈，请跟直播平台的朋友们打个招呼！"李娜很认真地做开场白。

陈敏华朝着镜头打招呼："嗨！大家好，欢迎大家收看今天的节目。今天我向大家介绍的超级运算窍门是九九乘法表，这个对于很多大朋友可能不是什么难题，但是有一些刚刚开始学习乘法的孩子们可能会觉得死记硬背很枯燥，这就需要我们用今天这种比较容易记忆的游戏法来学习，保证孩子们都会觉得有趣，一学就会！"

李娜问陈敏华："太棒了！到底是什么样的神奇方式能够让孩子们一学就会呢？"

陈妈妈拿起一个小白板，上面已经从上而下列好 $1 \times 9=$（　），$2 \times 9=$（　）……$9 \times 9=$（　），然后陈妈妈拿起笔，在 2×9 后边写上 1，3×9 后面写上 2，以此类推。

陈敏华指着小白板说："九九乘法表中，9 的乘积该如何记忆，其实超简单，只要在十位数上从 0 写到 9，个位数上从 9 倒数回 0，就是结果了。"

李娜附和说："哦！这样的算法还真的是很简单啊。"

"对的，这只是一种学习游戏，是在孩子们枯燥地背诵口诀时，增加一点趣味性。"陈敏华进一步补充说。

"那还有没有其他的寓教于乐的方式供大家学习呢？"李娜替观众问。

"其实网络上这种方式很多，比如把数学当游戏，就会很有趣……"陈敏华在认真地讲着，李娜一边很专注地听，一边兼顾做主持人。

在温哥华，很多中国家庭的陪读妈妈和孩子们都在奔走相告看李娜的直播节目，而李娜也乐此不疲地到处做主持人。丹丹妈妈面对着李娜举着的自拍杆，她把化学元素和元素间产生的反应编成了一首歌，用的是《青花瓷》的曲调，命名为《化学青花瓷》：

白色絮状的沉淀，

跃然试管底，

铜离子遇氢氧根，

再也不分离，

当溶液呈金黄色，

因为碘酸钾，

浅绿色二价亚铁把人迷。

苯遇高锰酸钾，

变色不容易。

甲苯上加硝基，

小心 TNT，

在苯中的碘分子紫色多美丽，

就为萃取埋下了伏笔。

电解池电解质，

通电阴阳极，

化合价有高低，

电子来转移，

精炼了铜铁锌锰镍铬铝银锡，

留下阳极泥。

这首歌在孩子们中间广为流传。

丁一一最近为帮李娜直播而洋洋得意，他在学校碰到了戴安娜，便上前问："戴安娜，好几天没见到你了，你在忙什么呢？"

戴安娜夸奖丁一一说："你和李娜阿姨成网红了，最近人气大涨啊！全温哥华华人无人不知无人不晓啊！"

"是呀，我觉得我为妈妈做了一件有意义的事情，特别有成就感！尤其是我妈妈，她的公司没有了，内心很失落，你看她做了直播主持人后又重新精神焕发了！"丁一一自我表扬道。

戴安娜羡慕地说："我真心为你高兴，不过，我们家遭遇了前所未有的家庭危机，我妈妈不见了！"

丁一一惊讶地问："啊！怎么了？你又跟你妈妈吵架了？"

戴安娜说："我倒是想跟她吵啊，可是她现在人在哪儿我都不知道。"

丁一一问："夏天阿姨也玩儿消失？"

"是的，她留下一封信，说是去看望一个老朋友，过几天就回来。我给她发信息，她让我好好上课。打电话，她也不接，她从来都没有这个样子过，我有点儿担心。"

"这会不会是一个套路，故意让你紧张，营造一种存在感，跟我妈那时候一样，要不咱们报警吧？"

戴安娜想了想说："算了，这样也好，我们俩分开都可以冷静反思一下，没什么大不了的。"

丁一一听完戴安娜的话，非常意外地说："哇！你妈妈消失了你居然觉得没什么大不了，你们外国人想得真开。"

戴安娜反驳丁一一道："谁是外国人啊？这里是温哥华，你才是外国人！"

　　丁一一愣了一下答道："噢！也是哦！"

第十章　险象环生

一脸憔悴的夏天，穿着一袭黑衣，手捧着一束白色龙胆来到了追悼会的现场。追悼会现场布置得庄严肃穆，在会场中央的背板上悬挂着一张白菊花簇拥着的袁老师的照片。夏天走到袁老师的遗像前，深深地鞠了一躬，自言自语地说：老师，我回来了，谢谢您帮我保守二十年的秘密。

当年的情景重新浮现在夏天的眼前，九十年代，上海理工学院办公室，夏天站在袁老师的办公桌前，桌子上放着一份怀孕检测报告。袁老师伤心地对夏天说他没能好好地照顾她，夏天的爸爸过世很早，妈妈公派出国工作，夏天妈妈把她寄养在袁老师家十二年，他没能尽到责任，对不起夏天妈妈对他的托付。眼看着夏天学业有成，可却出了这种事儿，还是和他最得意的学生，袁老师责备夏天，让他怎么跟夏天妈妈交代。

袁老师还语重心长地说，夏天小时候，什么事儿都愿意跟他说，说他就是夏天的树洞，是她的秘密基地，可是偏偏这件事儿夏天瞒着他，夏天如果让他早一个月知道，他都不会让夏天把事情处理成现在这个样子。

夏天记得她当时告诉袁老师，事情毕竟发生了，她得面对现实。袁老师追问他丁致远是否知道，夏天说她已经不想和他再有任何关系了。袁老师担心她还年轻，如果把孩子生下来，她怎么担负得起这么多责任。况且，学校如果知道这件事儿，一定会严肃处理，她跟丁致远将会成为众矢之的，丁致远的研究生保送资格肯定是保不住了。牺牲太大了，他们马上就要毕业了，中科院找他要毕业生，他首先推荐的就是丁致远和夏天，袁老师感到非常惋惜。

夏天对袁老师说她无论如何都愿意承担，她可以退学，不会连累丁致远，她是来跟袁老师告别的。她会带着孩子离开这个地方，这么多年，袁老师是她在上海唯一的亲人，她希望袁老师能理解她，也希望他能为她保守这个秘密。

夏天把退学申请放在袁老师桌上，给袁老师深深鞠了一躬，强忍着泪水转身离开。袁老师送夏天到机场，叮嘱她在国外照顾好自己，并承诺夏天他永远会替她保守秘密。

丁致远也来到追悼会现场，他默默地走到夏天身边，向袁老师鞠躬，然后拉住站在袁老师遗像前已泪流满面、泣不成声的夏天，而夏天也从二十年前的回忆中回到了现实。

追悼会结束后，丁致远和夏天并排走在校园里，路两侧的梧桐树落叶纷飞。丁致远环视校园，感慨万千道："以前每年的九月一号，袁老师就站在这个路口迎接每一届报到的新生。每年的毕业季，他还是站在这里亲自送别系里每一个毕业生。你还记得我们平时私下都怎么叫他的吗？"

夏天回答说："格德米斯，因为他戴的眼镜跟克赛号里的外星人的眼镜一样。"

丁致远说："这外号还是你取的，老师对我的帮助太大了，在工作上遇到的很多事情，我不知道要跟谁说的时候，总会去找他聊，与其说是聊天，还不如说是倾诉，因为老师还跟原来一样，不怎么爱说话，就是静静地听着。不知道为什么，只要老师还在那里听，我就会很安心。"

夏天双手抱在胸前，她感觉有点凉，丁致远见状脱下外套给夏天披上。夏天非常客气地对丁致远说了声"谢谢"。

丁致远继续说："我从温哥华回来，跟老师说在温哥华遇见你了，对了，记得在你走后，他曾经给我说过一件事儿。"

夏天一愣，紧张地问："什么事儿？"

"说起这件事儿，你可能自己都不记得了，当年艺术系有一个叫许斗的，你还记得吗？"

夏天点点头说许斗追过她。

"可不，人家约你看电影，然后在人民公园跟你表白，你不愿意但还给人家机会，说他要能在公园里找到你，你就跟他好，结果你扔下他自己回宿舍了，这哥们儿却在公园里找了你一宿。这事儿在许斗毕业那年的餐会上被他自己曝出来了，后来还被艺术系改编成了一部话剧，叫《装满爱情的象牙塔》。"

夏天跟在丁致远身后不说话，只默默地笑着，她摸了一下鼻子，突然发现一手血，然后在丁致远身后晕倒了。丁致远不知道后面发生的情况，继续陶醉在回忆中说："袁老师说，这戏每年都演，许斗每年都来看，每年都哭得梨花带雨的。袁老师也爱看，他说这戏里写的都是我们当年的事儿。"没有得到回应，丁致远便转身，结果却发现夏天已经倒在了不远处的地上。

丁致远急忙奔过去问："夏天！你怎么了？"他边问边打了120叫救护车。

第二天，夏天醒来时已经躺在了病床上，丁致远和王医生都站在她的旁边。夏天迷迷糊糊地问："咦？这是哪儿？我怎么会在医院？"

丁致远答道："你是在医院，这是王医生，我爸当年带的研究生。"

王医生告诉夏天说她没什么大问题，就是疲劳过度，血糖有点低，好好休息休息就没事儿了。王医生让丁致远跟他去药房拿点儿药，丁致远便跟着王医生走出了病房。

王医生带着丁致远走进办公室，他先问候了丁致远父亲，然后便单刀直入地问丁致远和夏天是什么关系。丁致远告诉王医生，他们是大学同学，参加系主任的追悼会时，夏天伤心过度晕倒了。

王医生说："嗯，她家属来了吗？"

丁致远回复说："她只有一个女儿，在温哥华，怎么了？你刚刚不是说她只是没休息好吗？"

"有些话是没法在患者面前说的，我们在给她做检查的时候发现她卵巢外移比较严重，腹腔积液较多，我初步判断这是卵巢癌症状。"王医生告诉丁致远真实的情况。

丁致远愣住了："你说什么？她得了癌症？"

"嗯，应该不会看错的，我会安排她下午去肿瘤科再做一次甲胎蛋白检测。"

丁致远瞠目结舌地看着王医生。

"卵巢癌是个无声杀手，前期一般都没什么明显症状，等到发现异常，一般都到晚期了。就目前的情况来看，不太乐观，不过具体要看甲胎蛋白的检测情况，只要还没扩散，立刻做手术，就还有希望。"

丁致远追问道："有多少希望？"

"这不好说，各占一半吧。卵巢癌最重要的就是早发现早治疗，尽快做手术，千万不能拖。她家属不在，这件事儿我希望你能跟她说清楚，让她配合治疗。"

丁致远从王医生办公室出来后便去找夏天，他推门走进夏天病房的瞬间，情绪便由黯然神伤转为镇定自若。他看到夏天已经穿戴好衣服准备离开，于是问："你怎么起来了？"

夏天说："哦，我感觉好多了，既然刚才王医生说没什么事儿，我就先回酒店了，然后订机票回温哥华。"

丁致远慌忙拦住夏天说："你不能走，你得留下来！"

夏天愣住了，问："为什么？"

丁致远说："刚才王医生让你再做一个检查，等拿到结果以后再走也不迟。"

"什么检查？"

丁致远支支吾吾地说："好像是去、去做一个甲胎蛋白的检测。"

夏天问："甲胎蛋白？我怎么了？"

丁致远看着夏天不说话，表情有点儿悲伤。

夏天似乎已经意识到了什么，追问道："我到底怎么了？"

丁致远还是不说话。

同病房的女病友告诉夏天说："检测甲胎蛋白就是怀疑你得了

癌症。"

夏天惊愕地看着女病友，女病友则诚恳地点点头。

夏天扭头追问丁致远："是不是这样的？是不是？"

丁致远说："王医生说你疑似患有卵巢癌。"

夏天一下子怔住了。

丁致远说："他说具体情况得去做甲胎蛋白和糖链抗原检测才能知道。"

"怎么会这样？为什么会这样？为什么会这样？为什么？"夏天疯狂地摇着丁致远，然后声音颤抖地继续说，"致远，我要回加拿大，我要回温哥华。"

下午检测结果很快就出来了，化验单上显示：甲胎蛋白（AFP）4831.51ng/ml +++ <20，糖链抗原125（CA125）500.72U/ml +++ <35。王医生把化验单递给夏天。

夏天拿着化验单的手不断地颤抖着，眼中含着泪水。她的耳边回响着王医生的诊断结果：甲胎蛋白都已经到4800了，糖链抗原也有500多，基本可以确诊是卵巢癌。

此时夏天却突然冷静地问王医生："医生请您告诉我实情，我还有救吗？"

"你目前血液里还没有检查出癌细胞，说明还没有扩散，这种情况就不能再拖了，尽早做手术，就还有一线希望。"王医生建议说。

"我想回温哥华做手术，我女儿还在那里。"

"温哥华虽然医疗条件比较完善，但听说等待时间很长，做个CT都要等几个月，你耗不起。我们医院这几年接收了一些从国外转来的病人，其中有个女孩在国外确诊时还只是乳腺癌三期，如果当时做手术，治愈率要大得多，结果等了三个月都没排上手术，后来她父母把她转到国内时，已经扩散了，现在我们医院只能对她进行保守治疗。"

丁致远在旁边急切地问："咱们医院什么时候能安排手术？"

王医生说："全面体检后，如果身体状态达标，随时都可以手术。"他说完便离开了病房。

丁致远安慰夏天道："你知道的，我爸原来是这里的外科主任，很多医生都是他的学生。你在这里手术，我们可以找最好的大夫，目前最重要的就是尽早手术把病治好。"

夏天听完丁致远的话，点点头表示同意，突然又说："我来上海戴安娜不知道，我也没打算告诉她。她在备考 SAT，我不想让她担心，所以希望你也能为我保密，我做手术的事儿，谁都不要说。"

"我给你保密！我现在就去给你办住院手续。"说着他起身就往外走。

旁边女病友羡慕地对夏天说："你老公对你真好呀！不像我们家那位，只知道炒股票，我明天手术他都不来看一下。"

夏天没说话，此时她的手机响起，是戴安娜的电话，她深吸了一口气接通了电话。

戴安娜在电话里急切地问："妈妈，你到底在哪儿？"

夏天尽量平静地说："我不是告诉你我出远门去看一位朋友嘛。"

"你什么时候回来？之前的事儿，我……我对不起你。"

夏天忍着泪水说："回头再说吧，你快第二次考 SAT 了吧？在家好好准备考试……"她话都没说完就挂了电话,然后突然捂着脸哭了起来。

女病友看到夏天在哭,劝她说:"哭吧,痛快地哭一回,我刚查出来的时候也很崩溃,觉得这个世界对我来说已经差不多了,我就是舍不得我那个娃,一想到她以后没我这个妈,我这颗心真是放不下,我想是不是得给她留下点什么,我就给她打毛衣、毛裤、毛背心、手套、围巾、帽子等,越打越想打,总觉得打不完。其实这个病也没什么可怕的,还是应该乐观一点儿和它做斗争嘛!"说着女病友递给夏天一张纸巾,夏天抬头看着女病友,接过纸巾点点头,没说话。

手术日期很快便确定了,当丁致远再次来到病房时,夏天已经穿着病号服躺在了病床上,他给夏天喂粥,叮嘱她多吃点,这样明天做手术才有体力。

这时护士拿着体温表进来了,看到丁致远在喂夏天吃粥,便马上制止说明天上午八点开始麻醉,今天晚上就不能进食了,保持空腹,水也不能喝,如果吃东西,手术时胃内容物反流误吸会引起呼吸道梗阻和吸入性肺炎,很容易窒息的。家属的主要任务是安抚病人情绪,给她讲点儿小笑话什么的,放松一下。

丁致远听了护士的话,告诉夏天说他讲笑话真不行,要不他唱首歌。说着他清了清嗓子,一本正经地小声唱了起来:团结就是力量,团结就是力量……夏天被丁致远这冷不丁的一首老歌逗得哑然失笑。

丁致远认真地唱着,夏天突然觉得眼前的这个场景似曾相识,她一阵恍惚,似乎坐在病床前唱着歌的丁致远变成了当年大学期间风华正茂的丁致远，年轻的丁致远也在给夏天唱着歌……

李娜主持的直播节目在温哥华引起了巨大的反响，这天，她听到门外有嘈杂声，打开家门却发现举着话筒的华人女记者和扛着摄影机、举着录音话筒的老外。

女记者看到李娜便马上采访她："娜妈您好，我们是温哥华华人有线新闻网的记者，我们想对您和您的直播节目做一个采访。"

看到温哥华华人媒体找到她家来采访她，李娜非常惊讶，也有点儿猝不及防。

另一边，姜云坐在胡媛媛家陪胡媛媛聊天，她讨好地说："媛媛姐，李娜现在风头正劲，搞直播可火了，到哪儿都打着妈妈会的旗号，这都成陪读妈妈代言人了！我觉得她做直播是假，觊觎妈妈会会长的位置是真，你看陈敏华、丹丹妈妈都围着李娜转，媛媛姐你得出来主持工作呀！"

胡媛媛好像无所谓地说："这不挺好的吗？咱们妈妈会成立的时候不就说了，能者多劳。她李娜有能力我也得了清闲，只要她能把咱们陪读妈妈会做好做大，我也不会说什么。一个女人的快乐，不是因为她拥有的多，而是因为她计较的少。会长谁做都一样，你做也可以啊！"

姜云连忙推辞道："我哪儿行啊！我只是替你打抱不平，你栽树，她乘凉，让她摘取胜利的果实，难道你以后也要听李娜的使唤？"

"笑话！她李娜要真这么想，那就有点儿不自量力了，她现在直播、网红这样瞎折腾就是在无事生非，也就是一些没见过世面的妈妈们跟着一起瞎起哄，你看世界五百强有哪家企业会请她做代言。人啊就是这样，不自重者，取辱，不自长者，取祸。李娜这样的妈妈，成天嘻嘻哈哈不知深浅，迟早得吃大亏。"

胡媛媛说着电话响了，她便拿起电话接听："Hello，是李行长？汇丰银行慈善晚宴，要成立陪读妈妈总会啊？好啊好啊，我一定出席，好的，再见。"

姜云看到胡媛媛笑逐颜开，连忙问："什么好事儿这么开心啊？"

"嗨，也没什么，就是汇丰银行的行长邀请我参加他们举办的慈善晚宴，还要让我上台发言，去的都是一些社会名流，怎么就想起让我来发言了？"胡媛媛故意摆出盛情难却的样子。

姜云羡慕地问："是吗？"

"好了，不聊了，我得去准备准备，把我们陪读妈妈会推荐给温哥华上流社会的精英们，让大家互相认识一下，这个演讲太重要了！"胡媛媛边说边起身，一副要送客的样子，姜云只得尴尬地站起身告辞离开。

李娜和丁一一正急匆匆地赶着下一个通告，丁一一跟李娜对着活动流程：九点中文台做直播《陪读妈妈热线三十六问》，然后去儿童福利院出席陪读妈妈慈善捐助活动的启动仪式，下午在太平洋购物中心参加陪读妈妈杜可儿的新书《与陪读有关的日子》发布会，期间会有个和她的对话活动，五点录制《跟着娜妈恰恰恰》，最重要的是华人有线电视台一直在催什么时候上他们的脱口秀特别节目《陪读妈妈宝典》，这档节目在整个温哥华都是很有影响力的，收视率很高，所以要好好准备，安排在周末的晚上了。

李娜听完丁——的安排，长吁了一口气，然后说："行！只要能让大家重新认识陪读妈妈，任何活动咱都参加，阿嚏！"

"妈妈，跟你说过多少次了，要跟粉丝保持距离，拍照不要脸贴脸，你就是不听，感冒怎么得的？传染的！我作为你的经纪人，不得不提醒你，身体是革命的本钱，作为一个公众人物，一定要有一个好身体才能把接下来的工作做好。"丁——边说边打开背着的水壶，拿出了一包感冒药。

举办慈善晚宴的会所外，停放着各式商务豪车。此时一辆豪车开到了会所门口，身着礼服的门童上前拉开车门。一只穿着高跟鞋的脚踏出车门，片刻后门童关门豪车离开，身着晚礼服的李娜被男招待迎进会场。会场内花团锦簇，名流荟萃。打扮华丽的名媛和西装革履、风度翩翩的商界名流，端着香槟殷勤地交谈说笑着。身着短裙的女服务员端着酒水微笑着从人群中走过，鲜花、美酒、美女相得益彰。会场内摆放着八张圆桌，桌上放着香槟、红酒、怒放的蝴蝶兰，蝴蝶兰在暖光灯的映衬下显得格外柔美。

胡媛媛穿得雍容华贵，手里端着香槟，正在和两三名外国男子聊着什么。李娜一走进会场便吸引了大家的目光，围在胡媛媛身边的外国男士们不约而同地看了李娜一眼，胡媛媛没想到李娜也会收到邀请，惊讶之余满是不悦地背过身。

李娜走了过来，拍了一下胡媛媛的肩膀说："媛媛姐，我刚刚就觉得像你，没敢认。"

"是觉得我这身打扮很难看？"

"哪有，你今天可真漂亮。"

三四个女招待拿着手机上前想跟李娜合影，她们问："娜妈，能跟你合张影吗？"得到李娜的许可后，她们围着李娜自拍，然后道谢离去。

胡媛媛等李娜拍完照片，对李娜说："听说你最近成网红了，今天总算见识了。这些服务生、女招待都是你的粉丝吧？"

"哦，我也没想到，原来以为都是妈妈们爱看那些小视频，没想到年轻人也很喜欢，既然大家都支持我，那我更得好好做，对吧？"

"也是，真不知道汇丰银行怎么想的，举办这么高规格的活动应该让你来发言的，非让我当陪读妈妈的代表，我胡媛媛可没有你现在这么有人气啊！"胡媛媛话里有话地说。

不远处李行长走了过来，胡媛媛见状迎了过去，她走到李行长面前伸出手，两人握了握手，然后李行长说："胡媛媛，你这个上海陪读妈妈互助会办得好啊！我们创立陪读妈妈互助会总会，你可是竞选总会长最热门的妈妈啊！"

"那还得李行长多支持！"胡媛媛得意地瞥了一眼李娜。

李行长说："哦，失陪，失陪。"然后他走到李娜身边，对李娜说："你是……是网上那个娜妈吗？我夫人非常喜欢你做的直播，蛮有意思的，她也有几个拿手菜，有机会你们也合作一下。"

"那太好了！我这边随时都可以。"

"欢迎你来参加今天的竞选活动。"

李娜诧异地问："竞选？"

"我们要成立陪读妈妈互助会总会，到时候要选一个会长，你是银行的优质客户，可得踊跃报名啊。"

"承蒙您抬爱！"李娜对行长表示感谢。

胡媛媛看着李娜和行长相谈甚欢，妒火中烧。陈明坐在席间，朝着胡媛媛挥手示意，走在胡媛媛身边的李娜以为陈明是在向自己打招呼，也伸出手回应着，胡媛媛无奈地摇了摇头，然后走到陈明身边。

此时音乐声起，现场灯光暗，两束追光照亮演讲台上的行长，他开始发言："各位女士、各位来宾，大家晚上好！今天我们欢聚一堂，围绕融合发展与海外华人投资转型升级，共商大计，共谋融合创新的新产业……"

李娜举着手机拍着，胡媛媛看着李娜，心想这个李娜真是一刻都不闲着啊，陪读妈妈会都快被她搞成直播妈妈会了。

行长在台上继续说："我们银行在华人商会的支持下，决定成立陪读妈妈互助会总会，将以投票的形式选出首位陪读妈妈互助会总会的会长。在宣布入选名单之前，我们首先有请陪读妈妈代表胡媛媛女士上台发言。"

行长秘书在台下提醒胡媛媛说："胡小姐，胡小姐该您上台了！"

胡媛媛这才缓过神，清了清嗓子，上台致辞："感谢行长、感谢各界朋友的信任，说起陪读妈妈，很多人觉得她们不外乎就是一群闲着没事儿干的阔太太、少奶奶，打着给孩子当保姆、当监工、监督孩子学习的旗号，然后拿着老公的钱满世界游山玩水，置业买房乐不思蜀。对于这样的误解，我相信陪读妈妈们都面对过，因为他们并不了解，所有的陪读妈妈，都是把孩子视为幸福之源，把家庭视为幸福之本，固本溯源才是陪读妈妈们的目标，拥有一个和谐美满的家庭才是陪读妈妈们不忘初心的坚持。"

台下，众人给胡媛媛鼓掌。

胡媛媛继续演讲："在陪读的日子里，与孩子相依为命，让我们彼此的感情更加亲近，与孩子一起学习成长，让我们更有勇气面对未知的世界。陪读妈妈不是孩子寻梦路上的驱使者，我们不是絮絮叨叨的老妈子，我们是孩子身边的陪梦师。在陪伴的过程中，理解孩子们的苦与乐，体谅孩子们的不容易，见证孩子们成长的每一步，这才是陪读妈妈们的心声。我希望陪读妈妈们牢记自己的责任，我们把一切奉献给了家庭，给了孩子，是因为历史创造了我们这样一个特殊的群体，时代赋予了我们一份神圣的使命，我们如今更要把这份责任回馈给社会，用我们无私的爱去帮助更多的人。谢谢大家！"

台下众人为胡媛媛的精彩演讲喝彩。

李娜对胡媛媛也赞不绝口："媛媛姐，你讲得真好！"

此时银行行长开口了："现在我宣布第一届陪读妈妈互助会总会会长的竞选名单，她们是肖梦云、沈亦真、胡媛媛、彭洁、李娜。让我们祝贺这五位入选的陪读妈妈，我们首届陪读妈妈互助会总会会长将在这五朵金花中诞生。"

听到李娜的名字时，胡媛媛和李娜都一脸惊讶。胡媛媛看着李娜摇着头冷笑着说："五朵金花？"

李娜一脸茫然地说："我……我真没报名啊？"

"我一直看好你的，我给你报的名，你可不要辜负我们的一番好意啊！我们给你点赞！我先去给那几位妈妈打打气，一会儿聊！"行长夫人说完便端起酒杯走向了另一桌。

银行行长在台上继续说："我们在网上开通了评选通道，采取不记名投票，获得票数最多的妈妈将获胜。如何获得社会各界的认可给自己拉票，就要各位妈妈们各显神通了。"

胡媛媛一边鼓掌，一边跟李娜较劲，她举起酒杯，李娜也举起酒杯，但胡媛媛并没有跟李娜碰杯而是端着酒杯起身离开。她走到门口时却看见李娜跟行长和行长夫人合影说笑着，她看着，眼中闪过一丝寒意。

胡媛媛为了拉选票，组织陪读妈妈们去运动、跳舞、乘游艇外出钓鱼，希望丰富陪读妈妈们的业余生活，把她们的生活排满，让她们乐在其中，她称这就叫黏性服务。

李娜也在忙碌着做活动竞选，她准备和陪读妈妈们做烤饼干直播。她打了一圈儿电话，大家都说被胡媛媛拉去活动了。

丁一一把手机翻到朋友圈递给李娜说："丹丹发的图片，一群妈妈今天约着坐游艇出海钓鱼去了，谁还来跟你烤饼干啊！"说着他伸手拿了一块饼干吃着。

李娜看着丁一一的手机说："她们出去活动，群里怎么没通知我啊？"

丁一一说："你的对手跟你打仗呢，还通知你？"

"这玩儿归玩儿，竞选归竞选，这是两码事儿，这些妈妈们分得还这么细，太小心眼儿了！"

丁一一摇了摇头起身离开。

李娜问："你干吗去？"

"杨洋跟我说今天网上球鞋限时特价，打六折，我抢购去。"

李娜看着丁一一离去的背影突然豁然开朗：抢购？对啊，我怎么没想到呢？我可以让妈妈们不出门也能获得最新的打折信息，让她们可以足不出户地享受到抢购的乐趣。

接下来的几天，李娜拿着手机在超市的水果、海鲜、日用品区，把刚更新的特价、打折商品都拍了下来，她和超市负责人在打折水果的货架前交谈着，并把拍摄的图片编成信息发到了妈妈群里。她还去了美容院，跟美容院的老板交谈后，用手机拍下了最近办卡打折做 SPA 的信息。晚上，她在家把白天汇总下来的信息，整理了一下，发在了公众号上。

丁一一从洗手间出来，看见李娜还在挑灯夜战，于是倒了一杯牛奶给她，李娜看着丁一一一脸欣慰。

第二天，胡媛媛带陪读妈妈们在公园跳舞，她们刚跳完舞，坐在草坪边休息，突然妈妈们的手机同时响了起来，她们打开手机发现是李娜给妈妈们群发的打折信息。

陈敏华惊讶地说："今天大统华鲈鱼才两加币一条。"

"西温那边的美容院也打折。"

"呀，有限时的，走走走，咱们现在去买吧。"

陈敏华不好意思地看着胡媛媛说："媛媛姐，我们就不去喝下午茶了，限时折扣不等人，下次，下次我们请你！"

不一会儿那群妈妈们就离开了，唯一没有马上离开的姜云看着胡媛媛，欲言又止。

胡媛媛问："你也要去买便宜货吗？"

"媛媛姐，今天太平洋百货全场五折，这个李娜还整理了不少打折信息，游泳馆、牛排店，还有洗车行都有限时特价。"姜云不好意思地说。

"你什么时候变得这么斤斤计较了？"

"不是计较，女人嘛，天生看见打折就按捺不住，血拼也是一种乐趣。"姜云说完就马上离开了。

胡媛媛没回姜云的话，她双臂交叉抱在胸前，阴沉着脸对着姜云的背影说了一句"What a loser！"（没出息！）

李娜在电脑前汇总着商家的打折信息，丁一一吃着香蕉看着手机说："厉害了我的妈！你这选票直线上升啊！"

李娜耸耸肩说："当不当选现在对我来说无所谓，不过这次整理这个打折信息，我是感受到什么叫大数据营销了，这些信息目前只是发给了妈妈群，如果让妈妈们一起整合这些生活信息，不光是购物，还有学习、医疗、社会活动等各个方面的资讯都能及时传达给更多的人，让大家分享互助，给大家带来福利，那温哥华陪读妈妈会就功德无量了。"

丁一一啧啧称赞道："别说，你李总就是不一样，这还真能成为一个产业，陪读妈妈大数据！这个点子值钱了。要不我明天给你抢注一个域名，也算是咱的专利啊！回头找个 VC 来点儿投资，没准儿以后还能上市。那你就可以每天环游世界，登个月球，上个火星也没准儿呢。"

"臭小子，你该干吗干吗去，我还不指望着靠你这点儿小聪明来一趟星际穿越呢。"李娜说着在电脑端微信的妈妈群里点击了发送，不一会儿各位妈妈们纷纷回复大拇指点赞的表情。

温哥华学校走廊里，丁一一锁上柜子追上戴安娜，边走边问："还没有夏天阿姨的消息吗？"

"电话打通了，可她就是不说她在哪儿。"

丁一一挠挠头说："这是唱的哪出啊？"

"你不了解 Summer，她不是那种可以马上跟你讲和的人。"

"温哥华就这么大，能去哪儿啊？要不你晚上去我们家吃饭，跟我妈商量一下，让我妈出面给她打电话，解铃还须系铃人，都是你这个闺蜜惹的祸，还得她来解决。"丁一一说。

"也只能这样了，希望她们别又吵起来。"戴安娜担忧地说。

"放心吧，你没觉得我妈现在跟原来完全不一样了吗？我一直希望我妈能跟夏天阿姨一样，现在终于美梦成真了。"丁一一开心地说。

戴安娜一脸哀愁地说："嗯，感觉她和 Summer 像灵魂互换了一样，我觉得还是换回来吧，我可不想有一个跟我针锋相对的妈妈。"

"回头你也应该把她的时间安排得满满的，这样她就没时间跟你打消耗战了。"

"你再待两年都能成心理大师了。"

丁一一踌躇满志地说："呵呵，我觉得我现在就是大师。"

戴安娜来到丁一一家和他们母子共进晚餐，李娜问戴安娜："夏天一声不吭就走了？给你打电话了吗？"

戴安娜点点头说："打是打了，什么也没说，只是说去看一个老朋友。"

"也没说什么时候回来？"

戴安娜摇了摇头说："我刚想跟她道歉，她就把电话挂了。"

"这个夏天，怎么跟个孩子似的。"

丁一一插话说："你不也跟我冷战过啊，还说人家。"

"那我也没扔下你不管啊，这母女俩在一起生活吧，好的时候，是真好，可一旦有矛盾，就跟宫斗戏里面的皇后跟妃子争宠一样，芝麻大点儿的事都能争得你死我活。你说夏天这性格像不像《甄嬛传》里的宁贵人，每天跟仙女似的，独来独往，明艳照人，可是一旦狠起来，那真是一根筋地往死里作啊。"

戴安娜一头雾水地问："阿姨，我没看过你说的那个片儿。"

"那都是给她们这些在家没事儿干的妈妈们消遣的。"丁一一嘲讽道。

"谁说的，那就是一本女人防作教科书，提醒我们千万要热爱生活，遇事不能钻牛角尖，你也应该看看。"李娜继续她的高谈阔论。

"我觉得这次真的把她惹急了，要不然她也不会离家出走的。"

"妈，这事儿还得你出面，你得帮戴安娜把夏天阿姨请回来。"丁一一建议李娜。

李娜感觉有点儿找不着北，她说："可是我上哪儿去请啊？戴安娜她都不理，能理我？要不这样，明天我参加一档网络直播节目，戴安娜你跟我一起去，我们还得靠网络的力量来解决。"

戴安娜和丁一一异口同声地说："这个主意好！"

第二天，在温哥华脱口秀演播厅内，背景板 LED 大屏幕上写着"走近陪读妈妈"主题语，男主持人在跟李娜讨论着。

主持人问："现在社会上有很多人认为陪读妈妈成就了孩子，却忽略了丈夫，有的家庭甚至因此破裂。而且有的孩子虽然成绩在班里数一数二，但是性格却很孤僻，总是不快乐。你对这个问题怎么看？"

"这样的问题确实存在，陪读是一把双刃剑，盲目地陪读，容易成为孩子的枷锁。当家长的主动陪读行为给子女带来负面影响时，家长们应该反思陪读'度'的问题。"

主持人又问："你跟你爱人的关系有没有因为你的陪读生活而受到影响？"

李娜说："影响肯定是有的，比如前不久网上那篇温哥华陪读妈妈的扒皮帖影射的就是我。"

主持人说："那篇文章我看过，原来说的就是你啊，说你老公背着你搞外遇。"

李娜说："对对对，其实那是我房东，这次跟我在视频里争女儿的那个也是她。"

主持人说："你这么一说我就明白了，我当时看到视频还以为是原配跟小三抢女儿呢，你们之间真的没有什么情感纠葛吗？"

李娜说："真没有，这事儿再平常不过了，我们夫妻关系非常好，居然被好事者当成八卦写在了网上，我没想到这件事儿会影响到我的房东。她其实是一个很有修养很内敛的妈妈，她跟她女儿的关系之前一直非常融洽，她女儿今天也在现场，她也有话要跟她妈妈说。来，戴安娜。"

主持人看着缓缓走上台的戴安娜说："你比视频里的样子还要

漂亮。"

戴安娜上台谢过主持人的夸奖。

主持人问："你爱你的妈妈吗？"

戴安娜回答说："非常爱。"

主持人又问："她是在你多大的时候开始陪读的？"

"哦，我出生在温哥华，一直跟妈妈在一起生活，是她一个人把我抚养大的。"

主持人："哦，是这样。那你的父亲在中国？"

戴安娜耸耸肩说："I don't know。不过前几天的视频，对我妈妈造成了不好的影响，我一直希望妈妈能给我一个道歉的机会，所以今天我跟李娜阿姨来到这个节目现场，我想跟妈妈说几句话。"

主持人说："好的，那我们现在就连线戴安娜的妈妈，听听女儿向妈妈的爱的表白。"

此时的上海，医院手术室外的走廊里，两名护士推着夏天往手术室走去，丁致远跟在一旁安慰道："别紧张，是主任医生亲自主刀，他是肿瘤外科的博士生导师，肯定没问题，你一定要有信心，我会在这儿等你的！"

夏天紧张得满头大汗，呼吸急促，她突然开口说："等等，致远，我有话要说。"她示意丁致远低头靠近她。

"你猜得没错，戴安娜是你的女儿。"夏天对丁致远说。

丁致远愣愣地看着夏天问："你说什么？"

夏天坚定地点点头，小声说："戴安娜是我们的孩子，如果这次我不能从手术室出来，你能答应我照顾好戴安娜吗？"

丁致远愣住，半天没反应。夏天紧紧抓着他的手不放，眼睛一直盯着他。

夏天几乎哀求地说："答应我，好吗？"说完，她的眼泪顺着眼角流下。

回过神的丁致远郑重地点了点头，然后夏天松开了他的手，被推进了手术室。

夏天病房的女病友看夏天的手机震动了半天，最后犹豫着接起了电话："喂！"

主持人问："你好，请问是夏天女士吗？我们这里是温哥华华人有线电视台。"

女病友大大咧咧地说："不是不是，我是她一个病房的病友。"

戴安娜惊讶地问："病友？"

主持人则说："那麻烦你让夏天女士接电话。"

女病友口无遮拦地操着一口方言说："她现在正在做手术，没有办法接电话哟。"

李娜和戴安娜听得面面相觑，戴安娜担忧地问："手术？我妈怎么了？"

女病友说："你妈妈做手术你都不晓得啊，你这做女儿的怎么这么糊涂啊！"这时，她看见丁致远黯然神伤地走进了病房，于是便对着电话接着说，"哦，你爸爸来了，我让他给你说吧。"

女病友把电话递给丁致远，说："好像是你家女儿打来的电话。"

丁致远有点儿懵，他接过电话说："你好！"

李娜皱眉，她觉得对方传来的声音非常熟悉。

主持人继续问："先生，您好！我们是温哥华华人有线电视台的，想连线夏天女士。"

丁致远恍然大悟道："哦，对不起，她现在不方便接电话，有什么事儿您跟我说，可以吗？"

主持人问："您是？"

丁致远支吾道："哦，我是……"

此时李娜已经听出了那个熟悉的声音，她脱口而出道："致远？怎么会是你？"

戴安娜不由得惊愕地捂着嘴，丁——也被惊得目瞪口呆。

在演播厅的走廊里，李娜木讷地听着电话里丁致远的解释。丁致远告诉李娜，夏天来上海是参加袁老师的追悼会的，袁老师的去世对她打击很大，她从小是袁老师带大的，她一直把袁老师当作自己的父亲。大学毕业那年她突然不辞而别，所有人都不知道她去哪儿了，包括袁老师，这一别就是二十年，直到他在温哥华遇见她，才知道她这二十年是移民到了加拿大。

李娜打断了丁致远，让他不要给她讲故事，她只想知道丁致远为什么一直不告诉她他认识夏天，而且他们俩是大学同学，夏天为什么也一直不说，他们俩到底在隐瞒什么？夏天为什么不愿意戴安娜跟他们全家交往？这些跟他有没有关系？李娜要丁致远给她一个合理的解释，而不是跟她讲他们那些陈芝麻烂谷子的无关痛痒的前史。

丁致远急切地告诉李娜，夏天现在正在手术，他一时半会儿也没法说清楚。李娜则给丁致远下了最后通牒，说他既然已经把夏天送进手术室了，这件事儿就跟他没有什么关系了，她希望丁致远现在就买机票飞温哥华，当着她的面把这件事儿说清楚。

丁致远认为李娜不辨是非，夏天现在正在手术室生死未卜，他怎么能把她一个人扔在医院。李娜反驳丁致远怎么就能把她和儿子扔在离家万里以外的地方。丁致远劝李娜不要激动，这件事儿他一定会给李娜说清楚的，但他们两人现在都必须要保持冷静。

就在李娜和丁致远在电话里激烈争吵时，她看见丁一一和戴安娜过来找她，便急忙对着电话放了狠话："好了，丁致远你不要说了！我给你三十六小时，我希望三十六小时以后你能出现在我跟儿子面前，当着儿子的面，我们把这件事儿聊清楚。"说完她就气呼呼地挂了电话。

"妈妈，你又怎么了？"

戴安娜也问李娜："刚才丁叔叔说 Summer 在做手术，我都不知道她到底怎么样了，李娜阿姨，你帮我问问叔叔好吗？我妈妈到底怎么样了？"

"就是，妈，我爸是怎么说的？他怎么会和夏天阿姨在一起？"丁一一问李娜。

李娜心情沉重地说："我也是刚搞清楚，你爸和夏天阿姨是大学校友，你爸说你夏天阿姨去参加他们大学时的一个老师的追悼会，她和那个老师二十年没见面了，一激动就晕倒了。我这刚想问为什么做手术，你们就来了。戴安娜你别着急，那边有你丁叔叔照看着，你妈妈不会有问题的。"

"我想去上海，我想马上去上海陪她，Summer 她需要我。"

"你对上海又不熟，妈，要不我陪戴安娜去上海吧？"丁一一急吼吼地说。

李娜突然急了，大声训斥着丁一一："你能不能别添乱了！还嫌事儿不够多吗？一个个的这都是怎么了？不上学了，是吧？不考试了，是吧？都不想好好过了，是吧？"

李娜一连串的质问让丁一一有些害怕，他有点儿担忧地问："妈，你……你这是怎么了？我就那么一说，我不去了还不行吗？"

戴安娜也慌忙解释说："阿姨，我刚才就是害怕，你别生气。"

"你们听我说，你们做孩子的永远要记住，不管家里出什么问题，有爸爸妈妈在，你们就不用紧张，更不要添乱，我们大人需要一件事一件事地去处理，否则就乱成一锅粥了，这样不但解决不了问题，还会让事情变得更糟。"

但是戴安娜并没有放弃，她决定去找大卫。所以当大卫加完班收拾好文件，推开门准备离开办公室时，突然发现戴安娜泪潸潸地站在门口，于是急忙问："戴安娜，这么晚你怎么来了？"

戴安娜委屈地哭着扑进大卫怀里。

"怎么了？"大卫问戴安娜。

"大卫，你现在就带我去上海，Summer 出事儿了。"

大卫吃惊地问："这是什么时候发生的？"

"Summer 一周前就走了，我刚陪李娜阿姨做访谈节目时，跟 Summer 电话连线才知道的，她正在上海的医院里做手术。大卫，我要去见她，我现在就要去。"

"现在？"

"是的，我们现在就去机场吧，我感觉 Summer 一定是遇到什么难题了，否则她不会不跟我说的，你能陪我一起去吗？"

大卫犹豫了一下说："好，我陪你一起去。"

李娜自从和丁致远在直播间通过话后，回到家窝在沙发里就一言不发了。

丁一一从楼上下来说："妈，你饿了吗？我给你煮碗面。"说着他走进厨房打开冰箱准备拿食材煮面。

"妈，夏天阿姨跟我爸是同学这事儿没听他说过呀，我还以为他们不认识呢，看来是老相识了。"丁一一好像明白了点儿什么。

"大人的事儿，小孩子不要多问。"李娜有些心不在焉地说。

丁一一自我解嘲道："我这不是担心嘛！你说夏天阿姨好好的，怎么就突然要做手术呢？"

"你这话点醒我了，我得给你爸打个电话问一下，戴安娜还着急问呢！"

李娜拨通了丁致远的电话问道："你还没跟我说夏天得的是什么病呢，这戴安娜一直在问，我总得跟人家孩子交代一声吧。"

"没什么，一个小手术。"丁致远敷衍地说。

"阑尾炎？"李娜追问。

丁致远犹豫了一下说："行，你就跟她说是阑尾炎吧。"

李娜不满意地问："什么叫我就跟她说阑尾炎啊？搞得像有什么见不得人的事儿似的，到底什么病？"

丁致远用低沉的声音说："夏天她被确诊为卵巢癌。"

李娜大吃一惊："啊？这都怎么了？你先忙吧，夏天这事儿我看怎么跟孩子解释，丁致远，有什么事儿你就跟我直说，别藏着掖着，说出来大家都有个思想准备，冷不丁来这么一下，容易造成误会，你懂吗？"

"我知道，这事儿来得太突然了，对不起。"丁致远内疚地说。

"算了吧，我为我之前的态度向你道歉，夏天得了这种病，她家也没什么人能照顾她，既然你人在上海，你就先照顾一下她吧。"

"嗯，我知道，有情况我随时通知你。"

李娜挂了电话，丁一一端着面从厨房走了过来说："妈，趁热吃吧，我爸说什么了？"

"没事儿，你夏天阿姨做的是个小手术，儿子，你这厨艺进步得够快的啊！"

丁一一刚准备接话，突然手机响了，是一条微信消息，他看着手机说："妈，戴安娜去上海了。"

"啊？什么时候去的？"

"已经登机了。"

"坏了！"李娜连忙去拿手机给丁致远打电话。

丁致远在父母家吃着饭，他走神了，一直想着夏天进手术室前告诉他的话：致远，戴安娜是我们的女儿。丁父丁母正说着话，突然丁致远说了一句："你们别说了。"

丁父丁母一愣，问："致远，你怎么了？"

丁致远马上回过神儿，连忙说："哦，菜做得不错，挺好吃的。"

"致远，是不是一一又出什么事儿了？"丁母问。

"妈，一一和李娜现在都挺好的。"

丁母问："快放假了，你是怎么考虑的？"

丁致远刚想回答，他的手机响了，他便马上接听了电话："喂，老婆，什么事儿啊？"

"戴安娜去上海了，你得做好准备，也跟夏天说一声。"李娜叮嘱道。

丁致远吃惊地问："你说什么？戴安娜来上海了？"

"她在机场给丁一一发了信息，和大卫一起走的。"

"来了也好，至少能让夏天放心。他们现在起飞，明天到，你早点休息，上海这边的事儿我来安排。"丁致远挂了电话，愣在那里若有所思。

"怎么了？谁来上海了？"丁母好奇地问。

"哦，我们在温哥华房东的女儿，一一同学，她妈妈在上海做手术，原本不想告诉她，但她担心妈妈所以要过来陪着。"

"闺女就是妈妈的小棉袄，贴心。我当初就想再要一个女儿，可是你爸就认准你了。"

"当时工作那么忙，家庭条件也不好，你一个人带着致远那么辛苦，再来一闺女，我是不忍心让你再累着。"丁父说。

丁母对丁致远说："致远，我跟你说正经的，你跟李娜是不是考虑再要一女儿？女儿都随爹，你要生女儿那一定像你。"

"那万一又是一小子呢？弄俩丁一一，别说李娜，我都得少活二十年。"

丁父突然问："致远，你们那个邻居得的什么病啊？"

"卵巢癌。"

丁母惊讶地说："这么年轻就得癌症了？太可惜了！致远，你那个邻居要是有什么想吃的，你就跟我说，我给她做。"

丁致远晚上住在了父母家，丁母起夜时看见书房的灯还亮着，便走了进去，却看见丁致远穿着睡衣看着书桌上他和丁一一、戴安娜的合影发呆。

丁母便问："致远啊，还没睡啊？致远，你这两天总是跟丢了魂似的，是不是遇到什么难事儿了？"

丁致远犹豫半晌后，拉着丁母坐下，一五一十地把他和夏天在温哥华重逢的事儿告诉了丁母，也告诉她在上海做手术的就是夏天，只是李娜还不知道他和夏天的关系，他还不确定是否要告诉李娜真相。

丁母惊讶世界上竟然有这么巧的事儿，又得知夏天的病情，唏嘘不已。但说到李娜，丁母还是有点儿担心地问："你没跟她说，她也一点儿端倪都没看出来？你说夏天之前是你们的房东，住得这么近，李娜又是那么精明的一个人，会不会早就有所察觉了？"

"当时她刚去温哥华，公司的事儿和秦晓燕的事儿都搅在一起，再加上丁一一和她逆反，她根本没工夫观察这些事儿。而且我在温哥华也刻意回避夏天，和夏天的确没怎么说过话，毕竟都是二十年前的事儿了。"

"那她现在就一人在医院里啊？她爱人呢？哎哟，这孩子怎么活得这么难啊，致远，虽然夏天跟你处过对象，但你现在已经有家庭了，就算她再难，咱们可以帮衬，但是得有个度啊，你可不能因为念旧情，背着李娜犯错啊！"丁母担心地警告丁致远。

"妈，这我知道。我跟夏天您就甭担心了，我就寻思这李娜万一知道我跟她原来处过对象，还一直瞒着她，一定会跟我吵，到时候你得帮儿子说几句公道话。"

"这还用说嘛，我的儿子我还不了解，但是你最好还是找机会跟李娜谈一次，这事儿越瞒着越容易产生误会。唉，你说这世界怎么就这么小呢？在地球的那头都能遇上，这都是命中注定的啊！我得去城隍庙烧个香去，保佑我们家平平安安，千万别再蹦出一个秦晓燕来，儿子你赶紧睡吧！"

戴安娜和大卫推着行李车从上海浦东机场国际抵达口出来，丁致远在那里迎接他们。

戴安娜见到丁致远后激动得眼泪都流了下来，她急切地问："丁叔叔，我妈妈怎么样了？"

丁致远告诉大卫和戴安娜，夏天的手术非常成功，然后他就带着大卫和戴安娜走出了机场。

医院里，丁母拿着保温桶走进夏天的病房，她打量了夏天一会儿才走到夏天身边问道："你是夏天？"

"您是？"

"怎么？你不认识我了？"丁母问。

夏天打量着丁母，突然眼前一亮，泪水夺眶而出："孟阿姨！"

丁母和蔼地微笑着说："都二十年了，你还是那么漂亮！"

夏天紧紧握住丁母的手，丁母劝夏天要稳定情绪不要激动，说着她打开保温桶递到夏天面前，还给她递上了勺子，夏天看着保温桶里的生煎、海带筒骨汤，默默地接过勺子，然后低着头一言不发地小口喝着汤，让人看不清她脸上的表情。

丁母开始对夏天问长问短，当问到戴安娜的父亲是谁时，夏天稍微犹豫了一下，然后告诉她戴安娜的父亲早就病故了。

丁母在夏天面前故意夸李娜，说丁一一比戴安娜有福气，他妈妈把公司都放弃了，就为了陪着他去温哥华念书，他们老丁家有李娜这个儿媳妇，算是祖上积德了。他们还准备再生二胎呢，丁一一当了哥哥，也不会这么淘了。

夏天听出来丁母话里有话，尴尬地说：“嗯，一一的妈妈很不错。”

丁母和夏天心照不宣地聊着天，突然病房门被推开，丁致远带着戴安娜和大卫走了进来。

“妈妈！”戴安娜哭着扑进夏天怀里说，“我错了，你能原谅我吗？我给你打电话就是想给你道歉的，没想到你在上海做手术。我错了，我再也不惹你生气了。”

“你来怎么也不说一声？”夏天问戴安娜。

大卫在旁边说：“她知道你住院做手术，恨不得能长双翅膀飞过来。”

夏天责怪大卫：“大卫，你不能这么宠着她，这样她会越来越任性的。”

丁致远看到丁母，奇怪地问：“妈，你怎么也来了？”

丁母一副不高兴的样子说：“怎么？我来看看夏天也不行？”

戴安娜看到夏天床头悬挂着的病历卡，上面的诊断栏里填写着：卵巢癌。她吃惊地问：“卵巢癌，妈妈怎么会这样？”

大卫也吃了一惊。

戴安娜乞求夏天说：“妈妈，我们回温哥华吧，温哥华的医生都很优秀的，就算解决不了，我们还可以随时再去美国。”

丁致远告诉戴安娜和大卫，夏天的手术很成功，让他们不要担心。

"怎么能不担心？Summer 平时连感冒都很少得，突然得了这么重的病，还是在外国做的手术，我能不担心吗？"

丁母告诉戴安娜说："这不是外国，这是中国，是你的祖国，怎么成外国了？"

丁致远解释道："妈，戴安娜从小在温哥华出生，她入了加拿大籍。"

护士进来劝病人家属离开病房，病人需要休息。戴安娜坚持要留在医院陪护夏天，最后被大家劝走了。

丁致远带着戴安娜和大卫去了静安寺，戴安娜和大卫站在佛像前，双手合十祈福，沙弥敲响铜磬，祈福结束，他们走出了佛堂。

戴安娜问丁致远："神明会保佑夏天吗？"

丁致远告诉戴安娜说："世间万物生，菩萨心中存，用快乐去面对人生苦难就是最大的保佑。"

大卫也希望夏天能够早日康复，远离疾苦。戴安娜对大卫说，愿望说出来就不灵验了。大卫急忙说他要回去重新拜一下。丁致远安慰他说没关系，祈福的过程远比结果重要，救死扶伤的事还是得交给医生，他们才是患者的天使。戴安娜点点头继续前行。

三人经过寺院门口的小摊时，戴安娜对一个糖画摊产生了兴趣。丁致远告诉戴安娜那是糖画，把糖烧成糖浆然后在石板上浇筑成画，什么花鸟鱼虫、飞禽走兽，到做糖画的师傅这里，都手到擒来，栩栩如生。戴安娜拿出手机拍照，师傅递给戴安娜一个蝴蝶样子的糖画，戴安娜赞叹不已。

丁致远对大卫说："戴安娜和她妈妈当年一样。"

大卫非常好奇地问："你是说夏天也喜欢这个？"

丁致远点点头说："我们上大学时，学校门口也有个糖画摊，一块钱转一次，上面刻着各种图案，夏天她一直想转一个花篮，但从来都没有成功过，有一次她跟我说，如果生命真到了倒数的那一天，她只想完成三个愿望。"

大卫停下脚步认真地听丁致远讲着，丁致远继续说："第一个就是能转到一个凤凰糖画，第二个是像海子的诗写的那样，面朝大海，喂马、劈柴。"

大卫问丁致远："那第三个呢？"

丁致远看了一眼远处朝他挥手的戴安娜，他边挥手边说："她想跟喜欢的人一起，走遍世界上每一个教堂，在每一个教堂里当一回新娘。"

大卫若有所思地点头说："嗯嗯，这个很像夏天的风格。"

丁致远笑着说："夏天当年的性格就跟她的名字一样，炙热得可以融化一切。"

大卫恍然大悟道："夏天有一天来我的工作室，说她见到了她的大学初恋，如果没猜错的话，夏天的初恋就是你吧？"

丁致远一愣，继而无奈地点点头承认，然后说："大卫，如果你爱她，请好好珍惜。"

大卫认真地点点头说："我会的。"

丁致远看了看表说："医院的会诊该结束了，咱们回医院看看。"

丁致远带着戴安娜、大卫进入住院部，戴安娜手里举着糖画，当他们快走到夏天病房时，丁致远突然看见医生和护士神色紧张地推着急救药品车冲进夏天的病房，他感觉不妙，便快步跟了进去。

夏天陷入昏迷状态，她戴着呼吸面罩，心电图显示她心律不齐，医生正给她做紧急抢救，还注射了强心剂，同时安排了手术室准备手术。护士解开监测设备，举着吊瓶推着病床快速离开了病房。

戴安娜手里的糖画掉在了地上，摔得粉碎，她被这场面吓哭了："妈妈，妈妈你这是怎么了？"

丁致远紧紧地抱住要扑向夏天的戴安娜，然后问医生："主任，为什么会这样？手术不是很成功吗？"

医生告诉丁致远说："上午临检发现她糖蛋白突然上升，双侧腹股沟区及闭孔区内发现淋巴结，腹腔积液严重，癌细胞可能在潜伏区域形成了血栓。"

丁致远神情紧张地问："你是说癌细胞扩散了？"

王医生说："现在还无法判断，但情况不是很乐观，你们得有思想准备。"

戴安娜听着他们的对话，在丁致远怀里吓得捂着嘴浑身发抖。

丁致远、大卫、戴安娜焦急地在手术室外等待着，这时丁致远接到了李娜的电话，他走到一旁接听。

"你到了吗？你别告诉我你还在上海。"李娜问。

"你听我说，夏天的病复发了，癌细胞可能转移到了淋巴，现在正在手术。"

李娜一听就来气了："癌细胞转移到你身上了？丁致远，你到底想干什么啊？你是不是还有什么事儿瞒着我？"

丁致远无奈地说："老婆，能不能等夏天做完手术，我再跟你解释？"

"我就不明白了，夏天有戴安娜和大卫在那边照顾，你还待在那儿干吗？夏天可以是林黛玉，但你不是贾宝玉，你是丁一一的父亲，是我的老公！你要是还想要这个家，你就老老实实地过来把话跟我们说清楚！"

"你能不能对她宽容一点。"丁致远替夏天说话。

"丁致远，你是不是疯了！我不够宽容吗？先是秦晓燕，现在又是夏天，我一忍再忍，你反而变本加厉？这样吧，夏天和我们这个家，你选一个，我今天就把话撂这儿，你必须给我一个答案。"

丁致远不容商量地说："对不起，我现在不能离开她。"说完他便挂了电话，李娜在另一边瞠目结舌，她木讷地挂掉了电话，泪水逐渐溢满眼眶。

丁母丁父正吃着饭，看着新闻，丁母突然对丁父说："你说咱们致远每天都待在医院里，合适吗？"

丁父边吃饭边关注着电视新闻里的联合国会议中某非洲国家元首的讲话，丁母见他不回自己的话，就拿起遥控器关了电视。

"这正讲着话呢，重要新闻。"

"我跟你说话你听见了吗？到底谁重要啊？"丁母不高兴了。

"听见了，不就是致远没回家吃饭吗？他肯定在学校吃了。"

丁母担忧地说："你知道什么啊，他每天下了班就去医院陪夏天。"

"谁？什么春天夏天的？"丁父有点儿摸不着头脑。

"就是致远大学时处的那个对象，后来突然就消失的那个。"丁母提醒说。

丁父还是有点儿记不起来："哦，嗯，致远说的那个做手术的同学就是他原来处的对象？"

"对啊，你想想这事儿，二十年了不见面，这会儿冒出来，丁致远就跟失了魂儿一样，成天泡在医院里。你生病住院那会儿，他去得也没这么勤啊！"

"你是说致远跟那个女孩有点儿……不可能，你想多了。有朋自远方来，不亦乐乎。致远帮助老同学，这是中华民族的优良品德啊，你怎么总往男女之间那点儿事儿上联想。"

丁母说："致远跟我说他们当初在加拿大租的那个房子，就是她们家的。哪儿有那么巧啊？我觉得致远这些年一直跟她有联系。"

"那李娜能不发现？她那么精明一人，能让丁致远在自己眼皮子底下跟那个小夏眉来眼去？我不信，再说了，丁致远还能抛妻弃子把她娶了？"丁父不理会丁母的胡乱猜测，顺手拿过遥控器重新打开电视。

在温哥华橡树移民留学中介公司，陈莉莉和安东尼相对而坐。桌上摆着两份合同，中英文对照，还没装订。

安东尼对陈莉莉说："如果没有问题，就请你在这里签字。"

陈莉莉说："我再看一下。"

陈莉莉拿着银行卡对着合同上写的银行账号反复地对了又对，确定没问题后，她拿起笔在两份合同上签下了自己的名字。安东尼接过合同，整理了一下，趁着陈莉莉不注意，在两份合同里分别插进去两张单独的扉页，随后拿起公章盖上了骑缝章。安东尼让陈莉莉在合同上按手印，陈莉莉用手指蘸了蘸印泥摁了上去，按好手印后，安东尼收拾了一下合同，然后装订好，递给了陈莉莉一份。

安东尼说："你这两天先把你自己的十万加币存进这个户头，剩余款项我们公司三天之内会打进去，这样我们就能走程序办手续了。这期间你要是有任何疑问就给我打电话或者来公司找我，我会帮你解决。"

陈莉莉连忙道谢说："好的呀，好的呀，谢谢你了。"

安东尼说选择了他们，顾虑可以完全打消，他让陈莉莉放心。

陈莉莉拿着合同回到家，就迫不及待地给罗松打电话，她告诉罗松合同已经签完了，中介公司的安东尼先生非常热心，人长得也精神，面相一看就让人很踏实。罗松跟着陈莉莉感慨：这个世界上还是好人多。

陈莉莉兴奋地继续说："老公，咱家盼盼终于能踏实地在这里念书了，我们家就快熬出头了，我好想哭，太不容易了。"

罗松安慰陈莉莉："你应该高兴才对，哦，对了，我们卖包子铺的事你得保密啊，不能让盼盼知道，不要给他带来压力。"

陈莉莉说："我知道，他很乖！等手续一办下来，我就更踏实了。"

罗松说："这件事儿你还是得盯紧了，咱毕竟借了这么多钱呢！"

陈莉莉不耐烦地说："好的，知道了，我会盯着去落实的，那先这样，挂啦！"

过了几天，陈莉莉给安东尼打电话，没人接听。她有点儿心慌，就匆忙赶到橡树移民留学中介公司，却发现有警察正在拉警戒线，里面早就已经人去楼空。几个记者正在采访一群女士，她们正在跟警察哭诉，警察做着笔录。

一位华裔女士语无伦次地哭诉："我昨天还来了，他就在这儿，在这里，这里都有人，他怎么会跑了呢？不可能，不可能。"

陈莉莉站在电梯口面对着大门，愣住了，警察注意到了陈莉莉，就过去打招呼："嘿，女士，你也是受害者吗？请你协助调查。"

陈莉莉突然反应过来，朝警察摆摆手，然后急忙转身按下电梯按钮，进入电梯。走出大楼后，她脸色苍白，慌张地在街上走，时不时回头看看，担心警察追上。六神无主的她，大脑一片空白。她一路跌跌撞撞地跑进家门，慌忙拿出手机拼命地继续拨打安东尼的电话，电话里却一直传出：对不起，您拨打的电话是空号。

陈莉莉眉头紧锁，坐在沙发上身体不住地颤抖，眼泪控制不住地簌簌落下。突然她用头撞着墙大声哭诉：二十年的血汗啊！我二十年的血汗啊！你为什么要骗我呀？为什么？过了一会儿，她神情恍惚地在房间里走来走去，自言自语地说："钱……这钱怎么办？我拿什么还她们？不行，我怎么跟那些妈妈们交代啊？我没脸再见她们了，老公、盼盼我对不起你们啊！对不起啊！"然后她开始倒在地上号啕大哭，哭了一阵儿，她突然站起来，走到厨房，打开了灶台上的煤气。

罗盼回到家，刚推开家门就闻到了浓浓的煤气味，随后他看到已经躺在地上昏迷不醒的陈莉莉。

"妈！"罗盼连忙冲进厨房关上煤气，然后快速打开厨房的窗户，把陈莉莉拖出了厨房，随后拨打了911。

陈莉莉躺在医院的急救室里，医生护士都忙碌着给她急救。

丁一一气喘吁吁地跑下楼来，对李娜说："妈，刚刚罗盼打电话告诉我，莉莉阿姨煤气中毒了！"

"什么？现在莉莉阿姨在哪里？"李娜急忙问。

"罗盼告诉我说，他晚上放学回家的时候，发现莉莉阿姨倒在了厨房的地上，满屋子煤气味，罗盼报了警，莉莉阿姨正在医院抢救。"

"怎么搞成这样？最近是怎么了？一波未平一波又起的。"李娜边说边起身准备去医院。

陈莉莉很快就被护士从急救室推了出来，罗盼赶紧凑上前，流着泪喊了声"妈妈"，陈莉莉虚弱地看着儿子叫了一声"盼盼"。

罗盼转向医生问道："医生，我妈妈的情况怎么样？"

"好在你发现得早，现在没有大碍了！"医生回复罗盼。

医生把陈莉莉送进病房，护士叫住罗盼说："请跟我到这边缴费。"

罗盼含泪拿着缴费单发呆，这时李娜和丁一一正好赶过来，丁一一喊罗盼，罗盼回头看到李娜和丁一一，叫了声"李娜阿姨"。

李娜劝罗盼说："罗盼，不哭，妈妈怎么样了？"

"刚被送到病房，救过来了。"

李娜拿过罗盼手里的缴费单看了一眼，然后跟着护士去缴费。缴完费，罗盼带着李娜、丁一一去了病房，却发现病床上已经空无一人。

罗盼疑惑地说："人呢？刚刚才推进来，怎么就不见了。"

李娜看到床上放了一张纸条和一些钱，她拿起纸条，纸条上面写着：盼盼，妈妈有急事儿需要处理，这几天可能都没有办法回家，这些钱你拿去吃饭，妈妈处理完事情就马上回来，不要担心。三人看完字条面面相觑。

陈莉莉踉踉跄跄地走出医院大门，夜色中的她无力、无助又无奈。她走到了中介公司所在大厦的对面，隔着街道远远望去，大厦门口依然拉着警戒线。她蜷缩在街边的角落里，注视着来往的行人，此时她的手机请求视频的铃声响起，可她只是看着手机直到请求结束。

李娜带着丁一一、罗盼在夜幕下，分头寻找着陈莉莉，等他们重新聚在一起时，也没有找到陈莉莉，罗盼已经着急地哭了起来。就在此时罗盼的手机收到了一条语音信息：盼盼，妈妈正在处理事情，没有办法接你电话，你放心，妈妈没事儿，等妈妈把事情处理完了，妈妈会联系你的。

李娜听到信息说："盼盼，你妈妈没事儿的，别急好吗？都回家休息吧，明天阿姨再陪你一起找。"

陈敏华、姜云等几位陪读妈妈坐在胡媛媛家的客厅沙发上，电视上正播放着温哥华当地的新闻。

姜云问："媛媛姐，莉莉这两天来你家了吗？"

"没有，她都已经好几天没来了，我给她打电话也不接。"

陈敏华接着说："那真是奇怪了，我们也找不着她。"

"该不会是借了咱们的钱就跑了吧？"姜云说。

"不会吧？莉莉不是这样的人吧？"一位陪读妈妈说。

姜云说："你别忘了，她当过小偷，偷过你们家的书，这样的事可不好说。"

胡媛媛问："什么？莉莉问你们借钱了？"

"她说她家的包子铺要开分店，问我们和李娜借钱，我们几个人总共凑了五万加币给她，结果她借了钱人就消失了。"

大家你一言我一语地说着，此时电视里播放了一则新闻：近日，温哥华警方破获了一起特大团伙诈骗案，温哥华橡树移民留学中介即该诈骗团伙，他们以帮助陪读妈妈办理投资移民手续为由，诈骗陪读妈妈的钱财。同时新闻画面上出现了警察在查没中介的非法资产，陈莉莉也出现在新闻的镜头里，她正慌忙走进电梯。

陈敏华盯着电视问："哎，那不是莉莉吗？"

姜云犹豫了一下说："她不会拿咱们的钱去办投资移民了吧？"

陈莉莉一直在大厦的附近徘徊，每当警察靠近，她总是下意识地低头走过去。突然她看见了一名外国男子，背影看起来十分像安东尼，于是她疯了一样地冲过去抓住了那名男子。

"安东尼，你这个骗子，把钱还给我！"

男子一回头，陈莉莉看到男子的脸，才发现他并不是安东尼，便马上说了声"对不起"。之后她继续在附近游荡，直到肚子发出咕噜噜的声音。她走到背风的街角，靠着墙坐了下来，裹紧了身上单薄的衣服，在寒风中瑟瑟发抖。

她的手机响了起来，是罗松的电话，看到罗松两个字，她的眼泪掉了下来，随后她深呼吸了一下接通了电话："喂，老公。"

罗松着急的声音立刻传了过来："莉莉，你没事儿吧，我给你拨了几次视频你都不接。"

"没事儿，我能出什么事儿啊，我在家呢，刚吃完饭，今天一天都在忙移民的事儿，所以没接电话。"陈莉莉搪塞罗松。

陈莉莉挂上电话，蜷缩在角落里无助地哭了起来，哭着哭着，她身子一歪，晕倒在了街角。一名路过的老妇人注意到了晕倒在街角的陈莉莉，她蹲下来推了推陈莉莉，却怎么推都推不醒，随后她伸手摸了一下陈莉莉的额头，很烫，她便拿起手机打了911。

在医院病房，陈莉莉缓缓睁开了眼睛，看见胡媛媛和罗盼站在她的身边。

罗盼看见陈莉莉醒了，便急切地问："妈，你醒了？"

陈莉莉问："我在哪儿？"

胡媛媛说："你在路边晕倒了，好心人发现了你，帮你叫了救护车，把你送到了医院，是医院联系我们过来的。"

陈莉莉听后眼角滑落着眼泪，胡媛媛见状对罗盼说："盼盼你先出去一下，有些事儿我想单独和你妈妈说。"

罗盼犹豫着起身离开，走到门口时他回头看了一眼陈莉莉。

陈莉莉看了一眼胡媛媛说："媛媛姐，我……"

"莉莉，你不用说了，事情我都已经知道了，这件事儿不怪你，你也是受害者。"胡媛媛安慰陈莉莉。

"他骗了我十万加币，我辜负了娜姐她们对我的信任，还搭上了全家的积蓄，我……我真的没脸见人了。"陈莉莉后悔不已。

"莉莉，这件事儿发展到现在，已经不是你一个人的事情了，是咱们全体陪读妈妈的事情，他骗你就是骗我们！他伤害你，就是伤害我们陪读妈妈！这件事儿我们一定会帮你讨回公道。医疗费你不用担心，我会帮你解决。"

"媛媛姐，我对不起你们，我也不是一个好妈妈。"

"你在罗盼眼里就是最好的妈妈，因为他知道你做的一切都是为了他。"

陈莉莉看着胡媛媛不说话。

胡媛媛接着说："你要坚强，莉莉，我和陪读妈妈会的妈妈们永远会站在你这边。你先休息！我改天来看你。"

胡媛媛离开了病房，罗盼回到了陈莉莉身边。此时李娜来到医院，刚好遇见从病房里走出来的胡媛媛。

李娜问："莉莉是在这间病房吗？"

"是，她刚醒过来，你稍等一下。"

李娜停住脚步，胡媛媛严肃地对李娜说："我想提醒你一下，在陈莉莉这件事儿上，你有不可推卸的责任，如果当初不是你支持她留在温哥华，她也不会沦落到现在这个样子。"

李娜看着胡媛媛说："我会对莉莉负责的，我已经在帮她找骗子了。"

胡媛媛不客气地说："请你别再添乱了，莉莉的事儿，我会帮她讨回公道，我们陪读妈妈互助会不会放过任何一个坏人。"

胡媛媛说完转身离开，李娜望着她的背影，无奈地长叹一口气，然后推开陈莉莉病房的门。

陈莉莉流着泪对李娜说："对不起，我不该骗大家，我没脸见你们，我这是自作自受！"

李娜也同情地抹着眼泪说："莉莉，你别这么说！我们知道你这都是为了孩子，可你有没有想过，你这么做万一遭遇不测，罗盼该怎么办？"

陈莉莉摇摇头说："我都来不及想这些，就觉得一切都完了，大家给我的钱全没了，包子铺卖了，罗盼上学的钱也没了，我们连回家的机票钱都没有了。抓不到那个骗子，我死不瞑目。"

"莉莉，你不能这样，我们是孩子唯一信任和依赖的人，如果我们出了事儿，孩子怎么办？唉，这事儿也怪我当初没了解清楚，结果帮了倒忙。媛媛姐说得没错，这件事儿我也有责任。"李娜自责地说。

"不怪你的，是我自己太自私，没说实话。我没脸面对孩子、没脸面对盼盼他爸爸，更没脸面对你们。"

李娜握住陈莉莉的手说："你一定要好好活着，不能让那个害你的家伙逍遥法外。"

陈莉莉哭着点头。

姜云、陈敏华聚在胡媛媛家，共同商议帮助陈莉莉的事儿。胡媛媛告诉大家，事情发展到现在已经不再是莉莉一个人的事情了，这件事儿如果上海陪读妈妈会没有态度，那就会让其他妈妈会看笑话，也会让骗子越来越肆无忌惮，继续伤害我们陪读妈妈们，大家拿个主意吧！

妈妈们七嘴八舌地讨论起来。陈敏华说胡媛媛太偏袒陈莉莉了，妈妈会帮她可以的，但陈莉莉的责任谁来承担？她们也是受害者。姜云则把矛头指向李娜，她认为是李娜帮陈莉莉说服大家投资的。胡媛媛则持反对意见，她认为投资这事儿怨不得别人，而应该自己好好反省一下，落井下石的事儿别找她胡媛媛，就算当不了会长，陈莉莉的事儿她也要一帮到底，她不管别人如何评价，她要的是对得起自己的良心，陈莉莉也是陪读妈妈互助会的一员，互助互爱相互扶持，是陪读妈妈互助会的宗旨，得到陈莉莉这一票，就算输给李娜，妈妈会也是最大的赢家。

第二天早晨，李娜刚刚打开门，一群记者就围了上来。

记者问李娜，她一直致力于塑造出一种崭新的陪读妈妈形象，打破大家对于陪读妈妈的一些偏见，但是他们了解到李娜本人似乎也没能跳出陪读妈妈家庭容易出问题的怪圈，前不久在直播现场出现的状况似乎就是最好的证明。

李娜努力让自己平静下来后，向记者解释，事实并不是大家想象的那样，她和她老公的感情没有任何的问题，她老公和夏天是老同学，他们是在一个老师的葬礼上遇见的，夏天因悲伤过度晕倒了，她老公把夏天送去了医院，仅此而已。

记者显然不满意李娜的回答，而是继续追问李娜老公和夏天的关系，为什么夏天生病做手术陪护的人却是她的老公，而她自己却不知道？是不是可以认为她老公一直在刻意瞒着她，他们两个之间也并不像她之前说的那么恩爱！

李娜开始出现耳鸣，她对他们说不懂记者想要表达什么。可记者并没有就此放过她，而是拿出手机找出了一张夏天和丁致远在大学时期的照片，两人依偎在一起显得十分亲密，记者问李娜是否见过这张照片，然后记者继续说，根据他们了解到的信息，她老公和夏天不仅仅是同学关系，他们在大学时期就是情侣，还问她知道这件事儿吗。

李娜看到照片，一下子懵了，耳鸣头晕的症状更严重了。她已听不见记者的说话声，只能看见记者的嘴在不停地动，她觉得天旋地转。突然李娜歇斯底里地冲着记者大喊一声：够了！然后转身回家关上房门。

一群记者只能尴尬地摇摇头，他们议论了一阵后，纷纷离开了。

李娜走进屋内后控制不住自己的情绪，委屈地号啕大哭起来，她感到自己是多么的孤立无援，觉得自己再次被丁致远欺骗，她想不通为什么丁致远和夏天的恋人关系要瞒着她，难道夫妻真的是看似最亲近而心理上又很遥远的关系？突然家里座机电话响了，李娜走过去接听。

"喂，是李娜吗？"

"妈！呜呜呜……"电话里，李娜委屈的哭声传了过去。

丁母赶快在电话那边劝："李娜，别哭，别哭，你这是怎么了？"

李娜把最近几天发生的事情都告诉了丁母。

在上海，丁致远从医院一身疲惫地回到父母家。他推门进屋就发现丁父丁母板着脸坐在客厅沙发上。

丁致远问："爸，妈，这么晚了你们怎么还没睡呢？"

"我问你，你上哪儿去了？"丁父问。

"去了趟医院，我同学的病突然复发了。"

丁父大声地说："你老婆今天差点自杀了！"

丁致远惊愕地问："怎么可能？"然后他转身问丁母："妈，我不是让你帮我跟她说说嘛？李娜也太刻薄了点儿。"

丁母开始责怪他："致远啊，你已经是四十多岁的人了，怎么这点利害关系都不明白呢！你在这儿陪着夏天，还瞒着李娜挂她电话，李娜连个知情权都没有，你让妈怎么帮你说话？"

"用不着帮，这一碗水必须端平了！别以为你是我们儿子我们就会向着你，李娜为了这个家把公司都给卖了，你说她刻薄？她一个女人去那么老远全心全意陪着孩子读书，那孩子是谁的？是我们老丁家的。丁——现在有这么大的变化，就是因为他有一个任劳任怨永不言败的妈妈，她是我们丁家的功臣，你说她刻薄？你才刻薄呢，扔着自己媳妇儿子不管，跟二十年前的事儿纠缠不清，你这还带学生呢，你教给他们什么？当负心汉、陈世美？我从没听李娜那么哭过，撕心裂肺啊！丁致远，你快给我醒醒吧！"丁父说。

丁致远和丁父争辩说，他会跟李娜说清楚的，夏天现在需要他的帮助，就算没有二十年前的事情，他也会义不容辞地帮助夏天。况且二十年前是他伤害过她，他需要给自己一个弥补的机会，他不会扔下夏天不管，否则良心上过不去。

丁父没等丁致远说完，就愤怒地指责道："你怎么这么执迷不悟！"说着丁父从厨房里拿了一把大铁勺就要打丁致远，边说："我今天就让你弥补！"

丁父刚扬起铁勺，突然一阵心绞痛，他难受地捂住心口，整个人都站不稳了，连铁勺也掉在了地上。

"爸！"丁致远赶快上前扶住丁父。

丁母让丁致远把急救药拿过来喂丁父吃下去，丁父才缓过来，然后他有气无力地对丁致远说:"去,你赶紧去温哥华,向李娜道歉! 赶紧去给她说清楚,家和万事兴啊!"

"你要不想气死你爸,你就赶紧去吧!"丁母也呵斥丁致远。

丁致远一脸无奈地扶着丁父走到卧室,然后回到客厅,静静地坐在沙发上发愣。

胡媛媛为陈莉莉的事情来到李娜家找她商议解决的办法,李娜看到胡媛媛来,直截了当地问她:"你是来看我笑话的吗?"

胡媛媛看着李娜哭红的眼睛说:"是!"

李娜一愣,继而无奈地一笑,说:"从来温哥华的第一天我就领教了你的直来直去,咱俩这一点倒是很像。"

"所以,我们即使做不了很好的朋友,但起码也是个旗鼓相当的对手!"胡媛媛自嘲道。

"看来不速之客来者不善啊!"李娜很不友好地说。

"我可没有那个闲工夫看你笑话,我是希望我的对手可以坚强一点儿,我们还有个约定,我可不希望赢了会长的位置被人说是胜之不武。"胡媛媛突然真诚地对李娜说。

李娜也自我解嘲地说:"呵呵,做什么会长我根本就不在乎,现在对我这个刚刚适应这里生活的陪读妈妈来说,赢得家庭才是最重要的。我突然想起你很早就提醒我小心后院起火,那时候我还信誓旦旦地说不可能,现在一语成谶,果然被你说中了。"

"怪我乌鸦嘴喽!"胡媛媛伸出手轻轻地拍了一下自己的嘴。

"媛媛姐,你说男人为什么要撒谎呢?"李娜不解地问。

"或许他们自以为这样也是一种爱吧,你就别耿耿于怀了。"

"我来温哥华这么久了，他从来都没告诉过我他俩还曾经是恋人关系。夏天现在做手术，有戴安娜和大卫陪着，他成天黏在那儿算怎么回事儿？我让他给我一个解释，他居然说我刻薄，还挂我电话，我是他老婆，所有人都知道了，而我就像个傻子一样一直被蒙在鼓里！"李娜委屈得眼泪又流了下来。

胡媛媛安慰李娜说："男人都一样，总是自以为是。我们女人也一样，总是后知后觉。事情没发生之前都觉得不会落在自己身上，但是等事情真的摊在你面前的时候，却又只能束手无策，唉声叹气。"

李娜没说话，胡媛媛继续以过来人的身份语重心长地劝李娜："这件事儿，丁教授的确欠你一个解释，我希望你们能坐下来，面对面把事情说清楚，话不怕说开，就怕憋着。李娜，你要是还想捍卫你的家庭，就把丁教授拴在你身边！我和杨益忠这二十多年失败的婚姻，直到杨洋出事儿我才明白，因为两个人的矛盾伤害到孩子，那才是女人一生中最大的悲哀。你刚才不是说咱俩直来直去的性格很像嘛，所以我希望在处理家庭这件事儿上，你不要走我的老路。"

李娜听了胡媛媛的一番话，觉得有道理，但是她又无奈地说："他现在人都不愿意过来，怎么说？我也不想听他解释了，就这样吧，这日子看来他也过腻了。哀莫大于心死啊！他要是想跟夏天旧情复燃，就随他去吧！"

"你好好处理自己家里的事儿，莉莉的事情，咱们妈妈会一起来想办法解决。"胡媛媛开始切入正题。

李娜告诉胡媛媛，丁——和罗盼去医院看望陈莉莉，帮她回忆当初是怎么被骗的，陈莉莉回忆当时有对母女可能是安东尼的托儿，丁一一和罗盼他们根据陈莉莉提供的线索找到了那个女孩儿，叫琳达。

胡媛媛拉上李娜去医院找陈莉莉，再约上投钱给陈莉莉一起被骗的陪读妈妈们，谋划如何顺着琳达这条线，找到安东尼这个骗子。

一群陪读妈妈们在医院外的草坪上，七嘴八舌地讨论抓骗子的计划。胡媛媛指着手机上的温哥华地图对大家说："我们目前了解的情况是，在大温地区，安东尼经常出没在这几个地方，所以咱们妈妈们要做的第一件事，就是在这些区域进行地毯式排查，重点集中在酒店、餐厅、咖啡馆、商场这些人流大、陪读妈妈们出入较多的地方。只要安东尼出现就能被咱们锁定，记住发现后不要单独行动，一定要通知大家，同时拨打911避免发生危险。"众人认真地在本子上记录着。

李娜补充说："这次抓骗子的行动要先依靠咱们陪读妈妈自己的力量来进行。"说着她拿出一张丁一一根据陈莉莉的描述画的速写肖像，告诉大家说："这是根据陈莉莉的回忆画下的骗子安东尼的头像，他有个特点，脖子右侧，有一道疤。但此人爱穿高领，平时不注意看不出来，所以一定要仔细辨认。下面分一下每位陪读妈妈具体的责任区域……"

陈莉莉听完胡媛媛和李娜的话，忍不住流下了眼泪，愧疚地说："是我给大家添麻烦了，对不起。"

在温哥华中学，丁一一他们也在开着会，一个小型投影仪在墙上投射出"追踪者计划"几个字。丁一一站在投影仪前，绘声绘色地讲着："追踪者计划，目的特别明确，就是要抓住骗子安东尼，把他骗罗盼妈妈的钱讨回来，也给所有陪读妈妈们一个公道。"

大家随意地或坐在地上、或倚在凳子上听着，教室内鸦雀无声。罗盼把已经被他们感化的、曾经的托儿琳达推到台前。琳达怯懦地说："大家好……首先我表示抱歉，给安东尼当托儿导致妈妈们被骗，我也不知道他是骗子，只是因为给他当托儿后，每次他都会分给我佣金，我也是被金钱迷住了双眼。"

丁一一提醒琳达快点儿切入正题，直接把计划告诉大家。

"我一直给安东尼当托儿，他比较相信我，我们计划以给他介绍大客户为由，把他约出来，然后咱们就一拥而上，把他抓住。"

丹丹惊叹地说："天啊！美国大片吗？太天真了，骗子又不是傻子，你说他就信啊？"

"没错，你说他肯定不信，我说他一定信，因为我从来就没有失手过。"琳达自信地告诉丹丹。

罗盼担忧地说："咱们这么做太冒险了，他敢骗人，就不怕再做出更出格的事儿，是不是得跟妈妈们商量一下？"

"我妈妈和媛媛阿姨正在医院和莉莉阿姨商量这件事儿，我们可以把方案和她们沟通一下，然后大家再采取行动。"丁一一说。

上海医院，夏天的病房里，夏天终于醒过来了，她环视四周，病房内星罗棋布地摆着、挂着各式糖画。戴安娜趴在床边睡着了，还紧握着夏天的手。夏天抚摸着戴安娜的手，戴安娜突然醒了，她看着夏天非常激动地说："Summer，你终于醒了！"

夏天看着眼前的糖画问戴安娜："这些糖画哪儿来的？我睁开

眼的一刹那，真以为到了天堂。"

戴安娜问夏天："你喜欢吗？"

夏天点点头。

"这是大卫找了好几个师傅做了三天才完成的，他想让你醒来第一眼就能看见。他这几天都特别神秘，早上过来问一下你的情况，然后一天就不见人影了，晚上很晚才回来，我问他去哪儿了，他只是笑一笑什么也不说。哦，对了，丁叔叔每天都来看你，每次都带好多好吃的。可是你一直睡着，我都帮你吃了。"

夏天很好奇地问："大卫怎么知道我喜欢糖画？"

戴安娜耸耸肩："大概心有灵犀吧！"

两人正说着大卫，他就气喘吁吁地推门而入，夏天打量着大卫，发现他浑身湿漉漉脏兮兮的。

戴安娜惊讶地问："Oh my god！大卫，你这是从哪儿钻出来的？"

大卫笑而不语。

夏天说她饿了，让戴安娜到医院门口给她买碗粥。然后她让大卫放心回酒店，洗个澡换件衣服。于是戴安娜和大卫一起出了医院病房。夏天望着两人离去的背影，再看看满屋子的糖画，幸福地笑了。

这时，丁致远提着饭盒走进了病房。丁致远对夏天说："戴安娜给我发信息，说你醒了。"

夏天看到丁致远进来准备起身，却被丁致远劝着躺下了，她客气地说："让你担心了！"

丁致远看到满屋子的糖画问："哪儿弄得这么多糖画啊？"

"大卫挂的。"

"他是个有心人，你应该考虑接受他。"

夏天神情落寞地说："原来身体好的时候，我都没接受，现在都这样了，不能再牵连人家。"然后她突然问丁致远："如果我是别的同学，你会这样帮忙吗？"

丁致远想了想说："如果有如果的话，戴安娜就不会没有爸爸了，汤都快凉了，趁热喝吧！"

夏天伤感地摇摇头说："我真后悔手术前把戴安娜的事儿告诉你，我应该一直把这个秘密带走。"

"你就是太倔强，你当初就应该告诉我，而不是赌气离开上海。"丁致远有点儿埋怨夏天。

夏天说："是的，我很后悔这么做，是我做错了。致远，我们都觉得是在为孩子着想，但我们都做错了。戴安娜如果知道你是她的父亲，她一定不会原谅我把这个秘密隐藏了这么多年的，李娜如果知道你们这层关系，又会怎么样？我根本无法想象。致远，你还是抓紧回到李娜身边吧，你不懂女人，只有你陪在她身边才会让她有安全感。不要在我身上浪费时间了，好吗？"

"可是我刚刚知道戴安娜是我们的女儿，我不忍心马上离她而去，我想多一些时间和她在一起，我亏欠了她十九年的父爱。"丁致远说。

夏天安慰他说："你不亏欠她任何情感，在她的世界里压根就没有'父爱'这个词。你现在如果认她，只会让她恐惧、怨恨。这个潘多拉的盒子，我虽然交给了你，但你不能打开，它会毁了所有人的幸福，包括丁——和戴安娜。孩子是无辜的，答应我，你抓紧回到李娜身边，她对我的误会，我希望你能够帮我解释清楚。等我回温哥华以后，我会当面向她道歉。答应我，好吗？"

丁致远点点头说："放心吧！我会给她一个交代的。"

两人在病房内伤感地互相安慰，病房门外，戴安娜提着给夏天买的粥，流着泪听着丁致远跟夏天的对话。

李娜开车接丁一一放学回家，丁一一在车里忙着刷朋友圈，他看到戴安娜发的朋友圈，照片上夏天躺在病床上，整个病房里挂满了糖画。

丁一一把手机拿到李娜面前说："妈，你看，这个大卫可真够浪漫的，愣是给夏天阿姨弄了满满一病房的糖画。"

"你能不能不要哪壶不开提哪壶？"

"你不至于吧，还生气呢？你放心，我爸不会背叛你的，我爸我还不了解嘛。"丁一一安抚李娜。

"你了解他什么，知人知面不知心，你知道他现在在想什么吗？"

"那还用说，我爸肯定想着你呢！"丁一一说。

"别在这儿油嘴滑舌地帮着你爸说话，你们俩就是一伙的，就会欺负我一个女的。"

"你看，你又开始滥杀无辜。"丁一一委屈地说。

丁一一看李娜紧紧皱着眉头，话题一转试探性地问："要我说啊，你要是受不了，就别委屈自己，你跟我爸离。"

李娜听到丁一一说的话一愣："嘿！丁一一，你是站着说话不腰疼是吧？我要不是为了你，早就跟他一刀两断、划清界限了，到时候咱们仨就彻底三国演义了。"

丁一一故意说："我就是怕你们大人一说到离不离婚就说为了孩子，孩子好像是你们的累赘，因为孩子你们只能委曲求全，只能选择忍受。可我不想做这个累赘，你们想好自己对自己负责就行，这都什么年代了。你和我爸都可以再找一个，重新组建一个新的家庭啊！只要你们幸福就好，千万不要考虑我，我无所谓，我只要你们能幸福。"

李娜顺势问："好，丁一一，那我问你，我跟你爸要是真离婚了，你跟谁过？"

"我为什么一定选一个呢？我已经十六岁了，你们要是离婚，我两边都选，挨个一边过一天不好吗？"

"我是认真地问你。"

丁一一本正经地说："我也是认真地回答你啊！你们离婚了，对我来说也不是坏事儿啊！原来只有你们俩给我零花钱，你们要是离婚了，我就有俩爹俩妈，我就能收到四份零花钱，何乐而不为呢？"

李娜白了丁一一一眼。

李娜和丁一一下车，走到家门口，李娜边掏钥匙开门边说："丁一一，你别以为我看不出你的小九九，你就绕着弯儿地提醒我，你爸是世界上最靠谱的男人呗！你就和你爸串通吧！"

突然客厅传来一声："你俩说什么呢？跟谁串通了？"

丁一一看见丁致远坐在客厅里，惊讶地问："爸，你什么时候来的？"

李娜看到丁致远突然来到温哥华，气就不打一处来："行，你来得正好，我们现在就当着儿子的面把话说清楚，这个家你还要不要？"

丁致远装可怜地说："能先给我弄口吃的吗？我这还饿着肚子呢！"

"先交代思想问题，你跟夏天到底怎么回事儿？"

"能怎么回事儿啊，我这车轱辘话来回说都快成祥林嫂了。"丁致远避重就轻地说。

"为什么要瞒着我？为什么每次都是别人先知道了，我总是最后一个才知道的？"李娜愤愤不平地质问。

丁致远看了一眼丁一一，想让他上楼。丁一一边走边向他扮了个鬼脸，然后做出一个V手势，祝他成功。

丁致远开始了他的申诉："我也是来温哥华才知道夏天住在隔壁的，我们当时都很意外，但这事儿毕竟都过去二十年了，还提它干什么呢？我有自己的家庭，她也有自己的孩子，把这些事儿再挑出来说，真的就是对你尊重和对这个家忠诚吗？我们已经放下了，你何必还死缠烂打的，非得分出个对错呢？"

李娜非常不满意丁致远的话："你到现在还认为你这么做是对的，是吧？如果你真的不在乎，真的放下了，我打完电话你就应该出现在温哥华，而不是拖到现在。丁致远，你自己心里明白，你为什么现在才来。如果不是夏天劝你，你现在应该还在床头给她端茶送水，对吗？"

丁致远沉默不语。

李娜嘲讽道："被我说中了，对吗？你果然想跟夏天再续前缘，初恋，呵呵！"

丁致远费劲儿地辩解说：“我原来是准备等夏天出院以后再来跟你解释，但是我发誓我没有像你想的那样要跟她破镜重圆。我跟夏天之间现在完全是一种友情，我不希望在她最需要帮助的时候和她形同陌路。”

李娜拿起丁致远的行李，拖到门口打开门，厉声呵斥：“丁致远，你给我出去！”

丁致远摇着头，无奈地走到门口：“我希望你能冷静……”

李娜一把将丁致远推出去，关上了门。

丁一一在二楼阳台上往下看，看到爸爸的落魄样，问：“不是吧？老爸，你们玩儿真的了？”

晚上，丁一一拉住李娜坐在沙发上，开始给丁致远说情。

“你们离婚的事儿，我不同意。”

“你之前不是挺支持吗？还说不用考虑你，只要我们各自幸福就好。”

丁一一低头小声地说：“我那是开玩笑，我哪儿知道你要玩儿真的。你们要离婚，我就出家，学不上了，女朋友不找了，我去当和尚。你要是想看着我皈依佛门，从此做一天和尚撞一天钟，那你就离婚。”

“丁一一，你这是无理取闹！”李娜冲丁一一大喊。

“我就无理取闹了，你看看杨洋他们家，他父母闹离婚，杨洋变成什么样子了？你也想让我少一条腿吗？”

李娜听到丁一一的话，一下子也愣住了。丁一一继续哀求李娜，给她讲原生家庭对于一个孩子的成长的重要性，他不想他们离婚，还有他爸，就是一个成天泡实验室的学究，多简单一件事儿，被他自己说得跟真有那么一回事儿似的。丁一一要求李娜得多给他解释的机会，让李娜相信丁致远真的不是那样的人。不过，这件事儿他确实不该瞒着李娜，他得向她检讨！但是道歉完了，三人还是一家人，多大点事儿啊。

丁一一替丁致远求完情，背起沙发上的书包向家门口走去。

李娜看见了，问："你干吗去？"

"跟你这儿上完课了，我必须去好好批评一下我爸，真是的，你们都这么大了，还不让我省心。"

李娜看着丁一一，满脸无奈，没有说话。

丁一一背上了书包说："我走了，今晚就住爸爸酒店了。"说着便走出了家门。

丁一一来到丁致远住的温哥华酒店房间，他十分严肃地坐在床边说："丁致远同志，我觉得我有必要和你好好聊一聊。你在夏天阿姨和我妈之间怎么选择，我都尊重你，但是爸，你有没有想过，你如果真和夏天阿姨好了，我怎么办？你让我和戴安娜怎么相处，成姐弟了，多尴尬啊。"

丁致远看了丁一一一眼说："你想多了，根本就没有这个可能。你夏天阿姨得了癌症，她的生命有可能已经进入倒计时了，我只是希望能够给她多一点帮助，多一点温暖，而这恰恰却让你妈误会了。你妈这气不消几天，是不会让我回去的。"

丁一一同情地看着丁致远说："做男人真难，不过爸，我妈你放心，她就是刀子嘴豆腐心，平时看起来坚强得不行，其实内心藏着一个柔弱的小女生，你好好哄哄我妈，一准就没事儿了。你这不都来了嘛，只要你人在这儿就没问题，两天，不，最多三天我妈肯定让你搬回去。"

丁致远拍拍儿子的肩膀说："可是我现在真的是无从下手，只能靠你了，我的金牌卧底零零一。"

第二天，丁一一回到家里，拿着扳手撅着屁股在水槽底下捣鼓着什么。不一会儿他就从水槽底下钻了出来，而水槽下面却传出了流水声。他打开了洗手间的门，朝客厅方向喊李娜："妈，水管坏了！"

李娜循声而来，看到厕所的地上已经积了很多水，下意识地叫："致远，家里水管坏了。"

"我爸不是已经让你赶出去了吗？我现在打电话叫他过来？"

李娜犹豫了一下说："不用，不就是个水管吗，我自己来。"说着她就钻到了水槽的下面，丁一一把工具递了过去。丁一一看着李娜在水槽下修着水管，不一会儿，李娜就被喷了一脸水，她连忙起身说："不行不行，这得找工人。"

丁一一又说："我还是打电话把我爸叫过来吧，平时在家这些事儿他都手到擒来。"

李娜看着地面上不断增多的水，不理会丁一一，自顾自地拿起手机打电话："喂，你好，请问是快修服务中心吗？我们家水管坏了，能不能帮我安排一下……什么？要预约啊？好吧，最快要多久？三天？"

丁一一在一旁说着风凉话："三天，三天咱们家就变成游泳池了！"他马上把丁致远从酒店叫来，丁致远很快就把水管修好了，他很知趣地修完就要离开，李娜客气地让他在家吃饭，他犹豫了一下最终还是离开了。

丁一一站在客厅看着李娜把做好的菜全部倒进垃圾袋里，她一边倒一边恨恨地说："有本事就叫一辈子外卖。"

"哎，妈妈，我还没吃呢！你怎么全倒了？"丁一一掩面。

这时有人突然敲门，丁一一以为是爸爸折返回来了，他忙去开门，却看到了气喘吁吁的琳达。琳达告诉丁一一，她已经和安东尼约好了见面时间，让丁一一、罗盼按照他们商量好的追踪计划分头行动。李娜坚决不同意他们的计划，安东尼现在是警方通缉的嫌疑人，此人非常危险，小孩子不能轻举妄动。李娜让他们先去通知胡媛媛她们，让她们去搬救兵，她自己先去会会这个安东尼，和他周旋一会儿。

丁一一把李娜的手机定位好后又塞回到李娜的手里，他对李娜说："妈，手机你拿好，我给你开了实时定位，这样不论你走到哪儿，我们都能知道你的位置。"

李娜接过手机点了点头。她和琳达去了与安东尼约定的地点时，安东尼已经到了。他看到琳达后，摇下车窗，冲着琳达挥手，李娜和琳达迎了过去。

琳达对安东尼说："不好意思，我们迟到了。"

安东尼说："没关系，我也刚刚才到，怎么称呼这位漂亮的女士？"

"呃，胡小茹。"李娜编了一个名字。

琳达告诉安东尼说李娜的儿子刚来温哥华上学，想咨询办理投资移民。安东尼说没有问题，还说带她们去他的新公司看看。说完后李娜和琳达便拉开车门准备上车。

此时安东尼突然说："瑶瑶，你就不用去了，你妈妈还等着你去上钢琴课呢。"

"嗯……啊……"琳达有点不知所措。

李娜向琳达使了个眼色，说："没事儿，我一个人去就好啦，你去上课吧。"

丁一一猫在车后探着头看着李娜上了安东尼的黑色SUV。

罗盼跑过来问："现在什么情况？我接到信息就来了。"

丁一一看着前面做了个嘘的手势，琳达朝着丁一一和罗盼快步走了过来，她气喘吁吁地说："安东尼太狡猾了，压根就不让我上车，咱们怎么办？"

丁一一急得抓耳挠腮："哎哟，真急死人了，我爸怎么还不来啊！"

话音刚落，丁致远匆忙赶到，他喘着粗气问："一一，怎么回事儿？你妈呢？"

丁一一看到丁致远就好像见了救星一样，他对丁致远说："我妈她刚刚已经上了骗子的车了！"

丁致远批评丁一一说："简直是胡闹，骗子重要还是你妈重要？"

罗盼劝丁致远说："丁叔叔，你别说一一了，李娜阿姨也是为了帮我妈妈才……"

丁致远注意到丁一一手机上闪烁的坐标，此时安东尼的车已经行驶了一段距离了，他马上让丁一一打911，然后招呼大家上车，跟着定位追踪安东尼。

安东尼开着车，李娜拿着手机坐在副驾驶上，心里有点儿紧张。

安东尼对李娜说："现在投资移民的政策收紧了，更多的是在办技术移民。"

"都行，只要能办下来，怎么样都行，对于我来说钱不是问题。"李娜敷衍安东尼。

安东尼把车开到郊外小路上，李娜心里直犯嘀咕。

安东尼马上翻脸说："行了，李娜，你别装了！"

李娜惊讶地问："你怎么知道是我？"

"你一会儿搞直播，一会儿老公出轨，一度是华人网的焦点人物，我能不关注吗？不过，我就喜欢做你这种陪读妈妈的生意，感情受伤的女人情感防线就跟马奇诺一样，根本不堪一击，一骗一个准。胡女士，呵呵，李总。"安东尼嘲笑李娜。

李娜神情自若地试图说服安东尼，她劝安东尼最好现在跟她去警察局自首，然后把从华裔陪读妈妈们那里骗来的钱都还回去，这样的话，在法庭上，陪读妈妈们还会替他求情，要不然……

可安东尼根本不听李娜的劝告，反而威胁李娜，事到如今还嘴硬，想带着手机定位引来警察。安东尼说着一把抢过李娜的手提包，打开窗户扔出窗外。李娜想拉车门，安东尼摁下了车锁，他随手拿出了一个电棍，一按按钮电棍就噼啪作响。李娜一下子愣在了那里。

安东尼对李娜说："你最好给我老实点儿，要不然你会死得很难看！"

"你想干什么？"李娜问。

"一会儿你就知道了，宝贝，我会让你很快乐的。"说完他一脚踩下了油门。

丁一一坐在车上看着手机，发现手机上的定位不动了，他对丁致远说："他们停车了，下一个路口左拐，就在前面。"

丁致远边开车边看前面，一辆车影子都没有。车已经开到定位的地方，丁致远把车停下，罗盼看见扔在路边的包，丁一一下车打开包拿出了手机。

丁致远恍然大悟："糟糕！你妈妈遇上危险了！快上车！"

安东尼的车上，李娜定了定神，她小心翼翼地看了一眼正在开车的安东尼，然后趁着他不注意，把手伸进了自己的左袖子，在苹果表上按了几下。

丁一一收到信息后，惊喜地告诉丁致远说："我妈妈的信息，她给我发了实时共享。"

丁致远一脚油门车便往前飞奔而去。

安东尼把车开进了一个废弃的仓库，四五个外国人在烤着肉。

"嘿！安东尼，你总算把猎物带回来了！"其中一个对安东尼说。

"小心点儿，这可是个火辣的小野猫，不过她像是很有钱的样子。"

一个长相彪悍的人打开了车门，把李娜从副驾驶拉了下来。

李娜叫道："放开我，你们想干什么？"

"我们只要钱，不要人。"

"要钱可以，大家有话好好说。"李娜试图和他们周旋。

丁致远开车赶到后，丁一一下了车就想往仓库里跑，却被丁致远拉住了，他让丁一一和罗盼在外面等，还让丁一一赶紧给警察和胡媛媛发定位，让他们尽快赶到。然后他独自一人朝着仓库跑去。

仓库内，彪形大汉正用匕首轻轻摩擦着李娜的脸，李娜一脚踢到他的裆部，众人一声惊叹，丁致远进来后一板砖把安东尼拍倒在地，拉起李娜伺机逃脱。

安东尼爬起来一挥手，几个壮汉把丁致远和李娜团团围住，李娜问："老公，现在怎么办？"

丁致远安慰李娜说："老婆，别怕，他们伤害不了你。"

说时迟那时快，丁致远把他们身边的货架拉倒，货架上的杂物倒在了壮汉们的身上，壮汉们和安东尼被压在了地上。

丁致远拉起李娜的手说："快跑！"

丁致远他们很快跑出了仓库，此时安东尼已经掀开了压在身上的杂物，他指挥同伙道："追！"众壮汉忙向仓库门口跑去，突然又仓皇失措地退了回来，原来是胡媛媛带着数十个妈妈冲了进来，壮汉们被妈妈们的气势吓得连连倒退。

胡媛媛呼喊着："姐妹们，一个都别放过！"瞬间，众妈妈一起将手里拿着的包带松开，每一个包都变成了一个流星锤，她们挥舞着包包砸向安东尼等人。李娜和丁致远折返回来，拿着干粉灭火器喷向安东尼和壮汉们，烟雾中，安东尼一伙儿被妈妈们一通暴打。

此时仓库外响起了警笛声，安东尼和一众外国人被警察带走。李娜转头看了丁致远一眼，突然发现他的脸色有点苍白，于是问："怎么了，致远？"丁致远低头一摸肚子，一手的血，随即晕倒。

在上海，夏天的病房内，戴安娜推来一个轮椅，要带夏天出去走走，不能老躺在床上。她推着夏天走出医院大门，一辆商务车停在医院门口，戴安娜扶着夏天上车。夏天坐在车里，好奇地看着窗外的浦东新区，焕然一新的城市让她感受到二十年的离别太久，她错过了太多的故事。

夏天好奇地问司机："师傅，这是哪里啊？"

司机告诉夏天："龙阳路啊，这里就是磁悬浮列车，时速四百多公里，从浦东龙阳路站到浦东国际机场，三十多公里的路程只需八分钟，我是见证了浦东的巨变，那真是一天一个变化，中国人的骄傲啊！"夏天和戴安娜听着脸上都露出了笑容。

下车后，戴安娜推着夏天来到苏州金鸡湖边一片空旷的绿草坪上，遥望湖面。

戴安娜念起了海子的诗：

From tomorrow on, I will be a happy man.

Grooming, chopping and traveling all over the world.

From tomorrow on, I will care foodstuff and vegetable.

Living in a house towards the sea, with spring blossoms.

夏天接道："从明天起，和每一个亲人通信，告诉他们我的幸福，那幸福的闪电告诉我的，我将告诉每一个人。"

"愿你有情人终成眷属，愿你在尘世获得幸福。"戴安娜祝福夏天。

"我只愿面朝大海，春暖花开。"夏天感动地流下眼泪，"谢谢你，戴安娜，这地方太美了，妈妈真的很幸福！"

"你应该谢谢他。"远处，身着白色礼服的大卫骑着一匹白马奔向夏天。

戴安娜说："你现在已经面朝大海了，藏在你心里的那朵玫瑰也应该盛开了。"

大卫骑着马在夏天身边勒住缰绳，对夏天说："从现在起，我想让你做我最幸福的女人，我们喂马、劈柴、周游世界。"他从马上下来，指着胸口继续说，"我们只关心粮食和蔬菜，我这里有一所房子，面朝着你，背靠着心！"

夏天看着他疑惑地问："我记得你不会骑马？"

"为了你，我愿意学。"

"所以这就是你每天脏兮兮的原因？"

大卫点头。

戴安娜替大卫说："Summer，你知道大卫为了学骑马摔了多少次吗？"

大卫示意戴安娜不要说话，他亲自对夏天说，他在马场无数次摔倒，只为了能在这一刻站在夏天面前，听见她给一个答案。

夏天犹豫地说："大卫，我的余生很短，我没有办法一直陪你走下去，你将要面对的是一个丑陋的、做着化疗、头发掉光的老太婆，这对你不公平。"

大卫拿出一个花环戴在夏天头上说："夏天，是你教会了我说美丽的中国话，所以我要用中国话说出我的誓言，我要跟你一起面对，不管是下暴雨还是刮台风。我要陪在你身边，无论是疾病还是磨难。我会与你分享共担，无论是悲伤还是欢乐，我会一直爱着你，不离不弃。"说着他眼含热泪地拿出一枚戒指，然后单膝跪地。

夏天早已听得泪流满面，她缓缓地伸出左手，大卫见状，非常欣喜，他缓缓地拿起夏天的手把戒指给她戴上。

戴安娜在一边看着，任凭幸福的泪水滑落。

阳光下，大卫亲吻着夏天，戴安娜在一旁说："你们别撒狗粮了，好了，公主和王子的故事终于完美了，现在我也要宣布一件事……"

夏天打岔问："不要说你想跟我们一起去环游世界。"

戴安娜朝她摆摆手说："我正式宣布，从现在起我将拥有一个中文名字：丁夏。"

夏天听到戴安娜的话，脸上的笑容瞬间变成错愕，她沉默着没说话，大卫则默默离开，把空间留给她们母女二人。

良久夏天才开口对戴安娜说："还记得小时候你最喜欢听的我给你讲的那个故事吗？"

"记得，宇宙之神宙斯创造了一个美女潘多拉，让她嫁给了普罗米修斯的弟弟，并赠给了她一个装有各种灾祸的漂亮盒子，还反复叮嘱她一定不能打开，但潘多拉是一个好奇心很强的女人，她想，一个普通的盒子能藏着什么秘密呢？于是她悄悄打开了盒子，最终导致各种灾祸一涌而出，从此人间变得多灾多难。"戴安娜复述着故事。

夏天告诉戴安娜说："每个人都有一个潘多拉的盒子，我以为我会永远守住这个秘密，可是我却亲手打开了它。戴安娜，你爸爸的事儿，我很抱歉，我不应该瞒着你这么久，你能原谅我吗？"

"从我在病房门口听到这件事儿以后，我就一直在想，如果我是你，我会不会有勇气生下这个孩子，并教给她自信、乐观、勇敢和感恩？我非常庆幸成为被你眷顾的这个幸运儿，你让我感受到了这个世界上最伟大、最温暖的爱，我应该谢谢你，亲爱的妈妈，谢谢你始终没有放弃我。"戴安娜对夏天表达感激之情。

"可是我让你失去了十九年的父爱，这种缺失是我无法弥补的。"

戴安娜安慰夏天说："怎么会，至少在我十九岁的时候终于找到了他，他还是我非常尊重的人。你知道吗？他和我想象中的一模一样，睿智、儒雅、风趣，有时候我会很嫉妒丁一一，羡慕他有一个这么好的爸爸。不过从现在起，我也会拥有这样的幸福，不是吗？"

夏天突然提醒戴安娜："不可以，戴安娜，他虽然是你的亲生父亲，但你现在不能去认他，他已经有了自己的家庭，你突然这么闯入他的生活，李娜阿姨和丁一一是根本接受不了的。你发誓不去打扰他们好吗？我不想当一个罪人。"

"为什么？为什么你们都要这么折磨自己，他可以继续当丁一一的父亲，可以继续当一个丈夫，我又不会把他从丁一一和李娜阿姨的身边抢走。我只是找到了自己的亲生父亲，这应该高兴才是啊？为什么你会觉得这会让你成为一个罪人？我真不明白你怎么会这样想。"戴安娜不解地问。

"不是我会这样想，而是所有的妈妈都会这样想。我以为我再也不会遇见他，我以为这事儿你永远不会知道，我不能让它跟潘多拉盒子里的诅咒一样给李娜的家庭带来灾难。"夏天担忧地说。

戴安娜开导夏天说，潘多拉的盒子里还留下了希望，这是从小夏天就告诉她的，这一线希望成为人类唯一的慰藉。不管人们会遇到什么样的疾苦和伤痛，希望都不会离开，生活没有绝望的处境，只有对处境绝望的人。

夏天依然执着地告诉戴安娜，不要把幸福建立在李娜的痛苦和绝望上。女人的情感都是自私的，即使这件事儿已经过去了这么多年，李娜也绝不会认同她的丈夫有一个私生女。

戴安娜不解地问："私生女？你认为我是私生女？难道我不是你们爱情的结晶吗？"

夏天一阵眩晕，大卫正好过来，他急忙跑到夏天身边搀扶住夏天问："这是怎么了？你们说了些什么？"

夏天摆摆手说："没事儿，我们去办出院手续，现在就走，然后回温哥华。你不是要认你父亲吗？我这就带你去！"

大卫和戴安娜听到夏天的话，面面相觑。

第十一章　归去来兮

　　李娜和丁一一小心翼翼地扶着丁致远坐到了沙发上，丁致远直呼疼，李娜没好气地瞪了他一眼说："现在知道疼了？叫你逞能，还虽远必诛，肚子被刀刺了都不知道。"

　　丁致远对李娜的责怪不仅没有不好意思，反倒有些得意他昨天的神勇表现。丁一一也在一旁给丁致远摇旗呐喊，大赞他的勇猛，气得李娜在丁一一脑门上狠狠地敲了一下。

　　看着受伤的丁致远，李娜主动提出让丁致远搬回来住，丁一一自告奋勇地去酒店取行李。丁一一出门后，丁致远和李娜之间的气氛突然变得有些尴尬。

　　李娜倒了一杯水递给他说："还疼吗？"

　　丁致远拍拍胸脯说："我身体结实着呢，没事儿。"

　　李娜想起之前那一幕，依旧有些后怕，她忍不住叮嘱丁致远道："你以后别再逞能了，又不是二十多岁的小伙子，你在医院观察了一宿，一一也跟着担心，一晚上都没怎么睡，一大早就嚷嚷着去医院接你。"丁致远颇有感触地说还是儿子跟自己亲。

　　李娜不满地说："你什么意思？我这一夜没合眼，就算白辛苦了是吧？"

丁致远急忙认错："儿子亲，老婆更亲！以后谁还敢欺负我老婆，我一样跟他拼命！"

李娜语气有些埋怨地说："只要你不欺负我就行。"她边说边把药递给丁致远说："把药吃了。"

丁致远感觉坐姿有些不舒服，就想撑着手挪一挪，却不小心扯到伤口，疼得直叫，李娜急忙凑近查看，却被丁致远一把抱住。两人四目相对，丁致远刚想凑近李娜，门铃响了。

丁致远气得咬牙切齿地说："丁——这臭小子，不该回来的时候回来！"

李娜赶紧起身去开门，来人却是陈莉莉。丁致远在屋内听到招呼声，想要起身，陈莉莉已经进来了，还拦住了他想要起身的动作。陈莉莉告诉他们，她这次来，一是还钱，并向李娜夫妻道个歉，要不然丁致远也不会受伤，二是告诉李娜她打算回国了，这一系列的变故让她有些心灰意冷，为了能让儿子留下来，她差点付出不可挽回的代价。对她陈莉莉而言，她现在只想回去把包子铺盘回来，踏踏实实地过安稳的小日子。李娜对陈莉莉做出的选择有些唏嘘，却也能理解。陈莉莉临走时把罗盼拜托给李娜，李娜保证一定会照应他。

身在上海的丁家父母听说丁致远遇险的事儿，急急忙忙要收拾行李来温哥华，丁致远好说歹说才把他们安抚住。然而让丁致远头疼的是，父母如今不担心他的伤了，倒是惦记上催着他和李娜生二胎了，甚至连名字都帮他们起好了，丁致远吓得三言两语就挂了电话，却没想到李娜对于这个提议十分有兴趣，还憧憬着他们如果要二胎，肯定会是个漂亮闺女。

陈莉莉临回国前，胡媛媛召集了一次陪读妈妈聚餐，算是为陈莉莉送行。

餐桌上，胡媛媛起身举杯说："今天这顿饭是莉莉请的，莉莉把大家聚在了一起，首先是为了庆祝陪读妈妈第一次集体行动，就非常成功地抓住了骗子安东尼，为莉莉追回了被骗的钱款，还了陪读妈妈一个公道；其次就是莉莉要回国了，所以想在这里跟大家正式告个别。"

众人对陈莉莉的离开有些惊讶，陈莉莉看着这些相处了将近一年的妈妈们，内心百感交集，她端起酒杯，真诚地向所有人道谢："谢谢大家对我的帮助，本来都已经觉得没有希望了，是你们的坚持让我看到了希望，我不知道该怎么表达，只能说谢谢。这件事儿让我感触颇多，最有收获的一点，就是无论遇到什么样的困难，咱们这群妈妈都不离不弃，互相帮助，没有把我撂在一边看笑话。我陈莉莉在国内只是一个做小买卖的普通人，没想到在离家万里之外的地方能结交到一群好姐妹，我知足了。"说完她将杯中的酒一饮而尽，还红了眼眶，胡媛媛安慰地拍了拍她的肩膀。

众人吃完饭陆陆续续离开，陈莉莉去前台结账，刚走到前台就看见胡媛媛拿着卡准备结账，陈莉莉连忙快步走了上去，拦住胡媛媛说："媛媛姐，这顿饭说好了我请的，这次大家都这么帮我，我这点礼数还是要讲的。"

胡媛媛拍了拍她的手说："你的心意在就够了，在这儿吃一顿饭不便宜，你把钱留着吧，还要重新把包子铺开起来呢。"

正当两人争着付钱时，陈明从胡媛媛的身后走了过来，他伸手盖住了胡媛媛拿着卡的手，胡媛媛抬头看着他，他礼貌地笑了笑说："这顿饭我请，就当我给莉莉送行了。"

陈莉莉犹豫了一下说："那谢谢陈老板了。"

陈明和胡媛媛目送着陈莉莉坐车离开后，陈明突然开口说："我们在布宜诺斯艾利斯开了一家分店，需要人手。"

胡媛媛愣了一下问："你准备过去？"

"筹备了好几个月了，只是这几个月咱们见面的机会太少，没机会当面告诉你。"陈明似乎有些无奈。

胡媛媛笑了笑说："挺好的，温哥华冬天的雨一直下个不停，比不上四季如春的'南美洲巴黎'，没准你在那里还能找到一个心上人。"

"借你吉言。"

胡媛媛的车已经到门口了，她拉开车门，突然回头说："你好好的！"

陈明沉默了一下回道："你也是。"说完两人的手紧紧地握在一起，许久才慢慢分开。

胡媛媛转身坐上车，却已经泪流满面，等她回到家时，已经看不出情绪异常。杨洋在沙发上看着手机朋友圈，胡媛媛径直去厨房倒水。

杨洋在客厅嚷嚷道："哟，大卫向夏天阿姨求婚成功了！"

胡媛媛端着水杯走出来说："那是喜事儿啊！"

杨洋放下手机对胡媛媛说："妈，戴安娜都有一个完整的家了，丁一一的爸爸也来温哥华了，咱们一家是不是也该团聚了啊？要不，咱们一起回国吧。"

胡媛媛想都没想直接拒绝道："现在不行，等你腿好了考上大学了，放假的时候爱去哪儿去哪儿，还有半年时间，很快的。"

"可是我想我爸了。"杨洋有些愤愤不平。

胡媛媛坐下来，耐心地开导杨洋："杨洋，你的眼界要放远一点，一个男人要有一点儿野心，藏而不露那才是大志气，不要成天的小仁小义，你都十九岁了，难道还需要每天黏在爸爸身边吗？"

"照你这么说，我爸就真的不回来了？"

"你爸现在对这个家唯一的功能就像一台印钞机，别人看来羡慕得很，可是谁难受谁知道，每次来就知道送这个包儿、送那个包儿，总以为送个包儿就能让我开心了，给儿子送个小玩意儿就算是尽到父亲的责任了，他根本就不懂爱是什么。"

杨洋突然问道："我爸爸这次不是出差，对吗？"

胡媛媛一愣，杨洋却自顾自地继续说："你不用瞒我，我接到过那个女人打来的电话。我知道你们之间的矛盾是因为那个女人，对吗？我用一条腿的代价换回了一家人在一起的一段快乐时光，虽然现在我不希望你们又回到原点，可你们如果真的有不可调和的矛盾，如果真的有不能在一起的理由，那我也不强求你们在一起，我不希望你们因为我而勉强在一起，你可以去找自己的幸福，而不是被我牵绊着。"此时杨益忠正站在窗外看着屋里发生的一切，这是他第一次听到儿子的心里话。

胡媛媛摇摇头说："现在说这些已经没用了，妈妈这辈子就指着你幸福了。妈妈刚认识你爸爸的时候，年轻、虚荣，以为钱可以给我带来幸福，你爸爸这辈子做得最错误的一件事儿就是娶了我，因为他根本不知道如何来爱我，根本不清楚如何去经营一个家，到现在他都不知道我需要的是什么。"

"那你可以跟我爸爸说，他可以改。"

胡媛媛自嘲地笑了笑："说什么？我们压根儿不在一个频道上，有什么好说的，你得记住，感情最好的防腐剂就是互相欣赏，你爸爸跟我没有欣赏只有冷漠。也许曾经有过吧，但是后来他变了，他的心早就不在我这儿了，他有了别的女人，我没有办法面对，只能选择逃避，所以我带你来了温哥华。我想过放弃，追求自己的感情，和你陈明叔叔在一起，但是我退缩了，我做不到，我宁愿保持现状也不想让你知道这个家庭到底有多复杂。"

杨洋拿起摆在茶几上的义卖时拍的照片，不说话。

胡媛媛向杨洋保证："你要记住，不管怎么样，爸爸妈妈都是爱你的。"

窗外，杨益忠在夜色里站立良久，最终转身离开，他回到车上，看着手机上的一堆信息和未接来电，有些懊恼地捶了捶方向盘。

第二天，雨后阳光正好，大卫兴致勃勃地拿着 iPod 看着世界各地的教堂图片，夏天倚在窗边看着窗外，心事重重。

大卫兴奋地嚷嚷："Summer，咱们新婚旅行第一站去米兰怎么样？在米兰大教堂里举办第一场婚礼，我要把对你的誓言在全世界每一座教堂都说一遍。"

夏天没有反应，大卫又叫了她好几声她才回过神来，大卫有些奇怪地说："你怎么了？"

"没有啊，你刚说什么？"

大卫有些尴尬地重复说："我说咱们第一站去米兰。"

夏天点点头："我听你的。"

这时，玄关传来开门声，戴安娜进屋径直走向桌边，拿起水杯喝了几大口后，说："渴死我了。"

夏天纳闷地问："你干吗去了？"

戴安娜放下水杯，盘腿坐在沙发上说："去找丁致远了啊。"

夏天忍不住皱眉："我不是跟你说让你离他们一家人远一点儿吗？万一被他们知道了，会毁掉他们的家庭的。"

戴安娜对于夏天的担忧十分了解，她转过身双手环抱住夏天说："放心吧，我答应过你，不会打开潘多拉的魔盒。已经十九年了，我只要知道他是我的爸爸就足够了，不会去打扰他的。"

戴安娜牵起大卫的手，和夏天的手放在了一起，她说："Summer，你知道吗？我现在真的很幸福，我有两个爸爸，都是我最喜欢最欣赏的男人。丁爸爸成熟睿智，大卫爸爸阳光开朗，现在世界上最幸福的人非我莫属。"

"好，我相信你。"夏天看着女儿这么懂事儿，不知该欣慰还是难过。

大卫把手里的 iPod 递给戴安娜说："我在计划我们的教堂之旅，你要参加吗？"

"真的可以带上我吗？ Oh my god ！"戴安娜闻言有些兴奋。

"如果你愿意的话。"大卫和夏天异口同声地说道，随即相视而笑。

在上海弄堂口的水站，罗松正费力地从货车上往下搬整桶的矿泉水，他满头大汗地放下一桶水，然后扶着腿大口地喘着气。

同事老夏递给罗松一盒盒饭说："老罗啊，你别这么拼，我看你今天一上午都送了四十多趟了。"

"不拼不行啊，孩子还在国外上学，不多挣点儿孩子就得饿肚子了。"罗松狼吞虎咽地扒着饭。

"有你这个拼爹，你孩子以后一准有出息，到时候你就跟着享福啦。"老夏言语间流露出羡慕之情。

罗松笑了笑没说话，他继续吃着盒饭，盒饭里只有简单的青菜。这时陈莉莉拉着箱子出现在水站，她看着埋头吃饭的罗松，递上了一瓶矿泉水，罗松抬头看到是陈莉莉，愣了一下。

陈莉莉说："慢点儿吃，别噎着。"

罗松憨笑着说："你回来了？"

陈莉莉看着罗松饭盒里的饭菜，有些哽咽地说："你每天就吃这个啊？"

罗松不以为意地说："这个挺好的，公司配的午饭，不要钱的。"

陈莉莉忍不住落泪，罗松想要伸手帮陈莉莉擦眼泪，却发现自己两手黑黢黢的，只能尴尬地站在原地不知所措。

陈莉莉一把抱住了罗松，罗松连忙推她并说："我身上脏。"

陈莉莉闻言更加紧紧地抱住罗松。

上海简陋的家，因为陈莉莉的归来而变得整洁有序。陈莉莉麻利地在餐桌上铺上了餐布，炒了几道热菜，招呼罗松过来吃饭。离别的这段时间对他们夫妻俩来说，都恍如隔世，异国虽好，却不易居。这次陈莉莉回国，已经坚定了不再出去的念头，只想踏踏实实过日子。罗松能听出来陈莉莉的语气中依然还有些遗憾，但她遗憾的不是自己，而是儿子罗盼，在她看来，罗盼并不比任何一个孩子差，可惜就是没摊上一个富贵人家。

罗松拍了拍陈莉莉的手，有些感慨地说："儿孙自有儿孙福，以后盼盼能有多少出息就只能靠他自己了，咱们尽力了，来，咱俩喝一杯！"

陈莉莉端起酒杯和罗松重重地碰了一下，仰脖一饮而尽。

几天后，陈莉莉和新房东站在包子铺门口，让陈莉莉没想到的是，卖出去的店铺想买回来可没那么容易了，短短几天工夫，原来五十万的铺子已经变成了八十万。尽管明知道新房东是在趁火打劫，可陈莉莉却没处说理去，只能自认倒霉。

不过让陈莉莉欣慰的是，温哥华传来了她期盼已久的喜讯，罗盼终于拿到奖学金留了下来。眼看儿子的前程正在扬帆起航，做父母的绝不能给孩子拖后腿。想到这里，陈莉莉咬咬牙，决定就算贷款也得把包子铺盘回来，这是他们一家唯一的指望了。

收到夏天订婚的消息，李娜准备了一份极为贵重的礼物作为订婚礼，看着李娜和夏天闺蜜情深的模样，丁致远心里无比复杂。

丁父已经打过几通电话，确认他把夏天的事儿和李娜说清了，而且他每次都再三保证他和李娜之间再无秘密，但每每想起戴安娜，丁致远就心乱如麻。他不知道这场隐瞒还能持续多久，也不知道如果有一天李娜知道了戴安娜的身世，将会引发怎样的家庭大战。对他来说，亲生女儿近在眼前却不能相认，才是让他最为煎熬的。活了大半辈子，丁致远第一次这么痛恨自己的懦弱，当年他辜负了夏天，如今他又辜负了李娜的信任。

丁致远站在镜子前看着镜中的自己，低声道："丁致远，你能不能不再做缩头乌龟了？逃避解决不了问题，只会伤了这些爱你的人的心。"

丁致远抬起头，仿佛看到镜中人在和他说："你老了，开始有皱纹了，留给你的时间不多了，你应该像个爷们儿一样兑现自己许下的诺言。"

丁致远正盯着镜子里自己脸上的皱纹看，门口传来了李娜的声音："致远，你嘀咕什么呢？是不是厕所没纸了？"丁致远又看了一眼镜子里的自己，然后推开门走出了厕所。

李娜正盘腿坐在沙发上跟崔璐打电话，崔璐曝出的关于杨益忠的惊天大八卦让李娜都顾不上手里咬了一半的苹果了。她声音充满惊讶地问："被情妇把钱骗光了，你确定吗？到底什么情况啊？"

崔璐的声音从电话那头传来："上海很多人都知道的呀，事情闹得还蛮大的，不止杨益忠一个，好多公司都被骗了，就跟庞氏骗局一样，关键是被小三给骗了，老惨的。"

"这媛媛姐要知道还不得疯啊。唉，没想到看着那么高傲的一个女人，搞了半天老公在外面还养着情妇！"李娜的语气里有些唏嘘。

崔璐说："都说那个情妇蛮聪明的，还怀了他的孩子。"

"再聪明那也是小三，就算怀了孩子又怎样，孩子虽是无辜的，但大人是不可原谅的，男人出轨永远都有借口的，永远都不会想这样做带给家人的伤害有多大！我如果是胡媛媛，对这种背叛家庭的人绝不姑息，一句话，乱杖五百，轰出家门，离婚！"

同样作为女人，李娜替胡媛媛鸣不平，可她一大段义愤填膺的话反倒让一旁的丁致远听得心里一跳，吓得他把手里倒的茶水洒了一桌。

李娜转过头，看着有些发愣的丁致远问："你怎么了？没烫着吧？"

"没事儿，我去用冷水冲一下。"丁致远快步朝洗手间走去，转身把门反锁。他背靠着门，脑海里一片混乱，李娜刚刚的话就像魔咒一样在他耳边萦绕，"乱杖五百，轰出家门！离婚！"他颓然地闭上眼，他明白自己好不容易鼓起的勇气又被浇灭了。

夜晚，胡媛媛家灯火通明。杨洋双手离开轮椅扶手，满头大汗，一步一步慢慢地向前走去。胡媛媛站在杨洋面前的不远处，张开双手等待着他，脸上充满了关切。杨洋每走一步都显得十分吃力，但是脸上一点都看不出痛苦，有的只是兴奋。

胡媛媛忍不住给他打气："再坚持一下，还有两步，加油！"

杨洋一个人独自走了几步，终于踉踉跄跄地走到了胡媛媛的面前，然后体力不支地倒在了胡媛媛的怀里，但他依然很兴奋地看着胡媛媛说："妈！我能走了，我能走了！"

胡媛媛搂着儿子流下了激动的泪水。

迈出了第一步，杨洋的复健速度加快了，他的小伙伴们更是不离不弃地陪在他身边。丁一一、戴安娜、罗盼三个人聚在胡媛媛家院子里的草坪上，陪着杨洋做着复健的小游戏。此时的杨洋已经可以独立行走了，只是走得不太连贯，几个孩子鼓励着杨洋，阳光下杨洋迈着步子，笑得很开心。

丁一一扶着杨洋靠着大树坐下，杨洋拿起水杯喝了一大口水后说："我明天想回学校复课，感觉好几年没去上学了一样。"

"好啊！热烈欢迎啊！"丁一一跳起来。

杨洋有些感慨："以前从来没想过有一天竟然会怀念上学的感觉。"

"你不在的时候我们都感觉好像少了什么一样。"罗盼和戴安娜一起走过来加入他们的谈话。

杨洋躺下来看着天空说："我杨洋又回来了！"

几个年轻的孩子仰面躺在草坪上，沐浴着阳光，憧憬着美好的未来生活。

第二天，胡媛媛开车把杨洋送到学校门口，丁一一他们已经等在门口了。胡媛媛扶着杨洋下车，丁一一和罗盼也赶紧迎过来。

杨洋看了看周围人紧张的表情，有些哭笑不得地说："你们紧张什么，我又不是大熊猫。"

胡媛媛只得放开手让杨洋自己下了车，向校门口走去，但她仍不放心。杨洋安慰担心的胡媛媛："妈，你回去吧，我是回来上课不是上刑场，再说了这儿有一一他们呢，你就放心吧。"

丁一一赶紧补充说："媛媛阿姨，你放心，我们一定把杨洋健康安全地安放在座位上，哪怕他下课要上厕所我也陪在他的身边护驾。"

杨洋没好气地拍了一下丁一一说："你是不是还要帮我脱裤子啊？"

丁一一顽皮地做了一个弯腰的姿势说："那就看皇上您的意思了。"

丁一一和罗盼扶着杨洋慢慢走，杨洋坚持推开他们，自己一步一步往学校慢慢走去，但丁一一和罗盼两人还是紧跟在他左右，以防他摔着。

胡媛媛看着几个孩子渐渐走远，确定杨洋能够自己在学校生活，才回到车上，开车离开。她在回家的路上顺路从街边的面包店买了些面包，她刚拎着面包从店里走出来，就看到不远处杨益忠从一家咖啡馆里走了出来。杨益忠拐入街角，胡媛媛下意识地跟了上去，但转过街角时却已经不见了杨益忠的身影。

温哥华陪读妈妈总会成立的这天，阳光正好，会场里人头攒动十分热闹。李娜、胡媛媛、姜云、陈敏华等陪读妈妈坐在台下，台上银行吴总正在发言，而台下胡媛媛已经踌躇满志，觉得自己会长的位置势在必得。

姜云在胡媛媛耳边低声道："媛媛姐，提前恭喜你成为陪读妈妈会的总会长。"

胡媛媛静静地看着台上，笑而不语。

此时台上银行吴总的声音传来："下面我宣布，经过线上线下投票，当选温哥华陪读妈妈总会第一任会长的是……"

胡媛媛优雅地笑着，一副胸有成竹的样子站了起来，周围的人也把目光投到了胡媛媛的身上，胡媛媛在等待荣耀的那一刻。

"李娜！"台上的吴总说出这个名字时，胡媛媛愣在了原地，她笑容可掬的表情逐渐僵硬，直到她强颜欢笑地向李娜伸出手。

"恭喜你！"胡媛媛语气有些生硬。

李娜对吴总宣布的结果显得十分意外，但她很快就冷静下来，她缓缓地站起身跟胡媛媛握手，接受大家的掌声。

银行吴总对大家说："下面有请李娜女士发表当选感言。"

胡媛媛看着李娜走上台，妒火中烧。这一刻，她觉得会场里所有的人都在嘲笑她，看她的笑话，看她是如何输给了李娜。

李娜以轻快的脚步上台，她站在话筒前，自我打趣道："承蒙妈妈们的厚爱，选我当温哥华陪读妈妈总会第一任会长，吴总您确定没有搞错吧？"

会场内发出善意的笑声，李娜接着发言："国外的生活本身就有很多困难和不如意，所以我们才更应该相互扶持，相互帮助，这才是陪读妈妈该有的精神。在帮莉莉抓住骗子安东尼这件事儿上，我不能贪功，因为在这件事儿上有一个人才是真正的功不可没，那就是媛媛姐。是媛媛姐把所有的陪读妈妈们团结在一起，我只是逞了匹夫之勇，而她才是制胜关键，我们应该把掌声献给她。"

众人鼓掌，纷纷看向了胡媛媛的方向，胡媛媛坐在台下，尴尬地笑了笑，心里对李娜的敌意更甚。

选举大会结束后，妈妈们陆陆续续走出会场。李娜出门远远看见了胡媛媛，便上前叫住她："媛媛姐。"

胡媛媛停下脚步回头看她，语气中听不出情绪："李会长，找我有事儿吗？"

李娜有些尴尬地说："媛媛姐，你就不要拿我开玩笑了。"

胡媛媛漠然地说："我哪儿敢拿你开玩笑，李会长，你家庭和睦教子有方，不像我们家，问题就没断过。而且我们家老杨就肯定做不到像丁教授一样，为我挡一刀，你说是吧？"

李娜说："也不能这么说，杨总最近也不容易，出了那么大事儿，他也是为了这个家啊！"

胡媛媛听着一愣："他的事儿你知道了？"

李娜有些犹豫，毕竟不是什么好事儿，她怕当面说出来让胡媛媛难堪，但面前的胡媛媛正一脸严肃地盯着她，李娜只得硬着头皮继续说下去："我也是听我上海的闺蜜说的，杨总虽然生意上遇到了一些问题，但日子还得过，如果有什么需要，你随时告诉我们妈妈会，我们帮你一起想办法。"

"不用。"胡媛媛面无表情地说完转身上车，把李娜晾在了原地。她回到车内，脑海里不断回忆那天看见杨益忠消失在街角的身影，内心有种不好的预感。

就在胡媛媛冥思苦想杨益忠究竟出了什么事儿的同时，杨益忠已经出现在了杨洋的校门口。

杨洋从学校出来看到杨益忠，一瘸一拐地快步上前："爸！你怎么来了？"

杨益忠急忙上前扶住他说："听你妈说你正式回学校上课了，我来接你放学回家。"

杨洋兴奋不已："太意想不到了！爱死你了，老爸！"

杨益忠拉开车门边扶着杨洋上车边说："小心腿，慢点儿。"

车内，杨洋兴奋地嚷嚷着去下馆子吃，杨益忠却突然开口问道："杨洋，我之前在温哥华给你和你妈置办了不少房产，怎么这次一查都不在你妈名下了？"

杨洋愣了一下说："不知道啊，我妈有一阵迷恋炒房，就把房子买进卖出地折腾，最后折腾到哪儿去了我也不知道。怎么了，你问这个干吗？"

杨益忠轻描淡写地说："做生意嘛，要做财产清算。"

杨洋想了想说："你去问问夏天阿姨吧，我妈妈买房卖房都是她经手弄的。"

杨益忠开着车直视前方，若有所思。

杨洋看着正在开车的杨益忠问："爸，你这次来能在家待多久？"

"我来温哥华谈个项目，这次应该能多待一段时间，也能多陪陪你。"杨益忠转头冲杨洋笑了笑。

杨洋听说杨益忠这次可以长住，开心得像个小孩子，嘴里还哼起了歌。看着儿子如此单纯的快乐，杨益忠有些鼻酸。

胡媛媛回到家时，意外地发现杨益忠在家，竟然还做了一桌子饭菜。杨洋显然对杨益忠的出现兴奋不已，但已经起疑心的胡媛媛绝不认为杨益忠此时的出现仅仅只是为了探望儿子。

饭桌上，相比杨洋的兴奋，胡媛媛十分沉默。胡媛媛看着杨益忠，她明知道这个男人还在说谎，但看着杨洋搂着爸爸高兴的样子，她不知道到底该不该揭穿他，她实在不忍心破坏儿子这来之不易的快乐。

夜深人静，胡媛媛确定杨洋已经熟睡后，她终于可以卸下伪装，开诚布公地和杨益忠谈话。她回到卧室，反手把门关上，对杨益忠说："杨益忠，说实话吧，你这次来想干吗？"

杨益忠装傻："什么实话？"

胡媛媛语带讽刺地说："到现在你还要说谎？杨益忠，你不累吗？还是你觉得全世界的人都是傻瓜？"

杨益忠看着胡媛媛的表情，知道已经瞒不住她了，沉默半晌后才缓缓开口："林珊当时嫌我赚钱太慢，说她搞融资租赁一天就有四五个亿的投资额。我后来了解到融资租赁能挣钱之后，就跟几个股东商量把公司从实业转到金融，想跟P2P结合，把钱投进了林珊创办的金融理财平台。刚开始，的确获得了不少回报。"

"所以你才有底气给李娜投资办厂？"胡媛媛很快就把事情的前因后果想明白了。

杨益忠点头："最疯狂的时候，林珊那个理财平台累计成交超过几十亿，但根本无力承担担保责任。这种空壳融资项目无法产生真实的收益，为了维持资金链不断裂，林珊不断上马新项目'拆东墙补西墙'并建立资金池，积攒了将近十几亿的资金用来兑付。"

胡媛媛说："你在钱这方面对我都一向谨慎，从不让我过问，你居然会相信一个外人。"

杨益忠仰天长叹道："我糊涂啊，我一直赏识林珊是一个难得的商业奇才，但是她根本不顾游戏规则，完全忘了互联网金融平台不能有资金池、不能自融、不能造假标这几条红线。今年公司赎回量逐月递增，这个窟窿只会越滚越大，我曾警告过她账上没有资金偿还给客户了，迟早要崩盘。"

"但你没想到这一切会来得这么快。"胡媛媛的语气中并没有幸灾乐祸，杨益忠的破产对她来说百害而无一利。

杨益忠表情苦涩地说："是，当我意识到林珊要惹出事儿的时候，一切都晚了！她跑了，带走了账上剩下的所有资金，无影无踪。你知道吗，跟她一起跑的是我的司机阿来。走的时候她还给我发了一条信息，告诉我，孩子是他们俩的。"

杨益忠说完颓然地低下头，胡媛媛听到孩子的事儿，愣了一下，突然止不住地大笑起来："报应啊，报应！杨益忠，我现在明白你为什么来看你儿子了，你就是个丧家之犬，躲到我们这儿来当哈巴狗了，对吗？"

杨益忠哀求胡媛媛，请她原谅，他的确是对不起她和杨洋，他想重新开始，他们毕竟还是一家人。他希望胡媛媛给他一个机会，他一定会当一个好爸爸好丈夫！他已经一无所有，就只剩下她和儿子了，他请求胡媛媛帮他一把。杨益忠一把鼻涕一把泪地说完，扑通跪在了胡媛媛面前。

胡媛媛见状忍不住质问他："杨益忠，你到底想干什么？"

杨益忠急迫地说道："咱们在温哥华不是还有房产吗？"

"你是想让我卖了房子帮你？"胡媛媛听懂了。

杨益忠急切地点头。

胡媛媛毫不犹豫地拒绝："你白日做梦！你少打我房子的主意，让我卖房子给你再拿回去扔到林珊的那个无底洞里，门儿都没有！"

杨益忠还想继续说什么，胡媛媛冷冷地指着卧室的门说："滚！我以后都不想再看到你。"

杨益忠看着胡媛媛冷酷无情的样子，最终还是起身走出了家门。

黑暗中，胡媛媛独自躺在床上，睁着眼睛看着天花板，脑海里不断闪过她和杨益忠的过往。当年舞台上杨益忠拿着玫瑰花单膝跪地向她求婚，两人幸福地相依偎。但生活中更多的却是那些黑暗不见底的日子，那些独守空房不知丈夫何时回家的漫漫长夜，那些杨益忠和其他女人亲热的样子。这一切的一切，都逐渐重叠起来，变成杨益忠那张面容模糊的脸，还有他扑通一声跪在地上哀求她的样子。不知不觉中，胡媛媛的泪水已经打湿了枕头，她在内心默默发誓，绝不会再让杨益忠有机会伤害她和儿子。

第二天，胡媛媛一早就敲响了夏天家的门，清点了包括杨洋名下在内的所有房产。胡媛媛从夏天那里了解到，此前杨益忠已经来找夏天打听过了，夏天的话证实了胡媛媛的猜想，杨益忠这次是彻底破产了，但她绝不能让杨益忠染指温哥华她留给儿子的房产。

胡媛媛要求夏天以最快的速度将所有的房产出手，并千叮咛万嘱咐不能向杨益忠透露一丝风声，夏天有些惊讶，却也礼貌地没有再追问。

胡媛媛回到家时，杨益忠正在收拾着餐桌。胡媛媛站在旁边看着他，半晌才开口："你去找过夏天了？"

杨益忠停住了手里的动作说："我没有别的意思，我原来是冲着钱来的，我想把房子卖了去翻本，但是看见儿子站起来以后，我就再也没这么想过了，我现在只想当个好爸爸、好丈夫，我想赎罪。"

胡媛媛冷笑了一声说："赎罪？现在就我们两个人，你没必要演戏。"

杨益忠被胡媛媛的态度刺激到了，他扔下手里的抹布做了一个发誓的手势说："我杨益忠可以对天发誓，我现在说的每一句话都是真的，如果我有半句假话，出门就让我被车撞死。"

"啧啧啧，何必呢，这种话你原来说的还少吗？杨益忠，我也是人，你对我的伤害就算你死八百回也无法抚平我内心深处的痛，你到现在都不知道你错在哪儿了，你走吧，这里不欢迎你！"胡媛媛说完就要走。

杨益忠在她身后大喊道："钱，我杨益忠自己能挣回来，我这次不是要证明给谁看，我失去的东西我一定要亲手挣回来！"

胡媛媛回头看了一眼杨益忠，摇摇头，鄙夷地笑了："这台词不适合你。"说完她头也不回地上楼了，留下杨益忠一个人在原地发呆。

学校里，罗盼打开衣柜拿出书包准备回家，听到远处传来一阵悠扬的钢琴声。他循着琴声走了过去，发现丹丹在音乐教室里弹着钢琴《写给妈妈的信》。丹丹的每一个落键都深深地触动着在门口驻足的罗盼，他沉醉在丹丹的琴声中，连丁一一和杨洋的出现都没有察觉。

"好听吧？"杨洋的声音在他身后响起。

罗盼不由自主地点头："好听。"

丁一一坏笑："关键是人，这曲子给我弹，你就不会有感觉。"

罗盼这才回过神儿，发现身边的丁一一和杨洋，都一脸促狭地望着他。罗盼急忙摆手解释："没有没有，我觉得这个曲子谁弹都好听。"

"瞧你这心跳的，咕咚咕咚的，站这儿都能听得见。"丁一一的话让罗盼更加憋红了脸着急地想要解释。

好在杨洋出来帮他解围："好了，别逗他了，罗盼不是一个会说谎的人，鼻子都长了。"

罗盼吓得赶紧摸鼻子，丁一一和杨洋见状忍不住笑得前俯后仰。

丁一一突然看见罗盼手里拿着一个信封，就一把抢了过来，然后拆开抽出里面的信纸惊呼："哇，情书！"

丁一一边走边念："I know that you out there, you'll show her to me. Will you take care of her, comfort her and protect her."

念完他感叹："够肉麻的啊，还 my heart is beating with hers。我的妈呀，太直给了。这词写的，什么林夕啊方文山的都不在了，写给丹丹的？"

罗盼一把夺回信纸说："不是，这是写给我妈的。"

杨洋一脸不相信的表情，他说："怎么可能，这一看就是向女孩子表白的啊！如果是给妈妈写的，那应该是，妈，你下次来记得给我带好吃的啊！对了，我没钱了，你赶紧给我寄点儿钱过来吧。谁给妈妈写这些啊？"

罗盼有些恼火地说："你们爱信不信，我真给我妈写的，我妈说她不回温哥华了，要跟我爸重新开包子铺，我就是不想让她太辛苦，上课的时候就写了这些，这都是歌词啊。"

丁一一见状连忙哄他："信信信，这有什么不信的。这样，你把这信给我，我帮你参谋润色一下。"

"真的吗？"罗盼将信将疑。

丁一一拍着胸脯表示："必须的，给我三天时间，还你一封更煽情的。"

罗盼犹豫着把信纸递给丁一一，丁一一顺手塞进裤兜，搂着罗盼往外走去。

丁致远站在洗衣房里洗衣服，一边把衣服分类一边挨个搜着口袋。他拿起丁一一的裤子，正要塞进洗衣机时摸到口袋里有东西，他从裤子里一掏掏出了一张信纸。丁致远看完信上的内容，惊讶儿子竟然已经青春期萌动了，他想了想，把信纸放到了自己口袋里。

客厅里李娜正坐在沙发上削苹果，丁致远拿着晾衣盆走了进来，瞥了她一眼说："照你这么削，肉都削没了。"

"你吃不吃吧？哪儿都有你的事儿。"李娜没好气地白了他一眼。

丁致远接过李娜手里削了一半的苹果说："我来吧，我这不是担心削着你手吗？"

丁致远麻利地把剩下的一半苹果皮削了，递给李娜。此时门口传来开门声，李娜忙说："儿子回来了。"

下一秒丁一一就满脸不高兴地走过来，把书包往茶几上一扔，躺在了沙发上。

丁致远纳闷地说："你不是在戴安娜家做作业吗？这么快就做完了？"

"烦着呢，别提她。"丁一一语气很冲。

李娜乐了："哟，闹别扭了？"

丁一一声音有些闷闷地说："戴安娜有男朋友了。"

李娜和丁致远面面相觑，李娜奇怪道："她不一直都有男朋友吗？"

丁一一捶着手中的抱枕说："不是丹尼尔，是新的。"

李娜打趣道："哟，这换得够勤的。"

丁致远看了李娜一眼说："这男女同学之间的正常交往，未必就是恋爱关系。"

丁一一反驳："她亲口承认的，说自己有喜欢的人了。"

丁致远说："人家毕竟十九岁了，马上进入大学了，跟男生交往也没什么奇怪的。"

丁一一有些烦躁地站起身说："爸，这不是奇不奇怪的问题，这是……哎呀，我跟你说不明白。"说完他就往卧室走去。

丁致远一头雾水地说："他说什么了，我就不明白了？"

李娜撇撇嘴说："典型的显性遗传，他爸当年是个情种，这儿子青春期，说不定也在为情所困。"

丁致远愣了一下问："什么意思？"

李娜一字一句地说："丁致远，你儿子陷入爱情的深渊了，难道你没看出来吗？"

丁致远立刻否定李娜的猜测："他才多大啊，就掉坑里了？再说了我跟他这么大的时候也没像他这样因为这点儿事儿萎靡不振啊！"

"有没有只有你自己知道，你说没有，我找谁证明去。"李娜把苹果塞到丁致远嘴里，起身离开。

丁致远坐在沙发上，从口袋里拿出那张明显是情书的信纸，脑海里突然闪过一个念头，吓得嘴里的苹果都掉了：丁一一不会喜欢上了戴安娜吧？！这个念头一出，简直让丁致远坐立难安，手上的情书就像烫手山芋一般，留也不是，扔也不是。

李娜把最后一个菜从厨房端出来，丁一一坐在餐桌边，依旧是一副闷闷不乐的样子。他突然想到什么，起身跑去洗衣房又快速跑了回来问："妈，我昨天穿的那裤子你给我洗了？里边的东西呢？"

李娜盛好饭坐下来说："衣服是你爸洗的，你问你爸去。"

"爸，你洗我衣服的时候有没有看见我东西？"丁一一扯着嗓子嚷嚷道。

丁致远从厨房出来，黑着脸从兜里拿出一封信，摊在桌上问："是这个吗？"

"对对对，就是这个。"

丁一一刚想把信纸拿回去就被丁致远拦住了："你先说这个是什么？"

丁一一不解："什么是什么？信纸呗。"

"是情书吧。"丁致远一开口，李娜吓了一跳，急忙拿起来，打开信念道：" I know that you out there, you'll show her to me。 什么意思？"

丁致远翻译道："我知道你就在那里，你会让我见到她，听着啊，是 her，her 是谁？女她，你不要跟我说这个她是你妈妈。关键是这一句 my heart is beating with hers！我的心为她而澎湃！"

丁一一反驳："是跳动，不是澎湃，你能不能不要添油加醋。"

丁致远说："一个意思，你澎湃什么啊？这不是情书是什么？"

李娜抬头看着丁一一问："你不会真喜欢戴安娜吧？"

"妈，这就是一段歌词。"丁一一有些无奈。

丁致远语气严肃地说："那也是情歌，你是个高中生，成天不务正业搞这些名堂干什么？"

丁致远兴师问罪的态度让丁一一十分不满，他立刻反唇相讥："爸，你不经过我同意就看我的东西，这是侵犯他人隐私你知道吗？犯法的！"

丁致远说："这情书是我洗衣服的时候从你兜里顺手翻出来的，再说了，什么就你啊、他的，你是别人吗？你是我儿子，我是你爸！"

丁一一不甘示弱："爸，你别吓我，你这种说话方式我已经有日子没听着了，我妈都已经戒了，你怎么又捡回来说啊？你们俩要是真的这样轮着番地跟我较真儿，你让我怎么活？"

父子俩互不相让，争执愈演愈烈，丁致远瞪着丁一一问："怎么了，爸爸跟你说点儿掏心窝子的话你还不能活了？你知道你现在这是什么行为吗？你这是早恋。"

"及时当勉励，岁月不待人，为什么非得在与青春有关的日子里留白呢？你怎么这么固执己见呢？"丁一一堵得丁致远说不出话来。

丁致远摆摆手说："我不跟你诡辩，我只跟你强调一点，你正常交友，爸爸绝不反对，但你要是谈情说爱，对不起，谁说都不管用，尤其是对戴安娜，你必须跟她保持距离！"

李娜急忙拦在父子俩中间说："你们俩这又怎么了，至于吗？一个个脸红脖子粗跟气泡鱼似的。丁一一，你不是跟妈妈说过把戴安娜当姐姐看吗？怎么又搞出这么一出？"

丁一一故意赌气，梗着脖子嚷嚷道："我懒得跟你们解释，我跟戴安娜交往天经地义，不需要你们隔三差五拿这事儿来当调料，而且我就是喜欢她，我跟你不一样，我会对她负责，将来还要娶她。"

丁致远下意识地甩手打了丁一一一巴掌，丁一一和李娜同时愣住。

李娜吼了丁致远一声："老丁！"

丁致远这才回过神儿，他看着面前含泪怒视自己的儿子，刚想道歉，丁一一就捂着脸冲出了家门。

李娜急忙追出去："一一、一一！"

李娜和丁致远在温哥华的街头到处寻找丁一一，好在这不是丁一一第一次闹脾气了，李娜对他的"避难所"也有所了解。在搜寻几处咖啡馆无果后，李娜终于领着丁致远在一家冰激凌店找到了丁一一。

望着玻璃窗内的丁一一，李娜对丁致远有些埋怨："一会儿你好好跟儿子说，别跟吃了炸药一样。"

丁一一面前的冰激凌都已经化成水了，李娜和丁致远推门进来，丁一一看到他们就扭过头望向窗外，李娜先丁致远一步上前问："大冬天的还这么爱吃冰激凌啊？"

丁一一有些郁闷地问："你怎么知道我在这儿？"

李娜摸着一一的头说："知子莫若母。"

丁致远慢慢走过来说："一一啊，爸爸给你道歉，你就原谅爸爸，好吗？"

丁一一不看他，他对李娜说："妈，你带我回去。"

李娜无奈："一一，爸爸明天就要回上海了，你应该让爸爸安心地回家好吗？要不然爸爸这样回去，也没心思教学啊。"

丁致远诚恳地道歉："儿子，爸爸今天的确错了，不该跟你动手，你还想吃冰激凌吗？你想吃什么随便点。"

丁一一赶紧摇头："算了，你已经把我冰住了，妈，我能回家睡觉吗？"丁一一起身就要走。

李娜连忙点头："好好好，走，咱这就回去。"

丁一一起身往外走，李娜和丁致远急忙跟着出去。

夜深人静，丁致远坐在丁一一床边，熟睡中的丁一一，脸上还带着泪痕，他的左脸还有些红肿。丁致远红着眼眶握着丁一一的手，低声说："爸爸错了，对不起！"

一夜的暴风雨过去，第二天一早，雨过天晴，丁致远来到丁一一卧室门口，轻轻敲门："一一，爸爸走了，你别生爸爸的气了，好吗？"

李娜催促他："好了，赶紧走吧，一会儿又赶不上飞机了。"

丁致远看着紧闭的房门说："可儿子这还生着气呢。"

李娜拉着他的行李箱边往外走边说："你别管了，交给我吧，你这一走用不了几天他就又开始想你了。"

李娜打开家门，突然看到站在门口的戴安娜，愣了一下。

戴安娜看见李娜手里的行李箱，忙问："怎么？丁叔叔这是要回上海吗？"

丁致远耸耸肩说："是啊，再不回去，就要被学校开除了。"

戴安娜想了想说："李娜阿姨，我送丁叔叔去机场，一会儿再来接丁一一去上学。"

丁致远还没说话，李娜却抢先一步答应："我正发愁叫不到车呢，丁一一正在闹情绪，我这也没法送你丁叔叔。"

戴安娜主动伸手接过箱子说："那还是我去送吧。"

丁致远犹豫了一下，没有拒绝，坐上了戴安娜的车。

"你飞机落地记得跟我说一声！"李娜大声叮嘱着。

看着戴安娜的车远去，李娜这才转身进屋。她刚进屋，就看见丁一一站在楼梯上，他问："他走了？"

李娜说："走了，不走你也不出来，怎么，想你爸了？"

丁一一嘴硬："我才懒得想他呢。"

李娜看着丁一一赌气的样子，有些好笑地说："行了，脸也消肿了，我送你去学校。"

丁一一走到穿衣镜前照镜子，他摸着自己的脸说："我本来就是故意气他的，我和戴安娜根本没有什么事儿，她就是一好姐姐，没想到我爸他竟然一下子发那么大火，他下手也太狠了。"

李娜叹气："你也太激动了！你爸昨晚一宿没睡，一直用冰块给你敷着脸。"

丁一一哼了一声："我知道。"

李娜拿出早餐放在茶几上，招呼丁一一说："你这孩子，让你爸紧张了一宿。快过来吃早饭，吃完上学去。"

丁一一坐在沙发上吃着早点，突然从沙发一侧摸出一部手机说："妈，我爸的手机落家里了。"

李娜接过手机说："这个丁致远，幸亏是掉家里了，要是掉外面看他怎么弄。你在家好好吃饭啊，我开车给你爸送去。"

丁一一摆手说："你赶快去吧，还来得及。"

李娜揣着手机穿上衣服匆匆忙忙出门。

戴安娜的车匀速向机场驶去，车内两人都有些沉默。

戴安娜打破沉默说："你走之前还有什么要交代的吗？"

丁致远愣了愣说："也没什么，我就希望你跟一一能好好学习，只要你们健康快乐就好。"

戴安娜扭头看着丁致远，丁致远尴尬地清了清嗓子问："怎么了？"

戴安娜微笑着摇头说："没事儿。"

车很快驶入温哥华机场，戴安娜把车停稳后，丁致远抢先一步下车，从后备箱里拿出箱子。

戴安娜推门下来说："我帮你。"她接过箱子，丁致远腾出手又从后备箱拿出旅行包。两人关上后备箱就朝机场大厅走去，没人看到车内戴安娜的手机在副驾驶上震动着，来电显示：李娜。

李娜在后面开车追向机场，她用车载电话呼叫戴安娜，却迟迟没有人接听。李娜只得加快车速，飞快地向机场驶去。

丁致远办理好登机手续，走到戴安娜身边对她说："行了，你该回去了。"

戴安娜沉默了一下说："那，丁叔叔，祝你一路平安。"

丁致远挥手跟戴安娜告别，戴安娜转身离开。

丁致远却突然停住脚步转身开口："戴安娜……"

戴安娜激动地转身问道："怎么了？"

丁致远犹豫了一会儿，戴安娜有些紧张地盯着他，最终丁致远开口说："你喜欢吃什么，我下次来带给你。"

戴安娜语气有些失望地说："我都行，丁一一喜欢吃什么我就喜欢吃什么。"

"他小子就是个垃圾肚，什么都吃。"说到丁一一，丁致远的表情轻松不少。

"我也一样。"丁致远没能听出戴安娜语气中的失落。

丁致远挥了挥手说："回去开车慢一点，到家了给我来个信息。"说完他转身排队进入安检，戴安娜看着他的背影红了眼眶。

丁致远刚要迈过安检线，身后传来戴安娜的声音："爸爸！"

丁致远愣在原地，戴安娜的声音再次响起："爸爸！"

丁致远慢慢地回头，只见戴安娜早已哭成了泪人，她冲向丁致远，父女俩紧紧地拥抱在一起。

戴安娜泣不成声地说："我以为你会舍不得我的，为什么你还要扔下我，我等了你十九年啊！爸爸，十九年啊，你明明知道我是你女儿为什么还是不认我？一路上你嘴里说的全是丁一一，难道你就真的不愿意认我这个女儿吗？"

丁致远百感交集，早已泪流满脸，他说："对不起，对不起，爸爸开不了这个口，爸爸对你有愧！对不起，戴安娜，我的女儿，爸爸错了！"

戴安娜逐渐止住哭泣，她抬起头说："爸，我有中文名，我叫丁夏，丁一一的丁，夏天的夏。"

丁致远欣慰地点点头："丁夏，好名字，好……好女儿，丁夏。"

两个沉浸在父女相认激动情绪中的人，都没注意到，李娜不知何时拿着手机，已经站在了他们身后。李娜呆呆地站在原地，半晌之后缓缓地转过身，眼泪夺眶而出。

不知何时外面下起了倾盆大雨，李娜目光呆滞地开着车行驶在温哥华的雨中。车载音响里播放着齐秦的《狂流》，似乎在映照着她此时的心情。

夏天正在家收拾着行李箱，听到脚步声后抬起头，正看到戴安娜红肿着眼怯生生地站在玄关处。

"你去哪儿了？给你打电话你也不接，大卫定好行程了，周末咱们就出发，第一站先去圣保罗大教堂，然后去佛罗伦萨，你不是想学时装设计吗？大卫联系了丽慕达时装学院，你一定会喜欢那儿的。"夏天一口气说了一长串话，却没有注意到戴安娜的神色不对。

戴安娜咬着嘴唇，声音很低地说："Summer，我不想去了。"

夏天一愣："怎么了？"

戴安娜鼓起勇气开口："我……我想跟我爸回上海。"

夏天这才看见拖着行李站在戴安娜身后的丁致远，她在得知他们已经父女相认后，意识到她担心已久的时刻终于还是到来了。

戴安娜以乞求的眼神看着夏天说："我真的不想就这么让我爸走。"

丁致远看着一直沉默不语的夏天，替戴安娜说话："夏天，这不能怪戴安娜，错的是我们，我们不该瞒着孩子们，更不该瞒着李娜，这毕竟是二十年前我们俩之间的故事。"

夏天反唇相讥："故事？现在你告诉李娜就是一场噩梦。丁致远，你就是这样给我兑现承诺的吗？还有你，戴安娜，你让我以后怎么再相信你？你们果然是父女，都是只顾自己的感受，你们能不能想想别人？"

面对夏天的指责，戴安娜情绪有些失控地说："那你呢？你就不自私吗？你瞒了我十九年，你知道这十九年我的感受吗？你知道这十九年我一直努力不去想自己有一个爸爸，妈妈，你把我对自己父亲唯一的爱都抹掉了，难道这不是自私吗？"

夏天有些赧然，她无法反驳戴安娜的话，一时间，三个人都沉默了下来。

良久，丁致远坚定地开口："温哥华当初是你选择的一个开始，现在轮到我了，就当是一次重新开始，好吗？"

夏天没有说话。

"戴安娜，照顾好你妈妈。"丁致远说完转身离开。

夏天无奈地坐在沙发上看着戴安娜。

戴安娜问夏天："妈妈，是我错了吗？"

夏天摇摇头说："错在我当初不应该爱上他。"

夏天靠在沙发上，仰着头不让眼泪流下来，戴安娜也悲从中来，扑到夏天的怀里。

丁致远拖着行李推门进屋，看到李娜一动不动地坐在沙发上。听到丁致远回来的声音，李娜似乎也没有太惊讶，只是把头扭到一边说："你手机忘拿了，刚才我去机场……"李娜顿了顿接着说："没找到你。"

李娜抬头看着丁致远，两人四目相对，这一瞬间，丁致远从李娜犀利的目光里读懂了一切：机场的那一幕，李娜百分之百看到了。

李娜若无其事地起身向厨房走去，她边走边说："厨房还有早餐，我去给你热热。"

丁致远伸手想拉李娜，却被李娜挡开了，她问："面包夹培根还是烤肠？芹菜柠檬汁需要放蜂蜜吗？我觉得放牛奶也挺好的。"

李娜的语气格外冷静，甚至有些压抑。她一边强颜欢笑地拿着餐刀切着面包，一边用手背擦着止不住的泪水。

丁致远走过去说："你别这样，你越这样，我心里越不是滋味。"

李娜深吸了一口气，转过身看着丁致远说："你还要什么滋味，这味道还不够呛吗？你瞎话张嘴就来，天气预报说有雷雨，你就给我演了一出《雷雨》，对吗？"

李娜举着餐刀问丁致远，丁致远下意识地往后退了一步。

李娜苦笑了一下放下刀问："多久了？"

丁致远知道李娜问的是什么，他沉默了一下说："夏天在上海进手术室的时候才告诉我戴安娜的身世的。"

"临终托孤，然后你就跟着一起洒狗血，对吗？"李娜语带讽刺。

丁致远试图解释："我好几次都想跟你坦白，但都被你打断了……"

"其实我早就应该料到的，只是我不敢往那方面去想，我居然还带着你给夏天去送订婚礼物，还跟她的女儿成为闺蜜，哦对，现在应该是你们的女儿。模范家庭，别人眼中的好丈夫，好父亲，呵呵！你不觉得我现在就像一个跳梁小丑吗？被你们一家人当猴耍，丁致远，我到底做错了什么，让你们大家这么对我？"

李娜一口气控诉了一长串，激动的情绪让她有些缺氧，一阵眩晕袭来，她没站稳，扶着厨房的台子打了个趔趄，丁致远趁李娜晕倒前一把抱住她。

不知过了多久，夜幕已经降临。

李娜在床上缓缓醒来，丁致远守在她身边，李娜看着他通红的双眼，声音很轻地问："累吗？"

丁致远点点头，又摇摇头说："还行。"

李娜说："但我累了，真的。把丁一一送到温哥华到现在，各种事儿一件接着一件，没完没了。我是一个女人，不是一个超人，架海擎天、翻手为云的事儿我办不到。我要真有本事压根儿就不会来做什么陪读妈妈，但是我现在不但妈妈这个位置坐得晃晃悠悠，连老婆这个位置也快崩塌了。我不想再这么下去了，大家好聚好散吧，我明天去找个律师，或者你自己起草一份离婚协议，咱俩把字签了。你也不需要再来一番垂死挣扎了，没意思，真的。一笑泯不了恩仇，庄子他老人家说得对，相濡以沫，不如相忘于江湖。拿上你的箱子，去你想去的地方，你自由了。"

丁致远眼圈发红却始终没说话，他看着李娜那一脸的疲惫，最终无奈地摇摇头，没做任何解释，起身离开。他知道这会儿李娜正在气头上，无论他怎么解释，李娜都不会相信他的话，暂时分开冷静一下再说吧。

就在李娜家经历狂风暴雨似的变故时，曾经不可一世的杨益忠也在经历巨大的人生转折。

比萨店外，杨益忠推着送比萨的自行车正在往外走，店长追了出来说："老杨，你番茄酱没拿。"

杨益忠连忙笑着说："哎哟，谢谢，谢谢，我忘了。"

店长拍了拍他的肩膀说："找份工作不容易，别大意啊。"

"我知道，您放心吧。"

店长点了点头，转身进店，杨益忠装好番茄酱骑着自行车离开。他骑着车奔波在温哥华的街头，没有注意到一辆熟悉的车从身边驶过，而车内的胡媛媛在看到杨益忠和他身后的比萨外卖箱时，愣了一下，然后踩上油门加速离开。

　　一整天不知道送了多少单比萨，终于等到了下班时间。杨益忠换下了工作服，衣冠楚楚地站在卫生间外的镜子前，把头发整理得一丝不苟。

　　店长走过来递给杨益忠一份打包的比萨说："今天剩的，没想到你还挺爱吃。"

　　杨益忠接过来说："还喜欢喝两口。"

　　店长大乐："那敢情好，找时间去我家，给你喝我媳妇儿自己酿的曲酒。"

　　杨益忠从比萨店出来，把比萨三两口吃完，擦了擦嘴，把包装袋扔进了垃圾桶，然后朝家的方向走去。他走到家门口，理了理衣服和头发，推门进屋。

　　杨洋正坐在沙发上玩儿着手机，听到开门声回头一看是杨益忠，忙开口说："爸，你回来了？你吃饭了吗？妈妈给你留饭了。"

　　杨益忠脱掉外套，摘下围巾，挂在衣架上，回道："我吃过了，跟客户吃的。"

　　他走到杨洋的旁边坐了下来，杨洋抽了抽鼻子闻了闻说："可以啊，这段时间出去应酬都没喝酒。"

　　杨益忠摸了摸他的头说："爸爸把酒戒了，烟也不抽了。"

　　杨洋笑得乐出声："爸，你这是要刷新自己重装系统吗？"

　　杨益忠笑了笑说："重装系统？爸爸一个人可不行，你得帮爸爸啊，可以吗？"

　　杨洋看着杨益忠，比了个OK的手势。突然，杨洋像是想起了什么，起身回到自己屋里，他拿着一个盒子走了出来，递给了杨益忠说："爸，给你的。"

杨益忠接过盒子打开，里面是一条领带。杨洋拿起领带在杨益忠脖子上边比画边说："你这条领带都戴了好几天了，我给你买了一条新的。"

杨益忠看着领带感动得说不出话，杨洋有些不确定地问："爸爸，你不喜欢？"

杨益忠平复了一下激动的情绪说："当然喜欢，谢谢儿子。"

"对了，我今天去打篮球了，三分球一投一个准，所有人都炸了。他们其实不知道这是因为你教我的十字支撑，只要把臂力练好了，我觉得我再训练一个月就可以正式打比赛了，到时候请你去看，让你见证奇迹。"

杨益忠听着杨洋喋喋不休地诉说着学校的趣事，第一次感受到这种平淡的幸福。只是他不知道现在才发现会不会太晚，他还有没有机会重新来过？

杨洋洗完澡从洗手间出来，发现杨益忠已经靠在沙发上睡着了。杨洋走过去刚想叫醒他，胡媛媛从后面走了过来，对着杨洋比了一个"嘘"的手势。

胡媛媛拿着沙发上的一条毛毯盖在了杨益忠的身上说："你爸累了，让他睡会儿吧。你也该睡觉了，明天还得上课呢。"

杨洋点点头，转身上楼。胡媛媛坐到杨益忠身边，看着一脸疲惫的杨益忠，心里有着说不出的滋味。杨益忠手里还紧握着杨洋送他的领带，胡媛媛想要把领带从杨益忠手里拿出来，杨益忠却攥得紧紧的，胡媛媛只得作罢。

第二天一早，当晨光从窗外照进来时，杨益忠因打呼噜被呛醒了，他咳嗽着从沙发上坐了起来，看见胡媛媛在做着早餐。

杨益忠走到胡媛媛身边说："不好意思，昨天在沙发上睡着了。"

胡媛媛没理他，杨益忠接过胡媛媛手里正煎着蛋的锅说："我来吧。"

胡媛媛看着杨益忠麻利的动作，有些惊讶他这个大老板竟真的会煎蛋。

"你这呼噜打得邻居都差点儿报警了。"胡媛媛的语气倒并不像真的在抱怨。

杨益忠有些抱歉地说："不好意思，我这两天太累了。"

胡媛媛面无表情地说："能力不匹配，条件不充分，每天累得半死，何必呢？"

杨益忠把鸡蛋翻了个面说："这都是机会，不把自己逼一下，永远都翻不了身。"

胡媛媛冷冷一笑，杨益忠赶紧从自己口袋里拿出一把钱递给她说："这是我这周的薪水，你点点。"

胡媛媛看了一眼，把钱推给杨益忠说："去给杨洋挑个礼物吧，你原来每次来都会给他带礼物，这次别让孩子失望。"

杨益忠拿着钱点了点头。

胡媛媛看着杨益忠终于忍不住问道："你这一天在外面送外卖能赚多少钱？"

杨益忠惊讶地抬起头问："你知道了？"

"温哥华就巴掌大一点儿。"

杨益忠想了想说："我一天差不多能挣三百多加币。"

胡媛媛说："你做什么我不管，但你最好替儿子想想，别让他难堪。"

杨益忠说:"我知道,媛媛,我会东山再起的。我这段时间一直在考察温哥华的餐饮行业,已经有点儿心得……"

胡媛媛打断他说:"行了,你的生意经以后你自己躲卫生间冲镜子说说就好了,我不爱听,也听出茧了。哎呀,煳了。"

胡媛媛一把推开杨益忠,关上炉火,把煎煳的鸡蛋倒进垃圾桶。杨益忠默默地走出厨房,拿起外套出门。胡媛媛靠着灶台闭上眼,叹了口气。

丁一一先是惊讶丁致远的去而复返,随即很快就发现李娜和丁致远之间的诡异氛围,然而无论他怎么追问,李娜就是不肯多说。无奈之下,丁一一只得曲线救国,从戴安娜那里下手了。

学校放学后,丁一一守在走廊把戴安娜拦住问:"你那天送我爸去机场到底出什么事儿了?他们怎么一回来就绷着脸,听说你妈也来了,三个人那架势简直就是一盘三国杀啊。"

戴安娜自顾自往前走,边走边说:"你别问了,该你知道的时候你自然就会知道。"

"这叫什么话啊,什么就该我知道的时候,那什么时候我才能知道啊?"丁一一追上去问。

戴安娜头也没回地说:"等你长大了再说。"

丁一一气得跺脚:"你们不能总这么瞒着我,你们三个女人对付我爸一人,以多欺少胜之不武啊!"

戴安娜突然停下脚步说:"好,那我问你,如果你爸跟你妈离婚了,你跟谁?"

丁一一来不及收住脚步，差点儿撞在戴安娜身上，他愣了一下说："你这算什么问题，咱能别这么消极吗？"

戴安娜转过身认真地看着他说："丁一一，这个问题的答案就是绝对不能让他们俩分开，知道吗？这也是你现在必须要完成的任务。"

丁一一被戴安娜严肃的表情吓到了，他问："他们真的要离婚吗？我说我爸怎么突然又搬酒店去住了呢。"

戴安娜没有说话，丁一一嘀咕着："不行，我不会同意他俩离婚的！"说完他就转身跑开，戴安娜看着他的背影，神情复杂。

温哥华暴雪过后，天气渐渐放晴，蓝天白云，空中弥漫着清新的气息。李娜和胡媛媛踩着厚厚的积雪，在温哥华某公园里肩并肩缓缓地走着。

胡媛媛还在消化李娜刚刚告诉她的有关丁致远、夏天和戴安娜的震惊消息，内心却忍不住感慨家家有本难念的经。

李娜看着眼前白皑皑的雪景，淡淡地说道："事情就是这样，我打算辞去陪读妈妈互助总会会长的职务，我现在这个状况受之有愧！"

胡媛媛愣住："辞职？你在开玩笑吧。你以为在你公司上班哪！你自己也说我们是陪着取经人来取经的，孙悟空和猪八戒闹一闹就算了，取经路上也没见他们真把唐僧给扔下不管啊。"

胡媛媛又笑了笑说："当然这个比喻不太恰当啊，丁教授比猪八戒还是要帅气的。"

李娜一步一步踏在雪里，厚厚的积雪被踩踏发出的声音让她莫名地觉得安心，情绪也平和了不少，她说："相见易得好，久住难为人。两口子在一起时间长了，这问题是越来越多，越来越跟从前不一样，感觉越来越看不懂了。猪八戒虽然没了人样，但心里对媳妇儿那还是忠贞不贰的啊！"

"哪个家庭没有问题啊，遇到问题咱们是要齐心协力解决的呀！半途而废临阵退缩，你不怕被大家看笑话啊？"胡媛媛劝慰道。

李娜哑然失笑，她说："我的笑话你看得还少吗？"

胡媛媛笑着没说话。两个同病相怜的女人在温哥华的冬日里，似乎找到了某种共鸣，这种感觉足以慢慢消解掉她们之间曾经的针锋相对。对李娜来说，胡媛媛既是她在温哥华最好的朋友也是她最尊重的对手。在这点上，胡媛媛和她的感觉相通。从第一次见面，就注定了她们的相处不会平静。但无论如何，每当彼此遇到困难和跨不过的坎时，她们都会出现在彼此身边。

远在异国的陪读妈妈们，她们身边缺的不是最衷心的朋友，而是互相提醒、互相警示、互相扶持的同行者。

胡媛媛和李娜走到一个长椅前，这椅子显然刚刚有人坐过，上面没留下积雪。两人坐下来，看着远处温哥华的一草一木，胡媛媛感慨道："在温哥华，没有一点儿人格障碍都不好意思叫陪读妈妈！别人怎么样我不知道，反正我自己有时候就爱胡思乱想，老公不在身边，我就总想着他是不是在外面有别的女人了，有时候我自己的手机响我都害怕是不是别的女人、小三之类的给我打的示威电话。"

李娜笑容有些苦涩地说："别人说咱们陪读妈妈是赔掉了青春、赔掉了事业、赔掉了家庭，说咱们不是陪读妈妈，是赔读妈妈。"

胡媛媛反问李娜："你现在说撒就撒？你对大家的责任呢？"

李娜没想到胡媛媛对她的辞职会有如此大的反应，她无言以对，沉默下来。

胡媛媛接着说："丁致远和杨益忠不一样，这事儿毕竟已经过去二十年了，这二十年他对你怎么样，我不得而知，但是自从你到温哥华陪读，我们都看得真真切切，我相信丁教授的为人，他不是一个不负责任的男人。这件事儿已经发生了，丁教授有一点让我非常钦佩，他并没有不去理会夏天，我听说夏天在上海治病都是他一手操办的，换作别的男人，早躲得远远的了，丁教授很有男人的担当。"

李娜冷哼了一下说："哪里是担当？他那是旧情难断！从他见到夏天的那一刻起，他就离我越来越远了。"

胡媛媛摇了摇头说："李娜，婚姻里最远的距离，不是不爱，更不是恨，而是熟悉的人渐渐变得陌生。你不能主动成为那个陌生人，我不希望我跟杨益忠的悲剧在你们家重演，我更不希望丁一一跟杨洋一样成为受害者。"

胡媛媛说到这里语气有些悲凉。李娜想到儿子，想到原本幸福的三口之家，如今即将分崩离析，她不禁悲从中来。

此时的杨益忠，正和其他几个送餐员三三两两地坐在比萨店后厨的小板凳上等待接单。他正在用手机浏览着 E-BUY 上的球鞋，一双双球鞋的价格都超过了五百加币，他忍不住皱了皱眉头。

店长从窗口探出头来问："这儿有一单列治文的，你们谁去？"

其他几个送餐员都嫌列治文太远，而且大雪天路也不好走，就都没吭声，连二十加币额外的小费也没能打动他们。

杨益忠自告奋勇接下了这个单子，他需要这二十加币的小费。看着他离开的背影，其他送餐员都在议论他的拼命，他每天的送餐量几乎是他们的两倍，简直是要钱不要命的节奏。

　　半个小时后，杨益忠拿着比萨在客房走廊里找房间，最终在0523房间门口停下。他对了一下地址然后摁响了门铃，丁致远略带醉意地打开房门，请杨益忠把比萨送进屋去。

　　杨益忠进屋，看到桌上开着啤酒和红酒、洋酒，他把比萨放在了桌上。

　　丁致远晃晃悠悠地准备拿钱包给小费，差点儿摔倒，杨益忠一把扶住丁致远说："小心。"

　　听到送餐员讲中文，丁致远一愣："你……你是中国人？"

　　杨益忠点点头说："老家山东的。"

　　丁致远一听来劲了："哎呀，老乡见老乡，见面喝一箱。来，兄弟，啤的、红的、洋的还是来点白的？"

　　"先生，我这还上着班呢，不能喝酒。我先告辞了，您慢用。"杨益忠说着就要往房间外走去。

　　丁致远拿出钱包拍在桌上说："你别走，你陪我聊会儿，我这实在憋得慌。一小时五百，怎么样？"

　　杨益忠停下脚步问："加币？"

　　"美金都成！"丁致远很爽快地答应，杨益忠反手关上房门。

　　丁致远拿起一瓶啤酒想用牙咬开，却不得要领。杨益忠接过来，用另一瓶啤酒一撬，瓶盖开了。

　　丁致远竖起拇指说："靠谱！满上。"

　　两个失落又失意的人很快成了知己，一个小时后，房间内扔了满地的易拉罐和空酒瓶。杨益忠跟丁致远已经酒过三巡，两人喝得五迷三道。杨益忠脑门上搭着领带，丁致远头上顶着柚子皮。

杨益忠坐在地毯上靠着沙发说："这女人就是不知足，'知足'这两个字是写给女人的吗？五十万一个包儿，一百万一块手表，一千万的宅子她要一套。"

丁致远不认同地说："那是你家媳妇儿，我家那个不要这个，你知道她说她要什么吗？她要尊重！"

杨益忠一听到"尊重"这个词，勃然大怒，他把手里的啤酒瓶一下子摔在桌子上说："尊重？哈哈哈哈！她们尊重过我们吗？你有钱的时候她嫌你不浪漫。"

丁致远接话说："你没钱的时候，她嫌你不努力。"

"你忙的时候，她说你忽视了她。"

"你陪着她的时候，她说你太黏糊。"

"你累了，她说你在外面有女人。"

"你想跟她亲热，她说你去外面找别人吧，什么叫尊重？"

两个人连珠炮般说了一大串，杨益忠摊了摊手说："所以你告诉我什么叫尊重？"

丁致远冥思苦想了一会儿说："就是不说假话吧。"

"我跟她掏心窝子，她嫌我啰唆。"杨益忠立马反驳。

"我不跟她计较，她说我没情趣，什么叫尊重，就是只能被她打压，这就叫尊重！"丁致远也重重地把啤酒瓶拍到桌上。

杨益忠一把搂住他说："兄弟，我们真是相见恨晚啊。我得跟大兄弟结拜，从今天起，有难我当，有福你享。"

丁致远早就喝得晕晕乎乎了，他接话说："哥！"

第二天清晨，酒店房间一片狼藉，满地都是酒瓶和易拉罐，杨益忠和丁致远四仰八叉地躺在酒店的地上和床上。

两人相继醒来，丁致远坐在地上揉着头，和杨益忠对视一眼后吓了一跳，忙问："你是谁？你怎么在这儿？"

杨益忠揉着发疼的太阳穴说："我……我是来送比萨的，然后你就拉着我喝酒。"

丁致远努力回忆，终于想起来了，但喝酒之后的事儿却毫无印象，于是两个喝断篇儿的男人开始东拼西凑昨晚的记忆。

杨益忠突然想起了什么，看了一眼手表一拍大腿说："哎哟，完了，完了。"说着他起身就往外跑。

"怎么了？"丁致远也跟着起身。

杨益忠着急忙慌地穿上外套说："我得回去给杨洋做早饭去！这都快七点了。"然后他拍了拍丁致远说："走了啊兄弟，昨晚的事儿对不住啊。"

崔璐抵达温哥华后第一时间就给李娜打电话，神秘兮兮地说有一笔大生意要谈。尽管李娜完全不想出门，但还是经不住崔璐的软磨硬泡，被她拉到了咖啡馆。李娜和崔璐坐在咖啡馆靠窗的位置，崔璐看了一眼手表，随后看向门口。

李娜等得有些不耐烦了，就问："行不行啊，都等半小时了。"

"马上就到。"崔璐紧盯着门口。

看着杰瑞推门进来，崔璐立马冲他挥手，李娜看着迎面走来的杰瑞满脸惊讶。

杰瑞走到两人面前，微笑着看着李娜说："好久不见。"

得知杰瑞和李娜竟然是老相识，崔璐不得不感慨这个世界实在太小，而李娜更是惊讶杰瑞竟然会涉足化妆品行业。杰瑞毫不避讳地承认做化妆品一直是他的志向所在，他告诉李娜一开始认识她，就觉得她工作的样子最令人着迷。后来，李娜因为丁一一放弃了自己最热爱的事业，杰瑞为她觉得可惜……

李娜在事业和家庭之间选择了家庭，可是杰瑞却一直在想这两件事儿真的就这么矛盾而无法兼得吗？他的答案是可以的，他想帮李娜在温哥华建个工厂，这样她就不会再分身乏术了。

李娜被杰瑞的用心震惊得说不出话，杰瑞坦然地告诉她自己并没有别的意思，只是想为自己喜欢的女人做一点事儿。他不奢求其他的东西，只希望能够再一次看到那个开朗、热情、专注的李娜。

坐在一旁的崔璐都快被感动哭了，李娜也眼眶发红地说："你别再说了，这两天我把这辈子的眼泪都快流光了。"

杰瑞笑了笑说："有些情绪发泄出来就好了，现在要做的就是重新开动你的商业模式，让它运转起来。"

李娜用力点点头，似乎又找到了人生的方向。杰瑞从包里拿出方案，三个人立刻进入战斗状态。

放学时分，丁致远等在学校门口却一直不见丁一一出来。他看到罗盼从校园里走出来，上去拦住他问："盼盼，一一没和你一起啊？"

"一一刚放学就出去了，说是戴安娜约他去斯坦利公园。"罗盼如实回答。

丁致远纳闷："现在去公园干吗？一会儿天就黑了。"

罗盼摇摇头说："不知道，反正这两天他跟戴安娜一直都在商量着什么，哦，丁——之前说戴安娜藏着一个秘密，今天必须要揭晓答案。"

丁致远暗道："糟了！"然后就急匆匆地转身跑开，剩罗盼一个人一头雾水。

在斯坦利公园附近的小路上，戴安娜把车停好，和丁——一起下车向公园走去。

戴安娜走到山崖边，看着脚下的景色问："还记得这里吗？"

"记得啊，我们跟杨洋一起来过，你怎么想起带我来这儿了？"丁——有些不解。

戴安娜没有看他，自顾自地说："你还记得你爸第一次来温哥华的时候，有一次因为帮我抓鹰受伤的事儿吗？"

丁——想了想说："当然记得，你那会儿还说看着我爸受伤，突然让你心口紧了一下。"

戴安娜点头说："对，这种感觉特别奇妙，既紧张又害怕，但是会有一种幸福感。"

"有一个男人为了你而受伤的幸福感，说实话我当时听到这个心里真的一紧，还以为你爱上我爸了，还好是我的错觉，想想都吓人。"丁——拍了拍胸口。

戴安娜看着他说："其实你没错。"

丁——愣住了，戴安娜接着说："从那一刻开始，我就一直觉得他是个非常了不起的人。我曾经幻想过我的爸爸到底是个什么样的人，那应该就像你爸爸那样，每天挂着笑容，温文尔雅，现在我的这个梦想实现了。"

戴安娜转头看着丁一一说："我找到我爸爸了。"

丁一一愣神儿。

"我找到我爸爸了，他也姓丁。"戴安娜的话像一记惊雷在丁一一耳边环绕。

丁一一下意识地推她："说什么呢，别闹了！"

"我的中文名字叫丁夏，丁致远的丁，夏天的夏。"戴安娜的神情丝毫不像在开玩笑，丁一一抿着嘴，半天没有说话。

戴安娜说："老天让我缺失了十九年的父爱，但在十九年以后同时送给我两个亲人，一个是我的父亲丁致远，一个是我的弟弟丁一一。我答应过 Summer 要保守这个秘密的，但是我送爸爸去机场的那天，不知道为什么就没能忍住，一一，你能原谅姐姐吗？"

丁一一回过神来，反应激烈地说："这怎么可能，不合逻辑啊！偶像剧吗？戴安娜，你这玩笑开大了，告诉我摄像头在哪儿，你一定是在搞什么恶搞直播吧？都出来，我看见你们了，李凯、董泽你们都出来吧！我……这怎么可能，居然还有一个中文名，丁夏，这是什么鬼？我妈妈也是在为这事儿生气对吗？我爸爸被她轰到酒店也是因为这个对吗？信息量太大了，我脑子不够用啊！为什么要告诉我啊！"

戴安娜抓住丁一一的肩膀说："现在能帮爸爸的只有你，难道你真的想让他跟你妈妈分手吗？"

"分吧！与其这样乱也许分了才是正解，在一起永远都是一道送命题！"

丁一一转身就要离开，一辆车从他身前迅速开过，在他几乎要被撞到的时候，戴安娜上前一把拽住丁一一说："小心！"

丁一一挣开戴安娜说："别管我！"

戴安娜一个趔趄，难以保持好身体的平衡，失足滑下了山崖。丁一一见状连忙伸手拉住了戴安娜的手，同时也失去平衡摔倒，两人一同滑下了山崖。

丁一一和戴安娜一高一低落在不同的位置，他们分别抠着山崖边的石头。丁一一脚下垫着的一块岩石松动，他又下滑了一米。

"一一！"戴安娜的声音有些惊恐。

丁一一伸手抓住了一棵灌木，脸憋得通红，然后抬头看向戴安娜说："抓紧了！别往下看。"

此时丁致远正坐着出租沿着山路往上走，他一直朝着路边张望。他远远地就看到了停在路边的戴安娜的车，忙对司机说："Stop！ Stop！"

丁致远匆忙给司机付账后下车，他走到了戴安娜的车前却没有发现戴安娜和丁一一的踪迹，便沿着山崖边找边喊着："丁一一！戴安娜！"

山崖下的丁一一听到了丁致远的叫喊，大声呼救："爸，我们在这儿呢！"

丁致远循声望去，发现扒在山崖边的丁一一和戴安娜，丁一一已经快哭了："爸，救我。"

戴安娜似乎已经有些支撑不住了，手忍不住往下滑，她挣扎着向上抓了一下，却差点抓了个空。

丁致远趴在山崖边伸手想要救两人："坚持住，爸爸来救你们。"然而他却发现两个人相隔有一定的距离，一高一低根本没有办法同时施救。

此时两个孩子都有些支撑不住了，戴安娜的手指开始出血，丁一一手里抓着的灌木也开始松动。

戴安娜的手指不断地往下滑，她踩松了一块石头，整个人往下一沉，丁一一忙冲着丁致远大声喊："爸，快救姐姐！"

戴安娜回头看着丁一一，眼泪止不住地流了下来，她说："别管我，救一一。"

丁致远趴在山崖上进退两难："都救，爸爸都救！"说着他脱下衣服打成结，朝着丁一一扔了过去。丁一一伸手去够，就差一点点……他又将另一只手伸向戴安娜。

丁一一有气无力地说道："爸！我知道我为什么喜欢戴安娜了，因为我们身体里都流着你的血，我现在再也没有负担了，丁夏，这名字不赖，姐姐你坚持住啊！"

然而戴安娜渐渐地快要支撑不住了，丁致远咬牙进一步探出了半个身子，一把抓住了戴安娜，一点点地把戴安娜拉了上去。

被拉上去的戴安娜试图去抓丁一一，丁致远却一把将她拽到身后说："危险，你不能过去！"

戴安娜快要急哭了，只能喊："一一！"

丁致远把身子探了出去，朝着丁一一爬了过去，边说："坚持住，一一，爸爸来了。"

丁一一似乎体力不支，手指一个个地松开，然后叫了声"爸爸！"他朝丁致远伸着手，可丁致远只能眼看着丁一一在山崖边消失……

咖啡馆里，李娜还在热烈地跟崔璐、杰瑞讨论着："我听说有一家开始做唇膏式便携面膜了，装兜里随时用，还是免洗的。传统行业不仅要有技术支撑，还得创意先行，不过就我现在这脑子，玩儿创意还不如丁一一。"

杰瑞灵光一闪："那我们就请丁一一给我们做创意顾问啊，产品体感上他们年轻人最有发言权。"

"你是真敢用人啊，我就这么一说！一一喜欢的是电子竞技，满脑子天马行空不切实际的想法，成天飞得云里雾里的。你请他做顾问，不出三天就赔得你血本无归。"李娜正说着，手机响了，看到丁致远的名字，她想都没想就挂了。

李娜刚要接着说，电话再次响起，杰瑞拿起手机递给李娜说："接吧。"

"丁致远！我现在没心情跟你废话……什么？"

李娜挂上电话后目瞪口呆地看着杰瑞，杰瑞有种不好的预感，忙问："怎么了？"

"一一，一一出事儿了！"

李娜冲了出去，崔璐和杰瑞连忙跟上去。

此时，浑身是土的丁致远抱着右肘部用鞋带绑着树枝做固定的丁一一冲进医院，丁一一衣衫不整，右臂外套血迹斑斑，脸上还有明显的划伤。

丁致远大声呼喊着 help，身后跟着满脸泪花的戴安娜。

一名医生和两个护士推着担架车冲了过来，丁一一很快被医生推入急诊室，戴安娜扑在丁致远怀里哭泣。

急诊室内，医生拆除丁一一右臂上的简易夹板，把他的衣服剪开，此时丁一一的胳膊已经骨折了，他疼得满头大汗，但只能咬牙忍受着。

　　很快，李娜和崔璐、杰瑞赶到了医院，医生从急诊室出来询问病人的家属。丁致远刚想上前，李娜就冲到丁致远跟前把他推开。

　　"我是孩子的母亲，请您跟我说，我的孩子怎么了？"李娜急得声音都哑了。

　　医生告诉她丁一一是由于高空跌落导致右桡骨远端骨折，右侧肋骨骨折，需要在家好好休息，李娜这才松了口气。目送医生离开后，李娜扭头怒视丁致远，靠在墙角的丁致远忙站直了身子。

　　李娜冲过去质问道："说，你们对一一干了什么？他好好的怎么就掉山底下了？谁带他上的山？"

　　戴安娜擦了擦眼泪说："阿姨，是我带他去的。"

　　丁致远拽住了戴安娜，戴安娜却坚持说下去："是一一让爸爸先救的我，如果不是一一，掉下山的应该是我。"

　　李娜扭过头看着丁致远问："先救的她？是这样的吗？丁致远？"

　　丁致远试图安抚李娜："李娜你冷静点儿，这是一个意外，当时两个孩子都滑了下去，一一让我先救姐姐，而且戴安娜的确离我最近。"

　　李娜的眼睛有些发红，她提高声调问："她是你的女儿，丁一一就不是你亲生的吗？丁致远，我就这么一个儿子，你们父女俩就这么容不得他吗？"

　　丁致远见李娜有些失控，便对她说："你能不能先冷静一下？"

　　李娜对着丁致远扬手就是一巴掌，整个走廊一瞬间都安静了下来，所有人都一脸错愕。李娜精疲力竭地靠在墙上说："你们一家要团聚，我可以放手，但请你们放过我的孩子好吗？放过我们娘儿俩，我求你们了！"

李娜的身体靠着墙缓缓滑落，走廊里没有人说话，崔璐和杰瑞急忙上前扶住李娜，丁致远也想上前，被崔璐制止。

丁一一的骨折需要静养，李娜第二天就把一一接回家了。戴安娜几次想要上门探望，都被李娜挡在了门外。得知事情前因后果的夏天只是深深地叹息。

近几日，夏天在洗澡的时候常看到地上大把大把掉落的头发，她还常常流鼻血，这一切的征兆都在显示着，她的癌细胞很可能再次卷土重来了。

她再次住进了医院，医生指着夏天的 X 光片告诉大卫，夏天的病情不容乐观，得做好最坏的打算。大卫向医生道谢，表示只要有一线希望，他都不会放弃，夏天也一样。医生感动于他们的坚强，却也只能祈祷上帝能保佑他们。

出了医生办公室的门，大卫坐在长椅上目光呆滞地看着手里的 X 光片，眼泪滴落在上面。他强忍着平复了一下情绪，推门进入夏天的病房。

夏天面无血色地躺在病床上问："医生怎么说？"

大卫指着 X 光片上的肿瘤微笑着说："这个小家伙比原来的小了很多，医生说只要坚持做物理治疗就会越来越好。哦对了，机票我订好了，明天就可以出发。"

夏天有些虚弱地说："我现在这个样子多难看啊，我可不想让你扫兴。"

大卫握着夏天的手说："怎么会？你的样子一直都是那么漂亮。"

"说好了，你要带着我走遍全世界的教堂，否则我可是会生气的。"夏天说着绽开了一个苍白的笑容。

大卫点点头，牵过夏天的手说："It's my pleasure。我去给你弄点吃的。"

大卫起身往外走去，夏天突然叫住了他，他转身看着夏天，夏天对他说："不要告诉戴安娜。"大卫点点头，转过身，泪如雨下。

丁一一在家养伤哪儿也去不了，憋得直叫无聊，他忍不住从床上爬起来，却看到李娜正站在窗前抹眼泪。

李娜看到丁一一，忙擦了擦眼泪问："你怎么起来了？医生让你好好休息的。"

丁一一说："妈，我能跟你说会儿话吗？"

李娜扶着丁一一走到客厅坐下来问："是不是怕耽误功课，我跟老师请过假了，这段时间你就在家学习，等你痊愈了，学校会给你安排补课。"

丁一一看着李娜红肿的眼睛说："妈，这事儿不怪我爸，是我自己不小心的，你就别怪我爸了，好吗？"

李娜声音疲惫地说："一一，你觉得妈妈是个不近人情的人吗？戴安娜是你的姐姐，这个妈妈没有怪你爸爸，这事儿毕竟他也才知道，妈妈只是觉得结婚这么多年他都不相信我，我不知道妈妈在他眼里到底是一个什么样的人。他瞒着我也好，不跟我说也好，妈妈都忍了。妈妈是不想让你受到伤害，可到头来还是没能躲过去，妈妈能原谅他吗？妈妈连自己都无法原谅。"

丁一一哀求李娜道："妈，你别跟爸爸离婚，好吗？"

李娜摇摇头说："一一啊，这是爸爸跟妈妈之间的事儿，我们得为自己的言行负责，而不是出尔反尔，这样做对不起你，懂吗？"

"难道离婚才是唯一的选择吗？那以后我们就没有家了，你觉得家就是这间屋子吗？没有我们住在里面，这屋子不就只剩下钢筋水泥了吗？"丁一一快要哭出来了。

李娜恼怒地斥责丁致远，她告诉丁一一，他爸爸的心才是混凝土、是冰疙瘩。她都不知道他怎么就能眼睁睁地看着丁一一滑到山底下。

丁一一抱着李娜撒娇着说："我这不是没事儿吗？只是伤了胳膊，要是我姐掉下去，那就太可怕了。"

李娜突然转移话题，以复杂的表情看着丁一一问："你真的接受戴安娜这个姐姐吗？"

丁一一点头说："嗯，当她告诉我的时候，我也懵了。怎么可能就突然冒出来一个姐姐呢？还偏偏是她。直到她让爸爸先救我的时候，我才感觉到她喊的那一声弟弟，怎么说呢，是有温度的，你知道吗？能烫着我。"

"丁致远有你们这一双儿女，也算是他的福报了。"李娜长叹一声。

丁一一继续劝李娜说："对啊，我们应该是大团圆结局啊！一家人相认了，反而你们俩要分了，这不瞎折腾吗？妈你别怪我多事儿，这就是咱们家的事儿，咱们好好商量，行不？"

李娜坚定地摇摇头说："妈妈什么事儿都可以跟你商量，但这件事儿，妈妈绝不让步。"她说完就起身离开，丁一一在她身后怎么叫唤都没用。丁一一只得掏出手机给丁致远打电话商量对策。

杨益忠在家一边走来走去一边打电话，在得知今天不用出工后他有些着急，尽管他再三声明自己周末也可以送，却被老板一口拒绝了。

胡媛媛从屋内走出来说："你就别折腾了，你愿意出工，可是老板不愿意，法定休息日，如果劳工部门查到你们还在工作，老板是要被罚款的。"

"可我不能在家闲坐着啊，这休息一天就浪费了十几个小时，不行，我还是得出去找点事儿做。"杨益忠说着就要往外走。

胡媛媛叫住他："你不会真觉得靠打这些零工就能够回到从前的日子吧？"

杨益忠回过头说："我原来也是这么一点一滴做起来的。"

尽管杨益忠信心满满，但对胡媛媛来说这些都没有意义了，她告诉杨益忠她不需要他证明自己有多伟大，只要他能把父亲的角色扮演好就已经很称职了。

杨益忠坚信自己原来能做到的，现在也一样能做到。胡媛媛对他的豪言壮语没有兴趣，转身回屋。杨益忠无奈地出门，临走时看了一眼餐桌上的花瓶，里面插着几束枯萎的玫瑰。

尾声

夏天并没有住院，而是选择了和大卫一起按照计划启程。这一天，阳光明媚，大卫手捧着鲜花来接夏天，戴安娜打开门，对着屋内喊道："Summer，你的新郎来接你了！"

换了一身红裙的夏天走了出来，大卫眼前一亮："Wow, it's so beautiful！"

戴安娜把行李箱递给大卫，夏天叮嘱戴安娜自己在家的一些安全注意事项。大卫站在一旁，想到夏天的身体状况，忍不住有些鼻酸。

大卫忍着泪水，拿起行李出门，戴安娜倚着门框说："大卫，照顾好你的新娘！"大卫转过身，含着泪冲着戴安娜做出 OK 的手势。

夏天凑近他低声道："你能笑一笑吗？可别让戴安娜看出来。"

大卫冲着戴安娜露出一个大大微笑，然后搂着夏天往外走，戴安娜冲他们挥手说："Summer，记得给我寄明信片。"

夏天转身答应，还冲着戴安娜露出了一个幸福的笑脸。

夏天的离开并没有带走李娜和丁致远之间的问题，两人已经分别在一式两份的离婚协议书上签字。

李娜把签好的协议书推给丁致远说："按照协议，从现在起丁一一的抚养权归我，我不需要你承担任何抚养费。你每周有一次探望权，可以带孩子出去玩儿。鉴于你在国内工作的特殊情况，探望权可以累积到长假期间，这已经是我能做出的最大让步。"

丁致远点头表示没有意见，李娜转过头看了一眼丁一一，他耷拉着脑袋没说话。

"那好，你回上海后就拿着这份协议到民政局赶紧把手续办了吧。"李娜一锤定音。

这时丁一一突然从桌下拿出一份租赁合同，合同上规定从现在起，他要租丁致远为爸爸，为期四年直到他年满二十岁，每月付租金三千元，押一付三，包吃包住。租赁期间，不得离开家，陪好丁一一和李娜。

李娜斥责丁一一是胡闹，丁一一却十分认真，他一本正经地看着丁致远说："丁先生，你还有意见吗？"

丁致远举手："我无条件服从。"

李娜被气笑了："油腔滑调的，你这单方面的协议经过我同意了吗？"

丁一一说："搞笑了吧，你们离婚经过我同意了吗？我是苦口婆心、语重心长地跟你们二位反复沟通，但是得到的是什么？一纸冰冷的离婚协议。温暖的家就这么散了。还有什么可说的？我作为一个未成年人，用法律的武器捍卫我自己的权益，没毛病吧？"

李娜把协议扔回给他说："你这是什么法律啊？有这种雇用爹的法律吗？"

"原来，真没有，但是从现在起，它就有了。我雇我的亲爹给我当爹，违法了吗？这有问题吗？"丁一一义正词严。

李娜语塞，丁一一和丁致远自顾自地在协议书上签字，李娜看了一眼丁致远说："好，很好，你们俩以后谁也别——理——我！"李娜说完愤然起身离去。

丁一一和丁致远长嘘了一口气，两人对视了一眼，丁致远冲着丁一一竖起大拇指说："高！实在是没得说！"

丁一一忍不住得意地说："爸，我要不来这么一下，你不会真回去办离婚手续吧？"

丁致远挠头说："哎呀，我也不知道，我现在完全被你妈拿住了。"

丁一一仰天长叹道："你们俩要真离了婚，我这胳膊就永远废了，真想让我当杨过啊？"

刚刚李娜愤怒的态度让丁致远有些忐忑，他担心李娜不会再原谅他。可丁一一比丁致远乐观多了，他断定李娜这闹离婚本就是在跟丁致远撒娇，丁致远却将信将疑。

"她就是在拿这事儿给自己当台阶，你想啊，你有什么错啊？如果我姐是我妹那你这事儿性质就不一样了，可是我姐这事儿你不是也不知道吗？我妈就是觉得吧，总得找个地方把这口冤枉气释放一下啊，可是大家都摊开了说，她再这么揪着不放，那她就没道理，可是她心里还是有气。老天让我来这么一下，总算给她找到出口了，那她还不逮着机会往死里作啊。其实你们自己回过头想想，人家以后问，丁教授，你跟李总怎么就离婚了啊，你们俩咋说，我媳妇儿小心眼儿？还是，哦，没事儿，我们离着玩儿呢，体验生活嘛！"

丁——一口气说了一大串，听得丁致远一愣一愣的，他看着儿子说："嘿，丁——，你可以啊，你才多大啊，你成天这小脑袋瓜瞎琢磨什么呢？"

丁——趁机诉苦："我净琢磨我爸跟我妈了，我就想你们好好地过！你们俩好好的，我才能吃得饱，睡得香，你说你们俩成天把心思放在离婚这件无聊的事儿上，爸，我都作累了，咱们家能别轮着来吗？你把我妈追回来吧。"

丁致远无奈地说："爸爸是真没招儿了，你妈现在油盐不进，别说追，她看都懒得看我一眼。"

"一日夫妻百日恩，你当年怎么追的我妈，我们就再来一遍，一定能再追到手的！"丁——拍着胸脯保证。

丁致远有些怀疑地问："你确定能行？"

丁——说："这叫重返 20 岁！能行！"说完，爷儿俩开始埋头商量如何追回李娜。

就在丁家父子打响家庭保卫战的同时，杨益忠也在尽最大努力挽回失去的亲情。此时的杨益忠骑着自行车，沿路采访路人对咖啡馆的风格以及口味的想法，并拿着照相机在不同风格的咖啡馆前拍照做记录。

忙碌的一天过后，杨益忠回到比萨店里，换上了整齐的外套，提着一袋子素菜，跟门口送外卖回来的店员打着招呼说："到点了，得给儿子做饭去了。"

店员打趣他说："是给媳妇儿做吧。"

杨益忠乐了乐没否认。回家的路上他路过一家花店，停下车走了进去。

杨益忠一到家就钻进厨房忙着做饭，胡媛媛拿着杯子走到厨房接水，看见花瓶里新鲜的花便问："杨洋，这花你买的？"

"我哪儿有这么浪漫啊，是我爸买的。"杨洋嚷嚷。

胡媛媛自言自语道："我还以为他只会买红玫瑰呢。"

杨益忠把菜端出来摆在餐桌上说："洗手吃饭吧。"说完他转身回了厨房。

杨洋看着手机上的花语对胡媛媛说："妈，你知道雏菊的花语吗？是深藏在心底的爱。这满天星就更有意思了，甘愿在你的身边做一个配角。老爸深了！"

胡媛媛自言自语道："你爸送了我二十年红玫瑰，总算买对了一次！知道自己是个配角就好。"

杨洋边在餐桌落座边问："妈你嘀咕什么呢？什么主角配角的？"

"没事儿，吃饭。"胡媛媛也跟着坐下来。

一顿饭，除了杨洋一直在找话题，胡媛媛和杨益忠还是一如既往地没有任何交流。饭后，胡媛媛修剪着花，杨益忠洗完碗，擦着手对胡媛媛说："没什么事儿，我就先回店里去了。"

"别忘了跟杨洋打个招呼。"胡媛媛头也没抬地说。

杨益忠正穿着外套，杨洋走了出来问："爸，你又要出去啊？你们怎么总是晚上开会啊，都不回家的吗？"

胡媛媛帮杨益忠打圆场说："杨洋，你爸做的可是大工程，你得理解。而且现在他不是每天都过来陪你吗，你还不知足啊？"

杨洋说："我知足，我就是觉得我爸太辛苦了。"

杨益忠看着儿子说："爸爸这工程就快完成了，再等几天，听妈妈话，明天见。"说完他便离开了。杨洋看着爸爸的背影有些失落，胡媛媛看着花瓶里的花若有所思。

比萨店里，杨益忠面前的餐桌上摊满了各种咖啡馆的照片，他披着外套在温哥华地图上进行比对，还在笔记本上记录着附近的咖啡馆数量，他在里士满布里格豪斯地铁站（Richmond Brig House）附近画了"一"。

夜深了，窗外冷风阵阵吹来，杨益忠紧紧裹着自己的外套，蜷缩在店里的椅子上，咳嗽得越发厉害了。

头一晚熬了个通宵，第二天杨益忠照样第一个开始送餐。他把比萨送到美术馆，女馆员接过比萨，递给杨益忠两加币的小费。杨益忠转身离开的时候注意到了前台放着的画展宣传单，便顺手拿起宣传单看了起来。

这天晚上，胡媛媛在茶几上看到了一个信封，信封里装着一张画展的门票，她拿起来看了看说："印象派。"

杨洋凑过来说："妈，我爸现在的进步是不是特别大？"

胡媛媛笑起来，她说："进化论现在被你爸诠释得简直匪夷所思。"

"你不觉得他这是在接受你对他的改造吗？"杨洋不遗余力地想要修复父母之间的关系。

胡媛媛叹了口气说："我可没有那么大的能量，不过你爸的确变了，变得我都不认识他了。"

杨洋说："那多好啊，就当是一次初恋，我觉得我爸现在又是买花又是请你看画展的，还蛮有情调的。"

胡媛媛瞪了他一眼说："我又不是小女生，需要这么哄吗？"

"我爸现在是对症下药，知道你喜欢什么。"杨洋吐了吐舌头说。

胡媛媛没有辜负杨益忠的心意，她如期来到美术馆看画展。衣着素雅的胡媛媛在美术馆里转着，在一幅芭蕾舞女演员的油画前，她驻足良久。在她的眼里，画中的人物仿若是年轻时候的自己。不远处，杨益忠看着胡媛媛盯着那幅画出神。

杨益忠本想上前打个招呼，但他不忍打断胡媛媛专注的样子，胡媛媛欣赏油画的眼神是他从来没有看到过的，良久之后，他默默地转身离开。

夜里，杨益忠披着外套，一边咳嗽一边打着电话："谢谢，谢谢吴先生，我明天就去银行办手续，明天见。"

昏黄的灯光下，杨益忠从包里拿出三四种咖啡豆，他在吧台的咖啡机里调试着咖啡，并不时地拿起不同的杯子品尝着，还在笔记本上记录着。

第二天一早，杨益忠站在温哥华汇丰银行的门前，低头看了看胡媛媛给他的银行卡，踌躇满志地走了进去。他从银行出来后，又径直去了西区的一个店面，把刚刚取出来的钱递给了店面的老板。从现在起，这里就属于他了。

他站在空空的店面里，老板向他介绍着店面的情况，杨益忠频频点头，内心有些激动。这个曾经坐拥几亿财富的男人，如今却因为一个小小的咖啡馆而满怀激动，但这种激动却比以前任何一次都更有意义。

杨益忠马不停蹄地开始装修咖啡馆，屋子里堆砌着建筑木料，操作台上摆放着电锯、电钻等工具。杨益忠一边咳嗽一边在正在装修的咖啡馆里拿着皮尺测量墙面距离，然后摘下夹在耳后的铅笔在墙面做着记号，最后拿起电钻打孔。他戴上口罩和防护眼镜，用电锯切割木板，这里的每一项工程，他都打算亲手完成。

胡媛媛在家熬着梨汤，她揭开砂锅舀了一碗递给杨洋。杨洋接过去说："妈，这是你给我爸熬的吧？你肯定注意到他最近老咳嗽了。"

胡媛媛却不承认："给你熬的，赶紧喝了。"

杨洋边喝边说："冰糖雪梨还放了川贝，我又不咳嗽。"

杨洋话音刚落，就听到杨益忠开门回家的声音，还伴随着杨益忠的咳嗽声。杨益忠脸色有些不好，他有些抱歉地对杨洋说："对不起啊，爸爸今天的会开晚了，你们还没吃饭吧？爸爸请客，咱们出去吃。"

胡媛媛看了他一眼说："这都几点了，能没吃饭吗。厨房有饭给你留着呢。"

杨洋趁热打铁说："爸，我妈还专门给你熬了冰糖雪梨，润肺清热，我妈说你喝了咳嗽就好了。"

胡媛媛没好气地瞪了他一眼说："你回屋睡觉去，就你话多。"

杨益忠有些感动地望着胡媛媛，胡媛媛却移开视线说："赶紧趁热喝了吧，保温壶里也装上了，明天记得带上。"说完她也起身回了卧室。

杨益忠走到厨房，看到桌上放着一个保温壶和一碗热腾腾的冰糖雪梨川贝汤，眼眶有些湿润，他端起碗，大口喝着，喝得干干净净。

这天晚上，杨益忠坐在院子里，膝盖上放着一张照片，这是他们一家三口的一张合影。杨益忠慢慢地抚摸着照片，一滴眼泪滴在照片上，他急忙擦了擦。这些日子，胡媛媛的态度软化他都看在眼里，儿子的笑容也一天比一天多，他多么希望这样的日子能再多一些，多一些。曾经他不屑一顾的家庭生活，如今才发现这竟然是他最留恋的。可惜他醒悟得太晚了，林珊跑了以后，他又急又气，很快就病倒了。而等待他的，却是一张肺癌晚期的诊断书。

这次来温哥华，杨益忠原本想趁着最后的时间再挣回点儿家业留给杨洋，可病情恶化的速度比他想象中的还要快，杨益忠知道自己时日无多了。在人生的最后阶段，他想起了胡媛媛曾经的梦想，那时候胡媛媛还是个天真烂漫的小姑娘，一心向往着美好的生活。是他承诺了胡媛媛，又辜负了她。杨益忠现在唯一能做的，就是替胡媛媛去实现当年的梦想。但愿还来得及。

一大早，丁致远把一封请柬放在了餐桌上，然后悄无声息地走出了家门。丁致远走后，李娜和丁一一偷偷摸摸地从二楼探出了半个身子。两人冲下楼，丁一一拿起桌上的请柬打开阅读："我等着你来，斯坦利公园。什么意思？我爸邀请我们去公园玩儿？"

李娜说："哼，他这是要摊牌了。"

李娜想要看看丁致远到底玩儿的什么花样，便如约到了斯坦利公园。一走进树林，李娜就有些傻眼了，树林里每棵树上都挂着一张纸，五彩缤纷地十分显眼。李娜走近一看，纸上写着不同的年份和不同的关键词。

丁致远从树林的另一边走过来，李娜狐疑地看着他。丁致远走到李娜面前，牵起她的手说："李娜，我不想对你再有什么秘密。

这里是从我出生那年一直到我希望活下去的时间，我想和你一起走过。"

李娜看着眼前的一张张照片，一个个字条，轻轻地点了点头。丁致远牵着李娜一点点往前走，第一张纸条上写着："1975 年，我来了。"丁致远缓缓说道："这是我出生的年份，也是我爸决定把家落在上海的年份。听我爸说，从那时开始，他的膝盖就没好过，南方的潮湿总是给北方人带来困扰。"

1977 年，一张婴儿的黑白照片。"这一年对我很重要，虽然我那时才三岁，但我知道我的老婆出生了。"丁致远看了李娜一眼说。

两人继续往前走着，他们通过这条时光长廊，回溯着前半生的人生历程。

丁致远停在一张纸条前面说："2000 年，千禧年，我遇到了你。"

"2001 年我们结婚了，并且有了——。"李娜接口道。

"2008 年，儿子七岁，生了一场大病，我们俩竟然都在工作，是他爷爷奶奶把他送到了医院，医生说再晚一点儿就有生命危险。"丁致远的语气依旧还有些后怕。

李娜叹了口气说："我发誓要给他最好的学习环境和成长环境，所以拼命工作，但我现在终于知道那时的我错过了太多与儿子一起成长的时光。"

两人继续往前走，丁致远说："2016 年是我们争吵次数最多的一年，因为你要坚持送儿子出国。"

李娜笑了："那时的我，真是被钱蒙住了心，以为钱可以解决一切。"

丁致远走到下一张纸条前说："2017 年，发生了太多事儿，我们的身份一直在发生变化。但不管怎么变化，我们都是一家人。"

丁致远大步朝前走了几步，停在最后一张纸条前说："老婆，我要停下来了。"此时的时间是 2045 年。

李娜傻眼："为什么？"

丁致远说："我给自己设定的寿命原本是八十岁，但因为在夏天和戴安娜这两件事儿上，我欺骗了你，即使是善意的，也让老婆你对我寒心了，所以将自动缩短 10 年寿命。老婆，我只能陪你走到这儿了，剩下的岁月，你得自己走了，老公要停下来歇歇了……"

丁致远说完，李娜已经泪流满面："我不算你错了，你不要停下来，你要陪我走完一生的，你还要陪着——。"

丁致远抱住她说："我知道我让你伤心了，对不起。"

李娜带着哭声说："我不要你走，这样我也犯错了，我也有问题，我不该那么小心眼儿，我不该揪着你的小辫子不放。其实我早就原谅你了，我不该一直板着脸，我就是想装一下，想让你来求我，其实我心里也不好受，老公我错了，我们一起缩短年龄。"

丁——从旁边跳出来说："爸妈你们别想扔下我，你们都还年轻着呢！我可不允许你们在不经过我同意的情况下私自联盟，篡改年龄。快点儿，快过来。我们一家人的路还长着呢！"

丁致远和李娜看着远处的丁——，相视而笑，然后大步向前跑。

李娜和丁致远重修旧好，戴安娜也因为夏天不在，隔三差五来丁家蹭饭，四个人其乐融融。

杨益忠最近的变化胡媛媛看在眼里，这么多年她终于等到了。胡媛媛坐在教堂里祈祷："仁慈的天父，借着您的爱和救恩，恳求您赐我一颗平静的心，让我去守住我所不能失去的家庭；赐我智慧能够不再庸人自扰，每一天面对生活，接受杨益忠回归的心灵，因为这是迈向幸福的必经之路，奉主名求，阿门。"

烛台映照下的耶稣像，似乎在回应她的祷告。

胡嫒嫒走出教堂，手机微信声响起，是杨益忠发来的一个地址：温哥华西区基斯兰奴中心 2005 号。

接着杨益忠很快发来第二条：期待着你的光临！

胡嫒嫒循着地址找到一家咖啡馆，抬头看着"嫒来"两个字，胡嫒嫒恍然大悟，这曾经是她年少时的梦想：如果有一天不再跳舞了，她就开一家叫作"嫒来"的咖啡馆。

胡嫒嫒推门进去，音箱里放着胡嫒嫒当年的芭蕾舞曲《天鹅》，室内布满了胡嫒嫒最喜欢的花。墙上挂着一家三口的照片，最显眼的是在义卖会上的那张合影。在鲜花的簇拥下三个人洋溢着幸福的笑容。

穿戴整齐的杨益忠手捧一束小花走向胡嫒嫒，胡嫒嫒接过花，杨益忠紧紧地握住胡嫒嫒的手。音乐声中，杨益忠牵着胡嫒嫒的手，在咖啡屋里舒缓地轻舞，胡嫒嫒哭了又笑了。

一曲结束，胡嫒嫒亲自给杨益忠磨了一杯咖啡。窗边，阳光洒入，杨益忠坐在沙发上品着咖啡，仿若看见店里的客人逐渐多了起来，胡嫒嫒热情地招呼着客人，他笑了，可笑容在杨益忠的脸上渐渐停顿了。他慢慢合上眼，手重重地垂下。

阴霾的天空下，众人站在杨益忠的墓碑前。丁致远一家身着黑色礼服，丁一一已经哭得泣不成声。

杨洋把义卖会上拍的那一张合影放在了杨益忠的墓碑前，神情憔悴的胡媛媛身着黑色裙子把一束鲜红玫瑰插在了杨益忠墓碑前的花瓶里。

丁致远紧紧地搂着哭泣的李娜和丁一一，此时天空下起了细雨，让墓园的氛围更加悲戚，而墓碑的照片上，杨益忠笑得很温暖。

三个月后，杨洋离开了温哥华，他接到了美国一所医学院的offer。戴安娜决定去上海读书，丁一一也决定陪着姐姐戴安娜一起回国参加入学考试。于是丁致远带着李娜和两个孩子启程回国。他们一家四口坐在商务车上，车子行驶在前往温哥华机场的路上，坐在副驾驶的李娜靠着窗，她看着窗外不断往后退去的城市，回想着这一年的陪读生活，似乎转眼间就结束了，但从职场走向厨房，这个人物转型不是一个转身那么容易的。

孩子、家庭、夫妻情感等这些以往被忽视的问题由此将改变你，让你面对一段崭新的人生。在陪读妈妈心里，每一个愿望的实现过程远比结果重要，在这个过程中，有人选择了随遇而安，有人选择了坚持到底，也有人选择了中途退场。大家一直在谈论，作为陪读妈妈，这种付出是否值得？但没人能够回答这个问题。

对于即将踏入陪读生活的妈妈们来说，如果你有这个打算，劝你谨慎；如果你已经开始了，劝你坚持。至于值不值，只能说这不是一次投资，没有体验、没有挫折、没有逆袭的生命是难以成长的，你若纠结，它会让你痛不欲生，你若淡然，它能让你散发出女人最率真的味道。这并不是一个人的感受，而是所有陪读妈妈在经历陪伴之后的箴言。

陪读妈妈

亮眉侠 著

上

Always with you

人民东方出版传媒

东方出版社

图书在版编目（CIP）数据

陪读妈妈 / 亮眉侠 著.— 北京：东方出版社，2018.10
ISBN 978-7-5207-0519-6

Ⅰ.①陪… Ⅱ.①亮… Ⅲ.①长篇小说－中国－当代 Ⅳ.①I247.5

中国版本图书馆CIP数据核字（2018）第169583号

陪读妈妈
（PEIDU MAMA）

作　　者：亮眉侠
责任编辑：柳　媛　江丹丹
出　　版：东方出版社
发　　行：人民东方出版传媒有限公司
地　　址：北京市东城区东四十条113号
邮　　编：100007
印　　刷：三河市金泰源印务有限公司
版　　次：2018年10月第1版
印　　次：2018年10月第1次印刷
印　　数：1–5 000册
开　　本：880毫米×1230毫米　1/32
印　　张：21.125
字　　数：435千字
书　　号：ISBN 978-7-5207-0519-6
定　　价：65.00元
发行电话：（010）85924663　85924644　85924641

目录 Contents

第一章　漂洋过海

李娜坐在机场大厅里，一动不动地盯着前方的电子显示屏。

电子显示屏显示着 10：00。

距离李娜登机的时间已经很近了。

她忍不住嘟囔了一句，呼吸愈发沉重的同时，又透露出一丝烦躁，眉头也轻轻地皱着。她整理了一下没来得及换下的职业装，又抬手拢了拢额前的碎发，脑子里不停地回想着自己两个小时之前看到的视频。

那个视频看起来有些模糊，而且只有画面没有声音，画面中，她的儿子丁一一正对一个亚裔男孩挥拳相向，那个男孩根本无力招架，被踢倒在地。接下来，丁一一居高临下地看着那个男孩，又重重地踹了他一脚，那个男孩的嘴角顿时出现了明显的血迹。

这条视频传遍了 Facebook 和 YouTube，评论高达几千条，都在斥责打人的少年。

李娜的眉头皱成了一团。

这个丁一一，怎么能打人呢？！

我才把他送到温哥华多久？一周？两周？

我为他提供了这么好的读书环境，他到了国外，竟然学会打架斗殴了！

还有孩子他爸丁致远，说好了坐十一点的飞机飞去温哥华看儿子，现在都几点了，怎么还不来？

这丁家的两个人，太不靠谱了！

李娜索性站了起来，伸头直直地盯着入口的方向。她带着精致妆容的脸上没过多久就恢复了平静，但不停地踱来踱去的步子却出卖了她的心情。

又等了一会儿，李娜才看到丁致远一路小跑地赶了过来。他，丁致远，大学副教授，原本儒雅的脸上竟然带着一点点狼狈。

"你怎么才来，赶紧办登机牌！"李娜拖着行李就要往柜台走。

丁致远上气不接下气地说："哎，你等会儿。"

李娜一脸烦躁地看着他问："又怎么了？"

"我没法跟你去温哥华了。"丁致远温柔的眼神里略带抱歉。

李娜有些诧异地问："为什么？有什么事儿比你儿子还重要的？"

"下周科研项目结题汇报，"丁致远慢慢解释道，"而且确实很重要，早就请好了专家，会议时间也安排好了。"

李娜有些不高兴地说："儿子出了这么大的事儿，你就可以扔下不管了？"

丁致远知道自己理亏，赶紧安抚李娜："这样，你先过去看看到底怎么回事儿，等下周这边一忙完，我立刻就过去。"

丁致远话刚说完，李娜就摆了摆手说："行了行了，就知道指望不上你。"

李娜蹲下来把箱子打开，两手在箱子里不停翻找着，把箱子翻得一片凌乱。

丁致远的衣服被一件一件地翻了出来，李娜一股脑儿地把它们塞进一个袋子里，扣上行李箱。

"赶紧的，把你衣服拿回去，省得我给你背来背去的！"说着她匆匆忙忙地拉上箱子的拉链。

丁致远看着她急匆匆的样子，有些担忧地说："你到了记得第一时间给我打电话。"

李娜却有些不耐烦："行行，回去吧，专心做你的科研吧，我的大教授。"说完她拿起包和箱子就往柜台走。

"我到温哥华。"李娜对机场换登机牌的工作人员报出了目的地。

丁致远看着李娜办完手续并陪她到安检处，目送她离开后，才心事重重地转身走出机场大厅。

丁致远心想：儿子的脾气，跟李娜真的是一个模子里刻出来的，一个比一个火爆，现在儿子在那边打了人，李娜过去调查情况，孤军奋战……一旦母子俩见了面，说不上两三句，肯定又要爆发世界大战。

丁致远摇了摇头，又想道：还是抓紧时间结束手头的科研项目结题工作，向学校请假赶过去看看吧，但愿他们母子俩都能控制住自己的脾气。

而此时，李娜刚刚在商务舱落座，脑子里的弦绷得比谁都紧。四十多岁的她在上海化妆品市场里可谓女中豪杰，如果不是儿子丁

——出了事儿，她现在还在自己一手创办的公司里，陪着刚刚签约成功的合作伙伴齐总聊厚黑学呢。

李娜觉得穿在身上的套装莫名其妙地有种黏腻的感觉，捆住她，让她觉得束手束脚，呼吸不畅。她解开衬衫领口的第一颗扣子，让新鲜的空气灌进来，然后在心里盘算了一下刚刚高管会布置的工作：高翔，公司的副总，跟随自己打拼很多年，这几天有什么事情就暂时让他全权负责；财务有她一手带到现在的小刘，随时会给自己汇报；晚上招待齐总的派对也都布置好了，只要接齐总去酒店就行……李娜在脑子里把公司的大小事务都过了一遍。

坏了，怎么把她忘了！

她拿着手机，熟练地拨通了一个电话，电话那头一个慵懒的女声响了起来。

"娜娜？怎么了？"是崔璐，李娜的好闺蜜。

"崔璐，晚上的派对我去不了了。"

"怎么了？"崔璐有些关切地问。公司一直都是李娜的心头肉，像她这样的工作狂，发烧三十九度都能在公司加班，怎么今天突然要缺席了？

"我在飞机上，马上飞温哥华。"

"这么突然？什么事儿啊？"崔璐有些惊讶。

李娜的声音有些疲惫："丁一一在那边闹了点儿事儿，我得过去看看，具体什么情况我也不清楚。"

"行，那等你到那边了有什么事儿随时跟我说。"崔璐说。

李娜刚想再说几句，空姐走到她的身边说："您好，飞机已经开始滑行了，请您关闭手机电源。"

"对不起，对不起，我这就关。"李娜有些抱歉，然后忙对崔璐说："飞机要起飞了，到温哥华再说。"

"嗯。"崔璐答道。

李娜关上手机，看着窗外，有些疲惫地叹了一口气。

上海的事情都安排好了，接下来……

她把头重重地靠在座椅上。

算了，不想了，到了温哥华再说。李娜轻轻地闭上了眼睛。

为了这次能和齐总合作，她熬了整整一个通宵。在飞机上她要抓紧时间睡上一觉养精蓄锐，下了飞机，估计儿子那里还有一堆大麻烦要处理。

飞机直冲云霄，一路向东飞向太平洋彼岸。应该是太累的缘故，李娜上了飞机就迷迷糊糊睡着了，而且一直睡得昏昏沉沉的，直到广播里传出飞机即将降落，要乘客调直椅背的声音，李娜才醒来。

经过十几个小时的漫长飞行，飞机稳稳地停在了温哥华机场。李娜带着一身疲惫，填好电子申报单，取好行李，排队出关。

"Why do you come to Canada？"

海关人员看了看李娜的护照，又抬头看了看她。

英文，这……

"er…my，my son is here，I…"

海关人员看出李娜英语不佳，立刻叫亚洲面孔的同事过来。

"你不会讲英语？"那人问道。

"只会说一点点。"

"你为什么来加拿大？"

"来看儿子，儿子在这里上学。"

那人看了看李娜的护照，还有机票和酒店的订单。他似乎见多识广，不太相信李娜的解释。他打量了李娜一眼，道："麻烦你跟我来一下。"

李娜跟着海关人员去了检查的柜台，根据要求打开了自己随身带的手提包。

"你随身带了多少现金？"

糟了，想什么就来什么。

李娜有些紧张，说话的时候就犹豫了一下："一万。"

坏了，好像给丁致远多带的一万没拿出来。李娜突然想起了这件事儿。

飞机上睡得迷迷糊糊，怎么就忘申报了呢？那现在……

李娜犹豫了一下，多带了点钱而已，只要抽查不到我，应该就没问题吧？

海关人员一张张数着李娜带来的现金，确实一共一万块。

"行李箱打开。"海关人员说。

李娜不情愿地打开她的行李箱，海关人员一眼就看到最上面的一叠加币，他瞥了李娜一眼，然后一张一张地点了点这笔钱。

"你一共携带了两万加币，为什么不申报？"

李娜连忙道歉："我是真忘了，本来我老公是要和我一起来的，结果临起飞前他来不了了。"

"我们不关心具体什么原因，但是你随身携带的现金超过一万加币没有主动申报，根据加拿大海关规定，你必须要交罚款。"

"我交罚款、交罚款，我真的不是故意瞒报。"

永远不能有侥幸心理，李娜心想。她跟着海关人员到旁边的柜台交罚款。

这里海关人员的办事效率很低，过了一个多小时，李娜才把罚款的事儿处理完，她觉得仿佛等了半个世纪。

"我可以走了吧？"李娜有些焦急。

"可以了。"海关人员说。

李娜把被翻出来的行李胡乱塞回去，拖着行李箱匆匆离开。

因为交罚款，出关时间拖了很久，在外等待接机的杰瑞肯定等着急了。

李娜三步并作两步走出机场，她边往外走边打开手机，短信和微信声此起彼伏地响起，有好几条信息，都是杰瑞发来的。

"李娜，我在这儿！"不远处传来洪亮的声音。

李娜抬起头，一个高大健壮的加拿大男人正冲她挥着手。她赶紧小跑了两步过去，然后解释道："杰瑞，不好意思啊，刚刚出海关的时候出了点儿意外。"

杰瑞看李娜慌乱的样子，不觉莞尔，他伸出臂膀带着安慰准备给她一个大大的拥抱。

李娜有些尴尬，毕竟是中国人，虽然知道拥抱是外国人的见面礼节，但还是有点儿不习惯。她笑了笑，早早地就伸出手要和杰瑞握手，故意躲开杰瑞的拥抱。

"杰瑞，不好意思啊，又给你添麻烦了。"

杰瑞是李娜多年前在上海认识的朋友，他在上海留学期间在李娜公司兼职工作过，会说一口非常流利的中文。他现在在温哥华的一家旅行社工作，长期居住在温哥华，是丁一一在温哥华的监护人。

"咱俩就别这么客气了，走，先去码头，现在已经两点半了，——的船三点靠岸。"

杰瑞接过李娜的行李，做了个"女士优先"的手势，请李娜先行一步。

不一会儿，两人来到停车场，放好行李后上车，直奔塔瓦森码头。在车上，杰瑞把事情的前因后果讲给李娜听，他告诉李娜学校已经做出决定给丁——非常严厉的处分——退学。

李娜听完杰瑞的话，还是觉得儿子不会做出这样的事情。她要亲自问问儿子事情的全部，于是拿出手机给儿子打电话，可是电话一直都没有人接听。

"这小子怎么不接电话呢。"李娜埋怨儿子。

"你就不要再打了，我刚才在机场轮番打你们俩的电话，都打不通。"杰瑞说。

"到底怎么回事儿啊？他怎么会动手打人呢？"

李娜觉得有些不可思议。虽然她平时工作比较忙，不太过问儿子的学习，但是教授老公一直都和儿子相处得很好，儿子虽然喜欢打游戏，有点儿网瘾，可绝对不是那种打人的野蛮孩子。

杰瑞也有些困惑："这事儿本来我也觉得挺不可思议的，但网上的打人视频确实是真的。"

杰瑞顿了顿又说："一会儿你见着他先别上火，问问究竟是怎么回事儿，肯定不会是无缘无故打人的。"

李娜点点头。

"这事儿我也有责任，平时应该多和他沟通，多观察他的精神状态。"杰瑞说。

"跟你没关系，这应该是突发事件。"李娜对杰瑞摇摇头。

在李娜的记忆中，儿子这几年确实和小时候不一样了，来温哥华前，他为了打游戏，不吃不喝不睡觉，竟然还荒唐地把打游戏定为自己未来的职业。他在学校组了个游戏团体，用他们的话叫什么战队，还成了战队的领导人。为了帮丁——戒网瘾远离网友，李娜才想方设法把他送到大洋彼岸的寄宿学校。

李娜越想越气，来到温哥华，这小子没变好难不成还变成暴力行凶者，真不让人省心。她顿时觉得在教育儿子方面有种挫败感。

丁——在家和他爸爸丁致远关系非常亲密，父子俩无话不谈，爸爸对儿子的教育方式是顺其自然，爷爷和奶奶对孙子是百般宠爱。

杰瑞和李娜两人来到塔瓦森码头。电话，李娜不知道打了多少回，微信，不知道发了多少条，就是不见丁——的回复。

"估计海上信号不好，你先别着急，再发微信试试看。"杰瑞安慰道。

李娜点点头，赶紧编辑信息，刚刚写了一半，丁致远的电话打了进来。

"喂，你到了吗？见到儿子了吗？"丁致远急切地问李娜。

"到了到了，现在在码头等着他的船呢。我给他打电话他也不接，要不你打给儿子试试？"李娜说。

"行，你等会儿，我现在就打给他。"丁致远说。

接下来就是漫长的等待。

李娜在大厅里焦急地走来走去。

这个臭小子，到现在都联系不上，也不知道是怎么了，故意不接电话倒还好，如果真是出了什么意外……

不会的不会的。

李娜摇了摇头。

肯定是不想见我，和我闹脾气。

一阵汽笛声响了起来，李娜抬头望去，一艘巨大的邮轮缓缓地驶入码头。

"一一的船到了！"杰瑞指着缓缓靠岸的邮轮说道。

李娜心情复杂地走向到达口，盯着陆陆续续出来的人。她伸着脖子在人群中寻找儿子丁一一的身影，直到人都出来得差不多了，她才看到丁一一，一个脸上写着不屑、帅帅的十六岁男孩儿，穿一身牛仔服，戴着一顶棒球帽，拉着一个超大号的箱子，低着头，慢悠悠地从里面走了出来。

"一一！"李娜喊着儿子的名字，冲上去一把抱住儿子。

"一一，你可出来了。"李娜的声音无不透露着担心。

杰瑞走过去，从丁一一手中接过行李箱。

李娜把丁一一全身上下仔仔细细地打量了一遍后问："儿子，你没事吧？没受伤吧？"

丁一一不耐烦地扒开李娜的手说："我这不好着嘛！"

李娜见丁一一没什么大碍，便问："网上的视频到底怎么回事儿啊？你怎么好端端地去打人呢？"

丁一一无所谓地耸耸肩："学校的事情杰瑞叔叔应该跟你讲得很清楚了，我把一个同学打了，被人拍到了。"

李娜看丁一一一副吊儿郎当的样子，有些不悦地问："打架也得有个原因吧？"

"没什么原因啊，就是看他不顺眼呗。"丁一一满不在乎地回答。

李娜一下子就火了："你这是什么态度？你自己闯了祸还有理了。"

丁一一看着李娜一副有备而来的样子，说道："就知道你到加拿大是专门来和我吵架的，我懒得跟你吵。"说完他又突然对着李娜笑了笑问："咱们什么时候回上海？"

"回什么上海！我都还没搞清楚前因后果呢！"李娜气得大声冲丁一一喊。

杰瑞忙出来打圆场："一一肯定饿了吧？要不咱们先找个地方吃饭，边吃边说。李娜，你坐了十几个小时的飞机，一起吃点东西。"

李娜气还没消，但也不能驳杰瑞的面子，点了点头说："行，这儿你比较熟，随便找个餐厅吧。"

"那走吧。"

丁一一头也不回地径直往前走去。

夕阳西下，硕大的太阳在海平面上渐渐消失，金黄的海岸线上，时不时就会飞起一群觅食的海鸟，传来的叫声让港口宁静之中又带点儿喧闹。

码头附近的海鲜餐馆很多，杰瑞找到其中一家，虽然人不是很多，但是味道却不错。不过味道再好，李娜也没什么食欲，一路走来舟车劳顿，她早就饿过了头，只是直勾勾地看着好久不见的儿子，看着他狼吞虎咽地吃着面前的大餐。

"服务员，再给我加一份咖喱蟹。"

杰瑞看着满桌的菜，有些担心地问："咱们已经点了很多了，吃得完吗？"

"我就是想吃，你不知道我都多久没吃到咖喱蟹了，上次还是刚来的时候吃过一次，我这都要走了，还不得吃够本啊。"丁一一边啃螃蟹，一边口齿不清地说。

李娜看丁一一显然是饿坏了的样子，端起碗给他盛汤。

"慢点慢点，先喝点汤，别噎着。"

丁一一伸手接过李娜递过来的汤，两只手一触碰，李娜突然看到了丁一一红肿的手指。

"一一，你的手怎么了？为什么肿成这样？！"

"没什么啊，就是拔草冻的呗。"丁一一满不在乎地说。

"拔草？这么冷的天怎么跑去拔草了？"

"同学都不理我了呗，我这不是自我惩罚一下，给大家看嘛。"

李娜抓着丁一一的手看了半天，满眼心疼："以后别这么干了，万一留疤怎么办。"

丁一一缩回手，心里暗自窃喜：就知道我妈一准儿心疼，这下她就不会追根究底问我打人的事儿了吧。

"应该只是表面冻伤，等会儿我去超市的药品柜台给他买点儿药敷一下。"杰瑞说。

李娜点了点头，突然想起此次来要办的"正事儿"。她刚想开口继续问一一打人的事情，手机又响了起来，是丁致远。

"怎么样，弄清楚到底是怎么回事儿了吗？"丁致远问。

李娜看了看正在低头吃饭满不在乎的丁一一，语调顿时有些低沉地说："你这宝贝儿子把同学打了不说，还一点悔改的意思都没有!"

"儿子之前虽然有点调皮,但基于我对他的了解,他不是有暴力倾向的孩子,这里面会不会有什么误会啊?"丁致远说。

"我也希望是误会,所以我打算明天一早去趟学校,跟学校那边好好交涉一下。"李娜安慰丁致远。

丁一一听到李娜和丁致远的对话,直接拿过李娜手中的手机,理直气壮地对丁致远说:"爸,我堂堂男子汉,敢作敢当,这事儿确实是我干的,不是什么误会,学校也没有冤枉我。"

"闯了祸你还嘚瑟,回头我再跟你算账!"丁致远终于展现了一次父亲的威严。

"行行行,等我回国再聆听您的教诲,现在当务之急就是赶紧订机票回家。"

没等丁一一说完,李娜一把把手机从丁一一手中夺过来。

"回什么家,事情都还没弄清楚呢。"李娜冲丁一一低声说道。

"致远,这事儿我觉得蹊跷,一一再怎么调皮捣蛋,也不会这么暴力,我一定要去学校了解清楚。"

"相信你一定会了解清楚的。"丁致远说。

"放心吧,这次不把这件事儿解决好,我是不会回去的。"李娜流露出一副自信的神情。

丁致远又嘱咐了李娜两句,才挂了电话。

李娜对丁一一说:"赶紧吃饭,吃完先跟我去酒店,然后我们再商量商量明天去学校怎么说。"

丁一一一脸的不高兴,微微撇嘴,把筷子一扔说:"吃饱了!"

李娜看着丁一一面前还剩下的一大堆饭菜,只觉得太浪费了,这都学的什么坏习惯!

"不是——浪费,是你心疼儿子点多了,没关系,咱们打包带到你们住的酒店,晚上饿了可以再吃点儿。"杰瑞伸手招呼服务员买单,李娜却抢先支付了账单。

从餐厅出来,三人各自心事重重地往停车场走去,丁一一怕走在后面又得听妈妈的唠叨,便快步走在最前面,不想和妈妈说话。

李娜一眼就看穿了丁一一的小心思,都出了这么大的事儿,不商量商量怎么行,真不懂事,再烦也得找你聊。

李娜追上丁一一说:"咱们明天一早先去趟学校,然后我再陪你去那个同学家道歉。"

没想到丁一一反应很强烈:"干吗去道歉?我不去!"

李娜听到这句话,火气一下就上来了:"你怎么这么不讲道理,你打了人难道不应该道歉吗?"

"要去你自己去!"丁一一大声嚷道。

李娜一脸疑惑地看着丁一一说:"你怎么变成这样了,这么蛮不讲理,你还是我儿子吗?"

丁一一停下脚步,以略带讽刺的眼神看着李娜说:"现在你想起来我是你儿子了?"

李娜愣住了:"你这是什么话……"

丁一一不理会李娜,噌噌噌地走到车前,拉开车门上车。

天色渐渐暗了下来,路上的街灯一盏一盏地亮了起来,温哥华的夜晚悄悄地来临,坐在车上的三人此刻却无暇欣赏温哥华的夜景。车内气氛压抑,杰瑞识趣地专注开车不再说话。

杰瑞把李娜母子俩送到酒店客房，然后和他们告别。他刚走，丁一一就转身去了自己的房间，不想搭理李娜。

李娜这会儿有点儿时差，本想找丁一一了解情况，却觉得有点儿头疼脑涨。偌大一家公司，几百个员工，她都能撑得下去，唯独这个儿子，如此费劲儿。因为她常常忙于工作，所以在儿子的成长中，他们在一起的时间，确实是少得可怜，用崔璐的话来说，可以用天数来计算。知道儿子在躲避自己，但是她此行的目的就是要解决儿子为什么打人这件事儿，所以必须要先了解清楚。

丁一一房间里传出游戏音乐的立体环绕声。

李娜背靠着墙壁闭上眼调整了一下自己的情绪，良久之后，她睁开双眼，深吸了一口气，推门进屋。

丁一一正戴着耳机聚精会神地对着电脑打游戏。

"往左边掩护我！赶紧的！"他向队友们传达战术。

李娜走过去，想了半天，试探性地开口："怎么样，这局赢了吗？"

"必须啊，我哪局不赢啊！"

"那既然打完了，妈妈能不能跟你聊聊？"

"聊什么？"丁一一依旧盯着屏幕。

李娜一把合上他的笔记本电脑。

丁一一立刻就跳了起来："你干吗啊？我第二局刚开始呢！"

"我为了你飞了十几个小时，你就这个态度对我？"李娜生气地说。

"又不是我让你来的，你直接给我买张回上海的机票不就行了？关键时刻你关我电脑，会让我们整个组都挂掉的！"

丁一一夺过电脑重新打开，但已经掉线了。

"这下完了，他们不骂死我才怪！"

丁一一有些恼火地把鼠标扔在桌上，起身就要往卫生间走。

"你干吗去？事情还没聊完呢！"

"游戏不让打，觉也不让睡吗？"丁一一转过身冷冷地问。

李娜有些不敢相信地说："你这孩子怎么变成这样了，就不能和妈妈好好说话吗？"

"我怎么变成这样了？亲爱的母亲大人，我就想问问你知道我以前是什么样吗？不好意思，你不知道，从我记事儿起，你就是全世界最忙的妈妈，我的生日、节日、校园表演，这些哪样你参与过？"丁一一面无表情地看着李娜。

李娜被儿子漠然的眼神盯得有些慌乱，她说："我……我只是想要拼命工作，能让你有更好的生活。"

"更好的生活？你觉得什么是更好的生活？给我钱吗？还是连哄带骗地把我扔到这儿来？如果这就是你所谓的更好的生活，谢谢，我不需要。"丁一一深吸了一口气继续说，"既然你这么多年都没有时间搭理我，那我希望你一直保持下去，不要现在跳出来对我的生活指手画脚，打着为我好的旗号，左右我的人生。"

说完这番话，丁一一立刻转身走掉，留下李娜一个人，呆立在原地：儿子怎么会这么想？我对他的关心怎么就成了指手画脚，左右他的人生了？

丁一一准备开门离开，李娜顾不上多想，一把冲上去拽住他。

"大半夜的你去哪儿？"

"不用你管！"

李娜用力把丁一一拽了回来，反锁上房门，然后用后背抵住门，一脸的坚持。

丁一一瞪着李娜，瞪得她仿佛不认识自己了。瞪视良久，丁一一冷冷地哼了一声，然后直接转身进了自己的房间，重重地摔上门。

"一一，"李娜追到房间门口，急促地敲着门，"一一，你开门。"

回应她的是枕头砸到房门的声音，和丁一一的抽泣声。

李娜只得慢慢缩回敲门的手。

小孩子任性，不过忘性大，可能明天就好了吧？李娜自我安慰了一下，摇摇头叹了口气，默默地走进自己的房间。

这一夜，李娜没睡好。她在床上翻来覆去，仔细回忆打人的视频、退学的通知，还有儿子的倔强和不理不睬。

以前在上海，母子俩也多次发生过冲突，但是从来没像现在这样，儿子怎么越来越不懂事儿了？我现在给他提供了这么好的条件，儿子的德育怎么反而退步了呢？

李娜怎么想也想不通，她定下神看着手机上的中国时间。她想给丁致远打个电话，可这会儿他一定在上课。她本想等丁致远下课再打，没想到却迷迷糊糊地睡着了。因为时差关系，她睡睡醒醒，醒醒睡睡。

温哥华的清晨，阳光和煦，晨练的人在人行道上慢悠悠地跑步，老人遛着狗，偶尔踩上满地的落叶，发出嘎吱嘎吱的声音，街道两边一片祥和的景色。

李娜早晨起床后，悄悄地站在儿子卧室门口听了听，没有动静，便回到餐桌前给儿子留了张纸条：儿子好！我今天和杰瑞叔叔去你们学校找校长再了解一下情况，你起床后自己吃点儿东西，冰箱里有汉堡。

昨晚，李娜就和杰瑞约好今天去丁——学校了解情况。

"早上出海冷，你穿厚一点。"杰瑞出门前微信提醒李娜。

杰瑞早早地去酒店接上李娜，两人一起赶到码头，上了开往维多利亚的最早一班邮轮。

李娜站在邮轮的甲板上，任由冷冷的海风吹着自己的脸颊。她今天换了一身休闲一点的衣服，虽然平时多穿职业套装，但休闲装套在她身上，竟也有着非同一般的魅力，让本就显得年轻的她更多了一份青春和朝气，也柔和了她在职场上历练出来的锐利之气。

杰瑞也来到甲板，从后面看着李娜有些发愣着迷，突然她耳环上的闪光，让他找回了理智。他走到李娜身边说："甲板上海风吹着有点儿凉，别吹感冒了。一会儿到了学校，你别急，先听听校长怎么说，家长随时有申辩的权利。"他关心并安慰心事重重的李娜。

李娜在甲板上回忆昨天和儿子不愉快的沟通。她始终想不明白，才几个月工夫，儿子怎么一下子就变成了现在这个样子。

听到杰瑞的话，她对杰瑞说："不管怎么样，先道歉吧，是我这个做家长的没有处理好孩子的心理和情绪问题。实话实说孩子是因为想念父母想回国被家长拒绝，所以情绪和行为上稍微极端了一点。至于那个受伤的孩子，我们回温哥华后带着——一起登门道歉，先取得对方的谅解。"

"这倒是没错。主要还是得向学校证明这只是偶然事件，——本质上是个好孩子，只是一时冲动犯了错，我们得替孩子保证，这

018

种事儿今后一定不会再发生。"杰瑞说。

李娜点点头,随即有些担心地问:"不过,这些话会管用吗?学校会撤销对他的开除处分吗?"

杰瑞叹了口气说:"这个我也说不好,只能先试试看了,希望能为——争取最轻的处罚。"

李娜看着波澜不惊、一望无际的大海,心里却一直平静不下来,直到邮轮溅起浪花,水滴落在她脸上,她才下意识地擦了擦脸。

那个被打的男孩子叫罗盼,他是上海来的交换生,戴着镜片很厚的眼镜,看起来有些忧郁和内向,个子也小小的,似乎走到哪里,都不会引起别人的注意。他低着头走进校长办公室时,李娜已经等了他很久了。

"你好,我是丁——的妈妈,你就是罗盼吗?"

罗盼有点紧张地点点头。

"我想先替丁——跟你道个歉,真的对不起,你的伤严重吗?"

罗盼摇摇头,小声说道:"已经没什么事了。"

"这次打人事件的性质很恶劣,舆论也对学校造成了很大影响,如果不严肃处理,恐怕以后还有更多类似事件发生。"校长斟酌了一下语句,开口说道,并示意身旁的助理给李娜翻译。

李娜听后语气非常诚恳地说:"我知道这次的确是丁——的错,孩子犯了错需要受到惩罚,但也需要给孩子一个改过的机会。校方的一个决定有可能会影响孩子一生的前途。我恳请您能够慎重考虑。"

杰瑞把李娜的话翻译给校长听,校长听完李娜的话,无奈地摇了摇头说："很抱歉，这个决定不是我一个人做出的，是由学校董事会全体投票通过的，我只是在行使学校董事会给我的指令。"

助理翻译完以后，校长又解释道："按照BC省的法律，学生家长有权以个人名义对丁——同学提起诉讼，到时候恐怕就更麻烦了。所以现在退学，应该是各方协调下来的最佳方案。"

李娜神情失望，杰瑞也爱莫能助地叹了口气。既然得知撤销处分无望，他们二人也不便久留，便一起走出了校长办公室。罗盼也和他们一起离开校长办公室。

不知道为什么，李娜觉得这个罗盼似乎在有意躲避他们俩，离开的时候几乎是第一时间冲出校长办公室的。

李娜想要追上去解释什么，却被陪同出来的校长助理拦住了："你还是别追了，这位学生本来就胆子小，不要给他太大的压力。"

李娜想了想说："能不能麻烦您把这位同学家长的联系方式和住址告诉我，我想亲自上门道歉。"

助理点了点头，拿出一张便签写上联系方式递给李娜，然后说："不过说来也奇怪，罗盼这孩子出事之后，竟然能够一直做到正常去上课、去图书馆，好像心理完全没受到任何影响，平时内向胆小的他，出了这么大的事儿，他却好像什么事儿都没有发生，心理素质竟然这么好。"

李娜听完这句话若有所思，刚刚和罗盼说话时，感觉他不像是个坚强的孩子。兴许是人不可貌相？李娜和杰瑞互相交换了个眼神。

李娜和杰瑞搭乘下午的邮轮返回温哥华。他们拿着校长助理给的地址，去找罗盼家。罗盼家不太好找，他家附近公寓密集，街道喧闹，如果不是校长助理写得仔细，单凭李娜，怕是要找到晚上了。

罗盼家竟然住在地下室，想起刚刚公寓房东的冷漠，李娜猜想罗盼的家庭情况应该不怎么好，不然也不会住在这种地方。

李娜和杰瑞绕着公寓转了一圈，终于在一个不起眼的角落里，找到了地下室的门。

"应该就是这里了。"杰瑞再次核对了一下地址。

"作为家长，现在应该只想听到道歉和认错，不想听解释。"杰瑞又道，"接下来，我们可以请求对方谅解丁——，只要受害方表态，这事儿可能还有一点儿挽回的希望。"

"但愿如此。"李娜点点头，走上前敲了敲门。

开门的是一位华裔中年妇女，看上去神色有些憔悴，双手还沾着肥皂泡，应该是在洗衣服。那中年妇女打量了李娜一眼，并没有开口说话。

"请问，您是罗盼同学的家长陈莉莉吗？"

"你是丁——的妈妈？"那女人开口问道。

李娜有些惊讶，随即回答："对。"她刚想开门见山说明自己的来意，那女人根本听都不听，迅速带上门把手。

杰瑞眼疾手快，一把抵住了门框。

"放手。"陈莉莉低声说道。

"您听我说，我知道您现在肯定很生气，我今天来也是专程替丁——道歉的。"李娜说道。

"我儿子都被他打了，道歉有用吗？"陈莉莉面带怒色。

"两个孩子还小，但咱们都是成年人了，坐下来好好聊聊。"

陈莉莉犹豫了一下，最终还是松开关门的手，转身进屋。杰瑞和李娜见她没有拒绝，也跟着她走了进去。

地下室采光不佳，室内昏昏暗暗的，什么都看不太清楚。屋子的两间卧室都不是很大，家具陈设简陋了些。

李娜朝客厅旁边的盥洗间看了一眼，里面放着一个巨大的洗衣盆，上面还有一个小小的搓衣板。她皱了皱眉头，心想家庭条件不可能差到这种地步吧？

"坐。"陈莉莉洗了洗手并擦干，冲他们二人点了点头，面色漠然地说。

李娜和杰瑞看了看四周，坐在了身旁的小沙发上。

"要说什么，说吧。"陈莉莉开门见山。

李娜想了想，从包里拿出一叠加币说："我是真心实意来赔礼道歉的，这是我们的一点儿心意，等周末孩子回来多给他买点儿好吃的，补补身体。"

陈莉莉惊愕地看着李娜说："我看得出来你们是有钱人家，但钱解决不了所有问题。如果这就是你们所说的道歉，那么请回吧，不送。"

"陈女士，您别误会，我们没有别的意思，真的只是想来道歉。"李娜赶紧解释。

"这还不是误会，你们钱都拿出来了，摆明了是想拿钱来收买我，让我们原谅你儿子。"陈莉莉笑得有点儿讥讽，"我本来觉得学校把丁一一开除了，心里还有点儿不落忍，现在我可以告诉你，你这种道歉的方式我不接受。"说完后陈莉莉主动站了起来，"你们走吧，我跟你们没什么可说的了。"

李娜和杰瑞面面相觑，都有点儿不知所措。没想到陈莉莉态度这么强硬，一点儿缓和的余地都没有，而且还挺有气节的。李娜还想再对陈莉莉说几句，却被门外的声音打断了。

"怎么连门都没关？"声音清脆响亮，三人纷纷回头，发现门口站着一个打扮时髦的女人。来人从头到脚，一身的名牌，身材高挑匀称，看起来就像是三十多岁的少妇。她摘下名牌墨镜，精致的眼妆和整个脸型搭配得相得益彰，看起来清纯之中又带点妩媚。

不过作为化妆品公司董事长的李娜，以她敏感的职业眼光，一眼就发现了她妆容下眼角的皱纹。

"这是？"来人转头询问陈莉莉。

"丁一一的妈妈，说是来道歉的。"

来人听出陈莉莉语气里的不满，又看到李娜手里拿着的现金，瞬间明白了。

那人看着李娜，对她笑了笑说："丁一一的妈妈，是吧？你好，我是莉莉的朋友，胡媛媛。"

李娜回道："我是丁一一的妈妈，我知道这件事儿是丁一一的错，我只是希望大家可以再给他一次机会。毕竟都还是孩子，可能是一时犯浑，但我们都是做父母的，希望莉莉姐能体谅。"

陈莉莉刚想说话，被胡媛媛挡下了："我明白，只不过你们用的方式确实不太妥当。"她指了指李娜手里的钱。

李娜表情尴尬，只好把钱放回包内，然后说："是我考虑欠妥当。"

陈莉莉的脸色这才好看了些，她说："这件事儿学校已经有了处理结果，你的道歉我收到了，但其他的事儿我也左右不了。"

胡媛媛点了点头，替李娜分析道："这件事儿的根源还在于丁一一的态度。听说从出事儿到现在，他没有向任何人道过歉，犯错误的是他，如果他自己都没有悔改的态度，我们就更没有理由去替他向学校说情了。"

胡媛媛说得头头是道，李娜哑口无言。

"所以你还是先回去吧，虽然丁一一被学校开除了，不过孩子嘛，社会还是会原谅他的，你们可以到温哥华再重新申请一所学校，就当是吸取教训了。"胡媛媛微笑着对李娜说。

李娜问："在温哥华重新申请学校哪儿有那么容易？而且背着殴打同学的名声，丁一一哪里还能申请到学校？"

她还想问胡媛媛，杰瑞冲她摇了摇头，示意她今天就不要再说下去了。

李娜和杰瑞垂头丧气地从陈莉莉家走了出来。这是李娜来温哥华的第二天，她和杰瑞为丁一一的事情忙前忙后，却一无所获。

李娜这时候才感觉到，拿钱解决问题的方式在儿子这件事情上，是彻底派不上用场了。本来以为看到罗盼家条件那么普通，自己急中生智拿出一笔钱给陈莉莉，她肯定能收下的，没想到人家根本不吃这一套。

李娜做了下自我检讨，确实也是她从商多年留下来的做事风格和习惯，世界上还真有些事情，不是用金钱就能摆平的。

李娜回到酒店，推开酒店房间的门。房间里的场景吓了她一跳，里面黑黢黢的，一片狼藉，茶几上散落的都是垃圾食品的包装盒，遮光窗帘拉得严严实实，像是一整天都没拉开过的样子，自己的宝贝儿子，手指冻伤的丁一一，穿着睡衣，后背僵硬，双眼直直地盯着电脑屏幕，带伤的手指在键盘上游走，现在依然陶醉其中，玩儿得昏天黑地，根本没有发现李娜进屋。

李娜皱了皱眉头说："一一，你不会在酒店打了一整天游戏吧？你好歹也看会儿书吧？"

丁一一撅了撅嘴说："反正学校都把我开除了，我还看这边的书干吗？"

李娜强压着怒火讨好似的坐在丁一一面前说："妈妈这不是在想办法让你重新回学校吗？"

丁一一却不领情。

"我都跟你说过了，你们就别再瞎忙了，现在证据确凿，学校的处分都下来了。"他一边玩儿游戏一边说，"再说了，我都说过多少遍了，我不喜欢这里的学校，要上你自己上，反正我要回家，回上海。"

李娜听了儿子说的话，很不乐意，这孩子怎么这么讲话？

"我费了多大劲儿才把你弄出来，你现在说回就回？是不是有点儿太不负责任了？"

"是我要来的吗？是你非要把我从中国扔出来，你这就是对我负责任了？"丁一一抬头看了李娜一眼，又冷冷地哼了一声，"算了，吵也没用，反正跟你也说不通。"

丁一一回过头，接着打游戏。

"你能不能先暂停一下，好好跟我说说话。"

李娜伸手就要去拿电脑。

"我正在打怪，你别碰，等会儿……"

丁一一赶紧躲。

两人争夺间，桌子上丁一一的手机被碰到了地上。

"呀！"

李娜也顾不上和儿子抢电脑了，赶紧蹲下身捡起了儿子的手机。

"手机还我！"

丁一一一脸紧张，还没等李娜反应过来，他就迅速地从李娜手中抢回手机。

不就是个手机嘛，他紧张什么？李娜看着丁一一紧张地护着手机，觉得有些奇怪。难道手机里有什么不可告人的秘密吗？这孩子一定有事瞒着我。她想了想，若无其事地看了看手表。

"晚上吃饭了吗？妈妈带你去吃点东西？"

李娜决定找机会查一下丁一一手机里的秘密。

丁一一被李娜带到酒店附近饱餐一顿以后，回到房间懒洋洋地躺在了沙发上，拿起电脑看着国内的游戏解说视频。

李娜的机会来了，她悄悄地拿走了丁一一的手机，打开了丁一一的 Facebook，消息的第一栏，赫然就是丁一一和一个叫"黑战神"的网友的对话：

黑战神：我有点害怕了。

丁一一：你别担心，有什么事我来搞定。

黑战神：这样真的好吗？

丁一一：这样吧，九点半，趁我妈不在房间，咱们俩在酒店那边的桥洞下见个面，行吗？

黑战神：行。

约人见面？这个小鬼搞什么名堂？

李娜有点闹不明白，他不会是早恋了吧？！李娜不由得狐疑。

不对不对，不可能是早恋，"黑战神"这个名字一看就是个男孩，还有，早恋的话肯定是想和那个黑战神在一起不愿意分开的，那丁一一就不可能吵吵着回国啊！

李娜有些丈二和尚摸不着头脑。她看了看时间，离九点半只剩下五分钟了。

"一一，我出去一下，你在房间好好待着。"李娜道。

"知道啦！"丁一一头也不抬，懒洋洋地答道。

李娜拿上手提包走出房间，给杰瑞发了条微信让他迅速赶来，她则躲在一楼大堂隐蔽处观察丁一一的动向。

过了一会儿，丁一一就从酒店大堂溜了出去，李娜紧紧尾随。

这孩子肯定有事情瞒着我！李娜对自己的判断毫不怀疑。

漆黑的夜晚，杰瑞和李娜两个人在酒店门口碰面后来到酒店附近的大桥下面，然后静悄悄地靠近了桥洞。

"怎么样，你没事儿吧？这两天我都不敢跟你联系，好不容易趁我们家老佛爷不在，得空儿才溜出来。"

丁一一的声音因为桥洞的扩散响亮又清晰，李娜和杰瑞听得一清二楚。

"没事儿，就是额头上还有一小点瘀青。"

回答他的"黑战神"也是个男孩子。

李娜听着黑战神的声音，觉得有点儿熟悉。

"Sorry，Sorry，没办法，不留点儿真痕迹，我怕露馅儿啊。"丁一一说。

"你妈同意带你回去了吗？"

"不同意我也要走，反正我都被开除了，迟早能班师回朝。"丁一一顿了顿又说，"不过咱俩这事儿，你可千万得咬死了，刀架在脖子上也不能说，否则我就前功尽弃了。"

"放心吧，我肯定不会出卖你的。"那个黑战神说。

他们在说什么？

什么瘀青、真痕迹的？

黑战神替丁一一隐瞒什么？

这黑战神的声音这么熟悉，到底是谁？

李娜把身子往前探了探，迫不及待地想知道答案。可夜色太黑，她连黑战神的脸都看不清楚，更辨别不出他是谁。

"不过说真的，我在学校就你这一个好朋友，你一走我就更不知道跟谁说话了。"黑战神的声音有些沮丧。

丁一一连忙安慰那人："哎呀，这都什么年代了，微信、电话、FaceTime 随时联系。"

那人点了点头，随即又像是想起来什么似的，提醒道："昨天你妈来学校找我，她看上去很精明，不太好糊弄，你也要小心一点儿。"

李娜听着他们的对话，心想这人竟然知道我去过学校？

李娜的答案呼之欲出，好像是罗盼？

"放心吧，就算我妈是如来佛祖，她现在也抓不着我。"丁一一一脸自得，随即想起了什么似的，从口袋里摸出一沓人民币，"对了，这个你拿着，这是我存了好久的爷爷奶奶给我的压岁钱，出国时我给带来了，算是我感谢你这次帮我的大忙。"

"我不要，我这次帮你完全是因为你是我朋友，怎么能要你的钱。"

不要钱？

李娜想起了陈莉莉，更确定了自己心中的那个答案。

肯定是他！

怪不得这个黑战神的声音这么熟悉。

是罗盼！是那个被丁一一打了的男孩儿！

"你和我配合得天衣无缝地演了这么一出戏，本来想请你撮顿大餐，但我妈看得实在太紧了，只能用最原始的方式表示我的一片心意了，拿着吧！"丁一一把钱往前送了送。

"我真不要！"罗盼说。

"明天我就走了，你呢，就好好在温哥华做你的乖学生，我回上海继续做我的游戏大玩家，大家各归各位，皆大欢喜！"丁一一边说，一边把人民币塞进罗盼的口袋。

"不能再等了，杰瑞，我们上！"李娜低声喊道。

杰瑞立刻跨着大步冲上前去，一把抓住丁一一拿着钱的手。

丁一一和罗盼被冲出来的杰瑞吓了一跳。

"你干吗？放开我。"

李娜紧随其后也来到两个孩子面前，他们看着丁一一手里的钱又仔细辨认了已经吓呆了的罗盼。

杰瑞问："你们俩到底是怎么回事儿？"

罗盼紧紧抿着唇不说话，丁一一挣脱杰瑞的手，梗着脖子嚷嚷："我自己惹的事，现在反省了行不行？他不是被我打了嘛，我来赔他一笔钱，就当作给他的精神损失费了，不行吗？违法吗？"

李娜心里根本就不相信丁一一的说辞，按照她的推测，丁一一这么做肯定有鬼。既然把她比作如来佛祖，那丁一一充其量也就是个孙猴子，早晚得压在她的五指山下。

李娜开口道："昨天在学校看到罗盼，我就觉得事情不太对劲儿，你跟我说实话，到底怎么回事儿？"

"没怎么回事儿，我刚不是已经说了嘛，我就是来给他赔偿精神损失费的！"

李娜见丁一一死不松口，调转矛头问罗盼："罗盼同学，一一说的是真的吗？"

罗盼哆哆嗦嗦地答道："是……是……是真的！"

李娜看着罗盼的样子，和杰瑞对视了一下。

杰瑞问罗盼："罗盼，事情已经到了现在这个地步，我们还是希望你能说实话，丁一一因为这件事儿受到了学校开除学籍的处分，这已经不是件小事儿了。"

这下罗盼更加不敢说话了，他一直咬着下唇，死死地盯着地面。

"罗盼，你别害怕，我们也只是希望能了解这件事儿到底是怎么回事儿。你也知道现在这件事儿闹得越来越大，不仅一一被学校开除了，而且以后也很难有学校收他了。"杰瑞边说边观察罗盼的表情，"就算带他回国，这个事情也会是他一辈子的污点，你真的希望看到丁一一以后都背上这个'暴力者'的名声吗？"

罗盼愣了一下，陷入沉思，刚想开口，就被丁一一抢了先："你别说得这么吓人，我俩也就是打个架。"

"如果只是打架，为什么学校只开除你？打架是两个人的错。"

李娜一针见血地说。

丁一一时语塞："那什么，是我先动手的，我看他不顺眼。"

罗盼支支吾吾地附和丁一一："是啊，阿姨，因为是他先动手把我打伤的。"

杰瑞觉得有点不对劲儿，那个视频他看了好几遍，总觉得有什么地方怪怪的。这么想着，他就从兜里掏出手机，点开视频。

除了罗盼头上的这块瘀青之外，他明明记得视频里丁一一踹了罗盼两脚。可看刚刚两人拉拉扯扯的样子，怎么觉得他的手不像受过伤？

杰瑞突然抓起罗盼的胳膊，撸起他的袖子。罗盼被吓得气都不敢出，本能地缩着胳膊，可瘦小的他哪里比得过杰瑞在健身房练出的肌肉呢！

罗盼胳膊上光滑无比，连瘀青的痕迹都没有。

"罗盼，你胳膊上的伤呢？怎么没有了？"

杰瑞放开罗盼。

"没……没有，我的胳膊没有受伤。"

罗盼下意识地捂住胳膊。

杰瑞指着视频里定格的画面说："视频里丁一一的这两脚在你手臂上留下的伤呢？怎么现在都不见了？"

罗盼低着头，双手使劲儿抓着衣角，不知如何回答。

李娜气得说不出话来。杰瑞这么一说，她就完全明白这是怎么回事儿了！那个视频一定有问题！

"我看我们有必要去警察局协商解决了，我会请专业的医生来替你验伤，如果是真的，该负的责任我们肯定会负。可是如果不是这样的，罗盼，你这可是作伪证。"杰瑞说。

"我……我没有。"罗盼怯怯地回答。

"他的伤已经……已经长好了呀！"丁一一赶紧搭话。

"丁一一，你闭嘴！"李娜生气地教训丁一一，然后放慢语气，转过来对罗盼说，"罗盼，如果你不愿意开口说实话，我们只能去找你妈妈，让她配合我们一起调查，我不能让丁一一就这么不明不白地被扣上这么严重的处分。"

罗盼大急："阿姨，千万别找我妈妈！"

李娜在心里叹了口气，摸了摸罗盼的头，缓声说："那你能告诉我们究竟是怎么回事儿吗？"

罗盼咬咬牙，看了看丁一一，又看了看李娜。他确实撒了谎，但是如果这件事儿让妈妈知道了，她一定会非常失望的，而罗盼不想让妈妈失望。自从他被送到温哥华读书，妈妈就离开了家，搬到异国他乡，爸爸独自留在国内经营包子铺，每天早出晚归。他在这边的衣食住行，家里面的水电房租，都是妈妈在操持。如果他做了这样的事儿，妈妈肯定会很痛心的。想到这里，他冲李娜点了点头。

"罗盼！"丁一一在一旁瞪着他。

李娜看了丁一一一眼说："让他说出来！"她在口袋里摸索着，把手机录音功能打开了。

"丁一一他……他其实没有打我，这件事儿是我们俩配合演的一出戏。"罗盼缓缓道。

"演的？"

罗盼点点头。

"其实，这事儿是丁一一自己导演的，我只是配合一下他，我不是故意的！对不起阿姨！"

罗盼对李娜鞠了个躬。

"罗盼，你这个叛徒！大骗子！"

丁一一眼睁睁地看着罗盼说出真相，气得直瞪眼。

"喂，你刚刚说过刀架在脖子上都不说的呢！"

丁一一一脸失望，罗盼不敢看丁一一，低着头，躲着他的眼神。

"我觉得阿姨说的有道理，你不能一直背着这个坏名声。"

"叛徒！骗子！"丁一一冲着罗盼气急败坏地大喊。

李娜、杰瑞带着丁一一、罗盼来到酒店。酒店客房里气氛凝重，李娜刚刚听完了罗盼的解释，总算是明白了整个事情的真相。她的好儿子丁一一真想得出，竟然找罗盼配合他自导自演了一场戏，罗盼在视频中吐出来的血都是用红色的果汁勾兑出来的。

先前嚣张的丁一一这会儿却一直在旁边低头不语，面无表情地听着罗盼详详细细地和盘托出他们的计划和实施过程。

这个熟悉又突然让她觉得陌生的儿子，怎么能干出这么糊涂的事情！李娜心里五味杂陈，又生气又心酸。

"一一，你到底为什么这么做？"

丁一一不说话。

杰瑞跟着说道："对啊，你知不知道你妈妈这几天为了这件事儿操了多少心，结果竟然是你们自己一手导演的恶作剧，简直是太胡闹了！"

丁一一看了杰瑞一眼，终于忍不住说："不用你们管我的事儿，我本来就是为了被学校开除！"

"什么？"李娜大惊。

丁一一见事已至此，也就索性破罐子破摔，一股脑儿和盘托出。

"我闹这么大的动静，目的就是要断了自己在温哥华留学的后路！被学校开除，这样我就能理所当然地回国了！"丁一一越说越委屈，"这里我一天都不想待了，要不是当初你硬生生把我弄来，我怎么会干出这种事儿？！说到底，这都是你的错！"

李娜听完丁一一的话，当场愣住了。

他不想留学？

拍假视频骗人，就是为了离开温哥华？

李娜心力交瘁地用手揉着额头，半晌儿没说话。

小小孩子怎么变成这个样子，怎么可以这么想！

丁一一盯着一直不说话的李娜，态度莫名其妙地突然一百八十度大转弯，开始央求李娜："妈妈，我也是没有办法才出此下策，我真的不想在这里读书。"

李娜看到儿子还在表演，心里既苦涩又难过，她说："我费尽心思让你出国，是为了让你受到更好的教育，你怎么就一点儿都不能理解呢？"

"我是想理解，可是在这里生活的不是你呀，你知道我一个人在这里是什么样的吗？上课听不懂老师在讲什么，下课没有朋友，我快郁闷死了，我想回去，我想家，想吃奶奶做的上海菜。"丁一一略带哭腔地苦苦哀求着。

李娜仔细打量着身高渐渐超过自己的儿子，他长长的刘海儿散落在脑门前，眼睛通红，不停吸来吸去的鼻子也证明着他这段话是真情实感，应该不是装出来的。

丁一一的爷爷奶奶最疼孙子，李娜把儿子送到温哥华，家中老人一直都反对，尤其是一一的奶奶，每次她和丁致远去看望他们时，总是要被老人埋怨为什么要送一一出国。

李娜一下子似乎有些动摇了，她叹了口气说："现在事情已经弄清楚了，我要到学校和你们校长再沟通一下，和校方说清楚这只是你们俩自导自演的一个恶作剧，关于你的处分需要重新申诉，否则你以后到哪里上学都会背负坏名声。"

杰瑞同意李娜的说法，他说："不管怎么说，都得先跟学校把事实真相说清楚。"

李娜正准备再说什么，罗盼口袋里的电话就响了起来，他拿出手机看到来电显示上写着：妈妈。

陈莉莉心急火燎地赶到酒店大堂，正好看到李娜和杰瑞陪着罗盼下来，她一个箭步冲了上去，护住了罗盼。

"盼盼，你没事吧？"她拉过罗盼，带着敌意地看着李娜和杰瑞问。

"妈妈，我没事儿。"罗盼小声地对陈莉莉说。

陈莉莉一脸戒备地盯着李娜和杰瑞。

"你们想拿我儿子怎么样？"

"罗盼妈妈，您别误会，我们只是送他下来而已。刚刚在电话里，罗盼把事情的大致经过跟您说过了吧？"李娜问。

陈莉莉盯着罗盼问："这到底是怎么回事儿？你说全部都是你们在演戏是什么意思？"

她看了看李娜和杰瑞，一脸狐疑，接着对罗盼一字一句地说："是不是他们故意让你这么说的？跟妈妈说实话，不用怕！"

"我……这件事儿确实是我跟丁——演的戏，不是真的。"罗盼低头小声地向妈妈解释。

陈莉莉瞪大眼睛，一脸的不相信。

"你为什么要这么做？"

李娜有些抱歉地说："罗盼妈妈，这件事儿是丁——不好，但是孩子们毕竟还小，不懂事，现在责怪他们也没什么意义，我们要做的，应该是尽快跟学校解释清楚。"

听到李娜说要去学校，陈莉莉的脸色就变了，她心想：为什么要去学校解释清楚？有什么好解释的？说到底还不是因为丁——的怂恿，自己家这么乖的儿子才会做出这种事情的。

陈莉莉一脸不愿意地说："——妈妈，我为我之前的态度道歉，请你谅解。但如果你们去找校长，这件事儿在学校也会给罗盼造成很大的影响。不管怎么说，这件事儿也是因为丁——，你看，咱们能不能就这么算了？"

陈莉莉仿佛瞬间就拿定了主意，去学校说什么，说她品学兼优的好儿子伙同丁——拍了个假视频，帮丁——作伪证让他退学？这种事情她不干！

"可是，如果不把这件事儿解释清楚，——也没办法再回学校，别说回学校，温哥华任何一所学校都不会接收他的。"李娜继续争取。

"可是……可是我们罗盼是无辜的啊，他只不过一时糊涂帮了你们家丁——的忙而已。这样下去，罗盼也会受影响的。"陈莉莉说。

李娜有些不甘心："事情到了现在这个地步，总得想办法解决吧？"

陈莉莉突然想到了什么。

"你先等等。"说着，她就拿出了手机，拨通了一个号码。

陈莉莉一个电话，把热心的胡媛媛叫了过来，三个女人和杰瑞坐下来聊了一刻钟不到，就聊出一个两全其美的解决方法。李娜不得不佩服这位上海陪读妈妈互助会会长胡媛媛的八面玲珑。

"校园暴力和恶作剧本身是两个性质，既然涉及丁——是否会被退学的问题，在我看来，确实还是需要向学校说明真相。"胡媛媛说。

陈莉莉刚想说什么，就被胡媛媛示意不要打断她，然后她继续说："可是我也能理解莉莉的担心，不如这样，你们各退一步，我们可以去跟学校解释，事情发生之后，是罗盼良心上过意不去，于是站出来主动承认，而不是被我们家长抓住的。这样，学校和大家都会认为，罗盼知错就改，主动认错，是一个正直的孩子，也容易获得大家的谅解。你们觉得呢？"

李娜沉默了一下，胡媛媛的办法确实比较折中，一方面证明了丁——不存在校园暴力，另一方面罗盼也不用承担过错。

"我同意。"李娜心想，只要能把打人这件事儿翻篇儿，让她做什么都可以。

"我们都是当妈的，谁都不想让自己的孩子受伤，咱们也应该相互理解一下。"李娜真诚地看着陈莉莉，补充道。

陈莉莉犹豫地点了点头。

李娜把大家送走，酒店客房里只剩下李娜和丁一一母子俩。

事情总算水落石出了，闹了半天视频竟然是儿子自导自演的恶作剧，李娜有种不真实感。

刚刚和胡媛媛他们聊过后，似乎只要丁一一好好去学校认错，这个处分应该还是可以撤销的，或者至少是不用退学了。

可没想到的是，丁一一根本不领情，他拒绝道："我不去认错，要去你自己去。"

"你这是什么态度？你弄这么大一出闹剧我都还没骂你呢！"李娜有些生气了。

"我就想回家，有什么错？你凭什么安排我的生活，凭什么把我一个人留在这里，你连问都不问我一句，我到底愿不愿意。你以为你是我妈，就可以主宰我的人生了吗？你太过分了！"

李娜被儿子噎得无话可说，她还没开始发飙反倒被儿子一通火气堵住了想要说的话。

"算了，反正我怎么说你都不会听。"丁一一撂下这句话，就走进自己的房间，把门重重地关上了。

母子俩的交谈再一次不欢而散。

李娜此时是真真正正觉得有些无力了，来到温哥华这几天，儿子一直和她拧巴着说话做事。她当妈十多年，怎么就落了个说什么儿子都不听的下场？真是遇上逆反期了吗？

她坐在沙发上，丁一一童年的情景又浮现在眼前。丁一一上小学前，只要她下班回家，他就像小尾巴似的跟在她的身后满屋子转，甚至想去上个厕所，他都"妈妈、妈妈"地在叫她，分秒都不愿意和她分开。

丁一一小时候长着粉嫩的胖嘟嘟的小脸，大大的眼睛，时不时就在妈妈怀里撒娇，李娜在外面再苦再累，只要回到家里看到可爱的儿子，顿时就心情舒畅很多。

儿子是从什么时候开始变了的？应该是上了初中，儿子喜欢打游戏，功课直线下滑，李娜对儿子的态度也不一样了，再加上她执意把儿子送到温哥华留学，这更加深了母子之间的隔阂，丁一一渐渐地和李娜越来越疏远了。

为了不让儿子打游戏，李娜绞尽脑汁查了很多如何戒掉孩子的网瘾的资料，还是觉得不靠谱。她坚定地认为远离网友和原来的学习环境可能对他更好。

丁一一非常聪明，心思活络，智商也不低，接受能力强，到国外应该更适合他。

为了让儿子出国留学，李娜四处找中介打听，觉得中介机构不靠谱，于是想到了曾在公司实习过的加拿大留学生杰瑞。

后来杰瑞非常热心地帮丁一一申请到温哥华的寄宿学校，还自告奋勇当丁一一的监护人，李娜和丁致远才放心地把他送到加拿大。

本以为儿子到了国外，远离了他的网友，他就会自然而然地忘掉游戏，没想到非但没有忘记，还闹出了这样的事儿。

难道她为儿子的教育付出了这么多心血，真的都错了？夜已深，李娜躺在床上，深刻地反省自己，彻夜未眠。

次日一早，李娜和杰瑞再次来到丁一一和罗盼的学校，和校长说清了事情发生的原委。

"既然这件事儿只是恶作剧，不是真正的校园暴力，我会向理事会申请撤销对丁一一的处分。"校长说，"不过，丁一一是不想留在这里上学，才导致了这次事件，我建议你们好好和他沟通。如果孩子真的不适应国外，强行把他留在这里，恐怕也不是最好的选择。你们无法避免下一次类似事件的发生，而且，我认为尊重孩子的内心和选择也是非常必要的。"

校长说的这些话对一夜未眠的李娜又一次产生了不小的冲击，杰瑞和李娜一起走出校门，李娜还在回味校长刚才的建议。

"其实校长说得对，就算这次的恶作剧解决了，一一很可能还会弄出第二次、第三次这样的事情，我不可能每次都飞过来处理。而且他一心琢磨着回国，还怎么专心念书？"

李娜皱起了眉头，感觉不知所措。

杰瑞侧过头看了李娜一眼问："你有没有考虑过留在温哥华，陪丁一一度过中学时光？"

"你是说留下来陪读？"李娜有些惊讶。

杰瑞点点头。

"我看过一些报道，孩子在成长的关键阶段，因为缺少了父母的关爱和陪伴，出现了很多问题，尤其是一一已经进入青春叛逆期，如果教育不好，轻的可能是虚度光阴、生活没有了目标，严重的就会结交一些社会上的不良青年，出现犯罪倾向……"

李娜神情紧张地看了杰瑞一眼，这是她把儿子送来之前没有想过的。

杰瑞继续说："青春期是孩子从青少年向成人过渡的关键时期，家长的正确引导，对孩子的人生观、世界观，以及独立自主人格的形成非常重要。如果孩子在关键时期，缺少了父母的关爱陪伴和正确引导，成年后会有一些方面的缺失……当然我不是说所有孩子都会这样，但的确应该重视起来。"

听着杰瑞的话，李娜若有所思。如果留下来陪读，应该也是个好办法，——不用回国了，另一方面，他所谓的孤独的情况因为有她的陪伴也不会再发生。可是她的公司怎么办？那可是她多年的心血，是她在商场拼搏了多年才闯出的天地啊。还有学究老公丁致远，要一个人生活……

良久，李娜长长地叹了口气说："我突然意识到……我欠孩子的太多了……我觉得我当初的选择，只是把我自己的意愿强加给了——，而不是他真正想要的……我太武断了，缺乏理性的思考。"

"但是做个陪读妈妈……"她犹豫了一下，"让我再想想……"

杰瑞看了李娜一眼，打开车上的音乐，想让李娜放松一下。他总是很善解人意，李娜友好地对他笑了笑。

回到酒店，李娜决定静下心来，找丁——谈谈。既然校长的意思，也是要和儿子沟通沟通，那么她这个当妈的看来是有必要跟儿子认真地交谈一次了。

她敲了敲丁——的门。

"——？"

房间的门虚掩着，李娜轻轻地推开，没有人。

"一一？"

她把客房找了个遍，也没有发现丁一一的踪影。

"这孩子去哪儿了呢？"

她进到儿子卧室里的书房，发现他桌子上的电脑不见了。她急忙又把杰瑞叫回来，让杰瑞帮她开车在温哥华的大街上不停地找丁一一。

"我刚回来他就不见人影了，打电话手机也关了。昨天晚上为了回国的事儿，他又跟我大吵了一架，今天一早我着急跟你去学校，就没来得及管他，结果回来人就不见了。"李娜向杰瑞解释，"现在怎么办？要不要报警，让警察找找一一？"

"这里不是中国，警察不是居委会大妈，不到万不得已不能打电话叫警察，否则会引起一系列不必要的麻烦。"杰瑞说。

"酒店找遍了，公园也去过了，连市中心我们都转了一圈儿了。"李娜着急地说，"他还能去什么地方？"

"你先别着急，咱们冷静下来想想。丁一一平时最喜欢什么？"

"游戏！对对对！我想起来了，一一的电脑也不见了！"

"这就对了！丁一一很可能是去什么地方玩儿游戏了，咱们沿着这个线索想想，平时我家网络不稳定的时候，我也会带着电脑去附近的星巴克或者麦当劳上网。"

总算有个目标了！

"那还等什么，咱们赶紧去酒店附近找找。"

杰瑞踩下了汽车的油门。

如果真的因为网络不稳定，丁一一在酒店附近咖啡店的几率会更大一点。

李娜和杰瑞急疯了，一家星巴克挨着一家星巴克地找，四处喊着丁一一的名字。

"杰瑞，附近总共几家星巴克啊？"李娜问。

"地图上显示好像有五家。"

李娜满是担忧："那我们刚刚走出来的就是最后一家？"

李娜和杰瑞站在星巴克门口，失望地四处张望。

这个丁一一，到底去哪儿了呢？

李娜急得满头大汗。

此时杰瑞的手机响了起来。

"喂，你好。对，我是。"杰瑞的脸色大变，"好的，我现在就过去。"

"怎么了？"李娜问。

"你听我说，先别着急。"

"是不是一一出事儿了？"李娜吓得脸色苍白。

"是警察局打过来的电话，说丁一一现在在警察局，让我立刻过去一趟，具体情况还不清楚。"

李娜一阵眩晕："警察局？怎么会在警察局？"

杰瑞马上扶住差点站不稳的李娜说："先别急，我们现在就过去！"

李娜推开警察局的大门，第一眼就看到丁一一缩在警察局的长椅上，冻得瑟瑟发抖。

丁一一看到李娜，差点哭出来，噌一下就站起来，扑了上去。

"妈妈。"

李娜紧张地把丁一一上上下下仔细检查了一遍，当看到丁一一衣服上的血迹时，她吓得脸色惨白，急忙问："怎么有血迹，你是不是受伤了？"

丁一一木讷地摇摇头说："我没事儿，就是胳膊被别人划到了，刚刚已经处理过了。"

"你是丁一一的监护人？"一个警察走了过来。

"我是。"杰瑞答道。

"我们已经核实过了，他没有参与这次的斗殴，但是由于在场所有的当事人都没有达到合法饮酒的年纪，所以他们这些人必须要进行酒精检测。不过，我们已经给丁一一做过检测，他体内没有酒精成分。你跟我来签个字，就能把他带走了。"

杰瑞点点头，回过身对李娜说："你们在这儿等我一会儿，我去办手续。"

"好。"

杰瑞走后，长椅上就只剩下丁一一和李娜两个人。

丁一一一直低着头，紧张地绞着手。

斗殴，酗酒，警察局……

这些词汇在李娜的脑子里不停乱转着，事情发展得太快，真的让她有些没办法接受。

不过儿子没事儿就好，只要她的儿子没事儿……

李娜看着坐在身边的儿子，感觉整个心都平静了下来。

"饿了吗？"李娜首先打破了沉默。

丁一一默默点头。

"一会儿回酒店先给你弄点儿吃的。"

没想到的是，丁一一歪了歪头，直接靠在了李娜的身上，脸色有些潮红。

"妈，我头好热好难受啊。"

李娜摸了摸他的额头，吓了一跳："怎么这么烫？糟了，肯定受了惊吓又着凉了。"

李娜抱过一一，让他靠在自己怀里，杰瑞这时办完手续赶了过来，李娜根本来不及解释，直接说："杰瑞，我们赶紧去医院！"

从医院回到酒店后，李娜赶快让丁一一躺了下来，她给杰瑞嘀咕着："国外医院的医生怎么这么不近人情，孩子发烧也不给打针吃药，就给个冰袋让自己回家物理降温。"她边说边小心翼翼地把退热贴贴在丁一一的额头上。

刚刚发生的事情，杰瑞抽空儿和李娜说了一遍："刚才丁一一遇到一群未成年人，他们在家里开 party，孩子们喝多了酒发生争执打了起来，似乎所有的人都不认识丁一一，也都不知道他是怎么被搅进去参加聚会的。"

李娜听了杰瑞的话后心里一阵后怕，如果一一出了事儿，她一辈子都不会原谅自己。她替儿子掖好了被角，看着他睡着，这才轻手轻脚退出房间。

她疲惫地跌坐在沙发上，长长地叹了一口气。这才几天就发生了这么多事儿，成年人都有些承受不住，更何况丁一一，他才十几岁，受到惊吓发了烧，也免不了。

李娜想起刚刚躺在床上的丁一一苍白的小脸：难道真的就遂了他的意，带他回家吗？继续和网友玩儿游戏？可是自己做了这么多努力，就这么白费了吗？

杰瑞走到了酒柜前，准备开瓶酒给李娜压压惊。

李娜的手机铃声响了起来。

"喂。"李娜尽量平复了一下情绪，然后按了接听键。

"昨晚怎么回事儿啊？——没事儿吧？听你口气那么着急，我担心得一夜都没睡好。"丁致远焦急地问李娜。

刚才和杰瑞一直忙着找丁——的时候，丁致远给李娜打了个电话，她一着急说了两句找不到——之类的话就挂了。

李娜看了看时间，原来从警察局到医院再到酒店，不知不觉九个小时就过去了，现在上海那边刚刚天亮。

"没事儿，他就是手机没电关机了。"李娜故作轻松。

"真没事儿？"

"放心吧，我在这儿他能有什么事儿，你安心上课吧。"

李娜挂了电话。——生病这事儿，她决定不告诉丁致远，天高皇帝远的，说了也帮不上什么忙。万一丁致远在——的爷爷奶奶面前说漏了嘴，李娜的麻烦更多……

李娜回过神儿来，从内心深处对儿子产生了一丝歉意。她没想到刚来温哥华，学校、医院，就连警察局都跑了一遍。如果不是杰瑞一直陪着帮忙，凭她一个人远在异国，语言不通，估计是寸步难行。

有儿子，儿子不听她的话。

有丈夫，她也不敢诉苦。

这都算什么事儿啊！

突然之间，李娜低头捂住了脸，开始抽泣起来。

杰瑞看着李娜，摇摇头叹了叹气，赶快递上纸巾，然后转过身打开酒瓶给李娜倒了一小杯酒。

李娜抬起头，平复了一下情绪，接过酒杯，连着喝了几大口。

"——睡着了？"

"嗯，发烧不容易退，折腾了一天一夜，这孩子也累坏了。"

"你也累坏了，年轻人恢复能力强，睡一觉明天就没事儿了。"杰瑞说。

"你知道吗？在去警察局的路上，我的手一直都在发抖。我已经在脑子里设想了无数种可能，每想到一种都让我心惊胆战。在警察局看到丁——的那一瞬间，我已经完全想不到去骂他训斥他，我唯一的念头就是还好他没事儿，还好没事儿。"李娜抚着额头，无力地说着。

"是啊，好在孩子没事儿，看丁——今天的反应，他应该也是被吓坏了。"

"这才是我更担心的，之前就听说过留学生各种乱七八糟的事儿，总想着我们家——肯定不会的，他再怎么调皮捣蛋，本质上还是个好孩子。可问题是，他这个年纪的孩子，太容易受周围环境和人的影响了，万一他哪天真的不走正道，或者闯出什么大祸来，我是要后悔一辈子的。"李娜不无担忧地说。

"说实话，刚才警察局那些从其他国家来留学的孩子，之所以会那么肆无忌惮地胡闹，其实还是因为大部分父母都不在身边，孩子嘛，自制力也比较有限，再加上在异国他乡，孤单寂寞肯定是有的，所以就爱聚在一起胡闹，之前也没少出过类似的事儿。"杰瑞对李娜说。

李娜晃了晃手中的酒杯，知道杰瑞意有所指，她语调有些低沉地说："你之前说得对，是我执意要把丁一一送出来的，我不能就这么撒手不管了，我得陪着他，陪他一起面对这些问题。"

她要陪着丁一一，在温哥华念书！

其实她的心里早就有了答案，只不过她自己不敢面对而已。既然不能让儿子在温哥华孤独地面对未来，又不能让他回国，在上海继续组什么战队，打什么游戏，那唯一的结果，就只有陪读！

做个全职的陪读妈妈！

杰瑞使劲儿点点头，对李娜刮目相看，没想到她一个工作上的女强人，能对儿子付出这么多。

"真的决定了？这不是件小事儿，你得想清楚，是不是要和一一爸爸商量一下？"他说。

李娜仰头喝了口酒，脑海里已经开始考虑如何安排接下来在温哥华长留的事情了。

杰瑞看她已经陷入深思，对她说："你早点休息吧，先别琢磨那么多，有什么事儿等明天起来再想。"

杰瑞起身放下酒杯，默默地离开。

李娜点了点头，也把杯中的酒一饮而尽，晕晕乎乎地站了起来，定了定神，朝杰瑞摆摆手，随后走向洗手间。

温哥华的早晨，空气中弥漫着负离子，大树下面的草丛中，有松鼠欢快地跑来跑去，还有的在树上爬上爬下。

李娜一直是一个行动力非常强的女人，她已经决定留在这里，并且坚定了自己的内心，接下来就要征求老公丁致远的意见，并做一一爷爷奶奶的思想工作，然后再告诉丁一一并安排接下来的生活和工作。

李娜跟丁致远打电话："老公，我决定留下来陪读，陪儿子读书。"

上海深夜，丁致远正在家里看书，接到李娜的电话诧异了很久，突然大笑起来："怎么可能？你公司一百多号人怎么办？你们公司正在融资增项扩大生产，搞新技术研发，你堂堂一个董事长当甩手掌柜可能吗？不会是你的缓兵之计吧？"

李娜耐心地给丁致远解释："不是缓兵之计，我已经慎重思考了几天了，既然送儿子出国就是希望他能够在新的环境下提高学习成绩，远离网络和游戏，我不在他指不定又出什么幺蛾子。公司的事情我可以远程指挥，现在视频会议很方便的，一切都在我的掌控之中。我接下来要去租房子，把儿子从维多利亚转到温哥华来读书，这样每天放学都可以回家。"

丁致远还是半信半疑："你不会真要长期住下去吧？你语言不通，温哥华除了杰瑞也不认识其他朋友，还是先在酒店住一段时间，给儿子再找一所寄宿学校吧！你这决定让我有点儿丈二和尚摸不着头脑。"

李娜知道丁致远不敢相信她的决定，不过事实胜于雄辩，走着瞧吧！

"妈妈，你怎么不骂我？我有点儿不太习惯？"丁一一坐在餐桌前吃早饭，时不时抬头看一眼李娜，最后终于忍不住问道。

李娜表情自然地放下吐司说："你也知道昨天的事儿是你做错了？"

丁一一低头不说话。

"妈妈知道这件事儿你是碰巧被卷进去的，你没有喝酒也没有打架，所以我不骂你。可是你记住了，以后不准再做离家出走这种事儿了。现在外面这么乱，你也没少看留学生出事儿的新闻吧？你一个人就这么跑出去了，要是真出什么事儿，我跟你爸怎么办？"李娜一口气把想对丁一一说的话都说了出来。

丁一一弱弱地说："我也没想那么多啊，就是想出去透口气，在这儿太不自由了。"

李娜沉默了一下，换了一种商量的口吻问："一一，你觉得妈妈留在这儿陪你如何？"

丁一一一下子没反应过来。

"妈妈，你……你几个意思？"

"你看，杨洋和罗盼的妈妈都在温哥华，你不是说在这儿孤单吗？如果妈妈陪你在温哥华生活，既能和你做个伴，也能照顾你，你觉得呢？"

丁一一下意识地拒绝："我不要，你要真关心我就应该带我回去。"

李娜严肃地告诉丁一一："我留在这儿的事情没有任何商量的余地。"

"那你现在又干吗来跟我商量？"丁一一有些委屈。

"你不是老说我不够民主吗？所以妈妈得问问你的意见啊。"李娜说得煞有介事。

"什么民主，你这根本就不让反对好不好？再说了，你在温哥华语言不通，谁都不认识，根本就待不下去的，干吗要浪费这时间，你直接打道回府多省事。"丁一一试图说服李娜。

"你怎么知道我待不长呢?"李娜扬了扬眉毛说,"那如果妈妈能适应这边的生活,是不是说明你肯定也可以?"

丁一一撇了撇嘴:"反正你不想待了随时都能拍屁股走人,最后还不是我一个人被扔在这里……"

李娜想了想说:"这样,如果过完这个学期,连妈妈都待不下去,我就带你一起回国。可是如果我能坚持下来,你就踏踏实实在温哥华读书。"

丁一一犹豫了一下。

李娜见丁一一对自己抛出的赌局有些兴趣,便使出了激将法:"既然你对我这么没信心,这个赌难道还不敢打吗?"

丁一一的好胜心确实被勾了上来,不过还是死鸭子嘴硬:"随便,反正我反对也无效。"然后他低头郁闷地咬着三明治。

儿子这是同意了?

李娜有点喜出望外。要留下来陪读,肯定需要做不少准备,谈生意她在行,可陪读却是头一回,也不知道谁能向她传授经验。

李娜想到了一个人,陈莉莉?不行,虽然这是她第一个知道的陪读妈妈,但是因为罗盼的事情,她多多少少会有些介意。胡媛媛?也不熟悉,不过可以约见一下,她看上去是个热心肠,又是上海陪读妈妈互助会的会长。

和胡媛媛见面的咖啡厅就在酒店楼下。李娜简单地收拾了一下,就去咖啡厅赴约。

咖啡厅的菜单是中英文对照的,李娜接过侍应生给的菜单,替胡媛媛点了杯咖啡，坐下来一边慢慢等，一边望向窗外来来往往的行人和风景。

到了温哥华以后，李娜还没有像现在这样，好好看看这个城市。静下心来她才发现，这个城市的节奏是缓慢的，和上海相比，街道上的行人显得轻松悠闲。

"你打算留下来陪读？"

胡媛媛听到李娜的决定，吓了一跳，差点儿把手里的咖啡洒出来。

坐在她对面的李娜肯定地点了点头，接过侍应生拿过来的咖啡，搅拌了两下。

"你是上海陪读妈妈互助会的会长，关于陪读的问题，我想来请教你应该是最合适不过的了。"

胡媛媛下意识地点点头，脸上的表情表示她似乎还没有消化李娜的消息。

"决定留下来陪读我也想了很久，其实我儿子自编自导恶作剧的事情，我真的觉得有很大一部分责任都应归结到我这个做妈的身上。他小时候，我就一直忙着工作，一直在拼搏，每天起早贪黑，有时候出差可能一周都见不到他几次，总想着多挣点儿钱给他最好的生活条件，结果时间过得太快，一不留神他已经长成大小伙子了，与我越来越疏远，而且变得我都快不认识了。"李娜的语气中带着些悔意。

"李娜，陪读不是件小事儿，你要想清楚，考虑到孩子年龄小，不能独立，大多家庭是爸爸留守国内工作，妈妈出国照顾孩子，陪读妈妈的海外生活看起来轻松、悠闲、惹人羡，其实没有看上去那么光鲜。"

"我知道肯定不容易。"李娜说。

胡媛媛点了点头。

"在温哥华，陪读妈妈的生活，是中国人都能理解而外国人无法接受的。无论是语言沟通、文化差异，还是无处不在的孤独，都是一座座难以攀登的大山。不仅事业和家庭只能二选其一，而且还有可能因为长时间分居，出现后院起火的状况，你真的准备好了吗？"胡媛媛的语气越发严肃。

李娜接下来的话说得更发自肺腑："国内的事业和家庭我可以协调，但我不想再做一个缺席的妈妈，我亏欠我儿子的已经太多了。"

胡媛媛看李娜已经下定了决心，就说："其实现在科技这么发达，视频会议、邮件、电话一样也能处理公司的事情，有必要的时候你可以飞回去处理，只不过你会比较辛苦。不过，既然你已经决定了，我相信你已经做好心理准备了。"

李娜点点头："我对这边确实一点儿都不熟悉，陪读的很多事儿可能都得请教你了。"

胡媛媛非常友善地说："放心吧，有什么事儿随时给我打电话，咱们这些做陪读妈妈的，都不容易，互相帮衬一点儿是应该的。"

胡媛媛慢慢搅动咖啡，又像想起什么事儿似的，说道："对了，还有一件事儿，昨天莉莉给我打电话，说罗盼想转学，让我帮他想想办法。"

"转学？"李娜有些惊讶，"因为这次的事儿吗？"

"应该是，可能孩子的心理承受能力比较弱，担心知道事情真相之后回学校被同学嘲笑吧。"胡媛媛说。

李娜心里考量着，看来孩子也是有自尊的，如果是这样的话，——也应该转学到温哥华……

"你倒提醒我了，既然决定留下来，我也要想办法让——转学到温哥华，要不然他在岛上念寄宿学校，我留下来就没什么意义了。"李娜道。

"那这件事儿交给我吧，我来帮两个孩子联系学校。我家杨洋那所高中就很不错，我跟校长也有些私交。"

李娜听后赶紧道谢："麻烦你了。"

正事儿聊完以后，两个人的心情就放松了下来，李娜拿出一条精致的丝巾送给胡媛媛，胡媛媛客气了一下也就收下了，两人又寒暄了一会儿，便各自回去了。

李娜告别了胡媛媛，长舒了一口气，总算觉得留下陪读的事情有点儿谱儿了。可能是最近情绪太过紧绷，她突然想自己一个人出去散散心，先不回酒店。她找咖啡厅的服务生换了些零钱，在街边随意上了一辆老式环形公交车。

阳光温和地照在车窗上，晒得李娜微微眯了眯眼睛。温哥华此时的气温刚好，不冷不热，车窗外，全是陌生的路，不认识的广告牌，还有不同肤色的路人。一切对李娜来说都充满了新鲜感，也充满了迷茫。

虽然和儿子打了赌，但她确实不知道自己可以坚持多久。是不是真的就如她希望的那般，可以坚持到儿子毕业呢？国内的事情先不说，在温哥华，人和人之间的沟通就是一种困难。

李娜静静地看着窗外。突然，一对白人母女吸引了她的目光。

一个满身脏兮兮的白人女孩，正把自己舔了一口的棒棒糖，往妈妈的嘴里塞。那个妈妈一脸幸福地含住了糖果，母女俩相视而笑，满满的幸福感。

无论任何国家、任何种族，母爱都是这么伟大。这场景让李娜感叹之余，不由得想起了自己和儿子丁一一的关系。

"与一一的未来相比，我还怕什么呢？如果这个选择可以把一一培养成才，那我所做的一切都是值得的！如果我都无法适应，那我又拿什么来说服一一在这里生活下去呢。"

我一定要陪着他读下去，直到他考入美国藤校！

接下来的一段日子里，李娜在温哥华开始忙前忙后，找胡媛媛替丁一一办转学手续。

丁一一这些日子倒是非常乖巧，和李娜两人之间的相处模式从剑拔弩张，变为和平相处。

李娜有些不太适应丁一一态度的突然转变，以为他是暴风雨前的宁静。

"儿子，你最近对老妈的态度一百八十度大转变，搞得我有点儿不习惯了。"

"那你就想错了。"丁一一说，"这事儿你得感谢我爸，他专门和我聊了聊……唉！我跟你说这个干吗！"

丁一一说完这句话，就离开了餐桌。

李娜偷笑。这个丁致远，前两天打电话，还坚决反对她在这儿陪读，怎么到了一一这边，就成了知心老爸和和事佬了呢。

"别走啊，一一，你胡阿姨的周末 BBQ，你到底去还是不去啊？"

"去！干吗不去？我在这儿住得都长毛了！"

丁一一头也不回地喊道。

李娜笑着摇了摇头。

周末，依然风和日丽，气候宜人。这次的 BBQ 聚会，胡媛媛邀请了很多朋友，大部分都是以陪读妈妈为主的华人家庭。因为李娜是生面孔，胡媛媛从李娜进门开始，就不停地拉着她向陪读妈妈们介绍。

李娜第一次来胡媛媛家，她没想到胡媛媛家的豪宅这么大，李娜目测了一下，估计占地得 2000 平方米。

别墅前院的草坪上，撑起了五六把红色阳伞，白色桌椅被上方的阳伞遮了太阳，投在桌子上变成了淡淡的粉红色。阳伞下的桌子上，各种烧烤的食材应有尽有，妈妈们和菲佣一起忙碌着。

李娜一边准备食物，一边和胡媛媛说着话。

"不用担心丁一一，我们的几个孩子年龄都相当，他们在一起打篮球也能增进感情。"胡媛媛看李娜有点儿心神不定，一直往后院丁一一他们打篮球的地方看，便对李娜说道。

李娜听到胡媛媛的话后，笑了笑。丁一一说病就病了，说好也好得很快，感觉昨天还病恹恹地躺在床上，今天就跟几个孩子在后院打篮球，这多多少少让李娜感觉有些不真实。

儿子能够多几个朋友也是好事情，这几天的异国生活让李娜一个成年人都觉得有些孤单，更别提儿子了，希望他能多交一些朋友，李娜这么想着。

"媛媛阿姨，听 Summer 说今天还有几位帅哥，人在哪里呢？我去会一会。"

一个清脆的女声打断了李娜的思路,她抬眼一看,一个画着烟熏妆的华人小姑娘一阵风似的进来了,这孩子看上去比——大一点,有……十七八岁?

　　"戴安娜来了,去吧,在后院打篮球呢。"胡媛媛给戴安娜示意了一下后院篮球场,戴安娜径直走了过去,皮夹克上面的铆钉蹭来蹭去,叮叮直响。

　　"Summer?"

　　"Summer是戴安娜的妈妈,中文名字叫夏天。"胡媛媛指了指站在烤架前面准备炭火的一个女人,说道。

　　"这戴安娜怎么对她妈直接叫名字啊?"李娜好奇地问。

　　"戴安娜从小在加拿大长大,国外家庭都这样直呼父母的名字。"胡媛媛答道。

　　"是吗?听上去还真不习惯,我们毕竟还是中国家庭,还有她这身打扮,着实比较另类、奇特。"李娜着实看不惯戴安娜像个乞丐一样的装扮。

　　"既然夏天都不介意,我们就别替她操心了。"胡媛媛说。

　　李娜点点头,专心对付手上的肉串儿。

　　过了一会儿,戴安娜就从后面跑了过来,还挽着一个金发男生的胳膊。

　　"Summer,媛媛阿姨,我先走啦,丹尼尔下午有帆船比赛。"

　　烤架前的夏天站了起来,冲着对她说话的戴安娜点点头:"OK,去吧,加油啊。"

　　戴安娜挽着丹尼尔笑着欢快地离开。

　　这么开放,果然物以类聚人以群分,戴安娜明显已经被外国人同化了，李娜在心里嘀咕。

这做母亲的也真是想得开，李娜又狐疑地看了看夏天。

远处陈莉莉把炭块一块一块地加进炉子里，烧烤用具也用得很娴熟，边操作边和旁边的夏天聊天，夏天很友善，她一直面带微笑地对陈莉莉。可是不知道为什么，李娜总觉得她的笑容有点忧郁。

李娜回过头来对胡媛媛说："媛媛姐，这次——和罗盼转学的事儿，多亏你帮忙了。"

胡媛媛摆摆手说："没事儿，以后他们跟我家杨洋就是校友了，我看杨洋和——、罗盼应该能聊得来，他们几个孩子年纪也差不多大，正好可以让他们多培养培养感情成为朋友。"

"对了，我既然要留下来，首先要考虑的就是租房或者买房，你有没有这方面的资源可以介绍给我的？"李娜诚恳地问。

"哈哈！这还真是赶巧了，夏天家有一套房子正好空出来。"胡媛媛放下手中的食材，把夏天拉了过来，"夏天，你给李娜说一下你家房子出租的情况。"

夏天对李娜微微一笑："也没有什么好说的，就是两套双拼别墅，我住一套，隔壁租客上个月搬到多伦多，刚好空出来一套，我正在找新的租客。"

"那就不用找了，我来租如何？"李娜说。

夏天有些犹豫："这……你准备租多长时间？我是一年起租，听说你只住半年。"

"这好商量，如果我提前退租，你可以多收我一个月的押金，如何？"

胡媛媛走过来帮腔："李娜很爽气，朋友归朋友，在商言商，夏天，要不然你就不要挂牌出租给别人了，反正租谁都是租，也省得李娜到处去找房了。"

夏天迟疑了一下，点点头："好，你什么时候有空儿到我家来看房？"

李娜感到很惊喜，真是踏破铁鞋无觅处，得来全不费工夫！没想到最难办的事情竟然这么简单就能解决，于是她当机立断地答道："明天就可以去看！"

烧烤的第二天，李娜去看了夏天家要出租的房子。夏天家的房子，坐北朝南，厅堂四正，采光很好，屋内有空调和壁炉，到了冬天应该也不会冷。

"条件地段都挺好，离儿子的新学校也不远，就是没有家具。"李娜边挑家具边和丁致远打电话。

"这不正好儿子的转学手续还没办完，你就让儿子好好做做小苦力，帮帮你。"丁致远在电话那头温柔地笑着。

"不对呀！丁致远，你平时不是挺护着儿子的吗？怎么今天舍得了？"李娜也跟丁致远开起了玩笑。

"不过你还真别说，"丁致远道，"最近——倒是不怎么抱怨温哥华不好了，还跟我说了关于他前两天认识的新朋友的事情，杨洋啊，戴安娜啊，还有那个罗盼……"

看来让他在外面交交朋友，确实很有帮助啊，李娜想，旋即又有些吃醋地说："儿子从小都跟你好，我这个妈一天二十四小时和他在一起，都不和我好好聊天儿，说说心里话。"

"别急嘛，来日方长。"丁致远在那边安慰，又想起了什么似的说，"你公司那边都安排好了吗？"

"安排好了，你放心吧。"李娜回复道，"我和高翔说了说现在的情况，也让他多去客户那边走动走动。"

"好。"丁致远本来想多说两句，就听见电话那头传来了李娜"this one，and this one"的声音。

"你先忙吧，我过些日子忙完手头的课题，就去找你们母子俩。"

李娜说："行，我得让他们把家具搬回去，你忙完赶紧过来吧。"

不一会儿，李娜就在房子外面指挥工人往出租屋搬家具："麻烦你们稍微小心点儿，不要碰到门框或者墙面。"

夏天走了出来，看到李娜在草坪上来回走，眉头稍稍皱了一下。李娜没太注意，看到夏天出来了，便热情地过去打招呼。夏天看了看乱糟糟的阵仗，点了点头："那你先忙。"

"嗯。"李娜笑了笑。

折腾了几圈，一直忙到下午，李娜的新居才算是有了点样子。她站在屋子中间巡视了一下，觉得布置好家具，室内一下子就温馨起来了。不过她也顾不上细看，毕竟还有很多东西都还没有整理。她找了块抹布，角角落落仔仔细细地擦了擦，突然门外传来一阵敲门声。

"在吗？"夏天的声音。

李娜赶紧去开门，热情地说："啊，快进来！我这屋里还有点儿乱，还没收拾好呢，你随便坐。"

夏天四处打量了一下说："家具选得不错，挺温馨的，简洁大方。"

"就是随便收拾一下。"

"对了，刚刚搬家的时候，你们在草坪上来回踩很容易破坏草坪。"夏天道。

李娜大吃一惊："啊！我还真没有注意这些细节，对不起了。"

"没事儿，你也刚来，温哥华很多地方跟国内的情况还是不太一样的，慢慢熟悉熟悉就好了。这个文件是租房细则，写得挺全的，你有时间仔细看看，如果有问题，你也可以来问我。"

夏天说完，轻轻地把几页纸放在了李娜新买的桌子上。

"那我先回去了。"

李娜点点头，把夏天送到门口，回来以后把那份放在桌子上的租房细则拿起来看了一下。啊！这密密麻麻的，全是英文！李娜吃惊地张大嘴巴。她放下手中的抹布，坐在桌子前，仔细地看着这份英文租房细则。

"看什么呢？"丁一一不知道什么时候从里屋出来了。

"夏天阿姨给我的租房细则，说让我研究一下，这密密麻麻全是英文，看得我头疼。"

丁一一从李娜手里拿过租房细则，看了一眼说："这得看到猴年马月去了，你还是去要份中文的吧，要不我帮你去要？"说着就要去敲隔壁的门。

"回来回来，要什么中文版，麻烦人家干吗？我看不懂，这不还有你吗？"李娜连忙阻止。

丁一一扬眉："我可揽不了这活儿。"

"你这都出来多久了，还没试就说不行？"李娜道。

丁一一眼珠子一转，拿着那几页租房细则甩了甩，眉开眼笑地看着李娜说："那是不是我翻出来了，英语长进了，就有可能回国？"

李娜表情淡然地说："我这都租了，你觉得呢？"

丁一一冷冷地说："那我不翻了，你自己想办法吧。"说完就把租房细则放在了桌上。

"但是，"李娜清了清嗓子，"你要是翻译出来呢，至少说明你英语是过关的，我就少给你补门课。"

丁一一大吃一惊："你还要给我补课？"

这可是丁一一怎么都没有预料到的。

"你要不想补，就把这个翻译好了。"李娜微笑地看着丁一一。

丁一一认怂。

"翻就翻，谁怕谁。"丁一一小声嘀咕着，嘴噘得比谁都高，拿起租房细则就往房间走。

"你拿哪儿去啊？"李娜问。

"你这么直勾勾地看着我，我一紧张，一个单词都不认识了。等着吧，不过说好的啊，翻出来后，不准再给我请补习老师了！"

李娜点点头："妈妈说话算话。"

李娜话音刚落，丁一一就钻进了自己的小屋子，开始想办法翻译。母子俩一个在外面打扫卫生，一个在屋里认真翻译，怎么看怎么觉得温馨和谐。

刚到晚饭时分，丁一一就拿着翻译好的租房细则从屋里走了出来，他得意洋洋地把租房细则拍到李娜面前，说："老妈，给你！看看吧！我可是说到做到了，验收一下吧。"

李娜不置可否，接过来认真地看着。

"这么快就翻译好了？可以呀！谁说我儿子出来没用的，这才来多久英语水平就突飞猛进了，我说什么来着，学语言就得靠环境！所以啊，还是得在这儿待着，对你学习肯定有好处！"

丁一一撇了撇嘴说："说好的啊，英语补习是不是可以免了？"

"没问题！"李娜低头仔细看细则。

"怎么这么多规矩啊！"李娜念叨着，"炒菜不能油烟大，不能在阳台庭院晾晒衣服，不能在晚上十点后大声喧哗，声音不能超过50分贝，室外不能乱停自行车……"

李娜皱着眉头，觉得有些奇怪，这乱七八糟的规矩也太多了点儿，不过是租了个房子，要求怎么这么多呢！

"你往下看，好像还有一条关于门锁的，两户之间有扇门与她家的客厅相连，平时不会打开，咱们入住后，都要反锁。"

李娜翻到这条，仔细念了一遍后说："这样也好，省得互相打扰。"

"我的任务完成了，剩下的你自己慢慢琢磨吧。"丁一一甩甩手，回到了房间。

李娜点点头。

到了一个新的社会环境，所有的事情都要遵守另一套规矩，这是李娜把这份长长的租房细则读完以后的感悟。

看着刚刚收拾完毕的家，李娜心里终于暂时安定了下来。房间昏黄的灯光照在崭新的沙发和米白色的茶几上，一切都显得暖融融的。有了温馨的房子，还有肯用功的儿子，她这颗心，总算是踏实下来了。从这时候起，李娜才彻底有了要在温哥华生活下来的感觉。

李娜漫长的陪读妈妈生活，从今天起正式开始。

第二章　漫漫长夜

丁一一把翻译好的租房细则交给李娜后便溜回自己的房间，偷偷把门反锁上。

"这点小事情，还能难住我？"

丁一一哼了一声，掏出兜里的信用卡，用拇指和食指指尖顶住卡片两个尖端，怡然自得地转了转。

"老妈啊老妈，亏你还是生意人呢，我记得你可是说过，能用钱搞定的事情都不是事儿！"丁一一洋洋自得，嘟囔完这句话，便打开电脑，给刚刚找的那位替自己在网上翻译租房细则的人打了一笔钱。

事情处理完以后，丁一一小心翼翼地把自己房间的门打开了一条缝。

"放心吧，我挺好的，儿子那边你也放心……"李娜说话的声音传了过来。

丁一一赶紧打开门，跑到李娜身边，踮着脚尖往她手机前凑了凑，原来妈妈在和爸爸视频。

"爸！"

丁一一一屁股坐在了李娜旁边，把脸挤到了镜头前面。

"哎，一一，这两天没惹你妈生气吧？"丁致远笑着问。

丁一一有点不乐意："我那叫追求合理诉求好不好！丁教授，你能不能赶紧劝劝你媳妇儿，让她别在这儿守着我了，我答应在这儿好好上学还不行吗？"

李娜扭头看了他一眼，乐呵呵地说："一早老老实实地读书不就没这事儿了，现在晚了，踏踏实实让我在温哥华陪着你吧！"

丁一一有点无奈："您能不能讲点儿民主？"

李娜的语气不容置疑："其他的事儿都能讲民主，这事儿不行！"

"又来了！每次都这么专制！法西斯！"

丁一一大喊一声，两个大人却因为他说的这句话笑得乐不可支，他顿时觉得自己是在自讨没趣，转身又回到了自己房间，顺道砰一声甩上了门。

丁一一趴在床上，烦躁地点开了手机。他看了看时间，明天就是去新学校上学的日子，用他母亲大人的话，要"上套"了。哎！他叹了口气，闹了一圈儿，到最后还是没能逃离温哥华这现代化的大农村。上海多好，非要把亲儿子放在这种人生地不熟的地方，也不知道妈妈怎么想的。

丁一一郁闷地在床上翻来覆去，不一会儿就进入了梦乡。

第二天一早，丁一一被李娜再三嘱咐，他觉得耳朵都听出茧子了，"钥匙带没带好"问了三遍，"课表有没有核对"问了五遍，其他如早餐吃饱中餐吃好等。他在车子里翻了一路的白眼。

带着这种不愉快，丁一一好不容易挨到了下午下课，在回家的路上，经过运动场旁边的小路，迎面走来了罗盼同学。

"这个叛徒。"丁一一鄙视地哼了一声，为了躲开罗盼，丁一一转身朝运动场的方向走去。哪知一抬头，就撞到了过来捡篮球的胡媛媛阿姨的儿子杨洋。

"真是冤家路窄！"丁一一嘴里嘀咕着。

刚刚运动过的杨洋带着一身的汗味儿，刘海儿湿淋淋地贴在额头上，杨洋看到丁一一穿过操场回家，有些惊讶。

"来新学校上课感觉怎么样？"杨洋冲丁一一扬了扬下巴，一副大哥的样子。

还没等丁一一回答，杨洋又看到不远处的罗盼，就叫了他一声："哎，罗盼！"

罗盼只得停下脚步。

"叫那个叛徒做什么？"丁一一一脸不屑。

"你俩刚转过来，还不认识几个人吧？来来，给你们介绍几个新朋友。"

杨洋冲身后的同学招了招手，让他们往前凑一凑。

"这还用介绍吗？他们不就是维多利亚那个暴力视频的导演和演员嘛，我欣赏过他们的作品。"杨洋的同学董成嘲讽丁一一和罗盼。

另一个同学见状忙起哄："怎么？混不下去跑来我们学校了？"

两人你一言我一语地调侃着："是呀，最近有什么新的表演作品要发布吗？先透露给我们听听。"

杨洋马上制止："你们说什么呢？他们来了就算是我的朋友，

说话都注意点儿。"

丁一一有些不爽地说："杨洋，你这都是些什么朋友，嘴够损的啊！"

杨洋赶紧把丁一一拽了过来，一把搂住了他的肩膀说："哎呀，别放在心上，他们就这样，人挺好的，就是嘴欠点儿。"

没想到杨洋的两位同学变本加厉地继续挑衅。

"怎么着，发脾气了？不会想在我们这儿也要耍你的威风吧，我们学校可不吃这一套。"

"杨洋，这样的人你都敢和他们做朋友，下部暴力视频的主角不会就是你了吧？"

杨洋大声斥责："停停停，你们少说两句！"

丁一一愤怒地看着杨洋的朋友说："想打架就直说，别满嘴不干不净的。"

"打就打，谁怕谁啊？"杨洋的同学梗着脖子冲着丁一一叫嚣。

"千万别打架，万一人家偷偷拍下来，传到网上，你可就成网红了。"另一个同学在旁边煽风点火。

"你说得很有道理，但是我还真想知道成为网红是什么感觉。"董成回应道。

丁一一气得脖子上的青筋都凸起来了，撸起袖子就想上前。

杨洋忙推开丁一一，将他们三人分开，然后说："行了行了，丁一一，今天算我不对，我给你道歉，你先走吧。"

"凭什么走！走了我就输阵了！"丁一一才不肯走，他双眼瞪着杨洋和他带来的同学。

杨洋看出来丁一一是个倔脾气，就说："怎么着，你们真想较量，都到篮球场上较量去。"

杨洋看了看丁一一和罗盼。

罗盼弱弱地说："我不会打篮球……"

还没等罗盼说完，丁一一就把书包扔到地上，脱下外套赤膊上阵。

"不就是篮球嘛，我在上海打球的时候，你们几个估计连球都没摸过呢！看我怎么把你们打得屁滚尿流！"说完丁一一一脸自信地踏上篮球场。

"加油！加油！……"罗盼蜷缩在球场边，为丁一一加油。

篮球场上，丁一一左躲右闪，在被两个人夹击的情况下竟然也进了几个球。

杨洋、董成他们没想到丁一一篮球打得很不错，这么多人防他一个都没防住。

不行，得想个办法！上场前董成和另外一个同学眼神交流了一番，瞬间就明白了彼此的意思，他俩互相点了点头。看来这种缺德的事儿，他们之前也没少干。

丁一一带球一个虚晃就要突破前面的防线，一个同学突然从他身后跑过去，推了一把他控球的胳膊。他手一滑，不仅球丢了，还被前面的人绊了一下，倒在了地上。

这些人，打球都这么脏！丁一一气愤地爬起来，握着拳头就朝那个同学走去。

"唉！唉！"杨洋赶紧跑到两个人中间拦住。

"不打不相识，今天的事儿就这么算了，以后大家还是朋友。"

"朋友？我丁一一才没有你们这种朋友！"丁一一冲犯规推了

他的那个人比了个中指，拿起衣服和书包转身就走。边走边想，这都是些什么破人啊，在国内，这种人品的简直就是稀有濒危动物。

罗盼站在场外不知所措地左看看右看看，然后跟着丁一一离开。

杨洋朝犯规的董成和另外一个同学瞪了一眼，连忙追上去。

"哥们儿，今天对不住你们了，坐我的车，我送你们回家吧？"杨洋赶紧赔罪。

"我妈一会儿来接我。"罗盼赶紧说。

"你给你妈打个电话，就说坐我的车回去，她肯定放心。"

罗盼看丁一一一脸不爽的样子，答道："谢谢你啊，不过我妈这会儿应该已经出门了，我还是等着吧，你们先走吧。"

还算这个叛徒知趣，丁一一瞥了罗盼一眼，拽了拽杨洋的胳膊说："走吧。"

两个人一路没说一句话地来到了停车场，不过等丁一一看到杨洋那辆耀眼的法拉利，也就顾不上刚才发生的不愉快的事儿了。

"这车挺帅的啊，法拉利吧？"

"这可是我老妈在温哥华预订了半年才到手的货，不错吧？上来，带你去兜风！"

杨洋一脸的自豪。

丁一一二话没说，拉开车门一屁股坐到副驾驶，他突然问杨洋："刚才你带来的都是一帮什么人，嘴里不干不净的，跟吃了屎一样。"

"他们？跟咱们一样也都是留学生，不过他们真的只是嘴贱点儿，人不坏，你以后接触多了就好了。"

丁一一立刻摇了摇头："跟他们接触，我一点儿兴趣都没有，都把我说成那样了，跟他们交朋友，我才有病呢。"

"行了行了，别生气了，今天是我的过失，我替他们跟你道歉。"杨洋说。

"和你无关。"丁一一说。

车上一时间陷入了沉默，气氛显得有些尴尬。

杨洋便问："哎，想不想以后天天坐我的车上下学？"

丁一一扭脸看着杨洋，扬起眉毛问："真的假的？"

杨洋翘起嘴角笑了一声："只要你肯帮我个忙。"

"什么忙？"

"听说你妈妈租了夏天阿姨家的房子？"

"啊，对啊，怎么了？"

杨洋看丁一一一脸不明白的样子说："真不懂还是装不懂？请你帮我制造制造机会啊？"

夏天阿姨？杨洋不会这么……前卫吧？

不会不会，那么就是……戴安娜？

丁一一半天才反应过来："戴安娜？！她不是有男朋友吗？"

杨洋毫不在意："那怎么了，只要锄头挥得好，哪有墙角挖不倒，再说了我也是公平竞争。"

丁一一突然想到那天在杨洋家吃烧烤的时候，杨洋似乎对戴安娜表白过。还以为他开玩笑呢，看来这小子玩儿真的啊！

丁一一笑了一下："所以你是想让我当你的僚机，给你制造机会？"

"聪明，我就是问问你，行还是不行？"

丁一一一口答应："成交！反正我也不吃亏，但能不能搞定是你自己的事儿，我概不负责。"

杨洋信心满满地说："到目前为止，还没有我杨洋拿不下的女孩子呢，就这么说定了，加速！"

法拉利的轰鸣声响彻整条街道。

丁一一和杨洋兴奋地聊了一路，很快就到了家门口。

"知道了，知道了，你放心，我会帮你制造机会的！"丁一一记住了杨洋的千叮咛万嘱咐。

"那你有事儿电话联系我。"杨洋一副完全放心的样子。

丁一一点了点头，转身就拿着崭新的钥匙打开自家的大门。

戴安娜？说曹操曹操到，戴安娜竟然就在自己家？看来就连老天都在帮着杨洋啊！

不过这戴安娜来自己家做什么？丁一一看了一眼李娜。

"戴安娜特意给咱们送饼干来的。"李娜给儿子解释。

戴安娜向丁一一打招呼道："上次见面匆忙，没顾得上交流，Hello，很高兴认识你！"

毕竟是带着任务来做僚机的，态度要积极起来。丁一一快速打量了一眼戴安娜，便套起近乎来："你这牛仔裤哪儿买的？洞洞挺多的，我也想买一条。"

李娜这才注意到戴安娜身上全是破洞的牛仔裤，赶紧转移儿子的话题："一一，在新学校还适应吗？"

丁一一对妈妈打断他的问话很不开心，敷衍道："反正不都那样嘛，上课听不懂，下课没朋友，总之一万个不适应，我这么说你能让我回上海吗？"

李娜看看旁边的戴安娜，表情有些尴尬。

"阿姨，他刚转学，温哥华不像国内，没那么多家庭作业，可以安排很多课外活动，等丁一一多交几个朋友，很快就能适应这里的生活了。"戴安娜说。

呦呵！没想到这戴安娜已经替自己说话了，嗯，这个僚机可以做。丁一一在心里暗暗称赞。

丁一一又看到戴安娜脖子上挂着一个朋克风项链。

"戴安娜，你这个项链不错，有没有男款啊？"

"没有，这是我男朋友丹尼尔送给我的生日礼物，你如果喜欢，我可以给你推荐专门做这种朋克风礼品的店。"戴安娜说。

"好呀，"丁一一掏出兜里的手机，"咱们要不加个微信好友，你把微信号推送给我。"

李娜看到丁一一和戴安娜要加微信，便对丁一一说："一一，外面那么热，你这一身的臭汗，赶快去冲个澡。"

丁一一一脸无奈："不着急啊，我又不是顶着太阳走回来的。"

戴安娜仿佛看出了李娜的不高兴，便说："你们忙吧，其实我就是来跟你们打个招呼，欢迎你们入住。"说完，戴安娜摆了摆手转身离去。

"酷！看来这个小姐姐情商很高嘛！"丁一一看着戴安娜离开的背影，忍不住称赞。

"你们小男生觉得这就是酷？"李娜忍不住问。

"Bingo！她算是我见过最酷的女孩儿了。"丁一一眼神里满是欣赏。

李娜无奈地摇摇头："别说这个了，为了庆祝你今天第一天上学，妈妈现在带你去外面吃大餐如何？"

丁一一无所谓地耸了耸肩。

李娜母子二人坐上出租车，这时已经是温哥华的黄昏时分。母子俩来到餐厅门口，立刻就傻眼了，餐厅门口的队伍排得像一条长龙。

"这么多人？你预订了吗？"丁一一问李娜。

"啊？没有啊，我听你杰瑞叔叔说这家中餐厅不错，就来尝尝，哪里会想到排队这么麻烦。"

"那完了，看这架势，咱得半夜才能吃上了。"丁一一说。

"那怎么办？"李娜有些发愁，"或者咱们换一家餐厅……"

"李娜！这么巧啊。"

李娜听见有人叫她，一回头，看到了胡媛媛。

"媛媛姐！你也来这家吃饭？我们刚搬好家，家里什么都没有买，只好带儿子出来吃了。"

"我儿子嘴馋，一直想吃他们家的水煮鱼，我提前几天就预约了，看这架势你们是没预约吧？在温哥华可不比在中国，但凡还不错的中餐厅都得提前预约。"胡媛媛说。

"实在不行我们换一家吧，一一，你说呢？"李娜问道。

"我都可以，只要能吃上饭。"丁一一倒觉得无所谓。

"要我说，你们也别排队了，赶早不如赶巧，咱们一起吃吧。"胡媛媛说。

"那多不好意思啊？"李娜客气道。

杨洋在旁边真诚地劝说："阿姨，那有什么不好意思的，我们预订了包间，位置多，再说就我和妈妈吃也怪冷清的，正好我有话想和——说呢！"

杨洋看了一眼丁一一，丁一一一下子就明白杨洋指的是什么了，便马上劝李娜："我们一起吃吧！"

"那我们就恭敬不如从命了，今天这顿饭我请你们吧，媛媛姐，最近一直麻烦你，你不仅帮——联系学校还帮我们找房子，我还没来得及好好谢你呢！"李娜笑着说。

"我是上海陪读妈妈互助会的会长，你初来乍到，是我该尽尽地主之谊才对。"胡媛媛赶紧道。

丁一一和杨洋看到妈妈们来回地客气，一脸的无奈。

"你们俩再这么客气，咱们吃上饭得明天了。"杨洋说。

"就是，我都快饿扁了……"丁一一帮腔。

胡媛媛和李娜相视一笑。

他们四人刚刚进包间落座，杨洋立刻凑到丁一一旁边说悄悄话。

"怎么样，回家见到她没？"

"你这么心急？"丁一一眯着眼看着杨洋。

"抢手的菜，能不急嘛，到底见到她没有啊？"

"见到了，还聊了几句。"

杨洋开心地追问："说什么了？"

丁一一逗他："说你的那款法拉利拉风。"

杨洋狐疑地看着丁一一问："你这话我听着怎么不太对劲儿？没看到我长这么帅吗？"

杨洋的声音引起了胡媛媛的注意。

"你们这俩孩子在嘀咕什么呢？"

"男人之间的悄悄话。"杨洋马上答道。

胡媛媛笑道："好，你们男人的悄悄话，我们女人不参与。"

此时包间门口出现了一个温文儒雅的男人，他径直走到胡媛媛身后，殷勤地帮胡媛媛把手提包和脱下的外套放在一边的椅子上。

"街上很难看到行人，我还以为到餐厅吃饭的人也不会很多。"李娜说。

"因为在温哥华出门都开车，很少有人走路。"男人说。

"对啊，别看外面人少，其实各个餐厅里面都是人满为患，而且停车也很麻烦。"胡媛媛点头附和。

"这是？"李娜看着进来的男人问。

"哦，这是陈明，以前是我的司机，后来自己把这家餐厅盘了下来，现在是这儿的老板。"

"当年我毕业后没工作，多亏了媛媛姐。既然你们都是媛媛姐的朋友，以后如果你们想来吃饭可以提前给我打电话。"陈明赶紧补充说。

李娜点头致谢。

胡媛媛拍了拍陈明说："你先出去忙吧，不用管我们。"陈明向其他人点头示意后离开了包间。

李娜笑了笑转头问胡媛媛："对了，你和夏天，就是我的房东夏天，你们应该早就认识了吧？"

"夏天啊，我是通过朋友认识的，她移民加拿大快二十年了，对外人很少提及她的个人生活，大家只知道她一个人带女儿，听说和前任丈夫离婚后找了一个老外男朋友，后来又分手了。"胡媛媛告诉李娜。

"哦，那也挺不容易的，她性格孤傲，好像比较……不那么容易打交道。"

"那倒没有，只不过她对人比较客气，还不熟悉的时候会觉得她有点冷淡，等你们熟悉了就好了。"

丁一一饿得有点顶不住了："我肚子都咕噜噜叫了，怎么还没有上菜呢？等了半天了。"

"大哥，这是温哥华不是上海，在这里干什么都要等、等、等！"杨洋拍了拍丁一一的肩膀。

"这样啊，那你也只能耐心等我给你创造机会了。"丁一一意有所指，说完，还冲杨洋扮了个鬼脸。

餐桌上四人两两交谈甚欢，杨洋和丁一一从篮球聊到了游戏，从游戏聊到了音乐，胡媛媛和李娜也都聊了好多关于温哥华陪读妈妈的事儿。

饭后，胡媛媛觉得和李娜很投缘，就对李娜说："李娜，咱们住得距离不远，孩子们也能聊到一块儿去，以后咱们多走动走动，我们家地方大，做饭方便，还有菲佣，以后你不想做饭了，就带着孩子到我们家来吃饭。"

李娜笑了笑说："说实话，我还真不太会做饭，一提起做饭我就发愁。"

丁一一听见这句话后赶紧说："我都替我妈发愁，从小到大，我妈妈就会给我做西红柿炒鸡蛋、鸡蛋炒西红柿汤面、西红柿炒鸡蛋捞面！"

李娜白了丁一一一眼。

不多会儿，泊车员就把车开到了胡媛媛母子俩面前。

"别吐槽我了，让媛媛阿姨他们赶紧上车吧。"李娜说道。

丁一一吐了吐舌头说："阿姨、杨洋再见。"

胡媛媛他们上车后，丁一一和李娜目送着他们的车子缓缓离开。

自从有了杨洋托付的小任务以后，丁一一的生活渐渐变得有点儿意思了。有事情做，总比天天学校到家、家到学校两点一线的生活丰富多彩一些。这么想着，他便放下了手里的鼠标。妈妈已经催了两次让他睡觉了，不能再玩儿了，再玩儿下去明天又得面对她那张拉得老长的脸和一早晨的说教了。

丁一一去厨房倒了杯水，突然看到了外面路边的车灯。

谁这么晚才回来？

难道是戴安娜？

丁一一小跑着来到阳台上，果然看到庭院门口停着一辆车，丹尼尔送戴安娜回家，两人在车门旁边互相拥抱在一起。

戴安娜和她男朋友感情这么好，杨洋肯定没戏！

丁一一咂了咂舌，又摇了摇头。

要不让杨洋再想想别的办法？丁一一心想。

戴安娜和丹尼尔分开后推门进来，看到丁一一站在阳台上。

"Hi！"戴安娜很自然地微笑着和丁一一打了个招呼。

糟了，被抓包了。

丁一一尴尬地笑了笑，急忙转身走进房间。

晚上，李娜坐在客厅沙发上，对着电脑，通过远程视频安排上海公司的工作。结束国内工作后，她刚睡下几个小时就被闹钟叫醒，于是匆忙起床给丁一一准备早饭。

李娜从冰箱把牛奶面包拿出来，丁一一端起牛奶就准备喝。她赶紧制止："牛奶是凉的！热热再喝。"

"来不及了，随便吃点儿。"

"那也不行，拿去微波炉热一下，来得及！你先热着，我去扔个垃圾咱们就走。"

丁一一不情愿地把牛奶拿到厨房去加热。他把牛奶放进微波炉，随便转了个挡，直勾勾地等着牛奶热好。昨天晚上玩儿得有些晚，导致睡眠严重不足，他感觉这会儿闭上眼睛都能睡着。突然他听到妈妈在外头大喊："完了！"

"怎么了？"丁一一赶紧跑到客厅。

客厅门口，李娜摇了摇头，手上还握着半截钥匙。

"钥匙断里面了，门打不开了。"

丁一一突然兴奋起来了："太棒了！我可以跟老师说，我被困在家里没法上学啦！"

"你想得美！"李娜戳了戳丁一一的脑袋。

"那你说现在该怎么办？"丁一一两手一摊，"我总不能爬阳台吧？摔下来怎么办！"

李娜看了一圈儿，指了指两户中间的门。她大着胆子敲了敲，果然夏天过来把门打开了。

"夏天，不好意思啊，一大早就来敲门，我们家的门锁坏了，打不开，一一急着上学，只能先从你家客厅借过一下。"

"门锁坏了？怎么弄的啊，你搬进来之前我刚换的新锁，应该没问题的啊。"夏天觉得有点奇怪。

李娜摇了摇头："我也不知道，早上开门一着急，钥匙就断在里面了，我得先去送一一上学，你能不能帮我找个修锁的，我送完一一就回来一起修。"

"行，你先送孩子吧，我来帮你看看。"夏天说。

夏天话音未落，李娜便带着丁一一从夏天家的客厅冲了出去。

"快快快，"李娜拉着丁一一，"出租车已经在马路对面了。"

丁一一被李娜塞进了出租车，他上了车就一副愁眉苦脸的样子，心里一直在嘀咕：我不想在这里上学，英语太难了！

他这几天每天上学，和同学们一起到教室，然后就会找个舒服的不显眼的位置，趴在桌子上睡觉。偶尔也有睡不着的时候，但看着教材上密密麻麻的英文，他总是一头雾水。

讲台上的老师说什么讲什么，他都只听得一知半解。周围的学生哄堂大笑，他却不知道大家为什么笑。妈妈不会知道自己的苦衷的。

丁一一烦躁地揪着书包的带子，看着越来越近的学校，叹了口气。

尤其是今天的戏剧课，大段大段的台词，丁一一查字典看懂都已经很吃力了，更别提戏剧课老师还让学生带着感情地朗读出来了。

他坐在自己的位置上，偷偷刷朋友圈消磨时间。其中一条朋友圈引起了他的注意，那是几个昔日游戏战队的队友，捧着一个奖杯，在一起聚会的照片。他仔细看了看，左右滑动照片，每个人脸上都洋溢着笑容。

想当初他丁——在国内电竞圈已经小有名气，如果不是来温哥华念书，捧着奖杯大笑的人，一定会是他。

丁——看着照片感觉非常失落，他抬头听着戏剧课老师不停念着他听不懂的台词，回忆起前几天在星巴克咖啡馆对战队深情告白，却被狠狠打击一番的情景。

"你还回来干什么？"队友们异口同声地说。

"我们现在已经有新的领队了，你失联了一个多月，害得我们错过了好几场重要比赛。"

"我们可被你坑惨了。"

"就是，我最讨厌坑队友的人了！"

正因为国内队友的打击，那天他才跟着一个不认识的姑娘，莫名其妙地去了那个开派对的地方，又莫名其妙地被带到了警察局。

丁——攥紧了手机，队友们的指责声和戏剧课老师的讲课声交织在一起，让他心里难过又愤怒。

"一群忘恩负义的家伙！"丁——不禁喊出了声。

"What？"老师听到了他说话，把目光投向了他。

丁——赶紧朝老师摆摆手："Nothing。"

"正好，Ivan，你来试试读这一段麦克白的台词吧。"这句话丁——倒是听懂了。

"我……我没记住。"

"没关系，你先对着剧本念，带着剧中人物的情绪。"

丁——拿着手里的剧本，咽了咽口水，结结巴巴地开口："And oftentimes, to win us to our harm, the ... of darkness tell us truths，win us with honest..."

一段不长的台词被丁一一断句断得不成样子，他停下来嘀咕："后面这单词怎么念？"

罗盼看他实在念不出来，便低着头小声提醒他："trifles."

"呃……"丁一一没听清。

周围已经传来同学们的窃笑声，丁一一涨红了脸。

"trifles..."罗盼再次提醒。

丁一一大怒，冲罗盼吼了一句："不用你来提醒我！"

罗盼只得讪讪地低下头。

老师摆了摆手说："没关系，你坐下吧，先听其他同学念一遍。"

丁一一缓缓坐下来，把头埋得很低。

丢死人了！

什么破学校！

什么破温哥华！

丁一一把手里的剧本揉成了一团。

好不容易熬到放学，丁一一无精打采地走到校门口，没想到却被一个熟人拦住了。

"怎么才出来，等你好久了。"杨洋笑嘻嘻地看着他。

丁一一在课堂上出了丑，本来气就不顺，看见杨洋也没什么好脸色："你等我干吗？我今天可没有心思给你当媒婆。"

杨洋一点儿也不在意，仍旧笑嘻嘻地凑了过去："我知道我知道，上课那点儿事，别生气了。咱俩互通有无，做笔交易如何？我找人帮你迅速提高英语水平，你帮我约戴安娜出来。"

丁一一顿时有了点儿兴趣："你怎么找人帮我？"

"你没听人说过吗？提高英语最快的办法，就是找个外国妹子谈恋爱，我啊，给你找个漂亮白人妹子，天天聊人生理想什么的，保证你的英语水平绝对跟坐火箭一样，进步神速。"

"你这是什么馊主意。"丁一一对他的办法嗤之以鼻，甩甩袖子就要走人。

"我也没让你怎么样，就当做朋友练下口语呗。"

做朋友练口语？

丁一一有点犹豫，问道："真的管用？"

"必须的，这可是我的亲身经验！就这么定了，这周你得给我和戴安娜制造一次见面的机会。"

丁一一想了一会儿，让他和女孩子谈恋爱学英语，还不如给他一台高配置的电脑，踏踏实实打游戏呢！再说他哪儿敢谈恋爱，家里有位老佛爷妈妈，到时候还不得把家里家外都搞得天翻地覆啊！不过为了学英语，和女孩子交个朋友聊聊天还可以，这也是为了学习嘛！

"成交！"丁一一说。

杨洋知道丁一一不会拒绝，冲丁一一一挥手说："上车。"

哎？不对呀！

丁一一突然想到什么似的问："你直接跟我回家不就行了？"

"坐在你家客厅等她？太刻意了，再说，照个面跟正式约会能一样嘛！"杨洋说。

丁一一无奈，只得跟着杨洋上了车。回家的路上，丁一一和杨洋讨论如何邀约戴安娜更合适的问题。

"你们俩有什么共同的爱好吗？"丁一一问。

"爱好？我爱好广泛着呢！"杨洋说。

那这事儿应该就好办了，丁一一点了点头。他通过细致地了解杨洋"广泛的"爱好，发现了一个和戴安娜比较契合的共同点。杨洋会弹吉他，用交流音乐把戴安娜约出来，不就水到渠成了吗？再加上这两天自己家门锁坏了，进进出出的得从夏天阿姨家过，那捎带着问一下戴安娜，肯定很自然。丁一一暗自琢磨着。

他回到家门口，走到隔壁，敲了敲夏天家的门。

"对不起，夏天阿姨，我得借过一下，我妈妈一定会找人尽快修好门锁的。"丁一一说。

夏天把门打开，说："没关系。"

丁一一路过客厅时看到戴安娜在餐桌旁，他装作突然想起来什么似的问道："哎，戴安娜，你是不是玩儿乐队的？"

"猜对了！"戴安娜说。

"你上次见过的那个杨洋是吉他手，什么时候一起去他家听他弹吧？"丁一一故作轻松。

戴安娜毫不犹豫地一口答应，然后说："最近功课有些紧张，等我考完试，下周如何？"

"好啊。"丁一一喜形于色。

"一一，你回来了，别打扰人家吃饭了，快进来吧。"

李娜打开了连接两家中间的门，把丁一一叫了进去。

"你们刚才在说什么呢？"李娜问。

丁一一敷衍了李娜一声："在寒暄。"说完就头也不回地回到自己屋子里了。

他快步走到自己房间，扔下书包，一屁股坐在床上，便掏出手机给杨洋打电话。

"我刚刚和戴安娜搭上了，她确实是玩儿乐队的，我说你是最棒的吉他手，她非常感兴趣，她说等最近一门考试结束就去你家听你弹奏。"

"Wonderful！以后上学放学接送你，我包了！"杨洋喜出望外。

丁一一赶紧道："那你可别忘了我英语补习这事儿。"

"放心吧，包我身上！"

丁一一安心地挂了电话。

"一一！比萨到了，快来吃饭。"李娜大声喊道。

"又是比萨？"丁一一走出卧室，看着餐桌上放着的大号比萨说，"连着吃了好几天了，老妈，咱们能换换品种吗？"

李娜点点头，感到有些抱歉。这两天公司的事情太多，几个项目出了点儿问题，再加上今天一直都在联系锁匠的事情，从早上到现在都没顾上吃饭，就连订比萨也是一一快回家那会儿才突然想到的。她这个陪读妈妈刚刚上岗没两天，就不称职，真不应该。

"妈，这快餐我都快吃恶心了，特别想回上海吃蟹粉小笼包。"丁一一抱怨道。

丁一一对晚餐的吐槽，让李娜觉得特别愧对儿子。第二天是国内周末，李娜早早起床就去了趟超市，买了好多食材和做饭用的厨具，准备给儿子做一顿大餐。

丁一一放学回家，看到厨房台子上琳琅满目的食品和蔬菜，惊讶又有点怀疑地看着李娜问："妈，你买这么多菜，都会做吗？"

"妈妈下了个食谱 App，想吃什么自己在里面选就行了。今天啊，你就等着吃顿正宗的妈妈牌中式料理吧！"李娜看起来自信满满。

丁一一持半信半疑的态度，他回到客厅窝在沙发里，拿出手机开始和丁致远视频。

"爸，等着啊，我给您看一段您在上海从没看到过的场面，呵呵！"丁一一说着把手机对准了厨房里手忙脚乱的李娜。

"老爸，您看清楚了没有？您没享受过李总亲自下厨吧！"

丁致远看着视频中的李娜直乐。

"这么多年，难得看到你妈妈下厨房，还准备了这么多菜！"

丁一一拿着手机又回到沙发上窝着。

"我要求不高，能吃饱就行，已经饿得不行了，看这架势，妈，你是不是还要捣鼓一两个小时啊？要不我还叫比萨吧？"

"叫什么外卖，我准备了这么多菜，你就再忍一会儿，耐心等待吧！"李娜边忙边说。

"爸，您说等不？"

丁致远笑得眼角的细纹都出来了："等呀，必须等！这要是给我做的，等一天我也要等。"

丁一一听到爸爸一番肉麻的话，故意做了个鬼脸，然后拿起戴安娜送的饼干打开就吃。

"我没您那志气，先垫垫肚子吧。"

突然，屋内响起了一阵刺耳的声音，丁一一从沙发上一下子跳了起来。

"妈妈，什么情况？警报？"

"怎么了？"丁致远在视频那边也紧张了起来。

"爸爸，先不跟你说了，我去看一下情况。"

丁一一挂了视频冲到李娜面前，抬头一看，说："烟雾报警器！

都是你的中式烹饪惹的祸！"

李娜听着警报声一时间有点儿不知所措。

"这个……这个怎么办啊？"

夏天和戴安娜在隔壁砰砰砰地敲门，丁一一奔过去把门打开，她们母女俩拿着灭火器冲进来，不由分说地对着厨房一阵灭火，转眼间厨房一片狼藉。

"怎么回事儿啊？我这好好地做着饭，这玩意儿怎么就开始震天响了？"李娜看着夏天母女俩，一头雾水地解释。

夏天顾不上听李娜解释，随手拿起台子上的一本杂志，便招呼戴安娜从客厅搬把椅子，然后站到椅子上，对着厨房天花板的报警器扇风。

"戴安娜，赶紧把这锅拿出去，再把所有的窗户打开通风。"

李娜一脸莫名其妙："你们这是干吗呢？不能关了吗？"

夏天站在椅子上边扇风边解释道："报警器一旦响了是不能手动关闭的，现在只能尽可能降低报警器周围的烟雾浓度，让它自动停止，否则一旦超过五分钟，就会连接消防局，防火系统开启，水龙头就会自动喷水灭火，消防警察也会赶到我们家，到时候就更麻烦了。"

李娜一听，也急忙搬来椅子，和夏天并肩站在一起帮着扇风。

丁一一冲到所有的屋子里，把窗户全部打开。

客厅沙发上手机在响，应该是丁致远给母子俩打电话询问情况，可惜这会儿房间里的人都顾不上接听他的电话。

"一一去接下我的电话！"李娜一边着急地扇风，一边指挥丁一一。

丁一一跑过去接起电话。

"喂，一一！刚刚怎么回事儿啊？什么报警器响了？"丁致远都要急坏了。

"哎呀，别提了，我妈在家做宫保鸡丁，差点把厨房点了，厨房里的报警器被弄得震天响。"

丁致远大惊："着火了？现在怎么样了？"

丁一一刚想回答，刺耳的警报声就停止了。

李娜、夏天和戴安娜都长吁了一口气。

"行了行了没事了，房东阿姨已经帮我们搞定了。家里现在一团乱，我不跟你说了！"

"哎？哎！"丁致远话还没说完，丁一一就把电话挂了。

"终于停了，要不然这消防车一出动，至少好几百的出警费，而且万一喷水，也会把家里的家具都糟蹋的。"夏天擦了擦头上的汗。

李娜听完傻眼了："有这么严重？"

"是的，这是一件很严肃的事情，请你再看看我给你的租房注意事项。"

"可是，我这做饭怎么办？"

丁一一上来插话："妈，你做个饭都快把房子点了，这报警器能不响吗？"

戴安娜看李娜有点不知所措的样子，就上来打圆场："这报警器确实挺敏感的，尤其是做中餐。"

李娜有些懊恼地说："换个锁要两百加币，换算成人民币就要一千多，做饭也这么难，怎么到了这儿什么都不顺呢！"

"要不你们今天先别折腾了，明天再收拾。"夏天说。

"嗯，这屋里现在一片狼藉，我们先收拾一下，——，你叫个比萨吧。"李娜说。

夏天和戴安娜回到自己家。

丁——听见吃比萨就有点反胃，本来指望妈妈做一顿中餐，现在差点儿把房子点了不说，还得继续吃什么不中不西的比萨。他把一片狼藉的家录了一段短视频，然后趁着李娜收拾屋子的时候，用微信传给了杨洋。

"放心，兄弟肯定不会让你吃比萨！"不一会儿，杨洋就回复道。

丁——发了个 OK 的表情，就安心地躺在沙发上，啃着戴安娜送的饼干充饥。

不一会儿，客厅的电话响了起来，李娜一边擦手一边过来接电话。

"李娜，杨洋说你们家厨房烟雾报警了，灭火器已经把厨房搞乱了，要不你们来我家吃吧？"

李娜看了眼丁——说："消息传得这么快？真是好事不出门，坏事传千里！这事儿你跟杨洋说了？"

丁———脸无辜。

"不用了媛媛姐，我们叫个比萨就好了，太麻烦你了。"李娜说。

"不麻烦，我已经让菲佣索菲亚多做了几个菜，你们不来我们也吃不了，杨洋已经开车去接你们了。"

李娜有些不好意思地说："那……谢谢你了，媛媛姐，总是给你们添麻烦。"

"快别客气了！你们来我家也能热闹点。快来吧，杨洋这会儿应该快到你们家了。"

完美！

丁一一美滋滋地想着，冲着电话喊了一声："我把外卖改送杨洋家啦。"

李娜挂断电话，无可奈何地说了一声："你啊。"

饥肠辘辘的丁一一刚进胡媛媛家门，就看着满桌的美味佳肴直咽口水，都是自己想念已久的中餐啊！

杨洋看丁一一虎视眈眈的样子，说："饿了就吃吧！来，咱俩先品尝美味佳肴。"

丁一一毫不客气，坐到餐桌前，拿起餐具就开始狼吞虎咽。

"一一，你怎么这么没有规矩？大家都还没有上桌，你就开始吃了？"李娜有点儿不高兴。

"阿姨，我们俩吃完还要写作业，所以就不等你们了。"杨洋说。

胡媛媛走过来抚摸着儿子的头，对李娜摆摆手说："没事儿，都是自己人，没有那么多规矩。"

李娜从包里拿出一件礼品，准备送给胡媛媛，她说："我刚来温哥华也没带什么东西，这盒茶叶是前几天我从国内带来的，给你尝尝。"

"你来就来呗，还这么客气。"胡媛媛笑着对李娜说，然后接过茶叶递给菲佣。

"我这才来几天就手忙脚乱的，和在国内的感受完全不一样，不知道你们在温哥华这么多年是怎么挨过来的？"李娜有些感慨。

"所有来加拿大的陪读妈妈都有个艰难的适应过程，大伙儿都是像你这么一天天熬过来的。"胡媛媛有点儿悲情地告诉李娜。

"你老公留守国内，你来国外陪读吗？你原来在国内上班吗？"李娜问。

"我原来是国内的芭蕾舞演员，自从跟杨洋他爸结婚之后，就在家当全职太太，天天相夫教子。"胡媛媛答。

"怪不得你的身材这么好，原来是跳芭蕾的！"李娜恍然大悟。

"都是好多年前的事儿了。"胡媛媛有点好汉不提当年勇的意思。

"看来你老公对你真是挺好的，不像我，整天忙里忙外的，十几年都没有好好休息过，我和我老公各顾各的事业。"李娜有些羡慕地说。

"妈妈，这话听着我就不乐意了。"丁一一冷不丁地插嘴，"我爸对你也很好的呀，是你自己闲不下来。"

"臭小子，大人说话不要乱插嘴。"李娜瞪了丁一一一眼。

"得，我不说，不说总行了吧？"丁一一一脸无奈，对杨洋使了个眼色。

杨洋会意地点点头。

"妈，李娜阿姨，我俩吃完了，现在去楼上写作业，你们慢慢聊。"

"去吧去吧。"胡媛媛和李娜点点头。

接下来的一段日子，杨洋几乎每天都在为和戴安娜见面一事做着准备，他把自己那把心爱的吉他擦了又擦，就等着见戴安娜了。

这让丁一一不得不对杨洋刮目相看，原来除了吃喝玩乐，杨洋竟然还能对其他事情这么上心，爱情真是伟大。

丁一一一边摇头，一边敲开了夏天家的门。戴安娜穿着内衣和热裤从楼梯上走了下来，边走边跟着楼上的吉他声哼着小调。

丁一一充满惊讶地说："哇，你这身打扮……够前卫！"

"放学啦？"

看着戴安娜大方地朝自己走了过来，丁一一悄悄别过头，但是又忍不住偷偷通过余光打量她。戴安娜笑了笑，揉了揉他的头发，随后转身向冰箱走去。

李娜听到丁一一已经回来了，赶紧去开连接通道的门。

"回来了？"李娜话音未落，转身便看到冰箱旁边站着的穿戴清凉的戴安娜。

李娜迅速拽了丁一一一把说："进来吧，别总打扰夏天阿姨她们。"说着便拉着丁一一向自己家走去，快走到门口的时候，她转身说，"戴安娜啊，那个……你穿这么少，会不会着凉？"

戴安娜摇了摇头说："不会啊，就是太热了。"

李娜有些尴尬地咳嗽了一声说："那什么，以后能不能稍微注意点，毕竟一一还没成年……"

丁一一脸憋得通红地说："妈，你说什么呢……"

戴安娜倒很平静，她从沙发上拿起小毯子裹住身体说："阿姨，抱歉啊，我不是故意的，我下来拿瓶水，没想到会撞见丁一一。"

"妈，你别这么老土，听说过温哥华 UBC 大学海边的'上空'浴场吗？戴安娜比那些人穿得多多了。"

戴安娜有些惊讶："你竟然知道'上空'浴场，酷！"

"什么'上空'浴场？"李娜皱起眉。

"'上空'就是男女老少上面全裸，不穿衣服去游泳。"戴安娜解释道。

李娜瞠目结舌："丁一一，你来温哥华没几天，你不好好学习，歪门邪道倒是知道不少。"

"这在国外很正常好不好，是你让我出国的！"丁一一反唇相讥。

"一一，不要和你妈妈顶嘴了，以后我会注意。"戴安娜打圆场。

"你别理她，这是你家，你想干什么就干什么。"丁一一说。

夏天这时也从厨房走了出来："戴安娜，怎么了？"

"Summer，没什么事儿，就是李娜阿姨看我穿得有点儿少，不习惯。"戴安娜笑着给妈妈解释。

"这是我们家，有什么关系？"夏天不解地对李娜说。

"戴安娜，你怎么还没有上来？"一个男孩子的声音从楼上传了下来。

几人抬头一看，楼上站着个高高大大的外国男孩儿。如果李娜没记错的话，这个男孩儿应该是戴安娜的男朋友，叫……丹尼尔？

丹尼尔看见客厅里站着这么多人，说了一声"嗨！"和大家打过招呼后，他从戴安娜手中接过矿泉水，喝了一口就拿在手里，潇洒地往楼上走。

怪不得刚进门的时候听到楼上有吉他声，原来是丹尼尔的伴奏啊。丁一一有点儿尴尬，没好气地看了一眼李娜。都是她，让自己在这么多人面前出了丑，这下高兴了吧。

丁一一气呼呼地进了自己家客厅。也不知道自己这个妈是怎么想的，当着其他人的面训自己家孩子，还管别人家孩子的穿衣打扮，简直是莫名其妙！

"妈，你刚刚也太没有礼貌了。"丁一一坐在沙发上，抬头看了看李娜，然后埋怨地说。

"我怎么没有礼貌了，我就是提醒她一下。"李娜倒没觉得自己有错。

"这是人家自己的家，她想干吗就干吗，你那么说，以后我见着戴安娜多尴尬。"

"尴尬更好，你最好不要见。"李娜说。

"你凭什么不让我见？"丁一一站了起来。

"那女孩子也太早熟了，才多大点儿，就把男朋友带到家里，你夏天阿姨还那么纵容他们，管都不管。"李娜皱着眉头，一脸的不赞同。

"妈，现在都什么年代了。"丁一一觉得李娜有点不可理喻。

"在哪个年代这样都不合适！"李娜高声说。

丁一一一脸不耐烦："我跟你说不明白。"

他挥了挥手，不再跟李娜争论，走回自己房间。

"什么叫说不明白？丁一一你给我站住。"李娜还想继续聊。

丁一一一脸无语，心想：我妈该不会是提前进入更年期了吧，如果说提前进入更年期，她可能在自己十岁以后就已经是了。

在学校，杨洋好不容易挨到了中午吃饭，他一心想着戴安娜，看到丁一一进餐厅就凑到丁一一旁边。

杨洋端着饭菜在丁一一面前坐下问："怎么样了，戴安娜的事情有进展了吗？"

丁一一想起昨天的事儿，有点儿不耐烦地说："你能不能别老戴安娜、戴安娜的，烦不烦啊，想追自己约去。"

"怎么了？吃枪药了，你城门失火，可别殃及我这池鱼。让我猜猜，是不是你妈又教训你了？"杨洋一猜一个准。

"她？简直是清朝人，闭关锁国，思想封建。"丁一一大声吐槽。

"我一猜就是，那你现在愁什么，上学正好可以摆脱你妈的控制啊，你和你妈斗，得讲究策略，学学我，在家在大人的眼皮底下，表现一定要乖巧，妈妈们自然就放松了警惕，在外面不就管不着了吗，咱们可以尽情快活。"

"快活什么，上课没劲，也没什么一起玩儿的人。"

"找我呀！"杨洋赶紧拍了拍胸脯。

"找你就是一个劲儿催我约戴安娜，重色轻友！"丁一一斜了一眼杨洋。

杨洋脸也拉了下来："是你自己说要帮我牵线搭桥的，这么长时间了，还没实现，我还不能问问了。"

"我妈现在压根不让我见戴安娜。"丁一一一脸淡定。

"你们住在同一屋檐下，怎么可能见不到？哥们儿，你要是也喜欢戴安娜，你就直说，咱们可以公平竞争，别搞那些有的没的，暗地里使绊子。"杨洋一下子有点儿急眼了。

丁一一心里本来就烦躁，听见杨洋这么说，更来气了："你如果这么想我也没办法，那你就别来找我了，自己约去吧。"说罢他端起餐盘就准备走。

杨洋见丁一一这种态度，心里的邪火也上来了。这小子，让他帮忙牵线这么久，到现在一点儿动静都没有，真是白疼他了！

"是我妈让我多帮助你，说你没有朋友很孤独，你好像被国内朋友抛弃了吧？你这么不够哥们儿，我可帮不了你。"杨洋不屑地说。

丁一一听到杨洋这句话，愣住了："你帮我？我才不稀罕你来当我的救世主，我在国内的朋友好着呢！"

"我怎么听说，你已经被你原来的队友扫地出门了，被人从自己一手建立的战队赶出去，滋味不好受吧。"杨洋说着一脸嘲讽地捋了捋自己的头发。

丁一一恼羞成怒："你调查我！"

杨洋讥讽地笑了笑："你也太把自己当回事儿了，我杨洋朋友遍天下，无意之间听说而已，我哪儿有闲工夫去调查你？不就是个loser吗？承认了没什么大不了的。"

丁一一放下餐盘，一把抓住杨洋的衣领："说谁是loser呢？"

旁边人听到他俩争吵，纷纷过来围观，有些人拿出了手机，打开了录像功能，对准了两个人。

杨洋看了看四周，毫无惧意："你觉得谁是，谁就是喽。"

丁一一看到周围同学们的数十台手机对准了他们，让他又回忆起在维多利亚的那出闹剧视频。不过当时是事出有因，他和罗盼拍了视频传到网上，为的是回国和自己战队的一群好友相聚。现在如果被拍了视频，那就是真正行凶的人。

杨洋说得没错，战队已经抛弃自己了。

丁一一缓缓松开了拽住杨洋衣领的那只手。

"我不跟你计较。"说着他端着餐盘站了起来。

“还真是个 loser！”

“㞞了，哈哈！”

在众人的哄笑声中，丁一一走过杨洋身边。他心里想，杨洋啊，你要觉得我就这样认㞞，那就不对了。他故意将身体前倾了一下，餐盘上的饮料杯倒了下来，刚好掉在杨洋身上，杯中没喝完的饮料顺着杨洋的衣服流了下来。

“你找事儿是吧？”杨洋“啪”地一下拍在了桌子上。

“Sorry，不小心的。”丁一一的道歉毫无诚意。

“你！”杨洋愤愤地指着丁一一，“你给我等着好了！”

丁一一头也不回地离开了餐厅。

果然，放学后，杨洋和几个高年级的同学围堵住丁一一。

“今天泼我一身饮料，什么也不说就想走啦？”

“那你想怎么样？打架吗？”

“打架？没兴趣，我才不像某些人动辄导演一出校园霸凌。你不是喜欢组队吗？橄榄球怎么样？找找你消失多年的成就感？”杨洋仰起脖子，冲丁一一一点。

“又是打球，能不能有点儿新鲜的 PK？我玩儿电竞不玩儿橄榄球，那可是脑力活动，不像你们，四肢发达。”说完他无视其他男生，径直朝前走去。

杨洋跟上去，把手搭在了丁一一的肩膀上，说：“你说谁四肢发达呢！跟我说声对不起，今天这事儿就算翻篇儿了，否则……”

丁一一一把将杨洋的手打开，一脸冷漠地看着杨洋说：“否则怎么样？”

杨洋带着的一群人此时也围了上来。放学回家的戴安娜正巧开车路过，看见一群人围在校门口，她往人群里多看了两眼，看到了丁一一被围在中间。

丁一一好像要被打了！

戴安娜赶紧刹车，推开车门便跑下来，冲进人群一把将丁一一拉到身后，然后看到了杨洋。

"杨洋你挺厉害，这么多人欺负一个，真英雄。"戴安娜讥讽了两句，转头问丁一一，"怎么了？他们欺负你？"

杨洋见戴安娜过来维护丁一一，更加气愤。

"丁一一，"杨洋一字一顿地叫着他的名字，"我就知道你背着我先下手了！"

"别乱说，她有男朋友。"丁一一说。

"这我知道，就是不知道她什么时候又多出个小男友。"

丁一一再也忍不住，伸出拳头就准备揍杨洋，可杨洋带的一帮男生挡在杨洋前面，丁一一根本近不了杨洋的身。

戴安娜见杨洋一帮人气势汹汹，丁一一势单力薄，就帮丁一一和杨洋谈判。

"你们一群人欺负一个人算什么本事，有种单挑呀。杨洋，我可没觉得你是这样的人，别让我看不起你！"

杨洋故意不接戴安娜的话："丁一一，你躲在女孩子后面，不觉得丢脸吗？"

丁一一不屑地笑着，放下拳头，然后故意往戴安娜身边站了站，显得很亲昵的样子。

"你倒是想躲，你有吗？"

杨洋让他气得一时说不出话来。

"别闹了，我们走吧！"

戴安娜拉着丁一一要离开，杨洋见状跳出他的"保护圈"想要拦住二人。戴安娜上下打量了杨洋一眼，毫不畏惧地一把推开杨洋，拉着丁一一上了自己的车。

丁一一被戴安娜的大姐大气场惊呆了，等他回过神来，发现汽车已经开出学校很远了。他侧脸看着专心开车的戴安娜，连忙道谢："今天谢谢你，我也不想和杨洋真的干架，不过如果你不出现，我还不知道怎么收场呢！"

"杨洋就是一个虚张声势的小孩儿，其他人也是看他家有钱跟着起哄，不会真拼命，他就是虚张声势，你以后对付他不能输了气势，你越示弱他们就越欺负你。以前也有女生想要欺负我，但都被我吓回去了。"

丁一一一脸崇拜："你真是太帅了！"

"你和杨洋今天怎么就闹矛盾了，不会真是因为我吧？"戴安娜问。

说起这个，丁一一就有点儿不好意思。"其实是昨天被我妈搞得不开心了，我今天情绪不太好，他偏偏过来撩我。"他顿了一下，"我向你道歉，昨天我妈妈对你有点儿不客气，管得也有点儿太宽了。"

"没事儿，"戴安娜摇了摇头，"不过说实话，你这位老妈有点儿奇怪，看上去比我妈年轻，但观念像我外婆那个年代的。"

"唉！别提了，所以你可想而知，我在家过的是什么日子。"

"对你的遭遇，我深表同情。"戴安娜说。

"唉……"丁一一仰天长叹一声。

聊着聊着，两个人就到了家门口。

丁一一朝戴安娜挥挥手。

"你先上去。"丁一一担心李娜知道他和戴安娜是一起回来的，就准备稍微在门口等会儿再进去。

果然，戴安娜刚进屋，李娜就拎着垃圾袋从屋里出来了。

"今天回来挺早，我去扔个垃圾，你洗洗手准备吃饭吧。"李娜对丁一一说。

丁一一显然被李娜的出现吓了一跳，回过神后便胡乱答应了一声。等他在餐桌前坐下，李娜倒垃圾也回来了。她洗了手以后，就从烤箱里端出来一盘鸡翅，是烤煳的。

"你尝尝我今天刚学的烤鸡翅。"

丁一一一脸嫌弃地看着那盘已经烤得焦黑的鸡翅，勉为其难地拿起筷子给鸡翅翻了个个儿。嗯，妈妈的手艺太糟糕了，鸡翅背面也几乎完全焦了。他默默地放下了筷子。

李娜知道自己做的鸡翅卖相不好，想到刚刚扔垃圾的时候，夏天又在讲垃圾分类，心里也有些烦躁。

"在这儿生活真是麻烦，连扔垃圾都有一堆要求，真是浪费时间。"

"那咱就回上海呗，反正你在这儿也过不惯，回去我们大家皆大欢喜啊！"丁一一说。

"回什么上海，不习惯我会慢慢适应！行了，赶紧吃吧。"

丁一一漠然地看着李娜做的菜说："我想吃奶奶做的菜。"

"奶奶不是不在嘛，你就凑合着吃吧。"

丁一一用筷子拨了拨鸡翅，一脸的不想吃："你都快烤成炭了，怎么吃啊？"

"那你就别吃了。"李娜说罢，拿起烤盘就将上面的烤鸡翅倒进了垃圾桶里。

"你不是经常教育我要虚心接受别人的意见嘛，我这才刚说一句……"丁一一嘟囔着。

"都来给我提意见，我给谁提意见去！"

"我不就说了一句吗？"

李娜满肚子委屈，但还是端上了刚做好的其他几个菜。丁一一尝了尝，确实难以下咽，忍不住撇撇嘴。李娜看丁一一一脸不高兴，心里的火就噌噌往外冒。

门锁坏了修不好，厨房做饭引来报警器，更别提那什么垃圾分类，玻璃制品要标记，厨房垃圾和普通垃圾，可回收的和不可回收的……

好不容易做了一桌菜，又被儿子嫌弃地吃一口吐一口，既然如此……李娜端起一盘菜，又倒进了垃圾桶。

丁一一看李娜脸色不对，赶紧护住其他菜说："菜还是能吃的。"

李娜不理他，转身回了她的房间。

"又冒什么邪火？"丁一一拿起筷子有一下没一下地挑着剩下的菜，一边皱着眉头，一边把菜吃完了。

丁一一这两天最不想看见的人就是杨洋，一想到他在查自己在国内的事情，丁一一就恨得牙痒痒。可没想到躲了两天，还是被杨洋堵了上来。

"你还想怎么样？"丁一一觉得杨洋有点无理取闹了，一脸的不耐烦。

"上次有戴安娜护着你，这次你可没那么好的运气了。"

丁一一把书包扔在地上，冲杨洋招了招手："你要想打架，放马过来。"

杨洋不屑地笑了笑："我不跟你打架，省得你打输了去跟戴安娜哭哭啼啼告状，咱们来个光明正大的单挑。"

"单挑什么？"

"橄榄球！事先说好，你要是输了，以后给我离戴安娜远点儿。"杨洋说着。

丁一一眼睛一眯："我要是不同意呢？"

"那也行，承认你自己尿呗。"

丁一一瞪着他："你不会真以为我怕你吧？单挑就单挑！"

丁一一也是来到温哥华才开始学打橄榄球的，他在上海从来没有看过或者参与过，但在温哥华，打橄榄球却是同学们都喜爱的运动。丁一一听喜欢橄榄球比赛的同学说，这是他们挥洒激情和热血的方式，对于不熟悉的丁一一，这完全就是合理冲撞。

在学校，丁一一看到橄榄球场上的队员多数都是人高马大、身材健壮的，不壮实的同学根本撞不过别人。

杨洋来加拿大已经好几年，各项运动均有涉猎，身上的肌肉也都结结实实的。比橄榄球的话，杨洋肯定占优势。

球场周围，同学们看到杨洋和丁一一准备单挑，都跑过来围观。

绿色草坪上，两个矫健的身影跑来跑去。

丁一一跳起来接住球，他用手一捞，迅速把橄榄球抱在怀里，刚要抬腿跑，身后就被杨洋撞了一下，丁一一摔趴在地上。

杨洋表情有些得意。丁一一紧紧抱住怀里的球，一个翻身就站了起来，迅速地向前跑着，杨洋紧随其后，距离稍稍近了些，就猛地伸了一脚，把他绊倒在地上。

杨洋一脸坏笑，故意伸出手，要拉丁一一起来。丁一一又气又怒，根本不理会，杨洋看他对自己毫不在意，立刻转为扑压在他身上，丁一一被压得一脸痛苦。

"服不服！"杨洋大声喊道。

丁一一瞪眼看着他，咬着牙不吭声。

"我就问你服不服！"

丁一一一把撑了起来，把杨洋翻倒在地，然后擦了擦刚刚流下的鼻血，"啪"的一下，扔下护具。

杨洋翻了个身，仰躺在地上，笑嘻嘻地看着丁一一说："怎么样？愿赌服输。"

丁一一怒气冲冲地说："你这是恶意冲撞！"

杨洋赶紧摇摇头："我只管结果，不论方法。"

丁一一刚想说什么，赶过来的球队训练老师见他流鼻血了，便招呼杨洋一起把他送到医务室。

这场闹剧到了此时才算落幕。

丁一一到医务室简单检查了一下，身体并无大碍，便自己一个人回了家。他脸上青一块紫一块，鼻子上还塞着纸巾，走进家门，也没有和李娜打招呼，把书包放在客厅茶几上，就径直走进自己的房间。

李娜正在厨房切水果，听到声音便说："一一回来啦？今天在学校怎么样啊？妈妈今天买了特别新鲜的芒果，你过来吃点儿？"

丁一一打开电脑，登录游戏界面，开始玩儿了起来，暂时忘记了刚才球场发生的一幕。他今天打游戏运气也不好，从不失手的他竟然没看到对面三个敌人的夹击，差点团灭。他心里更添烦躁。

杨洋那边的朋友关系算是彻底掰了，生活生活一团乱，学习学习也不怎么样，就连自己最擅长的游戏都失手了。

敲门声响了起来，李娜从门口探进头，端着刚切好的芒果走进丁一一的卧室。

"一一，你尝尝，妈妈今天买的芒果特别甜。"

丁一一根本不想搭话，专心致志地在游戏里面继续攻高地。

又在玩儿游戏！

李娜顿时气不打一处来，强压住怒火说："你能不能不玩儿游戏啊？就不能多看会儿书啊？"

丁一一继续自顾自地玩儿游戏，不想理睬李娜。

"丁一一！我问你话呢！"

见丁一一不说话，李娜走上前，把果盘放到桌子上，就想直接把丁一一的鼠标夺过来。可惜丁一一早有防备，一手就挡下李娜的"攻击"。

"丁一一……"

李娜刚想搬出"说教大法"，突然注意到丁一一脸上的伤。

"你的脸怎么回事儿？转过来让妈妈看看！"

李娜刚想用手转丁一一的头，就被丁一一躲开，然后他继续看着屏幕。

"你打架了？"李娜问。

"不是，跟同学打球撞的。"

丁一一眼睛不离屏幕，但是很明显，他控制的角色，走位都乱得毫无章法。

"你说谎，你们家打球能撞成这样？到底怎么回事儿？"李娜继续盘问。

丁一一停下了手里的鼠标说："我说是撞的就是撞的，不用你管。"

李娜皱了皱眉头，想了一下问："你是不是让谁给欺负了？"

丁一一立刻否认："不是。"

"那是你摔到哪里了？"

"不是。"

李娜见丁一一的眼睛一直在看游戏屏幕，一点儿都没把她放在眼里，伸手就把电脑屏幕合上了。

"到底是怎么回事儿，丁一一，你想急死妈妈啊？"

丁一一猛地转过头说："我说了不用你管！你走，行不行？让我自己安静一会儿，别烦我！"

李娜仔细看了看丁一一一块青一块紫的脸说："你肯定是让人欺负了，走，咱们去学校！你跟我说到底是谁欺负你了？"说罢，李娜就拉着丁一一要往门口走。

丁一一站了起来，一步都没挪地甩开了李娜的手。

"我不去学校！"

"那你告诉我，到底怎么回事儿！"

"跟你说？说什么？说我在学校交不到朋友，好不容易有个关系不错的哥们儿，现在还因为芝麻大点儿的误会，搞成了这个样子？我跟你说了，你能管得着吗？"

丁一一冷着一张脸，不再说话。

"丁！一！一！"李娜气得咬牙切齿。

眼看李娜又要发飙，丁一一联想起李娜前几日的反常，撇着嘴答道："行，我告诉你，是我没事找事，故意跟别人找茬儿，然后被人打了。行了吧，满意了吧？都是我自找的……"

"啪！"李娜抬手就是一巴掌。

丁一一一愣："妈，你刚刚做了什么？你竟然打我？长这么大，从来没有人敢打我！"

李娜也愣了一下，不过马上就反应了过来，她说："丁一一，我送你来温哥华是让你读书的，不是让你作死的！你这一天天的都在干什么！看人不爽就跟人打架！你想过没，万一你出了什么事儿，你让爸妈怎么办？你太自私了！"

丁一一的眼神顿时失去了光彩，他直直地看着李娜说："你……你出去！"

"你说什么？"

"我说你出去，我不想看见你！"

丁一一一把将李娜推出了房门，然后行尸走肉般回到自己的书桌前，跌坐在了椅子上。

夜深了。

丁一一一直保持着打游戏的姿势，愣在那里。他眼神空洞地盯着电脑屏幕上的游戏画面，操控的角色因为他不再晃动鼠标而被人打得血量渐渐减少，直到角色被秒掉，游戏画面从彩色变成了黑白，他仍旧无动于衷。

公屏上全是网友指责他的声音。

"送人头!"

"智障!"

"不会玩儿别玩儿啊!"

"是对面的卧底吧?你!"

语气一如之前在国内的战队伙伴。

丁一一关掉了游戏。一瞬间,屋内安静了下来。夜太安静了,安静得让人心生恐惧。他抬起手,把音乐打开,推了推喇叭上的音量键,加大音量。吵闹的音乐声越来越大,他倒觉得舒服多了,至少不用多想了,音乐到哪儿,他到哪儿。

"咔嗒。"丁一一的屋门被打开,原来他根本没听到戴安娜的敲门声。

"你要想听音乐就把这个戴上,太吵邻居会报警。"是戴安娜。说完以后,戴安娜把耳机扔到他床上,转身离开。

丁一一从床上摸过耳机,插进电脑。

一夜无眠。

丁一一也觉得很奇怪,为什么他一晚上没睡,到上学的时候还这么精神?他起了个大早,开门向客厅看了看。

李娜不在,桌上有做好的三明治。

丁一一随手拿了两个,心里想:不见面正好,肯定是因为昨天打我,感觉对不起我了。他这样想着,便离开了家。

老师在讲台上讲课,丁一一不想在下面听天书,索性又拿起手机低头刷了起来。突然一个帖子引起了他的兴趣，这是一个温哥华的电竞小组贴的招人公告。

丁一一马上举手示意老师，捂了捂自己的肚子，做出肚子疼的样子。

"老师，我身体不舒服。"

"突然难受吗？快去学校医务室看看。"

丁一一做出 OK 的手势，一脸痛苦地走出教室。他怎么忘了，温哥华也有电竞团队。他略显兴奋，这个电竞小组就在不远处的咖啡馆招人，而且是现在！

丁一一马不停蹄地赶往那个咖啡馆，推开门一看，果然有三个男生，正对着笔记本电脑组队打游戏。他拿出手机，指着上面的图片。

"我看到了这个，可以加入吗？"

"你可以让我们看下你的操作吗？"一个男生问道。

"当然没问题。"

丁一一坐在他的位置上，熟练地打开了他玩儿得最好的一个角色。看着他操作的人物在电脑上华丽地炫技和一招毙命的姿势，几个战队的人面面相觑。

这小子不错啊！

"咳咳。"

一个熟悉的咳嗽声传了过来，丁一一下意识地回过头，李娜正一脸阴沉地站在他身后。

"妈！"丁一一吓了一跳。

"出来。"

107

"你怎么在这儿？"

"为了打游戏你就逃课？"

"老师上课我听不懂，不想在学校待着，我哪儿也去不了，只能来这儿，我也是第一次……"

李娜有些失望和痛心："你爸总是跟我说，不要动不动就跟你起冲突，要多理解你，跟你好好谈。你告诉我，现在这样，我还能跟你说什么？"

丁一一不说话。

"不说话是吗？你究竟在想什么？"李娜的表情有些绝望，"打架、逃课、撒谎、玩儿游戏，你还要这么混下去吗？"

李娜看了看其他人说："你们也不需要上课、不要未来吗？"

丁一一坐不住了："你说我一个人还不够吗？他们关你什么事儿！我跟他们在一起，还不是怀念和国内那些战友并肩作战的日子！我怀念国内的生活！国内的一切！"

丁一一越说声音越低，眼眶红了起来。他逃课是不对，但是也是被逼的！

"行，我不在你朋友面前让你难堪，我信你这是第一次，我希望也是最后一次。"

李娜从钱包里拿出几张加币放在丁一一旁边。

"这是你最后一次见他们了，待会儿记得结账，然后回学校找老师解释清楚。"说罢李娜转身离开了这间咖啡馆。

丁一一愣在原地，不知道该怎么办。

"我刚刚看你操作不错，我们后面的比赛，你加入吗？"一个男生出声打断了他的发愣。

丁一一犹豫了一下还是答应了，因为只有游戏能带给他一些精神上的慰藉。

自从上次逃课去战队被李娜抓住以后，母子俩的关系就一直别别扭扭的。丁一一自己也不知道到底是因为他逃课的原因，还是因为上次李娜打了他一巴掌的原因。他突然想起来杨洋和他说过的话：对付家长要有策略，要讲究方式方法。

丁一一离开咖啡馆前和几个新队友说，他以后只有晚上才有时间跟他们一起活动。从此以后，每到深夜时分，丁一一假装先睡着，然后定个震动闹钟，在半夜时分醒来，加入温哥华战队的网上游戏活动。

打游戏之前，他就蹑手蹑脚地推开门四处检查一番，看看李娜的行踪和动向，然后才回到自己的屋子里打开电脑上线。

"这才是真正属于我的日子！电竞！我来了！"

他开心地打开了游戏界面。

丁一一晚上打游戏，白天上课总会打瞌睡。学校老师上课提醒他，不要太晚睡，他每次都点头答应，可是刚答应过老师，转身就趴在桌子上睡得天昏地暗，有几次还在课堂上打起了呼噜，惹得全班同学哄堂大笑。

他毫不在意，上课听不懂没关系，杨洋跟自己掰了也没关系，甚至国内的战队抛弃自己都没关系，"阿拉"一身武艺在哪儿不能混呢？

温哥华的战队，好着呢！丁一一洋洋自得。

一方面在李娜面前做乖孩子，写完作业早早睡觉，然后到了半夜李娜睡觉以后，上线打游戏，丁一一觉得生活开始变得丰富多彩。可是事情总有败露的一天。

"一一，你睡觉了吗？"李娜的声音从门口传来，坐在电脑前的丁一一赶紧停下敲击键盘的手。

"马上睡了。"丁一一说，然后凝神细听，直到李娜的脚步声渐渐远去，他才再次开始操作。

"咚咚咚！"

没等他玩儿两秒，重重的敲门声又响了起来。

"丁一一，你给我把门打开！"李娜在外面喊。

"我已经睡着了，你又把我吵醒了。"丁一一赶紧回答。

"你把门打开！不然我就要找钥匙开门了！"李娜在外面威胁。

丁一一只好乖乖地把门打开，假装揉着眼睛。

"妈，你又发什么神经！"

李娜走进屋，看到桌子上空空如也，不仅没有书，也没有电脑，她又走到了丁一一的床边。

"你为什么大晚上不睡觉，你快去休息吧，我要睡了。"丁一一有点儿紧张。

李娜走到床前，猛地一下掀开被子。果然，电脑就躺在丁一一的被子里，不仅开着，而且里面的游戏还在激烈地进行着。

"这是什么？你怎么答应我的？"

丁一一沉默着不说话。

"丁一一，你怎么变成这样了？打架、说谎、逃学、打游戏，我李娜怎么会有你这样的儿子？"

"你没有我这样的儿子？"丁一一反驳李娜，"我还没有你这样

110

的妈呢！我为什么打架，是因为他们误会我欺负我，我为什么逃学，是因为上课我压根一句都听不懂，我为什么打游戏，是因为我在这儿一个朋友都没有，我除了打游戏还能干什么？我在加拿大就是一个什么都不懂的废人！"

丁一一再也忍不住，眼泪哗哗地直往下流。

"你还问我为什么变成这样，还不是因为你！我在这儿没有朋友，我听不懂他们说话，我不喜欢这里，我只想回家！你说我心里没有别人，我看你才是，你总说你为我付出了多少多少，你问过这是我想要的吗？你出去，出去！"

丁一一边擦眼泪，边将李娜推出房门。砰一声巨响，门被他重重地关上，还咔嗒一声，上了锁。他再也忍受不住，回过头去，趴在床上，呜呜地哭了起来。

其实李娜一直不明白丁一一的处境。被杨洋挑衅，他很愤怒；在学校听不懂，他很无奈；和妈妈沟通困难，他很委屈。这些生活中的危机，搞得他无所适从。

丁一一只是一个十六岁的孩子，这些事情远不是一个青少年时期的孩子所能够承受的。最可怕的是，负面情绪一旦产生，如果没有正确的排解方式，长此以往，消极心理就会越来越严重，不但心理会变得扭曲，甚至可能影响到身体的健康。

可能哭泣也是一种发泄的方法吧，丁一一这晚流了很多眼泪，哭过以后，他心里轻松了些，虽然有些头昏脑涨，但总算是心里好受一些了。他百无聊赖地躺在床上，时间一分一秒地过去，黑夜这么漫长，他却一点儿睡意都没有。他拿出手机，躺在被窝里，继续玩儿起了手机游戏。

李娜突然推门走了进来，躺在床上玩儿得正入迷的丁一一对于李娜的突然闯入毫无防备，吓得一个激灵从床上坐了起来。她怎么起得这么早？难道跟我一样没睡？丁一一条件反射一般，迅速把手机塞进被子里。

"妈，你怎么进我房间不敲门啊！"

"你干吗呢？"李娜看起来也有些双眼通红的样子。

"没，没干吗啊。"

李娜一看丁一一死死地捂着被子的样子，就知道不对劲，她走到床边，一把拉开丁一一的手，然后掀开被子，被子里的手机就出现在了她面前，果然刚刚丁一一是在玩儿手机游戏。

"现在才早上五点，你不会玩儿游戏玩儿了一整晚吧？"李娜面色有些疲惫地问。

"我就是睡不着嘛。"丁一一说。

李娜拿着丁一一的手机发了一会儿呆，然后有些疲惫地说："手机我暂时帮你保管，你现在立刻睡觉，白天还得上课呢。"

丁一一一听就不乐意了："你凭什么没收我的手机啊。"

"就凭这手机是我出钱买的。"李娜说。

"这明明是我爸送我的生日礼物。"

"那也一样。"羊毛都出在羊身上。

丁一一觉得和妈妈来硬的不行，马上软下来求情："我以后不玩儿手游了还不行吗？你就把手机还给我吧，没有手机太不方便了。"

李娜摇了摇头，拿着手机转身就要离开丁一一的房间，走到门

112

口，又像是想起了什么似的，回过身走到丁一一桌前，伸手把电脑也给抱走了。

"这个我也先保管。"说完她便快速离开了丁一一的房间。

丁一一气得一脚踹在了被子上，踹两下，还不解气，又光着脚踩在地上，一圈一圈地焦躁地转着。

没有手机的话，社交生活基本上就被李娜全部切断了。

没有电脑更不用说，他还怎么打游戏！

丁一一抓耳挠腮。

不过……丁一一苦笑，反正他在温哥华也没有什么朋友，手机基本上都是老师通知活动的传声筒而已。

电脑呢？呵呵。既然这样，收走就收走吧，万一出了事……丁一一扬了扬眉，也是老妈兜着。

面对独裁专制的妈妈，他无力反抗，与其硬来不如软磨硬泡。看来对付强势的李娜必须改变策略，想到这儿，丁一一觉得一身轻松，随着轻松而来的，还有一阵久违的困意。

"唉！还是先睡吧！早上还得上课呢。"丁一一噌一下子上床钻进被窝。

果然不出丁一一所料，没过两天，他放学回家就被李娜叫过去询问。

"你为什么下午没有参加学校的活动？"丁一一刚刚进家，就被李娜劈头盖脸地问了这样一句话。

"什么活动？我不知道啊。"丁一一一头雾水。

"老师说每个学生都通知过了，你怎么会不知道？"李娜问。

丁一一立刻就明白了，他朝李娜耸耸肩说："学校活动一向都是发到手机公共平台上的，你把我手机没收了，我怎么会知道？"

李娜狐疑地找出丁一一的手机查看，果然有一条信息，大概内容就是让丁一一参加下午三点的讨论活动。

李娜有些语塞。

丁一一一脸无辜地看着李娜说："看吧，反正手机不在我这儿，不是我的错。"

李娜看了丁一一一眼，说："你别以为我不知道你怎么想的，你那么多同学，不会没人跟你说，你就是故意找个理由想把手机要回去。"

说又怎么样，不说又怎么样，反正你收了我的手机，我就是没看到通知，我就不去，哼。丁一一心里嘀嘀咕咕着，不过嘴上说的却是："我只不过实话实说而已。"

"手机可以还给你，不过我话说在前面，如果你再不睡觉玩儿手机，下次被我发现了，你的手机以后就都别用了，学校的活动我亲自一条条给你转达。"李娜说着把手机递给了丁一一。

丁一一忙伸手去接，没想到李娜却不松手。

"我刚说的话你记住没？"

丁一一赶紧小鸡啄米似的点头，李娜这才把手机还给他。过了一会儿，丁一一突然想起什么，眼前一亮。

"妈，今天学校布置作业了，我没电脑做不了。"丁一一的声音有点儿委屈。

李娜似乎在考虑自己的事情，没有搭理丁一一。等她回过神儿，就对丁一一说："在我房间里，自己去拿。"

"耶!"丁一一的兴奋都快抑制不住了,他悄悄给自己比了个 V。

这几天丁一一的心情好得不得了。现代社会这么发达,干什么都得靠现代科技,没有网络,不仅打不了游戏,也写不了作业;没有手机,不仅联系不上同学,也联系不上老师啊!

老妈啊老妈,这回失策了吧?

丁一一想了想,这老妈做事儿真的是严防死堵。之前他都那么声泪俱下地跟她说情了,她都不搭理,没收"作案工具"的笨方法,也让他很没有面子。

不过……丁一一突然想起来,那天妈妈进屋的时候眼睛是通红的。他那天睡不着是因为哭得脑袋疼,妈妈那天莫非也一晚上没睡觉?难不成,她想了一晚上以后怎么对付我?丁一一皱紧眉头。如果真是这样的话,那这几天岂不是得好好防备着老妈出什么后招儿吗?

妈妈这几天每天很正常地接送自己,亲自送到学校门口,老鹰一样盯着自己进校门后才离开,估计铆足劲儿在想别的方法了吧?丁一一暗自揣测,然后咂了咂嘴,突然笑了一声。反正兵来将挡,水来土掩,现在想也没用,来一招儿接一招儿,上有政策下有对策,总有方法的。

果然,没几天,丁一一发现了李娜新的奇招儿。不知道从什么时候开始,家里的网络出现了一个奇怪的现象,只要他一玩儿游戏,电脑就变得十分卡,常常出现断开重连或者直接掉线的情况。这是妥妥的坑队友啊!是要被举报的!

"什么情况啊，怎么这么慢？"丁一一有些恼火地敲击键盘。

重启路由器？不管用。

重新加载游戏？不好使。

重做系统？

丁一一焦灼地捣鼓了好几天，可是这网速还是像老牛拉破车一样，始终带不起来。两三天以后，丁一一憋不住了，颠儿颠儿地就跑到了客厅。李娜正躺在沙发上敷面膜，看到丁一一出来，瞥了他一眼。

"妈，今天家里的网速怎么跟蜗牛爬一样？"

李娜手上不停，照着镜子一点一点把面膜贴平整，然后面无表情地问道："你又打游戏了？"

丁一一有些心虚地说："谁说的，网络又不是只能用来打游戏，我写作业要查找资料，浏览一下网页而已。"

"网络我不懂啊，我忙了一天，手机都没来得及看。"李娜说着拿起了手边的一本书，一页一页慢慢地看着。

丁一一挠挠头，在客厅里走来走去，发着牢骚。

"这网速慢的，太误事儿了！不应该啊，家里网速一向都很流畅的。"他有些狐疑地看了李娜一眼说，"不会是你对咱家网络动了手脚吧？"

李娜把书扣在沙发上，用几根纤长的手指按了按脸上的面膜纸，然后一脸事不关己地说道："你也太高估你妈我的水平了，我要能动，还用得着大费周章地没收你的电脑、手机吗？"

丁一一想想李娜说得也有道理，便点了点头。

"也是。"说完，他就一脸懊丧地回了自己的小屋。

游戏打不成，论文资料看不懂，丁一一只能转着手中的签字笔，百无聊赖地坐在书桌前发呆。这事儿肯定不对头，几天前网速还挺好的，怎么这两天就这么差呢？这网无缘无故地就这样了，我怎么这么不信呢？丁一一怎么想都觉得不对。

要不，问问邻居？他拿出手机，给隔壁的戴安娜发了个信息，问了网速的事情。

戴安娜回消息速度很快，而且只有两个单词：very quickly。

丁一一撇了撇嘴，都是同一家网络公司，不可能戴安娜她们家是好的，他家就是差的。他再次打开电脑，把自己知道的电脑知识用了上来，还翻墙下了个国内的测网速软件。果然，从下载的速度来看，国内测网速的软件显示他们家的网速，绝对正常。

"这不可能！"

丁一一打开游戏，网络又开始卡了。他啪一下，把鼠标扔在了桌上，脑子飞速地转着。这情况从来就没有过啊？哪有一开游戏就卡的！好像有人在网络上监视他玩儿游戏。

不对，肯定有人黑我！

丁一一眼珠子一转，在电脑上键入关键词。互联网果然是万能的。他狂妄地笑了笑，翻了翻网上推荐他看的论坛。

"反黑客有妙招，防火墙用得好，让你的电脑变成铜墙铁壁"，丁一一看见这个帖子面带喜色，他飞速地浏览了一下帖子的内容，然后按照里面教的，赶紧下载了一个高级防火墙，装在自己的电脑上。

这黑客还挺贼，用的是定向干扰。

"不就是定向干扰吗，只要我设置了这个，这个，还有这个……"

丁一一边在电脑前操作，边碎碎念，仅仅过了三十分钟，一套严密的防火墙逻辑迅速完成。他得意洋洋地敲下回车键，恨不得狂笑三声。

"搞定！"

不过这黑客……也挺有意思的，什么都不黑，只黑他玩儿游戏。丁一一突然皱起了眉头，脑中似乎有个什么弦动了一下：这不会是我妈想的昏招儿吧？我妈这个老古董，竟然也有这种高科技的理念？难不成因为我跟她"反映"了几次，她开始走迂回路线了？

丁一一故作深沉，从兜里掏出一根棒棒糖，塞进嘴里，然后细细地想着这个事儿：嗯……老妈这个招数还是很妙的。他非常赞同地点了点头。

但是他丁一一可不是一般人，这点小花招，困住别人可以，但是困住他丁一一，就难了点儿。他双击鼠标，一秒钟就打开了游戏。流畅的 BGM 响了起来，他选中的电脑游戏角色背后的斗篷，在游戏中潇洒地飘逸着。

丁一一仿佛获得了新生。今天游戏里还有活动呢，之前他早就看了论坛的活动，新出的限量款角色和皮肤还有装备，都非常适合他现在所用的角色，如果不迅速拿下来，错过这段时间的活动，下次再有这么好的东西，不知道得等到什么时候呢！像他这种高端玩家，怎么可能不氪金。

丁一一迅速勾选了游戏里面几样要买的道具，然后从兜里掏出信用卡，在对话框输入支付密码。

嗯？

丁一一皱起了眉头。

这怎么显示的是支付失败呢？

不对啊！

丁一一合上电脑，准备打电话查一查到底怎么回事儿，没想到一出屋子的门，就看到了迎面走来的刚刚摘下面膜的李娜。

"妈，我信用卡怎么用不了了？"

"世界上没有免费的午餐，你想要报酬，可以，自己争取。"李娜很漠然地说着。

啊！这……这……敢情是他亲妈把信用卡停了？亏他还想去打电话问问呢，还说什么报酬、争取。

"拜托，我是你儿子又不是你员工。"丁一一发牢骚。

"正因为你是我儿子，我才需要帮你建立正确的价值观。从现在开始，你，丁一一，只有每天按时上下课，每周上课满勤，才能获得下周的零用钱，不然就扣钱，一直扣到没有为止。当然，如果你表现好，零用钱也可以多给。"李娜解释道。

"我不同意。"丁一一回答得非常干脆。

"我还没说完！以后，我都会用现金来支付你的零用钱，信用卡我已经停了。"

现金？什么鬼！那他还怎么在网上买东西啊？不行！这事儿绝对不能让这个"法西斯"妈妈做主！

丁一一立刻抗争："我要求开家庭会议，这事儿不能由你一个人决定，我要求爸爸参加家庭视频会议。"

李娜看了丁一一一眼说："现在你爸应该在上课，没办法，就我们两个，经济基础决定上层建筑！"说完，李娜就回到了自己的房间，留丁一一一个人在客厅里傻站着。

丁一一气鼓鼓地回到自己的小屋，早早地从游戏里退了出来，拿上洗漱用具，就去了盥洗室。现在他更能确定，今天的网一定是自己的母亲大人搞的鬼了，目的就是不让他玩儿游戏。还好他机智，把游戏从水深火热之中救了出来。

不过这经济制裁玩儿得好啊。看来做生意的就是不一样，做了两手准备啊！

丁一一的眼睛骨碌碌地转着。不过，母亲大人是不是忘了，他还有资金来源啊。他慢慢地从兜里掏出手机，心想：嗯，给我爸打电话的话……我爸耳根子软，还是个护妻狂魔，估计最后也是和妈妈立场高度一致，自己反而还要被他好言相劝，那能求助的人，就只有爷爷奶奶了。

丁一一在电话里头对爷爷奶奶哭诉了一番最近的遭遇，不仅说了自己在学校过得很辛苦，还偷偷告了李娜的小状，尤其对克扣零用钱，特别强调了一下。

他还不停地对奶奶灌着迷魂汤，说想念奶奶做的醉蟹，担心爷爷的身体，还问奶奶老年合唱团排练得怎么样。然后话题一转，就扯到了李娜不给他钱花，他每天下午连加餐都吃不上的事情。

果然电话那头的奶奶听得又得意又心疼，对自己这个"欺负"孙子的儿媳妇好感锐减，于是决定马上让丁致远办签证，老两口来温哥华照顾丁一一的生活，还告诉丁一一，挂上电话就去银行给他卡里打钱，不能让儿媳妇亏待自己的大孙子。

丁一一知道在奶奶面前一定可以搞定他想要的一切。达到目的以后，他美滋滋地挂了电话。

"让你李大总对我实施经济制裁，哼！没门儿！"

只要他一告状，"法西斯"也得倒台。胜利终究属于我们正义的一方！反正你有你的张良计，我肯定就有我的过墙梯。接下来还有什么招数，尽管使出来吧！母亲大人！丁一一燃起了斗志。

自从开始了母子之间的"斗法"，丁一一就跟打了鸡血一般，每天都在仔细关注事态的变化。可是让他有点不开心的是，李娜一直都没出下一招儿，就连他把网络解锁的事情，似乎都没有被她发现。

这不刚刚好吗？丁一一心想。

不过停信用卡这件事儿倒真的有点儿让他着急了。游戏的活动都快结束了，他这个经济制裁还是没有解除，他的限量装备和皮肤眼看就要没了，想想都让他头疼。

丁一一心里一烦躁，手中的走位就显得飘忽了，虽然这局还是获得了胜利，不过他却被别人秒了一次。不打了不打了，他从椅子上站了起来，想去客厅倒杯水。没想到刚出门，就被打着电话的李娜狠狠地瞪了一眼。

"妈，我怎么管一一您就别跟着操心了，我有分寸的。您和爸注意身体，照顾好自己就行！"

是奶奶打来的电话？

丁一一赶紧凑过去听，不等李娜捂紧电话，奶奶的声音就从手机里头传了出来。

"你有什么分寸！你是去那边照顾一一的，怎么反倒你去了，一一连吃都吃不饱。我们心疼孙子，大老远跑银行去汇款，这钱没汇成，还把我腿给摔了！"

李娜大惊："摔哪儿了？您没事儿吧？"

"奶奶摔着了？"丁一一也吓了一跳，忙抢过电话，"奶奶！"

"哎！——啊。"

"您摔着了？怎么样？严不严重啊？"丁一一一脸担心。

"奶奶没事，你还好吧？晚饭吃了吗？吃饱了吗？"

"吃饱了！"丁一一赶紧说，心里觉得非常自责，"都是我不好，我不该跟您诉苦的，要不是我，您就不会摔着了。"

"傻孩子，这跟你有什么关系，以后有什么事儿，随时给奶奶打电话，爷爷奶奶给你撑腰！"

还是奶奶对他好！

丁一一连忙点头："我知道了，那您好好休息，我一放假就回国看您。"

"乖，你早点睡，那边很晚了吧？"听筒里传出浓浓的关心。

"那我把电话给我妈。"

一说起李娜，奶奶就不高兴了，语气马上硬了起来："不用了，我这气还没消呢，跟她越说我越生气。"

"哦，那奶奶您在家好好休息。"丁一一赶紧嘱咐了两句，就挂了电话。

"怎么就挂了？"李娜一脸惊诧。

"奶奶让挂的。"丁一一事不关己。

"你是不是跟爷爷奶奶告状了？"李娜看着丁一一问道。

"我那叫如实汇报。"

"现在好了，奶奶为了去银行给你汇钱，把腿摔了。"李娜叹了口气。

"要不是你天天想方设法制裁我，我能跑去跟爷爷奶奶诉苦吗？能怪我吗？"丁一一赶紧趁机讨伐。

李娜反唇相讥："你要是好好上课安心念书，我至于这么绞尽脑汁对付你吗？"

丁一一冷哼了一声："我也没有让你在这儿啊，待不惯，你可以走！"说完，他就冲回自己的屋子，关上了门。

不过这么一来，丁一一的心里倒真的有点愧疚了。他也没想到自己告状这件事儿能牵扯这么多，当时也就是想让奶奶制裁一下独裁的妈妈，恢复他的经济来源，谁知道奶奶竟然真跑到银行给他汇款了呢。现在害得奶奶要在家静养好几天，估计前些日子说的老年合唱团领唱的位置，也得找新的老太太代替了。

丁一一悔不当初。算了算了，一次两次不买装备皮肤也无所谓。他烦躁地想：只要奶奶能好好的就行，经济制裁就先忍忍吧，这一轮算是我输了，"法西斯"妈妈得一分。

不过好在他前面两个回合都赢了，所以，他还是领先的！丁一一在最后也不忘给自己打打气。

"咚咚咚"的敲门声响了起来，丁一一赶紧假装自己在看书，装模作样地说了一声"请进"。

李娜推开门，端着水果走了进来。

"一一，妈妈和你商量个事儿呗？"

丁一一把书放下，故作夸张地看着李娜说："太阳从西边出来了，你竟然有事儿要跟我商量？"

"之前的事儿，是妈妈的处理方式不太好，妈妈给你道歉。"李娜说。

丁一一侧过头不说话。

李娜把手中的水果盘放了下来，说道："是这样，今天我在群里看到一个游戏培训营，还挺有意思的，我帮你报名参加怎么样？"

看来太阳真的从西边出来了！

丁一一一脸不可置信："你是说，你让我参加游戏培训营？"

"当然！怎么，不想参加吗？"李娜问。

丁一一有点怀疑李娜的目的："你确定这不是钓鱼执法？"

"你这孩子，我至于吗？我是不喜欢你打游戏，可我这骂也骂了，管也管了，有用吗？那我只能试着接受引导，也许能发现游戏对你好的一面呢？"

好的一面？哈哈哈！谁信？他妈妈还真是天真啊！

丁一一的大脑飞速转着，这应该就是母亲大人这个虎妈下的新战书，应该没错了！

他索性故意说道："幸福来得太突然，有点不敢相信啊。"

"那我就帮你报名了，就在这周末。既然玩儿，那就好好玩儿，争取拿个冠军回来！"李娜站起了身。

"必须的！"丁一一说。

拿冠军是肯定的，至于老妈搞什么鬼，见招拆招就行了！丁一一感觉自己胸有成竹。

丁一一兴致勃勃地考虑着几天后的游戏培训营，而且收拾好了行囊。开什么玩笑，这是他第一次参加的国际性比赛，如果能好好表现的话，简直就是为他以后的游戏事业拓宽了不少空间啊。

没错，目前丁一一的志向并不远大，就是希望自己以后能成为职业的游戏选手，一辈子以游戏为奋斗目标。这也是他为什么夜以继日打游戏的原因，毕竟以后要成为专业人士，现在不好好练习，以后靠什么吃饭呢？没准儿这次培训营，就是他踏上职业选手的第一步！尤其这次比赛几乎是温哥华地区游戏高手的大聚会！

虽然丁一一在国内的服务器玩儿，但他也不是没去过温哥华的服务器，尤其前段时间他和在咖啡馆找的几个队友，基本上都是在温哥华服务器玩儿的。玩儿得多了，他也会偶尔关注下排行榜的情况，多多少少对温哥华的游戏圈有了一些了解。

游戏培训营只有周末两天，时间安排得非常紧张，首日是PVP，即玩家一对一的比拼对战，次日是抽签分组，即团体赛。

丁一一练的角色并不适合 PVP，所以个人战也没有特别上心，基本上把准备的重点集中到了第二天的团体赛上。

"现在咱们根据刚刚抽的签分组，进行最后一轮比赛。"领队道，"屏幕上是这次所有参赛成员的个人积分，明日团体赛结束后，将产生最后的排名。"

电子提示音响了起来，大屏幕上出现了排名，所有围坐在地上的人都纷纷抬起了头。

丁一一看见自己的排名，"扑哧"一声笑了起来。

倒数第二。

不错不错，还以为会是倒数第一呢！

丁一一一点儿都不着急，他完全明白自己的优势和劣势，但别人就不一样了，看见队伍里面的东方面孔，排名还这么靠后，都不愿意和他同组。所以可想而知，丁一一的队友有多沮丧了，一个个你看看我，我看看你，都看着丁一一不说话。

丁一一看所有人都不开口，便清了清嗓子："咳咳，我组队布置战术。"

"你的个人积分在组内是最低的，只要不拉低我们就谢天谢地了。"一个队友马上反驳。

丁一一道："个人战和团队战是两回事儿，我之前在中国就是组队的，布置战术我擅长。"

另一个队友数了数排名，拿起小册子好一通算，最后得出结论："我们这组整体积分都不高，需要大比分才能赢。"

他看看丁一一，似乎在说，你能行吗？

"背水一战，绝地反击！"丁一一信心十足。

"真那么有信心？"队友问道。

丁一一点了点头。之所以没有好好打个人战，那是因为他一直都在专注看别人的个人战，所以榜单前几名的几位成员，出招的套路早就被他摸透了。现在只要发挥这几个队友的特长，然后施展相应的应对手段，想赢简直就不在话下。

丁一一拉着几个队员围成了一圈儿，仔仔细细地开始讨论起战术来，刚聊了五分钟不到，就俘获了所有队友的心。

这个亚裔小男孩，原来是扮猪吃老虎啊！

队友们面面相觑。

"怎么样？"丁一一问，"这样打，你们有信心吗？"

"有有有！"队友们纷纷点头，一下子对他奉若神明。

"嗯……那具体情况，我们今天晚上在我那边集合？"

"好！"大家异口同声说道。

团队气氛顿时就活跃了起来，几个人兴致勃勃地聊到领队催促大家吃晚餐的时候才暂时散开。

丁一一在所有人都离开以后高兴地蹦了又蹦，还冲自己比了个Yes的手势。按照这种势头，别说有信心赢了，抱个冠军回家，一定不是难事儿！虎妈，您就等着瞧吧！他边走边想，还一路嘚瑟。

欢乐的时光总是过得特别快，不知不觉，就到了培训营解散的时候。丁一一和自己的队友们勾肩搭背地走出酒店，一眼就看见停在门口等他的李娜。

"保持联系，下次一起开黑！"丁一一故作严肃地跟每个队友都握了握手，一一告别。

李娜看着丁一一兴高采烈的样子，一脸惊讶："看来玩儿得不错？"

丁一一扬眉，瞬间就从包里掏出了个奖杯："当当当当！怎么样，我就说只要跟游戏有关的，肯定是我主场！"

李娜皱着眉头，反倒有点儿不高兴："真赢了？不是听说这培训营里边都是各种高手吗？"

丁一一眯着眼睛看着李娜，然后耸了耸肩："是挺强的，差点儿一世英名毁于一旦。但是，凭借我的回天之力，最后还是把他们杀得片甲不留！怎么样？你儿子我打游戏绝对是有天赋的吧！"

李娜有些郁闷，嘀咕道："这群人行不行啊，怎么连个高中生都打不赢！"

丁一一还洋洋得意地沉浸在胜利的喜悦之中，没听清楚李娜刚刚说了什么，便问道："什么？"

李娜赶紧否认："没什么，走，妈妈带你吃大餐去。"

丁一一趁此机会，拍了拍自己的奖杯。他可还记得妈妈的话呢！她可是说了，想接受游戏好的一面呢！现在他连奖杯都抱回家了，那老妈的态度是不是也该变变了？

"那是不是以后你就不阻止我玩儿游戏了？"丁一一问。

李娜却又变回了一副扑克脸："这样，只要你下次测试，所有课都在 A– 之上，妈妈就允许你课余时间打游戏。"

"所有科目？这不科学！"丁一一大呼小叫。

"这就是条件。"说完这句话，李娜就发动了汽车。

就知道不可能！

丁一一撇了撇嘴，他和老妈的距离，简直就像是隔着楚河汉界！他有些懊丧地看着自己手里的奖杯，奖杯顶端原本金灿灿的星星，似乎也因为李娜几句冷冷的话蒙上了一层尘土。

"明明知道不可能，你就是故意的。"丁一一说。

李娜道："你也可以自己争口气啊。"

丁一一闷闷不乐地靠在座位上不说话了。他算是把李娜同志看透了！什么"试着接受游戏"，明明就是另有所图！指不定是想出什么歪招怪招，让他不再玩儿游戏呢！

这一场，虽然李娜没占到什么便宜，可是算来算去，他丁一一又输了。

"想吃什么？"李娜边开车边问。

"随便！"丁一一气鼓鼓地说。

李娜边开车边瞥着丁一一，他一脸生气的样子，根本不想说话。

"马上放假了，咱们要不要出去走走？就当散散心了。"李娜先开口打破沉默。

"随便！"

"那就这么定了，吃完饭我们顺道去趟杰瑞叔叔的旅行社，看看他有没有什么好的建议。"李娜看丁一一一脸不耐烦的样子，就替他做了决定。

母子二人一路无话，就连餐桌上都不怎么沟通。直到饭后，两人驱车前往杰瑞的办公室。

"不就是想把我从家里请出去，不让我在家玩儿游戏嘛！"丁一一头也不抬地玩儿手机，对于李娜安排的假期旅行一百个不愿意。

"既然这样，我亲自给一一做导游不就好了，这可是我的强项。"杰瑞倒是非常热心。

"这样会不会太麻烦你了？你给我们推荐一些地方或者路线就好了。"李娜说。

"看你说的，我本来就是做导游的，不麻烦。"

"那我按标准给你付费吧。"说着李娜就要掏钱包。

杰瑞马上拦住她："付什么费，就当我当叔叔的陪一一一起玩儿了。"

丁一一的嘴都快撇到天上去了："喂喂喂，你们还没问我乐不乐意呢。"

"出去玩儿你也不乐意？"李娜反问道。

"那也得看跟谁。"

"你到温哥华之后还没出去好好玩儿玩儿吧？真的不去？"杰瑞问。

丁一一不吭声，杰瑞说得确实是实话，他到温哥华以后，不是在学校当混世魔王，就是在家和李娜斗智斗勇，哪儿有时间出去玩儿啊！

"放心，跟着我保证让你见识到温哥华最精彩的风土人情。"杰瑞说。

丁一一只好接受："好吧，暂且相信你一次。"

李娜像是松了一口气般，冲杰瑞点了点头。

杰瑞会意，对李娜点了点头。

丁一一左看看右看看，觉得这俩大人不对劲儿，就跟密谋什么一样。还是不敢掉以轻心啊！看来妈妈为了把他从游戏里拐出来，真是要用尽十八般武艺了啊！他们俩还挺有默契。丁一一不屑一顾。

假期来临，李娜把丁一一和杰瑞基本绑定"出售"了。杰瑞带丁一一把整个温哥华有特色的地方参观了个遍：卡皮拉诺吊桥公园、狮门大桥、温哥华水族馆、科技馆……丁一一也彻底见识了杰瑞的博学多才，上至天文地理，下至琴棋书画，无所不知，知识面太广了，丁一一对他刮目相看。

说实在的，在学校憋了那么久，放假以后出来逛一逛，倒真的能将丁一一心里的阴霾扫去大半。尤其是青春期的孩子，虽然会无限放大自己的痛苦，但是一旦能感受到快乐，他们快乐的程度也是成倍增加的。

在阳光明媚的日子里，丁一一母子俩和杰瑞在斯坦利公园绿茵茵的草坪上美美地野餐了一顿。他们三个笑啊、闹啊，非常开心。

丁一一还和李娜骑双人自行车，和杰瑞比赛谁先骑到终点。他难得笑得十分欢快，这似乎是来温哥华以后，他和李娜相处得最快乐的一天。阳光洒在他的身上和脸上，到处都泛起金色的光芒。他渐渐放下了心中的沉重，和温馨快乐的环境紧紧融在了一起。

不过，敏感的丁一一，也通过这几日和杰瑞的接触，发现了一些端倪。杰瑞总是盯着李娜看，而且时间未免也太长了些。小小男子汉的直觉告诉他，这不是什么好现象。

野餐后的夜晚，丁一一端着水杯从客厅经过，听到了李娜和杰瑞打电话的声音。电话那头的杰瑞不知道说了什么，逗得李娜咯咯直笑。

"那好，明天晚上，伊丽莎白女王公园的四季餐厅，说定了。"

丁一一皱起眉头，慢慢挪进自己的屋子。他用电脑查了查伊丽莎白女王公园的四季餐厅，是加拿大温哥华最著名也最浪漫的餐厅，TOP1。

最美夜景？求婚胜地？还不带他？这个杰瑞，搞什么鬼！

丁一一眼珠转了转："不行，我得去实地探查一下。"

第二天早晨，丁一一就跟李娜说，下午他要找同学完成小组作业，然后早早离开了家。他在家门口蹲到下午三点，看见李娜穿着漂亮的礼服，上了杰瑞的车。

"哇！有情况，妈妈吃顿饭为什么要打扮得这么好看？"丁一一眉毛拧成了一团，他叫了一辆出租车，悄悄地跟到了伊丽莎白女王公园门口。下了车以后，他一直远远地跟在两个人后面，看着杰瑞自告奋勇地要给李娜拍照片，不由得心里感觉很别扭。

不过过了一会儿，丁一一差点就笑出了声。这不是天助我也嘛！前几天李娜对他用了那么多稀奇古怪的花招儿，现在也该轮到他出出招儿了！他躲在不远处的树林中，拿起手机，对着相谈甚欢的李娜和杰瑞拍了几张模糊的照片。

"我就不信这次我爸还不召唤你回国！"丁一一兴奋得眼睛一闪一闪的，一直拍到两个大人进了餐厅，感觉收获满满才离开了公园。

丁一一回到家，把球鞋一踢，第一件事儿就是给丁致远发李娜和杰瑞的照片，然后等了两分钟，接通了丁致远的微信视频。

"爸，看到我给你发的照片了没？"丁一一问。

"看到了啊，黑漆漆的，什么呀？"丁致远有些迷茫。

"我妈跟杰瑞叔叔。"

丁致远又翻看了一遍丁一一刚刚发给自己的微信，盯着照片研究了半天，依稀看到了自己老婆的身影。

"还真是，怎么了？"

"我妈撇下我，跟杰瑞跑去这么浪漫的山顶餐厅吃饭，你就没点儿反应啊？"

丁致远有些糊涂："什么反应？"

丁一一抓狂不已："爸，你要不要这么慢半拍！他俩好歹是一个男人跟一个女人啊！"

"臭小子，瞎说什么呢，你妈跟杰瑞本来就是朋友，吃个饭再正常不过了。"丁致远立刻训孩子。

"爸，你这心也太大了。要我说啊，你赶紧把你媳妇儿带回国去，防火防盗防暖男啊。"丁一一赶紧说。

"你都是跟哪儿学的词，一套一套的，小心你妈听到了揍你。"

"你要不跟她说她怎么会知道，"丁一一笑着说，突然又想到什么似的严肃起来，"不是，你就放心把她留在这儿啊？"

"她是我媳妇儿，更是你妈！现在你才是她的第一要务，我可召唤不动她。"丁致远摆摆手说。

丁一一着急上火地说："那要不然你过来也行啊，过来把我从水深火热中解救出来啊。"

丁致远赶紧安抚儿子："快了快了，等我们学校放假我就过去陪你们。"

丁一一又哼哼了两句，才把视频给挂了。

这个老爸，简直是……他怎么一点儿防备心理都没有啊？他当年是怎么追的我妈啊！

第三章　短暂团聚

丁致远挂上丁一一的视频，若有所思地揉了揉眉头。这母子俩在温哥华的主要事情就是斗法。

李娜对付丁一一的策略不断翻新："内部瓦解"——收缴游戏工具；"货源封锁"——切断游戏网络；"经济制裁"——断绝游戏资金；"实力恐吓"——打击游戏信心；"引进资源"——培养新的兴趣。

丁致远心想，李娜这些招数在丁一一这个臭小子身上，通通起不到多大作用。丁一一猴精猴精的，估计李娜的这些战略战术，早就被他看透了！基于多年的教育经验，丁致远深知其实对儿子这样聪明且自尊心强的孩子，应该多疏导，越是家长式压制他，他越和你反着来。

这些话他对李娜不知说过多少遍，李娜表面接受，可没过三两天，还是按照她自己的手段对付丁一一。

丁致远把办公桌上的物品装进公文包，计划去学校食堂吃完晚饭再回家。老婆孩子不在家的日子，丁致远除了工作就是看书做研究，或者抽空儿回趟爸妈家，看望一下他们老两口。他锁上办公室的门，转身看到新来的穿着一袭白色暗花丝裙的科研秘书秦晓燕，她兴奋地向他跑了过来。

"丁教授，看到公告了吗？您去年做的科研项目刚刚被评为上海市科技进步一等奖。刚才系主任让我通知您，明天开全院大会，希望您在会上做一次报告，给全院教师分享一下。"

秦晓燕甩了一下长长的披肩发，继续说："明天中午的分享会，您可是主角，能穿多帅就穿多帅！"

丁致远笑了笑："谢谢小秦老师的通知，我都已经过不惑之年了，没那么讲究，就这身不是也挺好的吗？"他淡定地指指身上的衣服。

"是的，丁教授您每天都穿戴得体，再加上您这么高的颜值，随时随地都可以出席任何重要的会议。我刚来系里就听说很多学生选修您的课，都是因为要膜拜一下玉树临风的丁大教授！咱们学院的年轻女教师提到您都赞不绝口呢！"秦晓燕笑起来眼睛弯弯的，一脸的崇拜。

丁致远心里美滋滋的，但是表面上还是很淡定地说："小秦老师，你说得太夸张了吧！"

"绝对实话实说！丁教授，再见！"说完这句话，秦晓燕风风火火地离开了。

丁致远看着秦晓燕远去的背影，觉得她很不错，懂礼貌，情商高。系主任把秦晓燕交给他带的时候，就对她赞赏有加，让他好好培养一下她，争取下学期让她顺利上本科生的课。他本以为要带新人，工作负担肯定加重，可让他没想到的是，这秦晓燕工作学习能力都非常强，竟然成了他的好助手。

丁致远步行去学校教师食堂。吃完饭，他走到地下停车场，准备开车回家。突然从不远处传来一阵争吵声，他抬头定睛一看，原来是秦晓燕和一个男子正在互相推搡拉扯。

那男子好像不认识，不像是学校的教师吧？丁致远眯着眼睛看了一会儿，那个男子还是不停地对秦晓燕动手动脚，秦晓燕好像快要招架不住了。

丁致远犹豫了一下，大步流星地走过去问："秦老师，有什么需要帮忙的吗？"

秦晓燕听到丁致远的声音，不由得愣了一下，有些狼狈地理了理衣服。

那位男子看到丁致远，不但气势没有减弱，反倒瞪了丁致远一眼，语气有些不善地道："这里有你什么事儿？"

丁致远不理他，关心地问秦晓燕："需要我叫保安吗？"

那男子一听到叫保安，态度更是嚣张："叫保安？去啊，去叫，你现在就打电话。"

"不，不用了，"秦晓燕连忙阻拦，"丁教授，我没事儿，您先走吧。"秦晓燕低着头，不想多说一句话。

"听到没？赶紧滚，别多管闲事儿。"那男子道。

丁致远看了看秦晓燕被扯坏的衣服，还是有些担心："可是……"

秦晓燕语气越发哀求地说："丁教授，我真的没事儿，您回去吧。"

看样子秦晓燕有难言之隐。

丁致远无奈地摇摇头，走向自己的车，然后开出车库。

第二天，秦晓燕上班迟到了。她轻手轻脚地走进办公室，在自己的位置上坐下。

丁致远抬头看了一眼秦晓燕，发现她脸上有几道淡淡的红痕。他站起来走了过去，忍不住轻声地询问："你被打了？那位男子和你什么关系？"

秦晓燕摇了摇头，可眼泪却出卖了她，迅速地涌了上来。

丁致远沉默了一会儿说："你要是有什么麻烦尽管说，我们可以报警啊。"

"他是我老公。"秦晓燕说。

那男子竟然是秦晓燕老公？这可让丁致远有点意外。秦晓燕刚从大学校园里走出来，和他的研究生年纪差不多，怎么看都不像是结了婚的人啊！

"你结婚了啊？"丁致远问。

"我一毕业就结婚了。"秦晓燕低声回答。

既然是家事，丁致远就更不好插嘴了，但他还是叮嘱道："你们夫妻间的事儿我也不好多说，但如果出现家暴，实在过不下去，这种事儿不能拖。"

秦晓燕点点头："谢谢您，丁教授。"

丁致远摇摇头，回到自己的座位。家家有本难念的经，相比秦晓燕受到的家暴，老婆和儿子在温哥华的那点小战争，根本不是什么问题。他感慨起来，不由地又想起了远方的亲人。

学校马上放假，丁致远可以去温哥华陪陪他们母子俩，顺便做做他们母子之间的和事佬。如果能劝李娜带儿子回上海，就不虚此行。前几天李娜打电话告诉他发生了一件很可怕的事情，因为李娜语言不通，差点儿丢了小命。

丁致远回忆那天李娜给他讲述的事情发生的经过。

李娜为了买瓶醋，违章停车在超市门口的路边，出来碰到警察开罚单给她，但她根本听不懂警察在说什么，于是她钻进车里，伸手去副驾驶拿手提包，想找手机给杰瑞打电话，让杰瑞和警察谈话，弄明白他们在说什么，结果令人恐惧的场景发生了。

"天哪！我一抬头，黑洞洞的枪口正对着我的太阳穴！"李娜在电话里大呼小叫。

"吓得我心脏都快要跳出来了！"李娜绘声绘色地描述道。

丁致远也惊出了一身冷汗："这是什么警察，你做什么了他们就要开枪？"

李娜委屈地说："后来是我房东来救我，她告诉我说，只要警察拦车，必须把双手放在方向盘上，一旦有其他举动，警察就会认为你袭警。"

丁致远叹了口气。

"你说说，我可是良民，怎么会以为我要袭警呢！"

"所以你被带到警察局里转了一圈儿？一点儿都不好玩儿吧？"丁致远想调节一下气氛。

"去你的，中国的警察局我都没去过，我可是良民。"李娜嗔怪地说。

"学校马上放假，我机票订好了，过几天飞温哥华看你们母子俩。"丁致远说。

138

"赶紧过来吧，——得高兴地跳起来，你们父子情深，比和我关系好。"

一周后学校放假，丁致远马不停蹄地飞到温哥华。

"爸！我们在这儿，在这里！"丁一一第一时间看到丁致远推着行李车从机场出口迎面走过来，就兴奋地朝他挥着手。

丁致远远远地看到李娜母子俩，快步走过去。

"一一！"丁致远放下手中的行李车，一把将丁一一揽在怀中。

"老爸，我可算把你盼来了，我觉得好几个世纪没有见过你了。"丁一一说。

"爸爸也是啊。"丁致远紧紧抱着儿子，很久才放开他，然后上下打量着儿子的变化。

"不错，又长高了，还壮了不少。"丁致远拍了拍他的肩膀。

"那是，我是高了不少呢！"丁一一边说边踮着脚尖和爸爸比个子。

丁致远开心地问："看来温哥华的伙食还不错。"

"不错什么呀，我想吃上海菜都快想死了。"丁一一开始抱怨。

"你们俩什么意思？父子俩太旁若无人了吧？我是空气吗？"李娜故意装作不高兴的样子对丁致远和儿子说。

父子俩听到李娜的话，同时过去拉住李娜的手，丁致远说："老婆是我们家的老佛爷，谁敢不把您放在眼里？那不是找不自在吗？"

"唉！算了吧！我看你们俩也是口是心非，这里也不是说话的地方，回家吧！"

丁一一抢先接过丁致远的行李车，走在最前面，晃着脑袋一蹦一跳地说："回家喽！"

一家三口温馨地团聚在车上，丁一一兴奋得像个猴子似的，坐在座位上也不安生。

"爸，你想吃什么？温哥华有几家不错的餐厅，虽然不如上海的好吃，但可以去试试。不过我还是喜欢你做的菜！要不今天咱们在家吃？"

"爸，我在温哥华游戏培训营的那位外国朋友去中国旅游，我还专门让他去上海看看呢！"

"爸，你这次来温哥华要住几天啊？你的课题做完了？研究生哥哥姐姐们也放假了吧？"

"爸……"

"真是你亲儿子，爸长爸短地说个不停，我在这儿伺候他这么长时间，也没见和我这么亲热，现在你一来，看他高兴的。"李娜忍不住边开车边抗议。

丁致远笑了笑，对丁一一说："你看，你老妈吃醋了。"

丁一一被李娜噎了一下，他反应还算迅速地道："我那是不善于表达，再说了咱俩天天在一起，也没有必要，我和我爸这不是距离产生美嘛！"

丁致远哈哈大笑："看看，儿子心里明白着呢，一一比以前懂事儿多了。"

"他懂事儿？你不在的时候，他天天把我气得高血压都快犯了。"李娜立刻抱怨。

"妈，我爸好不容易来一次，你就别告我状了，咱们赶紧回家吃我爸做的饭吧。"丁一一一脸兴奋地看着丁致远。

"好好，等回去了让你爸给你打打牙祭。"李娜说。

丁致远笑呵呵地说："领旨！我这才刚下飞机，领导就给分配任务了。"

丁一一兴奋得直嘚瑟："我要吃回锅肉！糖醋排骨！还有红烧带鱼！"

丁致远赶紧一一答应，然后凑到丁一一耳边小声地问："看来你妈的厨艺还是原地踏步啊。"

"可不是，还不让我吐槽。"丁一一低声回答。

"车里能有多大？再小的声音我也听得一清二楚。"李娜边开车边说，"喂喂，你俩，我能听见的，好吗？"

父子俩对视了一眼，哈哈大笑起来。

一家人回到家中，丁致远很好奇地在外面四处查看李娜租的出租房。细心的他发现房子整体看起来是简欧风格，不经意中还搭配了一些东方元素。

"这房子挺不错啊，建筑风格很独特啊。"

李娜点点头："是的，听说是房东自己设计建造的。"

"看来房东品位不错。"丁致远说。

"房东对建筑设计很感兴趣，大学毕业移民到温哥华后专门学习过，她是老温了，快进屋看看。"李娜说完，拉着丁致远进了屋。

丁致远环顾了一下室内。屋子里打扫得非常干净，窗台和桌子上都摆着鲜花。看来这母子俩的小日子还不错嘛！他心想，老婆大人忙里偷闲，还有点儿小情趣。

他接着问："你跟房东相处得怎么样？都是华人，好相处吧？"

"她这人吧，有时候看着比较高冷，但其实人挺不错的，典型的外冷内热型。"

"是吗？那挺好的，大家住邻居，有什么事儿也能相互有个照应。"丁致远说。

趁着两个大人说话的工夫，丁一一自告奋勇把行李拎进屋子。干完活儿，他坐在客厅沙发上喊："爸妈，我饿、饿、饿！"

丁致远看着辛苦搬运行李的儿子，赶紧撸了撸袖子，进厨房准备亲自操刀做饭。

"好，不能饿着我宝贝儿子，等着，老爸亲自下厨。"

"欧耶！太好了！"丁一一从沙发上弹了起来。

刚刚换上家居服的李娜看丁致远进了厨房，东找找西看看，伸手就要拿围裙，李娜赶紧拦下了他，拽过围裙自己系上了。

丁致远看着李娜一副认真的架势，笑了笑。他打开冰箱看了一眼，呦，应有尽有啊！

"老婆，你真是从李总变成家庭主妇了，冰箱里这么多东西，你在上海家里从来没有买过吧？"丁致远咂咂嘴。

"别讽刺我了，你刚下飞机，时差还没有倒，还是先吃我做的饭，等你时差倒好再给我们做。"李娜说着从冰箱里拿出食材。

丁致远退后几步，上下打量了一下李娜，又看了看搭配有模有样的食材，颇觉得她真像那么回事儿。行吧，给她一个表现的机会，丁家大厨也做回甩手掌柜。

"好吧，只不过——得等到晚上才能有口福了。"丁致远说。他站在李娜旁边，看着李娜拿出案板，切菜备菜，动作出人意料地娴熟。

"你在上海基本没进过厨房，这会儿做饭这么熟练，我越发体

142

会到你在温哥华照顾儿子有多不容易了。"

李娜笑了笑，停下手中的刀，看了丁致远一眼说："有你这句话，也算我没有白当这么多天的陪读妈妈，心领了！"

丁致远和李娜默契地笑了笑。然后丁致远开始打量厨房，他抬头看到了烟雾报警器，在厨房天花板中间，做饭炒菜确实要小心。厨房台子上摆放着砂锅、炖锅、奶锅。

"哎哟，老婆，你可以啊，竟然买了这么多锅？"他连连点头，盘算着晚上用砂锅做点儿什么东西吃好。

"这个是？"丁致远指了指冰箱上贴着的写满英文的几张纸，"这是不是你在电话里向我吐槽的租房细则？"

李娜看了一眼，点点头："我之前确实不了解这边的这么多规矩，给房东添了很多麻烦。上次我违章停车被当成袭警带到警局那事儿，也是房东帮我找律师解决的。"

"那得好好谢谢人家了。"丁致远说。

"这事儿确实多亏了她，这次你来温哥华，我们找个机会请她一起吃饭，好好感谢一下她。"李娜边埋头切菜边建议。

"我有种预感，你们俩说不定能成为好朋友。"丁致远话音刚落，李娜就听到客厅门的另一边传来开门的声音。

"她好像回来了，我带你去见见她？"

"没事儿，晚点儿再去打招呼也不迟，咱们一家三口先好好享受享受久别重逢的时光。"丁致远说。

李娜在厨房一直忙着做饭，不多一会儿，就把菜备好。她蹲下身子，把一些菜叶垃圾分类整理好。

"我把这袋垃圾扔到外面垃圾桶。"李娜说着就拿着垃圾准备往外走。

丁致远上前抢过来说："我去吧。"

"行，就在门口，上面有分类的标识，你英语好，一看就能知道。我来炒菜，——快等不及了，又该叫饿了。"

丁致远点了点头，提着垃圾袋走了出去。他把门带上，在院子里四处找垃圾桶的位置。国外垃圾分类非常重要，他听李娜说过。

突然，丁致远感觉到有人在旁边一直注视着他，他下意识地回过头。就在家门口不远的位置，站着一个女人，准确地说，是家门口隔壁那道门前，站着一个穿职业装，看上去年龄有四十来岁的女人。

丁致远一瞬间连呼吸都忘了。

夏天！是夏天？

丁致远有点不敢相信自己的眼睛。

对，是夏天！

丁致远惊呆了，她好像老了，但确实是她，是夏天。

两人就这么默默地对视，好像过了一个世纪之久。

丁致远带着疑惑轻轻地问："你……你怎么会在这里？"

夏天沉默了良久，最后答非所问："好久不见。"

"是啊，好久不见，快……二十年了吧？"丁致远说。

"嗯，二十年。"

丁致远看了看旁边的屋子，突然间明白了什么："你……你不会就是李娜的房东吧？"

夏天苦笑了一下说："看来这个世界真的是太小了。"

丁致远百感交集，想要再问夏天些什么，却欲言又止。

"老公，垃圾扔好了吗？快来帮我一下，这个锅我端不动……"屋里传来的李娜的说话声打破了他们之间的沉默，丁致远这才回过神来。

"来了！"

顾不上同夏天说再见，丁致远慌慌张张地进了屋，手里还拎着没有扔出去的垃圾袋。

李娜没注意到丁致远的异常："老公，你没有找到地方扔垃圾？"

丁致远答非所问地摇了摇头，似乎没听到李娜说了什么。

李娜接过他手里的垃圾袋说："算了，一会儿我去扔吧。老公，你把锅里的鱼盛出来，大家都饿了，你们先吃，剩下的菜我继续做。"

怎么会在这里遇到她？为什么偏偏是这里？这二十年，她过得好吗？什么时候来的温哥华？丁致远满脑子都是疑问，却没有人可以回答他。

"教授，发什么呆啊？是不是你有时差，我看你怎么晕晕乎乎的？"李娜问。

丁致远定了定神说："啊，哦，好的。"他心事重重地把鱼从锅里捞出来，然后放在了餐桌上。

丁——早就迫不及待地坐在餐桌前，拿起筷子准备开吃。

李娜洗完手，来到餐桌前，她边给丁致远夹了一筷子鱼边说："都饿了吧？老公，先尝尝我手艺。"

丁致远神情呆滞地拿起筷子，在碗里挑了挑，脑子里面一片混沌，一点儿食欲都没有，然后轻轻地放下筷子。

"屋里太闷了，我出去透口气。"

"你不是刚从外面进来吗，你出去透什么气啊？"李娜说。

丁致远像没听见一般，魂不守舍地站了起来出了门。异国他乡的街道，他也不熟悉，只能在院子里转了一圈又一圈，最终停在了隔壁夏天家门口。他真想现在就找夏天问问清楚，她结婚了吗？有孩子吗？如果就这么贸然地敲门合适吗？她愿不愿意见他，毕竟二十年前，是他负了她！

丁致远烦躁不安地从口袋里摸出一盒烟，又摸了摸裤袋，却没找着打火机。他这才想起来，进安检的时候把打火机留在安检口了。他抬头看到了街对面的便利店，收起烟盒便往便利店走去。抽根烟再去找她问吧，如果她过得不好，他也会良心不安的。他心不在焉，急匆匆地过着马路，连侧面驶来的汽车都没注意到。

"滴滴！"刺耳的喇叭声响了起来，丁致远这才抬起头，不过为时已晚。一阵刺耳的刹车声响起，咚的一声，汽车还是撞上了丁致远。他跌倒在地，头有点晕，腿剧痛，他出车祸了。

撞到他的司机慌忙从车上下来，询问他的情况，并马上拨911叫了救护车。救护车很快赶到，医护人员和撞到丁致远的司机一起用担架把丁致远抬上救护车。

李娜和丁一一听到救护车的声音，一同从屋里冲出来，发现丁致远正被人抬上救护车。

"老公，这是怎么回事儿？伤到哪儿了？"李娜一脸焦急，扶着丁致远的担架喊道。

丁致远痛得龇牙咧嘴："没事儿，刚刚腿被车撞了一下。"

"我陪你去医院！"李娜迅速爬上了救护车。

"等会儿！"丁一一冲李娜叫了一声，然后折返到夏天家，不由分说地把夏天拖了出来。

"夏天阿姨，我爸被车撞了，麻烦你跟我们一起去趟医院，我妈一句英语都听不懂，我也是一知半解，听不明白。"

丁致远听到儿子说夏天的名字，敏感地坐了起来，他尴尬地看了夏天一眼，突然又被剧烈的疼痛控制，不得不躺了回去。

"好，我跟你们一起去。"夏天的语气里略带犹豫。

众人陪着丁致远乘救护车来到医院急诊室。

夏天告诉李娜："急诊医生说应该没有伤到骨头，拿些止疼药涂一涂，养几天应该就会好。"

李娜不放心地说："夏天，还是让医生预约 X 光看看是否有骨折吧。"

医生按要求开了 X 光片预约单。

"这是三天后的 X 光片预约单。"夏天把单子递给李娜。

"国外看病太不方便了，拍个片子都需要等三天。"丁致远也有些意外。

夏天毫无表情地站在旁边，并没有接丁致远的话。

从医院回家的路上，李娜一直感谢夏天，夏天也不多说什么。

丁致远回到家，被丁一一搀到沙发上躺下。躺在沙发上的他被李娜母子无微不至地关心着。

丁一一给他倒水、削苹果，丁致远看着儿子跑来跑去的样子，觉得儿子特别可爱，就暂时忘记了腿伤和见到夏天的尴尬，他对丁一一说："儿子，把冰袋给我拿过来敷在腿上。"

"好嘞!"丁一一跑进厨房，从冰箱里拿来冰袋，帮丁致远冰敷。

李娜从药房买药回来，进屋连衣服都顾不上换，就抬过丁致远的腿把药给他敷上。

"你看看你，刚到温哥华，怎么会在家门口出车祸呢!"李娜心疼地埋怨道。

"都怪我太不小心了，本来是想来照顾你们的，结果这车祸一出，反而还得让你们照顾我。"丁致远嘴上承认错误，心里也非常内疚。

"没事儿，反正我一个也是照顾，两个也是照顾。不过你今天出门倒垃圾，就感觉你好像有点心不在焉的。"李娜一边轻轻揉着丁致远的腿，一边说出自己观察到的事实。他们已经是十几年的夫妻了，李娜当然能感觉出丁致远情绪有点儿不对劲。

丁致远马上解释道："可能是时差关系，刚下飞机没休息好，精神有点恍惚吧。"

李娜给丁致远上好药，把他的腿轻轻放下，然后对他说："你今晚早点睡觉，我把厨房收拾一下，晚上还是吃比萨凑合凑合吧。我去帮你放洗澡水，嗯，你的腿不能沾水，我帮你稍微擦一擦身体。"

丁致远点了点头，他看着身边正在削苹果的儿子，还有进厨房忙家务的老婆，从心底里感觉到这个家对他多么的重要。

隔壁的夏天应该也有一个温暖幸福的家庭吧? 如果真的是这样，他又何必为了过去那些事情而打扰她的幸福呢? 丁致远对下午那个莽撞的自己后悔不已，决定不再纠结。

既然和夏天见了面，他的老婆和孩子继续住在这里，会不会不太合适？——如果不回上海，至少还要在温哥华继续上学，每年的暑假寒假，丁致远都会过来陪他们。

一直租住在夏天的房子里有些尴尬，得尽快劝李娜搬离这里，动员李娜买房子是一个不错的借口，他听李娜说过，温哥华的房子比上海便宜。丁致远心里盘算好，决定今晚试着和李娜谈谈房子的事情。

本来愉快的团圆日，因为丁致远的车祸，一家人又忙成了一团，最辛苦的人莫过于李娜了。夜已深，李娜忙完丁一一后，走进卧室。

丁致远坐在卧室床上，手里正捧着一本书。

李娜轻轻把他手上的书拿掉说："你赶紧睡吧，坐了那么久的飞机，今天又折腾了一天，我去客厅处理点公司的事儿。"

丁致远摇了摇头："我这时差还没倒过来呢，虽然累，不过好像也睡不着。"

"咱俩隔着十五个小时的时差呢，我起来你该睡了，我要睡了你才起床。"

丁致远拨了拨李娜额前的短发，轻轻地把她拥在怀里说："你白天要照顾儿子，晚上还得熬夜处理公司的事儿，真是太辛苦了。尤其是今天，还让你忙前忙后的，我实在是太没用了……"

想到受伤的原因，丁致远的内心就有愧，但道歉的话却不能宣之于口。

李娜看不见丁致远愧疚的表情，听到丁致远提到她的公司，便说："这个公司虽是我多年的心血，但事业再重要都比不过儿子重要，目前对我来说，头等大事就是一一的学习和成长。"

丁致远轻轻地叹了口气，看着李娜，特别认真地对她说："老婆，你为了儿子这么拼，我明天得好好给儿子说道说道，别天天不懂事儿胡闹！"

"他只要能稍微让我省点儿心，我就谢天谢地了。"李娜边摇头边感叹。

丁致远看李娜心情还不错，决定把刚刚想到的事情和李娜说一下："我觉得你既然打算在这边安顿下来，趁我这次来咱们去买套房子如何？租房也不是长久之计，买到合适的就搬出去吧。"

李娜一脸诧异："干吗着急买房子搬出去，买房子是大事儿，咱们肯定得好好选，总不能随随便便买，肯定要找一套性价比高的。我现在和夏天母女相处得还不错，你下午不还说大家住在一起有个照应挺好的吗？"

丁致远有些语塞："啊，这不是想着有自己的房子住更方便嘛！我这也只是建议，还是以你的意见为主。"

李娜点点头："嗯，我知道，我会慢慢留意的。"

她看了看丁致远的伤腿，突然坐了起来，边拿起自己的手机边说："对了，我查查温哥华哪里可以买到筒骨肉，你不是最爱喝萝卜筒骨汤了吗？"

"对啊，我就这么点儿追求，多好养活。"丁致远说。

李娜用手机搜了一圈，终于找到了地址。

"大统华 Downtown 店有，我明天去买，筒骨肉在国内超市都有，但在温哥华却不太容易买到。"

丁致远赶紧摆摆手："不用专程跑那么远去买，腿上只是小伤，应该没事儿，现在已经消肿很多了。"

李娜很执着地说："那也得补补！"说完便转身出去了。

丁致远仰面躺在床上，对着天花板出神，他脑子里浮现出白天撞见夏天的场景。

夏天那张带有岁月痕迹的脸，渐渐和他印象中二十岁的夏天重合。那个时候，他们的花样年华，每天都过得无忧无虑的。他常骑着自行车带着她，徜徉在大学的校园里，年轻的脸上写满了幸福和快乐。

时间一晃就是二十年。丁致远叹了口气，闭上了眼睛。

丁致远有腿伤不能陪丁一一出去玩儿，只能待在家里消遣。丁一一反而担心爸爸无聊，他在书架上找了一些碟片，把客厅的电视打开，放了几部爸爸和他都喜欢的电影，帮爸爸打发时间。

丁致远躺在沙发上，有一眼没一眼地看着，屏幕上正放着《蝙蝠侠》。

"咚咚咚"的敲门声响起，丁一一起身去开门。

"戴安娜？"丁一一一愣，稀客啊！

"一一，听说你爸来了，我过来给叔叔打个招呼。"戴安娜说。

"热烈欢迎！不过我爸爸刚来温哥华就出了点儿小状况，现在只能带伤迎接你。"

丁一一说着，回过头喊丁致远："爸，隔壁美女姐姐来看你了！"

丁致远抬头看到门口站着的戴安娜，神情一下子就恍惚了。这个姑娘像极了年轻时的夏天，两人仿佛就是一个模子里刻出来的。

姑娘笑了笑，嘴角下面泛起浅浅的梨窝。二十岁的夏天曾经就这么鲜活地出现在丁致远面前，他的记忆又清晰了起来，似乎他还是那个二十多岁的勇敢追梦的少年。

"叔叔。"

二十岁的"夏天"喊自己。

"叔叔？"

"啊……啊？"丁致远回到了现实。

他上上下下打量着眼前这个女孩，低领T恤，紧身破洞短热裤，手腕上戴着各种骷髅十字架的装饰，手臂上还刺着花花的文身。她不是夏天，夏天不会穿这样的衣服，只穿文文静静的长裙。她，应该是夏天的女儿。

"你……你是夏天的女儿？你和你妈妈太像了！"丁致远忍不住说。

戴安娜无所谓地耸耸肩："我妈也经常这么说。"

此时电视里传来《蝙蝠侠》的音乐，戴安娜立刻凑上前去。

"一一，你也喜欢《蝙蝠侠》？我可是资深《蝙蝠侠》迷。"戴安娜兴奋不已。

"来来来，这是最经典的第二部，一起看吧！"丁一一赶紧邀请戴安娜入座。

戴安娜毫不客气地在沙发上坐了下来，和丁一一一起聚精会神地看电影。

丁致远坐在旁边，一直偷偷观察着戴安娜，她的样子和当年的夏天很像，只是她的鼻梁要比夏天高一些，但是眼睛、耳朵轮廓都很像，连笑起来的样子都一模一样。

看着和夏天如此相像的戴安娜，又想到自己如今和她们母女俩住在同一个屋檐下，丁致远就有些坐立难安。偏偏越是这个时候，时间就似乎过得越慢，短短一部两个小时的电影，仿佛过了一个世纪之久。

当电影放到片尾字幕时，夏天隔着门把戴安娜叫了回去，看着戴安娜离开，丁致远才觉得松了口气。

丁致远一直在家养伤，过了几天，他感觉腿伤好了很多，可以扶着墙慢慢走几步了。

"老公，我去超市买菜，儿子要去上课，你一个人在家去卫生间怎么办？要不要我找人来陪你一会儿？"李娜边收拾东西边说。

"不用了，腿已经消肿很多，问题不大，我就这么躺着看看电视，上卫生间我自己可以扶着墙慢慢走，或者单脚跳几步。"丁致远说着，还站了起来，比画了一下。

李娜看到吓得赶紧跑了过来，扶住丁致远说："你可别乱折腾了，万一再摔着可就麻烦了。"

"你就放心出门吧，不就摔了个腿嘛，又不是真的丧失行动能力了。"丁致远安慰李娜。

"好好，我很快就回来。"李娜说。

李娜出门后，丁致远打开电视，全是英文频道，李娜为了让丁——学英语，家里电视只有英文频道。他看了一会儿觉得无聊，就把电视关了。

他从茶几上拿起从中国带过来的专业书，津津有味地看了起来。丁致远学术造诣很高，是个勇于创新的老师，经常带着学生研究物理学科前沿的专业理论。当初就是他对专业的执着和儒雅的气质深深吸引了李娜。

李娜做事雷厉风行，不达目的誓不罢休，这方面和丁致远倒很像，但是李娜缺少丁致远遇事波澜不惊的涵养。她和朋友吃饭，第一次看到丁致远，就倾心于他。于是放开胆子倒追丁致远，没想到，真的就让李娜给追到手了。

丁致远窝在沙发里看了一会儿书，就想去趟洗手间。客厅距离卫生间很近，但没人搀扶，对此刻行动不便的丁致远来说，是一个不小的挑战。他扶着家具和墙单脚跳着，一步一步挪向洗手间。

眼看距离越来越近，一不小心，他碰倒了门口台子上的杯子，杯子里的水洒在地上，丁致远躲闪不及踩上去，"哧溜"一下，滑倒了。

他赶紧扶住旁边的瓷砖，想要自己爬起来，可惜瓷砖太滑，他努力了好几次，都失败了。哎！丁致远跌坐在地上，有些狼狈，没想到不过是一条腿使不上力气而已，怎么就连爬起来都这么困难。他索性坐在地上，准备休息一会儿再爬起来。

"嗒嗒嗒"，有脚步声传了进来，丁致远凝神细听。

是李娜回来了？丁致远刚要喊"老婆"，夏天就出现在了客厅。

丁致远看着夏天，不知道摆出什么表情才好，只能尴尬地笑了笑。

夏天低下头，十分费劲地将丁致远扶起来，然后一步一步地搀着他，走回客厅，坐在了沙发上。

丁致远不好意思地说："谢谢你。"

夏天问："没事儿吧？"

丁致远摇了摇头说："没事儿。"

随后两人沉默下来。

丁致远自从见到夏天，心里就憋了很多话想问她。可是当两个人真的面对面坐在一起的时候，他又不知道从何问起了。

"你这么多年过得怎么样？"丁致远随便找了一个话题问夏天。

"挺好。"夏天的回答很简单，不多浪费一个字。

终于打破了沉默，丁致远连珠炮似的开问："当年你突然失踪，谁都不知道你去哪里了，完全失去音讯。你知道吗？我找了你很久。你这些年一直在加拿大？"

"嗯。"夏天答。

"对了，戴安娜是你女儿？"丁致远问。

"没错，是我和前夫的女儿。"

"前夫？那你们现在……"丁致远有些诧异。

"离了。"夏天轻描淡写地说。

"听说你现在是成功的房产经纪人？我还记得你当年的梦想是开建筑事务所，没想到你会转行。"丁致远的语气渐渐轻松。

"生活所迫，人是会变的。"夏天的口吻仍旧淡淡的。

这句话让两人再次陷入了沉默。

对啊，人都是会变的！随着时间的推移不停地变化，慢慢地生，慢慢地老。

丁致远沉默了一会儿又问："当年的事儿，你还恨我吗？"

夏天听到这里，突然站起身说："你好好休息吧，没什么事儿我先走了。"

丁致远刚想叫住她，夏天的手机就响了。她看了一下，来电显示是李娜。她站着没动，按下了接听键。

"夏天，不好意思啊，有件事儿得麻烦你，我家老丁跟医院约了拍 X 光，上午医院打电话说下午三点可以去拍，我本来打算从超市回去就带他去医院的，可是刚刚——学校来电话说他在学校闯祸了，我现在要马上去趟学校。杰瑞不在温哥华，你如果在家，能不能帮忙带我老公去医院拍个片子？我现在实在是找不到合适的人，只能麻烦你了，可以吗？"李娜的声音非常急促。

夏天望着坐在沙发上的丁致远，又看了看手中的电话。

丁致远一脸茫然。

"喂？能听到吗？"李娜在电话里问。

"哦，我在听。"夏天赶紧接话。

"我知道这个要求有点不太合适，但我现在真不知道能找谁了，杰瑞带旅游团去班佛了，我只能求助你了。"

夏天举着电话，沉默了好一会儿说："好，我知道了。"然后就挂断了电话。

她低着头，把手机塞进口袋，对丁致远说："李娜说丁——学校有点儿事儿，希望我送你去医院照 X 光。"

丁致远看着夏天，半晌才回过神："啊，哦哦，那麻烦你了……"

他下意识地想要站起来，却又不小心碰到了伤腿，跌坐在沙发上。

夏天上前两步，扶住他问："你外套在哪儿？"

丁致远指了指门口说："在衣架上。"

两个人别别扭扭地坐上了车，别别扭扭地赶往医院，又别别扭扭地拍好了 X 光。

检查结果出来以后，丁致远顿时松了口气，并没有伤到骨头，只是软组织挫伤。

夏天和丁致远刚刚走出医院，就看到李娜正在马路对面等红绿灯。夏天扶着丁致远站在马路这头，李娜站在那头。三个人都目视着前面的红绿灯，希望倒计时能过得再快一点儿。这可能是三个人等过的最长的一个红灯。绿灯一亮，李娜快步走过来，从夏天手里接过丁致远。

"X光结果怎么样，没伤到骨头吧？"李娜满是担忧地看着丁致远问。

"没事儿，就是软组织挫伤而已，休息几天就好了。"

李娜赶紧转过身，对夏天一个劲儿地道谢："今天实在是太谢谢你了。"

"没事儿，我还得去趟公司，先走了。"夏天说完便匆匆离开。

"——那边怎么回事儿？出什么事儿了？"丁致远目送夏天远去，回过头问李娜。

"你那宝贝儿子，简直要气死我了！先上车吧，上车跟你说。"李娜扶着丁致远，往对面停车场走去。

回家的路上，李娜跟丁致远说着丁一一在学校的事情："丁一一今天在校长办公室恶作剧，被校长抓了个现行。"

"不会吧？会不会学校搞错了？我看儿子挺好的，不可能做出这样的事情。"丁致远疑惑地看着李娜。

"怎么不会？完全有可能，这个丁一一简直是无可救药，上次自导自演打人视频，故意要把自己搞退学，这次就更狠了，监控都被遮住了，直接大闹校长办公室，为了回上海，这个孩子简直是挖空心思，什么事儿都做得出来！"李娜有些义愤填膺地说。

丁致远安抚李娜的同时，又觉得此事另有蹊跷。丁一一向是个比较正直的人，即便是铁了心地要退学，也不可能做出真正损害他人的事儿。再说校长办公室的监控都被做了遮挡，丁一一什么时候进去的，之前有没有人进去过，根本没人知道。丁致远满脑子都是李娜说的场景，并反复分析着。

从医院回家后天色已晚，李娜打开门，就看到了丁一一放在门口的鞋子。

"看到了吧？你宝贝儿子已经回来了，你亲自问他吧。"李娜生气地说。

李娜扶着丁致远进屋，然而客厅里没有丁一一的身影。

"人呢？"李娜问。

"估计在房间吧。"丁致远说。

李娜走到丁一一房间门口，转了转门把手，发现门被反锁了。她重重地敲了敲门。

"丁一一，开门！"

门里没反应，李娜继续敲，没想到里面"咚"的一声，一个重物砸到门上。她的火气一下就上来了，刚想发火，就被扶着墙一瘸一拐挪过来的丁致远拦住。

"他不想出来，你就让他自己待会儿吧。"

"不行，他闯这么大祸，回来一声不吭就把自己关房间里，这是什么态度？必须让他出来把事情说清楚。"

丁致远摇了摇头，劝说李娜："我在路上听你说事情的经过，不一定是一一干的，说不定是有人陷害他的！"

158

"谁会陷害他？那是他的片面之词，现在所有的证据都显示他与这件事儿脱不了关系。"

"这凡事眼见也未必为实，何况不是也没人亲眼看到是——把校长办公室弄成那样的吗？依我看，这事儿还需要好好调查一下，得把事情弄清楚，万一真的不是——干的，这不是冤枉咱们儿子了嘛。"丁致远耐心地劝李娜静下来思考。

李娜觉得事已至此，丁致远却还在帮丁——说话，更加生气了："你永远都是这样护着儿子，儿子有什么事儿你就做和事佬，就是因为你惯着他，他才会变成今天这样。你说他冤枉，上次打人视频的事儿，开始他也不承认，结果怎么样？"

"这一码归一码，上次是上次，这次是这次啊。"丁致远说。

"我看他是本性难改，一心想着被学校开除，这样就可以回国了。用警察的话说，他这是有足够的犯罪动机。"

"还犯罪动机呢，你这扯哪儿去了！"丁致远反而觉得李娜有点儿不可理喻。

"丁致远，我跟你说，这事儿你不准插手，否则儿子觉得有你撑腰就更加有恃无恐了。你在温哥华只会短期住，你倒是逗他开心，你走了我还怎么管他？"

丁致远被李娜堵得话都说不上来："我……"

正在两人争执不下之际，房门突然被拉开。

丁——一脸怒容地盯着李娜说："我爸肯定会无条件相信我的，哪像你！"

丁致远看着儿子说："——，怎么跟你妈说话呢？"

"本来就是，我已经解释过多少次了，我什么都没做，她就是不相信！她还跟校长道歉，说要赔偿，这下好了，把我的罪名坐实了，我更解释不清了！有这样当妈的吗？"丁一一满肚子委屈。

丁致远恍然大悟：怪不得儿子这么生气，原来原因在这儿啊！

"我怎么了？如果不是我给校长道歉，说不定你又要被停课了！"李娜道歉的理由非常充分。

"停课就停课，不分青红皂白冤枉好人，这样的破学校，不读就不读！"丁一一大声喊道。

李娜气得直哆嗦，眼看母子大战一触即发，丁致远刚准备把两个人分开，外面就响起了敲门声。

"有人吗？"来人是夏天。

丁一一冷哼了一声，砰一下重重关上房门走进自己房间。

李娜也顾不上继续跟儿子发火，匆忙去开门。夏天见李娜出来，把手里的药递给她说："这是今天医生开的药，我刚才走得匆忙忘给你了。"

李娜接过药说："谢谢啊。"

夏天说完就转身离开了，丁致远挪到客厅，正好看到夏天的背影。

李娜看见丁致远出来了，赶紧扶着他坐下说："你别自己乱动了，别再摔着了，家里已经够乱的了。"

丁致远心情有些复杂，刚刚这母子俩吵架的事，不知夏天她们在隔壁听到了多少。

他犹豫了一下说："老婆，你消消气，换个话题，你抽空儿去看看房子，早点儿搬出去住吧，否则你们母子这么吵来吵去让夏天也看笑话。"

"我愿意天天和他吵架吗？丁一一的事儿还没完，哪有心思去看房子，等过一阵儿再说吧。"李娜一脸不耐烦。

丁致远看李娜心情不好，不再争辩。他第一次见识了母子俩在温哥华激烈的争吵，本来他以为母子之间的矛盾会因自己的到来缓和一些，没想到反而变本加厉。

丁致远忧心忡忡，母子俩一直这样下去肯定不是办法，必须想办法缓和，否则矛盾非激化到不可收拾的地步。

温哥华的夜晚静谧无比，丁致远却躺在床上辗转反侧，难以入眠。

第二天一大早，听到闹钟响，李娜立刻起来给丁一一准备早餐，感觉像是昨天什么事情都没发生过一样。她熟练地烤吐司，然后从冰箱拿出一罐牛奶，倒进奶锅。

丁致远也早早地起床坐在沙发上，看着李娜在厨房忙碌，他心想：他们母子俩这样激烈的吵架肯定不是第一回了，不然李娜为什么依然这么淡定，看来母子吵架应该是家常便饭。丁致远闷声叹息。

李娜伸出头朝着丁一一的房间喊道："丁一一！赶紧的，再不出门就要迟到了！"

丁一一没有反应。

李娜把烤好的吐司拿出来装进纸袋，冲到丁一一房间门口叫他出门。丁致远刚想拿本书看，又听到两人的争吵声。

"怎么回事儿啊？"丁致远大声询问。

李娜一脸恨铁不成钢的样子，拉着丁一一到客厅。

"他要罢课，说是自我抗争！"

丁致远也大跌眼镜："一一，你这不是胡闹吗？"

"你爸受伤，你在学校闯祸，我好不容易帮你摆平了，你现在还任性不去学校？你什么时候才能懂事儿让我省点儿心？"李娜说。

丁一一不甘示弱："那你什么时候才能站在别人的角度考虑问题？要换位思考！"

李娜气得火冒三丈。

"咳咳咳。"

门口传来一阵咳嗽声，李娜扭头一看，发现是隔壁的戴安娜探了头进来。

"刚刚经过院子不小心听到，丁一一，你妈要在家照顾你爸，你就别再添乱了，赶快去换衣服，我送你去学校。"

丁一一想了想，有些不情愿地点头："好吧，你等我一会儿，我去换衣服。"

李娜站在那里，有点儿傻眼，小声嘀咕："我苦口婆心说了这么多话，怎么就抵不过戴安娜这一句呢？"

丁致远也有点儿惊讶。

"阿姨你放心吧，我保证把丁一一安全送到学校。"戴安娜说。

"啊，哦，好，谢谢。"李娜这才回过神来。

丁一一胡乱套上校服，拎着书包，一言不发地跟着戴安娜出门。

"等会儿。"李娜从厨房拿出吐司和牛奶，本来想递给丁一一，后来犹豫了一下，递给了戴安娜。

"你让他把早餐吃了。"

"那我们走了。"戴安娜接过早餐带着丁一一离开。

丁致远和李娜看着窗外，丁一一二话不说就上了戴安娜的车，车缓缓远去。

李娜怔怔地看着窗外，有些懊恼地说："这小子，我说什么他都不听，人家戴安娜一句话他就跟着去学校了！"

丁致远也觉得有些奇怪："他们平时关系很好吗？"

"别提了，这戴安娜也是个异类，夏天的教育理念太特立独行，让她自由生长！我暂且不去评价，但我不希望一一被她带坏，关键是我越想让他们保持距离，一一好像就越黏她。"李娜边说边扶着丁致远坐回沙发上。

"他这个年纪有叛逆心理，你越反对他，他就越来劲儿，要顺其自然，"丁致远坐定后劝李娜，"不过你的担心也有道理，一一现在还小，对很多事儿还没有辨别和抵抗能力，咱们得多留点儿心。"

"你终于和我站在一个战线了。"李娜嗔怪地对丁致远说。

"看你说的，我哪件事儿不是跟你统一战线。不过昨天学校发生的这件事儿，我觉得咱们还是应该想办法弄清楚，别真的冤枉了儿子。"

"这又不是在上海，我用英语跟校长正常沟通都费劲儿。我不是不向着儿子，可丁一一他是直接被校长堵在现场了，我能怎么办？我要是不替他道歉赔偿，学校会马上让他停课，他如果再被退学，就真没学校会收他了。"李娜连连摇头。

"要不我今天去学校了解一下情况？"丁致远说。

李娜不同意地说道："你这腿都还没好利索呢，怎么折腾到学校去啊？"

"讲道理靠的是嘴，没事儿，你送我去学校，我去跟校长谈。"

丁致远笑着说。

李娜想了想，点了点头："行，吃完饭我就送你去。"

"交给我，你放心，你就好好看你老公如何表现吧。"丁致远信心十足。

丁致远在李娜的搀扶下来到校长办公室，他的英文水平应付基本对话一点儿问题都没有。

丁致远见到校长，首先说明了自己的来意："我是丁——的父亲，昨天学校发生的事情我已经听说了，我儿子丁——坚持说这件事儿和他没有任何关系，所以我选择相信自己的孩子，具体细节我想再了解一下。"

"这事儿我们也问过他了，他确实没有承认，可从目前的情况看，他是唯一的嫌疑人。"校长肯定地说。

"就算他有嫌疑，但如果没有确切的证据，就不代表这件事儿就是他做的，这关系到孩子的名声，我希望学校能深入调查一下，不要草率下结论。"丁致远坚持自己的想法。

校长有些为难："可是我办公室门口的摄像头坏了，事情发生的时候周围没有其他人，恐怕很难找到新的证据。"

丁致远想了想："那能不能麻烦您给我一点儿时间，我想办法去弄清事情的真相。"

校长当然没有理由拒绝："没问题，我们也不想冤枉任何一个学生，如果这件事儿真的和丁——无关，我们也希望尽快找到真正的肇事者。"

丁致远在李娜的搀扶下走出校长办公室，他对李娜说："老婆，咱们四处走走，逛逛——的学校吧。"

"你这脚刚能下地走路，能行吗？"李娜心疼老公，不忍心他累着。

"这不是为了儿子嘛！"丁致远满不在乎地说，"再说了，还有你在身边扶我，趁机亲热亲热不是很好嘛！"

"老不正经。"李娜拍了一下丁致远的后背。

丁致远笑了笑，偷偷在李娜耳边说出了自己的想法。李娜听完丁致远的话，眼睛放光："太好了！你这教授没有白当！这还真是个好方法。"

丁致远的方法很简单，他刚刚看了一下校长办公室的损坏状况，墙壁上，是泼上去的涂鸦，这至少需要十分钟以上的作案时间。虽然正对着校长办公室的监控坏了，但是学校里其他地方到处都有监控。如果是丁——进到校长办公室进行破坏的话，那么他一定要留出这十几分钟的时间来作案。所以，想要看丁——什么时候进的校长办公室，其实根本不需要看校长办公室门口那台监控，看校长办公室附近楼道的监控，就能推算出大致时间了。

丁致远胸有成竹，不过这件事情还得有当事人配合，测算走路速度，不是同一个人，恐怕会有误差。

李娜突然说："我要出去投硬币，停车时间到了，否则又会被拖车拖走，你慢慢走，我一会儿就过来。"

"爸，你怎么来了？"丁——看见丁致远出现在校园里，一脸的惊讶。

"我帮我儿子伸张正义来了。"丁致远说。

"走，我知道怎么证明你和这件事儿没有关系了。"

丁一一喜出望外："真的？老爸您太伟大了！I服了U！"

丁致远仔仔细细地问了丁一一在去校长办公室之前做过什么，从哪里到哪里，然后让丁一一还原现场，每段路都走了一遍。

"儿子你也很棒。"丁致远夸奖道，"接下来，我们就可以查监控了。"

监控室里，校长、丁致远和丁一一，围在监视器前聚精会神地看着屏幕中的录像回放。

"事发前后的录像都在这儿了。"监控室管理员说。

丁致远问："请问一下电脑里有学校的平面图吗？"

管理员说："有的，等会儿，我给你调出来。"说着他就在屏幕上调出了学校的平面图。

"尽管办公室门口的监控被遮盖，但其他监控点的录像是完整的，只要把丁一一前后出现在各个摄像头前的画面捕捉下来，很容易拼凑出事发前他的行动线和时间轴。"丁致远说。

校长表示赞同。

"麻烦帮我调出丁一一出现在办公楼门口的录像。"

管理员回放了一段视频，找到了丁一一出现在办公楼前的身影。

"你们看，他出现在办公楼门口的时间是10：26，能不能快进一下，校长应该马上也要进办公楼了。"丁致远说。

管理员迅速按了快进键。

校长最先发现了自己的身影："停，我就是这时候进来的。"

"您进办公楼是10：29。"丁致远说，"答案已经很明显了。"

校长皱了皱眉问："你想说明什么？"

"您和丁一一进入办公楼的时间，前后只间隔不到三分钟，也就是说抵达三楼办公室的时间也应该相差三分钟左右。我和丁一一做了个测试，从办公楼到您的办公室，走路需要一分钟，而从办公室现场被破坏的程度和墙上的涂鸦来看，肇事者至少需要十分钟来完成。"丁致远说，"我记得校长先生说过，您进了办公楼以后，直接回到了办公室，就看到丁一一站在那里了，是吗？"

校长点点头。

"三分钟，如果用来涂鸦的话，刷一个字的时间都不够，所以，丁一一根本不具备作案时间。"

校长恍然大悟地点点头。

"你这么分析确实是有道理的，可如果这件事儿真的不是丁一一做的，那究竟是谁蓄意破坏校长办公室，谁要故意嫁祸给他呢？"

校长低头沉思了一会儿，突然想到什么似的，对管理员说："你往前放，看看在我们进去之前都有谁进去过。"

管理员继续往前回放视频。

丁致远却摇了摇头说："办公楼里办公室众多，进出的学生也很多，而且对方可能是提前十分钟进去的，也可能是提前半个小时进去的，时间点不好确定，很难排查。"

如果是这样的话，就找不到真凶了。三个大人不约而同地叹了口气。

"是他？"死死盯着监控画面的丁一一皱起眉头。

有个穿着荧光绿背心的男孩从画面一闪而过，看起来竟然有点儿像之前叫他去校长办公室的同学。

"你说什么？"校长问。

丁一一赶紧摇了摇头："没什么。"

"不管怎么样，丁一一同学，是我没有查清事情经过，仅仅凭着片面的现场证据就认定是你的错，我对你表示抱歉。"校长说。

听完校长的话，丁一一开心地露出了笑容，一脸崇拜地看着自己的老爸。两人从监控室出来的时候，就像是破了一件大案，从内而外地洋溢着兴奋。

丁一一竖起大拇指连连赞叹："爸爸，你简直太神了，刚刚在里边给校长分析案情，简直跟福尔摩斯一样，我都听傻了。"

"你知道中国围棋最讲究的是什么吗？"丁致远说。

"不知道。"

"是'破局'，看起来再完美的局，只要知道一个介入点，就能够全盘歼灭。"

丁一一不停地咂舌："我看你这强悍的逻辑思维能力，不去做侦探真是可惜了。"

丁致远告诉儿子："物理研究需要更严谨的逻辑。"

"反正我爸最厉害了！"丁一一一把搂住丁致远的肩膀。

丁致远呵呵地笑着说："行啦，你赶紧回教室上课，我先回去。"

丁一一松开手，揪了揪自己翘起来的头发，赌气地说道："这下看我妈还怎么说，哼！"

丁致远听见这句话便停了下来："你妈那也是担心你，为你着急，她难道不希望你好好的啊。"

"可是她从来就不会相信我！"丁一一大声抗议。

"信任是要靠自己争取的，你自己想想你之前的那些光荣事迹。"丁致远对儿子摇了摇头。

丁一一撇嘴，嘟囔着："反正你肯定向着我妈说话。"

丁致远哈哈大笑，拿拐杖戳了一下丁一一的腿说："我是向着道理说话。"

李娜满头大汗地冲父子俩跑来问："你们俩刚才去哪里了？害得我满校园找也没找到。"

丁一一看着李娜上气不接下气的样子，说道："我的冤案已经被老爸洗刷干净了，回家让老爸慢慢和你说吧！"说完他一溜烟跑走了。

望着儿子远去的背影，李娜叹了一口气说："真是不让人省心的主儿！"

回家路上，丁致远把他调查的情况和李娜说了个清清楚楚。李娜一开始有些惊讶，但听完丁致远的讲述，觉得有些惭愧。

"今天回家我一定要犒劳你一下！"李娜敬佩地侧脸看了丁致远一眼。

"哎！"丁致远得意之余告诫李娜，"不过你不必谢我，你现在需要的是真诚地给儿子道歉。"

李娜想了想，重重地点了点头。

戴安娜在学校撞见丁一一，得知丁一一爸爸帮丁一一洗脱毁坏校长办公室的罪名后，替丁一一高兴。但戴安娜认为，尽管证明了丁一一的清白，可仍然没有把幕后黑手揪出来。

戴安娜问丁一一："你能猜到是谁在陷害你吗？"

丁一一想了想说："我唯一能想到的人只有杨洋，而且我的直觉也告诉我这事儿和杨洋必然有关系。"

戴安娜心里也有数了，她让丁一一放学后在学校门口附近等她一会儿。

很快杨洋也知道了丁一一的父母来学校帮丁一一证明了他的清白。正当杨洋懊恼自己功亏一篑时，在学校走廊上，他看到戴安娜在教室门口等他，杨洋喜出望外。

"美女是找我吗？"杨洋兴高采烈地问戴安娜。

戴安娜异常热情地对杨洋说："今天放学去门口咖啡厅喝一杯，有事儿问你。"

杨洋不明就里，但还是兴冲冲地答应了。

刚放学，杨洋就急不可耐地冲进咖啡厅等戴安娜。戴安娜随后进来，刚刚坐定，她就问杨洋："听丁一一说，你自己有乐队？我可以加入吗？"

杨洋激动地快跳起来了："我举双手双脚欢迎美女加入！"

"杨洋，你听说了吗？丁一一被人陷害说进入校长办公室乱涂鸦，后来被他的父母拆穿了。也不知道是谁干的，还颇费了一番心机。"戴安娜慢慢地讲着。

杨洋得意忘形地说："我就是幕后玩家，你没想到吧？"

"啊！你为什么要栽赃陷害丁一一？"戴安娜故作惊讶地问。

"唉！也没什么目的，我就是看他不顺眼，想让他吃点儿苦头，因为他有前科，校长肯定会相信是他干的坏事儿，没想到他的教授爸爸这么厉害！"杨洋毫不设防地将实情全部告诉戴安娜。

戴安娜突然站起来，冲着杨洋摇了摇手机说："杨洋，你说的话已经被我一字不落地录下来了，你太可恶了！"戴安娜说完便转身离开了咖啡厅。

杨洋在后面气得脸色煞白，半天没反应过来。

戴安娜在学校门口找到丁一一，告诉他刚才的事情，并把录音交给丁一一，然后问道："你打算怎么处理，要不要交给校长？"

丁一一犹豫了一下说："还是暂时不要举报了吧，既然已经确定这件事儿是杨洋干的，他肯定理亏，况且学校那边已经证明了我的清白。"

戴安娜看着丁一一，若有所思地说："也是，你也没受什么影响，这次就放他一马。"

丁一一接着说："至于这个录音，我会留在手上，我跟杨洋本来也没什么深仇大恨，只要杨洋不再干出什么过分的事儿，这件事儿就算了。"

戴安娜惊讶地说："看不出来你丁一一居然这么有气度！"

丁一一有些得意地表示："我以前打游戏时就知道什么叫作穷寇莫追。"

黄昏时分，丁一一放学回家。李娜听到开门声，马上迎了上去，丁一一故意不理李娜，径直往客厅走。

李娜跟在后面，有些抱歉地说："你爸已经把事情发生的经过告诉我了，对不起啊儿子，之前是妈妈不对，妈妈不该不信任你的。"

丁一一一屁股坐在沙发里，依旧低着头不说话，他还在生李娜的气。李娜赶紧给丁致远使了个眼色，丁致远会意李娜是要让他出来做和事佬。

"事情已经弄清楚了，你妈现在也给你道过歉了，得饶人处且饶人！"

"她之前根本不听我解释，现在真相大白了想再来哄我，晚了。"丁一一嘟着嘴。

丁致远批评丁一一："你这孩子，你妈妈都给你道歉了，你还没完了？"

丁一一依旧嘟着嘴，不理她。

"妈妈晚上给你做好吃的，安抚一下你受伤的心灵。"李娜逗儿子。

丁一一连连摇头："可别，您那是惩罚，才不是补偿，还不如叫外卖呢。"他依然不依不饶，站起身就回了自己的屋子。

李娜无奈地摇摇头说："这孩子，气性还挺大！一点儿面子都不给我！"

"能不气吗？换我我也生气啊，一一这个年纪的孩子，最怕别人不相信他了。"丁致远说。

看来这对母子的关系想要修复，估计得一阵子了，丁致远心想。不过真的是应了那句话，路漫漫其修远兮，吾将上下而求索啊……还没等丁致远心里感叹完，茶几上的电话就响了起来。

是上海一一爷爷打来的电话。

"家里网又坏了？你们给电信的人打电话让他们上门看看吧……晓燕来家帮忙修好了？"丁致远的一番话刚好被溜达到客厅的李娜听到，她侧头看了丁致远一眼。

"修好就算了，以后这种事儿你们别老麻烦人家，找专业人员上门就是了。爸，我这里该吃晚饭了，先挂了！"丁致远挂上电话，神情有点不自然地看着李娜。

李娜像煞有介事地问："哪个晓燕啊？"

"哦，就是之前跟你说的新来的同事秦晓燕，之前爸说家里网络坏了，她去帮忙修过一次，没想到这次又麻烦了她一次。哦，对了，我记得上次我专程请她吃饭感谢她，你正好和我视频，你应该在视频里见过她。"

"哦，那个小姑娘啊。"李娜瞥了一眼丁致远，"虽然是同事，不过总是麻烦人家，也不方便吧。"

丁致远赶紧点了点头："我已经跟爸说了，以后有事儿直接给维修人员打电话。"

李娜本想回厨房，又折返回来对丁致远说："咱俩都不在上海，爸妈有什么事儿确实挺不方便的，要不然你提前回去？我跟——这里也没什么事儿。"

丁致远故作不高兴的样子，问李娜："这么快就想赶我走啦？"

"我巴不得你干脆住下来别走了，省得儿子天天跟我闹，我连个后援团都没有。"

丁致远便嬉皮笑脸地赶紧巴结老婆大人："随时效劳。"

李娜推了他一把说："你就光会动嘴，歇歇吧，今天在——学校折腾得也够累了。"

谈恋爱的时候是李娜倒追丁致远，但是婚后，反倒是丁致远让着李娜更多了一些。丁致远一直觉得这是他应该做的，上海男人疼老婆是出了名的。

李娜天生工作狂，两个人谈恋爱的时候，丁致远就非常清楚这一点。后来结婚、生子，为了这个家，李娜更是没日没夜地工作赚钱，所以丁致远和——的爷爷奶奶照顾——更多一些。

最近这几年，家里的物质生活越来越好，房子、车子都有了，腰包也鼓起来了，李娜的公司越开越大，生意越做越好。可李娜忙起来，一年到头就没有休息的时候，更别说陪陪丁——了。

玩具枪、小汽车、进口手办，玩具越添越多，但李娜基本上是放下玩具就离开了孩子的世界，——的童年，也渐渐只剩下这些可以自己玩儿的玩具了。

丁致远有时候甚至揣测，丁——现在喜欢玩儿电脑游戏，也喜欢在游戏里面交朋友，可能也跟童年的生活有关系吧。这个他没有深思过，不过他很清楚的是，儿子和李娜之间的隔阂，如果不及时沟通磨合的话，慢慢就会变成一道深深的、无法跨越的沟渠。

在上海，他还能充当两个人的桥梁，左边拉一点，右边拉一点。可现在到了温哥华，就真的只能靠他们自己了。

丁致远在睡觉前，脑子里像过电影一样，回顾了他和李娜在上海的生活场景，构想了李娜和儿子在温哥华的未来。

第二天，丁致远明显感觉到自己的腿利索了好多，便主动承担做饭的工作，让这两天忙坏了的李娜好好休息休息。他要好好做一顿正宗的上海丁氏家常菜，让儿子和老婆好好吃个够。他美滋滋地边想边熟练地切着菜，突然就接到了儿子的电话。于是便放下手中的菜刀，擦了擦手，按下接听键。

"——，怎么了？"

"我今天要请戴安娜和罗盼一起吃麦当劳，庆祝我洗脱冤情，晚点儿回家，你跟我妈说一声。"

丁致远看着面前刚刚收拾好的鱼，叹了口气说："别太晚回来啊！"

"放心啦，九点之前肯定回去，老妈那边就交给你处理了。"丁一一说完就挂断了电话。

丁致远无奈地摇摇头，走回客厅。李娜正坐在客厅看公司的邮件，神情有些不正常。

丁致远关心地问："你是不是不舒服？"

"有点儿头疼，谁打电话给你，怎么了？"李娜问。

"是儿子，他说不回来吃饭，要晚点儿回家。"丁致远说。

李娜的目光从电脑上挪开："他怎么不给我打电话？"

"你说呢，还不是怕你这个老佛爷。"丁致远笑着坐在李娜旁边。

"你也不问问他干吗去了？你这爹当得心也太大了。"李娜继续看电脑。

"一一也不小了，咱们大人要给他点儿人身自由，不是吗？"

"你就惯着他吧！"李娜瞪了丁致远一眼。

丁致远用肩膀撞了撞李娜，冲她挤了挤眼说："儿子不在正好，咱俩吃个烛光晚餐！"

李娜笑了起来："就你没正经。"

夫妻俩吃完浪漫的烛光晚餐，丁一一还没有回家，李娜不时地盯着墙上的钟看。

肯定是在操心儿子了，丁致远看着李娜想。

过了一会儿，李娜不看电脑了，她站了起来，去储藏间拿出吸尘器，在地毯上左边挠一下，右边挠一下，心不在焉地干着活儿。她边干活儿边抬头看钟。

丁致远一脸无奈："老婆，地毯已经很干净了，你要真想干活儿，就去把垃圾丢了吧。"

李娜"嗯"了一声，窸窸窣窣收拾了半天，拎着垃圾袋就出了门。丁致远看她连吸尘器都忘了收起来，叹了口气自己处理。

李娜突然阴沉着一张脸推门进来。

丁致远一眼就发现了李娜的表情不对，问道："怎么了？"

李娜刚想说话，丁一一随后也推门进来了。

"儿子回来了？"丁致远的注意力立刻被丁一一吸引了过去。

"嗯！"丁一一心情很好地答道，"我回屋看书去了！"

"稀奇啊！"丁致远和李娜都一脸惊讶。

"丁一一竟然要主动回屋看书？可以啊，开始主动学习了！"

丁致远高兴地说着，回头却看见李娜的脸拉着。

"老婆，你好像有点儿不太对劲？"丁致远问李娜。

李娜没搭理丁致远。晚上上床睡觉前，李娜的话匣子打开了，她开始向丁致远抱怨："你知道刚刚我出门看到了什么？丁一一跟戴安娜有说有笑地都抱到一块儿去了！你说我要怎么说他才能听进去呢？——这年纪正懵懵懂懂，万一……"

躺在床上看书的丁致远听到李娜说丁一一和戴安娜抱在了一起，脸色也开始不对劲儿了。万一儿子早恋……对象还是夏天的女儿，丁致远心里很是担忧。

"要我说，既然你担心，索性咱们快点儿找房子搬走，距离远就不会经常见面，不就打消你的顾虑了吗？"丁致远趁机劝李娜尽快搬走。

"好吧！等过几天，你的腿好彻底了，咱们就去看房！"李娜为了儿子迅速地做出了决定，"但这买房搬家也没有那么简单啊，怎么不得办上几个月啊！"

李娜一脸烦躁，对着面前的电脑，在键盘上敲回车敲得啪啪响。

"不行！我不能坐视不管，我去找夏天沟通沟通。"李娜放下电脑，站起身来。

丁致远赶紧拉住李娜："你找她干吗？"

"一个母亲和另一个母亲的对话啊。"李娜披上外套就往外走，丁致远想拉都拉不住。

"老婆大人，这都几点了，你怎么说风就是雨啊。"

"要不然我睡不着！"李娜头也不回地出了家门。

丁致远看着李娜的背影，无奈地摇了摇头，这大半夜的，突然就跑到别人家，她这通交流的结果，好点儿就是不了了之，不好的话，肯定得吃一肚子气回来。

不出所料，没过几分钟，李娜果然满腔怒火地回来了。

"简直是不可理喻！我就没见过这么不负责任的家长！"

"每个人的教育理念都不一样嘛。"丁致远安慰李娜。

"你还帮她说话？我看戴安娜就是因为她这个做妈的没有尽职尽责，才变得这么另类。"

"我看戴安娜挺好的。"丁致远刚想继续反驳，想了想还是没把话说完。他要真敢这么说，岂不是火上浇油！

丁致远赶紧下床，然后说："我去给你倒杯水，顺顺气儿。"他刚打开门，就看到了站在门口的丁一一，不免一愣。

丁一一仿佛没看见丁致远似的，两只眼睛死死地瞪着李娜问："你去找夏天阿姨了？"

李娜没好气地说："大人的事儿，用不着你小孩子操心。"

"你能不能不要天天干涉我的生活？学习你要干涉，交友你也要干涉！你能不能给我点儿自由？"丁一一冲李娜大声地说。

"我怎么没给你自由呢，我是你妈，我就得对你负责，不能让你走偏路、走歪路。"李娜说。

"你为什么那么喜欢把你自己的意志强加在别人身上呢？我跟戴安娜明明就是普通朋友，你不要天天疑神疑鬼，神经过敏。"

眼看着两个人又要吵起来，丁致远水也顾不上倒了，连忙调和，却是连话都插不上。

"我疑神疑鬼？你以为我没看见，你们俩刚回来，在外头都抱上了！"

丁一一听李娜这个话，简直都要气笑了："刚才是我不小心，差点儿摔在水洼里，戴安娜拉了我一把而已，抱上是什么鬼！"

"你简直不可理喻，以后我的事儿不需要你管！"丁一一说完，就"噔噔噔"地跑回房间，重重地摔上门。

李娜被丁一一气得眼泪都快要掉下来了，她火气没处发，反过来冲着丁致远说："你看看你的宝贝儿子！我真是管不了他了！"

丁致远劝李娜道："他现在正在气头上呢，谁的话都听不进去。再说了，这年龄的孩子都逆反，你越压他，他只会越抵触。"

"我能不压吗？你也不想想，现在是随着他了，国外长大的孩子早熟，他万一一时犯浑把哪个姑娘肚子弄大了，这一辈子可能就毁了！"

丁致远脸色一白，连说话的声音都没了底气："他还这么小，不至于吧？"

"你没看那些国外的电视剧电影吗？高中怀孕退学要孩子的多着呢！"

丁致远看着激动无比的李娜，赶紧安抚："好好，你先别自己吓自己，我明天跟——好好聊聊。"

李娜抚了抚胸口说："气得我心口疼，给我倒杯水。"

丁致远根本没有听见李娜让他去倒水的话，当听李娜说到怀孕的话，他混混沌沌地又想到了夏天。他想起了那个酷暑，夏天戴着宽宽大大的草帽，幸福而羞赧地把一份 B 超化验单递给了自己，上面写着：孕期 5 周。

"丁大教授，难得让你帮我倒杯水，你站在那里发什么呆啊？快帮我弄杯水进来。"李娜冲着双眼无神的丁致远说。

丁致远这才回过神来："噢噢，好。"

他心事重重地走到饮水机前，按下饮水机的出水按钮。

如果那个孩子现在还在人世的话，应该和戴安娜一样大了吧？

啊！太可怕了！和戴安娜一样大？

丁致远心里一惊，一种不太妙的想法涌上心头。

饮水机上，水杯里的水慢慢地溢了出来，沾湿了丁致远的手，丁致远却依然木木地站在那里，全然不知。

第四章　叛逆少年

清晨，丁一一气鼓鼓地躺在床上，想到昨天晚上妈妈不分青红皂白地冤枉他和戴安娜谈恋爱，就不想走出自己的房间去面对妈妈那张阴沉的脸。

太无中生有了！妈妈大人怎么会以为我是杨洋那种人。

丁一一气得在床上辗转反侧，这日子没法过了。

杨洋疑神疑鬼地总怀疑他要追戴安娜，为了打击报复，千方百计羞辱他，还找人破坏校长办公室来陷害他，亲妈也不相信他。

丁一一心里充满了对这个世界的无奈，他从枕头边拿出手机，打开了戴安娜设下计谋得到的杨洋亲口承认陷害他的录音，越听越想笑。

突然，丁一一迫不及待地想去学校，想亲眼看一看杨洋有把柄被他掌握在手上时，他那尴尬的臭脸。

丁一一个翻身，起了床。

可惜的是，来到学校，丁一一的愿望落空了，直到下课，他都没看见杨洋这个人出勤。

"丁一一，你给我出来！"

丁一一正收拾书包，抬眼一看，杨洋怒气冲冲地就朝自己走了过来，他皱了皱眉。

"他不是又来找茬儿吧？"罗盼在丁一一身后怯懦地说。

"没事儿，手下败将，咱不怕他。"

丁一一走过去，直视门口站着的杨洋。

"有事儿？"

杨洋抬手，挥拳就冲丁一一的脸打了过去。

就知道杨洋这小子会玩儿这套，丁一一早有准备，向左一闪，灵活地避开。

"你是野蛮人吗？只会用拳头说话？"

"你！"杨洋一拳不中，愤怒地又举起胳膊。

围观的学生越来越多，罗盼急忙给戴安娜发信息。杨洋没看见罗盼的小动作，心里只有那个背叛了自己的丁一一："亏我还把你当哥们儿，我信任你才让你帮我追戴安娜，还好心天天接送你上下学，结果你倒好，竟然背着我先下手为强了！还让戴安娜偷偷来录音，你还讲不讲道义了，朋友妻不可欺，没听说过吗？"

丁一一简直要被气炸了，他不慌不忙地说："你从哪儿听的谣言？第一，我跟戴安娜只是朋友关系，信不信随便你；第二，我没记错的话，戴安娜的男朋友是丹尼尔不是你吧？"

"朋友关系？你真当我傻啊。你和戴安娜的关系连你妈都知道了，你还在蒙我，算我瞎了眼，竟然相信了你这小子。我告诉你，今天我不出这口恶气，我誓不为人！"杨洋说完又要动手。

"是我妈说的？"丁一一大惊，简直觉得滑天下之大稽，他怎么会有这么一位不明是非的老妈！

"杨洋，你又犯什么浑！"远处传来一声斥责。

杨洋停下拳头，扭脸看了看来人说："哦，美女救英雄来了？"

戴安娜三步并作两步走了过来，站在杨洋旁边，低声说："你别忘了，录音还在我手里，你要再惹事儿，我就把它交给学校了。"

"你随便！爱给谁给谁，你还真以为我怕了你那破录音啊，大不了学校停我课，那正好啊，反正我也懒得上学。"

戴安娜气愤之极："你怎么这样？"

"我怎么了？我还想说你呢，我以前觉得你坦率直爽，是我喜欢的类型，没想到你竟然这么阴险，偷偷录我的音！我告诉你，从今天开始，我对你半点兴趣都没有，算我之前看走眼了！"杨洋咬牙切齿地说出了这番话。

戴安娜的回答更像是冷水一般："那最好，被你惦记确实不是什么值得高兴的事儿。"

杨洋气了个倒仰："行，我不跟你废话，今儿我是来找丁一一的，我们男人之间的账跟你没关系！"

戴安娜眉毛一扬说："只要我在，你就别想欺负丁一一，你赶快离开！"

杨洋气笑了："我要是不走呢？"

丁一一对杨洋说："我跟你没什么可算的，校长办公室的事儿是你自己太笨，搬起石头砸自己的脚，怪不得别人。"

"你说谁笨呢！"

"谁接话就说谁喽。"

杨洋终于忍不住，直接冲上去就和丁一一打了起来，戴安娜一看情况不好，急忙上前想把两人扯开。

"你俩别打了！"

戴安娜赶紧伸手拽杨洋挥拳的胳膊，杨洋用力往后一送，戴安娜自然承受不住，一下子就被甩了出去。

"哎呀！"戴安娜前后晃了晃没站稳，跌坐在地，头磕到门槛上。

戴安娜的痛呼声吓得丁一一和杨洋同时停下手。

丁一一赶紧冲过去，扶起戴安娜，关切地问道："你没事儿吧？"

戴安娜觉得脑袋后面湿湿的，便皱着眉，摸了摸后脑勺，鲜红的血沾满了手掌。

"你的头流血了！"丁一一赶紧让戴安娜靠墙坐好，而杨洋则傻傻地愣在原地，呆呆地看着戴安娜手上的血迹。

丁一一马上自责起来：老爸经常教育他，要管理好自己的情绪，今天怎么会这么激动？

戴安娜被大家送到了学校附近的医院，她头上被缝了几针，还缠了一圈纱布。当丁一一和罗盼扶着戴安娜从医院出来时，迎面就看到了匆忙赶来的夏天。

夏天问："怎么搞的，这么严重？"

"没事儿，就是磕破了，已经消过毒缝了两针了。"戴安娜说。

"还缝针了？到底怎么回事儿？好端端的怎么会摔着呢？"夏天问。

丁一一忙解释道："都是我不好，要不是我，戴安娜也不会受伤了。"

"跟你没关系，是杨洋非得没事儿找事儿！"戴安娜说。

"是杨洋把你弄伤的？"夏天生气地问。

"他也是一时失手。"

夏天沉默了一下说："医生怎么说，需不需要留院观察一下，会不会引起脑震荡？"

"不用，现在就能回家了。"戴安娜说。

夏天担忧地说："赶快回家休养几天，等到家，你把事情好好跟我讲清楚，一定要追究杨洋的责任。"

"大家都是朋友，他又不是蓄意打伤我，回去我再跟您慢慢汇报。"戴安娜满不在乎地说。

回去的路上，丁一一看着缠着纱布的戴安娜，再看看一路开车心情郁闷的夏天，觉得都是他惹的祸，是他对不起戴安娜。

他的良心在遭受谴责，戴安娜这么好的邻居姐姐和同学，因为他和杨洋的矛盾，被严重误伤。

三人同行，一路无话。

丁一一闷不吭声地从夏天的车上下来，目送夏天母女走进她们家后，他才神情凝重地推开自己家大门。

李娜和丁致远坐在餐桌前，桌上摆满了菜。丁致远看到儿子回来了，忙招呼他坐下吃饭。

"每天都交代让你放学早点儿回家，今天怎么又这么晚回来？"李娜一脸的不高兴。

"戴安娜在学校受伤了，我和罗盼送她去医院，刚和夏天阿姨带她回来。"丁一一解释道。

丁致远听完儿子的话，立刻紧张地站了起来，焦急地问道："戴安娜受伤了？怎么搞的？严重吗？"

李娜觉得丁致远有点儿反常，问道："你干吗突然这么激动？"

"磕着后脑勺了，缝了几针。"丁一一低声说道。

丁致远赶紧放下筷子说："磕着脑袋了？咱们赶紧看看去。"说完就要出门。

李娜本想问问戴安娜的情况，可当她看到丁致远反应如此大，就狐疑地看着他。

丁致远也发现自己有点儿失态，马上调整了一下自己的情绪，故作镇静地说："哦，咱们大家好歹也是邻居，既然知道戴安娜受伤了，也该去看看。"

"这大晚上的看什么呀，明天过去看吧！我明天上午去超市买点儿水果什么的，咱一块儿去。"李娜道。

丁致远心里想去，但是碍于李娜的面子，只得点点头："也是，这么晚了，还是让戴安娜好好休息吧！"

李娜看丁一一坐在餐桌前，低头一个劲儿地扒着碗里的饭往嘴里塞，她就拿起筷子夹了口菜，给儿子放进碗里。

"赶紧吃吧，等你放学菜都凉了。"

丁一一点了点头，心不在焉地吃着。他怎么琢磨怎么糟心：我一个男子汉大丈夫，不能英雄救美，反而还被戴安娜保护，这也太窝囊了！这传出去以后还怎么做人？不行，以后有什么事儿，还是得自己解决，这才是男子汉呢，明天好好给戴安娜道个歉吧！戴安娜的伤估计要停课在家养几天了，我得想办法给她找点儿乐子，不能让她无聊。

丁一一匆匆忙忙地吃完饭，就回到自己的房间，捣鼓他那些蜘蛛侠的小玩意儿去了。

第二天中午，李娜一家三口拎着水果，过去敲隔壁的门，是夏天开的。

"听——说戴安娜昨天受伤了，所以我们今天特地来看看她。"李娜说。

"噢，进来吧。"

丁致远和丁一一跟在李娜身后进来，戴安娜正躺在客厅沙发上。丁一一顾不上和夏天寒暄，径直跑到戴安娜身边问长问短。

"戴安娜，你现在怎么样了？好点儿了吗？头还疼不疼？"

李娜看丁一一过于关心戴安娜的样子，伸手拽了拽他说："好好坐着说话，蹲地上像什么样子。"然后她转头对戴安娜说："你的伤没事儿吧？"

"没事儿啦，小 case，你们不用把我当伤残人士。"戴安娜耸耸肩说。

丁致远替丁一一道歉："这件事儿是因丁一一所致，害得你受伤，我们心里挺过意不去的。"

"不怪丁一一，是杨洋蛮不讲理。"戴安娜说。

李娜突然冷不丁地冒出一句话："所以我说你们最好还是少来往，如果再闹出这种事儿怎么办？"

"妈！"丁一一站起身来抗议李娜。

戴安娜马上打圆场："阿姨，你误会了，我跟杨洋昨天那事儿不怪丁一一！"

"行行，我不说了。"李娜赶快打住。

丁一一生气地哼了一声，转过头就对戴安娜说道："你这两天不去学校了吧？"

戴安娜点点头："Summer 非让我在家休息，非闷死我不可！"

"我爸妈白天都在家，你可以去我家，大家可以一起看《蝙蝠侠》！"丁一一盛情邀请戴安娜。

丁致远马上随声附和："对对对，我和你李娜阿姨都在家，欢迎你随时过来看《蝙蝠侠》！"

"Awesome！"戴安娜一脸的兴奋。

李娜看他们谈笑自如，心生醋意："一一，你让戴安娜好好休息，咱们走吧。"

丁一一摇摇头说："我还没来得及跟戴安娜道歉呢！你们先回去，饭做好了叫我就行。"

"今天我没买菜，咱们仨出去吃。"李娜说。

丁一一一脸不乐意地说："怎么不早说啊！"

"你和你爸爸妈妈去吃饭吧，明天我去你家看电影。"戴安娜说。

"好吧。"丁一一这才不情愿地起身。

李娜去车库开车，丁致远和丁一一在路边等李娜。

"一一，戴安娜她多大啊？"丁致远突然问儿子。

"应该比我大两三岁吧，十八九吧。"丁一一说。

"具体生日呢？"丁致远追问。

"这我哪儿知道，谁会主动冒昧地问女生年龄，爸爸你真不懂还是假不懂？不礼貌的，好不好？"丁一一说着奇怪地看了丁致远一眼，"你关心戴安娜的年龄干吗？"

"哦，没什么，随口问问。"丁致远说。

李娜开车载着丁致远父子俩选了一家丁一一喜欢的中餐厅，也是他们第一次和杨洋一家人一起吃饭的地方。这是丁致远来温哥华后，第一次在外面餐厅吃饭。

丁一一给丁致远夹了一筷子餐厅的招牌菜：全家福。实际上就是一锅乱炖。

丁致远夸丁一一："儿子真懂事儿！"

话音未落，李娜的手机响了起来。

"喂，高翔。"好像是上海公司里的事情。

电话里急慌慌地传出了同事的声音。

"什么？怎么回事儿？"李娜的脸色大变。

李娜听着电话，脸色紧绷，以命令的口吻说："你马上通知各部门主管，二十分钟之后视频会议。"

李娜挂上电话，找来服务员说："服务员，结账。"

"出什么事儿了？严重吗？"丁致远问。

丁一一一脸困惑："我还没开始吃呢。"

"我得回去开会，要么打包走，要么你们自己在这儿吃，吃完叫车回去。"李娜当机立断。

"我在这儿吃！我可饿不到回家了。"丁一一说。

丁致远说："你先赶回家处理，我陪一一快点儿吃，吃完我给你打包带回去。路上开车慢点儿，别急。"

李娜点点头，拿起包匆忙离开。

"妈妈为了工作，饭也不吃了，真是工作狂！好端端的一顿团圆饭被一通电话给搞砸了。"丁一一不禁暗自抱怨。

丁一一回忆起他小时候：妈妈也是经常这样，早出晚归，周末也很难得一家三口出去吃顿饭，妈妈的化妆品公司怎么就这么忙！

丁一一看着对面耐心盛汤的爸爸，他好像早已习惯了妈妈的办事风格，见怪不怪了。

爸爸如果能一直陪着自己就好了，丁一一心想。

一周后，戴安娜身体恢复如初。放学路上，戴安娜开着车，丁一一坐在副驾驶。戴安娜侧脸看了一眼丁一一，突然发现他情绪低落地看着车窗外。

"怎么了，你怎么一副闷闷不乐的样子？"戴安娜问。

"下午我妈给我打电话，说爷爷病了，我爸赶着回国了。我都没来得及送他去机场，而且爸爸回家就又剩我和我妈，我们母子俩又要开始水火不容了，想想就头痛。"丁一一说。

"你跟你妈这种相处模式，能保持三天和平共处就是奇迹，你们母子俩八字不合吗？"戴安娜叹了叹气。

丁一一挠了挠头说："你还知道八字不合？也许吧。我就感觉我做什么事儿，她都要阻拦，她说任何事儿，我都想反驳，都快成本能了，日复一日，一直在恶性循环。"

戴安娜有些无奈地说："她是你亲妈，又不是冤家。"

车子经过一座大桥，外面天气风和日丽。夕阳照射在波光粼粼的河面上，带着轻轻的微风。戴安娜把车窗摇了下来，丁一一深深地呼吸了一口新鲜的空气。

"啊！救……救命！Help！Help me！救命啊！"

突然，丁一一听到不远处一阵求救声。

"好像有人在喊救命。"

戴安娜也听到了，说："好像说的是中文，叫'救命'的肯定是华人。"她当机立断，边辨认声音的方向边将车开过去。

"救命啊！"

丁——突然看到了什么。

"是杨洋！"他大声喊道。

戴安娜同时看到了车外附近的场景：杨洋正被两个脚步不稳、神志不清的黑人生拉硬拽着，往大桥的护栏走去，杨洋拼命挣扎着，不停地用中英文交替呼喊着"救命"。

戴安娜见状立刻停车："走，过去看看！"

眼看着自己距离护栏越来越近，杨洋简直都要绝望了。当看到不远处从车上下来的两个人，他仿佛看到了救星，而且还是丁——和戴安娜！

"救我！救我！"杨洋高声呼喊，声音有些嘶哑。

丁——看到两个又高又壮的人在拉扯杨洋，心里也有些六神无主。

"怎么回事儿啊？"戴安娜问杨洋。

杨洋声嘶力竭地喊着："我也不知道啊，我没惹他们，他们好像疯了！"

戴安娜仔细观察了一下那两个人，说道："看他们的样子，好像已经 High 了。"

丁——一头雾水："什么意思？"

"应该是抽过大麻，产生幻觉了。"戴安娜肯定地说。

"那现在该怎么办？"丁——问。

"啊！啊！啊！救命啊！"

丁一一和戴安娜在低声商量时，两个壮汉已经抓起杨洋的腿，一人拎着一边，把他的身体倒挂在了围栏外。

杨洋头朝着大河，被那两个人倒拎着，吓得声音都变调了。

丁一一看到这情形，也吓得六神无主，心脏都快跳出来了。

只要那两个壮汉一松手，杨洋就会掉入河里。

两个壮汉似乎根本听不到杨洋歇斯底里、哇哇大叫的声音，只是不停地在自言自语着。

"See，这下面五颜六色，我们正在通往天堂。"

"他们现在眼前看到的全部是幻觉，而且无论我们说什么，他们都不会相信也不会理。"戴安娜分析说。

丁一一想了想说："我们能不能用别的东西来转移他们的注意力？"

"啊！天堂！彩色的天堂！"

丁一一听到黑人说着这么一句话，赶紧低头，看了看自己身上彩虹条纹的衣服。

彩色的？天堂？

死马当活马医，赌一把！

他脱下衣服，把衣服缠在手上来回晃动着。

"Come，这里是彩虹桥，经过这里就到天堂了。"丁一一用结结巴巴的英语对那两人说道。

这一招果然吸引了对方的注意力，他们俩朝丁一一的方向看过来，迷迷糊糊地、有些茫然地望着丁一一。

"Come here！"

丁一一晃动着衣服，试图让他们慢慢远离桥边。

戴安娜也在一旁帮忙："你们想知道真正处在天堂的感觉吗？看到彩虹了吗？彩虹就在这儿，只要过来跨过这个彩虹桥，你们就能抵达天堂了。"她边说边朝来人勾了勾手指。

两人终于有些松动，一把攥紧杨洋细得可怜的脚踝，吭哧吭哧地就要把他从护栏外拉回来。

"Opps！"其中一个人手滑了一下，差点撒了手。

杨洋吓得嗷嗷直叫。

两个壮汉笑嘻嘻地扯住杨洋的脚踝，将他拉了上来。还没等杨洋站稳，戴安娜冲过去一把拉回杨洋说："快跟我上车！"丁一一把彩色衣服扔在护栏上，跑过去和戴安娜、杨洋会合，三人开上车赶紧溜之大吉。

杨洋虚弱不堪地瘫在车后座上，丁一一坐在他身边，大家都惊魂未定。

"他这样没事儿吧？"丁一一问。

戴安娜回头看了一眼杨洋说："他应该没事儿，回去多喝几杯水睡一觉，明天就好了。"

杨洋突然捂着嘴，直起了身子。

丁一一赶紧问："你怎么了？"

"我想吐。"杨洋说。

戴安娜立刻把车靠边停下。杨洋迫不及待地推开车门下车，他跌跌撞撞地走到路边，蹲着身子呕吐起来。

丁一一不停地咂舌，真的是苦了他了。

戴安娜给丁一一使了个眼色，丁一一会意地看了看车内的矿泉水，拿了一瓶下车。

他拧开矿泉水递给杨洋，问道："你还好吧？"

杨洋接过去漱了漱口，默默地点了点头："走吧。"

丁一一扶着杨洋，重新回到车上。

吐了以后，杨洋的精神明显好了许多。不过刚刚出了那么大的事儿，杨洋魂儿都吓跑了，这会儿连说话的力气都没有了。

戴安娜和丁一一终于将杨洋安全送回他家。戴安娜把车停在杨洋家门口，对后座的杨洋说："杨洋，到你家了。"

杨洋在车里迟疑了两秒，用不自然的声音小声说了一句"谢谢"，说完他拉开车门，下了车。

丁一一回家后，回想起刚刚发生的一幕，非常后怕，温哥华怎么这么多瘾君子，太可怕了！原来即便是路不拾遗、夜不闭户的温哥华，也会在不为人知的角落，发生危险无比的事情。他想着想着后背直发凉。

万一杨洋刚刚发生的那件事儿，是他遇到的呢？

万一他和戴安娜今天没有从桥上走，换条路，碰不上杨洋，该会怎么样呢？

"咚咚咚"的敲门声响了起来。

丁一一慢吞吞地从床上爬起来，一脸不情愿地开了门。

"又怎么了？"

"你媛媛阿姨刚刚给我打电话，说杨洋回家后状态不太对劲，说晚上是你和戴安娜送他回家的，到底怎么回事儿？"

丁一一不想回答妈妈的问话。

"你媛媛阿姨现在很担心，你们现在都还是未成年人，她想知道杨洋和你们之间究竟发生了什么事儿？"李娜耐着性子问道。

丁一一犹豫了一下，他自己都吓得出了一身冷汗，这万一和妈妈仔仔细细说一遍，她还不得跳起来，还是轻描淡写敷衍妈妈两句吧。

"晚上我跟戴安娜回来的路上，碰到杨洋被两个高大的黑人拽到桥上，那两个人好像都嗑了药，吸了大麻，估计出现了幻觉，抬着杨洋想往桥下扔。"丁一一说。

李娜大惊失色，连忙追问："那后来呢？"

丁一一看李娜神色不对劲儿，赶紧一语带过："后来我跟戴安娜想办法诱导他们的幻觉，然后把杨洋救了下来。"

"发生了这么大的事儿，你怎么不告诉我啊？"李娜心疼得不行，赶紧把儿子拉过来，上上下下检查了一番，"碰到这种事情应该先报警求助啊，万一对方神志不清伤害到你怎么办。"

"等警察来了说不定就晚了，再说他……"丁一一一心虚，说话的声音就越来越小，"现在不是没事儿嘛。"

"太危险了！这次是没事儿，那下次呢？记住，不管在哪儿，遇到事情要第一时间报警，听到没？"李娜说。

丁一一点点头。

李娜还是不放心，又严肃地说："你跟我保证。"

丁一一胡乱地点点头，说："知道了知道了。"

李娜摸了摸他的头，又不放心地嘱咐了几句，才离开了丁一一的房间。

第二天一大早，丁一一和罗盼迎面撞上了杨洋。丁一一上下打量了杨洋一眼，确认他没事儿后，没有搭理他，转身离开。

杨洋看到丁一一，本来动了动嘴唇，想说些什么，但看到丁一一对他不理不睬，也就没说出口。

两个人好像什么也没发生过一样。

罗盼有些惊讶地说："你俩见面竟然没掐架？"

丁一一耸耸肩："有人想通了呗。"

"什么意思啊？"罗盼问。

"没什么，走吧，快上课了。"丁一一又突然想起什么似的问道："对了，今天是不是有小组课题讨论啊？"

"嗯，周五以小组为单位做 presentation。"

丁一一苦着脸，昨天只顾着救杨洋，今天的功课他什么都没准备。

"完了，怕什么来什么。"

丁一一在国内很少参与课堂讨论，来温哥华上学遇到讨论课，他就叫苦不迭。在这里，不会有同学因为你是外国人而放慢语速，只能自己想办法提高英语水平，才能跟上他们的讨论节奏。

丁一一被分到圆桌小组，同学们之间讨论得热火朝天。他坐在一边几乎插不上话，只能费劲地听大家说，听到听不懂的词汇，他就用手机翻译。丁一一一直手忙脚乱，十分尴尬。

组内同学看丁一一一直不参与讨论，问他："你为什么不说话？"

丁一一结结巴巴地用英语回答："我……我在听你们说。"

另一个同学马上站出来说："这是小组作业，大家都要参与讨论，发表观点啊！"

"I……I……"

丁一一"我"了半天，一句话都没说出口。

问丁一一的那个同学继续说："这次 presentation，小组里的每个人都要轮流上台陈述，你现在不发言，一会儿上台怎么办？"

丁一一刚想回答，就被另一个同学抢了先："算了，大家也别为难他了，我们讨论我们的，让他听着吧，上台他自己简单说几句就行。"

同学们又自顾自地讨论了起来。

大家直接把我抛弃了？丁一一死死咬着嘴唇不说话。

坐在旁边的罗盼劝说大家："You shouldn't say that，同学之间原本就应该互相帮助，更何况我们是一个小组，应该趁这次讨论想办法帮助丁一一。"

丁一一感动地看了罗盼一眼。

"你说得容易，这次讨论要纳入我们的平时成绩，大家的 GPA 被拉低，申请大学的分数不够，你就等着哭吧。"那位同学讲出了不帮丁一一的原因。

"我可以帮助他提高口语，保证不拖小组后腿就是了！"罗盼一点儿也不服气。

眼看着大家要吵起来，组长站出来打了圆场："行了行了，别的组都结束了，咱们赶紧吧。Iven 你听我们讨论，你如果有什么想法随时参与进来就好了。"

丁一一对大家点点头，又感动地朝罗盼点点头，心想：没想到关键时候，这个书呆子学霸还是向着自己的！

说实在的，自从上次"视频"事件过去之后，丁一一虽然和罗盼的关系渐渐缓和，但两人之间还是有点儿隔阂。这次小组讨论，罗盼力挺他，丁一一彻彻底底改变了对罗盼的想法，希望能和罗盼和好如初。

"刚刚在课堂上，我都想找个地缝钻进去！"丁一一蹲在草地上有一下没一下地揪着小草，对罗盼说，"在国内我什么时候丢过这个脸！"

戴安娜在校园里看到丁一一和罗盼，她悄悄地走过去，靠近他们，听到了丁一一和罗盼的对话。

"丁一一同学，你现在知道在温哥华上学，英语烂是多么痛苦的事儿了吧？我只能替你哀悼了，阿门。"戴安娜突然笑着说，说罢还做了一个祷告的动作。

"哎！你怎么也嘲笑我，还是不是朋友！"丁一一有点儿急眼。

"好好好，不逗你了，所以呢，你意识到问题就好，打算怎么解决？"戴安娜问。

"我得恶补英语，不能再让那些人笑话我了。"丁一一说。

"Good job，有这个觉悟就是进步。"戴安娜像大姐姐一样，语重心长地拍了拍丁一一的肩膀。

丁一一马上装可怜，他像个小鹿斑比，冲戴安娜眨了眨眼，说道："I need your help。"

"怎么帮？"戴安娜问。

"我如果找个英语家教，要么是中国人，要么是外国人。中国人吧，英语会有口音，说得不地道。外国人吧，我万一有听不懂的地方还是没办法沟通。不过，有一个人特别合适，远在天边近在眼前，我看你挺适合的，你会说中文，我们毫无沟通障碍，你又是

native speaker，去哪儿找你这么合适的老师啊！"丁一一冲戴安娜扮了个鬼脸。

"你想得挺美的啊！我看你是早有预谋吧。"戴安娜眯着眼睛看着他。

罗盼在一边也冲戴安娜嘿嘿一笑说："他就等你点头了。"

戴安娜站起来，说："行吧，看你今天被同学们欺负得这么惨，这个忙我帮了，放学后来找我，每天一个小时，保证你的英语突飞猛进。"说完她轻轻地挥手离开了。

"耶！戴安娜，你最酷！"看着戴安娜离开的背影，丁一一一脸兴奋地冲她大喊。

罗盼也说："我就知道戴安娜很靠谱，她一定会帮你的。"

"不就学 26 个英语字母组合吗？So easy！我丁一一只要想做，什么做不好？看那群外国人谁还敢嘲笑我！"

丁一一放学回到家，一把推开自己的屋门，就看到房间里站着一个戴着深度近视眼镜的中等个子的女孩儿。

"你好，我叫 Nancy，UBC 的学生，是 Miss Li 请我来帮你补习英语的。"

丁一一看着自己书桌前站着的这个做自我介绍的小姐姐，一脸呆愣：真是心有灵犀一点通，确实是我亲妈啊！我刚想找位英语老师，她就给我找来一个如此这般的辅导"老师"！

丁一一看着穿戴得像女版罗盼的 Nancy 姐姐，下意识地就想捂脸拒绝。这位看上去老气横秋的老师，比起时尚范儿的戴安娜来，简直是差太多了。

丁一一沉默了一会儿，心里犯嘀咕：确定她能教好我英语吗？

不行，不管怎么说，都得先把她搞走。

"姐姐，你搞错啦！我妈是要给她自己请英文老师。"丁一一貌似一本正经地说。

Nancy 一脸惊讶："不会吧？是你妈让我来楼上等你的。"

"哎呀，她就是让我帮她面试把关，你知道吗，前几天她开车在路边乱停车，因为听不懂英文被抓到警局了，所以要恶补英语的是她。"

丁一一暗暗地说：老妈对不起了，这个丑你出定了。

"啊？这样啊！"Nancy 半信半疑。

丁一一赶紧走出房间，高声喊道："妈！你的英语老师我面试过了，挺不错，你好好学吧。"

李娜赶紧过来说："什么我的英语老师，她是我给你请的……"

丁一一像是没听见似的说："你确实需要恶补一下了，我先走啦！撒由那拉！"

还等什么，赶紧溜啊！丁一一溜烟似的跑下楼梯，到门口连鞋都顾不上穿，拎在手里就离开了自己家。他出门就拐到隔壁敲门，开门的正是戴安娜。

"我妈又给我来了个先斩后奏，我刚回家，她就给我找了个英语老师在我屋子里等着，吓我一大跳！我才不买账呢，要学她自己学去！"

戴安娜把丁一一让进来，递给他一瓶水说："不是你今天说要恶补英语吗？"

"那我也是跟你学呀！主观自愿和客观强制，完全是两码事儿！我妈每次都这样，完全不征求我的意见。"丁一一拧开瓶盖，咕咚咕咚喝了好几口水。

戴安娜摇了摇头说:"你赶紧回家去吧,你妈要是知道你躲到我们家,她会更生气。"

丁一一屁股坐在客厅沙发上说:"我不想回去,回去她肯定会唠里唠叨没完。"

戴安娜把他拉起来说:"看来你今天闯大祸了,趁现在你妈妈还没有爆发,赶紧回去安抚,躲是没用的。小同学要学会面对,快回家吧!你妈如果问你为什么不要她找的家教,你就告诉她说你找到了一个更好的,还是免费的。"

丁一一拿起瓶子猛喝了两口水,咂摸咂摸嘴巴,不情愿地起身,磨磨叽叽地走到门口。

"反正,除了你,我才不让别人给我补英语呢,我为什么要舍近求远呢?"丁一一说。

"好好好,你放心!我答应你了,就不会反悔!你快去跟你妈妈汇报一下吧!"

丁一一只好又回到自己家。

李娜坐在客厅,看到丁一一进来,气冲冲地瞪着他。

"你跑哪儿去了?"

丁一一赶紧装傻:"啊?学校体育课要测100米,我刚刚出去练习了一下,你下课啦?怎么样?"

"别跟我这儿嬉皮笑脸的!你又骗我了吧?你跑步怎么一点儿汗都不流的?"

"我身体素质好,身体素质好。"丁一一嬉皮笑脸地说。

"好好说话!你知道刚刚来的 Nancy 是谁吗?她可是温哥华华

人圈里口碑最好的英语家教了，我是通过陪读妈妈互助会的阿姨们的介绍，约了几次才把她请来的，结果你倒好，直接把人家小姑娘晾在一边跑了！太不像话了！一一，你要气死我啊？"

"嚯，她这么厉害呢？我真不是故意气你，我真以为她是来帮你补习的。妈妈你就好好跟她学得了，你更需要提高你的英文水平，以免再被警察抓。"丁一一顾左右而言他。

"这是我给你请的！"李娜坚持道。

"唉，我的英语您就别操心了，您学习您的就行啦。"丁一一躺在沙发上，拿起一本杂志随便翻着。

李娜看到儿子一副玩世不恭的样子，火气更大地说："你不是说你上课听不懂老师在讲什么吗，我不给你恶补一下能行吗？"

"我已经有英语老师了！"丁一一不慌不忙地说。

"你找谁了？"

"戴安娜。"丁一一把杂志合上，看着李娜。

"不行！"李娜坚决反对。

"为什么不行？戴安娜从小在国外长大，英语肯定比刚刚那位好。"丁一一说。

"你找谁都行，就是戴安娜不行。"

丁一一把手里的杂志扔到茶几上说："这是我自己的事儿，不用你管。"说完就跑回自己房间，重重地关上了门。

尽管李娜不同意丁一一跟着戴安娜学英语，但是好像也没有怎么强烈地干涉他。

丁一一自从跟着戴安娜学英文，他的英文水平就突飞猛进，心情也一天天地好起来。上课基本上都能听懂，还能积极参与小组同学讨论，同学们对他也另眼相看，他重新找回了自信，在学校的学习越来越顺风顺水了。

阳光明媚的下午，学校下课铃响了，丁一一从教室出来，迎面撞上了杨洋。丁一一还是不想搭理他，故意侧身而过，杨洋则主动过来打招呼。

"嗨！哥们儿好！"

杨洋走到他面前，犹豫了一下，从包里掏出了一张音乐会的宣传单，递给了丁一一。他好像什么事儿都没有发生过似的对丁一一说："音乐会的《中国新声代》比赛，我们乐队要参加，你没事可以来看看。"说完不等丁一一回答，马上撤离。

丁一一觉得有些好笑，这个杨洋也真是有意思，死乞白赖地过来求和，脸皮也够厚的。不过……丁一一翻了翻手里的宣传单，感觉音乐会还挺像那么回事儿的。

丁一一确实很久没有听过现场音乐会了，上次还是半年前在上海听过一场现场演唱会。他低头看了一下音乐会的宣传单，正好是周末，可以叫上戴安娜、罗盼一起去凑凑热闹。

周末，丁一一拉上戴安娜和罗盼，一起前往音乐会现场。

人真多啊！

音乐会现场聚集了各种肤色的人，还有叫卖东西的，有一些人甚至坐在地上开唱……

戴安娜不禁咋舌："今儿人真多啊，音乐会一定很好听！"

丁一一环顾了一下四周说："我到温哥华后，第一次看到这么热闹的场景，感觉全温哥华的人都来了！"说完还吐了吐舌头。

"丹尼尔的乐队一会儿要参赛，我得去后台给他打打气。"戴安娜说。

"我也要去。"丁一一说。

"你去干吗？"

"我想看看后台长什么样嘛。"丁一一说。

"好吧，罗盼，你去吗？"戴安娜问不说话的罗盼。

罗盼摇摇头说："你们去吧，我去那边看看。"

戴安娜和丹尼尔见面后，拥抱在一起卿卿我我，丁一一不想在一边吃狗粮，和他们打了声招呼便跑了出去，在后台自己溜达。还没绕上半圈，丁一一就看到了站在一群人面前说话的杨洋。

今天的杨洋，一身演出服打扮得相当正式，吉他被擦得锃亮，看来他是下足了功夫准备这场演出。

而此时的杨洋正黑着脸，对着队员大发脾气："林凡什么情况？！关键时候掉链子，他随便一句话就不来了？我们四人乐队怎么办？咱们辛苦排练这么久，难道就白费了吗？"

"没办法，确实是突发情况，他本来昨天要从外地赶回温哥华，结果昨晚大雾封路，现在都没到，实在不行，咱们就这么上吧。"一个白人小伙说。

"没有贝斯手算什么摇滚乐队？！"杨洋气得直跺脚。一时间，整个乐队气氛十分低落。

这时后台工作人员走了过来，冲他们招了招手说："Fearless，准备！还有两个节目就到你们了！"

"那个，不好意思啊，我们的贝斯手还没赶到，能不能把我们的出场顺序往后挪一挪，让其他乐队先上场？"杨洋问。

"这怎么行？演出顺序都是提前对外公布的，而且也是观众投票的顺序号码，你这一挪，后面不就全乱了吗？"工作人员说。

"那现在怎么办？"队员问。

"如果实在不行，你们可以选择弃权，我一会儿上去宣布一下。"工作人员说。

"弃权？我们准备了这么久，就是为了今天，怎么能说放弃就放弃？"其中一个乐队队员无论如何都不同意。

"不弃权也没别的办法了，咱们三缺一，就这么上去肯定不行。"白人同学说。

杨洋看着自己特地为这场音乐会置办的各种高端乐器，气得一把扬起手中的吉他，就要朝地上重重砸去。

丁一一暗叫不好，两三步就迈了过去，一把拦住杨洋说："你干吗啊，这么贵的吉他，说摔就摔！"

"你终于来了？谢谢你来捧场！不过现在乐队演奏要黄了。"杨洋说。

丁一一看着工作人员说："他们不弃权，会按照原来顺序登场的。"

"那你们赶紧准备！"工作人员撂下这句话转身离开。

杨洋一下慌了："你干吗？我们连贝斯手都没有，怎么登场？"

丁一一不慌不忙地拿起旁边的贝斯拨弄了几下说："Gibson 的贝斯，果然不一样，美国定做的吧？"

杨洋一听瞪大了眼睛。

"你会弹？"

"以前玩过一阵儿。"丁一一说。

"太好了！救场如救火，你必须救我们！"

"我既然过来了，就没打算见死不救。不过事先声明，我也很久没碰了，也没和你们一起排练过，演出效果我可不敢保证啊！"丁一一赶紧补充说。

"没事儿没事儿，有贝斯手总比没有好！快快，你先换个衣服。"杨洋一把把衣服塞给丁一一。

"还要换衣服？"

"废话，你穿成这样怎么上台？"杨洋顺道把谱子塞进丁一一手里，"边换衣服边抓紧看一眼谱子啊，我相信你！"

丁一一当然也很自信地点了点头。

夜幕低垂，主舞台的灯光一片灿烂，台上乐队一组又一组轮流上场，台下观众的欢呼声一浪高过一浪。

戴安娜和罗盼在台下早早占好了位置，却一直没见到丁一一过来。

"丁一一人呢？"戴安娜有点着急了。

"要不要给他打个电话？"罗盼问。

"现场太吵了，我给他发微信吧。"戴安娜说。

一条信息还没编辑完，台上的主唱已经唱完了。

"欢迎下一个乐队，Fearless！"

台下的观众们一阵欢呼。

罗盼看到跟在杨洋身后走出来的丁一一，目瞪口呆地拍了拍戴安娜说："是我眼花了吗？丁一一怎么跑台上去了？"

戴安娜抬起头，一眼就看到背着贝斯的丁一一。

"Oh my god！"戴安娜大惊。

杨洋捏着吉他的拨片，在电子吉他上拨出了他们要唱的歌曲的第一小节。

悠扬的吉他声刚刚响起，台下就一阵喧闹。

是枪花乐队的 *Don't cry*！

低沉的贝斯缓缓跟上，丁一一随着杨洋手中的吉他，流畅而坚定地弹奏了下去，架子鼓和键盘一一跟上节拍，一种哀而不伤的气氛瞬间弥漫了整个舞台。

杨洋沙哑的嗓音从台前的立麦传了出来：

"Talk to me softly. There is something in your eyes..."

他略带烟熏嗓的声音引发了台下女生们的一片尖叫。

"我的天哪！这是哪里来的小哥哥！"

"啊！这主唱声音真帅！"

"你看那边的贝斯小哥！啊！他看过来了！"

"我要晕了！"

丁一一脚下踩着节拍，这是他很喜欢的老牌摇滚乐队唱遍大江南北的一首歌，当杨洋把谱子甩给他的时候，他仅仅看了一遍，就能跟上整个 Fearless 的节奏，毕竟这首歌他太熟悉了。

渐渐地，音乐进入高潮部分。台上的杨洋和队员们，包括丁一一，早已经全身心地投入在音乐里。他们和台下的粉丝在疯狂的互动中结束了这场演奏。

杨洋唱完最后一句，兴奋地把吉他扬到了天上，一转头，刚好看见正在收音的丁一一。

"你小子太给力了！"杨洋一个熊抱，把丁一一抱了起来。

丁一一差点没站稳，他紧紧搂住杨洋，激动无比地举起贝斯，高喊着"Fearless、Fearless"，台下观众也兴奋地一起呼喊着。这是他第一次登台，也是他在温哥华第一次感觉到除了团队游戏战之外，能带给他集体荣誉感的活动，他激动得热泪盈眶。

乐队走下台，杨洋一把搂住丁一一的肩膀说："没想到你竟能配合得这么好！完全看不出是新手上路啊。"

丁一一自豪地说："我自己都想为自己欢呼了！简直 Perfect ！"

"可不是，我都要看傻了。"乐队鼓手道。

戴安娜不知道什么时候也跑到了后台，问道："最终结果什么时候能出来？"

"应该很快吧，我们肯定没问题，我敢打包票！"键盘手一脸志得意满。

"那你们就能回中国参加比赛了？"戴安娜大吃一惊。

"对啊，是不是很炫酷！"

"简直酷毙了！"

杨洋赶紧把大家都拢在一起说："今晚我请客！咱们提前庆祝一下！"

"哇！太棒了！"众人欢呼。

上台表演前太紧张，杨洋、丁一一还有乐队同学都没吃东西，演出结束后，大家异口同声地说："好像饿了！"似乎是突然觉得饿得前胸贴后背了。

杨洋拉着乐队成员、丁一一、戴安娜还有罗盼，去了附近的一家 24 小时营业的餐厅。

"这可是我第一次正式上台表演呢，现在想起来，还真是紧张死我了。"丁一一说。

杨洋赶紧摆摆手，边摇头边笑着说："咱俩是不打不相识，你上次救了我，今天还帮着乐队救场，完全可以通过考验了，从今儿起，你就是我杨洋的铁哥们儿了。"

杨洋说完，转过身面对戴安娜，表情严肃又诚恳地说："上次的事儿，也没找机会跟你道个歉，今天正式跟你道歉，对不起！"他指的是上次打架不小心让戴安娜受伤的事儿。

戴安娜故意板起脸，端起杯子和他碰了碰，摇头晃脑地说："知错能改，善莫大焉。"

"行啊，都能拽古文了。"杨洋一脸惊讶，赶紧喝下这杯酒。

"那是，我可没少做功课。"戴安娜说。

几个孩子聊得挺开心，但只有一个人例外，这个人就是罗盼。他在桌上十分沉默，跟别人似乎也没有什么音乐方面的话题能够聊，只能默默地低头吃菜。

杨洋见状，给罗盼递了一听可乐说："你既然是丁一一的朋友，那也是我杨洋的铁哥们儿，大家一块儿碰一个！"

罗盼打开可乐，和他们碰杯。

"咱们吃完转战其他地方，继续第二场，去酒吧如何？"杨洋意犹未尽地说。

丁一一摇摇头说："我们都是未成年，连酒吧都进不去吧，喝哪门子酒？"

杨洋神秘地说："这点小事我自有办法！不就是去酒吧嘛，我马上打电话多叫几个哥们儿，人多就热闹了。"

丁一一怎么都想不到，杨洋会带着大家来到一幢比他家还大的别墅。当他看到如此超大豪华的别墅时，惊讶得张大了嘴，简直都能吞下一个鸡蛋了。

杨洋的一群朋友已经提前到来，他们看到杨洋马上过来打招呼。

别墅里，音乐声、打闹声混在一起，还有别墅的前院后院，有很多杨洋的朋友，好不热闹。

丁一一仔细打量着室内和通往楼上的大台阶，好像来到古堡庄园一样。

"哇，你怎么找到这么大的房子的啊？"丁一一问杨洋。

"这 house 的主人以前是我哥们儿，父母不在温哥华，他一个人在温哥华上学，住在这大房子里，后来嫌温哥华太无聊就回国了，临走时把钥匙留给我，偶尔他会来度假。这里已经成了我的秘密聚会基地，我经常在这边开 party，一会儿还有更棒的呢！"

杨洋拉着丁一一到厨房，打开酒柜的门，里边装满了各式各样的存酒，他做了个"请"的手势。

"Be my guest！"

丁一一看着面前眼花缭乱的各种酒，有些犹豫，毕竟自己才十六岁，没有成年，现在喝酒太不合法了。

杨洋看丁一一迟迟不动手取，摇了摇头，直接从冰箱里拿出一瓶啤酒递给他。

"啤酒总行了吧，在国内你估计也没少喝。"

啤酒的话……反正在国内也没少吃啤酒鸡、啤酒鸭什么的，喝一点儿，应该没什么问题。丁一一点了点头接过啤酒。

杨洋做了个"够意思"的表情，又多拿了一瓶，递给坐在沙发上的罗盼。

罗盼连连摆手："不用了，我喝可乐就行。加拿大禁酒令这么严，你们要不然也别喝了吧，万一有什么事儿就麻烦了。"

"怕什么，咱们现在是在私宅里，温哥华警察不会私闯民宅，没人会查到这儿的。"杨洋说。

戴安娜走过来，手里拿着瓶自调的鸡尾酒。

"看戴安娜，偶尔放松一下也没关系。"杨洋说。

罗盼固执地摇摇头。

"没事儿，他和丁一一都不能喝酒，喝果汁好了。"戴安娜对杨洋说。

"果汁都在冰箱，自己拿吧。"杨洋对罗盼说，然后扭过头，拍了拍丁一一的肩膀说："走，带你参观参观。"

夜色越来越深，别墅的气氛也越来越 High。丁一一看到眼前的这一切，深深地感慨：温哥华的夜，原来不总是像我家那么静谧无聊。杨洋有这么多朋友经常一起玩儿，所以他才不会感到寂寞和空虚。

"哥们儿，来来来，会 21 Guns 吗？"

丁一一回头，面前站着的正是 Fearless 的鼓手。

"必会曲目啊！我最爱 Green Day 了！"

"咱们给他们来一段？"鼓手对他发出邀请。

丁一一点点头，把外套脱下扔在沙发上，从鼓手那里接下贝斯。他的声音清澈干净，非常适合这种风格的音乐。他一开嗓，一群还在聊天玩耍的小伙伴们突然停下了，都把目光集中在丁一一身上。

立刻，整幢豪宅成了丁一一的主场，大家都情不自禁地跟着丁一一放声歌唱：

One, 21 guns

Lay down your arms

Give up the fight

One, 21 guns

Throw up your arms into the sky

You and I

...

不知道为什么，杨洋第一次觉得这首歌这么好听。他觉得这首歌里面传达出来的那种饱经沧桑的疲惫，似乎正是自己内心的真实写照。

丁一一内心澎湃，听着周围应和的歌声，看着围绕在身边的杨洋、戴安娜、罗盼，还有今天遇到的新朋友，他觉得整个人都放松了下来，人生也因此充实而饱满。

"安可！安可！安可！"

丁一一一曲结束，整个别墅的人都在高喊。只有罗盼，他从沙发上站起来朝着丁一一走去。

"一一，太晚了，我得回去了。"

"这么快？再待会儿呗，晚点儿一起走。"丁一一意犹未尽。

"我刚发现手机没电了，我妈打不通我电话肯定会担心的。"罗盼说。

丁一一点点头，去游泳池边把戴安娜拉了回来说："我们跟你一块儿走吧。"

"我喝了酒没法开车，"戴安娜问罗盼，"你会开车吗？"

罗盼摇摇头。

"好吧，杨洋，我先把车停这儿，明天再过来取。"戴安娜说。

"用不着这么麻烦，我今晚和朋友住这里，明天我帮你把车开到学校去。"杨洋说。

"行，那谢了。"安顿好车，三个人向杨洋告别以后，走出豪宅。

戴安娜和丁一一一路溜达着，准备先送罗盼回去，她喝了酒，情绪有点兴奋。

"One, 21 guns！"

戴安娜唱着歌，张开双臂，跳上路边花坛的边沿，沿着路牙失去平衡地歪歪扭扭地走着。

"Throw up your arms..."

丁一一看着戴安娜摇摇晃晃的样子，急忙过去搀扶她说："赶紧下来吧，看你这么走路，我们心惊胆战的。"

戴安娜听见丁一一对自己说话，咯咯地笑起来。

"要不然你先送戴安娜回去吧，我也快到了。"罗盼说。

"没事儿，反正我俩是邻居，你自己一个人也不安全。"丁一一说。

"前面不就是你家了？我们俩看着你进去。"戴安娜说。

三个小伙伴，说着笑着到了罗盼家门口。

罗盼说："那我先进去了，太晚了，你俩也注意安全。"

丁一一摆摆手说："快进去吧。"

"到家给我发个微信。"罗盼比了个手势。

"知道了，你怎么跟我妈一样啰唆。"丁一一故意逗罗盼，目送着他开门进屋。

戴安娜这会儿差不多已经清醒了，说："走吧，咱俩也回去吧。"

"别呀，我这兴奋劲儿还没过呢，我不想回去，咱们再找个地方用英语聊会儿天，正好今天缺一堂课。"丁一一说。

"都这么晚了，你再不回去你的妈妈大人又该训你了。"

其实丁一一早就预料到今晚回家的场景，因为刚才在别墅里，他手机静音，刚出来才发现手机上面显示了李娜的十几个未接来电和三十几条信息。

"反正都已经晚了，被骂肯定是免不了的，一场恶战，早一点晚一点也没差了。"丁一一一副破罐子破摔的样子。

"那不行，你赶快给李娜阿姨回复一下，别让她太担心！"戴安娜说。

丁一一之所以故意拖延回家的时间，还是因为心里有些惧怕李娜，但是嘴上却说："还是算了吧！怎么做都逃脱不了妈妈的教训！"

昏黄的街灯下，街角的长椅上，蹲着一只黑色的猫，看到两个陌生人靠近，警觉地弓起了背，"喵"了一声，跳入一旁的树丛，应该是非常不喜欢这两个陌生人的侵入。

丁一一说："我有点儿累，咱们在这里再坐几分钟，我整理一下思路，看怎么应对我那独裁的妈妈，你也帮帮我。"

戴安娜和丁一一坐在长椅上，躲在树荫下面，透过树荫看着昏黄的灯光。

"戴安娜，你很幸运，有一个那么善解人意的好妈妈，而我妈妈正好相反。"

"你妈妈对你也很好啊！"戴安娜安慰地说。

"唉！我看她忙里忙外也挺辛苦的，但是总觉得和她处不来。"丁一一说，"今天晚上可能是我来温哥华最高兴的一天。"

"别这么说，"戴安娜赶紧摆了摆手，"你要学会和你妈妈好好相处，以后肯定会好起来的。"

丁一一看着一脸真诚的戴安娜，使劲儿点了点头。

"为了珍贵的友谊！干杯！"丁一一突然站了起来，挥起拳头喊道，喊完又哈哈大笑起来。

"干杯！"戴安娜也挥起拳头和丁一一碰在一起。

"干杯！"

"干杯！"

夜色下，周围没有一个行人，两个人大声喊着。

"嘘——"戴安娜下意识地看了看四周。

发现没人听到以后，两人相视而笑。突然间，又有两个身影出现在他们面前。

丁一一扭头一看，吓了一跳。

"妈？"

是李娜，身后还跟着夏天。

李娜二话不说，直接上前，把丁一一拽起来。

214

"走，跟我回去。"

丁一一把挣脱李娜说："你干吗啊？你放开我，我自己能走。"

李娜继续上去拉他，把丁一一拽到路边。

"丁一一！"戴安娜担心他会出危险，不禁喊道。

夏天拦住戴安娜，示意她不要掺和，然后说："你们先回去吧，我跟戴安娜自己回去就行。"

李娜也没多客气，拉着丁一一上车离开。

丁一一心里很清楚，今天晚上他大错特错了，该来的早晚会来的！刚才戴安娜劝他主动联系妈妈，他拒绝回复。知道自己理亏，他一声不吭，低着头跟着李娜进了家门。

李娜一言不发地放下拎包，盯着丁一一。

"你晚上去哪儿了？"李娜的声音听起来很平静。

丁一一还没来得及回答，李娜突然凑近丁一一闻了闻。

"你喝酒了？"李娜的声音明显提高。

"啊？我没喝，别人喝了。"丁一一回道。

李娜一听，立刻火冒三丈地说："你知不知道加拿大的禁酒令有多严？你如果被抓到了，是会被学校退学的！"

"哪有那么严重，再说了，音乐节一时高兴，去朋友家，又不是去酒吧，用得着这么大惊小怪吗！"丁一一故意淡定地说。

"什么叫大惊小怪？你跟罗盼两个人电话不接，家也没回，你知不知道我和罗盼妈妈都准备报警了！"

丁一一嘀咕道："手机放外套里没听到嘛。"

"丁一一，你已经十六岁了，你能不能对自己和别人负点责，为什么不事先给我打个电话？"

丁一一自知理亏，他说："朋友在一起太兴奋，忘记了，以后一定牢记，及时向您请示汇报。"

"你别以为一句话这事儿就完了，罗盼一个小时前就回家了，你跟戴安娜两个人干吗呢？为什么不回来？"李娜严肃地看着丁一一。

"我俩就是聊聊天啊。"丁一一回答。

"我跟你说了多少次了，离她远点！今天是她带你喝酒的吧？我就知道你跟着她肯定不会学好。"李娜说。

丁一一听到妈妈说这话，非常不满地说："你不要什么事儿都往人家戴安娜身上赖行不行？"

"这是事实，你以后不准再跟她来往，今天怂恿你喝酒，明天就能怂恿你抽大麻！"李娜一脸的怒容。

"你凭什么不准我跟她来往，我愿意跟谁玩儿是我自己的事儿。"丁一一据理力争。

"就凭我是你妈！"

丁一一满脸委屈地说："你是我妈怎么了？就因为你是我妈，就得控制我的生活吗？"

"吱呀"一声，李娜家的门被推开，戴安娜走了进来。

李娜看到戴安娜，没好气地问："你过来干吗？"

"我想来帮一一解释一下，今天大家确实玩儿得比较 High，一时高兴才忘了时间，以后我们会注意的。"戴安娜说。

"其他的事儿我先不说，你竟然带着他去喝酒，如果出事儿，这个责任谁来负？"李娜冷冷地看着戴安娜。

戴安娜有些不开心，辩解道："我没有带他喝酒，丁一一不是

216

三岁小孩儿，他已经十六岁了，他已经有独立意志，他能决定做什么不做什么，也可以对自己的行为负责。"

"他如果不是跟着你，能做这么多不靠谱的事儿吗？"李娜一股脑儿地把责任推到戴安娜身上。

眼看着李娜和戴安娜就要陷入剑拔弩张的局面，丁一一赶紧朝着李娜说："你有脾气冲我撒，这事跟戴安娜有什么关系！"

李娜回头瞪了丁一一一眼说："我当然会跟你算账。"

李娜意识到刚才自己的情绪有点儿失控，她稍微平复了一下心情，对戴安娜说："你回去吧，我们会很快搬家的，以后我不希望丁一一再跟着你胡闹。"

"谁说我们要搬家了？"丁一一惊讶地问。

"房子我都找好了，立刻就搬！"李娜说。

"你简直不可理喻！"丁一一扭头往房间走去。

李娜顾不上戴安娜还在客厅，跟着丁一一前后脚地进了他的房间。

"你出去。"丁一一一脸不欢迎。

"你这是什么态度，我话还没说完呢！"

"你要骂能不能留到明天再骂，我现在头痛，只想睡觉。"丁一一疲惫地说。

"丁一一，我跟你说，从明天起，每天放学我亲自去接你，除了学校的活动，哪儿都不准去！"李娜指着丁一一，一个字一个字地说道。

"我付出这么多……"

"你现在这个样子……"

"你爸爸怎么看我……"

"我怎么就生了你这么个儿子……"

李娜歇斯底里地诉说着自己的苦楚并斥责丁一一。

丁一一的头快要裂开了，他看着李娜不停地说着什么，但是他一句都听不清，脑海里只有阵阵轰鸣声，"嗡嗡"地响着，巨大又刺耳。他只想把这个讨厌的声音，彻底赶出自己的大脑。

"我的天啊！这个恼人的、让我抓狂的暴躁声音，快让我窒息了！"

丁一一看了看镜子里面的自己，两个小时之前，他还兴高采烈地觉得今天是他来温哥华最美好的一天。两个小时以后，他觉得一切美好都被家里这位亲爱的妈妈大人破坏了。

"嗡嗡"的声音越来越大。丁一一盯着镜子里面的自己，觉得他渺小又无助。简直就是个笨蛋，是个可怜虫，笼中鸟。一股无名火涌上心头，"咣当"一声巨响，他将拳头狠狠捶向墙上的镜子。

"够了！"丁一一突然情绪爆发。

李娜终于停止了对丁一一的斥责，看着面前四分五裂的镜子，以及上面沾着的丁一一的鲜红色的血，她一阵眩晕，但是片刻之后，她马上拿出手机打911叫救护车。

丁一一的手从镜子上无力地垂下，手上外翻着带血的皮肤，血肉模糊的伤口不停地往外冒着鲜血。他低着头露出痛苦的表情，却也顿时感觉到，整个世界终于安静了。

丁一一心中的郁气随着那狠狠打出的一拳散了，心情似乎也变得好了一些。从医院回来后，他的左手缠着厚厚的绷带。吃早饭的时候，他只能一只手舀着牛奶麦片，吃完以后再吃面包。他默不作声，低头一口一口地吃着早餐，李娜坐在他的对面，沉默地看着他，一时间也不知道说什么。

"我给戴安娜发信息了，她一会儿顺道带我去学校。"丁一一慢慢地说。

李娜愣了一下，想说些什么阻止他，不过最后还是改口说了一句："哦。"

丁一一手机震了一下，他看了一眼就放下勺子，拿起书包。

"过几天和妈妈一起去看看心理医生吧。"李娜说。

丁一一回过头瞪大眼睛看着李娜。

心理医生？

这是什么意思？

说我心理有问题？

"我不去！我好好的做什么心理咨询！"

李娜看了看丁一一缠着绷带的手说："这是你媛媛阿姨找的心理医生，很可靠，人也很好，专门做青少年家庭心理咨询的，妈妈……是真的担心你。"李娜的语气中带着少有的乞求。

"你要真担心我就把我送回国，保证什么事儿都没了！"丁一一低着头说。

"这是两码事儿。听话，咱们就去一次，跟她聊聊天，你要觉得不想再去，以后咱可以不去。"李娜劝道。

"要去你自己去！"丁一一重新拿起书包，径直往外走，丝毫不理会在后面叫他的李娜。

其实丁一一今天早上起来的时候就对昨晚的行为后悔不已。昨天一拳打在玻璃上，整个手臂都震麻了，而且还受了这么重的伤，何苦呢？关键是，现在手臂被捆成了这么大一个球，他想干什么都不方便，更别提玩儿游戏了，只能一心一意好好学习了，真是自作自受，咎由自取。丁一一长叹了一口气。

放学回家，丁一一先回自己家给李娜点了个卯。

李娜说："一一，咱们周末去看心理医生。"

"哦，我现在去找戴安娜补习英语！"说完他带上英语书脚底抹油，一溜小跑到隔壁戴安娜家补习英语。

戴安娜看了看丁一一受伤的手，惊讶地咋舌："你以为你是钢铁侠啊！"

丁一一苦笑道："我是一时冲动，现在还痛得要死，后悔都晚了！"

"看你以后还逞不逞能了！"戴安娜说。

"我一定吸取教训。你知道吗？我妈刚竟然说要带我去看心理医生，这都什么事儿呀，到底谁有心理问题！我觉得我妈好像更年期开始了。"丁一一瘫在椅子上噘着嘴，右手无聊地转着笔。

"其实在温哥华，做心理咨询还挺常见的，你也不用那么抵触，有很多人在心理医生介入后，为人处世及人际关系都得到了改善。"

丁一一觉得有点儿不靠谱，问："竟然有这么神奇？"

"反正我也是听说的，你不妨试试，你也不想天天跟你妈发生世界大战吧？如果真的有效呢，说不定你俩关系能够得到缓和。"戴安娜说。

丁一一撇了撇嘴，没想到戴安娜挺认同心理治疗的。看了岂不是就承认自己有病了？也不知道她们都是怎么想的。如果真的能改善家庭关系的话，倒是可以试试。他现在跟妈妈的关系确实已经有点儿水火不容了。

"去看看又没什么损失。"戴安娜说。

丁一一心想：那我就死马当活马医一次，再说了，谁说有问题的是我，说不定到时候是我妈有问题！

"好吧，那就听你的，我妈应该感谢你帮她做说客。"丁一一说。

戴安娜微笑了一下说："我才不关心她感不感谢我呢，我真诚地希望你们都好好的。"

说完后，戴安娜看了看时间，开始认真辅导丁一一英语。

李娜带丁一一做心理咨询的日子定在周日，早晨，天气有些阴沉，空气湿度很大。出门前，李娜专门给丁一一多加了件衣服，以防他感冒。丁一一只能顺从地跟着李娜去心理医生诊所。

他和李娜走进门厅，环顾了一番诊所：棕色的室内装修，米白色的沙发，沙发角还放着一个丑丑的娃娃。看上去布置得还挺舒服的嘛。

丁一一屁股坐在单人沙发里，柔软的沙发一下子把他包围了起来。呵！这沙发挺不错的啊，怪不得咨询费这么贵。他刚坐下，对面一个高高大大的金发碧眼的女大夫模样的人朝他们走了过来。

李娜拽了拽丁一一，让他站起来。丁一一费劲地从软沙发里站了起来。

"您好，是凯特吧？我之前跟您预约过。"李娜和金发女郎握了握手。

丁一一漠然地站在李娜旁边，心里一直琢磨着，坐在刚才那个沙发里好放松，可以建议妈妈买一个放他卧室。

"你就是 Ivan 吧？"凯特说着一口流利的中文。

丁一一点点头。

"能让我跟你儿子单独聊聊吗，旁边有休息室，我的助手会领你过去，你可以喝茶或者咖啡，稍稍等待一下。"凯特对李娜说。

李娜犹豫了一下，点点头，跟着凯特的助手出去了。

丁一一主动问凯特："这个什么心理咨询？要怎么做，你问我答？开始吧。"

凯特笑道："你觉得这儿怎么样？"

丁一一耸耸肩："还行吧，挺安静的，放的音乐还挺好听，尤其是你们的沙发坐起来很舒服。"

"既然这样，你为什么这么急迫地想要走呢？"

"我急吗？没有吧？"

凯特指了指丁一一不停抖动的腿，还有他在腿上无规则敲打的手指，说："你的身体动作可不是这么说的。"

"我就是觉得这种地方都怪怪的，待着不自在。"丁一一赶紧停住腿上和手上的动作。

"那你为什么会同意来呢？"凯特问。

"懒得跟我妈吵，她非让我来我就来呗，反正我也不信这些。"

"哦？你是不相信我还是不相信心理学呢？"

丁一一撇了一下嘴说："都不相信，这跟我们中国的算命先生差不多，不就纯靠忽悠嘛。"

凯特笑了笑，换了个话题："你喜欢加拿大吗？"

"凑合吧，在哪儿都一样嘛，反正到哪儿都逃不脱我妈那如来佛般的五指山，没什么区别。"丁一一说。

"如来佛是什么？刚刚那位是你亲生母亲吧？你们平时关系怎么样？"

"当然是亲生的！如果是后妈才不会花这么多钱送我出国呢！"丁一一不愿意多回答，心想这医生话都问不到点子上。

凯特看出来丁一一有些抗拒，便说："没事儿，你不想说咱们就换个话题。你的手怎么了？"

"一点小事儿。"

"介意说说吗？"凯特问。

丁一一再次沉默了。

"看来跟你母亲有关了。"

丁一一瞥了一眼凯特说："对，当然和她有关，跟她没关系，她带我过来找你干什么？"

后来两个人聊了聊学习和生活这些简单的内容，很快就结束了对话。

"麻烦你出去以后，叫你妈妈过来一下，谢谢。"凯特说。

真是麻烦，聊完以后还得向家长汇报吗？丁一一起身去唤了李娜过来。

从诊所出来回家的路上，丁一一一直坐在副驾驶上玩儿手机。按照之前李娜的习惯，肯定会劝说他盯着屏幕会影响视力之类的话。可是今天她有些反常，不仅没有唠叨，还总是忍不住时不时侧头面带微笑看一下丁一一。

"干吗一直盯着我看啊？"丁一一莫名其妙地问。

李娜微笑着说："没事儿，咱们晚上出去吃饭吧，你想吃什么？"

"回家叫比萨吧，省事儿也不浪费时间，吃完睡觉。"丁一一并不在意吃什么。

"最近学校学习压力大吗？"李娜问。

"还好，就那样吧。"

李娜想了想，问："需不需要休息休息？"

"我说需要有用吗？你能不让我去上课吗？你能让我回国吗？"丁一一反问李娜。

"要不这样吧，我帮你跟学校请一天假，你在家好好休息放松一下，养养手上的伤。"李娜说。

丁一一简直不敢相信自己的耳朵，今天太阳不会从西边出来的吧？

"什么情况，幸福来得太突然，不会是陷阱吧？"丁一一问李娜。

"没有，你的手还没好，写字什么的也不方便嘛。"李娜说。

李娜说的也是事实，丁一一无所谓地耸耸肩。

这可是老妈你让我休息的，不是我自己故意缺课哦！不过这事儿怎么就这么奇怪呢？不会是刚刚那个凯特医生跟她说什么了吧？我没跟医生讨论什么重要内容啊！难道心理咨询医生这样问几句就能看出我有病了吗？这比算命的还能糊弄人，这钱也太好挣了。丁一一一直在心里分析着李娜一百八十度转变的原因，心想：妈妈是不是上当受骗了？不行，回头我得找人打听打听，要揭穿这个骗子心理咨询师。

李娜果然向学校请了假，丁一一理所当然地在家里老老实实休息。不过他在家也没闲着，而是暗中做调查工作，他委托杨洋帮他打听一下他妈妈葫芦里面到底卖的什么药。

媛媛阿姨跟老妈走得这么近，肯定能知道点儿什么。果不其然，下午丁一一躺在床上刷微博的时候，杨洋的电话就来了。丁一一赶紧翻了个身，披着被子，趴在床上听电话。

"我昨晚帮你打听过了，我妈给你们介绍的那医生，说你患上了轻微抑郁症，把你妈吓得不轻。"杨洋说。

"我说呢，我家老佛爷竟然主动提出让我休息一天，事出反常必有妖。"丁一一一脸得意。

"可以啊，你这还整出了个抑郁症，赶时髦啊？"杨洋的语调变得怪兮兮的。

"开玩笑，我这么阳光开朗，什么庸医啊！不管了，管她怎么说呢，能唬得住我妈就行。她以后要再干涉我的自由，我就装抑郁！"丁一一说。

"看来这下倒是多了个挡箭牌啊。"

"是尚方宝剑！不跟你说了，我要抓紧时间 happy！"丁一一挂了电话，把手机扔到一旁，兴奋地从床上蹦起来，然后又从床上跳到地板上，还激动地又扭了两圈。

这下我想玩儿游戏就玩儿游戏，想听音乐就听音乐，再也不会有人管了！

你问我为啥？我抑郁啊！

丁一一找出电脑打开，活动了一下包在纱布里的手指头，开始游戏征战，他刚聚精会神打了半场，突然听见李娜在门外问："一一，我能进来吗？我给你切了一盘水果。"

妈妈又搞什么？不会发现我什么迹象又来教训我吧？

"我不吃，你自己吃吧。"丁一一说。

话音刚落，家门口的门铃就响了起来。

过了一会儿，丁一一听见李娜喊自己："一一，杨洋来啦！"

这小子过来干吗？丁一一皱了皱眉。

"让他进来吧。"说完，就又回到了自己的游戏战场，他这会儿忙得可没什么说话的工夫。

外头木地板上，杨洋的脚步声越来越近，"咔嗒"一声，丁一一的屋门被杨洋打开了，他托着盘子走了进来，说："这是你妈妈让我捎上来的水果。"说着顺便把水果盘放在了桌子上。

"你不上课啊？"丁一一忙中偷闲瞥了他一眼。

"翘了呗！不能光你一个人快活啊。"杨洋说着看向丁一一电脑上的游戏画面。

丁一一继续专注地打游戏，不搭理杨洋。

"看你这样根本不像是生病。"杨洋说。

"呵呵，我这可是医生给下的诊断，这是拿生命换来的自由。"丁一一速战速决完成了一局，然后啪的一声利落地关了游戏。

"怎么样？切一把？"丁一一拿起手机，点开一个手游。

"切一把就切一把。"杨洋翻了个白眼，塞了颗草莓到嘴里，也拿起了自己的手机。

登录，建房间，双人 PK。

第一把，杨洋惨败。

第二把，杨洋惜败。

第三把，杨洋惨败。

……

美好的一个下午，就在杨洋不停地给丁一一送人头的过程中度过了，杨洋郁闷地把手机一扔。

"不玩儿了，你老虐我，没意思。"

丁一一捏了最后一块已经氧化了的苹果，放到嘴里，说："谁让你这么菜的。"

杨洋看了看表说："哎，这会儿戴安娜应该放学了，走，去隔壁找她玩儿去。"

丁一一嗖一下站起来说："行啊，我都一天没出门了，出去透个气。"

两人出来想跟楼下的李娜打个招呼，却发现她根本不在家。丁一一拉着杨洋去隔壁敲戴安娜家的门，开门的人正是戴安娜。两人看着眼前的戴安娜，愣了半天没有回过神儿来：朋克妆容不见了，破洞T恤、皮衣皮裤都不见了，眼前这个素颜、扎着利落马尾、穿着干净白T恤牛仔裤的戴安娜，和平时的打扮完全判若两人。

杨洋看呆了，惊讶地说："没想到你素颜这么好看。"

戴安娜瞪他一眼说："会不会夸人？平时就不好看了？"

"不是不是，都好看。"

丁一一挠了挠头说："怎么突然变装了，我都有点儿不适应了。"

戴安娜没有回答丁一一，只问："你们来找我干吗？"

"晚上一块儿吃大餐呗，我们丁一一同学借着抑郁症这么洋气的病，暂时去掉了紧箍咒，重获自由，咱们一起给他庆祝庆祝。"

丁一一听着有点刺耳，说："把'暂时'去掉。"

"你们去吧，我去不了。"戴安娜说。

"为什么？"丁一一问。

"我今天得去养老院做义工。"

"做义工？"

"对啊，我每周一放学都会过去，养老院的爷爷奶奶，每周都会等我去看望他们，他们都很可爱的。"

"我也要去！"丁一一说。

"真想去？"

"我还没做过义工呢！"丁一一故意撇着腔说话，"你就让我跟着你去嘛，保证不给你添麻烦。"

"好吧，那走吧。"戴安娜说。

"喂！真去啊！说好的去吃大餐呢，怎么就变成做义工了？"杨洋突然大声抗议。

"你不去也没有关系。"戴安娜耸耸肩。

"去嘛去嘛，杨洋一块儿呗！"丁一一说。

杨洋只好撇了撇嘴说："好吧，那我就勉为其难地陪你们去吧。"

三人上了车以后，戴安娜八卦刚才杨洋说丁一一装抑郁症的事。

"一一，你那抑郁症到底怎么回事儿啊？"

"那个心理医生简直就和中国的算命先生、大仙儿没区别，不过我也得感谢她，她就是我的贵人，如果不是她，我家老佛爷才不会放过我呢！装病重获自由的感觉真好！"丁一一兴奋地说。

"虽然心理问题属于普遍现象，但也不能完全忽视，我相信那

228

个心理医生的诊断还是有一定道理的。"戴安娜说得煞有介事。

丁一一摇摇头说："她有点儿瞎掰，管她呢，反正我一点儿事儿都没有。"

"你所谓的重获自由就是不上课在家打游戏吗？"戴安娜嘲笑他。

丁一一知道自己的行为不妥，只得小声地说："就一天而已嘛。"

"你妈妈不干预你虽然是好事儿，但如果你因此放纵自己不学习可不行。"戴安娜说，"从明天起，每天一个小时的英语辅导还是要继续进行的。"

丁一一讪讪地说："我知道了，我这不是刚刚获得自由，放松放松嘛。"

杨洋听到丁一一被戴安娜训，忍不住幸灾乐祸地说："被戴安娜姐姐批评了吧？刚刚逃出如来佛的五指山，又被小姐姐套上了紧箍咒，呵呵！"

"你看我笑话？"丁一一没好气地冲杨洋说。

"你俩完全理解不了我的感受，戴安娜和夏天阿姨像姐妹俩，媛媛阿姨对你杨洋百依百顺，我妈完全就是家里的太上皇啊！"丁一一郁闷地说。

杨洋小声地嘀咕道："爹妈总是别人家的好。"

丁一一没听清，问道："你说什么？"

杨洋赶紧摇摇头说："没事儿，还有多远啊？"

"转个弯就到了。"戴安娜说。

戴安娜开车拐了个弯，他们就看到了一幢多层红砖房建筑，是一家外观设计很漂亮的养老院。丁一一和杨洋进到养老院，发现这里环境清雅舒适，很多地方都设有轮椅专用道，方便坐轮椅的老人使用。老人们看到戴安娜进来，纷纷和她打招呼，看得出来戴安娜在这里很受欢迎。

"Helen！"戴安娜满脸笑容地抱住了一个坐在轮椅上的满头银发的老太太。

"戴安娜，我都等你好几天了，你快帮我看看我那 Facebook 的账号怎么登不上了。"Helen 说。

"您别着急，我一会儿就帮您看看。"戴安娜笑着说。

杨洋听见这话一脸惊讶，拉过戴安娜就小声嘀咕道："不会吧，他们还玩儿脸书呢？"

戴安娜甩掉杨洋的手，瞪了他一眼说："Helen 的粉丝可比你的多多了。"

说完戴安娜推着 Helen 进了里屋，杨洋和丁一一紧随戴安娜进去。里屋是老人娱乐室，丁一一和杨洋大开眼界。这真的是养老院吗？娱乐项目这么多？老人们好开心啊！他们有在下棋对弈的，有拿着针线做手工的，有喝茶聊天的，有看书看报的。更惊讶的是，通过一个巨大的落地窗，看向外面草坪的时候，老人们有做户外运动的、遛狗的、戴着 iPod 听歌的、晒日光浴的……这场景像是一群老年人在度假胜地度假呢！

丁一一忍不住咂舌，刚想回头问戴安娜，却发现戴安娜在角落里抱着笔记本，和 Helen 讲解着什么。她周围还凑着几位老人，一起听她津津有味地讲着。

丁一一一脸惊讶地和杨洋说："这儿的养老院怎么跟我想象的不太一样。"

"跟我想的也不一样，我老觉得养老院肯定跟医院一样，老人们会愁眉苦脸，可我看这里的爷爷奶奶好像都很开心的样子。"杨洋挠了挠头，看着围在戴安娜身边笑得很开心的老人们，接着说，"我老了也要来这里。"

"我如果真得了抑郁症，就应该多来这种地方，学学这些爷爷奶奶们乐观的心态，保准就好了。"丁一一感慨地说。

戴安娜推着 Helen 走了过来。

"走。"戴安娜说。

"干吗去？"丁一一问。

"跟上。"戴安娜也不解释，让丁一一和杨洋跟着她走。

养老院的公共休息室里竟然有个小小的舞台，戴安娜指挥着杨洋和丁一一，在舞台上忙前忙后地布置着，直到最后舞台前的椅子上坐满了老人，戴安娜才拿起话筒，站在最前面。

"这周大家想听什么？威廉，这次好像轮到你来点了哦。"戴安娜说。

一个非洲裔的老人笑眯眯地看着戴安娜说："戴安娜，我们想听你最拿手的歌曲。"

戴安娜摇了摇头说："那可不行，这是咱们的小规则。It's Willian's turn。"

威廉想了想问："会唱 *Time After Time* 吗？"

旁边一个白发苍苍的老奶奶不满地看着威廉说："这都多少年前的歌曲了，戴安娜还没出生呢！"

戴安娜竖起食指摆了摆，笑嘻嘻地说："太小看我了，就唱 *Time After Time*！"戴安娜说完就示意丁一一打开手机找伴奏。

丁一一手忙脚乱地找了半天，最后才连上蓝牙音响。舒缓的节奏响了起来，戴安娜整理了一下话筒，渐渐进入旋律。

"Lying in my bed I hear the clock tick..."

丁一一和杨洋看着戴安娜又是一脸震惊。戴安娜的声音空灵又有磁性，柔情的地方诠释得温柔似水，激情的地方竟然能飙到近乎海豚音，和原唱没有什么差别。

"天啊！我的女神！"丁一一和杨洋异口同声地说。

"我去，早知道让她来给我做主唱了！"杨洋一脸震惊地看着台上的戴安娜。

丁一一马上泼冷水道："你想得美，她连她男朋友丹尼尔的乐队都没去，会参加你的乐队？"

"你太小看我软磨硬泡的功力了！等着瞧吧。"杨洋一脸自信。

丁一一摇摇头。

养老院的老人们，一边听着戴安娜唱歌，一边打拍子，还有些腿脚利索的，竟站着扭了起来。

这群老年人心态真好，丁一一想。如果等我老了，能跟他们一样就好了。到时候历经世间沧桑，找个这样的养老院，有杨洋、罗盼、戴安娜这些好朋友，在一起打打游戏、斗斗嘴、聊聊过去，再组个乐队，老年摇滚乐队！那得多酷啊！他看着、憧憬着。

戴安娜一曲唱毕，冲台下鞠躬谢礼，然后回头对丁一一和杨洋眨了眨眼说："两位小朋友要不要来献唱一曲啊？"

"我来！"杨洋早就摩拳擦掌了，他一把拿过话筒，对着台下问："先生们女士们，你们想听什么？"

几位爷爷奶奶七嘴八舌争了起来。丁一一和杨洋各唱了几首歌，老人们非常开心。他们三人就这么陪着老人们轻松度过了好几个小时，他们笑着闹着，直到傍晚。

戴安娜开车带着丁一一、杨洋回到市中心时，街上的路灯早已经亮了起来。他们找了家快餐店，要了汉堡饮料，狼吞虎咽地吃了起来。

"怎么样，今天感觉如何？"戴安娜问他俩。

"他们都太有意思了，而且跟我爷爷奶奶也完全不一样，戴安娜你以后能不能多带我去几次啊？"丁一一边吃汉堡边问。

"没问题啊，只要李娜阿姨同意你去。"戴安娜说。

"她现在已经不管我了。"丁一一一点儿也不担心。

"别得意得太早。"戴安娜说。

"趁着最近你家老佛爷放你羊，你可以抓紧机会好好潇洒几天。"杨洋插话。

"别听他的，赶紧吃，吃完回家。"戴安娜说。

杨洋撇了撇嘴道："切，狗咬吕洞宾。"

戴安娜不太明白什么意思，对丁一一眨了眨眼问："什么意思？"

丁一一解释道："这是谚语，意思是说咱不识他好人心。"

"狗，咬吕洞宾？"戴安娜无辜地问，"所以谁是狗？"

"扑哧"，正喝着饮料的丁一一把饮料喷了一桌子，然后他扭脸看着一脸尴尬的杨洋，忍不住哈哈大笑。

第五章　公司危机

李娜躺在床上，翻来覆去睡不着。下午杨洋来找丁一一，她心知肚明，他俩在楼上玩儿游戏，但她没有上去制止。

月末了，李娜要了解上海公司的月度财务报表，为了更安静，她带上电脑到家附近的咖啡馆。工作完，她回到家里已经很晚了。

李娜打开家门，以为丁一一在他房间，她叫了几声，丁一一没有应答，她便拿起手机准备给丁一一打电话，耳边却回响起心理医生凯特和她说的话。

"丁一一目前有些轻度抑郁症特征，但不是真的抑郁症。他这个年龄的孩子到国外上学，突然离开熟悉的环境和朋友，都有些不适应，加上他现在是青春期，正是一个非常敏感的年龄阶段，出现一些心理问题在所难免……

"你只需要多加控制和引导，多给孩子一些空间，尊重孩子的隐私，特别要注意和孩子的交流方法，否则就会变成真正的抑郁症……

"患抑郁症的孩子很容易对生活产生厌倦，他们自杀的可能性往往比较高。"

李娜想到这里，就放下了手中的电话，来到厨房。她拿出红酒和酒杯，给自己倒了满满一杯，蜷缩在沙发上，小酌了一口。可能真的是到了该放手的时候了，儿子已经长大了。她曾经那么确信自己很了解儿子，尤其是对付他那些偷奸耍滑的小手段、小伎俩。可是自从那次和凯特聊完以后，她才知道自己对儿子的态度好像偏了航。

送丁一一来温哥华留学这件事儿，开始就没有尊重他的意见，完全从她的意愿出发，所以丁一一就一直处在她的高度控制之下。她每天要求儿子要好好读书、不能打游戏、不允许和女同学走太近、要设门禁早早回家，给他找最好的家教，等等，这些事情在她看来非常正确，而且所有中国家长都会觉得这样要求孩子是理所当然的事情。可为什么，当她自认为引导孩子在人生的道路上不偏航，自己反而偏航了呢？

不知不觉中，李娜已经喝掉了大半杯红酒，杯口沾满的红色的酒渍，渐渐蔓延到了她的指尖，留下了一片红痕，可她毫无反应。她在反思，教育儿子怎么比管理公司难多了呢？她怎么也想不通。她能做的，就是先听心理医生的建议，让儿子多散散心，同时转移一下自己关注的对象，而不是仅仅关注儿子。

"而通过我和你的聊天发现，你的心理状况比你儿子严重。你长期的焦虑还有紧张易怒，就是轻微抑郁症的表现。"凯特这么说过李娜。

这也是李娜想不透的一点，为什么她也会患上轻微抑郁症呢？她承认，自从到了温哥华，事事都不顺心，但是每次她都会想尽一切办法，努力把所有的事情都做到最好，至少能降低伤害程度。难道她的这种紧张的、负面的情绪，真的如同凯特说的那样，传递给了丁——？

李娜晃了晃手中的酒杯，又喝了一口，她有些不知所措。当仰头喝完最后一口红酒时，她把杯子放在桌子上，慢慢走回自己的卧室，躺在床上，盖上被子，试图让自己睡下，不去管儿子的行踪。

因酒精的作用，李娜很快进入了梦乡，但她睡得并不踏实。她梦见儿子不认得自己，像是个陌生人。她又梦见儿子天天纸醉金迷，喝酒抽烟谈恋爱，还梦见儿子站在天台边缘，控诉着对她的不满，然后不停地往后退，往后退……退到最后半只脚踩空……

"不要！"

李娜大叫一声，从梦中惊醒。

屋外，天色已经亮了大半。她有些头痛地皱了皱眉，拿出手机，看了看时间。

"糟了！怎么都这时候了！"

李娜连忙下床，跑到丁——房间门前，想叫丁——起床。丁——房间的门开着，人却不见了。

"——？"李娜跑到客厅。

丁——站在门口换鞋，听到李娜叫他，就回了下头说："我去学校了。"

吃早饭了吗？什么时候起床的？怎么不叫妈妈？要不要带点儿钱，妈妈给你……

李娜张了张嘴，本打算说出一串话来问丁——，可丁——早已推门离去，他没有给李娜任何说话的机会。

李娜心事重重地走到客厅茶几前，拿走茶几上的酒杯，放进厨房的洗碗池里。她无意中回过头，盯着面前的酒柜。怎么这才几天时间，酒柜就空了？她皱起眉头，想了想最近什么时候动过红酒。

她为丁——和戴安娜过从甚密生气喝闷酒；她在外看房被中介蒙骗喝酒安慰自己；上海化妆品公司最近采购的一批材料铅超标，被全部退货的时候她也借酒浇愁；公司资金周转不灵，她着急回国处理公司的危机，还是通过喝酒来暂时摆脱烦恼⋯⋯

究竟喝过多少瓶酒，她自己已经记不清了。每天为了调整情绪，她总是不自觉地喝上一杯红酒，再去睡觉。李娜突然觉得她确实变得很消极，和凯特说的抑郁症的特征很像。

但是天天睡不着怎么办？每天还要面对那么大的压力。

李娜准备出门去附近超市采购，顺道买些安眠药。当她带着大包小包的采购品，站在超市药店柜台前面的时候，才发现药房里面的药全部都是英文，多数还用的都是专有名词，她一个都看不懂。

售货员一眼就发现了李娜，赶忙上前问道："你好，有什么可以帮你的吗？"

"是这样，我最近压力比较大，经常失眠，能给我开点儿安眠药吗？"李娜说。

"你有医生给你开的处方吗？"售货员问。

"我还没有看医生。"李娜说。

售货员听后抱歉地微笑着说："不好意思，没有处方我们无法向你出售安眠药。"

"必须要医生的处方吗？"李娜问。

售货员点点头道："是的，不好意思啊。"

李娜拎着大包小包的东西，无奈地离开。

买不到安眠药，天天失眠怎么办？

李娜越发愁眉不展。

最近上海公司发生了很多事情，刚来温哥华陪读，她就发现有老员工利用东南亚原材料涨价之机，私自报高预算中饱私囊；接着工厂有人私自更换产品的原材料，导致材料含铅量超标，大部分经销商退货；现在公司的资金链又出现断层……公司大大小小的问题接踵而至，李娜感觉远程遥控有些无所适从、力不从心。

如果晚上一直睡不好觉的话，她的工作和生活就会受到影响。今天早上她就因为睡过了头，没有及时起床给儿子准备早餐。

李娜心事重重地从超市走回来，站在自己家门口，从手提包里翻找开门的钥匙。

"看你脸色不太好，是不是没休息好？"

李娜抬头一看，原来是夏天。

"嗯，最近睡眠不太好。"她疲惫地说。

"我听戴安娜说了丁一一的事儿，你不用太担心。现在的孩子敏感，或多或少都有点神经质，多给他一点儿空间和时间，慢慢适应就好了。"夏天宽慰道。

"最近我完全不敢正面和一一说话，生怕哪句话没说对刺激到他，我这都快神经衰弱了。"李娜没有急于开门，索性站在自家门口跟夏天聊天。

"你别这么紧张，没等到丁一一有什么事儿，反而你自己先垮了。"

"可不是，最近失眠得厉害，刚想买点安眠药还没买到，说我没医生的处方，不卖给我。"李娜说。

"安眠药控制得很严，没有处方肯定不会卖的。对了，我这儿有褪黑素，也能帮助睡眠，我拿一盒给你吧。"夏天很热心地说。

"好，那谢谢了。"李娜喜出望外。

"你跟我进屋吧。"夏天说。

李娜赶紧把买的东西简单收拾了一下放在门口，然后跟着夏天进了屋。夏天蹲在药柜旁边找了一会儿，翻出褪黑素，拿在手里从房间走了出来。

"这个你睡前半小时吃一片就可以了，应该能有用。"

"行，我拿回去试试看。"李娜道谢，正要离开的时候，突然想到了什么。

她和丁致远生出搬家念头的同时，夏天也因戴安娜被丁一一和杨洋两个人之间的冲突牵连受伤一事儿，希望他们母子俩搬走。现在房子是找好了，但是……

"那个，搬家的事儿，能不能缓缓？"李娜问夏天。

"怎么了？"夏天问。

"丁一一对搬家的事儿意见很大，心理医生凯特专门交代，最近让我多给丁一一点儿自由空间，不要刺激他，所以我想要不要再等等。"

夏天的表情看上去有些奇怪，她说："不是你想让他和戴安娜断绝来往吗？这两天这俩孩子还是出双入对的。"

"虽然我是不放心一一和戴安娜来往太密切，但我看他和戴安娜在一起的时候很开心。"李娜表示了自己的忧心。

"这件事儿我会去跟戴安娜说。"夏天说。

李娜倒有些奇怪，之前她深更半夜去找夏天，义正词严地告诉她，要注意孩子之间的男女之防时，夏天还反唇相讥说她要尊重孩子的决定，怎么今天愿意配合她去说服戴安娜了？

"啊？那就太谢谢你了！你不是说不干涉戴安娜交友的吗？"李娜忍不住问道。

"具体情况具体分析。"夏天说。

"行，反正我是不敢说——了，你要真能劝动他俩，我就谢天谢地了。我先回去了，谢谢你的褪黑素。"

夏天帮她去解决孩子们之间的事情，李娜也乐得轻松。

接下来的日子，李娜按照夏天的嘱咐，每天晚上睡前半小时，吃上一片褪黑素。也不知道是心理作用，还是褪黑素真有效果，李娜的睡眠质量确实有所上升。而且她还发现，最近她和丁——保持距离，不过多关注他的学习和生活后，丁——脸上的笑容确实多了。

"已经好几天没和儿子互相掐了，这应该是好现象。"李娜揣测。

李娜少了丁——的烦恼，每天处理公司的事务都事半功倍了。她在电脑前看完最后一份报表，刚想合上电脑，就又被一通电话拉回了工作。打给她的人并不是常常向她汇报工作的高翔，而是她新提上来的王经理。

"李总好！给您打电话是关于之前出事儿的那批货。那批货找到了新的厂家合作，但是那家新厂产品成本提得太高，高总又催得紧，财务只好先批了款。"王经理汇报说。

"继续说下去。"李娜沉默了一下，果然跟自己想的情况吻合了。

"李总，这笔资金不是小数目，一旦投进去，我们别说回本了，赔钱都是有可能的。"

"先保证生产吧，"李娜说，"不能让下面的经销商寒了心，这次即便是赔了，也要先把这关挺过去。"

"好吧！"王经理说。

"等我近期回国，找你细聊。"李娜说完就挂了电话。

她出国陪读，上海公司接二连三出事儿：先是生产，然后是供销，最后是资金链。李娜多年浸淫商场的直觉告诉她，这其中一定有鬼。而她怀疑的对象，就是和她一起打拼近十年的"战友"高翔。

那位因中饱私囊刚刚被李娜开除的吴强，属于高翔的嫡系部队。她开掉吴强是为了杀鸡儆猴，做给高翔看的，可似乎高翔并没有看懂。不仅没有看懂，好像还更嚣张了。

即便是李娜离开中国后的第一批货铅超标和高翔没关系，那么高翔在越洋电话里，建议她把那批产品的包装和系列名字都换掉，直接发到三四线城市的小经销商手里那事儿，也算是臭棋一招儿了。这种行为完全不符合李娜之前对高翔的认识。高翔胆子大，有野心，但是喜欢稳扎稳打，这种下三烂的手段，一般是不会用的。现在高翔能毫无顾忌地给她提那种建议，说明他已经开始不拿公司当他的事业了，会不会另有企图？

李娜叹了口气，和高翔相处了近十年，大家都明白彼此的做事风格，高翔怎么能不明白她的企业经营策略呢？别猜忌了，大家还是坦诚相待，沟通交流一下吧！

李娜拨通了那个熟悉的电话，电话响了两声，对方就接了起来。

"李总，有什么指示？"高翔说。

"新厂家的那批新货，是怎么回事儿？"李娜开门见山地问。

"我也实在是没办法，本来是想上报您处理的，可是那边一个月以后有个大单，如果不迅速把合同搞定，咱们这边的货根本出不来，到时候就只能干等着，资金这块就又回不来了，所以……"

"所以你就直接批了款，把钱拨给那边的新厂家？"

"对。"高翔毫无压力地答道。

"呵呵！高翔，你行啊！"李娜冷笑一声，挂上了电话。

真的是山中无老虎，猴子也想称大王。看来上海公司的问题，李娜真的有必要回去整顿一下了。她盯着电脑，考虑公司下一步该怎么走。

"李总，你想什么大事呢，这么专注？"丁一一突然来到李娜面前。

李娜这才回过神儿来："没什么，你作业写完了？"

"这儿又不是国内，怎么会天天有课外作业？"

李娜有些心不在焉地说："哦，那你早点睡吧，别一直打游戏了。"

丁一一看李娜心事重重的，便把后半截话咽回肚子里去了。其实他有点饿，本来是想让妈妈做点吃的的。他耸了耸肩，走到厨房，从冰箱里拿了瓶牛奶、一盒饼干，回到了他的房间。

李娜望着丁一一的背影，深深地叹了一口气。好在这几天儿子倒是懂事儿多了，多少也算是个安慰吧。

她抬头看了看墙上的表，甩甩头，打算暂时忘掉一切，赶紧洗漱睡觉。她回到卧室刚刚躺下，床头的座机就响了，肯定是老公丁致远算好时间打来的电话。

"老婆，还没睡呢？"

听到丁致远的声音，李娜心里一阵温暖："正准备睡觉呢。"

"怎么听你声音好像很累啊？是不是丁一——那小子又惹你生气了？"丁致远关心老婆。

"儿子没事儿，是公司出了点事儿，刚刚处理完，有点儿累。"

"公司的事情你不是交给高翔去处理了吗？他可是你多年培养出来的徒弟，能力应该没问题啊。"丁致远曾听李娜说过，她一直对高翔充满了信任。

"倒不是能力问题，只不过他这次处理问题的方式有点蹊跷，公司也有人跟我反映他异常。"李娜说。

"用人不疑，疑人不用，如果你对他产生了怀疑，就不要用他了。再说了，谁人背后无人说，你不在上海，他在公司大权在握，免不了其他老总红眼，这很正常。"

"关键是我现在人在国外，除了他也没更合适的人可用啊。"李娜有些无奈。

"我觉得在没有确切的证据能证明他有什么非分之想之前，你也别多想了，想也不管用，反而闹心。"丁致远安慰她说。

"我实在不放心，打算回去看看。你能不能过来替我几天，照看下一一？"李娜和丁致远商量。

丁致远想了一会儿说："我这还上着课呢，要不这样，你再等几天，马上就国庆了，休七天我再多请两天假，到时候我过去换你。"

"也行，反正公司最近加班加点赶这批货，国庆应该也得加班。"

李娜说。

"公司的事等你回来了再想办法，你白天要操心儿子，晚上还和国内时间一样上班，身体又不是铁打的。"丁致远还是心疼老婆。

"我知道，这几天情况特殊，我得盯着点儿。"李娜说。

"行，那你赶紧睡吧。"

"睡了啊，拜。"

李娜挂上电话，吃了片褪黑素，关上灯，沉沉地睡去。

第二天，李娜对丁一一说她准备回国一趟。

"国庆我要回上海一趟，处理点公司的事儿，"她说，"正好你爸放假，让他过来陪你几天。"

丁一一一脸兴奋："真的？太棒了！"

李娜看丁一一高兴的样子，就有点儿吃醋地说："你是听到你爸要来这么兴奋，还是听到我要走这么高兴啊？"

丁一一赶紧吐了吐舌头，发誓说："没有没有，最好你俩能都在，我就最高兴不过了。"

李娜的脸色这才好看了点儿。

"你爸在的时候不准胡闹啊，我国内的事情处理完尽快回来，等我回来咱们就准备搬家。"

丁一一听见搬家，就撇了撇嘴，再没有说话。李娜替丁一一收拾好东西，然后目送他上学。坐回客厅沙发后，她给王经理打了通电话。

"我后天的飞机到上海，我回去的事儿你先不要跟其他人说。"

"我明白。"王经理说。

"你把这次所有成本的报表给我，越详细越好。"李娜命令道。

"好的李总，我一会儿就发到您邮箱。"

没多久，李娜就收到了王经理发给她的财务报表。一项一项核对的工作确实费时费力，但为了查清楚这次的事件，李娜还是认真地核对着。

回国的前一天晚上，李娜边收拾行李边交代丁一一："我明天一早的飞机，你早饭自己对付一下吧。"

"我爸呢，他什么时候来啊？"丁一一问。

"他比我晚一天出发，温哥华时间应该是后天到。明后两天你将就一下，放学回家自己叫外卖，或者去媛媛阿姨家吃饭也行，我已经和她说过了。"李娜说。

"放心吧，我肯定饿不死的。"

"还有啊，晚上睡觉一定记得把门窗都锁好。"

丁一一靠在沙发上玩儿着手机，心不在焉地点点头说："嗯嗯。"

"我处理完公司的事马上就回来，你爸来陪你这段时间，你要好好听他的话。"李娜走过去爱抚地摸了摸丁一一的头。

丁一一一点反应都没有，完全沉浸在手游里，李娜只能无奈地摇头。

第二天一早，杰瑞来送李娜去机场。经过十几个小时的长途飞行，李娜回到了上海。飞机刚停稳，她就接到了丁致远打来的电话。

"老婆，你到了？"丁致远关切地问。

"你现在在哪里？你是今天下午的飞机吧？"李娜再次与丁致远确认行程。

"对，我在家收拾东西呢。"丁致远说。

李娜告诉丁致远说："我一会儿直接去公司，就不回家送你了，你到温哥华直接回家就行，地址你也知道。"

"放心吧，我走不丢，你安心处理公司的事吧，我落地了告诉你，刚回上海你就这么拼，别累着了！"丁致远心疼老婆。

"好。"

李娜挂上电话走出机场，拦下一辆出租就上了车。

"师傅，去这个地址。"

李娜递给出租车司机一个纸条，上面写的是自己公司的地址。想必公司所有人都会因为她的突然降临大吃一惊吧？李娜眯着眼睛想着，她倒要看看，她不在公司的时候，他们都在搞什么幺蛾子。

上海的高架，今天路况很好，不一会儿，出租车就把李娜带到了她公司楼下。李娜下了车拉着行李，径直走向她的办公楼层。去温哥华还不到半年时间，现在回到公司，感觉像是很久都没来过一样。

李娜慢慢地往前走，一把推开公司的大门。在办公室做事的高翔透过玻璃看到李娜拖着行李箱进来，一脸惊讶，噌地就站起了身。

他急忙迎出去问："李总，你怎么突然回来了？"

李娜没有正面回答高翔的问题，只说："你通知各部门，十分钟之后会议室开会。"

"这么着急？你刚到，要不要先休息一下？"高翔问。

"不用，我在会议室等大家。"说完，李娜拉着行李就去了会议室。

不一会儿，公司决策层和直属部门领导纷纷赶到会议室，李娜生气地将一沓文件摔在了会议室桌子上。

"自从我和齐总签下这批货以后离开公司，你们就开始出各种各样的幺蛾子。"李娜说，"不错嘛，一出接着一出的，都没有让我省心过。"

话刚刚说完，会议室几位高层如坐针毡。他们深知李娜雷厉风行的办事风格，如果谁手头不干净被她抓到的话，肯定没有什么好下场。

"这是我从国外回来之前，让财务做的公司损益表，小李，放出来吧。"李娜拿出来一个U盘，递给一旁的助理。

李娜点到报表的某一页，红彤彤的数字触目惊心。在场所有人都沉默了。

"咱们大家都是一起白手打天下的朋友，我不在公司才几个月，公司的各个环节都出了问题。财务、工厂、原料……"

每个被点到的部门主管心里都一惊。

"所幸，目前还没有损害到经销商的口碑。我们可以赔钱，但是这个亏，不能白吃，我们要深刻反省，找出问题的症结。这次的事情，一定要当作前车之鉴，我不希望这样的事情再发生第二次。"李娜警告大家说。

在场几个主管默默地点了点头。

一场凝重的各部门总结会开完以后，李娜回到她的办公室。朝南的落地窗，阳光洒进来照得办公室温暖又明亮。地面、办公桌、椅子、沙发保持得很好，一尘不染。

李娜让助理小李把她的行李箱放进来，她一屁股坐进办公椅，这会儿才感觉到有些疲倦，打算闭目养神几分钟。刚要迷迷糊糊进入睡梦，办公桌上内线电话响了起来。

"李总，高总有事儿找您，您现在方便吗？"助理小李在电话里说。

李娜回道："嗯，让他进来吧。"

话音刚落，高翔就敲门进了李娜的办公室。

"李总，怎么一声招呼都不打就赶过来了，也不在家休息休息，倒倒时差？"高翔貌似关心地问道。

"不用了，在飞机上睡够了，现在一点儿都不困。"李娜说，"待会儿我让小李帮我买杯咖啡就好。"

"你还是要多注意身体，最近实在是辛苦你了，我今天看到那张财务报表，真是觉得心里有愧。你不在公司的这段时间，很多事情都是我在处理，工厂出了事儿，我也有些措手不及，再加上我经验不足，也只能顺势而为……"高翔诚恳地道歉。

李娜静静地听着，一言不发。

"娜姐，这次工厂发生的事儿，问题到底出在谁的身上，你心里有数吗？"

李娜心里冷哼了一声，感觉是时候敲打一下了。

"我也不是很清楚，不过据我判断，这个人一定别有用心。他不单单是为了搞毁我们和齐总这一单生意，还有可能野心更大。"李娜意有所指地说。

高翔赶紧说："那这件事儿，我要不要下去查一查？"

李娜故意停顿思考了一下说："你我都不能动，再过几天，我还是要回温哥华的，如果你来查这件事儿，就会牵扯到你太多精力，后续公司的工作还有很多，咱俩要多在公司沟通沟通。"

248

李娜看高翔还想说什么，她马上又补了一句："你跟了我差不多十年，现在整个公司，我也只能信任你了。"

高翔好像心定了很多，果然不再试探李娜。李娜顺便问了其他业务上的一些事情，然后安排高翔去做一些无关紧要的工作。

看着高翔离去的身影，李娜冷笑了一声，自言自语道："还是嫩了点儿！查工厂落到你的手里，不等于给你机会，给自己擦屁股了吗？这也许是我能拿住你的最重要机会。"

"小李，你帮我把财务总监叫过来，顺道下楼买杯咖啡送上来。"李娜吩咐助理。

李娜把转椅转到正对落地窗的位置，平心静气地梳理工厂事件发生的前因后果。现在她最担心的就是高翔在背后搞鬼，所以，她需要做的，就是仔细查看公司最近所有业务的财务报表，一旦出现问题，赶紧补上缺口。

夜色沉沉，陆家嘴三座摩天大楼上的霓虹灯亮闪闪，照亮了周围整个天空。李娜终于把手头的工作告一段落，感觉又饿又困，她拖着一身疲惫回到家。家里还是她离开之前的样子，除了稍微乱了一点儿，并没有什么变化。

丁致远虽然是上海男人，平时已经很讲究了，但毕竟他一个大老爷们儿独自生活，学校工作又比较忙，家里能保持成这样已经很好了。

她从橱柜里翻出一盒泡面，打算随便吃一点儿，赶紧上床补觉。

"叮咚！叮咚！"门铃响了起来。

这个时间了，还会有谁来找我？李娜有些好奇地奔过去开门，竟然是崔璐。

"这么晚你怎么来了？"李娜问。

崔璐站在门口，手里还拎着两个纸袋和一瓶酒："你这一回来就马不停蹄地工作，那就只能我上门孝敬您老人家喽。"

崔璐进屋放东西时，一眼看到桌上的泡面，便嫌弃地皱了皱眉说："你这大半夜的吃泡面，我保证你立马胃痛，赶紧扔了。"

"这个点儿我凑合对付一下得了。"李娜说。

崔璐不慌不忙地打开纸袋，拿出里边的盒子说："知道你这个工作狂肯定不会好好吃饭，特地来慰问你的，都是热乎的，还有酒。"

李娜这才露出今天一天最发自内心的笑容："咱俩绝对是中国好闺蜜！一块儿吃点吧，我去拿两个杯子。"

李娜把杯子拿过来，看着崔璐把带来的饭盒挨个打开。崔璐不愧是全职妈妈，做的便当简直是色香味俱全。李娜很久都没有尝到崔璐的手艺了，便狼吞虎咽地吃了起来。不一会儿，茶几上的夜宵就被李娜消灭得差不多了。李娜和崔璐就坐在地毯上开始喝酒聊天。

"这次回来得这么匆忙，看来公司出的麻烦还不小？"崔璐问。

"可不是，我原本想着公司的业务早就稳定了，几个高管也跟了我好多年，不会出什么纰漏，结果我这才出国半年都不到，就给我捅这么大娄子。"

崔璐晃了晃手里的酒杯，说："你打算出国当陪读妈妈时，我就警告过你，这自己的公司和自己的老公一样，都得亲自盯着，否则不知道什么时候就跟别人姓了。"

"我也是没办法，人不在这边，有时候确实是心有余而力不足。"李娜说。

"你啊，应该有这个心理准备才对，当初你为了儿子坚持留在温哥华陪他，其实就应该知道会出现这样的情况。"

李娜喝了口酒说："我总想着，我能够两头兼顾。"

"哪里有那么完美的事儿，取舍取舍，最关键的其实就在这个'舍'字上。"

"你知道的，高翔是我一手提拔上来的，所以我走的时候才放心把公司交给他，但我现在总觉得……"

崔璐眉头一拧问："怎么，他有问题？"

"现在还说不好，很多事情我总有种被蒙在鼓里的感觉，这不是个好兆头。"

"如果真的觉得他有问题，不能犹豫，快刀斩乱麻。"崔璐给李娜支招。

李娜摇了摇头说："哪有那么容易，他在公司这么多年，公司现在很多管理层当年都是他的属下，拔根萝卜带出泥，现在如果动他，整个公司都会受影响，我不能冒这个险。"

"那么总不能眼睁睁看着吧？"

"先查查看吧，毕竟现在也没什么证据，也许是我自己多心了。"李娜说。

"你牺牲这么大，就是为了丁一一，怎么样，他现在在那边还折腾你吗？"

李娜挪了挪位置，换了个姿势说："别提了，前一段时间还被他折腾到心理医生那儿去了。"

"心理医生？不会吧？"崔璐大吃一惊。

"说他有轻微的抑郁症前兆，又说是我太紧张，给他的压力太大，吓得我好长时间连话都不敢大声跟他说。"

"现在怎么样了？"崔璐赶紧问。

"看着现在状态还行，应该是没什么问题了。"

崔璐叹了口气说："你说你，两头都没顾好，整天焦头烂额的，何必呢，你当初还不如把他领回来呢。"

李娜坚定地摇了摇头说："回国的话就不提了，反正已经走到这一步了，咬牙也得走下去，再说了，我难点儿没关系，只要丁——他变得越来越好，我陪读也值了。"

"你觉得不后悔就行。"

李娜头靠在沙发上喝着酒不说话。

良久，她才开口道："很多事儿，你做不做都可能会后悔，只能咬牙走到底才能知道到底值不值得。"

崔璐笑着摇摇头，和她碰了碰杯说："你瞧你这都快被生活逼成哲学家了。"

两人相视一笑。谁又不是呢？人生在世啊。

"赶紧把剩下那点酒喝了，别浪费了。"李娜说。

崔璐笑了笑，两人互相倒满了酒，又开始聊起了家常。

崔璐的孩子才上小学，说起来她也是个高龄产妇，她本来是金融业界精英，后来因为生孩子的时候差点被下了病危通知书，生完孩子后，她毅然决然地辞职在家做全职妈妈，专心照顾孩子。而李娜，公司上升期撞上丁——青春期，忙得像个陀螺一样连轴转。想当年，小姐妹两个也是三天两头地凑在一起逛逛街、吃吃饭的。后来两人都结了婚有了家庭，李娜的时间和全职妈妈崔璐的很难凑到一起，两人只能偶尔打打电话聊聊天。

今天这样的夜晚，无人打扰，两个闺蜜喝酒聊八卦的日子，几乎很难得了。两人聊到海阔天空，直到天空渐渐发白，才歪倒在沙发上沉沉地睡着了。

李娜也不知道自己睡了多久，一睁眼，就发现自己躺在沙发上。宿醉后的头痛让她忍不住皱眉，她起身走到餐厅，准备倒杯水喝。

屋内已经不见崔璐的身影，桌子上放着一张字迹熟悉的便条：

我得回去送儿子上学了，知道你累，就没叫醒你，给你煮了点白粥，在厨房炉子上小火熬着呢，记得喝，粥养胃。

——崔璐

李娜喝了口水，微微一笑，这全职妈妈就是不一样。她慢慢走到厨房，看到炉子上小火煮着的粥，心里一阵温暖。

喝了碗粥以后，李娜开始安排公司的事情。这次回来只有短短七天，她要做的事情很多，为了把接下来的工作安排好，她只能抓紧一切时间。

李娜早早地来到公司。高翔比她来得更早，正在她的办公室门口等她。李娜走进办公室，高翔跟着进去。

"工厂的事儿对我们公司影响不小，我们需要尽快拓展新的客户。"李娜说出了自己的解决办法。

"您也知道咱这一行竞争有多激烈，新的客户拓展成本很高。"

坐在沙发上的高翔立刻提出异议。

"咱们的产品性价比非常高，信誉度高，市场口碑也很好，应该不会那么难吧？"

高翔立刻反驳："咱们是和国内品牌相比，现在一、二线城市都认国际品牌，真是很难。"

"咱们公司今年的战略是要布局二、三线城市。"李娜说。

"是的，我在努力争取二、三线城市的订单，但是争取这些城市客户订单的成本很高，返点要得也很高。"高翔再一次提出了遇到的困难。

李娜斟酌了一下说："返点太高的话，挤压了我们的利润空间，能不能争取更多的线上业务？淘宝、京东？"

"这也是我正在做的事情，但是原材料商大幅度提价，增加了咱们公司的成本，所以我在考虑咱们是不是可以在东南亚成立自己的工厂，这样可以降低咱们的原材料费用。"高翔提出了他的新思路。

"建厂？"原来他高翔打的是这个主意，李娜有所明白。

"没错，如果我们有了自己的生产线，就不会受这些生产商的限制，也不会再发生这样的事儿了。"高翔说。

李娜想了想说："建厂前期投资太大了，我要仔细考虑一下，你也找一些专家做一份前期可行性方案论证一下。"

"好的，不过您最好尽快做出决定，否则会影响今年的销售业绩。"高翔说。

"我知道了。"李娜点点头，突然手机响了起来。

"你先去忙吧。"

高翔离开办公室后，李娜接起了电话。

"妈！"

"你回上海了？"丁一一的奶奶在电话里问道。

"对，我回来了，这两天一直在处理公司的事儿，还没来得及过去看您跟爸。"李娜赶紧解释。

"公司还没个下班的时候啊？"丁母带着埋怨的语气问。

李娜听出老人家有些不高兴，继续解释："没有没有，我今晚就过去看望你们。"

丁母这才满意地挂了电话。

李娜放下电话，暗怪自己考虑不周，昨天已经准备好了从温哥华带给老人家的营养品，却没有及时送过去。

要说这唯一能压得住李娜气场的人，估计非丁致远的妈、李娜的婆婆莫属了。丁一一小时候，李娜因为工作忙常常把儿子放在奶奶家，丁一一和爷爷奶奶的关系非常亲昵。虽然她这个婆婆总是一心一意地照顾一一，但是心里多多少少对李娜的强势有些成见。尤其是当初李娜执意要把丁一一送到国外这件事儿，老两口儿是坚决反对的。但是丁致远双面胶的功夫做得非常到位，既不得罪老婆，也会摆平父母。

这次李娜回上海，专门从加拿大带了一大堆东西，大包小包的，过海关的时候，差点被误会成了代购。

李娜下班后，拎着大包小包的东西进了公公婆婆家楼下的公用电梯，顺道和电梯里站着的丁家邻居打了个招呼。

邻居的表情却有些奇怪，似乎微笑的时候略带……同情？

"你是老丁家的儿媳妇吧？"

"啊，对。"

"听说你去国外陪孩子了？"那个邻居问。

"嗯，孩子一个人在那边不放心。"李娜说。

邻居意味深长地说："是啊，现在孩子是家里头等大事，不过你也应该多回来看看，孩子爸爸还在国内吧？"

怎么听这人说话，话里有话似的？李娜被邻居这话搞得有些摸不着头脑，只得尴尬地点了点头。

丁母看到李娜带了这么多东西来看望他们，原来的气先消了一大半。

李娜进门放下营养品，就到厨房开始在灶前忙前忙后，给婆婆打下手。

总归这么久没见儿媳妇了，生气归生气，但见到了还是很开心的，丁母做了好几道菜，也当是为儿媳妇接风了。李娜劝婆婆少做两道菜，然后帮着把菜端上了桌。

"我跟你妈这次准备和大丁一起去温哥华看望大孙子的，大丁说来不及办签证。"丁父对李娜说。

李娜一边把碗筷摆放整齐，一边说："下次吧，下次我好好安排一下，让您跟妈过去好好转转。"

丁母端着汤出来，把围裙摘了，放在桌边坐下，听见这事儿她就不满了："我都多久没见到我大孙子了，你说他们这国庆也不放假，这圣诞节总该放假吧？我不管，圣诞你得带一一回来，要不然我们就过去！"

李娜赶紧安抚："好好，圣诞节放假，我一定带一一回来。"

256

李娜心里惦记着公司里的一大堆事儿，第二天一早她就早早地去了公司。她看着面前成堆的文件，不禁揉了揉眉头，还有这么多工作，总觉得干都干不完。

不知道为什么，李娜突然之间想起了丁致远的那个女同事，她和丁致远视频的时候看到过一眼，长得眉清目秀的，叫……小秦什么的。

李娜想起温哥华的丁致远父子俩，准备打电话问候一下。

"喂。"丁致远很快就接了电话。

"还没睡呢？"李娜问。

"啊，在看书。"丁致远说着，还伴着一声汽车喇叭响。

"怎么听到车声？"李娜皱起了眉头。

"可能是隔壁戴安娜回来了吧。"丁致远说。

"丁——这两天怎么样？还是天天跟戴安娜黏在一起？男孩子大了有些话我不好说，你这个做爸爸的，得跟他好好聊聊，就当是男人跟男人之间的对话，他跟戴安娜走这么近，我实在不放心。"李娜趁此机会让丁致远做儿子的思想工作。

"我知道我知道，那个，这儿也很晚了，我先睡了，明天给你打电话。"丁致远的语气不知道为什么有些敷衍。

李娜一下就听出来了，但是想想确实那边也不早了，便说："行吧，我确定了回去的时间再告诉你。"

李娜看着面前堆积成小山的报表，一阵阵地头痛。她看着看着，觉得近期的账目问题很大，所有付款都是高翔签字批准的，有些上报过她，有些她压根儿就不知道。

李娜拿着手中的笔，不停地敲着桌面，思忖着，不能再放任他这么下去了，但想连根拔起这个人，会有后患。还是先稳住他，权宜之计先分散他手中的权，这或许是目前对公司发展最稳妥的选择。可是让谁来参与公司的工作呢？找个人盯着高翔非常容易，但是找个合适的老总，就太难了。

李娜思来想去，突然她拿起手机，拨了个非常熟悉的电话号码。

崔璐就是李娜想到的最佳人选，为了不引起高翔的注意，李娜把崔璐约在了公司楼下的咖啡馆。

"我今儿找你是有个事儿想跟你商量。"李娜说。

"什么事儿啊？这么隆重。"崔璐问。

"我马上又要离开上海回温哥华，我这一走公司的事儿又鞭长莫及了，我实在放心不下高翔，所以需要一个能绝对信任的人帮我，参与公司的管理，制衡高翔。"李娜说。

崔璐眨了眨眼，看李娜一直盯着她看，突然反应了过来，疑惑地问："你不会是说我吧？你有没有搞错，我现在就是个全职太太、家庭妇女，能帮你管什么、盯什么啊？"

李娜慢慢解释道："你不用天天来公司上班，但是公司所有项目的财务支付审核，我需要你签字把关。"

"不行不行，你这责任太重大了，我可担不起。"崔璐赶紧摆摆手。

李娜开始央求崔璐："喂，想当初你也是外企的财务总监，中欧 MBA 毕业，这几年关在家看孩子不觉得浪费啊？"

"不觉得，我看着你天天没日没夜地在公司那副模样，我就知道我肯定做不来。"

"你就当帮我个忙，至少先帮我盯一阵儿。"李娜的语气非常诚恳。

崔璐犹豫着没说话。

"趁着我现在在国内，可以先带你去公司认认脸。"李娜又说。

崔璐看李娜这么诚恳，又想起了前两天两人喝酒的时候，她对自己诉说的那些苦衷，有些动摇了。

"事先声明，我对化妆品行业确实没什么了解，能帮上你多大忙，我不好说。"崔璐告诉李娜。

李娜赶紧点点头："业务上的事你不用操心，下面有做事的人，主要需要你帮我监控高翔，以后公司所有的重大批款和项目都需要你俩同时签字才行。"

"好吧，我先试试看，如果不行你最好还是自己回来亲自处理。"

"不愧是铁杆儿好闺蜜，关键时刻，比老公管用，多谢！咱们现在走吧，带你去公司。"李娜的话把崔璐吓了一跳。

"现在？"崔璐惊讶地问李娜。

"择日不如撞日，我的时间宝贵。现在上楼，给高翔一个'惊喜'！"说完，李娜就拿起崔璐的小包，拉着她来到楼上的化妆品公司。

崔璐和李娜这么多年的朋友，还是第一次来她公司。看着李娜这么大的公司，宽敞的办公环境，她不由得咂了咂舌。看完一圈以后，李娜让助理小李召集全公司的人到会议室，她准备正式向大家介绍崔璐。

"这是我新请来的副总经理，崔璐，以后她会和高总一起负责公司日常的事务，她主要负责公司的财务，希望大家能配合她的工作。"

"大家好!"崔璐大大方方地跟大家打了个招呼。

"公司暂时也没有多余的老总办公室,崔总就先用我的吧。"李娜表面上是对崔璐说的,实际上她是说给周围的有心人听的。

果然,高翔听完李娜的话,再看看崔璐,脸上的神情就有些阴晴不定。

"行了,大家先去忙吧。"李娜说。

其他人默默离开,只有高翔还站在崔璐面前,他一边挤出笑容,一边向崔璐伸出了手。

"欢迎,以后咱们就是 partner 了。"

崔璐伸手回握:"化妆品我是外行,以后还请高总多多指教。"

高翔点了点头,转过身回了自己的办公室。

李娜和崔璐心照不宣地对视了一眼。

既然制约高翔的人已经找好,李娜接下来的工作就轻松了一些,至少不会孤立无援了。崔璐多年没有出来工作,很多事情还需要李娜带一带才能上手,李娜决定在国内多待几天。

她想了很久,也看了高翔提交的可行性研究报告,从战略布局和长期发展来看,在东南亚建厂很有必要。虽然前期投入高,战线长,但是未来会大大降低成本。但这个项目交给谁做,还是高翔?想到他,不知道为什么,她心里就觉得不踏实。

眼看着丁致远的假期结束,他马上要从温哥华飞回到国内。到时候温哥华就又只剩下丁——一个人了。

当初把丁——送到温哥华寄宿学校上学的时候,李娜反而比较坦然并不担心。过去陪读了几个月，她觉得和儿子的感情加深了很多，几天不见儿子还挺想念的。

丁致远在温哥华陪儿子，三天两头和她联系，总是报喜不报忧，说儿子表现有多好，心理状态也不错，一直都很听话。

虽然在温哥华丁一一总是给李娜惹麻烦，但听丁致远的描述，丁一一最近的表现，确实有变好的趋势，李娜这个当妈的心里自然是美滋滋了。

李娜拿起手机和丁一一视频联系。丁一一按开视频，正一副大少爷的样子窝在沙发上。

李娜边笑边说："我已经告诉你爸，我过几天就回温哥华了。"

"没事儿，我跟我爸好着呢，李大总您就放心在上海忙您的吧。"丁一一说。

"怎么，听你这意思就是不希望我回去呗？"

丁一一吐了吐舌头，做了个鬼脸："我可没这么说。"

"给你榨的果汁好了。"丁致远的声音从画面之外传了过来。

"来啦！"丁一一起身，一瘸一拐地走向餐桌。

"一一，你的腿怎么了？怎么一瘸一拐的？"李娜问丁一一。

丁一一一愣，连忙站住。

李娜继续追问："你那腿怎么回事儿，受伤了？"

丁一一连忙掩饰："啊，没有，就是刚刚坐麻了。"

李娜根本就不信丁一一的说辞："别跟我瞎扯，叫你爸过来！"

"真没事儿。"丁一一狡辩道。

"丁致远！"李娜大声喊道。

丁致远一路小跑，从厨房来到客厅，拿起丁一一的手机和李娜视频。

"怎么了媳妇儿？"

"我问你，丁一一的腿是怎么回事儿？"李娜眼神犀利地看着丁致远。

丁致远看了看旁边正使劲给他使眼色的丁一一，刚要开口，李娜就打断他："不准糊弄我，要不然我现在就订机票回温哥华，你们也太不让我省心了！"

"他这腿吧，真没什么事儿，是脚扭着了，过两天就好了。"丁致远说。

"好端端地怎么会扭伤？"李娜追问道。

丁致远犹豫了一下，似乎不想开口。

李娜脸一黑说："丁致远，你别跟着儿子一起蒙我。"

"是这样，前天周末，他们几个孩子去露营，丁一一自己跑到人家未开发的地带迷路了，慌忙之中不小心把脚给扭了。那什么，媳妇儿你先别生气，我已经教育过他了，以后出去一定要注意安全！"

"露营？迷路？把脚扭了？怎么一句话都没听你们父子俩汇报过！"李娜一下子火气就来了，"这么大的事儿你们怎么不告诉我？如果我今天不和你们视频，你俩还准备继续瞒天过海，是吧？丁致远，你才去几天，你就跟丁一一合起伙来对付我了。"

"不是，媳妇儿，你别急，我们商量了一下，怕跟你说了让你跟着担心嘛。"丁致远连忙解释道。

"怕我担心？怕我担心你们去之前为什么不征求我的意见？你们知道露营有多危险吗？"

丁一一小声嘀咕道："跟你商量你能答应吗？"

李娜听到丁一一在低声嘟囔，马上把矛头指向他："你还有理了？"

"这事是我不对，以后我一定提前汇报向你打申请，你就别生气了。"丁致远赶紧说。

李娜气得拿着手机在办公室走来走去，她一直劝自己平复心情，最后实在没忍住，对着屏幕大吼一句："你们俩就没一个让我省心的！"

"妈，你就别大惊小怪了，真是小伤，马上就能活蹦乱跳了。"丁一一一副求饶的姿态对李娜说。

李娜怎么可能买账，她说："等我回去再跟你算账！"

丁一一苦着脸不说话。

"赶紧洗澡上床睡觉去！丁致远，看着他别让他又躲房间里打游戏。"李娜又给丁致远下了一道指令。

"保证完成任务！你就忙你的吧。"丁致远冲李娜敬了个礼说道。

视频结束李娜还在生气，她心想，不和你们啰唆，等你丁致远回国，再好好找你算账！

丁致远假期结束很快回国。

李娜为了带崔璐还是三天两头不着家，和她出国陪读前的工作状态一样。

丁致远看着李娜确实太辛苦，每天早上都是千叮咛万嘱咐地让李娜早点下班回家，难得两人在上海小聚几日，他要好好做几个李

263

娜爱吃的菜，犒劳一下她。

想念儿子，归心似箭，李娜每天的工作效率极高。她忙完一阵，站起身，准备去饮水机前接杯水喝，办公室就响起了敲门声。

李娜抬头一看，身影像是高翔，便应了声："请进。"

高翔进来递给她一份文件说："李总，这是咱们跟齐总的合作项目的下个季度的预算表。"

"放这儿吧，我一会儿看。齐总是我们公司最重要的客户，他那里一直都是你在负责跟进，你可一定要确保这个合作项目万无一失啊！"

"放心吧，这几个月我一直都是亲自盯着项目的进度，和齐总的关系也一直都保持得很好。"高翔信心满满地回答。

"那就好。对了，关于你上次提议在东南亚建厂的事，我认真看过可行性研究报告，考虑过了。"李娜接着说，"虽然前期投资会比较大，但是一旦建成投入生产，就能大大降低成本，我们也不用再受东南亚那些供应商的限制，从长远发展看，建厂的提议还是很好的。"

高翔喜出望外："我同意，这次咱们其实就是吃了没有自己生产线的亏。"

"不过这个工程所需要的工期长，资金量也大，公司的事你已经很辛苦了，建厂的事我想再找个人盯着，要不然你担子太重。"李娜话锋一转，高翔没有料到。

"没事儿，我应付得过来，毕竟之前生产经营一直都是我在负责，也比较了解。"高翔主动请缨。

李娜看高翔主动要求去负责，心里却在犯嘀咕：建厂确实是大事儿，还真是非他莫属，一下子还真找不到其他合适的人，如果让别人负责而冷落高翔，他马上就会起疑心，但是肯定不能把权力全部放给高翔，最好崔璐和他共同负责新建项目。

她沉吟了一下说："这样吧，建厂的事你来负责，不过我会让崔璐和王经理配合你的工作，他们可以帮你减轻一下压力。"

高翔沉默了一下，不情愿地说："也好，那我先出去了。"

李娜点点头，高翔刚离开，她就让助理找崔璐来她办公室商量事情。崔璐很快走了进来。

"李大总，你召唤我来有何吩咐？"

"拜托，你现在好歹也是个挂名的副总，偶尔来总裁面前刷刷存在感，不行吗？"

"行行行，总裁大人请指示。"崔璐轻笑。

"我回温哥华的机票买好了，后天走，丁致远已经回上海了，——他一个人在那边，我还是不放心。"李娜说，"我今儿叫你过来是为了公司准备在东南亚建厂的事儿。"

"这事儿上次听你提过，你决定了？这可是需要大笔资金的啊，你还是要慎重考虑一下。"崔璐劝李娜。

"我想好了，公司要想扩大生产就必须有自己的生产线，而且从长远看，确实能降低成本。"

崔璐不太赞同李娜的意见，便陈述她的想法："说实话，我建议你再等两年，等你能回来亲自坐镇的时候再动工。"

李娜叹了口气说："现在市场竞争激烈，两年之后是什么情况谁都不好说，确实等不了了。我离开后，你得多来公司帮我盯着点儿，尤其是付款的账目，一定要经过你过目签字确认。"

"哎呀，你给我的压力好大啊！我这小肩膀可承受不起啊！"崔璐故意噘起了嘴，装出生气的样子。

李娜微笑着说："等我下次回来，好好犒劳你。"

"犒劳就不用了，你这次去温哥华把儿子的学习和生活搞定，还是早日回国到公司上班才是正经事儿。"崔璐说着抬眼看了一眼办公室的挂钟。

"不行，我得走了，浩浩要放学了。"

"我跟你一块儿吧，今儿答应丁致远早点儿回去一块儿吃饭的，我正好顺路去学校接他。"李娜站起身拿上包，和崔璐一起离开办公室。

李娜把崔璐送到她儿子的学校门口。崔璐刚刚下车，浩浩就从校门里一蹦一跳地跑了出来，围着崔璐转来转去，"妈妈、妈妈"不停地叫着，似乎是炫耀自己在某节课堂上受到了老师的表扬。

崔璐一脸幸福地看着儿子，拉着他的小手不停地嘘寒问暖，李娜看到这么温馨的场面，一阵眼红。确实有很多年，她和儿子没有这么亲昵过了。

李娜看了看手表，觉得时候不早了，该去学校接丁致远了，便和崔璐打了个招呼，朝丁致远他们学校开去。

李娜很快开到了丁致远学校的车库，她停好车，慢慢地朝丁致远的办公室走去。

"丁老师，能麻烦您帮我个忙吗？"李娜刚想进去，就听到办公室里面有个声音甜甜的小姑娘问丁致远。丁致远办公室的门开着，李娜下意识地在门口站住了，没有急着进去。

"怎么了？"这是丁致远的声音。

"过两天有个朋友过生日，我买了条领带当生日礼物，我平时也很少买男士的衣服，我想让你帮我看看这个颜色合不合适？"

李娜一听这话，就收回了脚，靠着办公室外面的墙站定。

"多大岁数的人啊？"丁致远问。

"跟你差不多。"姑娘说。

"这个颜色会不会有点儿太艳了？"

"会吗？"

过几天不正好是丁致远的生日吗？李娜觉得这个姑娘醉翁之意不在酒！走廊远处走过来其他老师，李娜无法再躲，她一闪身，出现在了办公室门口。

"丁老师，我觉得这个颜色搭配您这衬衫好像很合适，看着挺精神的。"那个姑娘说。

李娜进来时，那个姑娘正拿着领带，和丁致远贴得很近，在他面前比画着。丁致远看见李娜突然出现，顿时感觉场面有点儿尴尬。

"你怎么突然来了？"

那姑娘同时也回过头，看到站在门口的李娜，愣了一下。

李娜瞥了一眼那个姑娘，感觉有些面熟，她很镇静地回答丁致远的问话："哦，不是说晚上早点儿回去一块儿吃饭吗？我就顺路来接你回家，要好好过咱俩的二人世界，品尝你亲自下厨给我做的大餐。"说完话，她才看着那个姑娘，礼貌地笑着点了点头。

丁致远定了定神，拉住李娜给秦晓燕介绍："哦，我介绍一下，这是我爱人，李娜。这是小秦，秦晓燕，之前跟你说过的系里来的新同事。"

秦晓燕反应倒是很快。

"娜姐，一直听丁老师说起你，终于见到真人了。"

"别叫我娜姐，我应该可以当你长辈了吧？我这几个月一直在温哥华，最近难得回来一趟。"李娜客气地对秦晓燕说。

"丁老师，那您赶紧跟娜姐回去吧。"秦晓燕催促丁致远。

"那我们先走了，你记得通知学生下周一期中考试，让他们抓紧复习，你也多抽出时间辅导他们。"丁致远嘱咐道。

"好的。"秦晓燕点点头。

李娜故意亲热地挽起丁致远，对秦晓燕摆摆手说："那我们走了，拜拜。"

秦晓燕也朝他俩摆了摆手，目送李娜和丁致远一起离开办公室。

丁致远有种不一般的魅力，暖男性格，很招女生喜欢，李娜当初就是看重他待人厚道，靠谱，又才貌双全。这种魅力男人随着时间渐渐发酵，就像陈年的酒，年纪越大，就越发显得香醇。

他不像有些油腻男，人到中年，啤酒肚秃脑袋，也不像有些人，整日浑浑噩噩，碌碌无为，每天就知道混吃等死。他一直都很正能量，浑身上下散发着成熟向上的男性魅力。这对于一些年轻女孩子而言，似乎到了人生的巅峰，是该好好享用的时候了。可惜她们似乎忘了，这瓶酒早就有了主人。

李娜想着刚才办公室的一幕，心里暗自嘲笑秦晓燕。

回到家，丁致远放下包，就忙不迭冲进厨房，一会儿工夫就端出四菜一汤。李娜拿出一瓶红酒打开，又拿出两个红酒杯，各倒上半杯，然后两人面对面坐下来。

李娜边吃边和丁致远聊着家常，她准备切入今晚二人世界的主题，关于秦晓燕，是时候和丁致远聊一聊了。

丁致远给李娜夹了一筷子鱼说："多吃点儿鱼，你最近操心公司的事儿，肯定用脑过度。"

"嗯。"

李娜一边吃一边随口问道："那个小秦，你们走得很近，关系好像还挺不错啊？"

"还行吧，之前她帮爸妈修了两次网络，爸上次生病又帮忙跑前跑后的，所以打交道就多点儿。"

"爸生病？我怎么不知道？"李娜想了想，应该是暑假那段时间，心脏病犯了那次。

"噢，那这姑娘还挺热心的。"李娜话里有话地说。

丁致远似乎没听出来，他说："人挺好的，就是运气不太好，最近刚刚离婚。"

李娜拿着筷子的手顿了一下问："离婚了？因为什么啊？"

丁致远低头吃了一口米饭："她那老公人品有点儿问题，还动手打人，好像有家庭暴力倾向。"

李娜眯着眼睛盯着丁致远问："怎么人家的家事你会这么了解啊？"

丁致远愣了一下，赶紧说："哦，是这样的，他们俩吵架前两次都闹到系办公室去了。"

李娜撇了撇嘴，没想到还有这种男人，她说："那确实是，离了也好。她看着也还年轻，再找一个也不难。"

"那也是人家的事儿，咱不操那心。"丁致远一脸不在意，说完继续埋头吃饭。

　　吃完饭，两人在家里收拾屋子，又一起看了会儿电视，李娜觉得有点儿累，准备洗洗就寝。丁致远靠在床头看书，李娜刚刚躺下，丁致远的手机突然响了起来。

　　"喂，小秦？这么晚了，有什么事儿啊？"

　　李娜听见丁致远接电话，手上动作顿了顿。

　　"你别急，慢慢说，怎么回事儿？"

　　看来是真的有事儿！李娜看着打电话的丁致远。

　　"好好，这样，你先别慌，他要是不肯走你就先报警，反正别开门，我现在过去。"丁致远说完就挂上了电话。

　　"怎么了？"李娜问。

　　"是小秦，她说她前夫喝多了堵在她门口发疯，她给吓到了，"丁致远说着翻身下了床，"我过去看看。"

　　李娜这就不高兴了："不是，这跟你有什么关系啊？你让她直接报警不就完了？"

　　"我已经让她报警了，毕竟是同事，她是外地人，在上海无亲无故的，小秦都打电话求助我了，于情于理我也得过去看看啊。一个女孩子遇到有暴力倾向的人，确实也不安全。"丁致远边换衣服边说。

　　李娜突然坐了起来，义正词严地和丁致远争辩道："人家以前是夫妻，你去掺和其中算什么事儿啊？"

　　"我就是去看看，要是她没事儿我就回来。"丁致远回头说。

　　李娜想了想丁致远的话，似乎有些道理，于是她跟着丁致远下了床说："那我跟你一起去。"

"你去干吗？"丁致远问。

李娜瞪了他一眼说："你去干什么我就跟着你干什么，这大半夜的，你跑到女同事家里去，传出去也不好听啊，我陪着你也避避嫌。"

丁致远哭笑不得："这都什么跟什么啊，算了，你要跟着去就去吧，赶紧穿件衣服吧。"

丁致远和李娜开车赶到秦晓燕家门口时，墙边靠着一个浑身酒气的男人。李娜在他面前晃了晃手，那人一点反应都没有，应该是昏睡过去了。

丁致远敲了敲门。

"谁啊？"门内传出了一个怯生生的声音。

"是我。"丁致远说。

秦晓燕赶紧开门。

"丁老师！"

秦晓燕差点哭出了声，不过看到丁致远身后的李娜，她突然愣了一下。

"娜姐。"秦晓燕拘谨地打了个招呼。

"我听丁致远说了，就一块儿过来看看有没有什么能帮忙的。"李娜说。

秦晓燕指着门口那个人，有些无助地说："他在这儿撒酒疯，我也不知道该怎么办了。"

那人这时候才哼了一下，睁开了眼睛。看着门口站着的这么几个人，他好一会儿才反应过来。

"是你！"那人爬起来就要动手，被秦晓燕死死拦住。

那人喝多了酒，根本站不稳，被秦晓燕一拦就使不上什么力了，索性开始叫骂了起来。

"我打听过你，丁致远是吧？还是教授呢，就你这样还勾搭别人家媳妇儿，还撺掇人家离婚，你这算哪门子教授？"

什么！刚刚这人说什么？勾搭别人家媳妇儿，还撺掇人家离婚？

李娜大吃一惊，脸色都变了。

"刘大龙！你胡说什么呢！我跟你离婚是我自己的事儿！"秦晓燕气急，一把推了他一下。

刘大龙根本不看秦晓燕，他直勾勾地盯着丁致远身边的李娜问："你是他媳妇儿？你知道你老公做的好事儿吗？"

李娜心里咯噔了一下。

丁致远一脸不耐烦地说："你别在这里撒酒疯，她已经报警了，请你离开。"

"关你屁事儿！这是我俩的事儿，你屁颠屁颠地跑过来管什么闲事儿？"刘大龙说。

"你一个喝了酒的大男人欺负一个姑娘，不合适吧？"李娜实在是看不过去，站在一旁帮了帮腔。

刘大龙哈哈一笑说："哟，这可挺稀奇的。你还帮着他俩说话，心够大的啊，我告诉你，我就是你的前车之鉴，别回头自己老公怎么丢的都不知道。"

李娜的脸色一黑，难看得很："我们的事儿不需要你操心。"

刘大龙才不管李娜是不是不高兴，他一把抓住秦晓燕说："晓燕！咱们重头来过，好不好？"

秦晓燕一脸恐惧，不停地挣扎："你放开我！"

丁致远赶紧上前拉刘大龙，却被刘大龙狠狠一推，差点撞到墙上。李娜一看丁致远差点受了伤，也不去管那边拉拉扯扯的两个人了，赶紧跑过去询问他的情况。狭小的楼道里顿时一片混乱。

电梯铃"叮"一声响了一下，刘大龙眯着眼睛回过头，隐隐约约地看见两名警察从电梯里走了出来。

"我们接到报警，说这里有人扰民，怎么回事儿？"警察问。

"是我报的警。"秦晓燕抱紧双臂，低声说，"你好，这个人是我前夫，喝了酒跑到我这儿来撒酒疯，麻烦你们让他离开。"

"这位先生，请你立刻离开。"警察说。

"我不走，我来找我老婆，凭什么赶我走！"刘大龙说着就情绪激动地拉住了身旁的消防栓。

一名警察迅速上前，试图控制住他，却一把被他推开，另一名警察眼疾手快地控制住他的双手，麻利地拷住。

"那只能请你跟我们到派出所说清楚你的事儿了。"

秦晓燕走到警察身边频频地向警察道谢。

"没事儿，以后在家锁好门，如果再碰到有人骚扰，随时报警。"

秦晓燕连连点头。

"秦晓燕，丁致远，你们给我等着！我不会放过你们的！"刘大龙即便是被扣住，嘴上也还在骂骂咧咧地叫嚣。

警察押着刘大龙很快离开了秦晓燕的家。看到罪魁祸首一路走一路骂地进了电梯，气氛一时间有点尴尬。

还是秦晓燕先打破了沉默："不好意思啊丁老师，又给您添麻烦了，我实在不知道能给谁打电话了，你知道我家人也都不在上海。"

"没事儿，碰上这种事儿谁都会有点儿慌的。"丁致远说。

"既然已经没事儿了，那我们就先回去了，你好好休息吧。"李娜说道。

秦晓燕点点头说："今晚的事儿，谢谢娜姐了。"

李娜摆了摆手，拉着丁致远就离开了秦晓燕家。

回家路上，李娜罕见地沉默着，一言不发。丁致远自然知道是因为之前刘大龙的那几句叫嚣，把李娜恶心到了，便对她说："刚才刘大龙的话你别往心里去，他就是喝多了撒酒疯。"

李娜没说话。虽然那个叫刘大龙的喝多了酒，说的那些难听话不值得信，但实际上，她从这件事儿，包括之前试领带的那件事儿上，都能看出秦晓燕这个人对丁致远的依赖程度绝对不低。

李娜沉默了一会儿，若无其事地说："我知道你，我也信任你，不过你以后还是要注意点儿，毕竟你们俩是一个学校的，还是同一个办公室的，真传出什么闲话，对你对人家小秦都不好。"

丁致远经过今天这个事儿也有些警醒。

"嗯，我以后注意。"

"好好开车吧，我困死了。"

李娜看似靠在车窗上闭眼休息，其实心里乱糟糟的。因为她突然想起之前在温哥华，胡媛媛对她说的那些后院起火的八卦。温哥华陪读妈妈和孩子长时间在国外，国内的爸爸们没有了家庭的约

274

束，好像重回单身状态，长此以往自然就会空虚。一旦这个时候有年轻小姑娘，或者说是别有用心的女人乘虚而入，这些留守爸爸们就非常容易做出出轨之事。

李娜一直对丁致远很放心，他为人有些木讷，不太会去搞学校的人际关系。当年她追丁致远的时候，的确费了不少工夫才让他对自己敞开心扉，如果不明示的话，丁致远可能一辈子都不知道她对他有意思。

丁致远家庭观念很强，乐于助人，做人靠谱，性格不温不火，所以才会在他们母子中间充当润滑油，在她与公公婆婆之间充当双面胶。李娜有时候甚至觉得丁致远对"家"的重视，超出一般人。所以，如果说丁致远会出轨，李娜怎么都不会相信，可是总免不了会有些小姑娘主动上贴，毕竟他也是个非常优秀的男人。

想着想着，李娜有些心累。夫妻之间的感情，应该始终建立在信任的基础上，她一直是这么觉得的。既然相信丁致远，那么就选择一直相信他。看刚刚他的眼神，他应该也已经意识到事情的严重性了，现在只要信任他，应该就可以了吧。

就这样胡思乱想着，李娜在回家的途中渐渐睡着了。

就在李娜准备启程返回温哥华的前一天，她刷微信朋友圈，突然看到了丁一一的一条状态。

有一张看起来像是在高速公路上的夜景照片。

配的文字是 Speed。

速度？不会吧？丁一一难道是在飙车？

李娜一下子紧张起来，丁一一还不到十八岁，没到拿驾照的时候呢。照片上黑乎乎的也不知道是哪儿，丁——在干什么呢？

李娜换算了一下温哥华那边的时间，突然发现不对劲。

凌晨两点半？！

李娜对着照片自言自语地说："丁——，你好大胆子！大人不在家，就真的彻底堕落了！两点半不睡觉，跟别人在外面飙车？"

李娜噌一下就从沙发上站了起来，然后走到储藏间搜出自己的行李箱。

"怎么回事儿？你不会现在就要走吧？"还在厨房做饭的丁致远听见李娜的动静，跑出来问情况。

李娜气呼呼地把手机扔给丁致远："你自己看看丁——的朋友圈，凌晨两点半还在外面！我就知道放他一个人在那边，他肯定放羊，我要再不回去，他都要上房揭瓦了，如果出事儿了该怎么办？"

丁致远马上放下手里的炒勺，擦了擦手说："回去你好好跟他说，好不容易你俩最近休战了。"

"我明天飞过去，你先别跟他说，我要看看他到底在那边干吗呢。"

丁致远吓了一跳："你这还搞突然袭击啊。"

"我这叫临时检查！我警告你啊，你可别跟他串通消息，听到没？"李娜说。

"行行行，我保证不会！"丁致远连连点头。

李娜收拾着行李，突然想到了什么，她停下手中的动作，对丁致远说："这次回温哥华我要报个英语班，在温哥华不会英语实在是太不方便了。"

丁致远拍手鼓掌赞成。

"这事儿我支持你，正好——去上学，你也找点事儿干，还能交一些朋友。"

"能学到什么水平都行，我这年纪跟——他们比不了，想学点儿东西也不容易。"李娜倒是对自己不抱太大希望。

"我媳妇儿的学习能力，我是很有信心的。"丁致远马上给李娜鼓劲儿打气。

李娜笑了笑，继续收拾行李。

丁致远看着，他也没有什么可帮忙的，便拿起床头的护照说："你收包里去，别落下了。"

"嗯，"李娜接过护照，收起来说，"明天上午我还得先去趟公司，然后从公司直接去机场。"

"我明天下午有课，没法送你了啊。"丁致远有点儿抱歉地说。

"不用，有司机。"

李娜把收好的行李箱合上，欲言又止，最后还是开口告诫丁致远："对了，还有那个小秦，她跟她前夫的那些事儿，毕竟是别人的私事儿，以后你避点儿嫌。"

丁致远立刻心领神会李娜话中有话，他点了点头说："放心吧，老婆，我知道了。"

杰瑞去机场接的李娜，她回到家时，丁——还没放学。李娜开门进屋先四处看了看，卫生保持得还不错，然后她看了看时间，准备去超市买点儿菜回来给丁——做饭。

就在李娜准备出门时，丁——哼着歌开门进屋，一进门就看到客厅里的行李箱和站在客厅的李娜，吓得他"嗷"地叫了一嗓子。

"怎么了，看到我一副见鬼的样子？"李娜对丁一一说。

丁一一赶紧摸了摸自己狂跳的小心脏，一脸惊愕地问："你怎么一声不吭地就回来了？"

"突然袭击啊，不过你今儿还算乖，回来得挺早。"李娜说。

"我去，都什么年代了你还玩这招儿？你对我是有多不放心？"丁一一手一甩，把书包扔在沙发上，然后去冰箱里拿了个苹果就大口地啃起来。

"你自己看看你那朋友圈，晚上那么晚还在外边，干吗去了？"李娜摆开架势询问丁一一。

丁一一先是愣了一下，随即懊恼地拍了一下脑门："竟然忘分组了！太失策了！"

李娜听见这话更觉得不对劲儿。

"等会儿，你这话什么意思，以前发朋友圈，是不是都把我和你爸隔离出去的？"

"当然啊！这叫有的放矢好不好。"丁一一诚实地承认。

李娜冷笑了一声："我不在这段时间的事儿就翻篇儿了，反正过几天咱们就搬家了。"

"这么快？"丁一一眉头皱成了一团。

"本来我走之前就该搬了，现在已经耽搁半个月了。"李娜认真地说。

丁一一虽然心里不高兴，但是也很无奈："反正我抗议也无效，随便。"

丁一一拿起书包，回到他的房间。

"唉！这孩子，越来越叛逆了！"李娜摇了摇头。

李娜从行李箱拿出从上海带来的特产，走出自家大门来到隔壁，敲了敲夏天家的门。

夏天开门看到李娜突然出现，她惊愕地愣了一下问："什么时候回来的啊？"

"下午刚到。"李娜说。

"哦，怎么了，过来找我有什么事儿吗？"夏天问。

李娜把从上海带来的特产递给夏天说："这段时间我不在，丁——肯定也没少麻烦你们，我来跟你道个谢。再就是，我准备近期搬家了。"

夏天沉默了一下说："有什么需要帮忙的，你可以随时跟我说。"

李娜接着继续感谢夏天："我们在你家住了几个月，已经给你添了不少麻烦，尤其感谢你帮忙追回买房的定金，我差点儿亏十多万加币，如果不是你这么专业的房屋经纪人，恐怕损失很难挽回。"

"剩下的房租和违约金，我过两天开张支票给你送过去。"夏天说。

"违约金就算了，搬走这事儿归根究底也是因为——这孩子。"李娜客气地不要。

"一码归一码，咱们还是按合同来吧。"夏天说。

"那行吧，到时候我和搬家公司约好时间告诉你。"李娜说。

夏天点了点头。

再次回到温哥华，李娜的心境和以前完全不一样了。这次再回温哥华，李娜已经不再孤单，几个月的陪读生活，她结识了很多陪读妈妈互助会的朋友，其中最要好来往也最多的当属胡媛媛和陈莉莉。

胡媛媛一直都是位既好客又热情的会长，李娜觉得和她相处很投缘。李娜和陈莉莉因孩子的事儿，不打不成交。她俩本来因为丁——和罗盼拍假视频的事情互相心存芥蒂，后来却因为李娜无意中发现陈莉莉在中餐厅打黑工差点被移民局抓走，幸亏她急中生智及时伸出援手帮陈莉莉解围。

胡媛媛听说李娜已经回到温哥华，她马上给李娜打电话想让她来家里坐坐，李娜告诉她正在准备搬家，等搬好家请她们来。

胡媛媛约上陈莉莉，一起去了李娜的新家，顺便看看能不能帮上什么忙。

搬家公司把所有的东西从夏天的出租屋搬到了李娜的新房里。李娜拿起拆箱装备，准备拆箱。她刚刚剪开胶条，新家的门铃响了起来。

怎么刚搬家，就有客人上门了？

李娜拿着剪刀去开门，门刚打开，李娜就看到了胡媛媛和陈莉莉。她们被李娜的架势吓了一跳，尤其是陈莉莉，连忙把剪刀从她手里拿过去。

"拿着这玩意儿吓死人了，赶紧放好。"

李娜看看剪子，抱歉地笑了笑说："啊，我正拆箱子呢，快进来。"

她赶紧把两人迎进屋。陈莉莉和胡媛媛看到客厅里堆积如山的各种杂物，绕过去坐在沙发上。

陈莉莉把手中的东西递给李娜说："这是我自己烤的派，当作乔迁礼物了。"

李娜接过去放在厨房，她本来想从厨房里拿点儿吃的招待她俩，却发现厨房里还是一片混乱。

李娜抱歉地说："搬家会多出很多东西，我觉得要到明天才能收拾完。"

"放心，我们帮你一块儿整理。"陈莉莉说完，便站起身，卷起袖子，走向厨房，麻利地开始收拾。

"这些常用的你放在右手边，随手能拿到比较方便。还有这烤箱，你用之前先空烤一次消消毒，——他们这个年纪爱吃肉，平时用烤箱多给他烤烤鸡翅啊排骨啊，拿锡纸铺在底下，上面刷点酱，又方便又好吃。"

做家务这事儿胡媛媛也不擅长，她就站在她俩旁边，帮忙递点儿东西。

"这橱柜的空间挺大的，那些平时用来准备早餐的东西都可以放里边。对了，你可以去中国超市买个炖盅，用来煮粥炖汤都方便。"陈莉莉滔滔不绝地说。

胡媛媛看着陈莉莉认真地给李娜传授生活经验，有些感慨。

"莉莉，你可真是个居家达人啊，跟你比起来，我简直就是生活白痴，丁一一天天念叨我。"李娜忍不住夸奖陈莉莉。

陈莉莉不好意思地对李娜笑了笑说："尺有所短寸有所长，你事业做得那么成功，哪里还需要干这些活儿。"

李娜却把手里的抹布扬了扬："现在不干也不行啊，咱们做女人的，即使事业干得再成功，那还是家庭更重要。"

胡媛媛补充道："可不是，现在女人难做啊，尤其是咱们这些在这边陪读的妈妈们，什么活儿都要自己干，女人的活儿要会干，男人的活儿也要会干。"

陈莉莉默默地笑了笑，然后她去了客厅，看了看打开的纸箱，拿起其中的一个说："这里边全是厨房里的东西，我先帮你归置一下。"

"不用不用，一会儿我自己来就行。"李娜赶紧跟去客厅拦住陈莉莉，可三两下就又被她抢了过去。

"又不费力，今儿我就是来帮忙的。"陈莉莉抱着纸箱又回了厨房。

李娜真是很佩服陈莉莉，和陈莉莉细聊后她才知道陈莉莉的不容易。陈莉莉和老公罗松在上海经营一家包子铺，他们靠着包子铺撑起整个家。好在她儿子罗盼争气，被选中来温哥华做交换生。陈莉莉也对儿子寄予了厚望，所以索性咬咬牙留在了温哥华陪读，只剩罗松一个人在上海看店。

陈莉莉最大的心愿就是罗盼在交流期结束之后，能继续留在温哥华读书，然后考美国的常青藤名校。但陈莉莉拿的是陪读签证，按政策是不允许打工的，虽然她之前也断断续续打过几次黑工，但差点被移民局抓走，后来只能放弃了。再后来胡媛媛家的菲佣骗钱跑了，于是陈莉莉便开始在胡媛媛家帮忙。

李娜边想边收拾客厅里的东西，胡媛媛看着李娜走来走去，张了张嘴，有些欲言又止。

"那个，丁教授回国了？"

"回去了啊，我过来之前就回去了，他在国内还得上课呢，不能常来。"李娜说。

"这两次他来看你们，跟夏天关系处得还不错吧？"胡媛媛问道。

李娜听她提到了夏天，突然之间愣了一下："啊？"

"哦，我的意思是毕竟是邻居，应该关系还挺融洽的吧？"胡媛媛说。

"就那样吧，他上次来温哥华也没待多久，好像没怎么跟夏天打交道。"李娜不经意地回答。

"哦。"胡媛媛的表情有些若有所思。

"怎么了？"李娜问。

"没事儿，就是随口问问。"胡媛媛答。

李娜觉得这个话题有些奇怪，看了她一眼，但也没有发现她的表情有什么异常，便没再继续追问。

李娜突然想起她要学英语的事情，便问胡媛媛："媛媛姐，我想学英语，不知道哪里的培训班靠谱？"

"有的有的。"胡媛媛说，"互助会几个家长都去过一些比较靠谱的地方，我问一问，明天给你发过来，你看看地点，选距离近的，价位合适的培训班。"

李娜自然对胡媛媛千恩万谢。

三个人聊着天儿干着活儿，不知不觉就到了晚上。等丁一一放学回家，李娜订了附近的一家餐厅，她提议把孩子们都接上一起吃顿饭。陈莉莉和胡媛媛欣然同意，胡媛媛安排杨洋开车去罗盼家把他接上直接去餐厅。丁一一、杨洋和罗盼来到餐厅看到三位妈妈凑在一起，不由得面面相觑。

新家毕竟是自己买的房子，李娜收拾了整整三天，才把家里各

283

种家具物品归置好。

昨天胡媛媛发给她几家英语培训班的地址，她选了又选，还是决定去一家稍微远一点，但是口碑不错的培训班。毕竟是挑学校，还是应该以教学水平为重。

李娜早早地送丁一一上学后，开车去了英语培训班。培训班大部分是亚洲女性，有几个是白人和棕色人种，还有几个是男同胞，看起来应该是中国人。她悄悄地来到教室，在后排找了个座位坐下。过了一会儿，教室门打开了，李娜定睛一看，这个人她熟得不能再熟了。

"杰瑞？"李娜惊讶地叫了一声。

杰瑞同时也看到了坐在后排的李娜，他对着她微笑了一下，走到讲台上。

"Good morning！ Everyone！ 我是你们这期课程的培训老师，叫我杰瑞就可以了。"

"老师？"李娜不禁哑然失笑，然后拿出包里装着的笔记本放在桌子上，认认真真地听起课来。

杰瑞讲课简单易懂，又幽默风趣，李娜听了两节，更坚定了自己学好英语的决心。

课间休息时，李娜紧随杰瑞走出教室。

"杰瑞，你不是导游吗？怎么跑到这里来当老师了？"李娜笑着问道。

"哦，我在旅游淡季会到政府办的英语培训班来当英语老师，挣点儿零花钱同时也结交一些朋友。"杰瑞说。

李娜有些惊讶："你有教师资格证？"

"我大学毕业就考了教师资格证，而且还在公校当过几年中学教师，因为我不喜欢朝九晚五上班，后来就辞职干上了旅游这行当，时间比较自由，还可以云游世界各地。"杰瑞说。

李娜哈哈一笑："这也太巧了，没想到你竟然会是这培训班的老师。"

"温哥华圈子太小，你怎么突然想到来上课了？"杰瑞问。

"不上不行啊，出去办事儿听不懂英语，总不能一有什么事儿就拉你来给当我翻译吧。"李娜叹了口气说道。

"你知道我不介意。"杰瑞看着李娜的眼睛说道。

"是我自己不好意思老麻烦你，既然打算在这儿陪读，学学英语总是有必要的。"李娜说。

杰瑞点了点头："也好，那之后有什么问题随时问我，我给你开小灶。"

李娜一下子被杰瑞的话逗笑了，杰瑞还知道开小灶，果然是中国通。

李娜在培训班学完英语回家，还要借助电脑软件加强学习，电脑她搞不定，只能向丁一一求助。

"妈妈，你这么聚精会神地在干吗啊？"丁一一问。

李娜冲他招手："过来过来，你帮我下个美剧，我捣鼓了半天也没下载好。"

"妈，你这不是忙着学英语吗？还有时间看电视剧？还要看美剧，怎么一下这么 fashion 了？"丁一一的表情略带调侃。

"看美剧就是为了学英语啊！杰瑞今天在课上说的，说想要快速提高英语日常口语水平，看美剧是个很好的办法。"李娜认真地说。

"我知道，《老友记》吧？"

"对，就是这个！"李娜说，"你看过？"

"我当年出国前学雅思时，老师就推荐了，我看过几季，太长了没看完。"丁一一说。

"怎么样，你觉得有效果吗？"李娜问。

"效果肯定是有的。"丁一一说着拿过李娜的电脑开始搜索。

"你是看带字幕的还是不带字幕的？"

"杰瑞说了，第一遍要看带字幕的，可以熟悉剧情，然后再慢慢适应不带字幕的，再跟着说。他说这部剧最大的特点就是生活化、口语化，反复看也不会觉得腻。"

丁一一有点不耐烦："妈，你别天天杰瑞杰瑞的了，他当培训班的老师水平行不行啊？干脆我来教你得了。"

"就你这水平还能教我，你自己能学好我就谢天谢地了。"李娜嘲讽丁一一。

丁一一反驳道："老妈，你别太小瞧人，等我这学期成绩出来就能证明一切了。"

"好啊！咱们齐头并进，我也争取考一个好成绩，我李大总不能输给儿子，对吧？"

"行，那就这么说定了！"丁一一燃起了斗志。

他把电脑递给李娜说："已经在下载了，一会儿就能看，我进屋看书了。"丁一一说完起身上楼去了。

李娜看丁一一兴致勃勃地要和她PK，心里真被燃起了斗志。

《老友记》下载完成以后，她迅速打开第一集，认真地看了下去。她意识到，和儿子这种母子平等、公平竞争的方式，竟然是他们之间关系缓和的第一步。她要和丁致远分享她的快乐。

"老婆，什么事儿？你今天心情好像不错？"丁致远微笑着问。

"我从今天开始要和儿子PK学英语。"

丁致远闻言大笑起来。

李娜问："你笑什么？有什么好笑的啊，是不是觉得我老了，跟儿子比赛什么的，太不自量力了，是吗？"

"怎么可能呢。"丁致远赶紧摇了摇头，为了不得罪李娜，他马上转移话题，"新家收拾得怎么样了？"

"差不多了，还有一些零零碎碎的东西，慢慢收吧，也不着急。"李娜说。

"原来的房子跟房东都交接好了？"丁致远问。

"嗯，夏天非得赔偿违约金，我不要但她很坚持。"

丁致远随口说了一句："夏天她本来就是一个有原则的人。"

李娜嗤笑了一下："你这话说得好像你很了解人家一样。"

"哦，就是我去温哥华看望你们时，和她打了几次交道，感觉她应该是这样的人。"丁致远立刻解释。

李娜笑了笑，不以为意地说："过两天她公司有个周年庆酒会，她给我送了一张请柬。"

"你去吗？"丁致远问。

"本来不想去的，后来媛媛姐她们都说去，我也不好拒绝。"

"嗯，那就去呗，在温哥华多参加活动也是好事儿。"丁致远鼓励她。

"你学校最近忙吗？"李娜问。

"还好，系里最近在评正教授，系主任找我聊过，他已经把我推荐到学院进行考评了。"

"这是好事儿啊，你的资历早就够了。"李娜替丁致远高兴。

丁致远对职称倒看得很淡："其实我也无所谓了，这种职称就是荣誉，我还是专心搞好我的课题研究，其他事情顺其自然吧。"

"你不争归不争，但该是你的还是要争取的。"李娜说。

"功到自然成，等事情定下来我再跟你说吧。"

"行，那你先忙去吧。"李娜说，"我再看会儿美剧，刚刚处理完公司的事情，一直没有来得及好好复习。"

"看来我老婆是真要在英语上下功夫了？"

丁致远调侃完李娜又安慰她说："你也别太较真儿，没事儿，反正输给儿子也不丢人。"

"去你的。"李娜佯怒，"他比我考得好，我会比他还高兴，这孩子真的知道好好学习了。"

丁致远也颇为感慨："对儿子要讲究方式方法，让他劳逸结合。夏天邀请你参加酒会，你也带上——一起去开心开心，让他和朋友们多玩儿一玩儿。"

"这还用你讲，夏天都安排好了。"

夏天公司的周年庆酒会，在西温山顶一家高尔夫俱乐部，俱乐部内部设施很好，站在外面露台上可以俯瞰温哥华，尤其是到了晚上，温哥华的夜景美不胜收。

盛会当天，俱乐部门口停满了车辆，夏天在温哥华有二十年的人脉，当天来了很多温哥华的各方社会名流。

在俱乐部的大厅，李娜远远地看到夏天周旋于来客中，一身黑色的包臀鱼尾连衣裙，穿在她的身上十分贴合，既展示了她完美的身材，也吸引了在场来宾的眼球。

李娜看到一位金发碧眼的男子在和夏天亲近地说着什么，她听胡媛媛说过，估计是夏天过去的男朋友大卫。她又突然发现了陈莉莉，陈莉莉冲她笑了笑，尴尬地不由自主地拉了拉自己过短的裙子。

"莉莉，你今天真漂亮！"李娜走过去由衷地赞美。

"哎呀，别说了，我本来想穿平时的衣服过来，媛媛姐非得给我找了件她的礼服让我换上。"

"换得好啊！"李娜接着夸，"莉莉，你的身材挺好的，每次见你都穿得宽宽大大的，一点儿都显不出你的美来。你看……"

李娜拿着酒杯，回头看了看大家："你看到了吗？好几个宾客都冲咱们这边看呢。"

陈莉莉一脸羞赧："他们在看娜姐你，我有什么可看的！"

李娜凑近陈莉莉耳边小声地说："今天最吸引眼球的，应该是这场宴会的主人，夏天。"

舞曲戛然而止，打断了李娜和陈莉莉的对话。舞台中间突然快闪出几个年轻人，李娜和陈莉莉定睛看了看，这几个人她们再熟悉不过了。他们这是又打算搞什么呢，神神秘秘的。

随着再次响起来的音乐，整个会场灯光暗了下来，舞台后面的大屏幕上出现了一组幻灯片。伴奏音乐声越来越大，是刘若英的《知道不知道》。戴安娜穿着漂亮的礼服裙，出现在舞台中间，拿着麦克风，伴着音乐唱道：

"那天的云是否都已料到，所以脚步才轻巧……"

全场的人都盯着大屏幕看，等幻灯片渐渐清晰起来以后，大家这才看出来，是夏天年轻时候的照片。

李娜一下子被震惊到了，当年的夏天，简直美得让人咋舌。

夏天也没想到，她珍藏多年的照片会被放在大屏幕上。

李娜上前两步，走到夏天身边，拍了拍她的肩膀说："你年轻的时候可真是个大美女啊！"

夏天连忙道谢，接着又说："前一段时间大卫和戴安娜在我事务所忙前忙后的，原来是在准备这个啊！"

戴安娜身后是现场伴奏的丁一一和杨洋他们，李娜终于明白了，丁一一最近神秘进出家里，说他们在干一件有意义的事情，原来是在为今天做准备。

戴安娜一曲唱完，掌声雷动。她鞠了鞠躬，对到场嘉宾的捧场表示感谢，然后举起话筒，说道："今天是 Summer 公司周年庆，我们一定要让 Summer 惊喜不断。"

戴安娜走下舞台，另一首音乐却响了起来。一个个子高大、金发碧眼的男人抱着吉他，走了出来，他边弹边唱刘若英的另一首歌 *Can't Take My Eyes Off You*。

"You're just too good to be true. Can't take my eyes off you..."

是大卫！大卫边唱边用炙热的眼神盯着夏天。

"这种节奏……看来是要向夏天求爱吧？"李娜忍不住和陈莉莉、胡媛媛偷偷地八卦起来。

胡媛媛对李娜、陈莉莉耳语道："这人叫大卫，追了夏天很久，之前两个人在一起生活过，后来不知道为什么分开了，可是大卫一直不肯放弃，你们看……"

胡媛媛偷偷指了指从舞台旁边悄悄递给大卫玫瑰花的戴安娜。

"戴安娜一直希望他们能在一起。"

几个女人八卦完，满足了好奇心，便等着看浪漫的求爱仪式。

舞台上的大卫唱完一曲，把吉他放在一边，抱着戴安娜给他的那一大束玫瑰花，走下舞台，径直来到夏天身边。夏天的表情却略显尴尬，想要躲闪，可是已经来不及了。

"Summer，在今天这么重要的日子里，我想让你知道，我对你的爱一直都没变，我希望你能再给我一次机会。"

众人听见这句话以后纷纷开始鼓掌，期待着夏天的回应。

夏天却有些为难："David，I'm so sorry..."

戴安娜在旁边听见夏天说"sorry"这个词马上就急了："Summer，大卫为了给你这个惊喜，费了好大劲儿的，你就不能给他一次机会吗？"

"戴安娜，我知道你们花了很大精力，但爱情是没办法强求的。"夏天说道。

"Summer，没关系，本来我也只是想让你知道我还喜欢你，你现在没法接受我，我还会继续等待，我是不会放弃的。"大卫的表情深情又真诚。

夏天为难地看着大卫。

胡媛媛站出来给夏天解围："朋友们，咱们今天也难得相聚，来，后台放一首舞曲，大家唱起来跳起来吧！"

"媛媛姐的提议太好了！"众人呼应着。

李娜没有去跳舞，她在俱乐部四处转了转，吃了点儿冷餐，找了个角落，坐在沙发上休息。刚坐了一会儿，胡媛媛就走了过来。

"怎么一个人跑这儿来坐着？"

李娜摇了摇头说："年轻人精力太好了，我得歇会儿，折腾不动了。"

胡媛媛在她旁边坐下来，看了一眼吧台方向的杰瑞，说道："对了，有件事儿，我还是得跟你提个醒。"

"什么事儿啊？"

"你跟杰瑞也认识很久了吧？"

李娜点点头："对啊，我在国内就认识他，老朋友了，他是——在温哥华的监护人。"

胡媛媛犹豫了一下问："你没觉得杰瑞对你格外热情吗？"

"有吗？"李娜好像并不觉得，"他这人就这性格吧，温哥华暖男，对谁都挺热情的。"

胡媛媛笑了笑，看着李娜说："不是我说你，你有时候这心也太大了。"

李娜不明就里地看着胡媛媛问："什么意思啊？"

"我觉得杰瑞对你，心思没你想的那么简单，我刚亲耳听到他跟别人说他喜欢你！"

李娜瞪大了眼："啊？你听错了吧？怎么可能？"

"我还以为你早就心里有数呢。"胡媛媛摇了摇酒杯里面的酒说道。

"我哪里心里有数，完全没朝这个方向想过啊。"李娜顿了顿，好像是在回忆什么，然后说道，"不过你这么一说，现在想想好像还真有点儿那个意思，可是我从来没有想到过。"

"本来就是嘛，我可跟你说，这事儿你自己得好好处理，别搞出什么绯闻来。"胡媛媛告诫李娜。

李娜立刻对胡媛媛说："这可不是闹着玩儿的！我知道，我得尽快找个机会，跟他把话说清楚。"

胡媛媛又随意和李娜聊了两句，就转身去找其他朋友聊天去了。

李娜拿了酒杯和一瓶红酒，走到户外露台上，她仰坐在椅子上，望着满天繁星，回味着刚才胡媛媛说的一番话，暗自笑了笑，不知不觉又多喝了几杯。

夜已深。宴会渐渐接近尾声，客人们也陆续从里面出来了。

李娜今晚喝得有点儿多，微醺，她站在门口稍作停顿，吹风，想醒醒酒。丁一一在里面和戴安娜、杨洋、罗盼一群朋友玩儿得正酣，大家正围观罗盼和其他人下象棋。胡媛媛见李娜状态不太好，就劝她先回家，她会让杨洋把丁一一安全送回家。李娜谢过胡媛媛，站在俱乐部门口看着温哥华的夜景，享受了片刻的宁静，便让门童叫辆出租车，准备离开俱乐部回家。

"你感觉怎么样，没事儿吧？"杰瑞从里面走出来，看见李娜在门口等出租车，关心地问。

"没事儿，就是稍微有点儿晕。"李娜说着踉踉跄跄地往前走了几步。

杰瑞在后面跨了一步上前扶着李娜说："我送你回家吧。"

李娜摇了摇头说："不用麻烦你了，我叫辆出租车就行了。"

"门童刚才告诉我，这地方挺不好叫车的，要等很久。反正我也是要下山的，顺路送你回家，不麻烦啊。"杰瑞说。

李娜犹豫了一下同意了。杰瑞扶着李娜走到停车场，把李娜搀进后座。然后他绕到前座，发动汽车，车缓缓地离开了山顶俱乐部。

李娜想起刚才胡媛媛的话，看着杰瑞，欲言又止。

"怎么了？干吗一直看我？"杰瑞从后视镜看着李娜，笑了笑说，"你这么看着我，我会害羞的。"

李娜趁着酒劲，开门见山地问："杰瑞，你……是不是喜欢我？"

杰瑞愣了一下，随即坦率承认："如果我说不是，那一定是骗人的。从咱们刚刚认识开始，我就被你的气质深深地吸引，我知道你已经结婚有家庭，所以我不想影响你的家庭，一直把自己的感情放在心里。"

李娜揉了揉太阳穴说："真是不好意思，我这人粗线条，对感情反应太迟钝了，我真的没想到……就像你说的，我已经结婚了，我不希望你在我身上浪费时间，你值得拥有更好的女孩子。"

"哈哈！喜欢你是我自己的事情，和你没有关系，我没有别的想法，只要能跟你做朋友就满足了。"杰瑞说。

李娜想了想，继续说："我是一个非常传统的人，我不能耽误你的美好前程，咱俩以后还是尽量少见面吧，这样对大家都好。"

杰瑞看到前面的红灯，猛地踩了一脚刹车，又回头看了一眼李娜，她的脸上写着坚决和明确。

"我尊重你的想法。"杰瑞说。

杰瑞不再多说，李娜酒意上头，靠着车窗渐渐睡着了。李娜昏昏沉沉地到家，怎么下了杰瑞的车，她已经完全断篇儿了。

李娜酒后一觉睡到第二天中午。宿醉之后醒来的那一刻，她头痛欲裂又昏昏沉沉，她摇摇晃晃地起身，拿起床头的水杯，一口气喝了大半杯。昨晚真的喝得有点儿多了，没卸妆没换衣服，一回到家就躺在床上睡着了，然后彻底断篇儿，李娜后悔没有控制住自己。她刚想进卫生间洗澡，电话响了，一看显示屏，是丁致远。

"喂……"

"刚醒啊？昨天喝多了？"丁致远问。

"嗯，有点儿，现在头还疼呢。哎，你怎么知道的？"李娜有点好奇。

"昨晚我给你打电话，是杰瑞接的。"

李娜愣了一下说："哦，昨天他送我回来的，估计是我在车上睡着了。"

"你以后还是少喝点儿，你这一喝多害得我担心了一天。"

"知道了，最近跟儿子相处得不错，心情放松了一些，所以多喝了两杯嘛。"李娜说。

"还有啊，那个杰瑞……"

没等丁致远说完，李娜抢在他前面说："他昨天就是顺路，你别多想啊。"

"瞧你说的，你老公是那么小气的人吗，我的意思是尽量少麻烦人家，以前丁——的事儿咱们已经给杰瑞添了不少麻烦了。"

"我也这么觉得，以前是我英语不好，很多时候没办法，现在我英语水平可是突飞猛进，很多事情都能自己搞定，以后就不需要老麻烦他了。"李娜安慰丁致远。

听完李娜的一席话，丁致远的语气轻松很多："嗯，那你再睡会儿吧，起来记得喝点蜂蜜水。"

"嗯。"

李娜挂上电话，觉得头还是有点儿疼，她准备进浴室洗个澡，彻底清醒清醒。

第六章　花样年华

空空荡荡的补习班教室里，丁一一坐在桌子上晃着腿，默默地注视着面前紧锁眉头做数学题的罗盼。

"一定要算完这道题吗？"丁一一无奈地问。

"嗯。"罗盼头也不抬地点了点头。

在学校，罗盼总是第一个到教室、最后一个离开的人。和丁一一一起上补习班，他也是如此刻苦勤奋，把老师布置的作业做完才离开。丁一一每次补习完都要等罗盼一起回家。他看罗盼埋头奋笔疾书，不忍心打扰，识趣地坐到边上拿出手机开了一局游戏。丁一一的手游刚刚进入胶着的战况，罗盼就合上书本站了起来。

"我好了，走吧。"罗盼说。

丁一一眼睛没有离开屏幕，背对罗盼说："等会儿等会儿，我等你太无聊，刚开了一局，这还没打完，我有点儿饿，要不你先下去买点儿吃的，在楼下超市等我，我把这局搞定马上下去。"

罗盼收了收书包，点点头："好吧，正好我也有点儿饿了，我去楼下买两个热狗等你。"

"记得多给我放点美乃滋！"丁一一叮嘱道。

"知道啦。"罗盼背着书包离开，教室里只剩下丁——一个人在"拼杀"。

大概十分钟后，丁——就破了对方的防线，霎时间对方就被他全灭了。他一脸得意地退出游戏，哼着歌走到电梯厅。电梯口竟然围了一堆人，丁——过去凑热闹。

"怎么回事儿？"丁——伸头问旁边的人。

"听说刚刚电梯突然坏了，往下掉了好几层，吓死人了，还好我没碰上。"一个学生模样的男生告诉丁——。

"里边有人吗？"旁边一个女孩问道。

"好像有一个学生在里边。"那学生答。

"最近在新闻里还看到一幢大楼里的电梯突然下坠，电梯事故还死了人呢！现在这年头，真是哪儿都不安全了。"女孩子说。

谁这么倒霉，怎么就给关里面了呢？

唉！还是走楼梯下去吧。

罗盼怎么也不联系我？我这么久没下楼也不和我联系，只怕我的热狗都成了凉狗了。

丁——叹了口气，突然之间觉得有点儿不对劲儿。

"这电梯什么时候坏的啊？"丁——问身边那位学生。

"好像就十分钟前吧。"学生答。

丁——心里咯噔了一下，急忙掏出手机，给罗盼打电话。

"十分钟之前，不会这么巧吧？"

"对不起，您所拨打的电话暂时无法接通……"

丁——大叫一声："我的妈呀！无法接通！这栋楼唯一无法接通的地方就只有电梯了！"

丁一一赶紧挂上电话，奔向安全出口的楼梯，飞速地下楼，每下一层，都要绕到电梯门口，边拍打着电梯门，边喊着罗盼的名字。

"罗盼！罗盼！是你吗？"

丁一一下到第三层，才遇到带着工具赶过来的维修人员。

"你们是来修电梯的吧？快快，我朋友好像被困在里边了。"丁一一气喘吁吁地求救。

"你朋友叫罗盼吗？"维修人员问。

"对对对！真的是他啊？你们赶紧救他出来啊！"丁一一带着哭腔央求大家。

"我们尽快，不过电梯厢现在是卡在两层之间的位置，可能需要一点儿时间。"维修人员说。

"赶紧赶紧，万一他刚刚摔着了呢，就算没受伤，困在里面受这么大惊吓，肯定很害怕，得赶紧把他弄出来。"丁一一非常担心罗盼现在的状态。

维修人员点点头，迅速开始动工。

丁一一在旁边也帮不上什么忙，只能在电梯厅转来转去，急得像热锅上的蚂蚁。罗盼本来就胆子小，一下子被关在电梯里，不知道会被吓成什么样子啊！他越想越担心。

唉，早知道就不让罗盼先下去买热狗了，都怪自己贪玩。丁一一自责起来，他盯着严丝合缝的电梯门，恨不得自己这会儿变成有一身蛮力的绿巨人，轻轻一扒就能把它打开。

"一、二、三！"正想着，维修工人就开始扒电梯门了。

丁一一赶紧凑近看。

电梯停在两层中间了，丁一一看到维修工人把电梯厢撬开了一条窄缝，他挤到电梯厢前头，贴近电梯，从缝里看罗盼是不是还安好。

"罗盼、罗盼！你在里面吗？你没事吧？"

罗盼听到外面有人叫自己，眼睛才从手中摊开的教科书上移开，抬了抬头。

是丁一一？

罗盼一脸迷茫："一一？你怎么在外面？"

"听说你被困在电梯里了，差点儿没把我吓死。你怎么样，受伤了吗？"丁一一急促地问。

罗盼摇了摇头，说："我没事儿啊。"

"你等着啊，大家马上救你上来。"丁一一从地上爬了起来，对维修人员比了个 OK 的手势。

罗盼看着只能伸进一只手大小的电梯缝，想着估计还要花些时间才能搞定，于是又把目光集中在双手间的课本上。

维修人员绞了绞电梯，让电梯往上升了升，电梯和地面齐平，维修工人终于一起把电梯门撬开。

罗盼在电梯里从容地站了起来，一手拿书一手拿着书包，不慌不忙地从里面走了出来。

丁一一冲过去，一把抱住罗盼："吓死我了，你没事儿吧？可算把你弄出来了。"

丁一一一脸担心，突然看到罗盼胳膊的伤痕，便问："你这里怎么出血了？"

"电梯下滑时碰到了胳膊，就是点儿擦伤，一会儿买个邦迪贴上。"罗盼非常镇静地说，然后把书塞进书包。

丁一一看着罗盼，惊愕地问："你刚才一直在里边看书？"

罗盼淡定地点了点头："对啊。"

丁一一简直要崩溃："我真是服了你！我在外面大呼小叫为你担心，你竟然像什么事儿都没有发生一样，My God！"

维修工收拾好工具过来询问罗盼："Are you ok？"

"我没事儿，谢谢你们。"

"没事儿就行。"

罗盼淡定地背上书包，转身对丁一一说："走吧，我这会儿真饿了，咱们到楼下买热狗吃！"

丁一一像看外星人一样看着罗盼，完全不理解罗盼是怎么做到如此淡定的。

他该不会学傻了吧？丁一一心里琢磨着。

丁一一单手抚额，做出一副绝望的模样："妈呀，别吃了，我得去大卫那儿打两把游戏压压惊，走，一起找戴安娜和杨洋去大卫工作室。"

说完，他不由分说地拉着罗盼离开补习班那幢大楼。

丁一一是通过戴安娜和大卫认识的，丁一一和大卫一见如故。大卫对丁一一的"宠溺"程度不一般，丁一一具备电竞的潜质，这让大卫刮目相看，大卫已经把这位游戏高手当作他的游戏测评员了。

原来只有戴安娜和丁一一常来大卫工作室玩儿，后来杨洋和罗盼也加入了进来。大卫的工作室已经成了孩子们的秘密基地，几个年轻人经常来工作室打游戏，也会带给大卫很多灵感。

丁一一把大家都拉着来到大卫工作室门口，大卫却不在。

戴安娜联系大卫："大卫，你在哪里？我们四个人在你门口等你呢？"

"Sorry，我突然要解决游戏里的一个 Bug，一时走不开，你们自己进去吧，钥匙在老地方。"大卫说。

戴安娜挂了电话，搬起花坛里的第二个花盆，钥匙就在那里。

丁——说："可以呀，轻车熟路得就跟自己家似的。"

戴安娜得意地笑了笑，开门带着他们进去，丁——刚坐下就开始迫不及待地给戴安娜描述刚刚在补习班遇到的事故，他不停地吐槽罗盼。

"你们是没看到，我在外边都担心死了，他可好，在里边纹丝不动地看书，简直了！"丁——把薯片扔进嘴里口齿不清地说。

"反正在里边闲着也是闲着，我又出不去，还不如利用这时间多做两道题呢。"罗盼低头推了推鼻梁上的眼镜说道。

杨洋对丁——一直叨叨这事儿不太耐烦，他掏出手机有一下没一下地刷着。

这 Facebook 上面发的照片怎么这么眼熟呢？

"我去！罗盼，你火了！"杨洋急忙嚷嚷。

众人纷纷凑过去看杨洋的手机。

"你看，有人拍了你被困在电梯里边还不忘学习的照片，给 po 到 Facebook 上了，这才多大一会儿，评论量都已经快破万了。"

罗盼看了一眼，有点儿不理解："这有什么好发的？"

四个人都凑在一部手机前看，看不清楚，丁——便拿出自己的手机也开始刷朋友圈。

"这下面怎么已经吵成一团了？"

"吵什么？"戴安娜问。

"评论区已经分成两派了，有人说你简直太酷了，绝对的学神！"丁一一说。

杨洋接过话茬儿，慢悠悠地说："也有人说你读书读傻了，生命危在旦夕还惦记着学习，如果碰上更危险的情况你肯定就没救了，说你是典型的'高分低能''书呆子'。"

丁一一使劲掐了一下杨洋的手臂，杨洋这才意识到自己说错话了，缩了缩脖子。

罗盼把众人的评论都记在心上，他看着大家讪讪的表情，脸色黯了黯："我当时没想那么多。"

"你甭理他们，现在的网友最健忘了，这点儿小事儿，明儿他们就忘了。"丁一一说。

"就是，我就觉得罗盼挺酷的，有个性！"戴安娜凑过来夸奖道。

罗盼低着头，并没有说话。

杨洋看罗盼情绪有点儿不对劲儿，赶紧转移话题。

"言归正传，下周歌唱比赛要开始 PK 赛了，咱们到底能不能赢，能不能回国可就在此一举了，我现在是背水一战，为了这次比赛，我妈把我的经济来源都给切了！"

胡媛媛不知道哪根筋搭错了，听说杨洋参加《中国新声代》，有可能回国继续比赛，她非常紧张，千方百计阻止杨洋，不想让他继续比赛。

可杨洋回国心切，好久没有回国了，也很久没见到爸爸了，他特别羡慕丁一一爸爸常常来温哥华看他。

丁一一深知杨洋这次歌唱比赛急于求成的原因，问道："你妈知道你还在排练吗？"

"只能瞒天过海，再说了，我的信用卡被停了，她还能怎么着？总不能把我绑起来，关在家里吧。"杨洋很悲愤地说着。

丁一一非常羡慕杨洋的大无畏，想到他自己家里的老佛爷，叹了口气，说："我还得去攻克我妈那一关呢。"

"怎么回事儿？距离比赛还有一周，我好像有点儿紧张。"戴安娜作为乐队主唱，开始有点儿不自信了。

"别逗了，你还会紧张呢？大家是不是觉得今天太阳从西边出来了？"丁一一嘲讽她。

戴安娜瞪了丁一一一眼，说："废话，这可是关系着我第一次回中国的荣誉之战！"

屋内的气氛一下子变得有点儿紧张了。

杨洋站起来，说："走，咱们吃点儿东西，然后排练去。"

罗盼跟着站了起来，说道："你们去吃吧，我得先回去了。"

罗盼的情绪因网络评论依然非常低落。

丁一一劝罗盼说："忘掉网上那些乱七八糟的事情，一块儿去吃饭嘛。"

罗盼还是对大家摆了摆手。

"不了，我回家吃饭，吃完饭还要写论文呢。"

"真没意思！算了，随你吧。"杨洋拿起书包就离开了工作室，罗盼也紧随其后。

丁一一看着有些沮丧的罗盼，张了张嘴想说什么，后来却没说出口。罗盼的自尊心很强，现在网上的舆论突然把他推到了风口浪尖上，他估计很难承受这么大的压力。

丁一一心事重重地和大家排练，结束后，神情凝重地回了家。他参加乐队比赛的事儿一直瞒着李娜，本来也就是去玩儿玩儿，可今天杨洋的一番话，让他觉得这是一件很严肃的事情。

"最近怎么天天都这么晚回家啊？"李娜看到丁一一进门便问了一句。

丁一一进屋放下书包，郑重其事地拉着李娜在沙发上坐下。

"你要干吗？"李娜一下子觉得有点儿丈二和尚摸不着头脑。

"妈，有件很严肃的事情，我需要向你汇报，你坐这儿，我先去给你倒杯水。"

李娜说："我不渴。"

李娜抓着丁一一的手认认真真、仔仔细细地端详着，问："你是不是又在学校惹什么事儿了？"

丁一一马上举起右手："我保证，这次绝对是好事儿。"

李娜满脸都是问号，她对丁一一说："你就别卖关子了，快说吧，什么事儿？"

"你还记得上次杨洋他们参加那个乐队海选的事儿吗？"

李娜想了想说："好像有点儿印象，怎么了？"

"上次杨洋他们乐队去比赛时，乐队的贝斯手没赶到，我临时帮他们救场，结果没想到乐队还真的进入前五了！是不是很厉害？"丁一一既兴奋又自豪。

李娜眯着眼睛看着丁一一，问道："然后呢？"

丁一一一板一眼地说："然后吧，我就答应加入他们一起参加后面的二轮 PK 了！妈，我跟你说，这个节目影响力很大，只要这次 PK 能取得好成绩，我们乐队就能回国去参加总决赛！”

李娜听丁一一说完，冷笑了一声：“合着你们最近天天凑在一起不务正业搞乐队呢？这事儿你爸知道吗？”

丁一一马上争辩：“这怎么就不务正业了？”

“学生的主要任务就是学习，你们弄这么个乐队，得花时间排练，参加比赛也要占用很多学习时间，还要回国？你自己算算，这得浪费多少时间，要耽误多少功课？”李娜反驳丁一一。

“可我如果现在退出乐队，就太不仗义了！”丁一一噘着嘴说。

李娜沉默了一下，问：“那个什么 PK 赛是什么时候？”

“下周五。”

“我可以答应让你参加这次的 PK 赛，我知道你们已经排练很久了。”

丁一一简直不敢相信自己的耳朵，一下子就跳了起来。

“太好了！”

“但是，不管 PK 赛结果如何，我不会答应你继续参加这个乐队，你现阶段的正事儿就是学习。”李娜不容置疑地说。

“可是这一轮如果赢了，我不参加他们怎么办？”丁一一问。

“让他们再去找一个人替代你。”李娜说。

“为什么？”丁一一大声抗议。

“道理我刚刚已经跟你说了，一个人的精力是有限的，你平时躲着偷偷玩儿游戏也就算了，现在你又要玩儿乐队，你还能剩多少精力学习？”李娜耐着性子一句一句地跟丁一一说。

丁一一梗着脖子还想再争取：“我会提高学习效率的，这还不行吗？"

李娜耐着性子平静地说："我看了你期中的成绩，你如果再不提高 GPA 成绩，别说美国藤校，就是加拿大的大学都申请不到。"

听到成绩，丁一一不说话了。

"你马上就十七岁了，很多事情你应该明白，不管在国内还是国外，如果申请不上好大学，以后找一份好工作很难。"

"可是……"丁一一欲争辩。

"你自己好好掂量掂量吧！如果你不同意，那这轮 PK 赛你也别参加了。"

李娜说完，起身往楼上走去。

丁一一沮丧地倒在沙发上，懊恼地抱着抱枕。

最近李娜虽然变了很多，但之前的强压政策依然存在，只不过现在还讲点儿道理。丁一一被李娜堵得哑口无言，他知道妈妈说的都是对的，根本无从反驳，摆在他面前最好的选择是参加这轮的 PK 赛，回国比赛就别指望了，必须老老实实待在温哥华念书。虽然不甘心，但他对妈妈也无可奈何，只能走一步看一步。

丁一一无奈地站起身回他房间，准备玩儿一把手机游戏解解闷。他打开手机，发现满屏都是关于罗盼的事情，看得他越来越心堵。

"哎，你确定你不是故意作秀或者是在做直播？那照片是你雇人拍的吧？"

"一看你就是高分低能，竟然还有那么多人说你是学霸，简直是笑话。"

"你是××学校的吧？我朋友跟我说了，听说你平时什么都不会啊，果然是读书读傻了。"

丁一一自言自语地说："这都是什么人啊！全是键盘侠和抬杠精，神经病嘛！"

丁一一想给罗盼打个电话，后来觉得时间有点儿晚，罗盼应该已经睡觉了，再打电话只会给他添堵，还是明天上学再去开导他吧，让他不要在乎这些网上垃圾。

明天的事情就交给明天好了，丁一一洗漱完上床睡觉。

罗盼事件在网上扩展的速度快到出乎丁一一所料。早上丁一一刚到教室，就看到罗盼脸色难看地坐在自己的位置上，目光呆滞地不知道在想什么。估计是已经看到网上那些人的评论了，丁一一猜想。

"明明就是件小事儿，而且本来是好事儿，怎么就被网上那些垃圾人歪曲，说你故意作秀？这是赤裸裸的网络暴力！"丁一一忍不住问罗盼，想证实一下自己的猜想。

罗盼不知所措地说："为什么呀？他们为什么要这样黑我啊？"

"你不知道，现在网络上那些人就是无聊，什么事儿都能被他们喷得体无完肤，完全不顾别人的心情。"

丁一一把罗盼的手机拿过来，卸载了 Twitter。

"你这两天别上这些社交网站了，他们自己嚷嚷一阵儿也就觉得无聊了。"

罗盼沉默地点了点头。

丁一一看罗盼的神情，觉得他还是没有从网络暴力的事件里解脱出来，就想帮罗盼或者多陪陪他也行。可他的选修课和罗盼不在一起，能陪得了他一时，陪不了他一世啊。

下午刚刚放学，丁一一和同学多说了几句话，然后去找罗盼，可罗盼还是先走了，丁一一便给他打电话。

"喂，你人呢？怎么一放学就不见了？"丁一一问。

"哦，那个，你们放学不是要去排练吗？我就先走了。"罗盼的声音有点慌乱。

"好吧，还想着让你来看我们排练呢，正好换换心情。"丁一一说。

"我就不去了，已经快到家了。"

"好吧。记住啊，这两天千万别上那些社交网站！"丁一一再三叮嘱。

"我知道了。"罗盼说。

叮嘱完罗盼，丁一一挂断电话便赶去排练室。

丁一一前脚刚到排练室，就听到杨洋兴奋地拍拍掌示意大家集中。

"Everyone！有件事儿通知大家。"

"好事儿坏事儿？"丁一一问。

"当然是好事儿啊。我今天接到通知，主办方要给咱们拍一组宣传海报，用来做前期宣传。"

"拍海报？这么快就要做明星了啊！"乐队队友笑嘻嘻地说。

丁一一却苦着一张脸，说："我最怕拍照了。"

"这周末，场地设备都是他们提供，不过服装要自备，都穿得酷点！"杨洋说。

"这个我擅长！"戴安娜一脸兴奋。

"不废话，排练排练，等咱们真的杀回中国了，那阵势肯定比现在更酷炫！"杨洋志在必得。

丁一一看杨洋高兴的样子，犹犹豫豫地不知道怎么和他说。其实他本来想借今天排练的机会，跟杨洋说他只能陪着大家到这轮，可是……

"怎么了？"杨洋似乎看出丁一一有话要说。

丁一一犹豫了一下，欲言又止："没什么，排练吧。"

"最讨厌你这种话说一半、磨磨叽叽的样子了！"杨洋说。

丁一一装作不好意思地挠了挠头："我忘了刚想说什么了。"

"算了，你想起来再说吧。"

丁一一点头，拿起贝斯开始准备排练。

丁一一很喜欢这个乐队，大家在乐队里关系十分融洽，他在这里也找到了快乐。想到有一天要离开乐队的小伙伴，丁一一确实有些舍不得。他格外珍惜这段时光，乐队排练一天，快乐的日子就少一天了。

天色渐晚，戴安娜、丁一一和杨洋排练结束后，有说有笑地从学校走出来，刚出校门，就看见丹尼尔抱着一大束花站在校门口。

戴安娜有点儿尴尬。

丹尼尔因为戴安娜受邀加入杨洋乐队，成为杨洋乐队主唱，前两天和戴安娜大闹了一场。现在他这么颠儿颠儿地跑过来献花，用脚趾头想都知道是给戴安娜道歉，想获得她的原谅。

"你在这儿干吗？"戴安娜毫无表情地问。

"我等你很久了。"丹尼尔把花塞进戴安娜怀里，说，"送你的。"

戴安娜撇撇嘴说："你知道我不喜欢这些花花草草。"

"我的心意嘛，给你道歉，请你不要生我的气，好不好？"丹尼尔说。

戴安娜低着头不说话。

丹尼尔看戴安娜似乎接受了他的道歉，便一把牵过她的手说："走，我带你去一个地方。"

戴安娜犹豫了一下，转身对丁一一和杨洋道："要不，你们先走吧。"

杨洋有些不乐意："不是说好吃完饭一起排练的吗？"

"不好意思，明天吧，明天大家多练一会儿。"戴安娜抱歉地说。

丹尼尔拉着戴安娜上车，临走时还得意地看了杨洋和丁一一一眼，杨洋气得龇牙咧嘴地说："你看他那小样儿，真想揍他。"

丁一一把这一切都看在眼里，反而嘲讽杨洋："你这是嫉妒。"

"啊？你到底是哪个战壕里的人？我嫉妒他？我和你打赌，戴安娜迟早会意识到这种洋鬼子没什么好的，还是咱们国产男生更靠谱。"

"走啦，戴安娜不在，咱也排练不了了，回家。"丁一一也解脱似的对杨洋说。

杨洋不搭理他，一个人黑着脸往停车场方向走去。

丁一一回家时，李娜已经把饭做好等着他了，李娜脸上的表情有些阴沉。

　　丁一一看着她愣了一下，心想：我今天没做错什么事儿啊，最近也没逃学逃课，该坦白的也都坦白了，老佛爷怎么了？

　　"怎么这么晚才回来，我还等你给你爸说生日快乐呢！"李娜怪丁一一回来太晚。

　　刚刚李娜那阵势把丁一一给吓了一跳，还以为自己真又惹她了呢。丁一一这才把心放回肚子里。

　　"准备好了吧？"李娜举着手机，将镜头对准她和丁一一。

　　丁一一忙整理整理衣服说："好了好了。"

　　李娜点开了视频通话。

　　几千公里之外的丁致远，还没起床，床头柜上的手机响起视频通话的声音，他开了灯，摸索着接起电话。

　　"喂！"丁致远睡眼蒙眬。

　　"爸，生日快乐！"丁一一和李娜挤在视频的镜头里，一脸兴奋地和丁致远打招呼。

　　"还没起床呢？"李娜问。

　　"啊，昨儿改学生论文，睡晚了。"丁致远揉着眼睛说。

　　"儿子可是嚷嚷着要第一时间给你唱生日歌呢。"李娜说完赶紧把镜头对准丁一一。

　　丁一一抱了把贝斯弹着节奏，哼唱道："祝你生日快乐，祝你生日快乐……"

　　李娜看着父子俩隔着镜头笑得那么开心，她也跟着唱了起来。

　　一曲毕，丁致远连声说着"谢谢"。这是第一次他过生日，李娜母子俩不在场，但他的心里却和家人在身边一样温暖幸福。

"赶紧起来吧，今天记得吃长寿面。"李娜嘱咐道。

"遵命，谢谢老婆大人！"丁致远乐呵呵地说。

又过了几日，Fearless 乐队的海报新鲜出炉。学校里、大街上都贴着《中国新声代》PK 赛的宣传海报。海报上，丁一一、杨洋、戴安娜还有他们的队友都笑得灿烂无比，浓浓的青春气息。

杨洋兴奋地一晚上没睡着，挨过了上课，他快步跑到丁一一和戴安娜面前，问道："看到那海报了吗？我是不是很帅？"

戴安娜一本正经地说："我倒是觉得丁一一很上相。"

"喂！有这么说话的吗？对邻居小弟也太偏心了吧？"

丁一一呵呵一笑："戴安娜那是实话实说。"

乐队鼓手专门从制作组要来一张海报，贴在排练室，大家都美滋滋地在海报前自拍。

丁一一也凑了过去："我得发个朋友圈炫耀炫耀。"

说着就跟鼓手一起摆起了造型。

"对了，还有几天就要比赛了，我建议大家先热个身实战预演一下。"杨洋说。

"怎么实战预演？"丁一一边拍照边说。

"我和一个开酒吧的朋友说好了，明晚咱去他们那儿唱一场，天天在这里排练，没氛围。"杨洋解释道。

"去酒吧唱？"丁一一惊讶地问。

杨洋点了点头，说："酒吧有观众啊，找找做明星的感觉。"

"听起来是一个不错的主意。"戴安娜也很感兴趣。

"那就这么定了。"杨洋说。

丁一一也点点头："我明天下午有门考试，考完去和你们会合。"

"成！"

想到明天酒吧的预演，丁一一晚上很激动，再想到明天有场考试，他还是静下心来在家多看了一会儿书。

李娜看到丁一一为了考试在认真复习准备，心里头说不出的开心。

第二天，丁一一轻松上阵，拿起试卷看了看，感觉都会做，他埋头很快就做完了。

丁一一早就不是半年前的那个愣头青浑小子了，他在戴安娜的帮助下学习突飞猛进。学校老师都夸丁一一进步神速，丁一一在温哥华的生活越来越如鱼得水。

考试结束，丁一一到附近汉堡店买了两份汉堡套餐，约罗盼一起去学校草坪的大树下吃。

罗盼表情呆滞地走过来。

丁一一感觉不对，问罗盼："你怎么了？"

"我完了！刚才考试的时候我发现我脑子完全是一片空白……"罗盼小声说道。

丁一一安慰他："你最近精神压力太大了，没事儿的，一次小考试而已。"

罗盼情绪依旧十分低落："也不知道为什么，我最近好像没办法集中注意力，每天早上起床甚至不愿意来学校上学。"

"谁想天天上课啊？不对，我忘了你是'学神'，按理说不应该啊。"丁一一觉得有点儿不对劲儿。

罗盼埋头不说话,直勾勾地盯着三明治。

丁一一想到后面还有酒吧乐队演出,他的心早就飘到晚上的演出现场了,他顾不上分析罗盼,三下五除二就把面前的食物消灭得一干二净。

"我们晚上在酒吧有演出,你来看吗?"丁一一邀请罗盼。

罗盼摇摇头,说:"我不太舒服,想回家。"

丁一一也不勉强:"好吧,你别想多了,睡一觉明儿什么事儿都没了!"

罗盼点了点头,背起书包和丁一一告别离去。

丁一一望着罗盼远去的背影,突然有点担心他,毕竟前段时间被网络暴力过以后,就很少见到罗盼笑了,也不知道今天考试他的心态不好是不是跟那个事儿有关系。

不过今天太忙,明天再安慰他吧!

丁一一撇了撇嘴,看了看手机上的时间,赶紧从地上爬了起来,给杨洋打了个电话。

大家会合以后,Fearless乐队全体成员浩浩荡荡地从学校出发。

晚上六点以后,酒吧的人渐渐多了起来。杨洋和乐队成员把乐器都摆在了台子上,只等酒吧开场。

七点整,酒吧里的灯光暗了下来,一束强光从舞台两边照了过来,打在了杨洋和丁一一身上。刹那间,吉他和贝斯同时响起。

高亢的旋律响彻整个酒吧,在场的所有人都被丁一一和杨洋的精妙配合吸引,可是完美的还在后面。

戴安娜低沉的声音从麦克风里飘出来，全场的人都为他们疯狂了。

这是哪里找来的乐队？是专业的吗？

酒吧里的客人愕然，鼓掌叫好。

乐队的表演带动酒吧全场的气氛。

两首歌结束，已经有几个女孩子盯着乐队成员要联系方式了，俨然成了小迷妹。

丁一一放下贝斯，走下舞台，而杨洋更洒脱，直接从台上跳下来，走到桌前拿起一杯可乐，仰头一口气就喝光了。

"渴死我了。"

丁一一打量了一眼酒吧里的客人们，兴奋地说："没想到今天会来这么多人。"

"那当然了，这可是我特意借的场子，这酒吧的老板也是华人，一般来这儿的大多也是熟客，中国留学生也不少。"杨洋把杯子往桌上一放，傲娇地咂了咂嘴。

"我刚开始还真的有点儿紧张，不过后来慢慢就放松了。"丁一一笑着说。

戴安娜过来说："今天你也算正式在酒吧演出了，感觉不错吧？"

"还可以，不是太紧张。"丁一一回答。

"这就对了，正式比赛的时候也得放松！戴安娜，你和丁一一喝点儿什么？记我账上。"杨洋说。

"我一会儿还要给你们开车当司机，今天就不喝酒了。"戴安娜说完转身离去。

丁一一扑哧一声就笑了："我这又喝不了酒，除了可乐橙汁还能喝什么。"

"这儿有 Non-alcoholic 的鸡尾酒，我去给你弄一杯。"杨洋说完就直起了身子。

"不含酒精那还能叫鸡尾酒吗？"丁一一不明白。

杨洋拍了拍丁一一的肩，一脸"这你就不懂了吧"的表情。

"让你过个嘴瘾呗，味道都还不错。"

杨洋说完，转身去了吧台前面，帮丁一一点喝的。

丁一一四处打量酒吧里的顾客，大多都是比他们大的华人留学生。

"我很喜欢你们刚刚的表演。"一个声音非常甜美，长相和声音一样甜美的姑娘走到丁一一的桌前对丁一一说。

丁一一微微一笑，客气地说："谢谢啊。"

那个姑娘大方地笑了笑，指了指不远处的一群年轻人说："我今天约了几个闺蜜来，要不要一会儿叫上你朋友过来一起聊聊，大家交个朋友？"

丁一一连忙摆摆手："我一会儿就回去了，你们玩儿吧。"

姑娘看丁一一确实没有那个意思，便耸耸肩，也不勉强："Ok, good night。"

姑娘转身离去，刚好和端着杯子走过来的杨洋擦身而过。

"刚才和你说话的那美女谁啊？"

丁一一摇摇头："不认识，问我们要不要过去跟她和她朋友一块儿玩。"

杨洋的眼睛一亮："然后呢？"

"然后被我婉言拒绝了啊。"

杨洋一副懊恼的样子看着丁一一。

"你有没有搞错啊？这么好的机会你竟然还能拒绝？"

"我又没兴趣，要去你自己去呗。"

"算了，美女什么时候都有，我是那种重色轻友的人吗？今晚的重点是乐队。"

杨洋把刚刚调好的鸡尾酒递给他。

丁一一低头喝了一口杯里的鸡尾酒，咂了咂嘴。

"什么嘛，感觉跟饮料也差不多啊。"丁一一说着。

杨洋哈哈大笑："小朋友，就是饮料，你这年纪只能喝饮料！"

稍事休息以后，杨洋过去找到正在台下和朋友聊天的戴安娜，乐队再次走上舞台，开始了第二轮的表演。

温哥华的生活就这么平淡无波地过着。

除了最近罗盼还是有一些消沉之外，丁一一感觉一切都还不错。

李娜也这么觉得，最近似乎她和儿子的关系好起来了，一切生活都步入正轨了。

但是让李娜母子俩万万没想到的是，最不可能出事的丁致远，竟然在这个时候惹上了麻烦。

事情发生在某个下午下课后，丁一一刚刚打完一场球，准备回教室，他抱着篮球坐在走廊上，等罗盼一起，他边等边刷手机。

"某大学教授令人发指，家有老婆孩子，还勾引已婚同事，唆使女同事与老公离婚，连照片都拍出来了，已婚教员和教授两个人勾肩搭背回到家中，一直待到第二天一早才相伴出门，这样的教授真是恶心至极……"

朋友圈里一大长串这样的文字吸引了丁一一的注意。

网上的小图看着像上海他家的小区啊！

邻居吗？

他好奇地点开下面配着的两张非常不清晰的图片。

不太对劲儿，怎么这个男的越看越眼熟啊。

啊？这人怎么是我爸啊！

这衣服不是前段时间我爸在温哥华买的吗！

丁一一吓得手机差点儿都掉了。

什么情况？

丁一一立刻给丁致远打电话，丁致远立刻就接通了电话，丁一一连珠炮似的一口气问丁致远。

"爸，这什么情况啊？我在我朋友圈都看到你的照片了，你不会真的跟那个什么秦晓燕有什么关系……"

"儿子，你瞎说什么呢？你不是应该在学校上课吗？"丁致远转移话题。

"我刚刚放学，老爸你别转移话题！"丁一一急得像热锅上的蚂蚁，不停地来回踱步。

"没有的事儿，你自己老爸你还不相信吗？"

"我是对老爸你有信心的啊，但网上的人确实是你啊！"

"那是误会，而且是别有用心的人拍的！"丁致远斩钉截铁地告诉儿子。

丁致远从头到尾仔仔细细地跟丁一一解释了那些照片的由来。

丁一一这才知道整个事情的前因后果，他完全相信他的爸爸不会撒谎。

原来丁致远的同事秦晓燕，那天只是把喝多了的丁致远送回家而已，又担心丁致远出事儿，所以一直看护着他，第二天早晨才离去。

"这事儿你妈知道吗？"丁致远问。

"应该不知道吧？我妈最近天天忙着上英语课，估计没空儿去刷朋友圈。"丁一一说，"老爸放心，我不会出卖你的。"

"我是不想你妈因为无中生有的事情担心。"丁致远说。

"老爸我可跟你说，你在我心里是最酷的老爸，所以你一定要抵挡住诱惑，别让你在我心中的人设崩塌啊。"丁一一叮嘱丁致远。

"臭小子！好好上课去！"丁致远笑了笑说。

丁一一挂上电话，看了看手机上的帖子，还是不放心。他一把把篮球扔给不明就里的罗盼，说了声"你先去上课"，就头也不回地跑到了学校的图书馆。

丁一一非常确定，既然是无中生有的事儿，那就是有人要黑他老爸。他坐在电脑前，冷哼一声，手指在键盘上飞快操作，聚精会神地对着电脑捣鼓了一圈，最后洋洋得意地按下了回车键。

"敢黑我老爸，没那么容易，看我怎么把你删得一点儿痕迹都不留！"

丁一一越想越生气，他可不想让这种无中生有的破事儿影响了他爸妈之间的关系。老妈看到的话就没办法了，但是如果没看到，就最好能趁着这个机会把这些东西全部删光。

丁一一想了想，决定晚上回家后找机会试探试探老妈。拿定主意后，他走出图书馆，给杨洋和乐队那边打了个电话请了假，早早地回了家。

丁一一回家和李娜好好吃了一顿晚饭，饭后，他面似轻松地坐在沙发上和敷着面膜的李娜一起看着电视。电视里放的自然还是《老友记》。

李娜一边憋着笑，一边不停地把有些扭曲的面膜纸按平整。

丁一一无语地看着李娜说："你这是打着学英语的幌子在看剧，好吗？"

"老话说得好，熟读唐诗三百首，不会作诗也会吟，我真把这剧看个十遍二十遍的，这日常英语的听力和口语绝对会有质变。"李娜洋洋得意地对儿子说。

"好好好，你继续。"丁一一无奈地说。

"对了，你今儿刷朋友圈了吗？"

他看似无心地问。

"没有啊，我现在很少有时间去看朋友圈，怎么，有新闻？"李娜说完就要去摸手机。

丁一一急忙说："没事，就是看到有个留学生车祸的新闻，觉得挺惨的。"

"真的假的？这么惨，那算了，我还是别看了，你平时可一定得注意安全啊，还好没让你去考驾照。"

丁一一点了点头，脚步轻快地走进自己房间。他赶紧给爸爸汇报一声，至少目前妈妈这里一切安全。

可是这世界上哪有不透风的墙呢，也就才过了一天，丁一一放学回家的时候，进门就看到李娜在火急火燎地收拾行李。

丁一一有些纳闷，问道："你收拾东西干吗啊？"

"你爸出了点事儿，我得回去一趟。"李娜烦躁地说。

丁一一一下子就瞪大了眼睛："你知道了？"

然后小声嘀咕着："不应该啊，论坛应该被我删干净了才对啊。"

李娜可把他的话听得一清二楚，问："臭小子，你早知道了？你帮着你爸瞒着我是不是？"

丁一一撇撇嘴说："我信得过老爸。"

李娜哼了一声，没接话。

"我就回去几天，如果学校有什么事儿你就去找杰瑞。"

"我知道，蹭吃蹭喝就去媛媛阿姨家。"丁一一耳朵都听得生了茧子。

李娜瞪了他一眼，说："别老给媛媛阿姨添麻烦。"

"媛媛阿姨说了，就喜欢我去，家里热闹。"丁一一很坚持地说。

李娜看了丁一一一眼，觉得他既好气又好笑。

第二天一早，李娜乘最早一班飞机从温哥华飞往上海。丁一一觉得生活没什么变化，除了家里少了个人啰唆之外，他还是学校和家，两点一线。尤其是最近比赛临近，杨洋也开始变得有些紧张。

"比赛倒计时了啊，咱们得时刻准备着，谁都不准掉链子！"杨洋叮嘱大家。

"行啦，放心吧，我看就你最紧张。"戴安娜故意说。

杨洋还死鸭子嘴硬："我紧张？笑话，我怎么可能紧张，我绝对信心满满好吗？"

"嘴硬吧你就。"戴安娜说。

"咱这两天得养精蓄锐，让戴安娜好好养养嗓子。还有丁一一，一早就嚷嚷着睡眠不足了，也得好好补补觉。"鼓手插话。

"行，这两天给你们放假！"杨洋说。

正吃着汉堡的丁一一和戴安娜相视一笑：杨洋这黑面煞星，难得大方一回啊！

"进去吧，要上课了。"戴安娜说。

丁一一两三口吃完手里的汉堡，把垃圾装好。

"我去扔个垃圾。"说完他就跳起来往垃圾桶的方向跑去。

"你慢点儿。"戴安娜喊道。

"没事儿……哎呀！"话音刚落，丁一一一不留神，就撞到了一个男生。

"啊，对不起对不起。"他赶紧向那个人道歉。

没想到那人竟然不说话。

丁一一抬头，发现撞到的男生身材高大，长相俊美。

男生深深地看了丁一一一眼，随即露出灿烂的笑容，优雅地说："没关系。"

丁一一耸耸肩，打算走开的时候却被那个人拦住了。

丁一一停下来，疑惑地看着他。

"我叫 Andrew。"

丁一一有些不解，不过出于礼貌，还是回了一句："哦，I'm Ivan。"

丁一一转身准备离开，没想到再次被那男生拉住。

"又怎么了？"

"能留你一个电话，交个朋友吗？"

丁一一愣了一下，又看了他一眼，有些茫然地说："我……我一会儿还有课，先走了。"

丁一一说完就朝教室走去。

这人看我的眼神怎么怪怪的？

丁一一感觉身上有些毛毛的，他走了几步忍不住回头，果然发现 Andrew 还站在原地深情地看着他。不过他也没再多想，学校这么大，遇见一两个眼神奇怪的人，应该也是正常的吧……

下午放学，丁一一背着书包站在学校门口，又看到那个叫 Andrew 的男生直勾勾地盯着他看。

不会是我那时候吃汉堡沾了番茄酱，到现在都没擦吧？丁一一一脸疑惑。

Andrew 跟身边的朋友说了句什么，就朝着丁一一走过来。

丁一一一直在琢磨脸上有没有番茄酱的事儿，没想到又被他堵住了。

"又见面了。"Andrew 说。

丁一一傻乎乎地点点头，说："哦。"然后就想要绕过他，找个镜子看看自己。

可惜这个 Andrew 又没有让他得逞。

"我没有恶意，只不过想跟你交个朋友而已，有没有时间一块儿喝咖啡？"

这下丁一一彻底傻了："啊？"

"我第一眼看到你就觉得你很可爱，忍不住想要认识你。"Andrew 说。

丁一一突然明白了 Andrew 的意思，瞪大眼睛。

"你……你是说……你要跟我约会？"

"可以吗？"

丁一一瞠目结舌，瞪了 Andrew 几秒钟，惊讶到无法呼吸。

"啊，不行，我还有事儿，先走了。"

丁一一一脸震惊，低着头快步离开。

晚上，丁一一到杨洋家蹭饭，他把自己下午的经历告诉了杨洋。杨洋坐在沙发上哈哈大笑，差点把喝到嘴里的可乐喷出来。

"所以你就这么跑了？"杨洋说。

丁一一有些懊恼："我那会儿被吓到了，本能反应就跑了，现在想想感觉会不会伤害到他啊。"

杨洋终于止住笑，半是嫉妒半是羡慕地说："你最近桃花运够好的啊，先是在酒吧被女生搭讪，现在又有男生要跟你约会，男女通吃啊。"

丁一一没好气地瞪了他一眼："你就会幸灾乐祸，早知道就不应该跟你说。"

"我这怎么能叫幸灾乐祸呢，我这明明是看热闹不嫌事儿大啊，再说了，这在加拿大也很正常啊，你拒绝他就好了。"杨洋一脸的稀松平常。

"我也知道不稀奇，我对他们也没什么偏见，只不过赶在自己身上我就有点儿……嗯，感觉怪怪的。"

"行了，下次万一再碰到不搭理就行了，一般他们不会纠缠不休的。"杨洋说。

丁一一听杨洋似乎话里有话，脸上写满了"八卦"两个字，问道："怎么听你似乎很有经验的样子，你也碰到过啊？"

"废话，我颜值这么高，早就练就了一身360度全方位抗骚扰的能力，当然，好看的姑娘除外。"

丁一一鄙视地看了他一眼说："你就这点儿出息。"

"哎，反正现在没事儿，你陪我去逛街挑两身战袍呗？"

"什么战袍？"

杨洋踹了丁一一一脚，说："比赛的呀，我一定要穿一身最酷炫的衣服！"

"你就正常穿行吗？别吓着人。"

杨洋起身把丁一一往外拉。

"走走走，顺便给你也选两身。"

天哪！谁来救救他，他最讨厌逛街了！

可惜丁一一还是被杨洋生拉硬拽地拉去逛街，丁一一陪着杨洋整整逛了三个小时，两条腿都要断了。直到商场打烊，杨洋才选到自己喜欢的衣服。

丁一一开门回家，一屁股就瘫倒在沙发上，自言自语地说："妈呀，原来陪男人逛街也这么累！"他一脸生无可恋地在沙发上发了会儿呆，这时手机视频请求声响了起来。

他从口袋里摸出手机接了电话："喂，妈。"

"还没睡吧？"李娜关切地问。

"没呢，我被杨洋拖着逛街，差点儿没累死。"

"平时让你陪我逛街你都不去。"李娜有点儿不高兴。

"以后更不去了，太可怕了。"

"你这几天在那边怎么样？没闯祸吧？"

丁一一赶紧摆摆手，说："没有，我好着呢，再过两天就是乐队的 PK 赛了，我才没工夫去闯祸。"

"估计你比赛的时候，我赶不回去看了。"李娜有些遗憾。

"没事儿，反正你也不支持我搞乐队。"丁一一倒是一点儿也不在乎。

"你这孩子。"

"噢，对了，杰瑞叔叔说明天晚上请我吃饭。"丁一一赶紧向母亲大人汇报。

李娜在那边沉默了一下，说："既然他邀请你，你就去吧，你跟杰瑞在一起我也放心。"

"我对和他吃饭没什么兴趣，不过后来想想，我跟美食又没仇，还是去吧。"

丁一一到现在都觉得杰瑞对他老妈别有用心。

"好好好，等我回去了带你去吃帝王蟹，赶紧洗澡睡觉吧。"李娜催促他睡觉。

丁一一突然问李娜："老妈，老爸呢？你和老爸关系没有破裂吧？你公司情况如何？"

"放心吧！我不会和你老爸离婚的，我只是要搞清楚事实真相，公司的事儿你就更别操心了。"

"知道了，我睡觉了。"

第二天放学，杰瑞的车准时停在丁一一学校门口，丁一一从里面走出来，就奔着杰瑞的车走了过去。

嗯……不过麻烦的是他又在不远处看到了Andrew，他下意识地想要转头绕道，却已经晚了。因为这次不仅是Andrew，连他身边的几个朋友也一起跟着走过来了。

Andrew的语气有些不善："上次你为什么要跑？我有那么可怕吗？"

丁一一连忙摆手："没有没有，我没那个意思。"

"那现在正好跟我们去喝点东西吧。"

"我已经约了人一起吃饭。"丁一一如实相告，又顿了顿说，"还有，那个，我喜欢女生的，我有女朋友。"

Andrew听到丁一一的话，脸色很难看，一言不发地站在丁一一面前。

丁一一说完后心里直嘀咕：有没有搞错，杨洋不是说只要说清楚了他们就不会纠缠吗？怎么这招儿不灵呢？

丁一一正在发愁怎么才能脱身，杰瑞就远远地看到丁一一被一群人挡住了来路，他从车上下来，快步走过去，想看看发生了什么事儿。

"怎么了？"杰瑞走上前问道。

"没事儿，我只是想热情地邀请他跟我们一起去喝咖啡而已。"Andrew说。

杰瑞看了看Andrew，很快就明白了他的意图。

"既然他刚刚已经拒绝了，我想你应该听到了吧。"杰瑞说。

Andrew看着丁一一，有些不甘心，不过又看了看杰瑞，只好作罢。

"那就改天吧。"

"改天也不行。"

丁一一刚想开口，杰瑞拦住他，直接帮他拒绝了。

"Just leave him alone，ok？"

Andrew看杰瑞护着丁一一，就和伙伴们冷着脸转身离开。

"走吧，上车。"

丁一一一路小跑地跟着杰瑞上了车，系上安全带后对杰瑞连连道谢。

"以后碰到这种事儿，直接严肃拒绝转身离开就行了。"

"之前那两次我都是啊，关键老撞上。下次不会再来堵我了吧？"丁一一想想那个Andrew高大的身材，有些后怕。

"按理说不会的，其实我认识的很多朋友都不太会这样的，如果碰到有好感的男生，他们最多礼貌地发出邀请，如果对方拒绝或者表示不是同类的话，是绝对不会纠缠的，而且正常情况下，他们是能第一时间判断出对方的取向的，不会乱搭讪的。"

丁一一翻了个白眼："我看起来难道不应该很直吗？"

"看样子那小子年龄也不大，比较冲动，经验不足。行了，也不是什么大不了的事儿，还是想想咱们去哪儿吃饭吧。"

丁一一一点儿也不客气地说："我得吃顿大餐压压惊。"

"我知道一家地道的美式烤肋排。"杰瑞说。

"就那家了！只要有肉吃的地方我都喜欢。"丁一一的兴趣一下子就被肋排吊了起来。

成年人的震慑力还是有效的，丁一一后来再没见过那个叫

Andrew 的家伙了。

接下来罗盼又出事儿了！也不知道怎么回事儿，罗盼这两天就跟人间蒸发了似的，一直没出现在大家面前。丁一一从教学楼走出来，想去学校办公室问问老师。

"丁一一！"

丁一一回过头，看见戴安娜朝他飞奔而来，还喘着粗气。

"我顺你回去呗。"

"好啊。"丁一一说，"不过我想去看看罗盼，他都两天没来学校了。"

"是生病了吗？"戴安娜问。

"我给他发微信他也没回，我在杨洋家听媛媛阿姨说，他好像最近状态都不太好，他妈妈也带他去给我做咨询的那个心理医生那儿去了。"

"这么严重啊？"

丁一一点点头，想到上次随堂测验的时候，他不小心瞄到了罗盼的成绩单，上面写着大大的"D"，可能因为没考好太沮丧了吧。

"有没有什么办法能让罗盼情绪好点儿啊？"丁一一问。

戴安娜歪着头琢磨了一下，突然想到了什么似的，说："我下午刚听同学说，这周末要举办温哥华国际象棋大赛，你还记得上次咱们在 Summer 的周年庆酒会上打赌的事儿吗？"

"你说你打台球，杨洋扔飞镖，罗盼下国际象棋那次？"

"对！"戴安娜说，"我记得罗盼可是用国际象棋把那群人杀得片甲不留的，帅死了！"

"你的意思是？"丁一一疑惑地问。

戴安娜说："咱们帮他报名去！下棋是他最擅长的事情，他一定能从中找回自我价值感的。"

丁一一也觉得这主意靠谱，罗盼心态不好肯定是因为这次没考好，心理落差大，自我价值得不到体现，如果能让他多赢几盘国际象棋，那他肯定能重新振作起来。

"我同意！说干就干，走。"

不过二十分钟车程，丁一一和戴安娜来到报名地点，给罗盼报上了名。丁一一对比了一下，专门帮罗盼选择了青年组的业余组，专业的肯定不能比，不过在业余组，丁一一可是比罗盼自己都有信心。

工作人员给了他们一个参赛时间表，丁一一仔细看了又看，跟戴安娜约好，明天比赛前一起去罗盼家捞人。就算他不愿意，也得把他拉出来！

周六早上七点整，丁一一、戴安娜来到罗盼家，开门的是陈莉莉。

"阿姨好，罗盼呢？"

"在吃早饭呢，你们怎么这么早就过来了啊？"陈莉莉说。

丁一一和戴安娜同陈莉莉聊了两句，便径直走向坐在桌前吃早饭的罗盼。

罗盼脸上写满了迷茫："一一？戴安娜？你们怎么来了？"

丁一一不由分说地边拽罗盼边说："走，我俩带你去个好地方。"

罗盼一脸茫然："去哪儿？"

"到了你就知道了。"戴安娜笑嘻嘻地说。

"他这早饭还没吃完呢。"陈莉莉赶紧说道。

丁一一帮罗盼拿起餐桌上的面包，说："没事儿，我们帮他拿着路上吃。"

戴安娜帮罗盼拿起沙发上的外套，说："走啦走啦，一会儿该来不及了。"

罗盼就这么糊里糊涂地被丁一一和戴安娜拉了出去。

"阿姨，你放心吧，晚上我们俩负责把他安全送回来。"

陈莉莉还没来得及反应，丁一一他们就拉着罗盼出门了。

三人坐上戴安娜的车以后，丁一一兴奋不已，而罗盼的脸上全是紧张。

"你们这是要带我去哪儿啊？"罗盼再一次追问。

丁一一不接话，笑着看着罗盼，关子卖得比谁都好。

"别冲我笑，我害怕。"罗盼说。

"我俩也不可能坑你啊，也不会把你卖了，对不对？"丁一一说。

"到了你就知道了。"

丁一一拧开戴安娜的车载音箱，轻快的音乐响了起来。

很快，三人来到了国际象棋比赛的会场外。罗盼从车上下来以后，看着横幅上的"国际象棋比赛"的英文，半晌没反应过来。

"什么情况啊？"

"今天在这里举行温哥华国际象棋大赛，我俩帮你报过名了，赶紧进去吧。"丁一一说。

罗盼吓得嘴巴都合不拢了："啊？"

"我相信你肯定能把他们都打得……"戴安娜顿了顿，似乎是在想什么，"对，落花流水！"

"可是我完全没有做准备啊。"罗盼紧张地说。

"哎呀，你哪儿还需要做什么准备，你就跟那金庸笔下的大师一样，一出手就横扫天下。"丁一一说。

"金庸是谁？"戴安娜对这个新词好奇不已。

戴安娜竟然不知道金庸，丁一一有些无奈："请自行百度，不对，自行 Google 去！"

丁一一走过去拍了拍罗盼的肩膀说："你就发挥你的正常水平，我们等你的好消息！"

"不是，我……"罗盼还想说什么，就被丁一一和戴安娜拉着往参赛会场里面走去。

说实话，丁一一和戴安娜对国际象棋的兴趣都不大，而国际象棋又是一个非常磨人的比赛项目，为了罗盼，他俩只能耐心地等待。

罗盼果然没让他们失望，一路过关斩将，杀到了最后。夕阳渐渐落下，决赛即将进入尾声，整个下午都觉得很无聊的丁一一和戴安娜，这时候也开始精神了，丁一一溜到场外，跟杨洋打了个电话，让杨洋准备胜利派对。

杨洋接到电话也非常兴奋，他最喜欢派对，他对丁一一打包票，自己一定能办好，地点就定在大卫工作室，只要罗盼那边一结束，就赶紧带他过来。

丁一一突然听见赛场一片欢呼声，就急匆匆挂了杨洋的电话，跑回赛场。

果然不出他俩所料，罗盼获得了青年业余组第一名。鲜花和掌声把罗盼围了起来，罗盼一脸呆愣地看着面前的棋局。

他自言自语地说："赢了？是我赢了？这么快就赢了？"

罗盼喜出望外，他上台领奖时，整个人都是懵的。

戴安娜和丁一一把罗盼带上车，开往大卫工作室。到了以后，丁一一对罗盼说："我跟大卫约好过来找他拿个手柄，你下来跟我一起去吧。"

罗盼还沉浸在胜利的喜悦中，忙说："哦，好啊。"

罗盼把奖杯放在车上，和丁一一一起下车。他毫无意识地在前头走，丁一一和戴安娜慢慢悠悠地跟在他身后，等着他推门。

罗盼轻轻把门推开，"砰"的一声，室内响起的礼花声吓了他一大跳，丁一一和戴安娜在他身后偷笑着。

罗盼的面前，站着的正是杨洋，还有一群好友。他的头顶落满了彩色的飘带，抬头望去，他看到了"恭喜罗盼拿到第一"的横幅。

"Surprise！"众人大喊。

罗盼一下子就愣住了。

丁一一在他身后推着他进去。

"别愣着呀，赶紧进去！"

罗盼不可置信地捂住嘴："你们……"

"热烈庆祝你这个新鲜出炉的象棋冠军！"杨洋兴奋地说。

罗盼环顾了一下四周，竟然连一些并不那么熟悉的同学都来了。

一个女同学走到罗盼面前，轻轻抱了抱他。

"Congratulations！"

罗盼满脸通红，回答道："Than—Thank you."

众人哈哈大笑。

杨洋过来打着圆场说："快来快来，你最喜欢的布朗尼蛋糕，这可是加了大价钱让他们赶工出来的。"

罗盼激动地看着丁一一、杨洋和戴安娜，异常认真地说："谢谢你们。"

大卫工作室一时充满温馨的气氛。

"别都愣着啊，该放音乐的放音乐，该打游戏的打游戏，这儿应有尽有。"戴安娜对大家说。

"音乐起！"杨洋指挥道。

屋内响起欢快的乐曲，一群小伙伴在大卫工作室，音乐声和欢笑声交织在一起，气氛越来越欢乐。

罗盼被几个同学围在中间，脸上露出久违的笑容，他指导朋友下国际象棋，戴安娜则兴奋地摆弄着乐队的吉他，而丁一一和杨洋却坐在沙发上讨论明天的比赛。

"一会儿早点儿散吧，回去养精蓄锐。"

杨洋看了看表说："十点，十点准时撤。"

戴安娜凑了过来，说："我看罗盼状态好像好多了。"

"那当然，也没白费我俩的良苦用心。"

"不过我觉得他平时压力太大，你们这治标不治本。"杨洋说。

"至少能先让他暂时振作起来，之后的事儿慢慢来嘛。"丁一一说。

"明天早上咱们在哪儿集合？"戴安娜问。

"直接比赛的地方见吧，大家都提前点到，别再像上次那样出什么幺蛾子了。"杨洋说。

"放心，肯定准时。"丁一一肯定地说。

杨洋对丁一一说："咱俩近，我顺路去接你，我出门的时候告诉你。"

"行。"

"等他们下完这盘咱就撤。"杨洋说。

"我再去观观战。"戴安娜说完就又挤到人群中去了。

丁一一看杨洋摩拳擦掌、跃跃欲试的样子，忍不住兴奋起来。其实对丁一一来讲，这场比赛倒是无所谓，但是对杨洋来说，意义就太大了，他从高一的时候就来温哥华上学了，一直到现在，差不多有三年没有回过国，听他说他爸很忙，也没来温哥华看过他，他想回国早就想疯了。可是也不知道媛媛阿姨哪根筋不对，就是不让杨洋回国，就连这次比赛也是万分阻挠，让杨洋颇为头疼。

第二天一早，丁一一早早地收拾打扮好，在落地镜前照照镜子，整整身上这套和杨洋一起买的战袍，情不自禁地说："还是挺帅的。"

他掏出手机，看了看时间，心想：为什么杨洋还没有过来接我？这都几点了，不会昨天晚上太紧张，今天睡过头了吧？

丁一一给杨洋打电话问情况，让他万分意外的是，杨洋电话竟然打不通。

"什么情况？"

丁一一想了想，揣起手机，拿上贝斯出门了。时间不等人，先去吧。他出门拦了一辆出租车，直接赶往比赛场地。

丁一一来到比赛现场，乐队队员除了杨洋之外，已经全员到齐，戴安娜和鼓手站在门口等着他们。

"你可算来了。"鼓手说。

"怎么就你自己啊？杨洋呢？你俩不是说好一块儿过来的吗？"戴安娜问。

丁一一无奈地说："我等了他很久，都没见着他人影，电话也打不通，没办法只能自己叫车来了。他还没到？"

"没有啊，这比赛都快开始了，他不会迟到吧？"戴安娜说。

"不应该啊，按理说他应该兴奋得一整夜睡不着才对啊。"

戴安娜皱起了眉头："我给他打电话！"

戴安娜掏出手机，按下杨洋的电话号码。在场的所有人都焦急地等着结果。

"怎么样？"丁一一忍不住出声问。

"还是打不通。"戴安娜边听边说。

"怎么会这样？"鼓手气得差点儿摔了鼓槌。

"不会出什么事儿了吧？"丁一一有点担心地说。

"那咱们现在怎么办？还参赛吗？"键盘手说。

丁一一和戴安娜对视了一眼。

"我们现在去他家找他，探探虚实！"丁一一说。

"这么重要的比赛他不过来，怎么都说不过去。"鼓手说。

"不过错过比赛虽然可惜，但我现在更担心他出了什么事儿。"戴安娜说。

乐队成员连连附和。

"那赶紧走吧。"

大家顾不上换衣服卸妆，戴安娜拿着车钥匙带着队员们来到了杨洋家。杨洋家里很安静，按照杨洋平时的作息时间，这会儿应该还没起床呢。

"到了，到了。"丁一一冲到前头敲门。

胡媛媛打开了门，不知道为什么，眼睛还有点微肿。她看见这么一群同学出现在她家门前，有些发愣："你们这是？"

丁一一顾不上解释，着急地说："媛媛阿姨，杨洋呢？"

"杨洋？他应该在家吧，早上好像没听到他出门的动静。"

"在家？我们今天有比赛啊！我们一群人等了他一早上！"戴安娜说。

丁一一可不像戴安娜那么文雅，直接进屋冲上楼，拼命拍着杨洋的房门。

"杨洋！"

胡媛媛跟着大家上楼，问道："怎么了，这是？"

"杨洋！你什么意思？"丁一一一脸愤怒。

过了一会儿，杨洋揉着眼睛打开房门。

"你怎么回事儿啊？我们在会场外等了那么久，你怎么都不来？"丁一一追问他。

杨洋漫不经心地打了两个哈欠，说："哦，手机关了，没闹钟，不小心睡过了。错过了就错过了呗，不至于你们这么多人一起上门兴师问罪吧？"

杨洋说话阴阳怪气的。

"我们是担心你！"戴安娜说。

"担心我什么？我好着呢。"杨洋好像什么事儿都没发生。

乐队的鼓手也愤怒了："你怎么这样啊？大家为了这次比赛费了多少时间和心血，你一句睡过了就让大家的努力全白费了。"

杨洋一副懒洋洋的样子说："要不是我，你们压根儿就没这次

338

参加 PK 赛的机会，好吗？"

大家躁动起来，键盘手冲着杨洋嚷嚷："你说这话太过分了，你自己疏忽害得大家没法比赛，好歹你也说声对不起啊。"

杨洋耸耸肩说："哦，对不起，行了吧？还有事儿吗？没事儿的话我就接着睡了。"

说完这句话，杨洋砰地关上了房门。所有人都傻愣愣地站在杨洋屋子门口，不知所措。

"他这是突然怎么了？"

鼓手一脸气急败坏，转身就走。

丁一一看不对头，赶紧拉住他。

"我跟他没什么可说的，我看这 Fearless 从今天起就散伙吧，大家各回各家！"鼓手重重地扔下手里的鼓槌说。

键盘手也劝他别冲动。

"谁冲动了？他这么不负责任的人，不配做咱们的队长，还不如趁早解散了呢！"鼓手冷笑道，说完就下楼离开了。

键盘手忙追了过去。

杨洋家里只剩丁一一和戴安娜。

胡媛媛一直站在门口没说话，现在其他孩子都走了，便问丁一一："到底怎么回事儿啊？"

丁一一有些沮丧地说："今天是《中国新声代》的 PK 赛，我们都信心满满的，肯定能赢，然后就可以回国参加总决赛了，大家都期待很久了。"

"开始是杨洋鼓动大家参加的，他一直都是最有干劲的，也不知道这是怎么了。"戴安娜说。

"算了，我们也走吧，媛媛阿姨，我们先走了。"

胡媛媛欲言又止，后来也没说什么，就送他俩出了门。

丁一一和戴安娜离开了杨洋的家。

瞬息之间，整个 Fearless 乐队分崩离析。杨洋不玩儿了，鼓手也是，键盘手跟着鼓手跑了，剩下贝斯手和主唱……

丁一一和戴安娜闷闷地站在街头，不知该何去何从。

"咱们现在去哪儿？"丁一一问。

"我也不知道。"戴安娜摇摇头。

丁一一有些沮丧："怎么会这样，我以为咱们今天一定可以大展拳脚的。"

"别灰心，大不了咱们明年再战嘛。"戴安娜安慰道。

丁一一慢慢地摇了摇头："明年这时候就到申请季了，我妈肯定不会让我再参与这些她所谓的不务正业的事情。"

"没关系，音乐本身就是为了带给人快乐的，比赛不比赛都是次要的，享受这个过程就好了。"戴安娜说。

丁一一笑了笑，说："还是你心态好。"

"回去补个觉吧，晚上叫上他俩，咱们一块儿吃顿大餐，就当纪念咱们这么久并肩作战的时光了。"

"好吧，那我回去了。"

丁一一冲戴安娜挥了挥手，往家的方向走去。

不知道为什么，丁一一总有些不安。杨洋今天的表现太反常了，反常得让他总觉得有什么大事儿发生了。他最近一直和杨洋相处，杨洋没有什么反常，还是那个吊儿郎当的样子，一点儿没个正行。

丁一一想了想，最后只能暂时压下心中的疑虑。

没过两天，丁一一刷朋友圈的时候，发现了一张有意思的照片，配的文字是"打球打不过别人，就开始打架，这种人球品不好"，而下面打架推人、头上还流着血的，赫然就是杨洋。

丁一一一下子就从椅子上跳了起来，跑到医务室。杨洋不在，丁一一只看到护士在收拾东西。

"刚刚是不是有个打球受伤的学生在这儿？"

"对啊，他已经走了。"

"走了？去哪儿了？"

"可能回教室了，我也不知道，他胳膊上的伤口还没处理完呢，你是他朋友？你提醒下他，那伤口如果处理不好会感染的，让他最好还是来医务室处理一下。"护士耐心嘱咐道。

"啊，好，谢谢啊。"

丁一一火速离开医务室，跑到杨洋他们教室，朝着教室里张望。杨洋的座位上空无一人。丁一一问了问他们班同学，知道的人都以为他去了医务室，或者根本不知道他在哪儿。丁一一只得闷闷地回到自己教室。

"我刚刚在朋友圈上看到消息，杨洋没事儿吧？"

丁一一一进门，罗盼就迎了过来，语气担心地问道。

他摇摇头说："我也不知道，教室和医务室都没人影，也不知道他跑哪儿去了。"

"给他打电话呢？"

丁一一拿出手机，再次尝试给杨洋打电话，却还是没人接。

"会不会是回家了？"

丁一一想了想说:"有可能,这样,你给你妈打电话旁敲侧击地问问,先别说他受伤的事儿。"

罗盼点点头,拿起手机拨给妈妈。

"喂?妈妈……"

"喂?怎么了,是不是饿了?妈妈一会儿就回去了。"陈莉莉在电话里说。

"啊,没有,我晚上吃过饭了,你还在胡阿姨家呢?"罗盼问。

"刚准备走。"

"哦,那正好,我今天跟杨洋借了个……"罗盼有点儿词穷,赶紧示意丁一一。

丁一一顺手抓了个充电宝,指给罗盼看。

"……充电宝。嗯,充电宝忘还他了,你帮我跟他说一声,明天我到学校拿给他,省得我再给他打电话。"

"杨洋?他还没回来呢,你自己给他发个微信不就行了。"陈莉莉在电话那头说。

"那也行。"罗盼一脸沮丧地说,然后挂上电话,冲丁一一摇头。

"不在家。"

"什么情况?从那天他放我们鸽子开始,就不见人影了,好好的跑去打什么 rugby 啊,以前也没看他打过啊。"丁一一气得简直说不出话来。

"我们要不要去找找他?"罗盼提议道。

"行,我跟戴安娜也说一声,人多力量大。"丁一一附和,马上就给戴安娜打了个电话。

戴安娜第一时间就和丁一一他们会合,三个人分头在学校里跑了一圈，都没看到杨洋。丁一一去了停车场，发现杨洋那辆红色法拉利果然被他开走了。那他肯定是去了校外。

丁一一拉着罗盼和戴安娜，跑到几个杨洋常去的地方。该找的几个地方都找了，丝毫看不到杨洋的身影。几个小时下来，三个人都累得够呛，坐在马路边的台阶上，喘着粗气。

丁一一长叹了一声。

戴安娜也很失望地说："能想到的地方都找过了，完全不见人影啊。"

丁一一看了看时间说："已经很晚了，要不大家先回去吧。"

罗盼有些担心："他不会有事儿吧？"

"我继续给他打电话，有消息随时通知你们。"丁一一说。

"别太担心，他平时就爱到处玩儿，应该没事儿。"戴安娜安慰大家。

"就是不知道他胳膊上的伤怎么样了。"丁一一说。

"明天早上如果还联系不上他，我们再去他家看看。"戴安娜提议。

"行。"

戴安娜站起来，拍了拍身上的土。

"走，我先送你们回去。"

丁一一他们来回折腾，差不多到了十点钟，才陆续回到了家。虽然已经吃过晚饭了，但丁一一跑了那么多地方，到家还是觉得有点儿饿，就自己去厨房找吃的。

他一边啃面包一边吐槽：还没等我找他问到底为什么翘掉比

赛，就自己先玩儿失踪，还跟别人起冲突闹成那个样子。他平时人缘儿挺好的啊，怎么觉得最近这些事儿都这么反常呢？

丁一一百思不得其解。

难不成这小子遇到什么事儿了？

丁一一转了转眼珠子。

不行，想不起来有什么事儿能让他和大家失联。

他能有什么事儿呢？天天看起来都意气风发的，哪里像有什么事儿的样子。

丁一一甩甩头。

不会是因为放了我们鸽子，所以不想见我们吧？

这事儿还是得找到他当面问清楚。

丁一一咽下最后一口面包，拿果汁顺了顺，回到了他的房间。

第二天清晨，丁一一起床后，第一件事就是给杨洋打电话。这回杨洋的电话不是打不通，是彻底关机了。

丁一一简直想给杨洋一个大写的"呵呵"，气得他挂了电话就去给自己捣鼓早饭了。

"嘎吱"一声，钥匙转动门锁的声音响了起来。

嗯？

丁一一一脸疑惑。

这大早上的又有钥匙开门的人……

他赶紧从餐厅跑到大门口。

果然是李娜回来了。

"妈？你又玩儿突然袭击啊！"

李娜点点头，问："吃早饭了吗？"

"正吃着呢。"

"飞机上我一直在睡觉，有点儿饿了，你帮我烤两片吐司吧。"李娜说。

"哦，等会儿啊。"

丁一一跑回厨房，熟练地烤了两片吐司，趁等待的时间还给李娜倒了杯橙汁。

"你跟我爸怎么样了？问题解决了？"丁一一问。

李娜一脸不想多谈的样子，反倒是问起了丁一一："你那唱歌比赛怎么样？赢了输了？"

丁一一说："别提了，气都气死了！杨洋睡过头了，害我们错过比赛不说，还一点儿抱歉的意思都没有，把乐队的人都气得够呛，乐队就此解散了。"

李娜也觉得杨洋有点儿不可理喻。

"你说你们这些孩子，之前天天没日没夜地排练，花了多少时间，怎么说不比就不比了！"

"我也很郁闷啊！算了，反正就算赢了你也不让我回国参加决赛，不过大家这次都被杨洋气得够呛，我们鼓手话都不跟他说了，一副要绝交的架势。"

"你也和他吵架了？"李娜问。

"也没有，但肯定生气啊！也不知道他最近抽什么风，奇奇怪怪的！"丁一一说着噘起了嘴。

"你们是朋友，有什么事儿说明白就行。"

"那也得等他有诚意给大家道歉后再说。"丁一一很有原则地说。

"你晚上想吃什么？我一会儿上完英语课去超市买菜。"李娜问。

丁一一听就笑了起来，说："吃素好几天了，现在就想吃肉。"

"好，没问题，不早了，赶紧去上学吧，别迟到了。"李娜柔和地对儿子说。

丁一一口把杯里的橙汁喝光，胡乱擦了擦嘴，给李娜打完招呼，就拿着书包离开了家。